BASTEI LÜBBE J.V. JONES IM TASCHENBUCH-PROGRAMM:

20 407 Melliandra
20 408 Der Thronräuber
20 409 Herr und Narr
28 315 Die ewige Krone
28 316 Krone aus Blut

J.V. Jones

MELLIANDRA

Das Buch der Worte

Roman

Ins Deutsche übertragen
von Rainer Schumacher

BASTEI
LÜBBE

BASTEI LÜBBE TASCHENBUCH
Band 20 407

1. Auflage: März 2001

Vollständige Taschenbuchausgabe

Bastei Lübbe Taschenbücher
ist ein Imprint der
Verlagsgruppe Lübbe

Titel der englischen Originalausgabe: The Baker's Boy

Lektorat: Christine Schäfer / Stefan Bauer
Titelillustration: Stephen Youll
Umschlaggestaltung: QuadroGrafik, Bensberg
Satz: KCS GmbH, Buchholz / Hamburg
Druck und Verarbeitung:
Brodard & Taupin, La Flèche, Frankreich
Printed in France

ISBN 3-404-20407-7

Dieses Buch ist voller Liebe
der Erinnerung an meinen Vater gewidmet,
William Jones.

Mein aufrichtiger Dank gilt
Betsy Mitchell, Wayne D. Chang,
und allen anderen bei Warner Aspect Books.

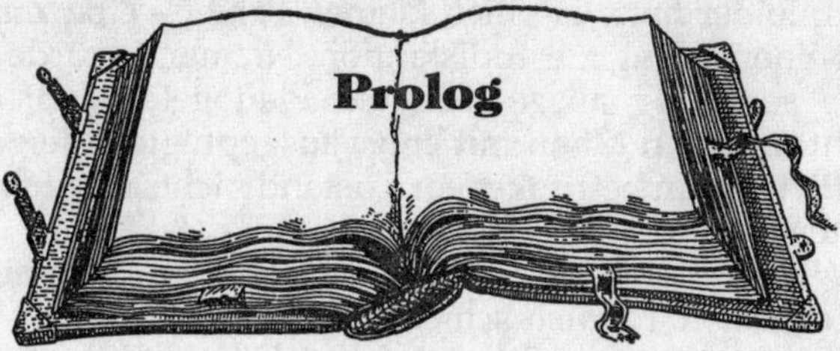

Prolog

»Es ist vollbracht, Herr.« Lusk blieb nur eine Sekunde, um das Aufblitzen der langen Klinge zu bemerken, und nur ein Bruchteil dieser Sekunde, um zu erkennen, was das für ihn bedeutete.

Baralis schlitzte Lusks Körper mit einem kräftigen und eleganten Streich vom Hals bis zu den Lenden auf. Als der Leichnam mit einem dumpfen Knall auf dem Boden aufschlug, erschauerte Baralis. Er hielt die Hand vors Gesicht und entdeckte eine klebrige Flüssigkeit: Lusks Blut. Instinktiv führte Baralis die Finger an die Lippen und leckte daran. Der Geschmack des Blutes war wie ein alter Freund, kupfern, salzig und warm.

Baralis wandte sich von dem leblosen Körper ab und bemerkte, daß sein Gewand über und über mit Lusks Blut besudelt war: es handelte sich nicht um ein paar Spritzer hier und da, nein, die scharlachrote Flüssigkeit hatte sich in einem Bogen auf die graue Kleidung des Mörders gelegt. Ein roter Halbmond. Baralis lächelte. Das war ein gutes Omen – der Halbmond bedeutete einen neuen Anfang, neues Leben, neue Möglichkeiten und genau das war es, was Baralis von dieser Nacht erwartete.

Doch zunächst mußte er noch einige Kleinigkeiten erledigen. Beispielsweise sollte er sich umziehen. Es wäre mehr als unangebracht, würde er seiner Geliebten in diesen blutbesudelten Kleidern gegenübertreten. Außerdem mußte Baralis sich auch noch um die Leiche kümmern. Lusk war ein ergebener Diener gewesen, doch leider hatte er einen kleinen Fehler – eine Zunge mit einem Hang zur Indiskretion. Niemand würde Baralis sorgfältig ausgearbeiteten Plan gefährden; erst recht nicht ein Mann mit einer ausgeprägten Neigung zu Bier, der in betrunkenem Zustand nichts für sich behalten konnte.

Während Baralis den leblosen Körper über einen abgenutzten Teppich schleifte, durchfuhr ein wohlbekannter, stechender Schmerz seine Hände. Er hatte vor wenigen Stunden eine schmerzlindernde Droge zu sich genommen, um sich den Umgang mit dem langen Messer zu erleichtern, doch die Wirkung des Mittels hatte rasch nachgelassen – wie meistens heutzutage. Widerstrebend hatte Baralis entschieden, keine weitere Dosis mehr einzunehmen. Anderenfalls hätte die Droge seine Leistungsfähigkeit beeinträchtigt.

Erneut schwang Baralis das mächtige Messer. Die Schärfe der Klinge erstaunte ihn ebenso wie die Gewandtheit, mit der er die Waffe führte. Jedesmal wenn er das Heft in der Hand hielt, überkam ihn ein Gefühl der Vertrautheit, obwohl er nie ein Experte im Kampf gewesen war. Baralis brachte die notwendigen Schnitte an und verstaute die besseren Teile seines Opfers in einem Leinensack, der sich rasch mit Blut tränkte. Das war mehr als unangenehm. Blutvergießen war nicht nach Baralis' Geschmack, doch er würde tun, was nötig war. Er schritt durch den Raum und warf den Sack ins Feuer.

In der Ferne schlug eine Uhr. Baralis zählte acht Schläge. Es war Zeit, sich zu waschen und umzuziehen. Am Morgen würde der klobige Dummkopf Crope die Reste von Lusks Leiche verschwinden lassen. *Das* war ein Mann nach Baralis‹ Herzen. Crope würde bestimmt keine Geschichten erzählen.

Etwa eine Stunde später verließ Baralis seine Gemächer. Sein Ziel lag in den oberen Stockwerken, doch sein Weg dorthin führte nach unten. Heimlichkeit war äußerst wichtig. Er durfte nicht das Risiko eingehen, von einer übereifrigen Wache angehalten oder von irgendeinem Trottel von Edelmann in ein überflüssiges Gespräch verwickelt zu werden.

Schließlich erreichte er das zweite Kellergeschoß. Normalerweise hätte Baralis die Kerze nicht benötigt, die er in der Hand hielt, aber diese Nacht war etwas Besonderes. Er wollte das Schicksal nicht unnötig herausfordern.

Ungestört machte er sich auf den Weg ins Zentrum des Kellers. Feuchtigkeit kroch ihm in die Knochen, und seine Hände begannen zu zittern – und das nur teilweise vor Schmerz. Die Kerze schwankte hin und her. Heißes Wachs tropfte auf seine Finger, so daß sich seine Hand mit einem stechenden Schmerz verkrampfte. Die Kerze fiel zu Boden, und von einem Augenblick zum anderen war Baralis in Dunkelheit gehüllt. Wütend stieß er einen leisen Fluch aus. Baralis hatte keinen Zunder eingesteckt, und so konnte er die Kerze nicht wieder anzünden. Außerdem schmerzte seine Hand fürchterlich, und er konnte nicht riskieren, Licht herbeizurufen. Heute nacht stand viel zu viel auf dem Spiel. Also setzte Baralis seinen Weg im Dunkeln fort.

Langsam tastete er sich bis zur Wand vor und benutzte seine Finger wie ein Insekt die Fühler, um den Stein auf Unregelmäßigkeiten zu überprüfen. Schließlich fand Baralis, was er suchte. Vorsichtig manipulierte er kaum wahrnehmbare Hebel mit den Fingerspitzen und machte einen Schritt zur Seite, so daß die Geheimtür aufschwingen konnte. Er trat durch die Öffnung und, nachdem er die andere Seite erreicht hatte, betätigte er abermals eine Reihe von Mechanismen, und die Tür schloß sich wieder. Jetzt endlich konnte er sich auf den Weg in die oberen Stockwerke machen.

Baralis lächelte. Alles verlief nach Plan: der Mangel an Beleuchtung stellte nur ein untergeordnetes Problem dar, und abgesehen davon … was war ein wenig Dunkelheit im Vergleich zu dem, was ihn erwartete?

Mit bemerkenswerter Leichtigkeit durchquerte er die

stockfinsteren Gänge. Obwohl er weder Öffnungen noch Treppen sah, so konnte er sie doch spüren, und er wußte genau, welche Abzweigung die richtige war. Baralis liebte die feuchten Gänge tief im Inneren der Burg. Die Existenz des Labyrinths war vielen bekannt, aber nur wenige wußten, wie man hineingelangte ... und noch weniger wußten, wie man es nutzte, um die dralle Zofe einer Adeligen auf dem Nachttopf zu überraschen. Mit Hilfe dieser Gänge konnte sich Baralis unbemerkt an jeden Ort der Burg begeben und in fast jeden Raum eindringen – egal ob es sich um die Kammer eines Dieners oder um die Gemächer eines Adeligen handelte. Man sollte die niederen Schichten niemals unterschätzen, sinnierte Baralis. Häufig bezog er seine besten Informationen aus den Gerüchten, die ein Milchmädchen und ein Kellerjunge in einem vermeintlich unbeobachteten Augenblick austauschten: wer gegen wen intrigierte, wer an einem Ort schlief, an dem er eigentlich nichts zu suchen hatte, und wer mehr Gold besaß, als gut für ihn war.

Heute nacht jedoch war Baralis nicht an den Dienern interessiert. Heute nacht würde er sich Zugang zum erhabensten Raum der Burg verschaffen – dem Schlafgemach der Königin.

Während er seinen Weg in die oberen Stockwerke fortsetzte, rieb sich Baralis fortwährend die Hände, um die Kälte aus seinen Gliedern zu vertreiben. Er war nervös. Nur ein Narr würde dem bevorstehenden Ereignis mit Gelassenheit entgegensehen. Heute nacht würde Baralis zum ersten Mal in die Gemächer der Königin eindringen. Er hatte Stunden damit verbracht, sie zu beobachten. Er hatte all ihre Gewohnheiten aufgezeichnet, die Zyklen ihrer Weiblichkeit, jedes noch so kleine Detail. Erst vor kurzem hatte sich ein Gefühl freudiger Erwartung unter die Nüchternheit gemischt, die Baralis sonst bei seinen Beobachtungen auszeichnete.

Als er das Schlafgemach der Königin erreichte, warf er zunächst einen vorsichtigen Blick hinein, um sicherzugehen, daß sie allein war. Vollständig bekleidet lag die Königin mit geschlossenen Augen auf ihrem Bett. Baralis spürte, wie ihn plötzliche Erregung erschauern ließ. Die Königin hatte den mit einem Betäubungsmittel versetzten Wein getrunken: Lusk hatte seinen Auftrag erfüllt. Mit äußerster Vorsicht trat er in den Raum. Den Eingang zu den Geheimgängen ließ er einen Spalt offen, um auf den Fall einer schnellen Flucht vorbereitet zu sein. Ohne zu zögern, schritt er zur Tür des Gemachs und schob den Riegel vor, denn außer ihm sollte niemand heute nacht das königliche Schlafgemach betreten.

Baralis näherte sich dem Bett. Die ansonsten so hochmütige und stolze Königin wirkte ungewöhnlich hilflos und verletzlich, und natürlich war sie das auch. Vorsichtig schüttelte Baralis ihren Arm, keine Reaktion. Er wiederholte das Schütteln – diesmal stärker –, und wieder rührte sich die Königin nicht. Sie war bewußtlos. Baralis Blick wanderte zu der bauchigen Weinkanne. Sie war leer – ebenso wie der goldene Becher der Königin. Sorgenfalten legten sich auf seine Stirn. Natürlich würde die Königin niemals eine ganze Kanne Wein trinken, oder etwa doch? Nein, sie hatte den Wein bestimmt mit einer ihrer Hofdamen geteilt. Baralis machte sich keine übermäßigen Sorgen. Das arme Mädchen würde die Nacht über ungewöhnlich tief schlafen und am nächsten Morgen mit leichten Kopfschmerzen aufwachen. Aber trotzdem ... es war nicht geplant gewesen, und das gefiel Baralis ganz und gar nicht. Er machte sich eine geistige Notiz, die Hofdame am Morgen zu überprüfen.

Unvoreingenommen betrachtete Baralis die Königin für einige Minuten. Der Schlaf stand ihr gut. Er glättete ihre Stirn und strich mit der Hand über ihre Lippen, so daß ihr sonst so harter, arroganter Mund weicher wirkte. Baralis schob eine Hand unter ihren Rücken und drehte die Königin auf den Bauch. Dann begann er ihr Kleid aufzuschnüren. Das dauerte seine Zeit, denn Baralis Hände waren steif und die Knoten verschlungen. Trotzdem fuhr er in seiner Arbeit fort. Baralis durfte nicht riskieren, die Schnüre einfach zu durchschneiden. Das hätte womöglich Verdacht erregt.

Schließlich waren alle Knoten gelöst, und Baralis rollte die Königin wieder auf den Rücken. Er zog das Mieder herunter und entblößte so die blasse Wölbung ihrer Brüste. Obwohl Baralis schon seit Jahren den fleischlichen Gelüsten fast vollständig entsagt hatte, konnte er sich einer Reaktion auf diesen Anblick nicht erwehren. Dichter und Barden priesen die Schönheit der Königin in endlosen Balladen, doch Baralis war nie davon berührt worden – bis jetzt. *Irgendwie ist es paradox*, dachte er, *daß sie erst steif und kalt vor mir liegen muß, damit ich sie begehrenswert finde.* Baralis stieß ein leises, freudloses Lachen aus und hob den Rock der Königin.

Anschließend schob er den Unterrock beiseite und spreizte die Beine der bewußtlosen Frau. Ihre Lenden waren weich und glatt ...ein wenig kalt vielleicht, doch das war nicht anders zu erwarten – ein Nebeneffekt des Betäubungsmittels. Baralis störte die Kälte nicht. Erleichtert stellte er fest, daß er bereits ausreichend erregt war. Zunächst hatte Baralis um seine Leistungsfähigkeit gefürchtet, denn die Königin entsprach nicht seinem Geschmack. Falls er überhaupt eine Vorliebe besaß, dann für die Jungen ... für die *sehr* Jungen. Zwar waren die Lenden der Königin noch immer weich, aber sie war keine frisch erblühte Jungfrau mehr. Feine, blaue Venen liefen über die Schenkel der Herrscherin und zeugten von ihrem fortgeschrittenen Alter. Trotzdem war die Königin schön, ihre Beine lang und schlank und ihre runden Hüften eine Verlockung für jeden Mann. Im Gegensatz zu anderen Frauen ihres Alters war ihr Körper von den verheerenden Nebenwirkungen einer Geburt verschont geblieben. Ihre Brüste waren fest und ihr Bauch flach wie ein Altarstein. Baralis zog die Hose herunter und drang in die Königin ein.

Er war sich vollkommen sicher, daß sein Opfer bereit

für eine Empfängnis war. Lange genug hatte er die Königin beobachtet, um zu wissen, an welchen Tagen sie blutete. Früher hatten manche Männer angeblich die Fähigkeit besessen, das Auf und Ab im Körper einer Frau zu spüren – und das nur, indem sie sich im selben Raum aufhielten. Doch Baralis standen derartige Mittel nicht zur Verfügung, und er mußte auf profanere Methoden zurückgreifen.

Das Wissen, das er in dieser Nacht anwendete, hatte Baralis der Heilerin seines Heimatdorfes abgeschaut. Damals hatten sich viele Jünglinge an die Heilerin gewandt, um zu erfahren, wann sie eine Jungfrau beglücken konnten, ohne gleich eine Schwangerschaft zu riskieren. Doch er war der einzige gewesen, der den *günstigsten* Zeitpunkt für eine Empfängnis wissen wollte. Eine dunkle Vorahnung hatte sich auf dem alten, von Sorgen gezeichneten Gesicht der Heilerin gezeigt; dennoch hatte sie ihm geantwortet. Es entsprach nicht ihrer Gewohnheit, die Motive eines Menschen zu hinterfragen.

Baralis hatte vierzehn Tage seit dem Beginn der Blutungen der Königin gewartet, bevor er zur Tat schritt. Aber das war gar nichts – er hatte *Jahre* auf diesen Tag gewartet. Alles hing von dieser einen Nacht ab … alles, was er in der Vergangenheit getan hatte und was er in Zukunft tun würde. Jahrelang hatte er die Vorzeichen studiert, die Sterne und die Lehren der Weisen: heute war die Nacht. Baralis würde den Lauf der Welt ändern, das Schicksal in die Hand nehmen und seine eigene Zukunft sichern. Heute nacht leuchteten die Sterne nur für ihn.

Baralis konzentrierte sich wieder auf seine Aufgabe. Zunächst war er nervös und dementsprechend vorsichtig; doch als die Königin sich nicht rührte, stieß er kräftiger zu. Baralis spürte, wie sich seine Begierde von Sekunde zu Sekunde steigerte, und die Vertrautheit dieses Gefühls erstaunte ihn. Während die Erregung wuchs, verlor sich Baralis immer mehr in seiner Aufgabe, und schließlich drang er mit aller Kraft in die Königin ein. Er hatte nicht erwartet, Genuß dabei zu empfinden, und um so mehr erstaunte es ihn, daß er es doch tat. Schließlich erreichte er den Höhepunkt, und sein Samen ergoß sich in die Königin.

Als sich Baralis wieder von seinem Opfer zurückzog, floß ein kleines Rinnsal von Blut aus ihr heraus und rann langsam ihre Schenkel herab: vielleicht war er etwas zu grob gewesen … aber egal. Zum zweiten Mal an diesem Abend führte Baralis blutige Finger an die Lippen. Er war nicht überrascht, daß das Blut der Königin anders schmeckte: voller, süßer. Rasch wischte Baralis das restliche Blut von den Lenden der schlafenden Herrscherin. Dann schob er ihre Beine wieder zusammen und zog den Rock herunter.

Bevor er das Mieder wieder schloß, ließ er seine Hand über den linken Busen der Königin gleiten – welche Perfektion. Einem plötzlichen Impuls folgend kniff er seinem Opfer brutal in die Brust und quetschte das zarte Fleisch zwischen den Fingern. Anschließend legte Baralis den regungslosen Körper sorgfältig zurecht und stopfte sogar ein weiches Kissen unter den Kopf der Königin.

Jetzt war es an der Zeit, zu verschwinden und zu warten. Baralis würde später wieder zurückkehren, um seine Arbeit zu beenden. Die Tür des Gemachs ließ er verschlossen. Niemand sollte während seiner Abwesenheit die Ruhe der Königin stören.

Bevlin sah in die Unendlichkeit des Himmels. Sein Blick glitt über die Myriaden von Sternen am Firmament; er wußte, daß heute nacht irgend etwas in der Welt in Unordnung geraten war. Er konnte es in seinen alten Knochen förmlich spüren, und in seinem Darm rumorte es. Wenn es darum ging, nahendes Unheil zu spüren, war Bevlins Darm so zuverlässig wie die Apfelblüte im Frühjahr – wenn auch nicht so wohlriechend.

Bevlin setzte sich und starrte beinahe eine volle Stunde in den Himmel. Langsam begann er, das Rumoren in seinem Darm der fettigen Ente in die Schuhe zu schieben, die er kurz zuvor gegessen hatte. Plötzlich strahlte weit im Norden ein Stern immer heller. Als schließlich der gesamte nördliche Himmel vom Licht des merkwürdigen Sterns erfüllt war, drehte sich Bevlin der Magen um. Und erst als die leuchtende Kugel auf den Horizont zufiel, bemerkte er, daß es sich nicht um einen ganzen Stern handelte, sondern nur um ein Bruchstück: ein Meteor, der mit rasender Geschwindigkeit auf die Erde zuraste. Während Bevlin den Himmelskörper mit seinen Blicken verfolgte, traf die Sternschnuppe auf die Atmosphäre – doch anstatt zu verglühen, brach der Meteor auseinander, und der Himmel erstrahlte in einem gleißenden Licht. Schließlich ließ das unheimliche Leuchten nach, und Bevlin konnte zwei Meteore erkennen, wo vorher nur einer gewesen war. Unbeeindruckt von dem kosmischen Ereignis zogen sie ihre Bahn am Horizont. Einer erstrahlte in einem grellen, weißen Licht, während der andere rot wie Blut leuchtete.

Eine einzelne Träne rann Bevlins Wange herab ... Er war zu alt für das, was da kommen würde.

In all den Jahren, die Bevlin mit der Beobachtung der Sterne zugebracht und in all den Büchern, die er gelesen hatte, hatte er keinerlei Hinweis auf das gefunden, was er soeben beobachtet hatte. Selbst jetzt, da die beiden Meteore am Horizont in Vergessenheit versanken, traute er seinen Augen nicht. In der Gewißheit, daß es heute nacht nichts mehr am Himmel zu sehen geben würde, ging Bevlin ins Haus.

Irgendwie fühlte er sich erleichtert. Seit langem hatte er auf ein Zeichen am Himmel gewartet, und nun war es endlich geschehen. Eine kaum merkliche Spannung fiel von ihm ab. Allerdings wußte Bevlin nicht, was das Zeichen zu bedeuten hatte und welche Maßnahmen man ergreifen mußte – wenn überhaupt. Aber er *wußte*, daß sein Darm recht gehabt hatte, und das bedeutete, die Ente war in Ordnung gewesen. Das war nicht schlecht, denn nichts machte einen hungriger, als ein Zeichen am Himmel zu sehen. Während er in Richtung Küche ging, lachte Bevlin fröhlich vor sich hin. Doch als er dort angekommen war, hatte das Lachen einen hysterischen Unterton bekommen.

Die Küche diente ihm zugleich als Arbeitszimmer. Der große Eichentisch war übersät mit Büchern, Schriftrollen und Manuskripten. Nachdem Bevlin sich ein großes Stück Ente abgeschnitten und mit einer mächtigen Haube aus geronnenem Fett verziert hatte, ließ er sich zwischen den Kissen auf seiner alten Steinbank nieder und bereitete dem Rumoren in seinem Darm mit einem mächtigen Furz ein Ende. Es war Zeit, an die Arbeit zu gehen.

Als Baralis in seine Gemächer zurückkehrte, wurde er von dem angenehmen Duft gebratenen Fleischs empfangen. Verwirrt, aber hungrig benötigte er einige Sekunden, um zu bemerken, woher der Duft kam. Inmitten der glühenden Scheite des Kaminfeuers befand sich etwas, das wie ein verbranntes, unregelmäßig geschnittenes Stück Fleisch aussah. Baralis erkannte sofort, daß es sich dabei um Lusks Überreste handelte.

»Ein wenig *zu gut* durchgebraten für meinen Geschmack.« Baralis genoß den Scherz ebenso wie den Klang seiner eigenen Stimme. »Bei Borc! Ich habe einen Mordshunger. Crope!« brüllte er, während er den Kopf durch die Tür steckte. »Crope, du dämlicher Faulpelz! Bring mir Essen und Wein!«

Wenige Sekunden später erschien Crope. Sein massiger Körper wurde von einem viel zu kleinen Kopf gekrönt. Irgendwie brachte Crope es fertig, sowohl bedrohlich als auch strohdumm zu wirken. »Ihr habt gerufen, Herr?« Baralis riesiger Diener besaß eine überraschend sanfte Stimme.

»Natürlich habe *ich* gerufen, du Idiot. Wer sonst hätte

wohl nach dir rufen sollen? Borc persönlich?« Crope blickte angemessen unterwürfig drein, aber er wirkte in keinster Weise beunruhigt. Er wußte ganz genau, wann sein Herr in guter Stimmung war.

»Ich weiß, es ist spät, Crope. Aber ich habe Hunger. Bring mir was zu essen!« Baralis dachte einen Augenblick nach. »Bring mir rotes Fleisch, roh, und guten Rotwein, nicht das Gesöff, das du mir gestern serviert hast. Falls dieses Rattenpack in der Küche versuchen sollte, dich mit irgendwas anderem als dem allerbesten Jahrgang abzuspeisen, dann sag ihnen, ich würde sie persönlich zur Verantwortung ziehen.« Crope nickte grimmig und ging, den Auftrag seines Herrn auszuführen.

Baralis wußte, daß Crope jede Arbeit haßte, bei der er mit jemandem reden mußte. In der Gegenwart anderer Menschen war er scheu und zurückhaltend, was nach Baralis' Meinung ein großer Vorzug an einem Diener war. Lusk war viel zu redselig gewesen – zu seinem eigenen Nachteil. Baralis blickte zur Tür, wo Lusks Überreste eingehüllt in einen zerschlissenen Teppich lagen. Crope hatte das merkwürdige Bündel noch nicht einmal bemerkt ... und falls doch, so würde er niemals darüber reden. Er war wie ein gehorsamer Hund – bedingungslos loyal. Als Baralis sich Crope vorstellte, wie er um diese Stunde in der Küche erschien, schlich ein Lächeln auf sein Gesicht. Sein hünenhafter Diener würde den nervösen Küchendienern einen ziemlichen Schrecken einjagen.

Kurz darauf kehrte Crope wieder zurück. Er trug einen Krug Wein und ein Stück Fleisch – Fleisch so roh, daß noch Blut herauslief und sich auf dem Teller verteilte. Baralis entließ seinen Diener und schenkte sich ein Glas des schweren, süffigen Weins ein. Dann hielt er das Gefäß gegen das Licht und bewunderte die dunkle, purpurrote Farbe des Getränks, bevor er das Glas an die Lippen führte. Der Wein war warm und süß und erinnerte entfernt an Blut.

Die Ereignisse der Nacht hatten einen unbändigen

Hunger in Baralis geweckt. Gierig schnitt er ein großes Stück von dem Fleisch ab, das ihm sein Diener gebracht hatte. Dabei rutschte das Messer ab und drang tief in Baralis Daumen. Instinktiv hob er die Hand und saugte an dem verletzten Finger, bis die Wunde geschlossen war. Plötzlich schauderte Baralis. Er erinnerte sich an Bruchstücke eines alten Reims, irgend etwas über den Geschmack von Blut. Baralis versuchte krampfhaft, sich den Rest des Reims ins Gedächtnis zurückzurufen, doch es gelang ihm nicht. Er zuckte mit den Schultern. Jetzt würde er erst einmal etwas essen, und dann ein kleines Nickerchen machen, bis der größte Teil der Nacht vorüber war.

Viele Stunden später, kurz vor Sonnenaufgang, schlich Baralis erneut in das Schlafgemach der Königin. Diesmal mußte er besonders vorsichtig vorgehen, denn um diese Zeit waren bereits viele Diener auf den Beinen. Brot wurde gebacken, Kühe wurden gemolken, das Feuer im Herd angezündet. Trotzdem machte sich Baralis keine übermäßigen Sorgen; schließlich würde es nicht lange dauern, seine Aufgabe zu beenden.

Als Baralis die Königin genauso vorfand, wie er sie verlassen hatte, war er kurzzeitig beunruhigt; doch eine nähere Untersuchung zeigte, daß sie ruhig und gleichmäßig atmete. Die Erinnerung der vergangenen Nacht zehrte an Baralis' Lenden, und er verspürte den Drang, die Königin erneut zu besteigen. Aber schließlich siegte der Verstand über das Verlangen, und Baralis zwang sich zu tun, was getan werden mußte.

Der Gedanke an die bevorstehende ›Suche‹ jagte ihm einen Schauer über den Rücken. Baralis hatte erst ein einziges Mal eine solche ›Suche‹ durchgeführt, und die Erinnerung daran bescherte ihm bis zum heutigen Tag Alpträume. Damals war er noch ein junger Spund gewesen, der sich viel auf seine ungewöhnlichen Fähigkeiten eingebildet hatte, die ihn von Gleichaltrigen abhoben. Alle hatten ihm eine große Zukunft vorhergesagt – und hatten sie nicht recht behalten? Baralis war stolz gewesen, natürlich; aber waren nicht alle großen Männer stolz? Begierig zu immer neuen Horizonten vorzustoßen, hatte er sofort alles in die Tat umgesetzt, was er irgendwo gelesen hatte. Er besaß einen überdurchschnittlichen Verstand, und so hatte er schon bald seine Lehrer überflügelt. Baralis war wie ein wilder Eber vorgestürmt ... zum Stolz seiner Meister und zum Neid seiner Freunde.

Eines Tages, kurz nach seinem dreizehnten Geburtstag, fand Baralis ein altes, staubiges Manuskript im hintersten Winkel einer Bibliothek. Als er das brüchige Pergament entrollte, zitterten seine Hände vor Aufregung. Zunächst war er ein wenig enttäuscht. Das Schriftstück enthielt Instruktionen für die alltäglichsten Fertigkeiten – wie man Licht und Feuer machte, wie man eine Erkältung heilte ... doch am Ende wurde ein Ritual mit dem Namen ›Die Suche‹ erwähnt. Mit dieser ›Suche‹, so berichtete das Pergament, konnte man feststellen, ob eine Frau schwanger war oder nicht.

Gierig verschlang Baralis jedes einzelne Wort. Seine Lehrer hatten nie etwas von einer ›Suche‹ erwähnt: vielleicht handelte es sich um etwas, das sie nicht konnten oder noch besser ... um etwas, von dem sie nichts wußten. In der Hoffnung, eine Fähigkeit zu erlernen, von der seine Lehrer keine Ahnung hatten, ließ Baralis das Manuskript im Ärmel verschwinden und nahm es mit nach Hause.

Einige Tage später war er bereit, sein neu gewonnenes Wissen auszuprobieren. Aber an wem? Die Frauen des Dorfes würden nicht zulassen, daß er sie berührte. Also blieb nur seine Mutter, und *die* war bestimmt nicht schwanger. Doch da Baralis keine andere Möglichkeit offenstand, beschloß er, seine Mutter als Versuchskaninchen zu mißbrauchen.

Und so stahl er sich am nächsten Morgen ins Schlafzimmer seiner Eltern, nachdem sein Vater zur Arbeit aufs Feld gegangen war. Die Tatsache, daß sein Vater das Leben eines gewöhnlichen Bauern fristete, beschämte Baralis, und nur das Wissen um die bessere Herkunft seiner Mutter tröstete ihn darüber hinweg. Sie stammte aus der Familie eines wohlhabenden Salzhändlers. Baralis liebte seine Mutter abgöttisch, und er war stolz auf ihre gute Abstammung. Überall im Dorf wurde sie respektiert, und die Ältesten suchten ihren Rat in allen möglichen Angelegenheiten, von Fragen der Ernte bis hin zur Vorbereitung von Hochzeiten.

Als ihr Sohn das Zimmer betrat, wachte die Mutter auf. Baralis drehte sich sofort um und schickte sich an, den Raum zu verlassen, doch seine Mutter winkte ihn zu sich heran. »Komm schon, Barsi. Was hast du auf dem Herzen?« Sie wischte sich den Schlaf aus den Augen und lächelte nachsichtig.

»Ich wollte etwas ausprobieren, was ich gerade gelernt habe«, murmelte Baralis schuldbewußt.

Seine Mutter verwechselte Schuld mit Bescheidenheit. »Barsi, mein Liebling. Diesen neuen Trick von dir ... kannst du ihn auch ausführen, wenn ich wach bin?« Ihr Gesicht war ein Bild der Liebe und des Vertrauens, und für einen Augenblick zweifelte Baralis an der Richtigkeit seines Vorhabens.

»Ja, Mutter. Aber vielleicht sollte ich es doch besser an jemand anderem ausprobieren.«

»So ein Unsinn! Probier es ruhig an mir ... solange du meine Haare nicht grün färbst, ist mir alles egal.« Baralis' Mutter machte es sich zwischen den Kissen bequem und klopfte einladend auf das Bett.

»Ich werde dir nichts zuleide tun, Mutter. Es handelt sich um eine ›Suche‹ ... um zu sehen, ob du gesund bist.« Die Lüge fiel Baralis nur allzu leicht. Schließlich belog er seine Mutter nicht zum ersten Mal.

»Nun denn«, lachte die Mutter fröhlich. »Tu, was du nicht lassen kannst!«

Als Baralis die Hände auf den Bauch seiner Mutter legte, spürte er die Wärme ihres Körpers durch den dünnen Stoff des Nachtgewands hindurch. Er spreizte die Finger und konzentrierte sich auf die ›Suche‹. In dem alten Manuskript stand geschrieben, daß es sich eher um eine mentale denn um eine physische Übung handelte, und so richtete Baralis all seine Gedanken auf die bevorstehende Aufgabe.

Er spürte, wie das Blut seiner Mutter durch die Adern rauschte und den regelmäßigen Schlag ihres Herzens. Er spürte ihre Magensäfte und die sanften Kontraktionen ihres Darms. Baralis ließ seine Hände tiefer gleiten. Dabei schaute er seiner Mutter in die Augen, und sie nickte ihm ermutigend zu. Schließlich fand er den Punkt, von dem das Manuskript gesprochen hatte: ein roter Fleck der Fruchtbarkeit. Aufgeregt erforschte Baralis den Schoß der Mutter.

Er fand etwas: eine zarte Blüte. Baralis war sich nicht sicher, und so verstärkte er die ›Suche‹. Inzwischen hatten sich Sorgenfalten auf das Gesicht seiner Mutter gelegt, doch ihren Sohn kümmerte das nicht. Er war viel zu sehr in seine Arbeit vertieft. Dort war etwas: etwas Neues, Anderes ... etwas Wunderbares. Baralis wollte dieses Etwas mit seinen Gedanken berühren. Er grub tiefer, und seine Mutter schrie schmerzerfüllt auf.

»Barsi! Hör auf!« Ihr schönes Gesicht war schmerzverzerrt.

Von Panik ergriffen versuchte Baralis, sich so schnell wie möglich zurückzuziehen ... doch dabei zog er irgend etwas mit sich. Er spürte eine Bewegung, zerreißendes Fleisch. Als er verängstigt die Hände vom Bauch seiner Mutter nahm, schrie sie hysterisch auf, krümmte sich und umklammerte ihren Leib. Baralis bemerkte einen leuchtenden Blutfleck auf den Laken. Diese Schreie! Er konnte diese Schreie nicht mehr länger ertragen! Er wußte nicht, was er tun sollte. Er konnte seine Mutter unmöglich allein lassen, um Hilfe zu holen. Ihr Körper wurde von Krämpfen geschüttelt. Mittlerweile floß das Blut in Strömen, und die weißen Laken leuchteten in grellem Rot.

»Mutter! Bitte! Hör auf! Es tut mir leid! Ich wollte dir nicht weh tun. Bitte, hör auf!« Tränen liefen Baralis' Wangen herab. »Mutter, es tut mir leid.« Ungeachtet des Blutes drückte er seine Mutter an sich. »Es tut mir ja so leid«, wiederholte er mit einer Stimme, die nur noch ein heiseres Flüstern war.

Baralis hielt seine Mutter in den Armen, bis sie schließlich verblutet war. Es dauerte nur wenige Minuten, doch dem jungen Baralis erschien es wie eine Ewigkeit, während er hilflos mit ansehen mußte, wie das Leben aus dem geliebten Körper wich.

Baralis riß sich aus seinen Erinnerungen. Das war vor vielen Jahren geschehen. Damals war er noch jung und unerfahren gewesen, doch inzwischen hatte er sich zu einem Meister entwickelt. Diesmal würde ihm kein Fehler unterlaufen – und erst recht keiner aus Unerfahrenheit, denn heute wußte er, daß es mehr als dumm gewesen war, eine derart schwere mentale Übung in so jungen Jahren zu versuchen. Mit dreizehn hatte er kaum gewußt, was das Wort ›schwanger‹ bedeutete. Nur die Tatsache, daß er sich langsam zu einem Erwachsenen entwickelte, hatte ihm erste Hinweise dafür geliefert, wie Kinder entstanden.

Baralis war sich des Risikos durchaus bewußt, das eine ›Suche‹ bei der Königin mit sich brachte, aber er *mußte* es wissen – schließlich hing eine Empfängnis noch immer vom Zufall ab. Er wagte gar nicht daran zu denken, was geschehen würde, sollte sein Samen keine Gnade gefunden haben. Ein Teil von ihm wußte, daß es eigentlich noch viel zu früh war, um eine sichere Aussage treffen zu können; doch ein anderer Teil von ihm war fest davon überzeugt, daß es ihm gelingen würde, jede noch so kleine Veränderung wahrzunehmen – und das würde reichen.

Baralis beugte sich über den Körper der schlafenden Königin und legte die Hände auf ihren Bauch. Sofort bemerkte er, daß der Stoff ihres prächtigen Hofgewands viel zu dick war, als daß er etwas durch ihn hindurch hätte spüren können. Also hob Baralis erneut den Rock der Königin und stellte überrascht fest, daß er vergessen hatte, ihre Unterröcke wieder zurechtzulegen. *Auch gut*, dachte er, denn die Unterröcke waren genauso dick und unhandlich wie das Obergewand.

Vielleicht war er heute erfahrener als mit dreizehn Jahren, doch Baralis wünschte, seine Hände wären noch immer die eines Jünglings. Nur mühsam gelang es ihm, seine Finger so weit zu spreizen, daß sie den gesamten Bauch der Königin umfaßten. Baralis biß die Zähne zusammen. Er konnte es sich nicht leisten, daß Schmerz dem Gelingen seiner Bemühungen im Wege stand. Die richtige Stelle war rasch gefunden. Baralis war kein Anfänger mehr.

Er begann ›Die Suche‹. Alles war wohlbekannt, die Wärme der Organe, das Rauschen des Blutes in den Adern, die Hitze der Leber. Mit äußerster Sorgfalt tastete er sich immer tiefer in den Körper der Königin hinein, bis hin zur Gebärmutter. Baralis spürte das Gewirr aus Muskeln und Sehnen und die sinnliche Krümmung der Eileiter. Und dann entdeckte er etwas, etwas kaum Wahrnehmbares, wie die kleinen Wellen auf einem Teich, etwas Pulsierendes. Erste Anzeichen eines neuen Lebens, das nur mit Mühe von dem der Königin zu unterscheiden war. Eigentlich handelte es sich noch gar nicht um richtiges Leben, eher um eine Ahnung davon … aber es war da.

Trotz seiner freudigen Erregung machte Baralis keine schnellen Bewegungen. Langsam, geduldig und mit der Präzision eines Chirurgen löste er sich von der Königin … und kurz bevor er sich vollends gelöst hatte, spürte er die Existenz des neuen Lebens mit aller Deutlichkeit: ein dunkler Druck.

Es war etwas in diesem letzten Kontakt gewesen, daß Baralis unter normalen Umständen Grund zur Sorge gegeben hätte, doch alle Zweifel wurden durch die Freude über den Erfolg hinweggewischt.

Schließlich nahm Baralis die Hände von der Königin

und richtete ihr Kleid. Ein leises Stöhnen entwich den Lippen der bewußtlosen Herrscherin, doch Baralis sorgte sich nicht – sie würde erst in einigen Stunden wieder erwachen. Dennoch war es an der Zeit zu gehen. Baralis schlich zur Tür des Schlafgemachs und schob den Riegel beiseite. Dann warf er einen letzten Blick auf sein Opfer und verschwand in Richtung seiner eigenen Gemächer. Nur der Hauch eines Schattens folgte ihm in den ersten Strahlen der Morgendämmerung.

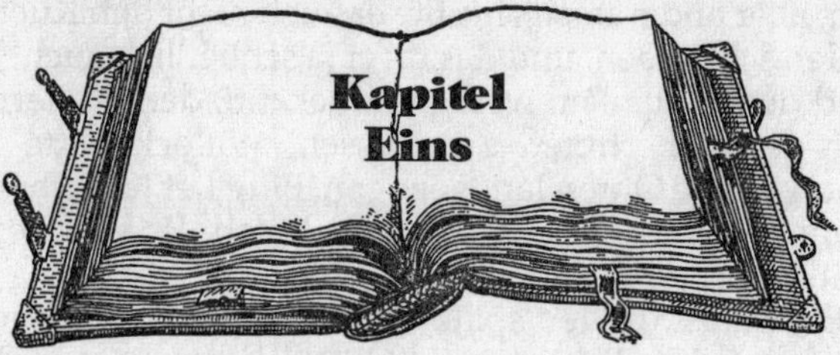

Kapitel Eins

»Nein, das siehst du falsch, Bodger. Glaub mir, junge Mädels sind nichts fürs Flachlegen. Klar, von außen sehen sie toll aus; aber wenn du wirklich Spaß haben willst, schnapp dir lieber 'ne Alte. Du weißt ja ... auf 'ner alten Kuh läßt sich gut reiten.« Grift nahm einen kräftigen Schluck Bier und grinste seinen Kameraden beschwipst an.

»Nun ja, Grift. So ohne weiteres kann ich dir da nicht recht geben. Ehrlich gesagt würde ich lieber mit der drallen Karri einen draufmachen als mit der alten Witwe Harpit.«

»Also ich würde weder die eine noch die andere von der Bettkante stoßen!« Die beiden Männer lachten laut auf und hämmerten ihre Bierkrüge auf den Tisch, wie es Sitte bei den Palastwachen war. »Hey, du da ... Junge ... wie heißt du? Komm mal rüber, damit ich dich besser sehen kann.« Jack trat vor, und Grift musterte ihn von oben bis unten. »Hat die Katze deine Zunge gefressen, Junge?«

»Nein, Herr. Mein Name ist Jack.«

»Also das nenne ich ja mal einen ungewöhnlichen Namen!« Erneut brachen die beiden Männer in wildes Gelächter aus. »*Jack*, mein Junge, bring uns Bier ... und zwar nicht dieses Spülwasser, das ihr hier sonst ausschenkt.«

Jack verließ den Speisesaal und machte sich auf die Suche nach dem geforderten Bier. Eigentlich gehörte es nicht zu seinen Aufgaben, die Palastwachen zu bedienen; aber andererseits mußte er auch nicht den Küchenboden schrubben, und das tat er ja schließlich auch. Jack fand den Gedanken wenig verlockend, dem Kellermeister gegenübertreten zu müssen. Willock hatte ihm schon oft die Ohren langgezogen. Eilig lief Jack über die steinernen Stufen in den Keller hinab. Es war bereits spät. Man erwartete ihn in der Küche.

Ein paar Minuten später kehrte er mit einem Viertel schäumenden Biers zurück. Glücklicherweise war Willock nicht im Bierkeller gewesen. Statt dessen hatte sich sein Gehilfe, Pruner, Jacks Wünschen angenommen. Pruner hatte Jack fröhlich zugezwinkert und ihm erzählt, Willock habe der Hafer gestochen und nun sei er unterwegs, um dieses Problem zu beseitigen. Jack wußte zwar nicht, was das zu bedeuten hatte, aber mit Sicherheit hatte es etwas mit der Bierbrauerei zu tun.

»Es war Lord Maybor ... wirklich!« sagte Bodger gerade, als Jack den Speisesaal betrat. »Ich habe ihn mit eigenen Augen gesehen. Er und Lord Baralis haben wie die Hennen aufeinander gehockt und sich den Mund fusselig geredet. Natürlich haben sie sich sofort vom Acker gemacht, als sie mich gesehen haben. *Wusch*, weg waren sie ... wie ein geölter Blitz.«

»Also so was«, erwiderte Grift und runzelte die Stirn. »Wer hätte das gedacht? Schließlich weiß jeder, daß Maybor und Baralis sich nicht riechen können. Wahrscheinlich haben sie noch nie ein vernünftiges Wort miteinander gewechselt. Bist du dir wirklich sicher, daß es die beiden waren?«

»Ich bin doch nicht blind, Grift. Sie waren's ... unten im Garten, hinter den Hecken ... wie zwei Nonnen auf der Pilgerfahrt.«

»Na, da werd' ich doch zum Affen!«

»Wenn du 'ne Hose findest, wo der Schwanz reinpaßt«, zwitscherte Bodger vergnügt.

Plötzlich bemerkte Grift Jacks Rückkehr. »Wo wir gerade von Schwänzen reden. Hier ist jemand, dem selbst die engste Hose noch zu weit ist!« Bodger fand diesen Scherz derart umwerfend, daß er vor lauter Lachen vom Stuhl fiel.

Während Bodger sich von seinem Sturz erholte, stand Grift auf und nahm Jack beiseite. »Was hast du von dem gehört, was wir gerade gesagt haben, Bursche?« Der betrunkene Wachsoldat packte Jacks Arm mit aller Kraft und starrte den Jungen mit glasigen Augen an.

Jack kannte sich gut genug in den Hofintrigen aus, um zu wissen, was er zu antworten hatte. »Ich habe nur etwas von Schwänzen gehört, Herr.« Grift drückte noch fester zu, so daß der Schmerz in Jacks Arm beinahe unerträglich wurde. Die Stimme des Wachsoldaten klang tief und drohend.

»Ich hoffe, du sagst die Wahrheit, Junge. Das wäre nämlich besser für dich … aber wenn du mich angelogen hast, wird es dir leid tun.« Grift drückte ein letztes Mal zu, dann ließ er Jack los. »Es wird dir *verdammt* leid tun. Jetzt mach, daß du wegkommst.«

Grift wandte sich wieder seinem Kameraden zu, als wäre nichts geschehen. »Weißt du, Bodger, eine alte Frau ist wie ein überreifer Pfirsich – außen verschrumpelt, aber innen süß und saftig.« Jack nahm den leeren Bierkrug und rannte so schnell ihn seine Beine trugen in die Küche.

Heute war nicht Jacks Tag. Meisterbäcker Frallit hatte eine derart schlechte Laune, daß im Vergleich dazu sein normales Benehmen beinahe freundlich erschien. Eigentlich gehörte es zu Tillys Aufgaben, die großen Backsteine zu reinigen; doch ein Lächeln ihrer schwulstigen Lippen verfehlte nie seine Wirkung bei Meister Frallit, und so blieb Tilly die Dreckarbeit erspart. Von all seinen Aufgaben haßte Jack nichts so sehr wie das Schrubben der Backsteine, denn sie mußten in einer ätzenden Natronlauge eingeweicht werden. Jedesmal wenn er mit der Lauge in Kontakt kam, bildeten sich Blasen auf Jacks Händen, und manchmal schälte sich sogar die Haut ab. Anschließend mußte er die riesigen Steine, die fast so schwer waren wie er selbst, in den Hof tragen, um sie dort abzuwaschen.

Jack dachte mit Schrecken daran, die Steine tragen zu müssen. Sie waren spröde und würden sofort in tausend Stücke zerspringen, sollten sie zu Boden fallen. Und die Backsteine waren Meister Frallits ganzer Stolz. Er war fest davon überzeugt, daß die matten, schweren Steine für die außerordentliche Qualität seines Brotes verantwortlich waren. Erst vor kurzem hatte Jack erfahren, welche Strafe auf das Zerbrechen eines der wertvollen Steine stand.

Vor einigen Wochen hatte Frallit, der den ganzen Tag über wie ein Stier gesoffen hatte, das Verschwinden eines Steins bemerkt. Sofort hatte er sich auf die Suche nach Jack gemacht. Schließlich hatte er den Jungen zwischen den Töpfen und Pfannen des Kochs entdeckt. »Du törichter Bengel!« hatte Meister Frallit geschrien und Jack an den Haaren aus seinem Versteck gezogen. »Weißt du eigentlich, was du da getan hast? Weißt du das?« Natürlich erwartete Frallit keine Antwort. Statt dessen versuchte er seinem Gefangenen einen Hieb an den Kopf zu versetzen, doch Jack tauchte geschickt unter dem Schlag weg, und Meister Frallits Hand zischte wirkungslos durch die Luft. Zurückblickend erkannte Jack, daß dieses Manöver ein schwerer Fehler gewesen war. Wahrscheinlich hätte Frallit ihm nur eine ordentliche Tracht Prügel verpaßt und es dann dabei bewenden lassen. Aber der Bäckermeister haßte nichts mehr, als zum Gespött gemacht zu werden – besonders vor den Augen der drallen Tilly. Und so verfiel der Mann in einen wahren Rausch, der damit endete, daß er ein Büschel von Jacks Haaren ausriß.

Jacks Haare schienen ein ständiges Ziel für die Wutausbrüche seines Meisters zu sein. Anscheinend verfolgte Frallit die Absicht, alle seine Lehrlinge so kahlköpfig zu machen wie sich selbst. So war Jack zum Beispiel eines Nachts aufgewacht und hatte festgestellt, daß man seinen Kopf geschoren hatte – als sei er ein

Schaf. Tilly war gerade damit beschäftigt gewesen, seine haselnußbraunen Locken ins Feuer zu werfen. Sie hatte Jack erklärt, Meister Frallit habe die Schur angeordnet, da er Läuse bei seinen Untergebenen vermutete. Jacks Haare hatten sich auf die einzig mögliche Weise an Frallit gerächt: sie waren mit ungewöhnlicher Geschwindigkeit nachgewachsen.

Wachstum im allgemeinen entwickelte sich langsam zu einem Problem für Jack. Nicht eine Woche verging, ohne daß er irgendwo deutliche Zeichen des Wachstums zeigte. Besonders seine Hosen brachten Jack immer wieder in Verlegenheit. Noch vor vier Monaten hatten sie seine Knöchel bedeckt, und nun drohten sie seine Schienbeine zu entblößen. Und was für schrecklich blasse und dürre Schienbeine das waren! Jack war fest davon überzeugt, daß inzwischen jeder in der Küche das erbärmliche Stück Fleisch bemerkt hatte, das aus seinen Hosenbeinen hervorlugte.

Doch da er ein praktisch denkender Junge war, hatte Jack beschlossen, sich einfach eine neue Hose zu schneidern. Leider handelte es sich bei der Schneiderei um eine Fähigkeit, die Geduld und nicht Verzweiflung verlangte, und so wurde der Wunsch nach einer neuen Hose bald zu einem unerreichbaren Traum. Statt dessen versuchte Jack das beste aus dem zu machen, was er besaß. Er zog seine alte Hose so tief wie möglich hinunter, bis sie schließlich nur noch von einer dünnen Kordel daran gehindert wurde, zu Boden zu fallen. Jack richtete verzweifelte Stoßgebete an Borc, er möge verhüten, daß die Kordel in Gegenwart von jemand wichtigem den Geist aufgab – besonders nicht in der Gegenwart von Frauen.

Jacks Größe wurde mehr und mehr zum Problem: zum einen stand seine Länge in keinem Verhältnis zu seiner Breite, so daß er mittlerweile glaubte, die Gestalt eines Besenstiels zu besitzen. Aber natürlich war viel schlimmer, daß er inzwischen seine Vorgesetzten überragte. Jack war bereits einen Kopf größer als Tilly und eine Handbreit größer als Frallit, und der Meisterbäcker faßte die Körpergröße seines Lehrlings als persönliche Beleidigung auf. Häufig konnte man hören, wie Meister Frallit vor sich hin murmelte, daß große Jungen es nie zu einem guten Bäcker bringen würden.

Jacks Hauptaufgabe als Bäckerjunge bestand darin sicherzustellen, daß das Feuer unter dem Backofen niemals ausging. Der Ofen war von der Größe eines kleinen Zimmers. Hier wurde jeden Morgen Brot für alle Bewohner des Schlosses gebacken, sowohl für die Höflinge als auch für die Diener.

Frallit war besonders stolz darauf, jeden Tag frisches Brot anbieten zu können, und um dies zu garantieren, stand er stets um fünf Uhr morgens auf. Doch der riesige Steinofen mußte die ganze Nacht hindurch in Gang gehalten werden. Denn sollte er ausgehen, bräuchte man einen ganzen Tag, um ihn wieder auf Backtemperatur zu bringen. Und so mußte Jack den Ofen die Nacht hindurch im Auge behalten.

Einmal in der Stunde war es seine Pflicht, den steinernen Kamin zu öffnen und Holz nachzulegen. Diese ungewöhnliche Routine machte ihm keineswegs etwas aus. Inzwischen hatte er sich daran gewöhnt, nur eine Stunde am Stück schlafen zu können, und im Winter, wenn es bitterkalt in der Küche war, pflegte er sich dicht neben den Ofen zu legen und seinen dürren Körper gegen den warmen Stein zu pressen.

Manchmal, in jenen sonderbaren Augenblicken zwischen Wachen und Schlafen, stellte Jack sich vor, seine Mutter sei noch am Leben. In den letzten Monaten ihrer Krankheit hatte sich der Körper der sterbenden Frau ebenso warm angefühlt wie der steinerne Ofen in der Bäckerei des Schlosses. Tief in ihrer Brust hatte ein Feuer gebrannt, daß sie unaufhaltsam zerstört hatte. Jack erinnerte sich an das Gefühl ihres Körpers, der an den seinen gepreßt war – die Knochen seiner Mutter waren so brüchig gewesen wie altes Brot. Diese Schwäche … Jack konnte den Gedanken daran nicht ertragen. Doch meistens gelang es ihm, den Schmerz zu verdrängen, denn sein Tag war angefüllt mit Arbeit: er mußte Mehlsäcke aus den Kornspeichern herbeischaffen, Wasser aus dem Brunnen holen, den Ofen sauber halten und darauf achten, daß die Hefe nicht schlecht wurde.

Jack hatte rasch herausgefunden, daß er ein ungewöhnliches Talent besaß, die richtige Menge Mehl, Hefe und Wasser einzuschätzen, die notwendig war, um eine bestimmte Sorte Teig zuzubereiten. Bei einigen Gelegenheiten hatte er sogar den Meisterbäcker übertroffen. Aber Jack war klug genug, dieses Talent zu verbergen, denn Frallit war ein Mann, der über alle Maßen stolz auf sein handwerkliches Können war. Nichts und niemand durfte besser sein als er.

Erst vor kurzem hatte Frallit Jack das Privileg verliehen, den Teig zu kneten. »Du mußt ihn kneten wie die Brust einer Jungfrau«, pflegte er zu sagen. »Zunächst sanft, kaum spürbar, und wenn er langsam weich wird, dann drückst du fester zu.« Nach einem Krug Bier wurde der Meisterbäcker beinahe lyrisch. Es war der *zweite* Krug, der ihn unausstehlich machte.

Das Kneten des Teigs bedeutete einen Aufstieg für Jack. Bald würde man ihn offiziell als Bäckerlehrling anerkennen. Und wenn er erst einmal ein richtiger Bäckerlehrling war, wäre seine Zukunft im Schloß gesichert. Doch bis dahin war Jack auf die Gnade derer angewiesen, die über ihm standen, und in der strengen Hierarchie der Diener stand jeder über ihm.

Irgendwann nachdem Jack den Speisesaal verlassen und bevor er die Küche erreicht hatte, war die Sonne untergegangen. Jack hatte oft das Gefühl, als würde ihm die Zeit zwischen den Fingern zerrinnen. Im einen Augenblick hatte er gerade begonnen den Teig zu kneten, und im nächsten versetzte ihm Meister Frallit eine Ohrfeige, weil der Teig schon hart wurde und die Fliegen anzog. Aber es gab so viel, über das sich nachzudenken lohnte, und häufig ging Jacks Phantasie mit ihm durch. Er brauchte nur einen Holztisch anzusehen, und schon stellte er sich den Baum vor, aus dem das Möbel gemacht worden war und wie dieser Baum einst einem längst vergessenen Helden Schatten gespendet hatte.

»Du kommst spät«, sagte Frallit. Der Meisterbäcker stand mit gekreuzten Armen neben dem Ofen.

»Tut mir leid, Meister Frallit.«

»*Es tut mir leid*«, äffte Frallit seinen Gehilfen nach. »*Es tut mir leid*. Es sollte dir *verdammt* leid tun. Langsam bin ich deine ewigen Verspätungen leid. Die Ofentemperatur ist gefährlich niedrig, Junge. Gefährlich niedrig!« Der Meisterbäcker trat einen Schritt vor. »Und wer bekommt den Ärger, wenn der Ofen ausgeht und es einen Tag lang kein Brot gibt? *Ich*!« Frallit nahm einen schweren Rührlöffel vom Regal und versetzte Jack damit einen kräftigen Schlag auf den Arm. »Ich werde dich lehren, meinen guten Ruf zu gefährden!« Jacks Arm erschien Frallit als geeignete Stelle für eine Tracht Prügel, und so drosch er immer weiter auf sein Opfer ein. Erst als er außer Atem geriet, hörte der Meisterbäcker widerwillig auf.

Inzwischen hatte das Gebrüll eine beachtliche Zuschauermenge angelockt. »Laßt den Jungen in Ruhe, Frallit«, wagte ein Spülmädchen zu sagen. Willock, der Kellermeister, brachte sie mit einer Ohrfeige zum Schweigen.

»Sei still, unverschämtes Gör. Das geht dich nichts an. Der Meisterbäcker hat das Recht, mit seinen Jungen zu tun und zu lassen, was er will.« Willock wandte sich an die anderen Diener. »Das soll euch allen eine Lehre sein.« Dann nickte der Kellermeister dem Meisterbäcker freundlich zu und scheuchte die Menge auseinander.

Jack zitterte am ganzen Körper. An seinem Arm klopfte es vor Schmerz – der schwere Löffel hatte deutliche Abdrücke auf dem Fleisch hinterlassen. Tränen des Schmerzes und der Wut brannten in Jacks Augen. Entschlossen, nicht in Gegenwart des Meisters zu weinen, kniff er die Augen zusammen.

»Und wo hast du dich diesmal rumgetrieben?« Der

Meisterbäcker wartete nicht auf die Antwort. »Tagträumereien möchte ich wetten. Mit dem Kopf in den Wolken. Hältst dich wohl für was Besseres.« Frallit packte Jacks Nacken und beugte sich zu ihm hinab. Der Atem des Meisters stank nach Bier. »Ich will dir mal was sagen, Junge. Deine Mutter war eine Hure, und du bist nur der Sohn einer Hure. Frag wen du willst. Jeder im Schloß wird dir erzählen, daß sie eine Hure war ... und zwar eine *ausländische* Hure.«

Blut pochte in Jacks Kopf, und verbrauchte Luft brannte in seinen Lungen. Dennoch konnte er nur an eines denken ... Schmerz war nichts, Spott ohne Bedeutung ... Jack mußte es *wissen*. »Woher kam sie?« kreischte er.

Jack hatte das ausgesprochen, was ihm wichtiger war als alles andere. Er hatte sowohl nach seiner Mutter als auch nach sich selbst gefragt – denn woher auch immer sie gekommen sein mochte, es war auch Jacks Heimat. Daß er keinen Vater gehabt hatte, akzeptierte er als Schicksal, aber seine Mutter schuldete ihm etwas. Etwas, das sie ihm nie gegeben hatte – das Wissen um seine Herkunft. Jeder im Schloß wußte, wer er war und woher er stammte. Jack hatte die anderen beobachtet, ihre unausgesprochene Gewißheit. Sie führten kein Leben voller unbeantworteter Fragen. Nein. Sie kannten ihren Platz, ihre Geschichte, ihre Großväter und Großmütter ... und aufgrund dieses Wissens kannten sie sich selbst.

Jack beneidete sie darum. Auch er wollte mit anderen über familiäre Dinge sprechen und dabei beiläufig fallen lassen: »Ja, ja. Meine Mutter stammt übrigens aus Calfern, westlich des Ley.« Doch Jack blieb diese Selbstsicherheit verwehrt. Er wußte nichts über seine Mutter. Er kannte weder ihren Geburtsort noch ihre Familie – ja er kannte noch nicht einmal ihren richtigen Namen. All das blieb ein Mysterium für ihn, und manchmal, wenn ihn die anderen als Bastard verspotteten, dann haßte er seine Mutter.

Frallit lockerte seinen Griff. »Woher soll ich wissen, woher sie gekommen ist?« entgegnete er. »Ich habe ihre Dienste nie in Anspruch genommen.« Der Meisterbäcker schüttelte Jack ein letztes Mal, bevor er ihn losließ. »Sieh zu, daß du Holz nachlegst. Sonst überlege ich es mir vielleicht doch noch anders und drehe dir den Hals um.« Dann wandte er sich von Jack ab und überließ ihn seiner Arbeit.

Bevlin erwartete einen Gast. Er wußte nicht, wer ihn besuchen kam. Er spürte nur, daß sich jemand näherte. *Zeit, eine neue Ente vorzubereiten,* dachte Bevlin geistesabwesend; doch dann entschied er sich anders, denn seine Lieblingsspeise war nicht gerade jedermanns Geschmack. Statt dessen beschloß er, auf Nummer Sicher zu gehen und einen Rinderbraten zuzubereiten. Zwar war das Fleisch bereits mehrere Wochen alt, aber das war egal – von Maden befallenes Fleisch hatte noch niemandem geschadet. Außerdem war halb verfaultes Fleisch zarter und saftiger als frisches – jedenfalls behauptete man das.

Bevlin holte den Braten aus dem Keller und würzte ihn mit Salz und Pfeffer. Dann wickelte er ihn in Sauerampferblätter, und schließlich legte er das Fleisch in die Glut der großen Feuerstelle. Fleisch zu rösten, war wesentlich schwieriger, als eine Ente zuzubereiten. Bevlin hoffte nur, sein Gast wüßte das auch zu schätzen.

Als der Besuch schließlich kam, war die Sonne bereits untergegangen. Bevlins Küche war gut beheizt und hell erleuchtet, und der Duft gerösteten Fleisches erfüllte die Luft. »Kommt herein, mein Freund«, krächzte Bevlin als Antwort auf das Klopfen an seiner Tür. »Es ist offen.«

Der Mann, der hereintrat, war wesentlich jünger, als der Gelehrte erwartet hatte. Er war groß und gutaussehend. Trotz des Staubs der Straße leuchteten einige Haarsträhnen im Licht der Feuerstelle golden. Doch die Kleidung des Mannes war alt und abgenutzt. Sie war von unscheinbarem Grau, und selbst die ledernen Teile, die einst schwarz oder braun gewesen sein mochten, hatten durch jahrelanges Tragen eine einheitliche Farbe angenommen. Ein helles Halstuch war das einzige, was sich von dem tristen Einerlei abhob. Bevlin glaubte, daß es etwas Besonders mit diesem Tuch auf sich hatte – vielleicht etwas Romantisches.

Der Fremde wirkte auf den Gelehrten ein wenig sattelmüde, aber das war auch nicht anders zu erwarten. Schließlich lebte Bevlin in einer sehr abgelegenen Gegend. Das nächste Dorf war zwei Tagesritte entfernt, und es bestand nur aus drei Bauernhöfen.

»Seid willkommen, Fremder. Friede sei mit Euch. Kommt, teilt Speis und Trank mit mir.« Bevlin lächelte. Der junge Mann war erstaunt, daß man ihn erwartet hatte; doch er tat sein Bestes, um seine Verblüffung zu verbergen.

»Ich danke Euch, Herr. Ist dies das Haus des weisen Gelehrten Bevlin?« Die Stimme des Fremden war tief und angenehm, und wenn man genau hinhörte, konnte man einen ländlichen Akzent erkennen.

»Ich bin Bevlin, doch ob ich weise bin, vermag ich nicht zu sagen.«

»Ich bin Tawl, Ritter von Valdis.« Der Fremde verbeugte sich elegant. Bevlin kannte sich mit dem Verbeugen aus: er hatte viel Zeit an den größten Höfen der bekannten Welt verbracht und das Haupt vor den mächtigsten Herrschern gebeugt. Die Geste des jungen Mannes war ein Akt von gerade erst erlernter Schönheit.

»Ein Ritter von Valdis! Das hätte ich wissen müssen. Aber warum hat man mir einen Novizen gesandt? Ich habe einen Älteren erwartet.« Bevlin war sich durchaus bewußt, daß er den jungen Mann beleidigt hatte, aber er hatte das nicht aus böser Absicht getan. Er wollte lediglich das Temperament seines Besuchers auf die Probe stellen … und die Antwort des Ritters enttäuschte ihn nicht.

»Und ich habe einen *Jüngeren* erwartet, Herr«, sagte der Ritter und lächelte freundlich, »doch ich will Euch Euer Alter nicht zum Vorwurf machen.«

»Gut gesprochen, junger Mann. Ihr müßt mich Bevlin nennen ... dieses ewige ›Herr‹ macht mich noch ganz nervös. Kommt, laßt uns zunächst etwas essen. Später können wir immer noch reden. Bevorzugt ihr geröstetes Rindfleisch oder hättet ihr lieber eine schöne, fettige Ente?«

»Ich würde das Rindfleisch vorziehen, Herr ... äh ... Bevlin.«

»Phantastisch«, erwiderte Bevlin und machte sich auf den Weg in die Küche. »Dann werde ich die Ente nehmen.«

»Hier, trinkt das. Das wird Euren Magen wieder etwas beruhigen.« Der Gelehrte goß eine silberne Flüssigkeit in einen Becher und reichte sie seinem Gast. Bevlin und Tawl hatten während des Essens geschwiegen – der Ritter hatte jeden von Bevlins Versuchen abgewehrt, ihn in eine zwanglose Unterhaltung zu verwickeln. Doch Bevlin war bereit, dem jungen Mann seine Zurückhaltung zu verzeihen. Wahrscheinlich rührte sie sowieso von einer Darmverstimmung her. Tawl sah blaß und angewidert aus, als er den Becher aus den Händen des Gelehrten entgegennahm. Zunächst trank er mit äußerster Vorsicht; aber als seine Zunge Gefallen an der merkwürdigen Flüssigkeit fand, leerte der junge Ritter den Becher bis auf den Grund. Und wie so viele Männer vor ihm, in allen Jahrhunderten, streckte Tawl den leeren Becher seinem Gastgeber im Verlangen nach mehr entgegen.

»Was zur Hölle ist das für ein Zeug? Es schmeckt wie ... wie nichts, daß ich je probiert habe.«

»In einigen Teilen der Welt ist es durchaus weit verbreitet, glaubt mir. Um es herzustellen, preßt man die Magenschleimhaut einer Ziege aus. Man nennt es Lacus.« Der Ritter schaute den alten Gelehrten verdutzt an. Bevlin beschloß, etwas mehr ins Detail zu gehen. »Ihr habt doch sicher schon von den Nomaden der Großen Steppe gehört, oder?« Tawl nickte. »Nun, die Steppenziege bildet die Lebensgrundlage der Nomaden. Sie liefert Milch, Wolle, und wenn sie geschlachtet wird, versorgt sie die Menschen mit Fleisch und einer ziemlich ungewöhnlichen Flüssigkeit. Die Steppenziege ist wirklich ein besonderes Tier ... und sehr nützlich, meint Ihr nicht auch?« Nach kurzem Zögern nickte der junge Mann erneut. Trotzdem konnte Bevlin sehen, daß Tawl sich noch nicht vollständig erholt hatte.

»Das Interessanteste an diesem Getränk ist, daß es – kalt serviert – Magenbeschwerden kuriert und ... wie soll ich sagen ... Leiden der intimeren Körperteile. Aber wenn man es heiß macht, ändert es seine Wirkung und heilt Kopf- und Gliederschmerzen. Ich habe sogar gehört, daß man eine Salbe daraus gewinnen kann, die bei der Wundheilung hilft und Infektionen vermeidet.«

Bevlin hatte ein schlechtes Gewissen. Er wußte, daß das verdorbene Fleisch an den Beschwerden seines Gastes schuld war. Und um Buße zu tun, hatte der alte Gelehrte beschlossen, Tawl den letzten Vorrat des seltenen Getränks anzubieten.

»Ist das Getränk mehr als die Summe seiner Teile?«

Der Ritter besaß eine scharfe Beobachtungsgabe. Bevlin mußte seine Meinung über den jungen Mann ändern. »Man könnte sagen, es beinhaltet ein weiteres Element, das nichts mit einer Ziege zu tun hat.«

»Zauberei.«

Bevlin lächelte. »Ihr seid äußerst direkt. Heutzutage haben die meisten Leute Angst, das Unsichtbare beim Namen zu nennen. Nennt es, wie Ihr wollt. Es macht keinen Unterschied. Es ist sowieso im Rückzug begriffen.«

»Aber es gibt immer noch Menschen ...«

»Ja, es gibt immer noch Menschen, die die alte Kunst ausüben.« Der alte Gelehrte stand auf. »Aber die meisten glauben, es wäre besser, wenn sie es nicht tun würden.«

»Und wie denkt Ihr darüber?« fragte der Ritter.

»Ich denke, daß es mißverstanden wird ... so wie viele andere Dinge auch: die Sterne am Firmament, die Stürme am Himmel. Die Menschen fürchten halt, was sie nicht verstehen.« Bevlin hatte das Gefühl, genug gesagt zu haben. Er hatte nicht die Absicht, die jugendliche Neugier des Ritters zu befriedigen. Falls Tawl etwas über Zauberei herausfinden wollte, dann sollte er seine eigenen Erfahrungen sammeln. Bevlin war zu alt, um Lehrmeister zu spielen. Um das Gespräch wieder zu seinem Ausgangspunkt zurückzuführen, sagte er: »Ich glaube, Ihr solltet Euch besser etwas hinlegen. Ihr seid geschwächt, und Schlaf wird Euch guttun. Wir können morgen früh weiterreden.«

Der Ritter wußte, daß er entlassen worden war und stand auf. Dabei bemerkte Bevlin ein Zeichen auf dem Unterarm des jungen Mannes. Ein Brandzeichen – zwei übereinander liegende Ringe. Der innere von beiden war erst vor kurzem hinzugefügt worden. Das war leicht zu erkennen, denn die Haut war an dieser Stelle noch leicht geschwollen und ungewöhnlich faltig. Eine frische Messerwunde lief durch beide Ringe hindurch, die noch immer von Fäden geschlossen gehalten wurde – eine merkwürdige Stelle für eine solche Verletzung.

Abgesehen von den Kriegsnarben war der Ritter noch sehr jung, um sich den mittleren Ring verdient zu haben. Bevlin hatte ihn für einen Novizen gehalten. Vielleicht hätte er doch mehr über das silberne Getränk und seine Herstellung erzählen sollen. Der Ritter hätte rasch gelernt – denn der mittlere Ring bedeutete Gelehrsamkeit und nicht nur Fertigkeit im Umgang mit Waffen. Egal ... Bevlin würde Tawl die Möglichkeit eröffnen, sich Ruhm zu erwerben. Warum sollte er ihm auch noch Wissen anbieten?

Sofort nachdem Melli die Gemächer ihres Vaters, Lord Maybor, betreten hatte, lief sie in Richtung Schlafgemach, denn dort befand sich ein ungeheuer wertvoller Gegenstand: ein Spiegel. Es war der einzige Spiegel, zu dem Melli Zugang hatte. Normalerweise galten Spiegel als viel zu kostbar, als daß man Kinder damit spielen lassen würde. Melli zog die schweren, roten Vorhänge zurück, damit Licht in das luxuriöse Schlafgemach fallen konnte.

Für Mellis Geschmack war das purpurrot und golden eingerichtete Zimmer zu protzig. Sollte sie dereinst ihre eigenen Gemächer besitzen, würde sie ein besseres Urteilsvermögen bei der Auswahl ihrer Möbel beweisen. Melli wußte, daß sie über einen unbezahlbaren Teppich lief, und der Spiegel, den sie zu benutzen gedachte, galt als der schönste im ganzen Königreich – schöner sogar als der der Königin. Dennoch ließ sie sich von diesen Zeichen des Wohlstandes ihres Vaters nicht beeindrucken.

Melli stellte sich direkt vor den Spiegel. Der Anblick enttäuschte sie: ihre Brust war noch immer flach wie ein Brett. Sie atmete tief ein, drückte die Brust raus und stellte sich vor, einen richtigen, weiblichen Busen zu besitzen. Jeden Tag rechnete Melli mit entsprechenden Veränderungen, doch jedesmal, wenn sie sich ins Schlafgemach ihres Vaters schlich, war ihr Bild unverändert.

Ein Teil von Melli sehnte sich danach, zur Frau zu reifen. Dann würde man sie endlich bei ihrem richtigen Namen nennen, Melliandra, und das ziemlich kurze und nicht gerade beeindruckende Melli würde in Vergessenheit geraten – wäre das nicht wunderschön? Oh, wie sie diesen Namen haßte! Ihre älteren Brüder zogen sie immer wieder damit auf und machten Spottverse daraus. Melli kannte jeden einzelnen dieser Verse auswendig. Schließlich hatte sie sie schon tausendmal gehört. Wenn endlich Blut fließen würde, dann würde man ihr erlauben, ihren richtigen Namen zu führen … und außerdem war da ja auch noch das Hofkleid.

Alle jungen Damen erhielten ein Hofkleid, sobald sie zur Frau gereift waren. Anschließend wurden sie in diesem Kleid der Königin vorgestellt. Melli war sich durchaus bewußt, daß sie als Lord Maybors Tochter bei dieser Gelegenheit deutlich im Vorteil sein würde. Ihr Vater war einer der reichsten Männer der Vier Königreiche. Mit Sicherheit würde er die Einführung seiner Tochter an den Hof nutzen, um seinen Reichtum zur Schau zu stellen.

Melli hatte bereits entschieden, aus welchen Materialien ihr Kleid gefertigt werden sollte: mit Silber durchwirktes Gewebe – kostspielig und wunderschön, feinste Seide kombiniert mit reinstem Silber. Heutzutage waren im Norden die Techniken zur Herstellung eines solchen Stoffes in Vergessenheit geraten. Also mußte er extra zu diesem Anlaß aus dem tiefsten Süden importiert werden. Melli wußte, daß ihr Vater nur allzu gerne einen Teil seines Reichtums für einen solchen Stoff opfern würde – solange man damit in der Öffentlichkeit angeben konnte ...

Doch eine Frau zu werden hatte nicht nur seine guten Seiten: irgendwann würde man Melli zwingen zu heiraten. Sie wußte nur allzu gut, daß man sie nicht zu diesem Thema befragen würde. Als Mädchen galt sie als alleiniges Eigentum ihres Vaters, und dieser würde sie dementsprechend behandeln. Wenn die Zeit reif war, würde er Melli gegen irgend etwas eintauschen, das er als angebracht erachtete: Land, Prestige, Titel, Geld, Bündnisse ... das war der Preis für eine Frau in den Vier Königreichen.

Melli mochte die pickeligen und affektierten Jünglinge am Hof nicht. Sie hatte sogar Gerüchte gehört, daß man sie mit Prinz Kylock verheiraten wollte. Immerhin waren sie beide im gleichen Alter. Allein der Gedanke daran ließ Melli erschauern. Sie konnte den eiskalten und arroganten Prinzen auf den Tod nicht ausstehen. Sicher, der Thronfolger galt als ungewöhnlich gebildet für sein Alter, und er war ein Meister im Schwertkampf;

trotzdem ... Melli fürchtete sich vor ihm. Irgend etwas in seinem dunklen, gutaussehenden Gesicht jagte ihr Angst ein.

Gerade als Melli das Schlafgemach wieder verlassen wollte, vernahm sie den Klang von Schritten in der angrenzenden Kammer, gefolgt von Stimmen. Ihr Vater! Sollte er seine Tochter hier entdecken, würde er sich mehr als nur ärgern und sie vielleicht sogar bestrafen. Also entschied Melli, nicht hinauszugehen, um sich nicht zu verraten. Statt dessen beschloß sie, an Ort und Stelle zu warten, bis ihr Vater und sein Begleiter wieder verschwunden waren. Melli hörte die tiefe, kraftvolle Stimme ihres Vaters und dann eine andere Stimme: beeindruckend und verführerisch. Die zweite Stimme klang vertraut. Melli wußte, daß sie sie schon früher einmal gehört hatte ...

Lord Baralis! Ohne Zweifel war es seine Stimme. Die eine Hälfte der Frauen am Hof fand ihn faszinierend, und die andere fühlte sich von ihm abgestoßen.

Melli war verwirrt. Obwohl sie nur wenig von Politik verstand, so wußte sie doch, daß ihr Vater und Baralis sich haßten. Sie schlich zur Tür, damit sie jedes Wort von dem Gespräch verstehen konnte. *Ich lausche nicht,* sagte sie sich selbst. *Ich bin nur ein wenig neugierig.* Im Augenblick sprach Lord Baralis in einem überzeugenden Tonfall.

»Es droht eine Katastrophe für unser Land, sollte König Lesketh gestattet werden, Frieden mit Halcus zu schließen. Es wird heißen, unser Herrscher habe kein Rückgrat, und dann werden unzählige Feinde vor unseren Toren stehen und uns das Land unter den Füßen entreißen.«

Es folgte eine kurze Pause. Melli hörte das Rascheln von Seide. Wein wurde ausgeschenkt, und wieder sprach Lord Baralis. »Wir wissen beide, daß sich Halcus nicht damit zufriedengeben wird, uns das Wasser zu stehlen ... sie werden ihren gierigen Blick auf unser Land richten. Wie lange glaubt Ihr, wird sich Halcus an diesen sogenannten *Frieden* halten?« Es folgte erneut ein kurzes Schweigen, dann beantwortete Baralis seine eigene Frage. »Sie werden sich solange an die Vereinbarungen halten, bis sie eine große Armee aufgestellt und ausgebildet haben, und dann, bevor wir uns versehen, marschieren sie mitten ins Herz der Vier Königreiche.«

»*Mir* müßt Ihr nicht erzählen, daß es ein großer Fehler wäre, an der Hornbrücke Frieden zu schließen.« Die Stimme von Mellis Vater war voller Verachtung. »Seit mehr als zweihundert Jahren, lange bevor *Eure* Familie in die Vier Königreiche kam, besitzen wir das alleinige Nutzungsrecht des Flusses Nestor. Diese Rechte einem Friedensvertrag zu opfern wäre ein schwerer Fehler.«

»Ich gebe Euch vollkommen recht, Maybor.« Wieder Baralis. Seine Stimme klang ruhig, doch auch ein wenig ironisch. »Der Nestor ist die Lebensader unserer Bauern im Osten, und wenn ich mich nicht irre, fließt er durch den größten Teil Eurer östlichen Ländereien.«

»Das wißt Ihr doch, Baralis!« Melli bemerkte den gewohnten, wütenden Tonfall ihres Vaters. »Ihr wißt nur allzugut, daß es *meine* Ländereien sein werden, die der Friedensvertrag am stärksten betreffen wird. Meine und die meiner Söhne. Schließlich ist das der einzige Grund, warum Ihr heute hier seid.« Maybors Stimme bekam einen bedrohlichen Unterton. »Versteht mich nicht falsch, Baralis. Ich werde mich nicht tiefer in Eure Intrigen hineinziehen lassen, als ich es für angebracht halte.«

Es dauerte einen Augenblick, bevor Baralis etwas erwiderte. Sein Tonfall hatte sich merklich verändert. Er klang beinahe beschwichtigend. »Ihr seid nicht der einzige Lord, der unter dem Friedensvertrag leiden würde, Maybor. Viele aus dem Osten werden uns unterstützen.«

Erneut folgte eine kurze Pause, und als Baralis wieder zu reden begann, war seine Stimme zu einem Flüstern herabgesunken. »Im Augenblick ist das Wichtigste, den König außer Gefecht zu setzen und das Treffen an der Hornbrücke zu verhindern.«

Das war Verrat. Melli bereute langsam, daß sie sich dazu entschlossen hatte zu lauschen. Ihr war eiskalt, und sie zitterte am ganzen Körper. Dennoch war es ihr unmöglich, von der Tür zurückzutreten.

»Es muß bald geschehen, Maybor«, murmelte Baralis drängend.

»Das weiß ich! Aber morgen?«

»Wollt Ihr riskieren, daß Lesketh seinen Friedensvertrag unter Dach und Fach bringt? Er ist fest entschlossen, und das Treffen an der Hornbrücke findet bereits in einem Monat statt.« Melli hörte, wie ihr Vater zustimmend grunzte. »Morgen ist die beste Gelegenheit. Die Jagdgesellschaft wird klein sein, nur der König und seine Lieblinge. Ihr könnt auch mitreiten, um zu vermeiden, daß ein Verdacht auf Euch fällt.«

»Ich kann Eurem Plan nur zustimmen, wenn Ihr mir versichert, daß der König wieder von seinen Verletzungen genesen wird, Baralis.«

»Wie könnt Ihr nur daran zweifeln. Vergeßt nicht, daß es Euer Mann sein wird, der den Pfeil abfeuert.«

»Spielt keine Spielchen mit mir, Baralis!« Die Wut in der Stimme von Mellis Vater war unüberhörbar. »Nur Ihr kennt das Mittelchen, das sich auf der Pfeilspitze befinden wird.«

»Ich versichere Euch, Lord Maybor, daß dieses *Mittelchen* dem König lediglich ein paar Wochen Fieber bescheren und den Heilungsprozeß der Wunde verlangsamen wird. In zwei Monaten wird der König wieder so sein wie immer.« Melli erkannte eine gewisse Zweideutigkeit in Baralis' Worten.

»Nun gut. Ich werde meinen Mann heute nacht zu Euch schicken«, sagte Mellis Vater. »Dann solltet Ihr den Pfeil bereit haben.«

»Wird einer reichen?«

»Mein Mann ist ein hervorragender Schütze. Er wird nur einen brauchen. Jetzt muß ich mich auf den Weg machen. Seid vorsichtig. Seht zu, daß Euch keine neugierigen Augen sehen, wenn Ihr wieder verschwindet.«

»Keine Angst, Maybor. *Niemand* wird mich sehen, wenn ich Eure Gemächer verlasse. Aber eine Sache bleibt noch. Ich schlage vor, daß der Pfeil zerstört wird, sobald er aus dem Körper des Königs entfernt worden ist.«

»Also schön. Ich werde mich darum kümmern.« Mellis Vater klang furchterregend. »Ich wünsche Euch einen schönen Tag, Baralis.« Melli hörte, wie die Tür geschlossen wurde und dann das leise Klimpern von Glas, als Baralis sich einen weiteren Becher Wein einschenkte.

»Du kannst jetzt rauskommen, meine Hübsche«, rief Baralis. Melli konnte einfach nicht glauben, daß er sie gemeint hatte. Sie erstarrte und wagte nicht, auch nur zu atmen. Nach einer halben Minute rief Baralis erneut: »Komm schon, Kleine. Komm raus, oder ich bin gezwungen, dich zu holen.«

Melli war gerade dabei, unter das Bett zu kriechen, als Baralis die Tür des Gemachs öffnete und einen langen Schatten in den Raum warf. »O Melli. Was hast du doch für große Ohren.« Er schüttelte tadelnd den Kopf. »Was bist du doch für ein böses Mädchen.« Baralis' Stimme besaß hypnotische Eigenschaften. Melli fühlte sich schläfrig.

»Und jetzt, Melli, sei ein gutes Kind. Versprich mir, daß du nichts von dem weitererzählst, was du gehört hast, und ich verspreche dir, deinem Vater nicht zu erzählen, daß du uns belauscht hast.« Baralis stellte seinen Becher auf einem niedrigen Tisch ab und fixierte Melli mit seinen dunklen, glänzenden Augen. »Abgemacht, meine Hübsche?«

Mellis Kopf war so schwer, daß sie sich nicht mehr daran erinnern konnte, zu was sie eigentlich zustimmen sollte. Sie nickte, als Baralis sich aufs Bett setzte. »Braves Mädchen. Du bist doch ein braves Mädchen, oder?« Erneut nickte Melli gedankenverloren. »Komm her. Setz dich auf meinen Schoß und zeig mir, wie brav du sein kannst.« Melli spürte, wie sich ihr Körper gegen ihren Willen auf den Weg machte. Sie setzte sich auf Baralis' Schoß und legte die Arme um seinen Hals. Sie roch seinen Duft. Er war ebenso verführerisch wie seine Stimme: der sinnliche Geruch von seltenen Gewürzen gemischt mit Schweiß.

»Ja, das nenne ich ein braves Mädchen«, sagte Baralis sanft, während sich seine Hände um Mellis Hüften legten. »Jetzt erzähl mir, an was du dich von dem Gespräch erinnerst.« Melli bemerkte, daß sie nicht sprechen konnte, geschweige denn sich erinnern. Ihr Kopf war leer. Baralis schien mit dem Schweigen zufrieden. »Was für ein wunderhübsches Mädchen du doch bist.« Melli spürte, wie er über das steife Gewebe ihres Kleides streichelte. Baralis' Hand glitt tiefer, über ihr Bein und unter ihren Rock. Seine Berührung fühlte sich kalt an. Melli fühlte eine undeutliche Angst, doch sie konnte sich nicht bewegen, und Baralis' Hand glitt immer weiter nach oben. Dann zeichnete Baralis mit den Fingern der anderen Hand Mellis kleinen Busen nach. Zum ersten Mal bemerkte sie, wie abstoßend seine Hände waren, vernarbt und geschwollen.

Der Anblick der häßlichen Hände rüttelte Melli wach. Mit letzter Kraft zwang sie sich aus ihrer Lethargie. Ihre Gedanken wurden wieder klar, und sie zog sich von Baralis zurück. Schnell wie der Blitz sprang Melli auf und rannte aus dem Gemach. Das Echo von Baralis' Gelächter hallte in ihren Ohren.

Die kleine Göre wird bestimmt keinen Ärger machen, dachte Baralis, während er der fliehenden Melli hinterherblickte. Schade, daß sie sich so plötzlich zum Aufbruch entschlossen hatte. Und das gerade jetzt, wo die Begegnung versprach, interessant zu werden. Aber egal, es gab Dringenderes, dem sich Baralis widmen mußte, und zudem hatte sich die Lust in ihm bereits wieder gelegt.

Er verließ Maybors Gemächer durch einen Geheimgang und machte sich auf den Weg zu seinen eigenen Räumen. Das Gift für den König mußte gemischt werden: eine schwierige und zeitaufwendige Aufgabe ... und eine gefährliche. Die Narben und Schwellungen an Baralis' Händen waren Beweis genug dafür. Bei dem Gift, das auf die Pfeilspitze des Attentäters aufgetragen werden würde, handelte es sich um eine besonders bösartige Substanz. Es würde Baralis nicht überraschen, sollte er noch vor Ende des Tages neue Schwielen und Verletzungen auf seinen empfindlichen Händen finden.

Außerdem wollte Baralis heute noch etwas anderes erledigen: er mußte einen blinden Schreiber finden. Erst vor kurzem hatte er sich eine ganze Bibliothek von Tavalisk geliehen – tatsächlich waren die Pläne, die er mit Maybor diskutiert hatte, Teil der Bezahlung für diese Leihgabe. Baralis lächelte verschmitzt. Er hätte den *Unfall* des Königs auch ohne Tavalisk und seine wertvolle Bibliothek in die Wege leiten können. Trotzdem war es Baralis im Augenblick mehr als recht, daß Tavalisk in der Illusion lebte, er halte die Fäden in der Hand.

Natürlich würde Baralis niemals den Fehler begehen, Tavalisk zu unterschätzen. Der Mann besaß die gefährliche Gabe, Schwierigkeiten zu bereiten. Ein einziger Wink seiner mit Juwelen geschmückten Hand konnte ganze Dörfer auslöschen. Wann immer es im Interesse seines geliebten Rorn lag, schrie Tavalisk »*Ketzer*«. Baralis konnte nicht umhin, die ungewöhnliche Macht zu bewundern, mit welcher der Mann durch seine Position ausgestattet war.

Allerdings war diese Position nicht sonderlich gefestigt. Das war auch einer der Gründe, warum Tavalisk seine Bibliothek verliehen hatte. Rorn mußte wohlhabend sein: so lange die Stadt das tat, was sie am besten konnte – Handel und Bankgeschäfte –, so lange war auch Tavalisks Position gesichert. Rorn war wie ein Arzt in Zeiten der Pest. Es ging ihm besonders gut, wenn es anderen schlecht ging. Nur die Drohung eines Aufstands im Norden würde vorsichtige Menschen bereits dazu bewegen, ihr Geld in den Süden zu bringen.

Aber natürlich steckte noch viel mehr dahinter. Wenn Tavalisk involviert war, mußte man immer vorsichtig sein – der Mann verstand etwas von Magie. Doch niemand vermochte zu sagen, wieviel er wirklich wußte, denn schließlich waren Gerüchte keine zuverlässige Informationsquelle. Baralis hatte Tavalisk nur ein einziges Mal getroffen. Damals war es sehr schwierig gewesen, den Mann einzuschätzen. Tavalisks Fettleibigkeit hatte sich als wirksame Ablenkung erwiesen; dennoch hatten beide Männer sofort erkannt, wer der andere war. Ja, man mußte bei Tavalisk sehr vorsichtig sein. Ein Feind war immer dann am gefährlichsten, wenn er Kenntnis von den Waffen seines Gegners besaß. Und Baralis war sich vollkommen sicher, daß er eines Tages Tavalisk als Feind gegenüberstehen würde.

Doch im Augenblick lag ein Bündnis im Interesse beider Männer: Tavalisk würde Gelegenheit bekommen, Profit aus dem bevorstehenden Konflikt zu ziehen, und im Gegenzug erhielt Baralis Zugang zu einigen der seltensten und geheimsten Schriftstücke der bekannten Welt.

Baralis war kein Dummkopf. Schon bevor die schweren Truhen mit den Manuskripten letzte Woche angekommen waren, hatte er gewußt, daß einiges fehlen würde. Natürlich hatte Tavalisk jene Schriften zurückgehalten, die er für zu wertvoll hielt oder deren Inhalt er als zu gefährlich erachtete, um sie in Baralis Hände fallen zu lassen.

Trotzdem hatte Baralis eine Unmenge an Wissen erhalten: phantastische Bücher, deren Inhalt er sich noch nicht einmal in seinen kühnsten Träumen vorstellen konnte, gebunden in Leder, Haut und Seide. Sie erzählten die Geschichte von Völkern, von denen Baralis noch nie etwas gehört hatte, zeigten Bilder von Wesen, die er nie gesehen und beschrieben, Gifte, die er nie gebraut hatte. Empfindliche Manuskripte, die mit der

Zeit spröde geworden waren und deren Bindung sich langsam auflöste, berichteten dem Leser von längst vergangenen Kriegen, zeigten Sternenkarten oder listeten Schätze auf, von deren Existenz niemand mehr etwas wußte … und noch viel, viel mehr. Baralis wurde unter dem Eindruck von so viel Wissen schwindelig.

Er war entschlossen, die gesamte Bibliothek zu kopieren, bevor die Bücher wieder an Tavalisk zurückgegeben wurden. Und dafür benötigte Baralis einen blinden Schreiber: jemanden, der ein ganzes Buch Zeichen für Zeichen abschreiben konnte, ohne auch nur ein einziges Wort zu verstehen. Baralis hatte nicht die Absicht, das wunderbare und seltene Wissen der Bücher mit jemand anderem zu teilen.

Er brauchte einen Jungen mit einer geschickten Hand und einem Auge fürs Detail, einen schlauen Jungen; doch dieser Junge durfte nicht lesen können. Crope kam nicht in Frage. Er war ein ungeschickter Trottel. Den Söhnen der Adeligen wurde das Lesen bereits in frühester Kindheit beigebracht. Auch sie waren völlig ungeeignet. Also mußte sich Baralis seinen blinden Schreiber irgendwo anders suchen.

Jack wurde von Tilly geweckt. Dem Teigmädchen machte es offensichtlich Spaß, ihn heftiger zu schütteln, als notwendig war. »Was ist los?« fragte Jack besorgt, daß er verschlafen hatte. Das bleiche, schwache Licht des Morgengrauens durchflutete die Küche. Als Jack sich erhob, durchzuckte ein stechender Schmerz seinen Arm, gefolgt von der Erinnerung an Frallits Worte der Nacht zuvor.

Tilly legte einen Finger auf die Lippen, um Jack zu bedeuten, leise zu sein. Dann forderte sie ihn auf, ihr zu folgen und führte ihn in den Raum, wo das Mehl gelagert wurde. »Willock will dich sehen.« Tilly schob einen Mehlsack beiseite und enthüllte einen versteckten Vorrat an Äpfeln. Sie suchte sich einen aus, zögerte kurz und überlegte, ob sie Jack auch einen anbieten sollte. Doch sie entschied sich dagegen und stellte den Sack wieder an seinen Platz zurück.

»Bist du sicher, daß er nach mir verlangt hat, Tilly?« Jack war ehrlich überrascht. Schließlich hatte er nur selten etwas mit dem Kellermeister zu tun. Als er in seinem Gedächtnis nach einem Grund für die ungewöhnliche Aufforderung suchte, erinnerte er sich daran, wie er vor einigen Wochen ein paar Krüge Bier gestohlen hatte. Es war eine Mutprobe gewesen, wie sie unter Jungen seines Alters üblich war. Vielleicht hatte Willock inzwischen den Verlust bemerkt. Schließlich war er berühmt für seinen scharfen Blick. Jack kam der schreckliche Verdacht, daß sich dieser berühmte Blick in seine Richtung gewandt hatte.

»Natürlich bin ich mir sicher, Matschbirne! Du sollst sofort in den Bierkeller kommen. Jetzt mach, daß du wegkommst.« Tilly biß mit ihren scharfen Zähnen in den Apfel und beobachtete Jack, der Haare und Kleidung richtete. »An deiner Stelle würde ich mir die Mühe sparen. Egal wie oft man einen Muli auch striegelt, es wird immer noch kein Schlachtroß daraus.« Tilly warf Jack einen verächtlichen Blick zu und wischte sich den Saft des Apfels vom Kinn.

Während er die Treppen zum Bierkeller hinablief, fragte er sich, welche Art von Bestrafung ihn wohl erwarten würde. Letztes Jahr hatte ihn Willock grün und blau geschlagen, als er die Apfelfässer mit der Absicht geplündert hatte, seinen eigenen Cidre zu brauen. Jack hoffte, daß Willock es auch diesmal mit ein paar Schlägen bewenden lassen würde, denn die andere Möglichkeit war noch viel schlimmer: man konnte ihn zwingen, die Burg zu verlassen.

Sein ganzes Leben lang war die Küche von Burg Harvell Jacks Heimat gewesen. Er war in den Dienstbotenzimmern geboren worden. Als seine Mutter zu krank geworden war, um für ihn zu sorgen, hatten die Spülfrauen sich seiner angenommen. Wenn er hungrig gewesen war, hatten die Köche ihn gefüttert. Und wenn er etwas falsch gemacht hatte, dann hatte der Meisterbäcker ihn gescholten. Die Küche war Jacks Heim und der Backofen sein Herd. Das Leben in Burg Harvell war nicht einfach, aber es war vertraut, und für einen Jungen ohne Vater, Mutter und ohne Verwandte war Vertrautheit das, was einer Familie am nächsten kam.

Der Bierkeller war eine große Kammer mit kupfernen Bottichen, in denen verschiedene Sorten Bier hergestellt wurden. Nachdem Jack sich an das dämmrige Licht gewöhnt hatte, stellte er erstaunt fest, daß auch Frallit anwesend war. Der Meisterbäcker stand neben Willock und nippte an einem Krug Bier. Beide Männer wirkten ungewöhnlich nervös. Willock sprach als erster. »Ist dir jemand hier herunter gefolgt?« Die kleinen Augen des Kellermeisters blickten an Jack vorbei, um zu überprüfen, ob er tatsächlich allein war.

»Nein, Herr.«

Willock zögerte einen Augenblick und rieb sich das glattrasierte Kinn. »Mein guter Freund, der Meisterbäcker, hat mir erzählt, du hättest geschickte Hände. Stimmt das, Junge?« Die Stimme des Kellermeisters klang angespannt, und Jack fühlte sich mehr als nur ein wenig unwohl. Jack strich sich das Haar aus dem Gesicht in dem Versuch, nonchalant zu wirken.

»Rede, Junge. Jetzt ist nicht die Zeit für Bescheidenheit. Der Meisterbäcker sagt, du hättest ein Händchen für Teig. Außerdem hat er mir berichtet, du würdest schnitzen. Ist das wahr?«

»Ja, Herr.« Jack war verwirrt. Nach den Ereignissen von letzter Nacht hatte er nicht mit Lob von Frallit gerechnet.

»Ich sehe, du bist ein höflicher Junge, und das ist gut so. Aber der Meisterbäcker hat mir auch erzählt, manchmal seist du eine richtige Plage, und dann könnten ein paar Schläge nicht schaden. Stimmt das?« Jack wußte nicht, was er darauf antworten sollte, und so fuhr

Willock fort: »Es könnte sich eine seltene Gelegenheit für dich ergeben. Und solch eine Gelegenheit würdest du doch nicht verpassen wollen, oder?«

Das Haar, das Jack gerade erst aus dem Gesicht gestrichen hatte, drohte erneut nach vorne zu fallen. Also mußte er den Kopf leicht zur Seite legen, um dies zu vermeiden. »Nein, Herr.«

»Gut.« Willock blickte nervös in Richtung einiger besonders großer Bottiche. Ein Mann trat hinter ihnen hervor. Jack konnte ihn nur undeutlich sehen, da er in den Schatten stand, aber das Rascheln der Kleider verriet dem Jungen, daß es sich um einen Adeligen handeln mußte.

Als der Fremde sprach, wirkte seine einschmeichelnde Stimme seltsam deplaziert in dem großen Bierkeller. »Jack, ich möchte, daß du mir eine Frage beantwortest. Du mußt mir wahrheitsgemäß antworten, und glaube mir, ich weiß, wenn man mich belügt.« Jack hatte noch nie eine Stimme wie die des Fremden gehört, tief, sanft und doch gebieterisch. Er bezweifelte nicht, daß der Mann Wahrheit von Lüge unterscheiden konnte, und so nickte er gehorsam. Aufgrund der plötzlichen Kopfbewegung fiel Jack erneut das Haar ins Gesicht.

»Ich werde Euch wahrheitsgemäß antworten, Herr.«

»Gut.« Jack konnte dünne, geschwungene Lippen erkennen. »Komm ein wenig näher, damit ich dich besser sehen kann.« Jack trat ein paar Schritte auf den Fremden zu. Der Mann streckte eine mißgestaltete Hand aus und wischte Jacks Haar aus dem Gesicht. Für den Bruchteil einer Sekunde berührten die Finger des Mannes die Haut des Jungen, und es erforderte Jacks ganze Willenskraft, nicht vor der Berührung zurückzuschrecken. »Du hast irgend etwas, Junge. Irgend etwas ... Vertrautes.« Die Augen des Fremden waren unverwandt auf Jack gerichtet. Trotz der Kälte im Keller begann Jack zu schwitzen. Der Schmerz in seinem Arm wurde immer stärker. »Ist ja auch egal«, fuhr der Fremde fort. »Kommen wir zu der Frage.« Er trat ein wenig zur Seite, und das Licht einer Kerze fiel direkt auf sein Gesicht. Seine Augen schimmerten dunkel. »Jack, hast du je lesen gelernt?«

»Nein, Herr.« Jack war beinahe erleichtert, als er die Frage hörte. Seine Befürchtungen, aus der Burg verbannt zu werden, waren wie weggeblasen.

Nach wie vor hielt der Fremde Jack mit seinem Blick gefangen. »Du sagst die Wahrheit, Junge. Ich bin zufrieden mit dir.« Der Mann wandte sich an Willock und Frallit. »Laßt mich und den Jungen allein.« Jack hatte die beiden Männer noch nie so schnell laufen sehen. Wäre da nicht der Fremde gewesen, er hätte laut gelacht.

Der Mann blickte Willock und Frallit mit kalten Augen hinterher, während sie aus dem Keller huschten. Dann trat er ganz ins Licht, und seine seidenen Gewänder glitzerten im Schein der Kerzen. »Weißt du, wer ich bin, Junge?« Jack schüttelte den Kopf. »Ich bin Baralis, der Kanzler des Königs.« Der Mann legte eine rhetorische Pause ein, um Jack Gelegenheit zu geben, die Bedeutung seines Gegenübers zu begreifen. »Deinem Gesichtsausdruck entnehme ich, daß du zumindest von mir gehört hast.« Er lächelte. »Wahrscheinlich fragst du dich, was ich eigentlich von dir will. Nun, ich werde dich nicht länger auf die Folter spannen. Hast du jemals von einem blinden Schreiber gehört?«

»Nein, Herr.«

»Ein blinder Schreiber ist ein Widerspruch in sich selbst, denn er ist nicht wirklich blind, doch versteht er nicht, was er sieht. Ich sehe, du bist ein wenig verwirrt. Laß es mich dir etwas einfacher erklären. Ich brauche jemanden, der jeden Tag ein paar Stunden damit verbringt, Manuskripte zu kopieren, Wort für Wort, Zeichen für Zeichen. Kannst du das?«

»Herr, ich besitze kein Geschick mit der Feder. Ich habe sogar noch nie eine in der Hand gehalten.«

»Genau, was ich brauche.« Der Mann, der mittlerweile einen Namen hatte, zog sich wieder in die Schatten zurück. »Du sollst lediglich kopieren. Geschick mit der Feder ist ohne jede Bedeutung. Frallit hat mir erzählt, du seist ein schlauer Bursche … du wirst dich in ein paar Tagen an alles gewöhnt haben.« Jack wußte nicht, ob er mehr über das ungewöhnliche Angebot erstaunt sein sollte oder über die Tatsache, daß Frallit gut von ihm gesprochen hatte.

»Also, Jack. Willst du diese Aufgabe übernehmen?« Baralis Stimme klang honigsüß.

»Ja, Herr.«

»Sehr gut. Du wirst noch heute anfangen. Melde dich zwei Stunden nach Mittag in meinen Gemächern. Ich werde dich jeden Tag für einige Stunden in Anspruch nehmen. Deinen Pflichten in der Küche kannst du nach wie vor nachgehen.« Jack konnte Baralis nicht mehr erkennen. Das Gesicht des Mannes war bereits wieder in den Schatten verborgen. »Und jetzt nur noch eins, und du kannst gehen. Ich verlange absolute Diskretion. Ich vertraue darauf, daß du niemandem von deiner Arbeit erzählen wirst. Der Meisterbäcker wird dir ein Alibi geben, solltest du eines benötigen.« Baralis verschwand in der Dunkelheit zwischen den Bottichen. Nicht das leiseste Geräusch begleitete seinen Abgang.

Jack zitterte am ganzen Körper. Seine Knie drohten zu meutern, und seine Arme fühlten sich an, als hätte man sie kielholen lassen. Müde und erschöpft setzte er sich auf den Kellerboden. Der Stein war kalt und feucht, doch Jack ignorierte das unangenehme Gefühl. Er versuchte zu verstehen, was gerade geschehen war. Warum hatte der Kanzler des Königs ausgerechnet ihn ausgewählt?

Schließlich kam Jack zu der hochmütigen Schlußfolgerung, daß die Welt der Erwachsenen wenig Sinn machte. Er rollte sich auf dem kalten Boden zusammen und schlief ein.

Es war ein phantastischer Morgen für die Jagd. Der erste Frost des Winters hatte den Untergrund hart und das Unterholz brüchig werden lassen. Die Sonne spendete Licht, doch keine Wärme. Die Luft war ruhig und klar.

König Lesketh spürte die wohlbekannte Spannung in seinem Magen, die ihn vor jeder Jagd befiel. Er begrüßte dieses Gefühl; es würde sowohl sein Urteilsvermögen als auch seine Augen schärfen. Die kleine Jagdgesellschaft hatte sich bereits vor Morgengrauen auf den Weg gemacht. Inzwischen hatten sie den Waldrand erreicht, und die Pferde wurden langsam unruhig. Auch die Hunde bellten aufgeregt. Gespannt erwarteten Mensch und Tier den Beginn der Jagd.

König Lesketh vermißte seinen Sohn nicht. Tatsächlich war der König sogar erleichtert gewesen, als Prinz Kylock nicht zu dem frühmorgendlichen Treffen erschienen war. Zwar entwickelte sich der Junge immer mehr zu einem erstklassigen Jäger, aber die Brutalität, die er gegenüber seiner Beute an den Tag legte, beunruhigte den König zusehends. Kylock spielte mit seinen Opfern. Oftmals fügte er ihnen unnötige Wunden zu oder verstümmelte sie – alles in dem Bestreben, soviel Schmerz wie möglich zu verursachen, bevor das Tier starb. Aber was den König am meisten beunruhigte, war die Wirkung, die sein Sohn auf seine Umgebung machte. In Gegenwart des Jungen verhielten sich die Menschen vorsichtig und nervös. Bestimmt würde die Jagd in seiner Abwesenheit fröhlicher werden.

Die Jagdgesellschaft wartete, während die Hunde losgemacht wurden. Mehrere Minuten vergingen, bevor die Tiere eine erste Spur ihrer Beute gefunden hatten. Die Hunde des Königs waren dafür ausgebildet worden, kleinere Beutetiere wie Hasen oder Füchse zu ignorieren. Sie würden sich nur auf größeres Wild stürzen: Wildschweine, Hirsche und Bären. Die Jäger warteten weiter. Spannung stand in ihren Gesichtern, und ihr Atem verwandelte sich in der eiskalten Luft in kleine, weiße Wolken. Bereits nach kurzer Zeit wurde aus dem Bellen der Hunde ein wildes Geheul. Alle Augen richteten sich auf den König. »Zur Jagd!« stieß Lesketh grimmig aus und galoppierte tief in den Wald hinein, seine Männer dicht auf den Fersen. Lärm erfüllte die Luft: das Donnern der Hufe, das Schmettern der Jagdhörner und das wütende Kläffen der Hunde.

Die Jagd dauerte lang und war gefährlich. Nur mit Mühe konnten die Pferde um Bäume herum und über Gräben hinweg dirigiert werden. Die Hunde führten die Gesellschaft über einen gewundenen Pfad in die Mitte des Waldes. Oftmals standen die Bäume so dicht, daß die Jäger ihre Geschwindigkeit verringern mußten, und der König haßte es, an Tempo zu verlieren. Der Ruf der Hunde trieb ihn zu größerer Eile, drängte ihn, Risiken einzugehen und das Wild um jeden Preis einzuholen. Lord Rolack ritt neben dem König und drohte, die Führung zu übernehmen. Lesketh gab seinem Pferd die Sporen und rückte wieder an die Spitze vor. Langsam schlossen die Männer zu den Hunden auf. Sie sprangen über Bäche und umgestürzte Baumstämme und preschten durch Täler und Unterholz. Und dann, plötzlich und unerwartet, erhaschten die Jäger einen kurzen Blick auf eine große, sich schnell bewegende Gestalt.

»Ein Eber!« schrie der König triumphierend. Der kurze Anblick des Wildschweins jagte ihm einen Schauer über den Rücken; das Biest war riesig, viel größer als in diesem Teil des Landes üblich.

Die Reiter kamen immer näher an die Hunde und den Eber heran, und die Bogenschützen feuerten ihre ersten Pfeile ab. Die meisten Geschosse verfehlten ihr Ziel um mehrere Meter, und der Eber verschwand erneut in einem Gebüsch. Doch als das Tier wieder ins Freie kam, konnte man erkennen, daß zwei Pfeile in seinem Leib steckten: einer im Nacken und der andere in der Keule. Der König wußte, daß diese ersten Treffer den Eber noch mehr antreiben und ihn in blinde Wut versetzen würden. Rasch wendete Lesketh sein Pferd und setzte hinter dem Wild her.

Die Hunde hatten Blut gerochen und waren nun noch erregter als zuvor. Ihr Bellen und Jaulen erreichte einen neuen Höhepunkt. Und auch die Männer reagierten; das erste Blut war geflossen. Jetzt hatte die Jagd erst richtig begonnen.

Dem König blieb keine Zeit mehr nachzudenken. Nur seine Reflexe und die Instinkte seines Pferdes bewahrten ihn vor einem Sturz. Das Tier schien zu wissen, wann es zu springen oder zu wenden hatte, ohne daß sein Herr es dazu auffordern mußte. Wieder wurde der Eber gesichtet, und diesmal war sein Fluchtweg von einem tiefen Graben versperrt. Die Bogenschützen feuerten erneut, und das Wild mußte drei weitere Treffer einstecken. Der Eber stieß einen durchdringenden Schrei aus. Einer der Pfeile verirrte sich und traf einen der Hunde. Der Eber nutzte die darauffolgende Verwirrung und bahnte sich einen Weg mitten durch die Jäger hindurch. Der König war außer sich vor Wut. »Befreit den Hund von seinem Elend!« zischte er mit zusammengebissenen Zähnen. Dann riß er sein Pferd herum, rammte ihm die Sporen in die Flanken und preschte hinter dem Wild her.

Der Eber wurde nicht langsamer. Mit den Hunden auf den Fersen floh er immer tiefer in den Wald hinein und hinterließ eine blutige Spur.

Schließlich hatten die Hunde den Eber gestellt. Er war am Ufer eines Teichs angelangt, und konnte nun nicht mehr weiter. Die Hunde versperrten ihm den Weg, indem sie einen Halbkreis um ihn herum bildeten. Das mächtige Biest scharrte in der Erde und bereitete sich auf einen Angriff vor. Die Männer zückten ihre Waffen. Ohne den Blick von seiner Beute abzuwenden, näherte sich der König dem Eber. Jetzt konnte eine einzige falsche Bewegung oder auch nur ein kurzes Zögern den Tod bedeuten. Lesketh wußte, daß der Angriff des Ebers kurz bevorstand. Er bewegte sich auf das Tier zu, hob den Spieß und schleuderte ihn mit aller ihm zur Verfügung stehenden Kraft in die Flanke seines Opfers.

Heißes Blut spritzte aus der Wunde, und der Eber stieß einen markerschütternden Todesschrei aus.

Nur wenige Augenblicke später waren die anderen Jäger auch da und stachen mit ihren langen Spießen auf die unglückliche Kreatur ein. Das Blut des Ebers floß auf den Boden und dann in den Teich. Die Hundeführer riefen ihre Tiere zurück. Die Jagd war erfolgreich.

»Laßt uns seine Eier abschneiden!« rief Carvell.

»Ja, ab mit den Eiern«, rief auch Maybor. »Aber wem soll diese Ehre zuteil werden?«

»Euch, Maybor. Man sagt, Ihr kennt Euch mit Kastrationen aus.« Alle lachten, und die Anspannung der Jagd fiel von den Männern ab.

Maybor zog seinen Dolch und stieg vom Pferd. »Bei Borc! Ich glaube nicht, daß ich schon jemals so große Eier gesehen habe.«

»Ich dachte, Ihr hättet einen Spiegel, Maybor!« witzelte Rolack. Die Lords brachen in brüllendes Gelächter aus. Mit einem raschen Schnitt befreite Maybor das tote Biest von seinen Hoden und hielt sie hoch, damit sie von seinen Gefährten bewundert werden konnten.

»Wenn ich's mir recht überlege«, sagte Maybor mit gespielter Ernsthaftigkeit, »sind meine, glaube ich, *wirklich* größer!«

Während die Männer fröhlich lachten, meinte der König ein vertrautes, surrendes Geräusch zu hören. Im nächsten Augenblick traf ihn ein kräftiger Schlag an der Schulter und warf ihn vom Pferd. Noch während er stürzte, sah er, was ihn getroffen hatte ... ein Pfeil. Dem Moment des Erkennens folgte eine dunkle Vorahnung. Irgend etwas stimmte nicht. Lesketh war schon früher von Pfeilen getroffen worden; er kannte den stechenden Schmerz. Der Schmerz war zwar da, doch da war noch mehr – es schien beinahe, als würde sich etwas in sein Fleisch *hineinfressen*. Mit einem Mal wurde der ganze Körper des Königs von einem rasenden Schmerz erfüllt, und er verlor das Bewußtsein.

Bevlin wachte schlechtgelaunt auf. Er hatte schrecklich geschlafen, denn er hatte die Nacht zwischen seinen Büchern in der Küche verbracht. Der alte Gelehrte zweifelte an seinem Verstand – hier stand er, so alt wie die Berge, kaum noch fähig zu laufen, und dennoch hatte er sein Bett einem jungen und offensichtlich kerngesunden Ritter überlassen, während er selbst auf dem harten Holz des Küchentischs übernachtet hatte. Natürlich hätte er auch im Gästezimmer schlafen können; aber dort war das Dach über dem Bett undicht, und Bevlin hatte inzwischen ein Alter erreicht, in dem er ein trockenes Nachtlager einem bequemen vorzog.

Seine Laune verbesserte sich erst, als er entdeckte, daß sein Gast Frühstück gemacht hatte. »Wie habt Ihr das geschafft, ohne mich zu wecken?« fragte Bevlin gereizt.

»Das war leicht, Bevlin. Ihr habt tief und fest geschlafen.« Bevlin gefiel der Gedanke nicht, daß der gutaussehende, junge Mann ihn in einer so unwürdigen Haltung schlafend gesehen hatte. Doch er war gewillt, Tawl zu verzeihen. Das Essen roch einfach ausgezeichnet.

»Das wäre nicht nötig gewesen. Ich hätte schon Frühstück gemacht.«

»Ich weiß«, entgegnete Tawl. »Und genau davor hatte ich Angst.«

Bevlin beschloß, nichts auf diese Bemerkung zu erwidern. Schließlich hatte der junge Mann allen Grund, seinen Kochkünsten zu mißtrauen. »Was bereitet Ihr da zu?«

»Schinkenröllchen gefüllt mit Pilzen und gewürztes Bier.«

»Klingt gut, aber könntet Ihr den Schinken noch etwas einfetten? Er scheint mir ein wenig trocken zu sein.« Der Gelehrte mochte Fett; es half ihm dabei, das Essen seine rauhe, alte Kehle hinab zu befördern. »Sagt mir, wo hat so ein netter junger Mann wie Ihr die hohe Kunst des Kochens erlernt? Soweit ich weiß, wird Kochen in Valdis nicht unterrichtet.«

Tawl lächelte traurig. »Meine Mutter ist im Kindbett gestorben, als ich noch ein kleiner Junge war. Sie hinterließ mir zwei jüngere Schwestern und ein Baby, um die ich mich zu kümmern hatte.« Der Ritter zögerte einen Augenblick und starrte mit unergründlichem Blick ins Herdfeuer.

Als er wieder sprach, hatte sich seine Stimme verändert: sie strahlte vor gekünstelter Fröhlichkeit. »Also habe ich gelernt zu kochen.« Tawl zuckte die Schultern. »Das hat mich bei den anderen Rittern in Valdis ziemlich beliebt gemacht, und außerdem habe ich so manches Kupferstück verdient, indem ich morgens Schweineleber röstete.«

Bevlin war kein Mann, der Taktgefühl sonderlich hoch einschätzte, und meistens siegte seine Neugier über die Höflichkeit. »Und wo ist Eure Familie jetzt?« fragte er. »Ich vermute, Euer Vater kümmert sich jetzt um Eure Schwestern.«

»Ihr habt nichts über meine Familie zu vermuten, *alter Mann!«*

Die verzweifelte Wut in der Stimme des Ritters entsetzte Bevlin. Er hob die Hand und wollte sich bei seinem Gast entschuldigen, doch er kam nicht zu Wort.

»Bevlin«, sagte Tawl und richtete seinen Blick wieder auf das Herdfeuer, »verzeiht meinen Zorn. Ich ...«

»Sprecht nicht weiter, mein Freund«, unterbrach der Gelehrte.»Wir alle tragen etwas mit uns herum, über das man besser nicht reden sollte.«

Eine Kerzenlänge später hatten die beiden Männer gegessen, saßen in der warmen Küche und tranken gewürztes Bier. Bevlin nahm ein dickes, verstaubtes Buch zur Hand und öffnete es vorsichtig. »Das hier, Tawl«, begann er und deutete auf die vergilbten Seiten, »ist mein wertvollster Besitz. Es ist eine Kopie von Marods *Buch der Worte*. Nicht irgendeine alte Abschrift, wohlgemerkt, sondern eine, die von Galder höchstpersönlich angefertigt wurde, dem ergebenen Diener jenes großen Mannes. Bevor sein Herr und Meister starb, machte Galder vier exakte Kopien von Marods Lebenswerk. Dies hier ist eine dieser Kopien.«

Bevlins alte Finger zeichneten die Inschrift auf dem schafsledernen Umschlag nach. »Man kann feststellen, daß es sich in der Tat um eine von Galders Abschriften handelt, indem man sich die Seiten genauer ansieht: am Ende seines Lebens war Marod so arm, daß er sich kein neues Pergament mehr leisten konnte. Also mußte sein Diener alte Papiere wiederverwenden. Galder hat die Tinte mit einer Lösung aus Regenwasser und Rinderurin abgewaschen, und dann legte er das Pergament in die Sonne zum Trocknen. Wenn Ihr ganz genau hinschaut, könnt Ihr immer noch die Geister jener alten Dokumente sehen.«

Tawl betrachtete aufmerksam die Seite, die Bevlin aufgeschlagen hatte: der alte Mann deutete auf kaum wahrnehmbare Wörter und Buchstaben, die unter dem Text lagen. »Leider Gottes war die Lösung, die Galder zur Säuberung der Seiten benutzte, solcherart, daß sie an der Substanz des Pergaments zehrte und es brüchig und empfindlich werden ließ. Ich fürchte, es wird nicht mehr lange dauern, bis man das Buch überhaupt nicht mehr lesen kann. Dann taugt es höchstens noch als Relikt in irgendeiner Sammlung. Und das wäre mehr als traurig, denn Marods Buch enthält vieles, das auch noch für die heute Lebenden von Bedeutung ist.« Der Gelehrte schloß das Buch.

»Aber es gibt doch Tausende Kopien des *Buchs der Worte*. Jeder Priester und jeder Gelehrter der bekannten Welt muß doch eine Abschrift davon besitzen«, sagte Tawl.

Bevlin schüttelte unglücklich den Kopf. »Leider unterscheiden sich diese Kopien enorm vom Original. Es gab nicht einen Schreiber, der keine Veränderungen an Marods Text vorgenommen hätte … und seien sie auch noch so subtil. Einige änderten Gedanken, um sie ihren eigenen Vorstellungen oder denen ihrer Herren anzupassen; andere strichen ganze Passagen, die sie für unbedeutend oder unmoralisch hielten, und wieder andere arbeiteten einzelne Verse um, die sie als schlecht geschrieben, frivol oder einfach nur langweilig empfanden.« Bevlin seufzte. Die Müdigkeit des Alters zeichnete sich deutlich in seinem blassen Gesicht ab. »Jede einzelne Abschrift veränderte Marods Worte ein klein wenig mehr. Und so ist sein Werk im Laufe der Jahrhunderte unwiderruflich verloren gegangen. Die Priester und Gelehrten, von denen Ihr gesprochen habt, besitzen vielleicht Bücher des gleichen Namens, aber nicht des gleichen Inhalts.

Soweit ich weiß, sind die anderen drei Galder-Abschriften entweder verloren oder zerstört. Wahrscheinlich bin ich der einzige Mensch, der Marods wahre Worte besitzt.« Der alte Mann trank den letzten Rest seines Biers und stellte den leeren Krug auf den Tisch. »Jedesmal wenn ich daran denke, macht mich das über die Maßen traurig.«

Bevlin blickte seinen Gast nachdenklich an. Tawl war jung, vielleicht zu jung, um die Aufgabe zu erfüllen, für die man ihn ausgewählt hatte. Der alte Gelehrte stieß einen lauten Seufzer aus. Er wußte um die Ungeheuerlichkeit der bevorstehenden Aufgabe. Dieser starke und selbstbewußte junge Mann hatte noch sein ganzes Leben vor sich. Ein Leben, das von einer sinnlosen Suche zunichte gemacht werden würde. Bevlin löschte die Kerzen mit Hilfe seiner Finger. Was sollte er tun? *Ihm* hatte man keine Wahl gelassen. Man hatte ihn nicht gefragt, ob er die Verantwortung für alles übernehmen wollte, was da kommen mochte. Doch Bevlin konnte seinerseits den jungen Mann vor die Wahl stellen – ja, zumindest das konnte er tun.

Der Gelehrte faltete die Hände, um ihr Zittern zu verbergen, und schaute dem Ritter tief in die blauen Augen. »Ich nehme an, Ihr fragt Euch, was all das mit Eurem Besuch hier zu tun hat?«

»Was machst du hier, Junge? Einer wie du hat hier nichts verloren.« Die Stimme der Wache hallte durch die steinernen Hallen der Burg.

»Ich muß zu den Gemächern der Adeligen«, sagte Jack.

»Zu den Gemächern der Adeligen! Die Gemächer der Adeligen … was hast du schon in den Gemächern der Adeligen zu suchen. Mach, daß du wegkommst, Rotznase.«

Jack hatte sich verspätet. Er konnte nicht verstehen, warum er sich nach seinem Treffen mit dem Kanzler des Königs so erschöpft gefühlt hatte. Es schien, als hätte der Mann ihn all seiner Kräfte beraubt. Und das war Jacks Pech gewesen: er hatte das Morgenbrot mit ziemlicher Verspätung in den Backofen geschoben, und als es endlich fertig war, konnte man es eher als Nachmittagsbrot bezeichnen. Frallit war beinahe vor Wut geplatzt, als er davon erfahren hatte; doch was ihn wirklich zur Raserei getrieben hatte, war, daß er Jack nicht an Ort und Stelle verprügeln konnte. Der Meisterbäcker konnte es sich nicht leisten, dem Kanzler des Königs einen grün und blau geschlagenen Jungen zu schicken.

Beinahe empfand Jack so etwas wie Mitleid für Frallit, dem seine eigene Machtlosigkeit im Angesicht wahrer Macht vor Augen geführt worden war. Der Meisterbäcker war der Herr der Küche, aber der Kanzler war der Herr der Burg. Dennoch war Jack fest davon überzeugt, daß Frallit sich eine passende Strafe für ihn ausdenken würde, weil er geschlafen hatte, als er eigentlich hätte backen sollen. Neben seinem Arsenal körperlicher Züchtigungen stand Frallit ein beachtlicher Fundus an Demütigungen zur Verfügung. Zum zweiten Mal an diesem Tag ertappte sich Jack dabei, daß er die gewohnte ordentliche Tracht Prügel jeder unbekannten Strafe vorzog.

Jack betrachtete die Wache von oben bis unten und erkannte, daß ihn Worte nicht weit bringen würden. Der

Mann würde ihm wohl kaum glauben, daß er, ein einfacher Bäckerjunge, eine Verabredung mit dem Kanzler des Königs hatte. Aus irgendeinem Grund entschied sich Jack zu handeln – einmal wollte auch er derjenige sein, der das Sagen hatte. Ein ausgeblichener Wandteppich erregte Jacks Aufmerksamkeit. Er trat einen Schritt vor und zog an einer Ecke des Gobelins. Der Teppich fiel in einer Staubwolke zu Boden. Die Wache hatte gerade genug Zeit, sich zu wundern, als Jack bereits auf und davon war. Er sprang über den Teppich, schlüpfte an dem Soldaten vorbei und rannte den Korridor entlang.

Staub brannte in Jacks Lungen, die Wache war ihm auf den Fersen, und unter ihm rasten die Steine vorbei. Die Jagd war eröffnet.

Zwischen zwei Atemzügen erkannte Jack, daß es vielleicht doch keine so gute Idee gewesen war – er hatte nicht die leiseste Ahnung, in welcher Richtung Baralis' Gemächer lagen. Dennoch war es ein erhebendes Gefühl, der Wache davonzulaufen. Jack genoß es, sich mit einem anderen zu messen, den Erfolg vor Augen. Nach einer Weile verloren sich die Schritte des Verfolgers in der Ferne, und hinter Jack ertönten undeutliche Flüche. Jack lächelte triumphierend – ein fluchender Mann war ein Mann, der nicht mehr genug Luft zum Laufen hatte.

Die Gemächer zu finden war nicht so schwer, wie Jack gedacht hatte. Unzählige Treppen und Abzweigungen erschienen vor ihm, doch er wußte instinktiv, welchen Weg er nehmen mußte. Es schien, als wäre die gesamte Burg mit dem großen Mann verbunden. Die dunkelsten und lebendigsten Gänge führten direkt zu Baralis' Tür.

Jack hielt vor der Schwelle an und überlegte, ob ein eher demütiges oder ein selbstbewußtes Klopfen angebracht wäre. Gerade als er sich für Demut als die bessere Wahl entschieden hatte, schwang die Tür auf.

»Du kommst spät.« Lord Baralis stand in der Tür, groß, beeindruckend und ganz in Schwarz gekleidet.

Jack versuchte, seine Stimme ruhig zu halten. »Es tut mir leid, Herr.«

»Wie, keine Entschuldigung?«

»Nein, Herr. Der Fehler liegt einzig und allein bei mir.«

»Na, sieh mal einer an, was für ein ungewöhnlicher junger Mann. Die meisten Leute hätten ohne Zweifel Hunderte von Entschuldigungen zur Hand gehabt. Diesmal werde ich dir noch vergeben, Jack; aber das ist das letzte Mal, daß du zu spät kommst. Verstanden?«

»Ja, Herr.«

»Ich habe bemerkt, daß du meine Tür bewundert hast.«

Jack nickte enthusiastisch. Er war froh, daß Lord Baralis den Grund für seine Trödelei vor der Tür nicht richtig erkannt hatte.

Baralis strich mit seinen vernarbten Fingern über die Schnitzereien auf dem Rahmen. »Du tust gut daran, sie zu bewundern, Jack, denn sie besitzt viele bemerkenswerte Eigenschaften.« Jack erwartete, daß sein Gegenüber näher auf das Thema eingehen würde; doch Baralis lächelte nur, eine zurückhaltende Krümmung der Lippen, ohne die Zähne zu zeigen.

Jack folgte Baralis durch einen Raum, der ein Wohnzimmer sein mochte, in eine große, gut beleuchtete Kammer, die bis unter die Decke mit allen möglichen Utensilien vollgestopft war. »Hier wirst du arbeiten«, erklärte Baralis und deutete auf eine Holzbank. »Feder, Tinte und Papier findest du auf dem Pult. Ich schlage vor, daß du dich heute erst einmal damit vertraut machst.« Jack wollte etwas sagen, aber er kam nicht dazu. »Ich habe keine Zeit, Schwätzchen zu halten, und auf dich wartet Arbeit.« Mit diesen Worten ließ Baralis den Jungen vor dem Pult zurück und machte sich in einer anderen Ecke des Raumes daran, Papiere zu sortieren.

Jack hatte nicht die leiseste Ahnung, was er jetzt tun sollte. Er hatte noch nie jemanden gesehen, der eine

Schreibfeder benutzt hatte. In der Küche konnte niemand lesen und schreiben; Rezepte für Brot, Bier und Pudding wurden im Kopf aufbewahrt. Der Kellermeister war der einzige Mensch, von dem Jack wußte, daß er schreiben konnte, denn er war unter anderem auch für die Buchhaltung verantwortlich. Aber Jack hatte Willock nie wirklich schreiben *sehen*.

Er nahm die Schreibfeder und drehte sie in der Hand. Dann schnappte er sich ein Stück Papier und drückte die Federspitze darauf. Nichts. Jack vermutete, daß er etwas vergessen hatte. Er schaute sich auf dem Pult um. Tinte. Das war's. Jack goß ein wenig davon auf das Papier, wo die Flüssigkeit sich rasch ausbreitete. Anschließend zog er die Feder durch die Tinte und hinterließ einige unbeholfene Kratzer. Jack hatte das Gefühl, etwas falsch gemacht zu haben, und so unternahm er einen zweiten Versuch auf einem neuen Stück Papier. Erneut goß er Tinte darauf. Diesmal gelang es Jack ein paar Linien und Figuren zu zeichnen.

»Du Idiot!« Jack blickte hoch und sah Baralis, der sich über seine Schulter gebeugt hatte. »Du sollst keine Tinte auf das Papier schütten. Die Tinte bleibt in ihrer Flasche. Du mußt die Feder da *hinein*tauchen. Hier.« Jack schaute aufmerksam zu, während Baralis demonstrierte, was er soeben erklärt hatte. »So. Jetzt weißt du, wie es geht.« Erneut ließ Baralis den Jungen vor dem Pult allein.

Einige Stunden später hatte Jack den Bogen raus. Er hatte den exakten Winkel herausgefunden, in dem man die Feder in die Tinte tauchen mußte, um möglichst viel Flüssigkeit aufzunehmen, und er konnte Zeichen und Formen malen. Zur Übung zeichnete er die verschiedenen, ihm bekannten Brotsorten – Langbrot, Fladen und Rundbrot. Dann versuchte er das gleiche mit Backgeräten, Küchenmessern und Waffen.

Nach einer Weile gingen Jacks Gedanken auf Wanderschaft. Er war noch nie an einem derart luxuriösen Ort gewesen. Die Bücher und Kisten an den Wänden führten ihn ebenso in Versuchung wie die mit dunklen Flüssigkeiten gefüllten Flaschen. Jack konnte der Versuchung nicht länger widerstehen. Er schlich zu einem der Regale und zog den Korken aus einer besonders verführerischen Flasche. Ein süßer, erdiger Geruch entwich dem Gefäß. Jack blieb nichts anderes übrig, als den Inhalt zu probieren. Er hob die Flasche an die Lippen.

»An deiner Stelle würde ich das lieber nicht tun«, erklang Baralis' Stimme in spöttischem Tonfall. »Das ist Gift, Rattengift.«

Jacks Gesicht glühte vor Scham. Er hatte Baralis nicht gehört – lief der Mann etwa auf Luft? Rasch verkorkte Jack die Flasche wieder und versuchte den unschuldigen Eindruck eines Menschen zu erwecken, den man *nicht* gerade auf frischer Tat ertappt hatte. Die Erleichterung ließ ihn beinahe schwindeln, als jemand den Raum betrat. Jack erkannte den riesigen, mißgestalteten Mann sofort.

»Ja, Crope«, sagte Baralis. »Was gibt es?«

»Der König.«

»Was ist mit dem König?«

»Der König ist während der Jagd von einem Pfeil getroffen worden.«

»Tatsächlich.« Für einen kurzen Augenblick leuchtete Bosheit auf Baralis' Gesicht, doch sie verschwand genauso schnell wie sie gekommen war und wich einem Ausdruck tiefster Besorgnis. »Du bringst wahrhaft schlechte Nachrichten.« Er warf Jack einen scharfen Blick zu. »Geh sofort in die Küche zurück, Junge.«

Während Jack aus der Kammer rannte und sich auf den Weg zur Küche machte, kreisten all seine Gedanken um den König. Wahrscheinlich würde er der erste unten sein, der von dem Attentat wußte; er würde im Mittelpunkt der Aufmerksamkeit stehen, und vielleicht würde ihm Frallit sogar einen Krug Bier anbieten. Der Gedanke an Bier stimmte Jack bei weitem nicht so fröhlich wie sonst, und er brauchte einen Augenblick, um herauszufinden warum: er hatte Angst. Der Ausdruck, der nur für den Bruchteil einer Sekunde über Baralis'

Gesicht gehuscht war, war zu beunruhigend, um ignoriert zu werden. Jack beeilte sich. Baralis' Gesichtsausdruck war ein Detail, daß er gegenüber dem Küchenstab verschweigen würde – er war ein kluger Junge, und er wußte, über was und wann er zu schweigen hatte.

»Uns stehen böse Zeiten bevor.« Bevlin atmete tief durch und fuhr fort. Seine Stimme war mit zunehmendem Alter dünn geworden. »Vor etwas mehr als zwölf Sommern sah ich etwas Schreckliches am Himmel. Das Bruchstück eines Sterns fiel vom Firmament. Während es auf die Erde zuraste, spaltete es sich in zwei Teile. Die beiden Teile erleuchteten den Himmel mit der gleichen Helligkeit, bevor sie am östlichen Horizont verschwanden.« Der alte Gelehrte ging zum Feuer und starrte in die Glut. Ihm war kalt.

»Ich muß Euch nicht sagen, daß ein solches Ereignis ein Zeichen von großer Wichtigkeit ist. Damals hatte ich nur eine ungenaue Vorstellung davon, was es bedeuten könnte, und so habe ich die vergangenen Jahre damit verbracht, nach Antworten zu suchen. Ich habe all die großen Bücher der Prophezeiungen gelesen, alle alten Manuskripte, derer ich habhaft werden konnte.« Bevlin brachte ein leichtes Lächeln zustande. »Diese Werke sind überfüllt mit ungenauen Vorhersagen des Jüngsten Gerichts: schwarze Wolken, die den Horizont verdunkeln, verheerende Plagen, die das Land überziehen ... Zeug, das Eltern ihren Kindern erzählen, um sie zu Gehorsam zu erziehen. Ich habe in keiner dieser Schriften viel von Wert gefunden. Die meisten scheinen nach dem Leitsatz geschrieben worden zu sein, daß, wenn man das drohende Verderben nur oft genug vorhersagt, man früher oder später recht behalten wird. Doch jetzt fürchte ich, daß das Verderben so unabwendbar ist wie das Fallen der Blätter im Herbst.«

Bevlin stellte einen Topf mit Bier auf den Herd und

gab einen Löffel Honig hinzu. »Natürlich bedeutet die Verdammnis eines Mannes oftmals den Triumph eines anderen.« Er raspelte etwas Zimt in den Topf und spuckte dann in das Gemisch. Das sollte Glück bringen. Bevlin wartete, bis sich das Gebräu erwärmt hatte, dann füllte er es in zwei Becher und reichte einen davon Tawl.

»Marods Werk ist anders. Er ist besessen von Einzelheiten. Anders als all die billigen Wahrsager verlegte er sich nicht auf Mehrdeutigkeiten.« Der Gelehrte legte die Hand auf das dicke Buch. »Marod war eigentlich Historiker und Philosoph. Nur dank der Gnade der Götter durfte er von Zeit zu Zeit in die Zukunft blicken. Doch obwohl er an sich ein sehr genauer Mann war, stellt er manchmal unklare Beziehungen zu einigen unbekannten Werken her. Die meisten dieser Werke haben nicht bis in unsere Zeit überlebt. Entweder sind sie verloren gegangen oder zerstört worden: verbrannt von fanatischen Priestern auf der Jagd nach Ketzern.

Aber schließlich ist es mir doch gelungen, eines dieser Bücher aufzutreiben, von denen Marod gesprochen hat. Ich habe einen beachtlichen Preis für ein paar lose Blätter bezahlt. Doch in diesen Seiten habe ich gefunden, wonach ich gesucht habe ... eine Erwähnung des Ereignisses, das ich zwölf Jahre zuvor beobachtet habe.

Die Seiten sprachen davon, daß es das Zeichen einer Geburt sei, einer *Doppel*geburt. Zwei Kinder wurden in dieser Nacht geboren, zwei Männer, deren Schicksal die Welt verändern wird ... ob zum Guten oder zum Schlechten vermag ich nicht zu sagen. Ihre Leben sind durch einen unsichtbaren Faden miteinander verbunden, an dem ihre Schicksale ziehen. Jedes in eine andere Richtung.

Es gibt eine Prophezeiung Marods, von der ich glaube, daß sie sich auf einen von beiden bezieht. Vielleicht kennt Ihr sie sogar zum Teil – die Gelehrten versuchen sie bereits seit Jahren zu enträtseln –, aber das hier ist das Original. Vielleicht wird außer uns beiden nie jemand den wahren Wortlaut erfahren:

Wenn Männer von Ehre ihre Ziele vergessen,
Wenn das Blut von Dreien an einem Tag gerufen wird,
Werden zwei Häuser sich in Ehe und Reichtum
verbinden,
Und aus dem Bund wird Verfall entstehen.
Dann wird ein Mann kommen,
ohne Vater und ohne Mutter,
Doch mit der Schwester als seiner Geliebten,
Und er wird die Hand des Verderbens aufhalten.

Steine werden bersten, der Tempel wird fallen,
Und das Reich des Bösen wird auf sein Wort hin enden,
Und nur der Narr kennt die Wahrheit.

Bevlin wärmte die Hände am Becher und blickte seinem Gast in die Augen. Tawl erwiderte den Blick, und während das Feuer im Hintergrund knisterte, hielten sie stumme Zwiesprache.

»Die Welt ändert sich ständig«, sagte Bevlin leise und brach damit das Schweigen. »Und es ist immer Gier, die diese Veränderungen hervorruft. Der Erzbischof von Rorn sorgt sich mehr um seine Finanzen als um Gott; den Herzog von Bren gelüstet es nach immer mehr Land, und durch Marls ziehen so viele ausländische Händler, daß man dort bereits die Pest in der Stadt hat. Genau in diesem Augenblick versucht König Lesketh, der Herrscher der Vier Königreiche, einen Krieg mit Halcus zu vermeiden … doch ich vermag nicht zu sagen, ob ihm dies gelingen wird.«

Bevlin und Tawl schwiegen eine Zeitlang, beide tief in Gedanken versunken. Schließlich ergriff der junge Mann als erster wieder das Wort, so wie es der alte Gelehrte vorhergesehen hatte. »Warum hat man mich hierhergesandt?« Bevlin ging davon aus, daß der Ritter die Antwort bereits kannte.

»Es gibt etwas, von dem ich glaube, daß Ihr es vollbringen könnt.«

»Tyren hat damit gerechnet, daß Ihr mir einen Auftrag erteilen werdet. Was für einen?« Tawl war so gutwillig und so eifrig, daß Bevlin eine unerklärliche Traurigkeit überkam.

»Eure Aufgabe wird es sein, eine Nadel in einem Heuhaufen zu finden.«

»Was meint Ihr damit?« Tawl hatte die richtige Frage gefragt; doch Bevlin sah in den Augen des Ritters, daß er die Unabänderlichkeit seiner Zukunft bereits erkannt hatte. Alles was jetzt noch gesagt werden würde, war bereits entschieden.

»Ihr sollt einen Jungen für mich suchen: einen Jungen von ungefähr zwölf Sommern.«

»Wo werde ich diesen Jungen finden?«

»Ich fürchte, diese Frage ist nicht so leicht zu beantworten.«

»Handelt es sich um einen der beiden?« fragte Tawl. Der Gelehrte nickte.

»Der, von dem in der Prophezeiung die Rede ist.« Bevlin unterdrückte den Drang, noch weiter über die Prophezeiung zu sprechen – die Gründe, warum er glaubte, daß sie bald Realität werden würde, würden dem Ritter nicht gefallen. »Ich kann Euch nur wenig helfen. Ich kann Euch nur den Rat geben, Euch auf Eure Instinkte zu verlassen. Sucht nach einem Jungen, der mehr zu sein scheint, als er ist, nach einem, der sich von den anderen abhebt. Ihr werdet wissen, wenn Ihr ihn gefunden habt.«

»Und wenn ich ihn finde?«

»Dann werdet Ihr den letzten Ring erhalten. Deshalb seid Ihr doch hergeschickt worden, oder?« Bevlin bereute die Worte im selben Augenblick, da er sie ausgesprochen hatte. Der junge Mann hatte nichts getan, um derart beleidigt zu werden.

»Ja, deshalb bin ich hierhergekommen.« Die Stimme des Ritters klang sanft. »Dies hier«, er entblößte die eingebrannten Ringe auf seinem Arm, »ist alles, was jetzt noch zählt.«

Bevlin sah zu, wie Tawl den Ärmel wieder herunterkrempelte. Der junge Mann unterschied sich von anderen Rittern, die er bisher getroffen hatte. Die Hingabe war die gleiche, doch sie wurde von etwas gemildert, das an Verletzlichkeit erinnerte. Valdis konzentrierte sich darauf, eine besonders zielstrebige Rasse von Rittern zu züchten: bedingungsloser Gehorsam, Zölibat, alles Vermögen mußte der Sache geopfert werden. Doch was für eine Sache war das? Die Ritter waren einst als tugendhafter Orden gegründet worden, um den Unterdrückten und Bedürftigen zu helfen. Heutzutage wurde in den Hallen von Valdis mehr über Politik denn über Menschlichkeit gesprochen.

Auch Geld war für Valdis stets von großem Interesse. Gold hatte den jungen Ritter hierhergebracht – obwohl Bevlin fest davon überzeugt war, daß Tawl nichts von dem Handel wußte. Wahrscheinlich hatte ihm Tyren erzählt, daß es eine große Tat zu vollbringen galt, daß es sich um eine gute Gelegenheit handele, der Ritterschaft Ehre zu machen. Natürlich stimmte das auch, aber Valdis wußte das nicht. Für Tyren war Bevlin nichts weiter als ein dummer, alter Mann, der davon träumte, einen Krieg zu beenden, der noch nicht einmal begonnen hatte. Nun, wenn sein Gold verführerischer gewesen war als seine Prophezeiungen ... was machte das schon? Das Ergebnis war dasselbe. Bevlin hatte bekommen, was er wollte: einen starken, jungen Ritter, der ihn bei der Suche nach dem Jungen unterstützen würde. Und auch Tyren hatte bekommen, was er wollte: mehr Geld, um seine Politik zu finanzieren.

Doch so waren die Ritter nicht immer gewesen; früher hatte jedermann sie für ihre Ritterlichkeit und ihr Wissen bewundert. Man konnte sich darauf verlassen, daß sie in Zeiten der Unruhe, des Hungers und der Pest den Frieden im Land wahrten. Keine Stadt war groß genug, sie einzuschüchtern, und kein Dorf war so klein, daß sie ihm ihre Hilfe verweigert hätten. Einst war eine ganze Legion der Ritter mit auf den Rücken geschnallten Wasserfässern Hunderte von Meilen geritten, um die Bewohner einer kleinen Stadt vor dem Verdursten zu bewahren. In tausend Liedern wurden die Taten der Ritter von Valdis besungen, und ganze Generationen von Frauen fielen bei ihrem Anblick in Ohnmacht. Aber heute beschäftigten sie sich nur noch mit ihren Intrigen.

Was genau die Ritter mit ihren politischen Spielchen erreichen wollten, wußte Bevlin nicht. Valdis hatte seine führende Rolle unter den Städten der Welt schon lange eingebüßt; Rorn hatte sich mittlerweile zur Handelshauptstadt der bekannten Welt entwickelt, und es war offensichtlich, daß Valdis seiner Rivalin den Erfolg neidete. Tyren hatte inzwischen begonnen, unter der Hand Rechte an Salinen und Salzbergwerken aufzukaufen – wahrscheinlich versuchte er, erneut im Handel Fuß zu fassen. Sollte es den Rittern gelingen, die Kontrolle über den Salzhandel an sich zu reißen, wären sie in der Lage, ganze Städte buchstäblich zu erpressen; besonders die Städte im Süden, deren Lebensgrundlage die Fischerei bildete. Aber es ging um mehr als nur um Handel: Tyren hatte erst vor einem Jahr die Führung der Ritterschaft übernommen, doch schon jetzt begann er eine fanatischere Variante seines Glaubens zu predigen.

Die größten Städte des Südens – Rorn, Marls und Toolay – folgten demselben Glauben wie Valdis, aber sie legten die Dogmen und Glaubensbekenntnisse ihrer Religion wesentlich großzügiger aus. Und so hatte sich Valdis zum moralischen Führer des Südens erklärt und im Namen religiöser Reformen Unruhe gestiftet.

Egal von welcher Seite man es auch betrachtete, es roch nach Ärger. Bevlin sah einen großen Konflikt voraus. Irgendwie war es ironisch – die Ritter, deren besondere Mischung aus Gier und religiöser Leidenschaft möglicherweise einen großen Krieg heraufbeschwören würde, sandten einen der ihren aus, um einen Jungen zu finden, der eben diesen Krieg beenden konnte! Vielleicht hatten sie sogar Marods Prophezeiung erst in Gang gesetzt, indem sie Tawl aus Geldgier zu Bevlin geschickt hatten, und nicht, um gute Taten zu vollbringen. *Wenn Männer von Ehre ihre Ziele vergessen.*

Bevlin seufzte; bald würden viele Menschen leiden. Er wandte sich um und schaute zu Tawl. Der junge Ritter saß noch immer auf seinem Stuhl, schweigend und nachdenklich. Irgend etwas an der Körperhaltung des Ritters, der vom Schein des Herdfeuers eingehüllt wurde, bewegte den Gelehrten tief in seinem Innersten. Tawl versuchte, mit einer seelischen Qual fertig zu werden; jeder Muskel in seinem Gesicht, jeder seiner Atemzüge war Beweis dafür. Bevlin schwor sich, daß er Tawl niemals die wahren Gründe nennen würde, warum Valdis ihn hergeschickt hatte. »Nun, mein Freund«, sagte er. »Habt Ihr Euch entschieden? Werdet Ihr mir helfen, den Jungen zu finden?«

»Das hat nie in Frage gestanden.« Tawl hob den Blick, die blauen Augen voller Kummer. »Ich werde tun, was Ihr verlangt.«

Baralis betrat König Lesketh' Gemach. Alle Teilnehmer der Jagd waren anwesend. Noch immer trugen sie die Gewänder, die vom Blut des Ebers durchtränkt waren. Die Königin saß am Bett ihres Gemahls; über ihr normalerweise kaltes und hochmütiges Gesicht hatten sich Sorgenfalten gelegt. Der Arzt war damit beschäftigt, den König zu entkleiden, während er Heilgebete vor sich hin murmelte.

»Was ist geschehen?« fragte Baralis.

»Jemand hat auf den König geschossen.« Carvell blickte zu Boden, als wäre alles seine Schuld.

»Wer würde solch einen Frevel begehen?« schrie Baralis, sorgfältig darauf bedacht, seiner Stimme einen entrüsteten Klang zu verleihen. »Wo ist der Pfeil? Hat ihn jemand gesehen?«

»Maybor hat ihn entfernt«, antwortete Carvell.

Maybor trat vor. »Ja, das ist wahr. Doch nachdem ich den Pfeil herausgezogen hatte, habe ich das verdammte Ding in meinem Zorn weggeworfen.« Sein Blick traf sich mit dem von Baralis.

»Das war nicht sehr weise von Euch, Maybor.« Der Kanzler wandte sich an die anderen Anwesenden. »Was, wenn der Pfeil Widerhaken gehabt hätte? Indem Ihr ihn einfach herausgerissen habt, hättet Ihr den König noch schwerer verletzen können.« Überall erklang zustimmendes Murmeln, und Baralis bemerkte einen flüchtigen Ausdruck von Haß in Maybors Augen.

»Woher habt Ihr gewußt, daß der Pfeil *keine* Widerhaken besaß?« fragte Maybor kalt. Schweigen erfüllte den Raum, während alle auf Baralis' Antwort warteten.

»Nachdem ich die Wunde des Königs gesehen hatte, habe ich sofort erkannt, daß sie nicht von einem mit Widerhaken versehenen Pfeil stammen konnte.« Zögernd nickten die Männer. Baralis schwor sich, daß er eines Tages mit Maybor abrechnen würde; der Mann war einfach viel zu unberechenbar. Außerdem schien er mittlerweile zu bereuen, sich der Verschwörung angeschlossen zu haben. *Ich habe noch ein As im Ärmel, von dem du keine Ahnung hast, Maybor*, dachte Baralis, *und ich werde es bald ausspielen.*

»Hat sonst noch jemand den Pfeil gesehen?« fragte er. Baralis sprach mit leiser Stimme, um die Aufmerksamkeit eines jeden im Raum auf sich zu lenken.

»Ich, Herr.« Einer der Hundeführer trat vor. Maybor blickte zu dem Mann hinüber. Sein Gesicht war kreidebleich.

»Und wer bist du?« Baralis wußte ganz genau, wer der Mann war – erst ein paar Tage zuvor hatte er ihm zehn Goldstücke für diese kleine Vorstellung gezahlt.

»Ich bin Hist, der Hundeführer des Königs.«

»Sag mir genau, was du gesehen hast, Hist.«

»Ich bin mir zwar nicht sicher, Herr, aber ich glaube, er hatte eine doppelte Kerbe.« Maybor hob protestierend die Hand, doch Baralis gab ihm keine Gelegenheit, das Wort zu ergreifen.

»Eine doppelte Kerbe!« schrie der Kanzler. »Wir alle

wissen, daß die Halcus Pfeile mit doppelten Nocken benutzen.« Ein Aufschrei ging durch den Raum.

»Die Halcus, diese verräterischen Bastarde!«

»Die Halcus haben auf unseren König geschossen!«

»Zur Hölle mit dem Frieden an der Hornbrücke!« kreischte Baralis.

»Wir müssen diese Tat rächen!«

»Wir werden den Halcus Verstand einprügeln!«

Baralis hielt die Zeit für gekommen. »Wir müssen ihnen den Krieg erklären!«

»Aye«, schrien die Männer mit einer Stimme. »*Krieg*!

Kapitel Zwei

»Nein, Bodger, an der Größe der Möpse kann man die Leidenschaft einer Frau nicht erkennen.« Grift lehnte sich gegen die Wand und verschränkte die Hände hinter dem Kopf. Er erweckte den Eindruck eines Gelehrten, der einen unwürdigen Schüler an seiner Weisheit teilhaben ließ.

»Und woran soll man es sonst erkennen?« Bodger beugte sich zu seinem Kameraden hinüber, als sei er wirklich ein wißbegieriger Schüler.

»Körperbehaarung, Bodger. Je haariger eine Frau ist, desto leidenschaftlicher ist sie auch. Nimm zum Beispiel die alte Witwe Harpit. Sie hat mehr Haare auf den Armen als eine Ziege an den Beinen, und sie ist die geilste Nudel weit und breit.«

»Aber die alte Harpit ist nicht gerade ein berauschender Anblick, Grift. Ihr Bart ist ja noch dichter als meiner.«

»Haargenau, Bodger! Der Mann, der sie ins Bett bekommt, kann sich glücklich schätzen.« Grift lächelte schelmisch und nahm einen tiefen Schluck von seinem Bier. »Was ist mit deiner Nelly? Wie haarig ist sie?«

»Meine Nelly hat Arme so glatt und weich wie ein Kinderpopo.«

»Dann bekommst du ja wohl nicht gerade viel für dein Geld. Was, Bodger?«

Die beiden Männer lachten fröhlich. Grift füllte die Becher, dann lehnten sie sich entspannt zurück und tranken ihr Bier. Nach einem Streifengang durch die kalten Höfe der Burg taten Bodger und Grift nichts lieber, als bei einem Becher Bier zusammenzusitzen und sich gegenseitig schmutzige Bemerkungen zuzuwerfen, und meist tauschten sie auch einige Gerüchte aus.

»Hör mal, Grift. Ich muß dir was erzählen. Als ich mich gestern nacht in den Gärten erleichtert habe, habe ich Lord Maybor gehört, wie er mit seiner Tochter zugange war. Er hat ihr eine ziemliche Tracht Prügel verpaßt.«

»Maybor ist nicht mehr der alte. Seit dieser verdammte Krieg mit Halcus begonnen hat, ist er immer gemeiner und unberechenbarer geworden ... man weiß nie, was er als nächstes tun wird.« Schritte erklangen, und die beiden Männer drehten sich in Richtung des Geräuschs um.

»Hier kommt unser junger Freund Jack. Jack, wie wär's mit 'nem Bier?«

»Tut mir leid, Bodger. Ich habe keine Zeit.«

»Wenn du auf die Pirsch willst, Jack, solltest du dir lieber das Mehl aus den Haaren kämmen«, bemerkte Grift.

Jack lächelte. »Das Mehl hat seinen Grund, Grift. Die Mädchen sollen denken, ich wäre bereits alt genug, graues Haar zu haben ... so wie du.«

Jack wartete nicht auf die Antwort des Wachsoldaten. Er war auf dem Weg zu Lord Baralis' Gemächern, und wie immer kam er zu spät. In letzter Zeit hatte der Kanzler des Königs Jack mit Arbeit förmlich überhäuft, und oft schrieb er bis in die frühen Morgenstunden. Jack nahm an, daß Baralis die Bibliothek bald wieder an ihren Besitzer zurückgeben mußte, und deshalb war er bestrebt, vorher noch so viel wie möglich zu kopieren. Also mußte Jack am Tag backen und in der Nacht schreiben. Ihm blieb nur wenig Zeit, sich auszuruhen, und bei mehr als einer Gelegenheit war er beinahe über seinem Schreibpult eingeschlafen.

Jack fiel das Schreiben immer leichter, je mehr Übung er darin bekam. Bereits seit einigen Jahren konnte er alles lesen, was er kopierte. Fünf Sommer waren vergangen, seit Baralis ihn als blinden Schreiber angeheuert hatte, nur daß Jack nicht mehr länger blind war.

Nach drei Monden hatte es begonnen. Jack hatte die ersten Muster in Worten und Zeichen erkannt. Doch der eigentliche Durchbruch hatte sich erst nach einem Jahr ereignet, als Baralis ihm befohlen hatte, ein Buch mit Tierzeichnungen abzuschreiben. Jede einzelne Zeichnung war peinlichst genau beschriftet gewesen, und Jack hatte viele der abgebildeten Wesen erkannt: Fledermäuse, Bären, Hasen. Rasch hatte er begriffen, daß die Wörter unter den Zeichnungen die Namen der Tiere sein mußten, und so erkannte er die Bedeutung einiger einfacher Worte: die Namen von Tieren und Pflanzen.

Mit der Zeit hatte Jack andere Wörter gelernt – Bindewörter, Eigenschaftswörter, Wörter, die die Grundlage einer Sprache bilden. Nachdem er einmal damit angefangen hatte, war Jack nicht mehr zu bremsen gewesen. Voller Wissensdurst hatte er immer weiter gemacht. Dann hatte er ein Buch in Baralis' Sammlung gefunden, daß sich mit nichts anderem beschäftigte als mit der Bedeutung von Wörtern. O wie gerne er das wertvolle Buch mit in die Küche genommen hätte! Doch Baralis war kein sonderlich großzügiger Mann, und Jack hatte nie gewagt, ihn danach zu fragen.

In den letzten Jahren hatte Jack alles gelesen, was er kopiert hatte, Geschichten über ferne Länder, Sagen aus längst vergangenen Tagen und Heldenepen. Vieles konnte er nicht verstehen, und beinahe die Hälfte aller Bücher war in fremden Sprachen und mit fremden Zeichen geschrieben worden, die Jack niemals würde entziffern können – und *alles,* was er nicht verstehen konnte, ließ ihm keine Ruhe.

Jack sehnte sich nach den fernen Ländern, über die er las. Er träumte davon, die Höhlen von Isro zu erforschen, den Silbur hinabzusegeln oder in den Straßen von Bren zu kämpfen. Seine Träume waren so intensiv, daß er den Weihrauch riechen, die Gischt auf seiner

Haut spüren und die Niederlage in den Augen seines Gegners sehen konnte. In manchen Nächten, wenn der Himmel sternenklar war und die Welt unendlich groß erschien, mußte Jack gegen den Drang ankämpfen fortzuziehen. Das Verlangen, die Burg zu verlassen, war dann so groß, daß er es körperlich spüren konnte – ein innerer Druck, der gelindert werden wollte.

Normalerweise war am darauffolgenden Morgen alles wieder vorbei. Dennoch sah Jack immer häufiger zu der großen Landkarte an der Wand. Er ließ den Blick über die bekannte Welt schweifen und überlegte, welches Land er als erstes besuchen sollte: sollte er nach Norden wandern, über die Berge und in die eisige Einöde der Tundra, oder nach Süden, durch die Steppe und in die exotischen und verbotenen Gegenden, die jenseits davon lagen – oder sollte er lieber nach Osten ziehen, ins Zentrum der Macht? Jack brauchte ein Ziel, und während er die Karte betrachte, verfluchte er die Tatsache, daß er das Heimatland seiner Mutter nicht kannte, denn dorthin wäre er als erstes gereist.

Warum hatte sie ihm soviel verheimlicht? Was war in ihrer Vergangenheit geschehen, das sie es vor ihrem Sohn verbergen mußte? Als Kind hatte sich Jack ihr Schweigen mit Scham erklärt; heute glaubte er, daß es Angst gewesen war. Er war neun Jahre alt gewesen, als seine Mutter gestorben war. Er erinnerte sich besonders lebhaft daran, wie sie jeden Morgen darauf bestanden hatte, zum Burgtor zu gehen, um die ankommenden Besucher zu beobachten. Täglich waren sie Arm in Arm zu einer der großen Bastionen hinaufgestiegen, von wo aus sie jeden sehen konnten, der um Einlaß in Burg Harvell nachsuchte. Jack hatte diesen Teil des Tages besonders gern gemocht; er hatte es genossen, an der frischen Luft zu sein und den Hunderten von Menschen zuzusehen, die durch das Tor schritten.

Gesandte aus fernen Ländern mit großem Gefolge waren ebenso darunter gewesen wie Lords und Ladies auf prächtigen weißen Pferden, reich gekleidete Handelsherrn aus Annis und Bren und Bauern und Kesselflicker aus den umliegenden Dörfern.

Die Mutter pflegte Jack zu erklären, wer die Neuankömmlinge waren und welche Stellung sie bekleideten. Dabei fiel ihm jedesmal auf, wieviel seine Mutter über die Beziehungen Harvells zu seinen nördlichen Rivalen wußte; sie war stets gut informiert und bestrebt, möglichst viel über Politik und die Machtkämpfe hinter den Kulissen herauszufinden. Noch Jahre nach ihrem Tod hatte Jack geglaubt, daß sie ausschließlich aus Neugier die Tore beobachtet hatte. Doch Neugier allein hätte eine sterbende Frau, die am Ende ihres Lebens kaum noch laufen konnte, wohl kaum dazu bewogen, sich jeden Morgen auf die Bastionen hinaufzuschleppen, um irgend etwas in den Gesichtern fremder Menschen zu suchen.

In solchen Zeiten waren ihre Züge von Furcht gezeichnet gewesen. Oh, natürlich hatte sie versucht, es zu verbergen. Sie hatte immer Hunderte von Anekdoten auf den Lippen gehabt, um Jacks Gedanken von der Kälte und von den wahren Gründen abzulenken, warum sie hier oben stand – und beinahe war ihr das auch gelungen. Aber selbst heute noch konnte Jack den Druck ihrer Finger an seinem Arm und die kaum merkliche Furcht spüren, die von ihr ausstrahlte.

Aber was war der Grund für dieses Verhalten gewesen? Für diese Angst vor Fremden? Um das herauszufinden, mußte Jack zunächst wissen, woher seine Mutter stammte; doch sie hatte ihm nichts hinterlassen, was ihm bei seiner Suche hätte helfen können. Stets hatte sie sich gewehrt, irgend etwas über ihr Vorleben preiszugeben. Jack wußte nichts, außer daß seine Mutter nicht in den Vier Königreichen geboren worden war und daß man sie eine Hure schimpfte. In den langen Nächten, in denen der Schlaf nicht kommen wollte, träumte er davon, wie ein Ritter durch die Lande zu ziehen und die Wahrheit über ihre Herkunft und die Gründe für ihre Angst herauszufinden.

Doch Träume waren eine Sache und das wirkliche Leben in der Burg eine andere. So wie die Nacht Jacks Phantasie anregte, so wurde sie vom Tag erstickt. Schließlich war er nur ein einfacher Bäckerjunge. Er besaß weder irgendwelche besonderen Fähigkeiten noch eine Zukunft, die der Rede wert gewesen wäre. Auch Geld hatte er nicht. Burg Harvell war alles, was er hatte, und sie zu verlassen bedeutete, *alles* zu verlassen. Jack hatte gesehen, wie man Bettler in der Burg behandelte – man spuckte auf sie und machte sich über sie lustig. Jeder, der nicht hierher gehörte, stand niedriger als selbst das einfachste Spülmädchen. Warum sollte er die Vier Königreiche verlassen, nur um verachtet und mittellos in einem fremden Land zu enden? Die Burg bewahrte Jack vor einem solchen Schicksal; innerhalb ihrer Mauern hatte er ein warmes Bett, stets genug zu essen und Freunde, mit denen er lachen konnte.

Während er die Treppe zu Baralis' Gemächern hinaufstieg, konnte Jack nicht umhin zu denken, daß ein warmes Bett und ausreichendes Essen sich irgendwie nach den Gründen eines Feiglings anhörten.

Baralis war mit den Ereignissen der letzten fünf Jahre äußerst zufrieden. Das Land war noch immer in einen lähmenden Krieg verstrickt, der sowohl die Ressourcen der Vier Königreiche als auch die von Halcus aufbrauchte. Viele blutige Schlachten waren geschlagen worden, und beide Seiten hatten hohe Verluste erlitten. Jedesmal wenn eine Seite die Oberhand zu gewinnen schien, erhielt die andere unerwartete Unterstützung; feindliche Taktiken wurden in ein interessiertes Ohr geflüstert, Einzelheiten über Nachschubwege gerieten in die falschen Hände, oder unfreundliche Augen sahen Pläne möglicher Hinterhalte. Unnötig zu erwähnen, daß Baralis für jeden einzelnen Verrat persönlich verantwortlich war.

Ein Patt war ihm mehr als recht. Während das Land

all seine Aufmerksamkeit gen Osten richtete, konnte er ungestört seine Intrigen am Hof spinnen.

Während er an einem warmen Kräuterpunsch nippte, um die Schmerzen aus seinen Fingern zu vertreiben, dachte Baralis über den Zustand des Königs nach. Seit Lesketh von dem Pfeil in der Schulter getroffen worden war, war er nicht mehr der alte. Nach ein paar Monaten war die Wunde zwar verheilt, doch der König war so geschwächt gewesen, daß er nicht einmal mehr auf ein Pferd steigen konnte. Unglücklicherweise war auch sein Verstand nicht unverschont geblieben – *nicht daß Lesketh je ein großer Denker gewesen wäre,* dachte Baralis verächtlich. Vielleicht war er bei der Herstellung des Giftes etwas unvorsichtig gewesen ... aber immerhin konnte der König sich noch an seinen Namen erinnern!

Am Hof wurde niemals über das Leiden des Königs gesprochen, und wenn doch einmal jemand darüber sprach, dann mit gesenkter Stimme und in der Abgeschiedenheit seiner Privatgemächer, denn es war nicht ungefährlich. Jeder wußte, daß die Königin solches Gerede als Verrat betrachtete. Inoffiziell hatte Königin Arinalda den Platz ihres Mannes als Herrscher eingenommen, und zähneknirschend mußte Baralis zugeben, daß sie die Aufgabe wesentlich besser erfüllte als ihr stumpfsinniger, jagdbesessener Gatte.

Und es war eine sehr schwere Aufgabe. Nur dank Arinaldas Bemühungen betrachtete niemand die Vier Königreiche als schwaches Land ohne Herrscher. Es war ihr gelungen, die diplomatischen Beziehungen zu Bren und Highwall aufrechtzuerhalten, und sie hatte sogar ein historisches Handelsabkommen mit Lanholt unterzeichnet. Die Halcus blickten neidisch auf ihre Erfolge; doch die Königin hatte nicht nur Stärke bewiesen, sondern sich auch weise zurückgehalten, um dem Feind keinen unnötigen Grund zur Sorge zu geben – sonst sähen sich die Halcus vielleicht gezwungen, nach Verbündeten Ausschau zu halten, was eine Ausweitung des Krieges zur Folge gehabt hätte, und dann hätten die beiden kriegführenden Parteien die Kontrolle über die Ereignisse verloren.

Heute wollte Baralis eine Kleinigkeit erledigen, die seit dem Tag, an dem man auf den König geschossen hatte, unerledigt geblieben war. Lord Maybor war ihm schon seit Jahren ein Dorn im Auge. Zwar war er an dem Attentat beteiligt gewesen, aber offensichtlich bereute er mittlerweile seine Taten, und Baralis fürchtete, Maybor könne sein Wissen gegen ihn verwenden. Erpressung und andere unangenehme Möglichkeiten kamen ihm in den Sinn, und Baralis mochte es nicht, sich vor jemandem fürchten zu müssen.

Außerdem hatte der beleibte Lord noch etwas anderes vor, das Baralis Sorgen bereitete. Er versuchte, seine Tochter Melliandra mit dem einzigen Sohn des Königs, Prinz Kylock, zu vermählen. Baralis hatte nicht die Absicht, dies zuzulassen: er hatte seine *eigenen* Pläne mit dem Thronfolger.

»Crope!« rief er, begierig, einen Augenblick von seinen Problemen abgelenkt zu werden.

»Ja, Meister.« Der riesige Leib des Dieners warf einen großen Schatten in den Raum. Wie immer trug er ein kleines, bemaltes Kästchen, das er rasch in seiner Tunika verschwinden ließ.

»Geh 'runter in die Küche, und hol mir Wein.«

»Ich habe bereits Wein geholt. Ich werde ihn Euch bringen.« Crope griff nach dem Weinkrug.

»Nein, du widerwärtiger Einfaltspinsel. Ich brauche einen anderen. Jetzt hör mir gut zu, denn ich weiß, daß du nur allzu vergeßlich bist.« Baralis sprach langsam und betonte jedes einzelne Wort. »Ich brauche eine Kanne Roten Lobanfarn. Hast du das verstanden?«

»Ja, Meister, aber Ihr sagt doch immer, Roter Lobanfarn schmecke wie Hurenpisse.«

»Der Wein ist nicht für mich, du nutzloser Schwachkopf. Er ist ein Geschenk.« Baralis erhob sich und strich sein seidenes Gewand glatt. Er blickte Crope hinterher und fügte mit leiser Stimme hinzu: »Wie ich höre, hat Lord Maybor eine Vorliebe für Roten Lobanfarn.«

Kurz darauf kehrte Crope mit einem Krug Wein zurück. Baralis riß ihm das Gefäß aus der Hand. »Mach jetzt, daß du wegkommst, du Idiot.« Baralis öffnete den Krug und roch daran. Er verzog das Gesicht; nur ein Barbar konnte dieses widerliche Gesöff mögen.

Baralis nahm den Wein, ging zu einem Wandteppich und hob ihn hoch. Dann glitt er mit den Fingern über einen bestimmten Stein und betrat sein privates Arbeitszimmer. Niemand außer ihm selbst wußte von der Existenz dieses Raumes. Hier erledigte Baralis die geheimsten Arbeiten, schrieb die vertraulichsten Briefe und mischte die stärksten Gifte.

Inzwischen waren Gifte Baralis' Spezialität. Seit er Zugang zu Tavalisks Bibliothek erhalten hatte – der selbst den Ruf eines begnadeten Giftmischers genoß –, hatte Baralis seine Fähigkeiten auf diesem Gebiet zu einer wahren Kunst entwickelt. Heute wußte er, daß das Gift sehr primitiv gewesen war, mit dem er damals den König vergiftet hatte.

Mittlerweile konnte Baralis wesentlich raffiniertere Gifte brauen, die nur schwer zu entdecken und deren Wirkungen weitaus vielseitiger waren. Es war ein dummer Giftmischer, der glaubte, Gifte dienten nur dazu zu töten oder zu lähmen. Nein, man konnte Gifte noch für ganz andere Dinge benutzen: sie konnten jemanden über Jahre hinweg schwächen und dabei die Merkmale bestimmter Krankheiten nachahmen; sie konnten den hellsten Verstand eintrüben; sie konnten das Herz so beeinträchtigen, daß es aus eigenem Antrieb den Dienst einstellte, und sie konnten den Körper lähmen und gleichzeitig den Geist verschonen.

Gift konnte einen Mann seiner Männlichkeit berauben, seiner Erinnerungen oder sogar seiner Jugend. Es konnte das Wachstum eines Kindes beeinträchtigen oder, wie im Falle der Königin, die Empfängnis verhüten. Die meisten Gifte mußten frisch angerührt werden – denn wie ein Mann so verlor auch Gift mit der Zeit seine Kraft. Baralis lächelte innerlich; Zeit einen neuen Schwung zusammenzubrauen.

Tavalisk betrat die kleine, feuchte Zelle. Er hielt ein parfümiertes Taschentuch vor die Nase; an solchen Orten roch es äußerst unangenehm. Erst vor wenigen Minuten hatte er einen gerösteten Fasan gegessen, der mit seinen eigenen Eiern gefüllt gewesen war, eine wahrhaft bemerkenswerte Speise, deren Geschmack Tavalisk noch immer auf der Zunge lag und ihm das Wasser im Mund zusammenlaufen ließ. Doch unglücklicherweise war nicht nur der Geschmack zurückgeblieben; ein kleines Stück des Vogels hatte sich zwischen Tavalisks Zähnen festgesetzt. Er zog einen zierlichen Silberzahnstocher aus seinem Gewand und entfernte damit das hartnäckige Stück Geflügel.

Seiner Meinung nach ergänzten sich das Zufügen von Schmerzen und gutes Essen perfekt: für Tavalisk gab es nichts Schöneres, als sich nach einem üppigen Mahl bei ein wenig Folter zu erholen.

Leidenschaftslos betrachtete er den Gefangenen. Man hatte die Hände des Mannes so hoch an die Wand gekettet, daß seine Füße kaum den Boden berührten. Tavalisk mußte zugeben, daß der junge Mann ungewöhnlich viel Schmerzen ertragen konnte. Mehr als ein Jahr war er bereits im Kerker. Das allein hätte die meisten Männer bereits umgebracht; doch dieser hier war jemand Besonderes.

Tavalisk hatte die Tortur persönlich beaufsichtigt – er hielt sich selbst für außerordentlich begabt in diesen Dingen –, und eigens für diesen Gefangenen hatte er eine besondere Folter ersonnen; aber war der Mann ihm dankbar dafür? Nein. Dieser Gefangene besaß noch nicht einmal den Anstand, unter der Folter zusammenzubrechen. Verbrennungen an den Füßen hatten ebenso wenig genutzt wie das Aushungern und die Streckbank. Selbst Tavalisks persönliche Lieblingsfolter – heiße Nadeln in weichem Fleisch – hatte nichts bewirkt. Er war äußerst vorsichtig vorgegangen, um keinen unnötigen Schaden zu verursachen; doch dazu mußte er sich sehr beherrschen, denn normalerweise pflegte er härtere Methoden anzuwenden.

Tavalisk wollte nicht, daß der junge Mann dauerhaften Schaden davontrug. Er wußte, daß der Gefangene ein Ritter von Valdis war. Das war an den Zeichen auf seinem Arm deutlich zu erkennen – zwei ineinander liegende Ringe zeigten, daß der Ritter trotz seiner offensichtlichen Jugend bereits den mittleren Ring erreicht hatte. Leider war der junge Mann aufgrund von Tavalisks Behandlung sichtlich gealtert. Das goldene Haar glänzte nicht mehr, und die Wangen waren nicht mehr so glatt wie zuvor.

Doch das war für Tavalisk ohne Bedeutung. Es zählte nur, was der Mann getan hatte, als man ihn aufgegriffen hatte. Der Ritter hatte herumgeschnüffelt, Fragen gestellt. Er hatte jemanden gesucht, einen Jungen. Seitdem Tavalisks Agenten ihn gefesselt und geknebelt zu ihrem Herrn gebracht hatten, hatte er geschwiegen.

Eine Sache im besonderen hatte in Tavalisk den Verdacht erregt, daß der Ritter in etwas Bedeutendes verwickelt war: Als man ihn hierher gebracht hatte, war er im Besitz einer Lacushaut gewesen, und diese Haut hatte Bevlins Zeichen getragen. Tavalisk war fest entschlossen herauszufinden, was der junge Ritter mit dem alternden Gelehrten zu tun hatte.

Die meisten Leute hielten Bevlin für einen alten Narren, doch Tavalisk war sich dessen nicht so sicher. Vor achtzehn Jahren war ein bedeutendes Ereignis am Himmel beobachtet worden, und auch Tavalisk hatte davon gehört. Viele hatten es für ein gutes Omen gehalten, daß ihnen fünf Jahre lang gute Ernten bescheren würde. Und tatsächlich hatte es seitdem in Rorn kein schlechtes Jahr mehr gegeben – aber natürlich wurde in dieser schönen Stadt Gold statt Getreide geerntet. Trotzdem hatte Tavalisk das unheimliche Gefühl, daß das Zeichen noch weitaus *mehr* zu bedeuten hatte, und irgendwie hatte Bevlin herausgefunden, was das war. Der Gelehrte hatte immer wieder großes Verderben heraufbeschworen – und seine charakteristische Begleiterscheinung, völlige Zerstörung. Alle außer Tavalisk hatten den alten Mann ignoriert: doch es konnte nie schaden, einen solchen Gelehrten im Auge zu behalten – wie die Vögel so wußten auch sie, wann ein Sturm bevorstand. Sollte der Gefangene wirklich von Bevlin ausgesandt worden sein, dann war Tavalisk entschlossen, die Gründe dafür herauszufinden.

Seit kurzem war Tavalisk das Schweigen des Gefangenen leid geworden, und so hatte er sich eine andere Möglichkeit ausgedacht, um herauszufinden, wen der Ritter suchte und warum. Aus diesem Grund war er heute hier. Er hatte die Absicht, den Ritter freizulassen. Dann mußte Tavalisk nur noch warten und beobachten; der Ritter würde ihn früher oder später zu den gewünschten Antworten führen.

»Wachen!« rief Tavalisk und nahm das seidene Taschentuch von der Nase. »Befreit den Mann und gebt ihm Wasser.« Die Wachen schlugen die eisernen Splinte aus den Ketten, und der Gefangene fiel zu Boden.

»Der ist fertig, ohnmächtig, Euer Eminenz.«

»Das sehe ich selbst. Nehmt ihn und werft ihn irgendwo in die Stadt.«

»Denkt ihr dabei an einen besonderen Stadtteil, Euer Eminenz?«

Tavalisk dachte einen Augenblick darüber nach. Dann schlich sich ein böses Lächeln auf seine vollen Lippen. »Das Hurenviertel wäre passend.«

Rorn rühmte sich des größten Hurenviertels der bekannten Welt. Hinter vorgehaltener Hand munkelte man, es gäbe keine vorstellbare Freude, egal wie ungesetzlich oder bizarr sie auch sein mochte, die man hier nicht für den richtigen Preis kaufen konnte.

Das Viertel war eine Zuflucht der Armen und der Unglücklichen: junge Mädchen, knappe elf Sommer alt, zogen durch die Straßen, und an jeder Ecke fanden sich von Krankheiten gezeichnete Bettler. Taschendiebe und Halsabschneider warteten in den Schatten auf nichtsahnende Reisende, um sie um ihre Börse oder ihr Leben zu bringen. Waffen, Gifte und Informationen wurden in den zahllosen Tavernen und Herbergen gehandelt, die sich entlang der schmutzigen Straßen drängten.

Die Straßen selbst waren derart mit menschlichem Unrat und verrottender Vegetation angefüllt, daß man einen Fremden schon daran erkennen konnte, daß er sich ein Tuch vors Gesicht hielt. Doch es war keine gute Idee, sich im Hurenviertel als Fremder zu erkennen zu geben. Fremde waren leichte Opfer für Bauernfänger und Diebe; sie baten förmlich darum, beraubt oder betrogen zu werden. Dennoch kamen sie, angelockt von unerlaubten Vergnügungen oder einfach nur wegen des Nervenkitzels. Junge Adelige und gutbürgerliche Händler schlichen sich im Schutz der Nacht hierher, immer auf der Suche nach einem Glücksspiel oder nach einer Frau für die Nacht ... oder nach beidem.

Der scharfe Geruch von Exkrementen war das erste, dessen er gewahr wurde. Dann kam der Schmerz. Er war unerträglich, jeder einzelne Muskel schien sich zu einem unlösbaren Knoten zusammengezogen zu haben. Er versuchte, sich zu bewegen, ans Licht zu kommen; aber er war zu schwach. Vergessen umfing ihn, und er erkannte, daß auch das aus Schmerz geboren war.

Erneut peinigte ihn der Traum. Er war in einem kleinen Zimmer. Kinder hatten sich um ein Feuer versammelt; zwei Mädchen mit goldenen Haaren und rosigen Wangen lächelten zu ihm hinauf, und er hielt ein Baby in den Armen. Die Tür öffnete sich, und irgend etwas glitzerte auf der Schwelle. Das Licht der Vision löschte das des Feuers aus, doch nicht dessen Wärme. Als er die

Hand nach dem Leuchten ausstreckte, fiel das Baby aus seinen Armen. Er trat durch das Portal, und hinter ihm schloß sich die Tür. Die Vision zog sich vor ihm zurück, bis sie schließlich nur noch ein winziger Punkt am Horizont war. Er drehte sich wieder zu der Tür um. Aber die Tür ließ sich nicht mehr öffnen. Was auch immer er versuchte, er konnte nicht zurück in den Raum und zu den Kindern, die um das Feuer herum saßen. Verzweifelt warf er sich gegen die Tür. Sein Körper traf auf harten Fels.

Erschrocken wachte er auf, und Schweiß rann ihm übers Gesicht. Irgend etwas hatte sich verändert. Fremde Luft füllte seine Lungen und jagte ihm Angst ein. Er war an seine Zelle gewöhnt, doch jetzt verweigerte man ihm sogar den Trost des Gewohnten.

Wann hatte man ihn freigelassen? Er konnte sich kaum noch daran erinnern, wann er zum letzten Mal die kühle Berührung von Wasser auf seinen Lippen gespürt hatte. Doch eins hatte er nicht vergessen, seinen Namen: er war Tawl. Tawl – aber da war noch mehr. Sicher war dieser Tawl irgendwoher gekommen. Eine flüchtige Erinnerung erschien in seinem Kopf. Er wollte sie festhalten, doch sie war sofort wieder verschwunden. Er konnte sich nicht erinnern. Er war einfach nur Tawl. Er war gefangen gewesen, und nun war er frei.

Tawl zwang seinen Verstand, sich mit der Gegenwart zu beschäftigen, und betrachtete seine Umgebung: er befand sich in einer schmalen Gasse zwischen zwei großen Gebäuden, die Luft war kalt, und er war allein.

Zaghaft hob er einen Arm, und ein stechender Schmerz durchfuhr seinen Körper. Sein Arm war nackt, und so sah Tawl die beiden ineinander liegenden Ringe. Das Brandzeichen kam ihm bekannt vor, es bedeutete irgend etwas, er wußte nur nicht *was*. Tawl blickte auf, als sich Stimmen näherten.

»Hey, Megan, geh nicht näher an den Kerl 'ran. Der ist so gut wie tot.«

»Halt's Maul, Wenna. Ich gehe, wohin ich will.«

»Aus dem bekommst du keinen müden Penny raus. Er scheint nicht gerade reich zu sein.«

Tawl beobachtete, wie ein junges Mädchen zu ihm trat – er war unfähig, etwas zu tun. Einen Augenblick später trat auch ihre Freundin hinzu, und er begann, sich unter dem prüfenden Blick der beiden Mädchen unwohl zu fühlen.

»Der riecht echt übel, als hätte er seit einem Jahr kein Wasser mehr gesehen.«

»Wenna, sei jetzt endlich still. Er könnte dich hören. Schau, er hat die Augen geöffnet!« Die mit Namen Megan lächelte sanft. »Er ist irgendwie anders als die Kerle, die hier sonst 'rumhängen.«

»Der ist doch halb tot, oder? Für mich ist das nicht sonderlich ungewöhnlich.«

»Nein, das meine ich nicht. Er ist so jung und sein goldenes Haar ...« Das Mädchen zuckte die Schultern, als wolle sie sich für ihre Torheit entschuldigen. »Er hat irgend etwas ... schau mal, Wenna, er will etwas sagen.« Tawl hatte seit vielen Monaten nicht mehr gesprochen, und so brachte er nur ein leises Murmeln zustande.

»Ich glaube, er will uns seinen Namen sagen. Tork, Tawl oder so was Ähnliches.«

»Megan, mach, daß du da wegkommst, bevor du uns noch in Schwierigkeiten bringst. Du hast recht. Er ist ungewöhnlich, und das bedeutet Ärger.« Das Mädchen Wenna zog am Arm ihrer Freundin, doch die gab nicht nach.

»Du kannst ja gehen, wenn du willst, Wenna, aber ich werde ihn nicht hier allein lassen. Er würde sterben, noch bevor die Nacht halb vorbei ist.«

»Das, mein liebes Mädchen, ist nicht mein Problem. Ich hau' ab. Ich verschwende hier nur meine Zeit, anstatt Geld zu verdienen. Und wenn du auch nur ein wenig Verstand in deinem hübschen Köpfchen hast, würdest du das gleiche tun.« Mit diesen Worten marschierte das ältere der beiden Mädchen davon und ließ ihre Freundin alleine mit Tawl zurück.

Tawl versuchte erneut, den Arm zu heben, und das Mädchen ergriff ihn. »Laß mich dir helfen.« Sie bemerkte das Zeichen. »Oh, das ist seltsam. Ich habe noch nie gesehen, daß die Ringe eines Ritters von einer Narbe durchbrochen waren.« Tawl erlaubte dem Mädchen, ihm auf die Beine zu helfen ... und stürzte sofort wieder zu Boden. Er konnte nicht stehen; seine Beine waren nicht mehr daran gewöhnt, seinen Körpers zu tragen. »O du armer Kerl. Versuch's noch einmal. Ich wohne nicht weit von hier. Wenn du es irgendwie schaffst zu laufen ...« Sie wagten einen erneuten Versuch, und diesmal stützte sich Tawl auf das Mädchen. Er war überrascht, daß sie sein Gewicht tragen konnte, obwohl sie so zierlich gebaut war.

»Komm schon«, ermutigte sie ihn. »Es ist nicht weit. Wir sind bald da.« Tawl schleppte sich an ihrer Seite die Straße entlang und lernte, den Schmerz zu beherrschen.

Baralis gab vier Tropfen des rosafarbenen Giftes in den Weinkrug. Das Gift löste sich sofort auf und vermischte sich mit dem Wein, bis es mit bloßen Auge nicht mehr zu erkennen war. Seine neueste Mixtur erfüllte Baralis mit Stolz, denn sie war fast vollkommen geruchlos. Sorgfältig wusch er sich die Hände in einer Wasserschüssel. Nicht die geringste Spur der verwendeten Substanzen durfte zurückbleiben, handelte es sich bei dem Gift doch um eine besonders tödliche Mischung, Baralis konnte bereits ein Brennen auf seiner Haut spüren.

Jahre der Arbeit mit lebensgefährlichen Substanzen hatten bereits ihre Spuren auf seinen Händen hinterlassen. Ätzende Säuren hatten das Fett von seinem Fleisch gefressen, so daß nur noch Haut die Knochen bedeckte. Die Haut selbst war straff gespannt, und je mehr sie sich zusammenzog, desto deutlicher spürte Baralis, wie sie an seinen Fingern zerrte und sie immer tiefer in die Hand hineinschob. In der Hoffnung, wenigstens einen

Teil seiner früheren Beweglichkeit zu erhalten, rieb er die betroffenen Stellen jeden Tag mit warmem Öl ein. Einst waren seine Finger lang und schlank gewesen, doch jetzt waren sie über ihre Jahre hinaus gealtert.

Das war der Preis seines Könnens. Und für jemanden wie Baralis, der die Geschicklichkeit der Hände über alles schätzte, war das ein sehr hoher Preis. Dennoch hätte er es nicht anders gewollt. Alles hatte seinen Preis, und Ruhm und Ehre wurde nur jenen zuteil, die bereit waren, dafür zu zahlen.

Es war Zeit, den Weinkrug in Lord Maybors Gemächer zu bringen. Nachmittags ritt Maybor normalerweise aus, oder er befand sich auf der Jagd. Baralis mußte diese Arbeit persönlich erledigen, denn Crope konnte man keine Aufgabe anvertrauen, die so viel Heimlichkeit erforderte.

Baralis mußte mit äußerster Vorsicht vorgehen. Zwar hätte er es vorgezogen, sich im Schutze der Nacht in Maybors Gemächer zu schleichen, doch das paßte nicht in seinen Plan. Zwielicht war alles, was ihm zur Verfügung stand. Durch den Bierkeller schlüpfte er in das geheime Labyrinth, das sich durch die ganze Burg zog. Niemand bemerkte ihn dabei. Es war Baralis nie sonderlich schwer gefallen, unbemerkt von einem Ort zum anderen zu gelangen; er besaß die angeborene Fähigkeit, die Schatten optimal auszunutzen und sich in ihnen zu verbergen.

Baralis kam gut voran, und schon bald erreichte er Maybors Gemächer. Der Klang von Stimmen überraschte ihn. Er trat an die Wand und preßte das Ohr gegen einen Riß im Gemäuer. Verblüfft erkannte er die Stimme der Königin. Arinalda in Maybors Gemächern – was für eine neue Intrige mochte das sein? Die Königin suchte niemals einen ihrer Untertanen in seinen Privatgemächern auf; sie pflegte, sie zu *sich* zu rufen. Baralis konzentrierte sich auf das Gespräch.

»Es freut mich zu hören, daß Eure Tochter Melliandra bereit ist, die Ehe einzugehen. Mir war zu Ohren gekommen, sie würde sich weigern.« Die Königin klang kalt, ihre königliche Stimme kam gedämpft durch den Riß in der Mauer.

»Euer Hoheit, ich kann Euch versichern, daß meine Tochter nichts mehr wünscht, als Euren Sohn zu ehelichen.« Maybor sprach mit übertriebener Ehrerbietung. Baralis kniff verächtlich die Augen zusammen.

»Sehr gut«, sagte die Königin. »Die Verlobungszeremonie wird in genau zehn Tagen stattfinden. Ihr stimmt mir sicher zu, wenn ich sage, wir sollten es bis dahin geheimhalten.« Es folgte eine kurze Pause, bevor die Königin fortfuhr; ihre kalte Stimme drang direkt an Baralis' Ohr.

»So sei es. Es gibt einige bei Hofe, die ich diesbezüglich lieber im Dunkeln lassen würde. Es ist Zeit, mich zu verabschieden, Maybor. Ich wünsche Euch noch einen schönen Tag.« Baralis blickte mit einem Auge durch den Spalt und sah Maybor, der sich tief vor der Königin verbeugte. Nachdem die Tür sich hinter der Herrscherin geschlossen hatte, verwandelte sich Maybors demütiger Gesichtsausdruck in einen des Trimphs.

Baralis lächelte leidenschaftslos, während Maybor sich einen Becher Wein eingoß. »Genießt Euren Wein, Maybor«, murmelte er. »Euren nächsten Becher werdet Ihr wohl kaum noch genießen können.« Baralis wartete darauf, daß auch Maybor das Gemach verlassen würde. Die Phiole mit dem Gift erwärmte sich in seiner Hand.

Melli war völlig durcheinander. Ihr Bruder Kedrac war gerade erst gegangen. Er hatte sie über die verabredete Ehe informiert – die Königin hatte bereits das Datum für die öffentliche Verkündigung festgesetzt.

Im selben Augenblick, da Melli von dem ihr bevorstehenden Schicksal erfahren hatte – ein Schicksal, zu dem man sie noch nicht einmal befragt hatte –, hatte sich Widerstand in ihrer Brust geregt. Selbst in einer Million Jahren würde sie den eiskalten und arroganten

Prinz Kylock nicht heiraten. Sie hatte nicht die Absicht, Königin der Vier Königreiche zu werden, wenn Kylock ihr König war. Melli konnte nicht genau sagen, warum sie den Prinzen so sehr verabscheute – er war immer recht höflich zu ihr. Aber er hatte etwas an sich, das ihr tief im Inneren Unbehagen bereitete. Wann immer sie ihn sah, schauderte sie. Und jetzt hatte ihr Vater die Heirat endgültig besiegelt.

Oh, Melli kannte den Plan ihres Vaters nur allzu genau. Aufgrund der Schwäche des Königs strebte jeder Lord nach größerer Macht, und ihr Vater war nicht anders: wenn er nicht gerade im Krieg war, beschäftigte er sich mit seinen Intrigen. Und nun hatte er seinen genialsten Schachzug gemacht; seine Tochter würde die künftige Königin sein. Maybor kümmerte sich einen Dreck um Melli. Er interessierte sich nur für seine geliebten Söhne. Sein Wunsch, den Söhnen möglichst viel Land zu verschaffen, war einer der Gründe für den Krieg mit Halcus gewesen.

Aber der Krieg hatte sich als Fehlschlag für Maybor erwiesen. Seine Ländereien entlang der Ufer des Nestor waren zu einem Schlachtfeld geworden, und die Erträge aus den berühmten Apfelplantagen dieser Gegend waren so niedrig wie nie zuvor. Mellis Vater würde schon bald die grausame Hand des Krieges an seiner Börse spüren.

Sie haßte ihn! Allerdings war Melli sich nicht sicher, ob sie damit ihren Vater oder Prinz Kylock meinte. Als sie sich gestern nacht gerade heraus geweigert hatte, den Prinzen zu heiraten, hatte Maybor sie tatsächlich geschlagen. Und das mitten in den Gärten! Wo jeder sie sehen konnte! Melli hatte bemerkt, daß ihr Vater seine Treffen immer häufiger in den Gärten abhielt. Heutzutage traute er noch nicht einmal mehr steinernen Mauern.

Für Melli waren die letzten fünf Jahre eine einzige große Enttäuschung gewesen. Sie hatte sich so danach gesehnt, zur Frau zu reifen; doch als ihre Brüste größer geworden und nachdem das erste Blut geflossen war, mußte sie erkennen, daß sie noch immer ein kleines Mädchen war. Ihre Einführung bei Hofe war bei weitem nicht so triumphal gewesen, wie sie sich das vorgestellt hatte. Das Land befand sich im Krieg, und niemand hatte Zeit für belanglose Zeremonien, und so hatten nur wenige die Schönheit von Mellis Kleid bewundert. Aber das war noch nicht ihre größte Enttäuschung gewesen.

Das Leben als Hofdame war ernüchternd. Die Kleider und Juwelen, die Melli einst so bewundert hatte, langweilten sie nun. Die jungen Männer bei Hofe waren nichts anderes als naive, aufgeblasene Idioten. Melli wollte keinen von ihnen. Doch ganz besonders haßte sie die Einschränkungen, mit denen eine Dame ihres Ranges leben mußte. Als Kind durfte Melli durch die Korridore tollen, in die Küche schleichen, um sich unerlaubterweise ein paar Süßigkeiten zu organisieren, oder aus vollem Halse lachen. Heute, als junge Dame, hätte man Melli ebenso gut verbieten können, ihr Gemach zu verlassen. Immer hieß es:

»Haltet beim Gehen den Kopf erhoben, Melliandra.«

»Sprecht mit leiser, netter Stimme, Melliandra.«

»Widersprecht niemals, *niemals*, einem Mann, Melliandra.«

Frauen waren unzähligen Regeln unterworfen. Man erwartete von Melli, daß sie dreimal am Tag die Kleider wechselte; man erlaubte ihr nicht, die Gärten ohne einen Diener an ihrer Seite zu betreten; sie mußte im Damensattel reiten; ihr Wein mußte mit Wasser verdünnt sein, und essen mußte sie wie ein Vögelchen. Und um dem allem die Krone aufzusetzen, wurde sie den ganzen Tag mit alten Matronen eingepfercht, die nichts weiter taten, als zu tratschen und zu sticken.

Vielleicht gefiel es ihren Freundinnen, sich herauszuputzen und zu flirten; aber für Melli war die Rolle der dummen Frau unter ihrer Würde. Sie würde einem Mann niemals, *niemals*, recht geben, wenn er sich irrte. Sie haßte alles an diesem Leben, selbst den Namen, den zu tragen, sie sich so sehr gewünscht hatte. Sie sehnte sich danach, wieder einfach nur *Melli* zu sein.

Melli setzte sich auf die Kante ihres Bettes und fragte sich, was sie tun sollte. In bezug auf die Verlobung blieb ihr keine Wahl. Ihr Vater bestand darauf, und sie wagte nicht, ihm zu widersprechen. Sie hatte Geschichten darüber gehört, was mit Töchtern geschehen war, die ihren Vätern die Stirn geboten hatten, Geschichten über Pfählungen, Hungerkäfige und noch viel Schlimmeres – Geschichten, die Mellis altes Kindermädchen ihr mit Genuß erzählt hatte.

Melli hatte bis zuletzt gehofft, daß sich die Königin einer Eheschließung widersetzen würde, daß sie beschließen würde, die Braut sei nicht gut genug oder nicht hübsch genug, um ihren Sohn zu heiraten. Aber die Königin schien diese Ehe genauso sehr zu wünschen wie Lord Maybor.

Königin Arinalda befand sich in einer schlechten Position, und dem Reich drohte eine Invasion. Die Gier des Herzogs von Bren nach Land machte sie nervös. Die Stadt Bren war zu groß geworden, um sich noch selbst versorgen zu können, und so suchte ihr Herrscher woanders nach Nahrung. Und die Vier Königreiche waren reif für die Eroberung. Die Königin mußte den Eindruck eines starken Landes aufrechterhalten, um jeden Gedanken des Herzogs an Krieg schon im vorhinein zu zerstreuen. Aus diesem Grund mußte sie sich mit dem mächtigsten Lord des Reiches verbünden: Mellis Vater. Dann wäre Maybor gezwungen, den geschwächten Herrscher vor allen Feinden zu verteidigen. Aber was auch immer die Gründe für die Heirat sein mochten, Melli war sich sicher: sie war nur eine Marionette.

Gestern nacht hatte Melli versucht, vernünftig mit ihrem Vater zu reden; sie hatte ihn angefleht, seine Idee von der Hochzeit aufzugeben. Doch er hatte nicht auf sie gehört. Er hatte Melli erklärt, daß ihm jeder Fetzen Stoff auf ihrem Leib gehöre, jeder Ring an ihrem Finger und auch, obwohl er das nicht ausgesprochen hatte …

jeder Teil ihres Körpers. Melli war sein Besitz, und die Zeit war reif, sie zu Markte zu tragen.

Nein, dachte Melli, *ich werde mich nicht verschachern lassen wie ein Sack Korn.*

Sie würde davonlaufen. Kedracs Besuch hatte das Faß zum Überlaufen gebracht. In seiner herablassenden Art hatte ihr Bruder erklärt, diese Ehe sei eine große Ehre für ihre Familie, eine einmalige Gelegenheit zum Aufstieg und, um mehr Land zu bekommen. Über Melli hatte er kein Wort verloren. Er hatte nur über seine verbesserten Zukunftsaussichten gesprochen, seine Erwartungen, seine Hoffnungen. Für Kedrac war Melli nur ein Mittel, das ihm zu mehr Macht und größerem Ruhm verhalf. Das gleiche galt für ihren Vater. Allein die Tatsache, daß er Kedrac gesandt hatte, um Melli die Nachricht zu überbringen, zeigte, wieviel ihm an seiner Tochter gelegen war.

Melli atmete tief durch. Sie würde die Burg verlassen. Sie wollte ihrem Vater und ihren Brüdern nicht länger verpflichtet sein, und sie wollte kein bewegliches Gut mehr sein, eine Puppe im Spiel der Macht. Sollten sie glauben, Melli würde sich widerstandslos in ihr Schicksal fügen, dann hatten sie sich geirrt.

Während sie in ihrem Gemach auf und ab schritt, versuchte Melli, an ihrem Zorn festzuhalten. Er gab ihr Kraft, verlieh ihr den Mut, ihr Leben selbst in die Hand zu nehmen. Melli trat ans Fenster, um einen Blick auf die Welt draußen zu werfen – eine Welt, in die sie sich schon bald begeben würde. Die Nacht war dunkel und still. Es nieselte, und der kalte Nachtwind streichelte Mellis Wange. Anstatt fröhlich gestimmt zu sein, hatte sie Angst: die weite Welt lockte … widersprüchlich und unbekannt. Melli schauderte und zog den schweren Brokatvorhang vor das Fenster.

Sie *würde* ihren Plan in die Tat umsetzen. Sie würde die Burg noch in dieser Nacht verlassen.

Das plötzliche Erscheinen der Kammerzofe riß Melli aus ihren Gedanken. Die verschlagene Lynni breitete ein Abendkleid auf dem Bett aus. »Ihr solltet Euch beeilen, Herrin, oder Ihr werdet zu spät zum Abendessen kommen.«

»Ich fühle mich nicht wohl, Lynni. Ich werde heute abend hier essen.«

»Für mich seht Ihr gut genug aus. Ihr müßt hinuntergehen. Gäste aus Lanholt sind eingetroffen, und man erwartet Euer Erscheinen.«

»Tu, was ich dir sage«, entgegnete Melli wütend. Das Mädchen verließ den Raum und schwang dabei die Hüften mit einstudierter Frechheit.

Melli durchforstete ihr Hab und Gut auf der Suche nach Dingen, die sie mitnehmen konnte. Sie besaß kein eigenes Geld; doch es war ihr erlaubt, eine geringe Menge Schmuck in ihrem Gemach aufzubewahren, und diesen steckte sie in einen Stoffbeutel. Melli ließ ihren Blick durch den Raum schweifen. Inzwischen hatte sie einen eigenen Spiegel, und sie sah auf ihr Spiegelbild; sie wirkte klein und verängstigt.

Sie packte ihr glattes, dunkles Haar und band es mit einem Lederriemen hinter dem Kopf zusammen. Sie glaubte, diese Frisur stehe ihr wesentlich besser als eine jener übertrieben kunstvollen Haartrachten, wie sie bei Hofe bevorzugt wurden. Als nächstes zog Melli ihr einfachstes Baumwollkleid an und befestigte den Stoffbeutel mit ihren Juwelen am Gürtel. Schließlich nahm sie ihren dicksten Umhang aus dem Schrank. Jetzt mußte sie nur noch warten, bis Lynni mit dem Abendessen zurückgekehrt war, und dann würde sie sich im Schutze der Nacht auf und davon machen. Sie dachte nicht einen Augenblick daran zu gehen, ohne vorher gegessen zu haben – das wäre dumm gewesen.

Melli schlüpfte unter die Bettdecke, wartete und dachte darüber nach, wohin sie sich wenden sollte. Ihre Mutter hatte ihr kurz vor ihrem Tod von Verwandten in Annis erzählt. Dorthin wollte sie gehen.

Lord Maybor hatte einen wunderbaren Tag gehabt. Die Königin hatte der Ehe zwischen Kylock und seiner Tochter zugestimmt, und er hatte heute abend sehr gut gespeist.

Nach dem Essen sah er sich im Speisesaal um. Sein Blick blieb an den großen Gobelins hängen. Zunächst zeigten sie, wie die Vier Königreiche in den schrecklichen Glaubenskriegen auseinandergerissen worden waren. Es folgten Darstellungen jenes Mannes, der über einhundert Jahre später die vier ruhmreichen Reiche gegen den Widerstand der Kirche wieder vereint hatte. Die Vier Königreiche konnten sich des fruchtbarsten Bodens im gesamten Norden rühmen. Die geographische Lage des Landes war ideal für Holz- und Landwirtschaft, seine Menschen rundlich und wohlhabend, seine Armeen gut ausgebildet und genährt. Harvell der Grimmige war die treibende Kraft hinter den Einigungskriegen gewesen. Dank ihm war das grüne, vor Leben sprühende Land wieder eins geworden.

Maybor bildete sich ein, auch in ihm stecke etwas von Harvell, und spätestens in einem Jahr würde er auch offiziell Teil jener großen Tradition sein, Teil der königlichen Familie. Dann wäre er der Vater der Königin! Er konnte seine Begeisterung kaum verbergen.

Maybor bemerkte, daß seine ungewöhnlich gute Laune viele der Lords verblüffte, die sich um den großen Tisch versammelt hatten. Daß sie nichts von seinem bevorstehenden Aufstieg wußten, freute ihn. Maybor quoll über vor gutem Willen. Er rief nach mehr Braten und Bier, und er applaudierte sogar den Barden, die er normalerweise mit Gemüse und Hühnerknochen einzudecken pflegte.

Der König muß zurücktreten, dachte Maybor. Der Herrscher war nur noch ein leeres Gefäß, das nichts mehr auf dem Thron der Vier Königreiche zu suchen hatte. Die Führung des Landes mußte durch frisches Blut erneuert werden, durch das Blut von Prinz Kylock, Maybors zukünftigem Schwiegersohn. Sicher, Kylock war jung, doch Maybor beabsichtigte, sich diese Jugend zunutze zu machen. Er würde zunächst Kylocks Entscheidungen beeinflussen und sich dann den neuen König gefügig machen. Er, Maybor, würde die Macht hinter dem Thron sein.

Er unterbrach seine Träumerei für einen Augenblick und dachte über Prinz Kylock nach. Der Bursche hatte irgend etwas an sich, daß Maybor schaudern ließ; *aber egal*, dachte er, *mit mir an seiner Seite wird er zu einem guten König werden*. Melliandra, seine rebellische, undankbare Tochter, hatte tatsächlich erklärt, sie wolle den Prinzen nicht heiraten. Nun, jetzt war es für ihre Einwände zu spät. Falls nötig, würde Maybor persönlich den Widerstand aus seiner Tochter herausprügeln.

Als erstes würde Maybor den neuen König drängen, den Krieg mit Halcus ein für allemal zu beenden. Er war es leid, daß seine Ländereien als Feldlager und Schlachtfelder mißbraucht wurden. Nachdem der Krieg beendet war, konnte Maybor das Land östlich des Nestor für sich in Anspruch nehmen – gutes Land für Cidre-Äpfel.

Doch außer Maybors persönlichem Profit gab es noch einen weiteren Grund, warum der Krieg so schnell wie möglich beendet werden mußte. Bren hatte nichts Gutes im Sinn. Der Herzog hatte bereits damit begonnen, die Gebiete im Südosten seines Herrschaftsbereichs zu annektieren, und bald würde er seinen Blick gen Westen richten. Highwall und Annis waren stark und gut bewaffnet. Die Vier Königreiche andererseits waren so sehr mit ihrem Krieg gegen die Halcus be-schäftigt, daß sie förmlich um eine Invasion baten. Obwohl Bren weit entfernt war, hatten die Vorfahren des guten Herzogs einst Land westlich des Nestor kontrolliert; und ein alter Anspruch, so dürftig er auch sein mochte, entflammte immer die Leidenschaft von Möchtegern-Invasoren.

Maybor leerte seinen Becher. Es war bereits spät, und so verabschiedete er sich von den anderen Lords. Seine Beine zitterten von dem vielen Bier, das er getrunken hatte. Als er seine Gemächer erreichte, wollte er nur noch ein Glas Roten Lobanfarns trinken, um seine Verdauung anzuregen und anschließend zu Bett gehen.

»Kelse, du faule Ratte«, rief Maybor, noch bevor er das Schlafgemach betrat. »Bereite das Bett vor und wirf Holz ins Feuer. Heute nacht ist es scheißkalt.« Maybor war überrascht, nicht das Schlurfen der Füße seines Dieners zu hören; Kelse antwortete normalerweise sofort. Vielleicht wärmte er bereits das Bett vor.

Maybor betrat das Gemach. Es war kalt; das Feuer war aus. »Verdammt!« knurrte er. »Kelse, wo in Borcs Namen steckst du?« Maybor ging an dem Tisch vorbei, wo wie gewöhnlich sein Lieblingswein stand. Er goß sich einen großzügigen Becher ein und ging weiter durch das Schlafgemach.

Als er den Becher an die Lippen hob, bemerkte er einen Körper auf dem Boden neben seinem Bett. Es war sein Diener Kelse. Verwirrt setzte Maybor den Becher ab, trat auf den Körper zu und schlug Kelse mitten ins Gesicht.

»Kelse, du betrunkener Tunichtgut. Wach sofort auf, oder ich schwöre dir, ich lasse mir deine Gedärme auf einem Silbertablett servieren.« Kelse antwortete nicht. Maybor wurde mißtrauisch; der Mann hatte sich noch nicht einmal bewegt. »Was für eine Art von Verrat ist das?« Maybors Augen begannen zu glühen, als er den umgestürzten Becher bemerkte, der neben Kelses Körper lag. Maybor hob den Becher auf und hielt ihn unter die Nase: Roter Lobanfarn. Er berührte den leblosen Körper seines Dieners; er war eiskalt.

»Gift«, flüsterte Maybor.

Er spürte, wie sich seine Nackenhaare aufrichteten. Ohne Zweifel war das Gift für ihn bestimmt gewesen. Der unglückliche Kelse hatte einen Becher des verdorbenen Weines gestohlen und dafür mit seinem Leben bezahlt. Maybor lächelte verbissen. Kelse hatte ihm unbeabsichtigt den größten Dienst erwiesen, den ein Diener seinem Herrn erweisen konnte: er hatte sein Leben für seinen Herrn gegeben. Maybor erzitterte bei dem Gedanken, was geschehen wäre, hätte er den vergifteten Wein getrunken. Dann würde er jetzt auf dem kalten Stein liegen – tot. Maybor wußte genau, wer für diesen Anschlag verantwortlich war.

»Baralis«, zischte er. Maybor hatte beinahe damit gerechnet. Schon vor vielen Monaten war ihm der Ausdruck des Hasses auf Baralis' Gesicht aufgefallen. Beide hatten noch alte Rechnungen miteinander zu begleichen, und es schien, als habe der Kanzler des Königs den ersten Schritt unternommen.

Gift war genau die Art von feigen Mitteln, die Baralis bevorzugte. Maybor war ein Kämpfer, ein Veteran vieler Feldzüge, und so empfand er nichts als Verachtung für eine solche Vorgehensweise. Wenn *er* ein Attentat planen würde – und nach den Ereignissen dieser Nacht würde er das wahrscheinlich auch tun, denn man konnte wohl kaum von einem Mann verlangen, einen Anschlag auf sein Leben einfach zu vergessen –, dann würde *er* sich eher auf althergebrachte Methoden verlassen. In einem Messer an der Kehle lag mehr Schönheit und Sicherheit als in einem Krug vergifteten Weins.

»In dieser finstren Nacht sind deine Pläne gescheitert«, knurrte Maybor leise. »Schlaf nur tief und fest, Baralis, Lord und Kanzler, denn dir werden nicht mehr viele Nächte zum Träumen bleiben.«

Jack stand wie üblich um vier Uhr morgens auf. Er mußte nicht länger den Ofen während der Nacht in Gang halten – diese Aufgabe war an einen jüngeren Jungen übergegangen. Nun beaufsichtigte Jack das erste Backen, und nachdem der Ofenjunge gegangen war, hatte er die Küche eine Stunde für sich allein, bevor Meister Frallit und die anderen Bäcker erschienen.

Jack zog sich rasch an. Die unangenehme Temperatur im Zimmer trieb ihn zu noch größerer Eile an als üblich. Seine Hosen waren bereits vier Monate alt, doch befriedigt stellte er fest, daß sie ihm noch immer paßten, als seien sie gerade erst genäht worden. Das bedeutete, er hatte endlich aufgehört zu wachsen. Wurde aber auch Zeit. Es war nicht gerade angenehm, der Längste in der Küche zu sein. Immer wenn es galt, Spinnweben zu entfernen oder Motten von langsam trocknenden Kräutern zu verjagen, mußte Jack diese Arbeiten erledigen.

Als er seine dünne Tunika überzog, bemerkte Jack, daß er stark nach Schweiß roch. Er hoffte, später am Tag dem Tischmädchen Findra über den Weg zu laufen, und vor kurzem hatte er entdeckt, daß sie keinen Gefallen an übermäßig starkem Körpergeruch fand. Verwirrend war allerdings, daß Grift Jack erklärt hatte, überhaupt kein Geruch sei schlimmer als der fürchterlichste Gestank: »Frauen wählen ihre Liebhaber mit der Nase aus. Deshalb muß der Mann seine Absichten durch Duft zu erkennen geben«, war einer von Grifts Lieblingssprüchen. Jack beschloß, seine Tunika später zu parfümieren, um einen geeigneten Duft für seine Werbung zu kreieren, und ging hinab in die Küche.

Als erstes legte Jack angenehm riechende Hölzer in den Ofen. Frallit pflegte zu sagen, es gäbe nur zwei Arten von Holz auf der Welt: Holz zum Heizen und Holz zum Kochen. Über Nacht wurde der Ofen mit Eichen- und Eschenholz befeuert, doch tagsüber verlangte das Backen nach feineren Holzarten. Noch bevor der Brotteig eingeschoben wurde, fügte man Haselnuß- und Kastanienholz hinzu. Frallit schwor darauf: »Sie geben ihren Duft an den Teig weiter und verleihen dem fertigen Brot einen einzigartigen Geschmack«, sagte er immer.

Nachdem Jack diesen Teil seiner Arbeit erledigt hatte, nahm er den Teig von dem Brett über dem Ofen herunter. Das Brett war ständig der Hitze des Feuers ausgesetzt, damit der Teig über Nacht aufgehen konnte. Jack entfernte die feuchten Leinentücher von den Backblechen, schlug die Teigklumpen flach und knetete sie geistesabwesend mit den geschickten Händen eines erfahrenen Bäckerlehrlings. Rasch hatte er die fertigen Laibe in ordentlichen Reihen angeordnet. Dann öffnete er die eiserne Tür des Ofens, und eine vertraute Hitzewelle schlug ihm entgegen. In der Vergangenheit hatte sich Jack mehr als einmal die Haare verbrannt. Er schob die Backbleche in die dafür vorgesehenen Halterungen und schloß die Ofentür wieder. Anschließend schüttete er ein wenig Wasser ins Feuer. Der so entstehende Dampf ließ die Brotkruste knuspriger werden.

Nun wandte Jack seine Aufmerksamkeit der Vorbereitung der ›Nachmittagsbrote‹ zu. Sie würden der dritte und vierte Schub des Tages sein. Burg Harvell hatte so viele Bewohner, daß die Öfen den ganzen Tag hindurch in Gebrauch waren. Morgens wurden zunächst Mischbrote gebacken. Sie bestanden aus Roggen und Weizen und dienten sowohl den Lords als auch den Dienern als Nahrung. Was als nächstes zubereitet wurde, hing davon ab, wer sich gerade in der Burg aufhielt. Waren fremde Adelige oder Gesandte anwesend, ehrte sie der Meisterbäcker, indem er ihre einheimischen Spezialitäten herstellte. Später am Tag, während die Süßigkeiten abkühlten, frönte Frallit dem, was er als ›das Privileg des Bäckers‹ bezeichnete.

Wie die meisten Städte, so besaß auch Harvell mehrere öffentliche Backöfen, wo die Frauen vorbereiteten Teig für einen Kupferpenny pro Laib backen lassen konnten. Wenn die Backöfen der Burg nicht ausgelastet waren, nutzte Frallit den freien Raum, um sich ein paar Penny nebenher zu verdienen. Er war ein kluger Geschäftsmann; ließ eine Frau ein Dutzend Laibe bei ihm backen, gewährte er ihr einen Laib umsonst. Auf diese Weise hatte er sich mit der Zeit einen ansehnlichen Nebenverdienst verschafft. Der Kellermeister und der Chefkoch erhielten für ihr Schweigen einen Anteil am Gewinn. Jacks Schweigen hingegen wurde lediglich mit einer ordentlichen Tracht Prügel belohnt.

Nachdem die Nachmittagsbrote vorbereitet und die Hefe angesetzt war, hatte Jack Zeit, sich etwas Eßbares zu suchen. Während die Hefe aufging, begab er sich normalerweise in den Speisesaal der Dienerschaft, um ein Bier zu trinken und eine Schüssel Reste zu essen, die vom vorherigen Abend übriggeblieben waren. Doch vergangene Nacht hatte Baralis Jack so lange in Anspruch genommen, daß er sich heute nur ein wenig ausruhen wollte.

Jack setzte sich auf die Bank neben dem Ofen und lehnte den Kopf gegen einen Vorsprung. Seine Lider waren schwer vor Müdigkeit, denn er hatte letzte Nacht nur drei Stunden geschlafen. Kurz darauf war er bereits in einen traumlosen Schlaf gefallen.

Als Jack die Augen wieder öffnete, empfing ihn der alarmierende Anblick von schwarzem Rauch, der aus dem Ofen quoll. »Ach, du heilige Scheiße!« rief Jack. Er war eingeschlafen, obwohl das Brot noch im Backofen war. Er rannte zum Ofen. Seine Nase hatte ihm bereits gesagt, was seine Augen ihm nun bestätigten: die Brote waren verbrannt … alle acht. Jack wurde von Furcht gepackt. Frallit würde ihn mit Sicherheit umbringen. Die Hälfte des Morgenbrotes war völlig verkohlt. Wenn er doch nur nicht eingeschlafen wäre …

Jacks Gedanken gerieten in Panik, während er auf die verkohlten Laibe starrte. Er wünschte, sie wären nicht verbrannt. Einmal hatte Meister Frallit einem Jungen mit der Peitsche die Haut in Fetzen geschlagen, weil er das Brot hatte verbrennen lassen. Danach hatte man den Jungen nie wieder in der Küche gesehen. Der Meisterbäcker hatte Jack erst letzte Woche einen Vortrag über Nachlässigkeit bei der Arbeit gehalten und gedroht, ihn aus der Burg zu jagen, sollte er sich nicht daran halten. Es war eine Sache, davon zu träumen fortzuziehen, aber eine andere hinausgeworfen zu werden.

Was soll ich jetzt bloß tun? dachte Jack. *Meister Frallit wird jede Minute hier sein.* Wenn er doch nur alles rückgängig machen könnte; wenn er die verkohlten Brote doch nur wieder in Teig verwandeln könnte. Jack schnitt eine verzweifelte Grimasse. Sein Kopf begann zu schmerzen. Plötzlich fühlte er sich schwach und leicht benommen. Er fiel zu Boden und verlor das Bewußtsein.

Baralis hatte die ganze Nacht über kein Auge zugetan. Sein Kopf war voll mit dem, was er in Maybors Gemächern mit angehört hatte. Die Königin versuchte sich offensichtlich in der Politik; sie versuchte ihre Position zu festigen, indem sie Prinz Kylock mit Maybors Tochter vermählte. Aber sie wäre dumm, sollte sie glauben, ein Bündnis mit Maybor würde den König schützen. Maybor würde als erstes dafür sorgen, daß der alte König verschwand und Prinz Kylock an seine Stelle setzen in der Hoffnung, den unerfahrenen Jungen kontrollieren zu können.

Doch es würde keine Hochzeit geben: nach Maybors Tod würde die Königin dessen liebenswerte Tochter, Melliandra, nicht mehr als ideale Braut für ihren Sohn ansehen. Baralis lächelte, und seine Zähne glitzerten im Schein des Feuers. Er hatte eine bessere Partie für Kylock im Sinn. Der Prinz würde mit jemand Höhergestelltem als der Tochter eines einfachen Lords verheiratet werden. Es war an der Zeit, daß die Vier Königreiche eine zentrale Rolle in der zivilisierten Welt einnahmen.

Baralis wälzte sich in seinem Bett und freute sich hämisch auf den kommenden Tag. Endlich war die Ränke schmiedende Schlange Maybor aus dem Weg! Baralis mußte sein Alibi sorgfältig mit Crope proben: er und Crope waren gestern außerhalb der Burg gewesen, um Heilkräuter zu sammeln, und das war sogar teilweise richtig – Baralis hatte Crope zum Blumenpflücken in den Wald geschickt. Blumen für Maybors Grab.

Plötzlich spürte Baralis etwas, das unverwechselbare Gefühl der Macht. Irgend jemand in der Burg benutzte rohe, ungezähmte Macht. Baralis überkam eine Vorahnung. Die Macht, die hier eingesetzt wurde, war außerordentlich stark, doch gleichzeitig merkwürdig grob. Baralis ganzer Körper war auf die Wahrnehmung dieses Phänomens ausgerichtet. Er sandte sein Bewußtsein aus, um die Quelle der Macht zu finden.

»Jack, Jack, wach auf! Was glaubst du, was du hier tust? Du schläfst, und das Brot ist noch im Ofen!« tadelte Tilly. »Es ist ein Wunder, daß es nicht verbrannt ist; sonst hättest du eine Menge Ärger mit Meister Frallit bekommen.«

Jack setzte sich verwundert auf. »Aber die Brote sind verbrannt. Tilly, ich ...«

»Ach, sei still, du langes Elend. Du hast wohl geträumt. Sie haben gerade erst die richtige Farbe bekommen. Schau!« Jack blickte durch den Spalt im Ofen, der zur Überwachung des Backvorgangs gedacht war, und stellte erstaunt fest, daß Tilly recht hatte – die Brote waren nicht verbrannt. Irgend jemand mußte die verkohlten Laibe durch neue ersetzt haben, während Jack bewußtlos gewesen war. Er stand auf – und ihn überkam Übelkeit.

Jack überprüfte die Backbleche mit den rohen Broten, die noch gebacken werden mußten. Es waren noch genauso viel wie zuvor – falls jemand einen neuen Schwung eingeschoben hätte, wären die Bleche leer gewesen. Jack atmete tief durch die Nase ein. Ein Hauch von verbranntem Brot lag in der Luft – er hatte nicht geträumt. Jack rannte hinüber zu den Abfallbehältern. Niemand hatte einen verkohlten Laib weggeworfen.

Tilly betrachtete Jack, als sei er verrückt. Er war sicher, daß er nicht geträumt hatte: die Brote waren *wirklich* verbrannt gewesen. Was hatte er getan? Jack erinnerte sich daran, daß ihm übel geworden war, kurz bevor er in Ohnmacht fiel, und daß er einen großen Druck im Kopf gespürt hatte.

Plötzlich erkannte Jack, daß sich für ihn das Schicksal gewendet hatte. Etwas war hier geschehen, etwas

Schreckliches, das allen Naturgesetzen widersprach – und er war verantwortlich dafür. Jack zitterte am ganzen Körper, und seine Beine drohten, unter ihm nachzugeben. Er mußte sich hinlegen, schlafen, vergessen.

»Tilly, ich fühle mich nicht sonderlich gut. Ich muß mich ausruhen.«

Tilly bemerkte etwas Merkwürdiges im Gesicht des Jungen und antwortete mit sanfter Stimme: »Also gut, ich werde mir schon eine Geschichte für Frallit einfallen lassen. Mach, daß du wegkommst.«

Baralis erkannte, daß die Entfesselung der Macht von unten gekommen war, und er nahm die Spur auf wie ein Bluthund. Rasch zog er sich an und rief nach Crope. Dann machte er sich gemeinsam mit dem riesigen Dummkopf auf den Weg in die unteren Stockwerke der Burg.

Zum ersten Mal seit vielen Jahren verspürte Baralis Furcht. Er haßte das Unbekannte. Er glaubte an sorgfältige Planung bis ins kleinste Detail. Nichts beunruhigte ihn mehr als das Unerwartete. Es gab nur wenige Menschen, die etwas von Zauberei verstanden, und sie lebten weit auseinander – besonders im Norden; das war auch der Grund, warum Baralis hierhergekommen war. Er war der einzige am Hof der Vier Königreiche, der dieses *Teufelswerk* zu seinem Vorteil nutzen konnte ...

... denn dafür hielten all die Dummköpfe die Zauberei: für ein Geschenk des Teufels. Doch sie konnten glauben, was sie wollten; im Laufe der Zeit hatte sich die Ignoranz der anderen als Baralis wichtigste Verbündete erwiesen. Die Menschen in der Burg fürchteten sich vor ihm. Hinter seinem Rücken bezeichneten sie ihn als Dämon, Hexer, Verrückten. Baralis störte das nicht, es kam ihm sogar gelegen: die Menschen hatten Angst vor ihm, und das war gut so.

Die Tatsache, daß außer ihm noch jemand in der Burg

Zugang zu derselben, seltenen Quelle der Macht hatte, beschleunigte seinen Schritt.

Baralis näherte sich dem Ort, an dem die Macht herbeigerufen worden war. Crope lief ihm schwerfällig hinterher. Die Küche! Die Macht war in der Küche herbeigerufen worden; Baralis war vollkommen sicher. Dienern und Wachen, die ihm eilig den Weg freimachten, schenkte er keine Beachtung.

Als Baralis die Küche erreicht hatte, konnte er die Nachwirkungen des Ereignisses wie ein Prickeln auf seiner Haut spüren. Ohne ein Wort an die verwirrten Diener zu richten, schritt er an den Kochtöpfen vorbei in Richtung Backöfen. Das war's; jedes Haar auf seinem Körper bestätigte ihm das. Er trat an den größten Ofen, und Spuren der Macht liefen in Wellen über seinen Körper. Hier war es geschehen. Baralis ließ seinen Blick aufgeregt durch den Raum schweifen. Den Meisterbäcker und Tilly würdigte er keines Blickes. Die Brote! Die Macht war auf die Brote gerichtet gewesen.

Das schien verrückt. Wer würde eine solche Macht auf acht Brote richten? Baralis rieb sich das Kinn und dachte über die Situation nach. Er sah zu Tilly und Frallit: sicher war es keine dieser erbärmlichen Kreaturen gewesen. Baralis überraschte Tilly, indem er ihren Arm packte und ihn hinter ihrem Rücken verdrehte.

»Nun, mein süßes, kleines Mädel«, sagte er. Die Sanftheit seiner Stimme strafte seine Taten Lügen. »Ich sehe, der Anblick meines Dieners Crope jagt dir Angst ein.« Er drehte den Arm noch ein wenig weiter. »Und du tust gut daran, ihn zu fürchten, denn Crope ist ein gefährlicher Mann. Nicht wahr, Crope?« Crope nickte begeistert. »Und jetzt beantworte meine Frage«, forderte Baralis. »Was ist hier heute morgen geschehen?«

Tilly blickte ihn verwirrt an. »Nichts, Herr.« Ihr standen die Tränen in den Augen.

»Wer war heute morgen in der Küche?« Der Arm wurde noch ein Stück weiter gedreht.

»Niemand, Herr. Nur ich, Meister Frallit und Jack.«

»Bist du sicher, daß niemand sonst hier gewesen ist?«

»Nun, Herr, ich bin erst seit wenigen Minuten hier. Ihr solltet Jack fragen. Er war schon vor mir hier unten.«

»Wo ist Jack jetzt?« Baralis' Stimme war so glatt und einladend wie Seide.

»Er hat sich hingelegt. Er fühlt sich nicht gut.«

Baralis ließ Tilly los, und ein Gedanke begann sich in seinem Kopf zu formen. »Was soll das heißen, ›er fühle sich nicht gut‹? Was hat mit ihm nicht gestimmt?«

»Nun, Herr, das war wirklich sonderbar. Als ich heruntergekommen bin, lag er schlafend auf der Erde, und dann habe ich ihn geweckt und er hat gesagt, die Brote seien verbrannt, und natürlich sind sie das nicht ... und dann hat er gesagt, er fühle sich nicht gut.«

»Wo ist sein Zimmer?«

»Auf der Südseite des Dienstbotenflügels, ganz oben.«

Baralis zögerte einen Augenblick, den Blick auf den Ofen gerichtet. »Alles Brot muß vernichtet werden.«

»Aber das ist die Hälfte unseres Morgenbrotes ...«

»*Tu, was ich dir sage!*« Baralis' Blick forderte den Meisterbäcker heraus, ihm zu widersprechen. Befriedigt, daß man ihm gehorchen würde, machte der Kanzler auf dem Absatz kehrt und marschierte hinaus, Crope auf den Fersen.

Jack hatte sich entschlossen, nicht in sein Zimmer zu gehen; statt dessen wollte er an die frische Luft. Sein Kopf fühlte sich schwer und schwammig an, als hätte er zuviel getrunken.

Er setzte sich erschöpft ins Gras. Als er den Blick hob, sah er die unverkennbare Gestalt von Baralis in der Ferne. Crope folgte ihm, und beide gingen in Richtung Dienstbotenflügel. Sie kamen aus der Küche. Irgend etwas an der Art und Weise, wie sich Baralis' dunkler Umhang in der sanften Morgenbrise bewegte, erfüllte Jack mit Besorgnis.

Obwohl er noch weit weg war, sah Jack die Entschlossenheit in Baralis' Zügen. Jack schauderte. Ohne Zweifel suchten sie nach ihm.

Er begann, seine Gedanken zu ordnen. Er hatte heute morgen etwas Schreckliches getan: er hatte ein fundamentales Gesetz übertreten. Und nun schien es, als habe Baralis – der einzige in der Burg, der Gerüchten zufolge etwas von diesen Dingen verstand – entdeckt, was Jack getan hatte. Baralis und Crope waren auf der Suche nach ihm. Wahrscheinlich wollten sie ihn bestrafen oder noch Schlimmeres mit ihm anstellen. Jack hatte den Lauf der Dinge verändert, er war von den Gesetzen der Natur abgewichen ... und in diesem Land wurden Leute dafür gesteinigt.

Jeder wußte, daß es Kräfte auf der Welt gab, die man nicht erklären konnte, doch niemand wollte darüber sprechen. Über Zauberei zu reden hieß, über den Teufel reden. *Und zu was macht mich das?* dachte Jack. Er fühlte sich nicht böse. Manchmal trödelte er bei der Arbeit, und er erwies Meister Frallit nicht den gebührenden Respekt – aber war er deswegen *böse*?

Vorbeiziehende Wolken verdeckten die Sonne und warfen ihre Schatten auf Jack. Er *hatte* etwas Böses in sich, einen sündigen Gedanken. Er hegte einen schrecklichen Haß – er wollte den Mann, der ihn gezeugt und dann verlassen hatte, tot sehen. Dies war das erste Mal, daß Jack sich seine Gefühle eingestand. Viel zu lange hatte er sich eingeredet, einen Dreck darum zu geben, wer sein Vater war. Doch die Ereignisse des heutigen Morgens hatten Jack die Freiheit gegeben, sich über seine innersten Gefühle klar zu werden. Seine Mutter war keine Heilige gewesen, das war allgemein bekannt, aber sie hatte etwas Besseres verdient, als einfach im Stich gelassen zu werden – sie beide hatten etwas Besseres verdient.

Irgendwie schien alles miteinander verbunden zu sein: das Brot, die Mutter, der Vater. Jack versuchte diese Gemeinsamkeit zu erfassen, doch es gelang ihm nicht, und einen Augenblick später war der Gedanke bereits wieder verschwunden.

Nur die Wirklichkeit dieses Morgens blieb. Jack mußte eine Entscheidung treffen: sollte er in der Burg bleiben und Baralis' Zorn und die Verachtung seiner Freunde auf sich nehmen, oder sollte er gehen und sich einen neuen Platz in der Welt suchen?

Vielleicht weil der Schatten ihn an die Nacht erinnerte, beschloß Jack, sich auf den Weg zu machen. Hätte die Sonne noch immer geschienen, hätte sein Leben unter Umständen eine andere Wendung genommen.

Als die Entscheidung gefallen war, fühlte sich Jack vollkommen ruhig. Vielleicht war dieser Morgen sogar ein Segen – er hatte Jack einen Grund gegeben, seine Träume in die Tat umzusetzen. Ohne zurückzublicken, ging er in Richtung der äußeren Mauern. Mit jedem Schritt wuchs Jacks Entschlossenheit, und als er schließlich durch das Tor marschierte, war er fest davon überzeugt, die richtige Entscheidung getroffen zu haben.

Kapitel Drei

Lord Maybor erwachte spät. Sofort verspürte er ein tiefes Glücksgefühl. Ein Mann, der soeben dem sicheren Tod entkommen war, hatte allen Grund, glücklich zu sein. Und Maybor hatte noch einen weiteren Grund: seine Tochter würde Königin werden.

Wenn er endlich König wäre – nein, berichtigte Maybor sich selbst, wenn sein zukünftiger Schwiegersohn König sein würde –, dann würde sich einiges am Hof von Harvell ändern. Die gesamte bekannte Welt war in Aufruhr – diese verdammten Ritter von Valdis mit ihrer lächerlichen Ehre und ihrer Intoleranz begannen Schwierigkeiten zu machen. Seit sie ihre Rolle als führende Handelsmacht des Südens an Rorn verloren hatten, versuchten sie, im Norden Fuß zu fassen. Maybor würde das nicht hinnehmen. Er hatte gehört, die Ritter seien geradezu lächerlich ehrlich, und jedermann wußte, daß ein ehrlicher Geschäftspartner gefährlich war. Auch Bren mußte man im Auge behalten: Maybor war nicht abgeneigt, Bündnisse mit anderen Mächten des Nordens einzugehen, um jeglichen Gedanken an Eroberung aus dem Kopf des Herzogs von Bren zu vertreiben. Ja, hinter dem Thron gab es viel für Maybor zu tun.

Maybor kleidete sich rasch an. Dabei achtete er sorgfältig darauf, nicht auf seinen toten Diener zu treten. Er wählte eines seiner prunkvolleren Gewänder aus, passend zu dem wunderbaren Morgen, eine dunkelrote Robe aus reiner Seide. Außerdem wußte man nie, wann man aufgefordert wurde, fremde Würdenträger zu unterhalten. Oft bat jemand Interessantes oder Wichtiges am Tor um Einlaß in die Burg.

Maybor begann, sich ein wenig schuldig zu fühlen, weil er seine Tochter gestern geschlagen hatte. Jetzt, da er die Zukunft gesichert wußte, würde er freundlicher zu ihr sein: mit der Zeit würde sie sich schon fügen. Maybor würde Melli ein Geschenk kaufen. Das war's: er würde ihr ein wunderschönes und ungewöhnlich teures Geschenk kaufen. Vor kurzem hatte er von einem seltenen und erlesenen Edelstein gehört, der aus den Gebieten jenseits der Trockenlande stammte – wie hieß er noch? *Isslt*, das war der Name. Angeblich glühte er von innen heraus. Soweit Maybor wußte, war er von einem tiefen Meeresblau – der gleichen Farbe wie Melliandras Augen. Maybor würde keine Kosten scheuen. Seine Tochter sollte den größten bekommen, den er finden konnte ... so groß wie eine Faust. Noch heute wollte er alles in die Wege leiten.

Während Maybor seine füllige Gestalt im Spiegel bewunderte, klopfte es an der Tür.

»Herein.« Er war überrascht, als Lynni eintrat, die Zofe seiner Tochter. Dann lächelte er; vielleicht hatte das junge Ding Lust, mit ihm ins Bett zu gehen.

»Was ist, meine Hübsche?« Das Mädchen wirkte verängstigt. »Raus mit der Sprache. Es gibt keinen Grund, sich zu schämen. Viele Frauen fühlen sich zu älteren Männern hingezogen.« Lynnis Gesicht nahm die gleiche dunkelrote Farbe an wie Maybors Robe.

»Das ist es nicht, Herr.« Sie zögerte einen Augenblick, kniff die Augen zusammen und fügte rasch hinzu: »... obwohl Ihr ein ungewöhnlich anziehender Mann seid, Herr.«

»Ja, das bestätigt mir mein Spiegel jeden Tag. Komm schon, Mädchen. Spuck aus, was du zu sagen hast. Vielleicht können wir uns anschließend ein wenig amüsieren.«

»Ich würde mich sehr gerne amüsieren, Herr, aber ich

fürchte, die Nachrichten, die ich Euch bringe, werden Eure Erregung abflauen lassen.«

»Was ist? Hat Lady Melliandra kein sauberes Kleid mehr im Schrank?« Lord Maybor lächelte nachsichtig. Frauenprobleme: ein verlorener Kamm, eine zerrissene Halskette, ein Schuh so eng, daß er zwickte.

Das Mädchen senkte den Blick. »Lady Melliandra ist fort.«

Furcht kroch in Maybors Herz. »Was soll das heißen, sie ist ›fort‹? Fort wohin?«

Das Mädchen konnte ihm nicht in die Augen sehen. Sie spielte nervös mit ihren Fingern. »Nun, Herr, als ich wie jeden Morgen in ihr Gemach kam, war sie nicht da.«

»Vielleicht macht sie nur einen Spaziergang, oder sie besucht eine Freundin.«

»Das hätte sie mir gesagt, Herr.«

Maybor wurde wütend. Er packte die Zofe an der Schulter und schüttelte sie. »Hat sie einen Liebhaber?« verlangte er zu wissen.

»Nein, Herr.« Lynnis Stimme bebte vor Furcht.

»Wenn du mich belügst, lasse ich dir die Zunge herausreißen.«

»Nein, Herr. Sie ist eine Jungfrau. Da bin ich ganz sicher.«

Maybor lenkte das Verhör in eine andere Richtung. »Hat sie in ihrem Bett geschlafen?«

»Nun, Herr, die Laken waren zwar verwühlt, aber ich glaube, sie hat nicht in ihrem Bett übernachtet.«

»Komm mit mir.« Maybor ergriff Lynnis Arm und zerrte sie hinter sich her in Richtung von Mellis Schlafgemach. Baralis! Sollte der Dämon hier seine Hand im Spiel haben, würde er den heutigen Tag nicht überleben.

Als sie schließlich das Gemach erreichten, hatte sich Maybors Wut zu Rage gesteigert. Nirgends war eine Spur von seiner Tochter zu sehen. Maybors Blick blieb an dem elfenbeinernen Kästchen hängen, in dem Melli ihre weniger wertvollen Juwelen aufbewahren durfte. Es war leer!

»Sieh nach, ob Kleider fehlen ... *sofort!*« brüllte er, als Lynni einen Augenblick zögerte. Maybor wartete, hielt das kleine Kästchen in der Hand und schüttelte den Kopf.

Die junge Zofe kehrte schon bald aus dem Ankleidezimmer zurück. »Eines ihrer Wollkleider fehlt und ihr schwerer Reitumhang.«

Maybor war wahnsinnig vor Wut – was war mit seiner Tochter geschehen? Tausend Gefahren lauerten auf ein junges Mädchen außerhalb der Burgmauern. Melliandra wußte nichts über die wirkliche Welt, absolut nichts. Sie war ein Schaf unter Wölfen. »Verdammt!« Maybor warf das Kästchen durch den Raum. Es zerbrach an der gegenüberliegenden Wand. »Sie ist doch noch ein *Kind*!« Als er auf die Scherben blickte, die sein Ausbruch hinterlassen hatte, ebbte sein Zorn ab. Elfenbeinsplitter lagen über den ganzen Boden verteilt. Maybor sprach leise, mehr zu sich selbst als zu der Zofe. »Sie muß zurückgeholt werden. Sie kann noch nicht weit sein.

Du!« sagte er und wandte sich an Lynni. »Du solltest besser hoffen, daß sie schnell gefunden wird, sonst werde ich dich für ihr Verschwinden zur Verantwortung ziehen. Es war deine Aufgabe, auf sie aufzupassen.« Das Mädchen zitterte am ganzen Körper. »Weißt du, wohin sie gegangen sein könnte? Denk scharf nach, Mädchen.«

»Ich habe keine Ahnung, Herr.«

Maybor musterte die Zofe von oben bis unten. Sie war zu dumm, um etwas vor ihm zu verheimlichen. Dann kam ihm eine nachträgliche Idee, und er befahl: »Komm heute nacht in mein Gemach.« Maybor eilte aus dem Raum, ohne auf Lynnis Zustimmung zu warten.

Seine Tochter war weggerannt! Das starrsinnige, dickköpfige Mädchen ähnelte Maybor mehr als jeder seiner Söhne. Sie war sein wertvollster Besitz, und sie war aus der Burg geflohen. Er mußte einen Suchtrupp zusammenstellen. Maybor würde seine Söhne zusammenrufen, damit sie die Suche anführen konnten. *Immerhin,* dachte er, *liegt es auch in ihrem Interesse, sie zu finden.* Maybor blieb stehen. Die Königin! Er durfte nicht zulassen, daß die Königin von Melliandras Flucht erfuhr. Sie war eine stolze Frau, und sie würde wahrscheinlich die Hochzeit absagen, sollte sie den Eindruck gewinnen, Melli sei nicht mit der Verbindung einverstanden. Maybor mußte mit äußerster Vorsicht vorgehen. Er würde nur seine eigenen Männer für die Suche einsetzen.

Während er durch die Burg hetzte, erblickte er Baralis' idiotischen Diener Crope. Maybor verbeugte sich mit übertriebener Höflichkeit. »Bestellt Eurem Herrn meine allerbesten Wünsche.« Wenn der Rest des Tages auch verdorben war, so fand Maybor doch Trost in dem Wissen, daß nicht nur seine Pläne fehlgeschlagen waren.

»Hier, trink das. Danach wirst du dich besser fühlen.« Megan reichte Tawl einen Becher mit einer beißenden, dampfenden Flüssigkeit. Während er trank, erinnerte er sich eines Getränks, das man ihm in der Vergangenheit verabreicht hatte, damit er sich besser fühle. Er versuchte sich an den Namen zu erinnern; er lag ihm auf der Zunge. »Lacus«, sagte er laut.

Megan warf dem Ritter einen fragenden Blick zu. »Ist das der Ort, wo du hergekommen bist?« Tawl brachte ein Lächeln zustande und lachte schwach.

»Nein, Lacus ist ein Getränk, das ich vor vielen Jahren von einem weisen, alten Mann bekommen habe. Er sagte, es könne fast alle Beschwerden kurieren.«

»Schade, daß du nicht etwas davon bei dir hast.« Megan lächelte, und ihre grünen Augen funkelten. Zum ersten Mal bemerkte Tawl, wie hübsch sie war.

»Warum hast du mir vergangene Nacht geholfen? Es wäre einfacher für dich gewesen, mich einfach sterben zu lassen.«

Megan zuckte die Schultern. »Wer weiß das schon?

Ich bin selbst nicht sicher. Vielleicht war es dein goldenes Haar. Eine sehr ungewöhnliche Haarfarbe für diese Gegend.« Das Mädchen schien ein wenig verlegen zu sein, und so ließ Tawl das Thema fallen.

Das merkwürdige Getränk bewirkte, daß der Schmerz in den Armen allmählich nachließ. Schließlich war er so weit verschwunden, daß Tawl versuchen konnte, sich zu erinnern. »In welcher Stadt bin ich?«

»In Rorn natürlich. In der größten Stadt des Ostens.« Tawl lächelte nachsichtig ob ihres Stolzes. *Rorn,* dachte er. *Was zum Teufel mache ich in Rorn?*

Als Megan ihn vergangene Nacht in ihr spärliches Zimmer gebracht hatte, hatte sie ihn liebevoll gepflegt – sie hatte ihn gebadet und gefüttert. Dann hatte sie ihm Heilöl auf die wunde Haut gerieben und ihn in warme Decken eingewickelt.

Tawl spürte seine Haut unter den Decken und erkannte, daß er völlig nackt war. Megan lächelte frech. »Komm schon. Du bist doch wohl nicht schüchtern.« Doch Tawl war sogar *sehr* schüchtern, und er wollte es seiner Gastgeberin gerade sagen, als Megan fortfuhr: »Abgesehen davon, bekommt man in meinem Beruf alle möglichen und unmöglichen Dinge zu sehen.« Sie blickte Tawl in die Augen und forderte ihn heraus, etwas zu erwidern. Doch er schwieg, und so sagte sie: »Ich sehe, du bist schockiert.«

Tawl schüttelte den Kopf. »Ich bin eher besorgt denn schockiert.«

»Ich brauche deine Fürsorge nicht, danke!« Megans Lippen wurden zu einem schmalen Strich, und in ihrer Stimme lag beißende Ironie. »Ich würde mich mehr *sorgen,* wenn man mich halbtot in einer dunklen Gasse liegengelassen hätte.« Sie entspannte sich wieder, und ihr Ausdruck verwandelte sich in Reue. »Es tut mir leid, Tawl. Ich weiß, du wolltest mich nicht beleidigen.« Mit diesen Worten griff sie nach ihrem Umhang. »Ich gehe was zu essen holen. Außerdem brauchst du auch noch ein paar neue Kleider. Ich habe deine alten auf die

Straße geworfen. Ich bin bald wieder zurück. Mach's gut.« Eine kurze, schnelle Drehung, und sie war verschwunden.

Tawl nippte an seinem Becher. Das heiße Getränk linderte seine Schmerzen und verschaffte ihm einen klaren Kopf. Er begann, sich daran zu erinnern, wie er hierhergekommen war. Er war ein Ritter von Valdis. Man hatte ihn zu dem alten Gelehrten Bevlin gesandt, und dieser wiederum hatte ihn auf die Suche nach einem Jungen geschickt. Jetzt wurde Tawl von Erinnerungen geradezu überflutet. Er hatte fünf Jahre damit verbracht, jemanden ohne Namen und ohne Gesicht zu suchen. All die Städte, die er besucht und all die Menschen, die er befragt hatte – und all das nur aufgrund des Traums eines alten Mannes, der in einer kleinen Hütte lebte.

Tawl rief sich die Nacht, in der er aufgegriffen worden war, wieder ins Gedächtnis zurück. Er hatte in einer düsteren Taverne etwas getrunken, und plötzlich waren vier Männer über ihn hergefallen. Sie hatten ihn hinausgeschleppt, ihn verprügelt, und dann – noch bevor das Blut getrocknet war – hatten sie ihn in Ketten gelegt. Tawl hatte seine Ketten zunächst gehaßt; doch nachdem man mit der Folter begonnen hatte, waren ihm die Ketten nicht mehr so schrecklich erschienen. Er schauderte. Er wollte sich nicht an die Folter erinnern. Während der Tortur hatte man ihm nur eine einzige Frage gestellt; eine Frage, die er nicht beantworten konnte: »Wer ist der Junge, den du suchst?« Unzählige Male hatte man ihn das gefragt, und unzählige Male hatte er keine Antwort gewußt.

Tawl fragte sich, wie lange er in Gefangenschaft gewesen war. Er konnte sich nicht erinnern, wieviel Zeit bis zu seiner Freilassung verstrichen war. Warum hatte man ihn überhaupt freigelassen? Er hatte seinen Peinigern nicht verraten, was sie wissen wollten. Also warum hatten sie ihn ausgerechnet *jetzt* freigelassen?

Tawl erinnerte sich an eine massige Gestalt, die während der Folter oft in den Schatten gelauert hatte. Der fette Mann hatte mit hochmütiger Stimme gesprochen und einen exotischen Duft verbreitet. Er war derjenige gewesen, der das Sagen gehabt hatte. Folglich mußte er auch Tawls Freilassung veranlaßt haben. Wie lange hatte man ihn festgehalten? Wieviel Zeit hatte er verloren?

Doch es gab noch etwas anderes, an das sich Tawl erinnern mußte. Angestrengt suchte er nach der fehlenden Erinnerung. Als er sie endlich gefunden hatte, überkam ihn das vertraute Gefühl der Verzweiflung. Es war seine Bürde, und Tawl war so an ihr Gewicht gewöhnt, daß er sich ohne diese Last nicht als ganzer Mensch fühlte, denn sie bestimmte, wer er war und wer er sein würde.

Der Sommer war ungewöhnlich heiß gewesen in dem Jahr, als er dreizehn geworden war. Moskitos stiegen aus den Sümpfen auf wie Rauch von einem Feuer. Die ganze Welt schien zu summen. Nur in den frühen Morgenstunden lohnte es sich, den Schatten zu verlassen. Normalerweise würde sich Tawl an einem solchen Tag in die Sümpfe begeben, um in einem der ständig kleiner werdenden Wasserlöcher zu fischen. Er würde die Rute zwischen zwei großen Steinen festmachen und sich für einige Stunden zurücklehnen, um den Fischen Gelegenheit zu geben anzubeißen. Doch heute konnte er sich nicht ausruhen. Seine Gedanken drehten sich nur um das Krankenzimmer, anstatt wie üblich um Kampf und Ruhm.

Die Geburt verlief schlecht. Die Hebamme hatte die Kerzen halbiert, bevor sie sie entzündet hatte, und wie jeder in den Großen Sümpfen, so wußte auch Tawl, was das zu bedeuten hatte. Allerdings brauchte er kein Ritual, das ihm sagte, was vor sich ging: seine Mutter lag im Sterben. Die Wehen dauerten nun schon viel zu lange, und im Haus war es viel zu heiß. Die halbe Nacht hatte Tawl wach gelegen und sich im Bett hin und her gewälzt; sein Bettlaken war mit Schweiß durchtränkt gewesen. Der Atem der Mutter zog die Moskitos an, und der Geruch von Urin die Fliegen.

Tawl schämte sich, daß er im Morgengrauen Erleichterung verspürt hatte, denn der anbrechende Tag bot ihm eine Entschuldigung hinauszugehen. Die Hebamme mußte bezahlt werden, egal wie die Geburt ausgehen mochte, und Fisch war die einzige Währung in dieser Gegend. Tawl hatte seine Schwestern rasch abgehängt; sie waren zu jung, um mit ihm Schritt halten zu können, und er wollte allein sein. Die Fische bissen schlecht, und so war es bereits später Nachmittag, als Tawl die erforderliche Menge gefangen hatte: drei Fische für die Hebamme, zwei für seine Mutter, je einen für seine Schwestern und für ihn selbst und einen weiteren für das Baby, sollte es bereits angekommen sein. Sein Vater konnte sich seine eigenen Fische besorgen.

Die Hebamme wartete vor der Tür auf Tawl. »Sie ist zu schwach für die Geburt. Soll ich sie aufschneiden, um wenigstens das Kind zu retten?«

Tawl schlug mit der Faust gegen die Wand. Der Schmerz brachte ihn wieder in die Gegenwart zurück. Wie konnte sie das nur tun? Wie konnte sie von ihm verlangen, über das Leben seiner Mutter zu entscheiden? Von ihm, einem Jungen, der gerade erst dreizehn geworden war! Niemand, egal welchen Alters, sollte mit solch einer Verantwortung belastet werden. Tawls Schmerz verwandelte sich in Wut. Wo war sein Vater gewesen? Sein nutzloser, besoffener Vater! Mit der Wut kam Erleichterung. Wut machte alles erträglicher: so wurde Tawl mit seiner Bürde fertig. Und solange er nicht darüber nachdachte, was später geschehen war – *viel* später –, reichte Wut aus.

Megan stürmte in den Raum. Ihre Fröhlichkeit war eine willkommene Ablenkung. »Da bin ich. Ich war doch nicht zu lange weg, oder? Ich hab' ganz tolle Sachen hier.« Sie hielt eine Reihe von Tüten in den Armen. »Ich hab' Aalpastete, Gänseleber in Gelee und sogar ein paar frische Feigen!« Sorgfältig packte sie alles aus und hielt jedes einzelne Teil in die Höhe, damit Tawl es bewundern konnte. Tawl lächelte. Er war dankbar für Megans Gegenwart. Sie hielt seine Dämonen in Schach.

»Ich glaube, ich nehme ein paar von den Feigen. Für die Aale fehlt mir der Mut.« Tawl bereute die Worte sofort, nachdem er sie ausgesprochen hatte, denn Megans Gesichtsausdruck verwandelte sich von Freude in Enttäuschung. Rasch behob er seinen Fehler. »Vielleicht probiere ich auch noch was von der Gänseleber in Gelee.«

Megan lächelte glücklich. »Das freut mich, Tawl. Ich habe sie nämlich extra für dich gekauft. Die Aalpastete nehme ich selbst. Oh, beinahe hätte ich es vergessen! Ich habe dir auch etwas zum Anziehen besorgt.« Sie öffnete das größte Paket. »Tut mir leid, daß sie nicht mehr neu sind, aber sie sind auch nicht schlecht. Schau!« Megan holte eine kanariengelbe Tunika und eine gestreifte Hose hervor. »Einen Umhang habe ich dir auch gekauft – reine Ziegenwolle. Hier, fühl' mal.« Tawl bewunderte die Qualität der Kleidungsstücke, um Megan zufriedenzustellen. Ein freudiges Funkeln in ihren grünen Augen belohnte ihn dafür.

Nach dem Essen schenkte Megan jedem von ihnen einen Becher honigfarbenen Cidre ein. »Seit im Nordwesten Krieg herrscht, bekommt man Nestorcidre immer seltener. In den letzten Jahren hat sich der Preis verdreifacht.« Tawl trank die goldene Flüssigkeit und genoß ihren feinen, fruchtigen Geschmack. Er fühlte sich bereits leicht benommen.

»Du solltest morgen mal etwas an die frische Luft gehen.« Megan lächelte. »Außerdem findet morgen die große Parade statt. Da gibt es viel zu sehen. Überall wird getanzt und gesungen.« Tawl nickte, obwohl er nicht wußte, ob er schon weit genug genesen war, um einen Ausflug zu wagen.

Megan betrachtete ihn nachdenklich. Dann ging sie auf die andere Seite des Raums und murmelte etwas von ›Umziehen‹ vor sich hin. In einer dunklen Ecke zog sie sich aus, und Tawl tat, was von einem Ritter erwartet wurde: er schaute weg. Doch der Anblick von Megans Haut war so anziehend, daß Tawl die Augen nicht lange abwenden konnte.

»Du darfst mich ruhig ansehen. Das macht mir nichts.« Tawl schoß die Röte ins Gesicht.

»Es tut mir leid, Mylady.« Megan trat mit ernster Miene zu Tawl. Sie war nach wie vor nackt, und ihr Körper schimmerte im weichen Licht des Kaminfeuers.

Mit sanfter Stimme sagte sie: »Ich bin keine Lady, Tawl; doch ich danke dir für deine Höflichkeit.« Sie kniete nieder und küßte ihn auf die Lippen.

»Ich glaube nicht, daß ich in der Verfassung bin, eine Dame zu erfreuen.«

»Aber du bist in der Verfassung, *von* einer Dame erfreut zu werden.« Megan lächelte verführerisch, zog die Decke von Tawls Körper und senkte den Kopf. Tawl überkam ein Verlangen, wie er es schon lange nicht mehr gespürt hatte. Zu lieben hieß zu vergessen, und mit einer Fremden neben einem langsam erlöschenden Feuer zu schlafen vertrieb den Schmerz – jedenfalls für eine Weile.

Langsam wünschte Melli, sie hätte die Burg nie verlassen. Die ersten Stunden waren ihr wie ein einziges großes Abenteuer erschienen; sie hatte sich unter ihrer Kapuze verborgen und war im Schutze der Nacht an den Wachen vorbei aus dem Tor geschlichen. Doch außerhalb der Mauern war es bitterkalt gewesen, und Melli hatte inzwischen erkannt, daß sie bemitleidenswert schlecht auf ihre Flucht vorbereitet war. Sie hatte den Rest der Nacht gegen die Burgmauern gelehnt geschlafen. Melli hatte sich entschieden, nicht in einer der Herbergen der Stadt zu übernachten. Sie wollte nicht riskieren, erkannt zu werden, und außerdem besaß sie kein Geld.

Melli fühlte sich hundeelend. Sie war hungrig, ihr war kalt, und obwohl es nicht geregnet hatte, war ihre Kleidung klamm. Alles, was sie im Augenblick wollte, war ein warmes Bett und ein Glas heißen Kräuterpunschs, um die Schmerzen aus ihren Knochen zu vertreiben. Im Freien auf der harten Erde zu schlafen war eine äußerst unangenehme Erfahrung für sie gewesen. Ihr Hunger siegte über die Vorsicht, und sie machte sich auf den Weg in die Stadt.

Harvell war eigentlich zu klein, um eine richtige Stadt zu sein. Die meisten Einwohner lebten von den Bedürfnissen der Höflinge, Diener und Soldaten, die die Burg bevölkerten. Die Stadt – oder besser das Dorf – befand sich etwa eine halbe Meile entfernt von der Burg, ein angenehmer Ort mit ordentlichen Häusern.

Melli war oft dort gewesen, um Schleifen und Sträußchen zu kaufen. *Kaufen!* dachte sie. Man hatte ihr nie gestattet, irgend etwas zu *kaufen*. Sie hatte immer nur zu den Ladeninhabern gesagt, »Lord Maybor wird die Rechnung begleichen«, und sie durfte nehmen, was sie wollte. Melli schlug die Hand vor die Stirn. Das war's! Warum hatte sie nicht schon früher daran gedacht? Sie würde einfach auf den Markt gehen, alles kaufen, was sie wollte und ihrem Vater die Rechnung zukommen lassen! Das war perfekt: ihr Vater würde die Flucht finanzieren. Melli konnte sich ein Lächeln nicht verkneifen. Maybor würde vor Wut platzen, wenn er die Rechnungen sehen würde.

Melli schritt leichten Fußes dahin, während sie im Geiste eine Liste all der Dinge anfertigte, die sie kaufen wollte: sie brauchte Proviant. Sie erinnerte sich an eine kleine Bäckerei, wo es heiße Pasteten und frische Brötchen gab – und sie würde sich auch noch einen Becher Cidre gönnen und ein Stück Vanillekuchen.

Melli verlangsamte ihren Schritt. Sie ging nicht auf eine Vergnügungsreise, und das hier war kein Einkaufsbummel. Sie war vor dem einzigen Leben davongerannt, daß sie jemals gekannt hatte, und ihr Weg führte sie zu einer Stadt, die weit weg von den Schlachtfeldern von Halcus lag.

Melli atmete die kühle Morgenluft ein. Sie fühlte sich einsam und verängstigt. Ein Schatten huschte über sie hinweg, und als sie aufblickte, sah sie einen grauen Schwan am Himmel. Der edle Vogel war auf dem Weg in den Süden. Das war ein Zeichen. Auch auf dem Wappen der Maybors war ein grauer Schwan zu sehen. Entschlossenheit verhärtete Mellis weiche Gesichtszüge: war sie nicht auch eine Maybor? *Mut und Zielstrebigkeit* war der Wahlspruch ihrer Familie, und Melli würde die erste Frau sein, die dieser Maxime gerecht werden würde. Als sie das Dorf betrat, hatte sie beschlossen, sich doch ein Stück Vanillekuchen zu besorgen.

Eine Stunde später war Melli satt und gerade dabei, sich für die Reise auszurüsten. Sorgfältig wählte sie die Waren aus. »Mein Bruder Kedrac hat mir versichert, Ihr wärt in der Lage, ihn mit allem auszustatten, was für einen Jagdausflug vonnöten ist. Er hat mich gebeten, nach jemand bestimmtem zu verlangen, nach ...« Der Name auf dem Schild über der Tür war ihr entfallen.

»Meister Trout, Mylady.«

»Ja, genau, Meister Trout. Was braucht mein Bruder?«

»Nun, das hängt davon ab, wohin er will und wie lange er fortbleiben wird.«

Melli suchte verzweifelt nach einer glaubwürdigen Lüge. »Er zieht nach Westen.«

»Nach Westen, Mylady? Zu dieser Jahreszeit gibt es im Westen nichts zu jagen.«

Melli beschloß, ihre Taktik zu ändern. »Jetzt hört mir mal zu, Meister Trout. Ich interessiere mich nun wirklich nicht dafür, ob es im Westen etwas zu jagen gibt oder nicht. Ich bin nur hier, um meinem Bruder einen Gefallen zu tun. Wenn ihr mir nicht geben könnt, was er braucht, dann gehe ich halt woanders hin.« Sie tat, als wolle sie den Laden verlassen.

»Mylady, bitte, nicht so schnell. Ich werde Euch holen, was Ihr verlangt. Wahrscheinlich will Euer Herr Bruder angeln gehen. Hat er eine gute Rute?«

»Er hat eine Rute, Meister Trout. Würdet ihr Euch jetzt bitte beeilen!« Melli schaute zu, während der Händler allerlei merkwürdig aussehende, getrocknete Nahrungsmittel in einen Sack stopfte. Dann ging er in ein Hinterzimmer und kehrte kurz darauf mit einer leeren Feldflasche und verschiedenen Kochtöpfen zurück.

»Decken?«

»Ja, und ein guter, warmer Umhang.« Melli hatte inzwischen herausgefunden, daß ihr eigener ungeeignet für längere Aufenthalte im Freien war.

»Wie ich Lord Kedrac kenne, will er sicher auch etwas zum Knabbern haben. Soll ich Euch noch eine Dose Gebäck mitgeben?«

»Macht, was Ihr wollt.« Melli wurde allmählich ungeduldig. Das Ganze dauerte länger, als sie gehofft hatte. Schließlich reichte ihr der Händler den Sack.

»Er ist ein wenig schwer für Euch, Mylady. Soll ihn mein Bursche für Euch zur Burg tragen?«

»Das wird nicht nötig sein, Meister Trout. Mein Diener wartet draußen. Lord Maybor wird die Rechnung begleichen.«

»Natürlich, Mylady. Ich wünsche Euch einen schönen Tag.«

Melliandra trug den schweren Sack ins Freie und legte rasch ihren neuen Umhang an. Einer plötzlichen Eingebung folgend entschied sie sich, den alten Umhang nicht wegzuwerfen – er wog nicht sonderlich viel, und die Nächte waren kalt. Sie wandte sich einem Gasthof zu. Melli wagte nicht, die Finanzen ihres Vaters noch weiter zu belasten, indem sie auf seine Kosten ein Pferd kaufte. Wenn sie eins haben wollte, würde sie es mit ihrem Schmuck bezahlen müssen.

Melli hatte bereits mehrere Minuten vor dem Gasthof gewartet, als sich ein Junge näherte, der ein müdes, altes Pferd an den Zügeln führte. Das war zwar nicht, was Melli gewohnt war, aber sie hatte es eilig.

»Hey, Junge! Wieviel willst du für das Pferd?«

Der Junge warf ihr einen arglistigen Blick zu. »Dieses Pferd ist ungewöhnlich schnell und stark, Fräulein.«

»Das habe ich dich nicht gefragt, Junge. Ich will wissen, *wieviel.*« Nervös schaute sich Melli um. Die Sonne stand bereits hoch am Himmel. Der Morgen war schon fast vorbei.

»Weniger als zwei Goldstücke kann ich nicht akzeptieren.« Melli wußte, daß der Preis unverschämt hoch war für solch einen alten Gaul. Sie drehte sich um und fischte in ihrer Börse nach einem goldenen Armband.

»Hier, nimm das.« Die Augen des Jungen schienen vor Gier aus den Höhlen zu quellen.

»Das wird reichen. Ja, das wird reichen.« Er gab Melli die Zügel und blickte ihr hinterhältig hinterher, während sie das Pferd wegführte.

Melliandra streichelte dem Pferd über die Nüstern. »Ich habe noch nicht einmal nach deinem Namen gefragt, mein Alter«, sagte sie. »Aber jetzt brauche ich erst einmal einen Sattel für dich.« Sie umarmte ihren neuen Gefährten, indem sie die Arme um Rücken und Bauch des Tieres legte und ihren Kopf gegen die Flanke drückte. »Was wird nur aus uns beiden werden?« flüsterte sie.

Baralis ignorierte Crope, als er seine Gemächer betrat; doch als dieser sich vernehmlich räusperte, war Baralis gezwungen, sich umzudrehen. »Was gibt es, du Riesenrindvieh? Hat man den Jungen gefunden?«

»Nein, Meister. Aber ich weiß, daß er nicht mehr in der Burg ist.«

»Woher willst du das wissen?« fragte Baralis.

»Eine Wache hat ihn heute morgen gesehen. Der Mann sagt, er wäre in Richtung der Wälder gelaufen.«

»Aha, die Wälder.« Baralis grübelte ein paar Minuten über diese Information. »Mach dich auf den Weg, Crope, und sag den Wachen, sie sollen die Wälder durchkämmen. Ich muß noch darüber nachdenken, was als nächstes zu tun ist.«

Unruhig schwankte Crope hin und her. Er machte keinerlei Anstalten, den Raum zu verlassen. »Da ist noch etwas, Meister«, sagte er kleinlaut.

Baralis blickte verärgert auf. »Sieh zu, daß du wegkommst, du Schwachkopf.«

»Wie Ihr wollt, Meister; aber ich dachte, es würde Euch interessieren, daß Lord Maybor Euch seine allerbesten Wünsche übermitteln läßt.«

Baralis sprang auf. »Er ... *was*!?«

»Er bestellt Euch seine allerbesten Wünsche. Wahrscheinlich wollte er sich für den Wein bedanken, den Ihr ihm gestern abend habt zukommen lassen.«

»Willst du damit sagen, du hast Lord Maybor gesehen, wie er durch die Burg gelaufen ist?«

»Ja, Meister, erst vor wenigen Stunden. Er hat einen sehr fröhlichen Eindruck gemacht.«

»Laß mich allein.« Baralis' Stimme klang kalt und bedrohlich, und sein Diener verschwendete keine Zeit, dem Wunsch seines Herrn nachzukommen.

Baralis raste vor Wut. Er rannte auf und ab und rieb sich geistesabwesend die schmerzenden Hände. Wie konnte das passieren? Wie war Maybor dem Gift entkommen? Baralis wußte ganz genau, daß der versoffene Lord jeden Abend einen Becher Wein trank, um besser einschlafen zu können. Irgendwie mußte er das Gift entdeckt haben, doch die Mixtur war vollkommen geruch- und geschmacklos gewesen. Maybor hatte den Teufel auf seiner Seite!

Baralis beruhigte sich wieder. Er mußte einen klaren Kopf behalten; er hatte mehrere Probleme zu lösen. So durfte er nicht zulassen, daß die königliche Hochzeit wie geplant stattfand. Wenn er dieses Ziel nicht erreichen konnte, indem er Lord Maybor umbrachte, dann würde er sich eben auf dessen Tochter konzentrieren – die liebliche Melliandra. Das Mädchen mußte verschwinden. Vielleicht würde sich Baralis persönlich darum kümmern. Allein der Gedanke daran ließ ihn erschauern. Es wäre in der Tat ein Vergnügen, eine solche Schönheit des Lebens zu berauben. Er könnte sich vorher auch noch etwas mit ihr amüsieren. Für Baralis waren Frauen um so anziehender, je mehr sie sich fürchteten.

Und dann war da auch noch die Sache mit dem Bäckerjungen. Jack war also in die Wälder geflüchtet. Ohne Zweifel versuchte er, sich zwischen den dicht wachsenden Bäumen zu verbergen. Nun, falls der Junge glauben sollte, er könne sich vor Baralis verstecken, dann war er dumm, denn der Kanzler kannte Mittel und Wege, in die Tiefe des Waldes vorzudringen. Er hob den Gobelin hoch und betrat sein Arbeitszimmer.

Baralis behandelte den Vogel mit äußerster Vorsicht, um die Federn nicht zu beschädigen. Er hatte das Tier beruhigt, und obwohl es sich unruhig in seinen Händen bewegte, versuchte es nicht zu entkommen. Baralis streichelte über den kleinen Kopf und gurrte leise. Er beabsichtigte, die Natur des Vogels zu verändern.

Baralis war fest entschlossen, Jack zu finden. Wahrscheinlich würde ihm das auch gelingen, doch es konnte nie schaden, auf alles vorbereitet zu sein. Er setzte nicht viel Vertrauen in die Burgwachen – es würde sie mehrere Tage kosten, die undurchdringlichen Wälder zu durchkämmen, die die Burg umgaben, und selbst dann würden diese unfähigen Idioten den Jungen mit Sicherheit nicht finden. Baralis mußte noch andere Dinge erledigen, und so würde er jemanden aussenden, der ihm die Arbeit abnehmen würde.

Eine Taube. Wer oder was war besser geeignet, jemanden in den Tiefen des Waldes zu finden, als ein Vogel?

Deshalb würde Baralis die Natur des Tieres verändern; er würde die Instinkte des Vogels mit seinen eigenen Wünschen überlagern. Er hatte Derartiges schon oft getan, mit Vögeln, Katzen, Mäusen. Es war eine schwierige Angelegenheit, und man brauchte ein Zwillingspärchen dafür. Kreaturen, die aus ein- und demselben Ei geschlüpft waren. Baralis kannte, wie jeder andere Meister auch, Methoden, um solche Wesen heranzuzüchten, und so stand ihm normalerweise immer eine reichhaltige Auswahl davon zur Verfügung.

Er beruhigte den ersten Vogel, bis dieser in einen unsteten Schlaf fiel; dann goß er frisches Wasser in eine Schüssel. Als nächstes machte er einen tiefen Einschnitt in die Brust der zweiten Taube. Das Blut des Tieres rann in die Schüssel. Baralis ergriff das noch schlagende Herz mit den Fingern, sprach eine Beschwörung, und das Leben wich aus dem Vogel. Er führte das Herz an die Lippen und schluckte es hinunter. *Das Band.* Anschließend tauchte er die erste Taube in das blutige Wasser, und die grau-weißen Federn verfärbten sich rosa. Baralis trocknete den Vogel mit einem weichen Tuch ab und befahl ihm aufzuwachen. Das Tier öffnete die Augen, begierig sich auf den Weg zu machen.

Baralis trug den Vogel aus seinem Arbeitszimmer und ließ ihn am Fenster frei. Die Taube flog weg: sie besaß keinen eigenen Willen mehr – sie war nun Baralis' Kreatur.

Baralis war erleichtert, daß die schmutzige Arbeit getan war. Er mochte keine warmen Taubenherzen. *Aber,* dachte er, *zumindest sind sie klein.*

Jetzt war es an der Zeit herauszufinden, was Maybor im Schilde führte. Sicherlich plante er bereits die Rache für den Anschlag auf sein Leben. *Soll er es nur versuchen,* dachte Baralis, während er sich auf den Weg in den zweiten Keller machte. *Er wird mich nicht unvorbereitet treffen.*

Bald hatte Baralis die dunkle Seite von Maybors Gemächern erreicht und lauschte mit großem Interesse einem Gespräch zwischen Vater und Sohn:

»Heute morgen war sie im Dorf, Vater.«

»Wer hat sie gesehen?« Maybor sprach leise. Seine Stimme klang angespannt.

»Eine ganze Menge Leute hat sie gesehen. Sie hat sogar Ausrüstung gekauft.«

»Was für eine Ausrüstung? Sie hat kein Geld, um sich Ausrüstung zu kaufen.«

»Sie hat nicht dafür bezahlt. Die Händler haben mir die Rechnungen gegeben. Sie hat gesagt, du würdest für alles aufkommen.«

»Oh, sie ist ja so gerissen. Was hat sie gekauft?«

»Offensichtlich hat sie alles Notwendige für einen Angelausflug gekauft.«

»Einen Angelausflug!« Baralis konnte das Erstaunen in Maybors Stimme hören.

»Ja, und dann ist sie auf einem Pferd nach Osten geritten.«

»Verdammt noch mal! Sie muß gefunden werden, Kedrac. Setz deine besten Männer auf sie an, und verpflichte sie zu Stillschweigen. Ich will, daß niemand etwas davon erfährt – besonders nicht die Königin. Erzähl jedem, der danach fragt, Melliandra habe Fieber.«

Baralis' Mund verformte sich zu einem bösartigen Lächeln. Also war seine Taube nicht der einzige Vogel, der ausgeflogen war. Melliandra hatte ihm die Arbeit abgenommen. Solange sie nicht gefunden wurde, konnte es keine Hochzeit geben. Und außerdem, dachte Baralis erfreut, sollte die Königin von dem unwürdigen Verhalten von Maybors Tochter erfahren, würde sie vielleicht die Hochzeit ganz absagen. Er war beinahe froh, daß Maybor noch lebte. Baralis würde es genießen zuzusehen, wie sich die Pläne des ehrgeizigen Lords in Nichts auflösten.

Jacks Selbstvertrauen nahm rasch ab. Ihm war kalt, er war durchnäßt, und außerdem hatte er sich verirrt. Was war er schon? Nur ein einfacher Bäckerjunge. Er taugte nicht als Abenteurer. Helden vergaßen nie, warme Kleidung einzupacken, und falls doch, dann erlegten sie irgendein Tier, zogen die Haut ab und fertigten daraus einen Umhang. Jack hatte noch nicht einmal ein Messer.

Nach der grauen Farbe des Himmels zu urteilen war es bereits Spätnachmittag. Um diese Zeit hätte Jack eigentlich den Teig für die Konditoreiwaren kneten sollen. Die Hofdamen verlangten jeden Tag nach feinstem Gebäck: süßes Honiggebäck gefüllt mit Sirup, Buttergebäck gefüllt mit Weinbrand oder aromatisch gewürzte Fruchtküchlein. Die Mischung hing von zwei Dingen ab: welche Zutaten auf Lager waren, und welche Mode gerade im Süden herrschte. Was Rorn den einen Tag machte, machten die Königreiche am nächsten nach.

Jack hatte Freude an der Konditorei. Im Gegensatz zum Brot mußte man sich bei der Zubereitung des feinen Gebäcks nicht beeilen, und so konnte Jack den Teig in Ruhe kneten und vor sich hin träumen. Und wenn ihm bei der Abmessung der Zutaten ein Fehler unterlaufen war, konnte er einer Bestrafung einfach dadurch entgehen, indem er Frallit erklärte, er würde ein neues Rezept ausprobieren. Häufig gab Frallit Jacks ›Rezepte‹ als seine eigenen aus und hatte so manches Lob geerntet.

Um diese Zeit, zwei Stunden vor Sonnenuntergang, herrschte in der warmen Küche reger Betrieb. Kaltes Bier wurde neben dem Feuer gewärmt, und auf dem Herd wurde Brühe zubereitet. Jack mußte nur noch die Hefe waschen und ausbreiten, dann war seine Arbeit für den Tag getan. Mit etwas Glück würde Findra, das Tischmädchen, ihm zulächeln und ihn einladen, beim Abendessen neben ihr zu sitzen.

All das war nun Vergangenheit. Jack hatte alles verloren, was er je besessen hatte. Alle Menschen, die er je gekannt hatte. Und warum? Wegen eines kurzen Augenblicks des Wahnsinns und acht Broten.

Zum ersten Mal in seinem Leben war Jack wirklich allein. Die heutigen Ereignisse hatten ihn aus der Menge herausgehoben. Wenn er in eine andere Stadt zog, um sich dort als Bäcker niederzulassen, konnte das gleiche noch einmal geschehen. Nur beim nächsten Mal würden vielleicht Zeugen anwesend sein, und dann wäre seine Verdammung unabwendbar. Doch ihm blieb keine andere Wahl. Jack war Bäcker, und Backen war alles, was er konnte. Er würde für eine Weile reisen und dann irgendwo ein neues Leben anfangen, sobald sich die Gelegenheit dazu bot. Er beschleunigte seinen Schritt und versuchte, einen Weg aus dem Wald hinaus zu finden.

Am Rand war der Wald von Harvell nur spärlich bewachsen; lediglich ein paar vereinzelte Bäume und Sträucher standen weit voneinander entfernt. Doch dieser erste Eindruck täuschte. Bevor man sich versah, befand man sich bereits im Herz des Waldes. Bäume und Buschwerk wuchsen hier so dicht, daß selbst im Winter, wenn die Pflanzen ihre Blätter verloren hatten, nur wenig Licht bis auf den Boden drang. Jack schien es, als würde er mit jedem Schritt mehr Lärm verursachen: Zweige knackten unter seinen Füßen, und das Geräusch durchbrach die unheimliche Stille des Waldes.

Der Geruch des herannahenden Winters stieg Jack in die Nase. Der Duft der kalten Erde mischte sich mit dem verrottender Blätter und feuchter Baumrinde, und die Luft roch nach Regen.

Jack war ein wenig erschöpft: die verschiedenen Gerüche stiegen ihm zu Kopf und verwirrten ihn. Er glaubte, nur drei Meilen gewandert zu sein; doch wenn er früher hierher gekommen war, um Beeren zu pflücken, war ihm der Wald nicht so dicht erschienen.

Jacks Ledersandalen waren durchnäßt von Tau, und seine Kleidung war zu dünn, um ihn zu wärmen. Er hatte Angst. Die Erinnerung an die Brote verfolgte ihn.

Er erinnerte sich an die Übelkeit, die er verspürt hatte und an das Gefühl, sein Kopf müsse platzen. Es war Zauberei gewesen, und jedes Kind wußte, daß Zauberei Teufelswerk war – Teufelswerk, das nur die Gottlosen in längst vergangenen Zeiten angewendet hatten. Selbst Borc hatte die Magie verdammt. Jack seufzte. Er wollte weder als Ketzer gesteinigt noch als Geächteter gejagt werden.

Die Luft des Waldes drang in Jacks Lungen und vermischte sich mit seinem Blut. Er beruhigte sich, und mit der Ruhe kam Entschlossenheit.

Jack war bereits ein Geächteter. Jeder in Burg Harvell wußte, daß er keinen Vater hatte, und seine Mutter war eine Hure gewesen. Normalerweise behandelte ihn jedermann freundlich; aber sobald er sich umdrehte, oder wenn er einen Fehler beging, fing das Gerede wieder von vorne an. In Harvell würde er immer nur ein Bastard bleiben. Die Burg zu verlassen bedeutete für Jack, seine Scham zu vergessen. Es gab noch Hoffnung. Er konnte sich in einer anderen Stadt als Bäcker niederlassen. Dann mußte er sich nie mehr auf die Zunge beißen oder zusammenzucken, wenn jemand hinter seinem Rücken flüsterte. Er konnte ein neues Leben beginnen – ein Leben an einem Ort, wo niemand etwas von seiner Vergangenheit wußte. Die Herkunft seiner Mutter aufzuklären war jedoch ein unerreichbarer Traum. Jack hatte nichts, an das er sich halten konnte. Also war es besser, einen neuen Anfang zu wagen und die kindischen Phantasien zu vergessen.

Mit neu erwachtem Optimismus schritt Jack zwischen den Bäumen hindurch. Vor ihm führte ein kaum erkennbarer Pfad durch den Wald, und Jack war zufrieden, ihm zu folgen.

Nach einer Weile hörte er eine weibliche Stimme um Hilfe rufen. Jack befand sich mittlerweile auf einer Straße. Ein Stück voraus sah er eine Frau, die von einem Jungen mit einem Messer angegriffen wurde. Sofort eilte er ihr zu Hilfe. Der Junge war schnell und floh in den Wald. Jack sprang ihm hinterher, doch der Räuber war bereits außer Sicht. Als Jack sich der Frau zuwandte, bemerkte er, daß sie in Wirklichkeit nur ein Mädchen war.

»Seid Ihr verletzt?« fragte Jack mit sanfter Stimme und trat auf das Mädchen zu.

»Bitte, laß mich in Ruhe. Es ist nur ein Kratzer.« Sie bezog sich auf einen Schnitt an ihrem Handgelenk.

»Bitte, Mylady, laßt mich Euch helfen. Für mich sieht das nicht nur nach einem Kratzer aus.«

Das Mädchen musterte Jack. »Es ist nicht die Wunde, um die ich mich sorge. Man hat mir meine Börse geraubt.«

Verzweifelt suchte Jack nach einer klugen Antwort. »Mylady, Ihr solltet in die Stadt zurückkehren und die königlichen Wachen benachrichtigen. Sie werden den Kerl schon schnappen.« Das Mädchen schenkte seinen Worten keine Aufmerksamkeit.

»Immerhin hat er sein Pferd nicht zurückgestohlen, und ich habe immer noch meine Ausrüstung.« Während sie sprach, holte sie einen großen Sack hervor.

»Mylady, Ihr solltet sofort zurückkehren, und die Wunde versorgen lassen.«

Das Mädchen dachte einen Augenblick über Jacks Worte nach, dann sagte sie: »Ich werde nie wieder nach Harvell zurückkehren.« Ihre Stimme klang stark und klar, und trotz ihres groben Umhangs erkannte Jack, daß sie eine Adelige war.

»Wo wollt Ihr hin?«

»Du fragst zuviel. Das geht dich nichts an. Ich muß jetzt los.« Mit diesen Worten belud sie ihr Pferd und wandte sich gen Osten. Jack wollte sie nicht so einfach ziehen lassen.

»Ich muß auch nach Osten«, sagte er. Wenn er darüber nachdachte, erschien ihm die Idee gar nicht mal so schlecht.

»Das ist mir egal. Ich reise allein.« Die Kälte in ihrer

Stimme ließ Jack zusammenzucken, doch so leicht gab er sich nicht geschlagen.

»Das nächste Mal wird man Euch vielleicht das Pferd stehlen.«

Das Mädchen zögerte und ließ ihre dunkelblauen Augen über das Pferd und den Sack gleiten. »Nun, gut. Du darfst mich begleiten, bis wir Stadt und Wald weit genug hinter uns gelassen haben.«

Schweigend gingen sie eine Zeitlang nebeneinander her. Das Mädchen saugte an ihrem Handgelenk, um die Blutung zu stillen. Dann überraschte sie Jack, indem sie sagte: »Ich denke, es wäre besser, wenn wir die Straße verlassen würden.« Jack hatte das gleiche vorgehabt, aber er fragte sich, was wohl *ihre* Gründe für diesen Vorschlag gewesen sein mochten. Allerdings machte ihr Tonfall deutlich, daß sie keine Fragen zu beantworten wünschte.

Jack führte das Mädchen tiefer in den Wald hinein und versuchte, einen Weg parallel zur Straße zu finden. Das Licht der untergehenden Sonne drang durch die Baumkronen und beleuchtete das Gesicht des Mädchens. Jack hatte noch nie eine derart weiße Haut oder solch dunkle Augen gesehen. Findra, das Tischmädchen, das Jack lange Zeit als Inbegriff der Lieblichkeit gesehen hatte, schien mit einem Mal nicht mehr so bezaubernd. Neben ihm ging ein Mädchen, das hinreißender und königlicher und damit unerreichbarer war als alle Frauen, die Jack bisher in seinem Leben kennengelernt hatte.

Jacks Selbstbewußtsein brach zusammen. Sein Kopf war ein einziges Chaos. Noch nie waren ihm seine Beine so lang erschienen, und noch nie hatte er so wenig Kontrolle über sie gehabt. Mit jedem Schritt konnte er sich in Verlegenheit bringen. Was, wenn er über einen Zweig stolpern würde? Was, wenn sein Fuß in einem Kaninchenbau steckenbleiben würde? Jacks Haar war in Unordnung geraten, und bei jedem vierten Schritt fiel ihm eine Strähne vor die Augen – er wußte das genau, denn er hatte sie gezählt. Und als wenn das noch nicht genug gewesen wäre, hatte man ihn auch noch der Fähigkeit beraubt zu sprechen. Nicht nur seine Lippen weigerten sich, sich zu bewegen, auch sein Verstand versagte den Dienst. Ihm fielen nur lächerliche Gesprächsthemen ein. Als wenn ein Mädchen mit einem perfekten Profil und einer Haut so weich wie frisch gekneteter Teig etwas über Meister Frallits Gicht hören wollte!

Jack warf einen verstohlenen Blick auf das Mädchen – irgend etwas in ihren Gesichtszügen brachte eine Saite in ihm zum Klingen. Nach und nach begann er zu verstehen, was er sah: es war ein Spiegelbild seiner eigenen Gefühle. Das Mädchen hatte Angst, und sie versuchte, es zu verbergen. Jack beschloß, es zu wagen, sie anzusprechen – sollte er einen Narren aus sich machen, war das eben nicht zu ändern. »Wie lautet dein Name?« fragte er leise.

»Wie lautet deiner?« erwiderte sie sofort. Jack konnte sich ein Lächeln nicht verkneifen.

»Man nennt mich Jack.« Offensichtlich widerstrebte es dem Mädchen, ihren Namen zu nennen, und so fragte Jack statt dessen nach dem Namen ihres Pferdes.

»Er hat keinen Namen. Das heißt, wahrscheinlich hat er doch einen, aber ich kenne ihn nicht.« Daß sie den Namen ihres eigenen Pferdes nicht kannte, erschien Jack irgendwie lustig, und zum ersten Mal an diesem Tag lachte er laut auf. Das Lachen erleichterte ihn. »Ich habe ihn erst heute gekauft«, erklärte das Mädchen beschwichtigt durch Jacks Lachen. »Wenn du das so komisch findest, dann denk dir doch einen aus.«

Jack freute sich, daß sie ihn darum gebeten hatte, und er dachte eine Weile darüber nach. »Wie wäre es mit Weißdorn, nach dem Baum. Ich habe erst vorhin einen gesehen.« Nun lachte das Mädchen.

»Du kannst ihn nicht Weißdorn nennen – er ist braun.« In ihren Worten schwang Spott mit, und Jack kam sich wie ein Idiot vor: *Weißdorn! Wie bist du denn auf die bescheuerte Idee gekommen?* Er suchte nach einer klugen Antwort. Als ihm nichts einfiel, versuchte er, seine Verlegenheit hinter einem selbstsicheren Gesichtsausdruck zu verbergen.

Wieder gingen sie eine Zeitlang schweigend nebeneinander her. Schließlich sagte das Mädchen: »Mein Name ist Melli. Soviel will ich dir sagen, aber frag mich bitte nicht weiter.« Jack nickte langsam. Er wußte, daß sie eine Adelige war. Melli konnte nicht ihr vollständiger Name sein. Adelige Damen trugen lange, schöne Namen. Doch er freute sich, daß sie ihm wenigstens einen Teil davon verraten hatte, und diese Freude reichte aus, um die Erinnerung an den verheerenden Morgen zu verdrängen.

Langsam verschwand die Sonne hinter den Wipfeln, und der Himmel wurde grau. Der Wald, der bereits die Stille des Winters kannte, umarmte die noch größere Ruhe der Nacht. Jack und Melli waren hungrig. Der Tag neigte sich dem Ende zu, und sie beschlossen, ein Lager aufzuschlagen. Sie hatten einen Trampelpfad entdeckt, der in Richtung Südosten verlief, und waren ihm gefolgt. Inzwischen befanden sie sich mehrere Meilen südlich der Straße, die von Harvell nach Osten führte.

Melli leerte den Sack auf den Boden. Sein Inhalt bestand aus unappetitlichem Trockenfleisch und Brot. Auch zwei Büchsen waren darunter; eine davon war mit Wachs verschlossen. Melli öffnete die beiden Dosen: die erste enthielt Gebäck; der Inhalt der zweiten bestand zu Mellis Entsetzen aus lebenden Maden.

»Bah!« Melli warf die Dose weg – ein schwerer Fehler. Die Maden verteilten sich über die Erde und über die Vorräte. Rasch sammelte Jack Nahrung, Töpfe und Decken auf und schüttelte die Maden herunter. Dann ging er zu einem Baum, lehnte sich gegen den Stamm und kaute auf einem Stück Schweinefleisch.

»Wie kannst du das nur essen, wenn Maden dar-

herumgekrochen sind?« Melli verzog das Gesicht. Jacks Unbekümmertheit ärgerte sie.

»Das ist leicht«, erwiderte Jack. »Wir haben nichts anderes.« Diese Antwort gefiel Melli ganz und gar nicht. Sie war rasend vor Wut. Was zum Teufel hatte sich Meister Trout dabei gedacht, ihr Maden zu geben?

»Hattest du vor, angeln zu gehen?« fragte Jack. »Du machst nicht gerade den Eindruck eines erfahrenen Anglers.«

»Wovon redest du überhaupt?«

»Von den Ködern natürlich. Allerdings siehst du auch nicht danach aus, als wärst du Trockenfleisch gewöhnt.« Melli wußte, daß Jack etwas von ihr erfahren wollte, doch sie hatte nicht die Absicht, sich ihm anzuvertrauen. Trotzdem war sie froh, nicht allein zu sein; der Überfall hatte sie verängstigt.

Zum ersten Mal betrachtete sie ihren Gefährten genauer. Er war groß, ein wenig zu dünn, und er hatte braunes Haar, das ihm ständig ins Gesicht fiel. Seine Hände waren groß und voller Schwielen – kräftige Hände, die schwere Arbeit gewohnt waren. Ja, und er war irgendwie attraktiv. Mit Sicherheit besaß er Mut; er war Melli zu Hilfe gekommen, ohne an sich selbst zu denken. Auf der Oststraße waren Räuberbanden etwas Alltägliches, und die meisten Leute rannten beim ersten Anzeichen von Ärger davon. Jack hatte nicht wissen können, ob nicht weitere Banditen in den Büschen lauerten. Das wäre nicht das erste Mal gewesen, daß man ein Kind als Köder für eine Falle benutzt hätte.

Melli bemerkte, daß Jacks Kleidung für das kalte Wetter ungeeignet war; er hatte noch nicht einmal einen Umhang. Sie beschloß, ihm ihren Reitumhang aus Lammwolle zu geben. Den anderen behielt sie für sich, denn er war wesentlich wärmer.

»Hier, nimm das.« Sie reichte Jack den grauen Umhang. Dankbar nahm er ihn an, und sofort bekam Melli ein schlechtes Gewissen, weil sie den wärmeren behalten hatte.

aufSie zwang sich, ein Stück trockenen Brotes zu essen. Doch das bewirkte nur, daß sie noch durstiger war als zuvor. Natürlich war die Feldflasche leer. Jack bot an, Wasser holen zu gehen, aber Melli wollte nicht allein bleiben. Also schnappte sie sich die Zügel ihres Pferdes, und sie gingen gemeinsam auf Wassersuche.

Keiner von beiden sprach ein Wort, während sie zwischen den Bäumen hindurchschritten, und Melli war froh über das Schweigen. Inzwischen würde ihr Vater bestimmt nach ihr suchen. Beinahe tat er ihr leid. Melli liebte ihren Vater. Unter seiner rauhen Schale verbarg sich ein weiches Herz, und er hatte sie immer verwöhnt, doch nun mußte sie an sich selbst denken. Nein, sie bereute nicht, weggelaufen zu sein. Mit ihrem neuen Verbündeten an der Seite fürchtete sie sich noch nicht einmal mehr.

Die Blicke der beiden trafen sich. Jack lächelte sanft. Stärke lag in seinem Gesicht – und Freundlichkeit. Melli mußte gegen das Verlangen ankämpfen, ihn zu berühren, mit der Hand beiläufig über die seine zu streichen. Sie sagte sich, daß solche Gedanken töricht seien, hervorgerufen durch die Anspannung des Tages. Schließlich war Jack nichts weiter als ein einfacher Arbeiter – und noch dazu ein sehr selbstgefälliger. Er hatte sie wegen der Maden absichtlich in Verlegenheit gebracht. Entrüstung und Angst, daß sie ihn vielleicht doch berühren könnte, veranlaßten Melli den Schritt zu beschleunigen und allein vorauszugehen.

Melli genoß die Nacht, während sie durch den Wald lief. Die Luft war kalt. In der Nacht erschienen die Bäume nur noch als elegante Schattenrisse; ihre Äste reckten sich in geduldiger Erwartung des Frühlings gen Himmel. Ein weißes Funkeln erregte Mellis Aufmerksamkeit. Hoch über ihr hatte sich ein Vogel auf einem Ast niedergelassen. Melli blieb stehen. Plötzlich wollte sie, daß Jack wieder zu ihr aufschloß. Als er schließlich neben ihr stand, deutete sie nach oben und sagte: »Ich dachte immer, Tauben würden in der Nacht nicht fliegen.«

Da sieh mal einer an, dachte Baralis. *Das gibt den Ereignissen in der Tat eine interessante Wendung. Meine kluge Taube hat nicht nur einen Ausreißer aufgespürt, sondern gleich zwei.* Er sah durch die Augen des Vogels – ein beunruhigender Eindruck von Form und Bewegung. Baralis verfolgte die beiden Gefährten, während sie sich einem seichten Fluß näherten. Es war beinahe dunkel, und das Licht des Mondes glitzerte auf dem langsam dahinfließenden Wasser.

Baralis hatte genug gesehen. Das Pärchen würde heute nacht nicht mehr weiterziehen. Er würde sie morgen einfangen. Es gab keinen Grund, sich zu beeilen, denn seine Kreatur würde jede ihrer Bewegungen beobachten. Baralis ließ die Taube schlafen, indem er sich von dem Tier zurückzog. Plötzlich wurde ihm bewußt, daß es kalt geworden war und er noch nichts gegessen hatte.

Kapitel Vier

Lord Maybor lag im Bett mit der Zofe seiner Tochter, Lynni. Die Freuden des Fleisches hatten seinen Kummer nicht gelindert. Wenn er seine Tochter nicht fand, würden all seine sorgfältig ausgearbeiteten Pläne durchkreuzt werden.

Von frühester Jugend an war Maybor bemüht gewesen, Macht und Land anzuhäufen. Er war als zweiter Sohn eines kleinen Lords geboren worden. Sein Vater war kein Anhänger der Auffassung gewesen, das Land solle zu gleichen Teilen unter den Söhnen aufgeteilt werden. Bei seinem Tod hatte er all seinen Besitz Maybors älterem Bruder Reskor vermacht.

Maybor hatte auf eine passende Gelegenheit gewartet und seinen Groll hinter einer Fassade aus brüderlicher Pflichterfüllung versteckt. Und eines Tages hatte sich diese Gelegenheit ergeben. An einem verschneiten Frühlingstag waren Maybor und sein Bruder ausgezogen, um bei der Suche nach Lämmern zu helfen. Sie befanden sich in einer Gegend, in der Maybor sich auskannte, sein Bruder aber nicht. Maybor schlug Reskor vor, hinter einer kleinen Erhebung nach versprengten Schafen zu suchen, die wahrscheinlich in Schwierigkeiten geraten waren. Reskor ritt los. Kurz darauf durchdrang das schreckliche Geräusch von brechendem Eis die Stille. Maybor hörte die Hilfeschreie seines Bruders; er hörte das panische Wiehern des Pferdes; doch er beachtete die Schreie nicht. Ohne sich umzusehen, ritt Maybor zurück auf den Landsitz der Familie.

Als das Eis taute, entdeckte man Reskors Körper und den seines Pferdes, wie sie auf einem kleinen See trieben. Man schloß auf einen Unfall. Versehentlich war Reskor in sein eigenes, kaltes Verderben geritten. Maybor erbte die Ländereien seines Bruders, aber schon bald gelüstete ihn nach mehr.

Er wandte den Blick nach Osten, wo das Klima milder und die Ernte reicher war. Maybor heiratete das einzige Kind eines östlichen Lords. Die Gründe, die ihn zu dieser Ehe bewogen hatten, standen von Anfang an außer Zweifel, denn das Mädchen war nicht im Vollbesitz seiner geistigen Kräfte, und ihre rechte Hand war verkrüppelt. Es war leicht, ihren Vater davon zu überzeugen, daß das arme Kind sich eines Tages aus Verzweiflung von der Burgmauer gestürzt hatte. Sowohl Maybor als auch der Vater des Mädchens waren froh über ihren Tod. Da die kurze Verbindung einen Sohn hervorgebracht hatte, war Maybors Position als Erbe der Güter seines Schwiegervaters gefestigt. Nach fünf Jahren starb der alte Lord, und Maybor besaß nun ausgedehnte, fruchtbare Ländereien westlich des Nestor.

Einen Monat nachdem sein Schwiegervater gestorben war, heiratete Maybor zum zweiten Mal. Da für ihn Gefühle keine Rolle spielten, ehelichte er ein Mädchen von geringer Schönheit; ihr Vater aber besaß Land, das an das seine grenzte. Maybors neue Frau besaß einen Bruder, der die Güter des Vaters erben sollte, ein kränklicher, achtjähriger Junge. Schon bald wurde er während eines Ausritts mit seinem Schwager von einer schrecklichen Erkältung heimgesucht, und kurz darauf starb er.

So wurde Maybor zum größten Grundbesitzer des Ostens. Seine zweite Frau starb eines natürlichen Todes, nachdem sie ihrem Mann zwei Söhne und eine Tochter geschenkt hatte. Sie hatte ein unglückliches Leben gelebt, ungeliebt und ignoriert von ihrem Gemahl.

Anschließend begann Maybor auf aggressive Weise, das umliegende Land aufzukaufen: wenn ein Landeigentümer nicht verkaufen wollte, zwang Maybor ihn dazu. Er heuerte Männer an, die Felder und Scheunen verbrannten, Vieh auseinandertrieben oder Dämme bauten, um den widerspenstigen Grundbesitzer vom Wasser abzuschneiden. Die meisten gaben rasch unter dem Druck nach, und Maybor erwarb das Land zu einem günstigen Preis.

Doch schon bald erkannte Maybor, daß Landerwerb nicht alles war. Er wollte Macht und Ansehen. Er sehnte sich danach, ein wichtiger Mann zu sein, auf dessen Wort selbst die Höchsten im Land hörten, und es gelang ihm – denn er kaufte und erkämpfte sich das Wohlgefallen des Königs. Jetzt strebte Maybor seinem größten Erfolg entgegen: Vater der Königin. Er mußte Melliandra finden; sie besaß den einzigen Schlüssel zum Thronsaal.

Maybor verspürte keine Lust mehr auf das Mädchen in seinem Bett und befahl ihr zu gehen. Sie war ein temperamentvolles Mädel mit kräftigen Schenkeln und Hüften. Normalerweise hätte Maybor sich noch ein zweites Mal mit ihr vergnügt; aber die Flucht seiner Tochter beschäftigte ihn ständig, und Sorge nahm der Lust ihren Reiz.

Maybor dachte lange darüber nach, wohin seine Tochter gegangen sein könnte. Schließlich kam er auf den Gedanken, daß Verwandte seiner zweiten Frau in Annis lebten. Von ganzem Herzen wünschte er, daß Melli nicht dorthin gezogen war, denn der Weg nach Annis führte über die Schlachtfelder von Halcus. Es würde dem Feind mit Sicherheit gefallen, Maybors Tochter in die Hände zu bekommen: sie würden sie vergewaltigen und ihr anschließend jedes Glied einzeln ausreißen. Maybor konnte den Gedanken daran nicht ertragen, und mit zitternden Händen goß er sich einen Becher Rotwein ein. Kurz bevor die Flüssigkeit seine Zunge berührte, tat er etwas, was er schon seit über dreißig Jahren nicht mehr getan hatte: er sprach ein stilles Gebet zu Borc, und bat ihn, Melliandra zu beschützen.

Tavalisk genoß sein Frühstück. Er aß Lammhoden und genoß den feinen Geschmack von Blut und Urin.

Heute war ein bedeutender Tag für die Stadt Rorn. Es war ein Feiertag, und die Straßen waren überfüllt mit Menschen, die die Parade sehen wollten. Genau am heutigen Tag, vor fast zweitausend Jahren, hatte der große Held Kesmont die Stadt gegründet. Die Legende berichtete, daß Kesmont von seinen Feinden verfolgt worden war, und nur die Schnelligkeit seines Rosses hatte ihn vor der Gefangennahme bewahrt. Doch das unglückliche Tier war so hart geritten worden, daß es schließlich tot unter seinem Reiter zusammenbrach. Der Held wurde sofort von Trauer und Reue erfüllt und begrub seine geliebte Stute. Mit Tränen in den Augen gelobte er, eine Stadt auf der letzten Ruhestätte seines Rosses zu erbauen. Diese Stadt benannte er nach seinem Pferd – Rorn.

Tavalisk hatte Kesmonts Biographie studiert, und er hielt ihn für einen ziemlich dummen und sentimentalen Mann. Gerüchten zufolge hatte der große Held noch eine weitere Stadt gegründet, die er nach seiner Mutter benannt hatte. Unglücklicherweise hatte sich die Stadt gefährlich nahe an den Großen Sümpfen befunden, und schließlich mußte sie vor den unaufhaltsamen Schlammassen kapitulieren. Man hatte nie wieder etwas von ihr gehört. *Ja*, dachte Tavalisk, *Kesmont mag vielleicht ein großer Meister mit dem Schwert gewesen sein, doch es mangelte ihm an gesundem Menschenverstand.*

Geschickt spießte Tavalisk einen weiteren Hoden auf und schob ihn zwischen seine dicken, feuchten Lippen. Heute gab es viel zu tun. Tavalisk mußte nicht nur an der Parade teilnehmen, er hatte auch noch andere Dinge zu erledigen. Letzte Nacht hatte er eine interessante Information erhalten.

Gamil, sein Sekretär, hatte Tavalisk einen Brief überreicht – einen wirklich aufschlußreichen Brief. Gamil hatte seinem Herrn berichtet, daß man diesen Brief auf dem Weg nach Bren abgefangen hatte. Das Schriftstück stammte von dem Emporkömmling Baralis und war adressiert an den Herzog von Bren. Es sprach von einer Hochzeit zwischen Katharina von Bren, der Tochter des Herzogs, und Prinz Kylock. Also strebte Baralis ein Bündnis zwischen Bren und den Vier Königreichen an. Diese Entwicklung mußte sorgfältig verfolgt werden. Tavalisk verabscheute nichts mehr als Menschen, die Pläne schmiedeten, ohne daß er etwas davon wußte.

Er zog an der Seidenschnur, die neben seinem Tisch an der Wand hing, und nur wenige Augenblicke später erschien sein Sekretär.

»Ihr wünscht, Euer Eminenz?«

Tavalisk legte Wert darauf, seinen Sekretär warten zu lassen, während er den letzten Hoden verspeiste. »Gamil, ich glaube, wir sollten unseren gerissenen Freund Baralis unbedingt im Auge behalten.« Nach den weichen, trockenen Hoden brauchte Tavalisk etwas, um seinen Gaumen zu reinigen. Er goß Honig in eine Schüssel und begann, Brotstücke in die bernsteinfarbene Flüssigkeit zu tunken. »Sag deinem Spion in Burg Harvell, er soll wachsam sein.«

»Es wird geschehen, wie Ihr verlangt, Euer Eminenz.«

»Wenn ich mich nicht irre, wird Baralis bald die Nachricht erhalten, die ich ihm habe zukommen lassen – die betreffend der Rückgabe der Bücher. Sie waren schon vor einigen Monaten fällig.« Tavalisk nahm einen tiefen Schluck aus seinem goldenen Becher. »Die Nachricht wird ihn gerade zur rechten Zeit an mich erinnern.« Er lächelte süßlich, als er sich daran erinnerte, wie er die Bücher ausgewählt hatte. Sorgfältig hatte er darauf geachtet, daß nichts von Bedeutung unter Baralis' gierige Augen gekommen war. Die Bücher waren ein geringer Preis für einen Krieg zwischen Halcus und den Vier Königreichen gewesen. Daß der Krieg nun schon wesentlich länger dauerte als erwartet, war Tavalisk nur recht: inzwischen warfen die Kriegsanleihen an Halcus beachtliche Zinsen ab. Natürlich hatte der Erzbischof im Geiste der Neutralität auch den Vier Königreichen einen Kredit angeboten; doch sein Angebot war abgelehnt worden. Die Königreiche waren reicher, als gut für sie war. Wann immer sie Geld brauchten, mußten sie nur einen ihrer verdammten Wälder abholzen. Im Südosten war Bauholz ein wertvolles Handelsgut, und die Königreiche besaßen die größten Holzvorräte in der bekannten Welt. Annis, Helch und Highwall produzierten zwar auch Holz, aber fast ausschließlich Tannen- und Pinienholz. Welcher Zimmermann würde schon Pinie nehmen, wenn er Walnuß, Eiche oder Esche haben konnte?

Tavalisk leckte sich den Honig von den Fingern; Finger waren so viel besser als Löffel. »Was ist aus unserem Ritter geworden?«

»Eine Prostituierte hat ihn mitgenommen.«

Diese Bemerkung amüsierte Tavalisk. Er lachte und entblößte seine kleinen, weißen Zähne. »Ach, was du nicht sagst. Ich dachte immer, es wären die Prostituierten, die man mitnimmt.« In der Erwartung, daß Gamil seinen Scherz schätzen würde, blickte Tavalisk zu seinem Sekretär – keine Reaktion.

»Was sollen wir als nächstes tun, Euer Eminenz?«

»Nichts, natürlich. Es ist gut, daß man ihn gefunden hat; es wäre wirklich schrecklich, wenn er schon in so jungen Jahren von uns gegangen wäre.« Tavalisk schenkte sich einen großzügigen Becher Wein ein. »Unternimm nichts, Gamil … beobachte ihn nur wie ein Falke.« Tavalisk winkte seinem Sekretär als Zeichen, daß er entlassen war. »Du darfst jetzt gehen. Ich muß mich für die Festivitäten ankleiden. Wenn ich nicht so gut wie möglich aussehe, wird die Menge enttäuscht sein.«

Tavalisk beobachtete Gamil, wie er den Raum verließ. Gerade als dieser die Tür öffnen wollte, sagte der Erzbischof: »Ach übrigens, Gamil. Du brauchst dich nicht feinzumachen. Nach dem unglücklichen Vorfall mit den Pferdeäpfeln letztes Jahr, glaube ich, ist es besser, wenn du dich nicht in der Öffentlichkeit blicken läßt.« Er lächelte gütig und gab vor, den Ausdruck des Hasses im Gesicht seines Sekretärs nicht zu bemerken.

»Willst du damit etwa sagen, du hättest noch nie von den Glinff gehört, Bodger?« Grifts Augen glitzerten spitzbübisch.

Bodger beugte sich vor und senkte die Stimme. »Nein, Grift. Nicht daß ich wüßte.«

»Oh, die Glinff sind wirklich ein äußerst merkwürdiges Volk, Bodger. Sie leben tief im Wald, und sie tollen sofort mit dir herum, sobald sie dich erblicken.«

»Du meinst die Frauen?«

»Aye, und auch die Männer. Sie sind eine unheimlich leidenschaftliche Rasse; das sind sie wirklich, die Glinff.«

»Dann werde ich wohl bald mal in den Wald gehen, Grift.«

»Ich glaube nicht, daß du das willst, Bodger. Die Glinff werden zwar mit dir herumtollen, aber wenn du auch nur einen Moment nicht aufpaßt, *hups*, weg sind deine Pfläumchen.«

»Weg sind meine Pfläumchen!«

»Aye, sie essen sie zum Frühstück. Warum glaubst du wohl, sind sie so geil?« Bodger warf Grift einen zweifelnden Blick zu – er wußte nie, wann Grift ihn auf den Arm nahm. Die beiden Männer tranken einen großen Schluck Bier.

»Gestern muß in der Küche was echt Merkwürdiges passiert sein, Bodger.«

»Wie kommst du darauf, Grift?«

»Lord Baralis persönlich kam hereingestürmt. Er war stocksauer, und er hat Meister Frallit befohlen, die Hälfte des Morgenbrotes zu vernichten.«

»Das ist wirklich ziemlich merkwürdig, Grift.«

»Das ist mehr als merkwürdig, Bodger. Das hat was mit Zauberei zu tun, wenn du mich fragst.«

»Zauberei?«

»Aye, Bodger, das größte Übel in der bekannten Welt.«

»Ich dachte, so etwas gibt es nicht, Grift.«

»Dann bist du noch dümmer, als ich dachte, Bodger. Das ist so wirklich, wie Lady Helliarnas Schenkel gespreizt sind. Zu Borcs Zeiten war Zauberei weit verbreitet. Er hat die meisten, die so was gemacht haben, abgeschlachtet und der Sache ein Ende bereitet – jedenfalls fast.«

»Er hat nicht alle erwischt, Grift?«

»Nee, leider nicht. Sein Schwert war scharf, aber sein Hirn wurde langsam weich.«

»Das ist Blasphemie, Grift.«

»Nenn es, wie du willst, Bodger. Borc hat versagt, und ein Lord Baralis, der wie ein Verrückter durch die Küche rennt und die Zerstörung von erstklassigem Brot befiehlt, zeigt uns wie sehr.«

»Vielleicht war das Brot nicht nach seinem Geschmack, Grift?«

»Jedenfalls findet kein anständiger Mensch Geschmack an Zauberei.«

Ein bohrender Schmerz in seiner Schulter weckte Jack auf. Er veränderte seine Lage und bemerkte, daß er den größten Teil der Nacht auf einem Haufen kleiner, spitzer Steine verbracht hatte. Er rieb über die Druckstellen und erinnerte sich an die vergangene Nacht.

Nach einiger Zeit hatten er und Melli schließlich einen kleinen Fluß entdeckt und die Feldflasche mit kaltem, klaren Wasser gefüllt. Sie hatten beschlossen, nicht mehr weiterzuziehen, und so hatten sie ein spärliches Lager aufgeschlagen. Melli hatte mit Jack darin übereingestimmt, kein Feuer zu entzünden, um keine unnötige Aufmerksamkeit zu erregen – keiner von beiden wollte sagen, wessen Aufmerksamkeit sie vermeiden wollten.

Die Nacht war mondhell und eiskalt gewesen, und

die beiden Flüchtlinge legten sich unter die Sterne. Melli hielt eine auffällige Distanz zu Jack ein. Keiner von beiden hatte darangedacht, eine Wache gegen Eindringlinge oder wilde Tiere aufzustellen. Sie wickelten sich nur in ihre groben Decken und schliefen auf dem harten Boden.

Schwaches Morgenlicht fiel durch die Wipfel, und Jack verspürte das Bedürfnis, aufzustehen und seine Beine auszustrecken. Außerdem hatte er noch ein wesentlich dringenderes Bedürfnis, und so hielt er nach einem möglichst dichten Gebüsch Ausschau, hinter dem er sich erleichtern konnte.

Leise, um Melli nicht aufzuwecken, schlich sich Jack aus dem Lager davon. Er beschloß, auch etwas Feuerholz zu sammeln; er würde Melli mit einem warmem Brei aus trockenem Brot und Flußwasser überraschen.

Jack hatte sich bereits ein ganzes Stück vom Lager entfernt, als er zum ersten Mal das entfernte Donnern von Hufen hörte. Sein Herz begann zu rasen – er wußte, daß die Reiter auf der Suche nach ihm waren. Einen Augenblick lang blieb er wie angewurzelt stehen und dachte nach. Sollte er zum Lager und zu Melli zurückkehren, oder sollte er seinen geringen Vorsprung nutzen und alleine ins Herz des Waldes fliehen?

Jack rannte in Richtung Lager und rief Mellis Namen.

Melli wurde von einem entfernten Grollen geweckt. Sie öffnete die Augen und sah, daß Jack verschwunden war. Sie blickte hinüber zu ihrem Pferd und dem Sack mit den Vorräten. Immerhin hatte er sie nicht beraubt. Melli wurde bewußt, daß das unangenehme Geräusch immer lauter wurde; es kam ihr bekannt vor. Es war das Geräusch galoppierender Pferde. Melli wußte, daß die Reiter auf der Suche nach ihr waren. Blitzschnell verstaute sie die Decken in ihrem Sack und band ihn auf dem Rücken des Pferdes fest.

Melli hatte noch nie zuvor ohne Sattel auf einem

Pferd gesessen, und jetzt war nicht die Zeit für Reitstunden. Sie drückte ihre Schenkel gegen die Flanken des Tieres, ergriff die Zügel und trieb das Pferd zu einem forschen Trab an. Die Reiter näherten sich von Norden, also würde Melli nach Süden reiten, tiefer in den Wald hinein.

Als ihr Pferd antrabte, glaubte sie, ihren Namen zu hören. Doch das Geräusch ging im Lärm der raschelnden Blätter und der Pferdehufe unter, und Melli beachtete den Ruf nicht.

Die Männer schlossen rasch zu ihr auf. Melli riskierte es, einen Blick zurückzuwerfen, und sah schattenhafte Gestalten, die sich ihr näherten. Ihr altes Pferd konnte nicht mehr schneller laufen, und so ritt sie in Richtung der dichter stehenden Bäume, wo eine größere Schar Reiter Schwierigkeiten haben würde.

Mellis Pferd bewegte sich überraschend schnell durch die Bäume, als wäre es an diese Art von Gelände gewöhnt. Melli lauschte auf die sich nähernden Verfolger, die durch das Unterholz brachen und sich gegenseitig mit schrillen Lauten etwas zuriefen: es schienen viele zu sein. Sie hatte keine Zeit, sich zu fürchten; sie mußte handeln. Instinktiv ritt sie immer tiefer in den Wald hinein.

Mellis Plan schien aufzugehen, denn die Verfolger wurden langsamer, während sie sich durch das immer dichter werdende Buschwerk kämpften. Melli trieb ihr unwilliges Pferd weiter an; doch schließlich zwang der Wald auch sie, wieder zu traben. Die Äste der Bäume hingen so niedrig, daß sie drohten, die Flüchtende vom Pferd zu reißen.

Melli hörte, daß die Reiter wieder rasch näherkamen, und sie mußte erkennen, daß sie nicht mehr entkommen konnte. Sie blickte zurück: der führende Reiter war bereits deutlich zu sehen. Überrascht stellte sie fest, daß der Mann nicht die Farben ihres Vaters trug, Rot und Silber. Aber Melli blieb keine Zeit, darüber nachzudenken, denn sie hatte mittlerweile das Ufer eines rasch dahinfließenden Flusses erreicht.

»Komm, mein Junge«, drängte sie. »Er sieht nicht allzu tief aus.« Das Pferd wieherte nervös. Melli beugte sich vor und streichelte die Ohren des Tieres. Sie wurde von Furcht gepackt. Die Verfolger hatten sie eingeholt. Wenn das Pferd doch nur vorwärtsgehen würde!

Baralis hatte weder die Zeit noch die Lust, seine Männer zu beobachten, wie sie den Jungen und das Mädchen einfingen. Sie waren keine unfähigen Trottel wie die königliche Garde. Sie würden tun, wofür man sie bezahlt hatte. Baralis war sehr zufrieden mit den Diensten der Söldner. Es hatte nicht mehr als eines heimlichen Besuchs in Harvell und acht Goldstücken pro Mann bedurft, um sich ihres Könnens zu versichern. Es war eine äußerst beruhigende Erfahrung gewesen. Bei einem Söldner wußte man immer, woran man war: mit Gier ließen sich bessere Geschäfte machen als mit Loyalität.

Im Augenblick kreisten Baralis Gedanken jedoch um etwas Wichtigeres: er war auf dem Weg zu einer Audienz bei der Königin.

Sorgfältig suchte er seine Garderobe aus. Er wählte sein prächtigstes Gewand, kohlrabenschwarz und mit feinstem Pelz gesäumt. Baralis selbst zeigte wenig Interesse an solcher Prachtentfaltung, doch wenn man mit Arinalda zu tun hatte, war eine derartige Zurschaustellung notwendig – sie war eine Frau, die großen Wert auf die äußere Erscheinung legte.

Geistesabwesend glättete Baralis den weichen, schwarzen Pelz mit seinen verunstalteten Fingern und dachte über das bevorstehende Treffen nach. Er mußte sehr vorsichtig vorgehen, denn die Königin konnte ihn nicht ausstehen. Doch er hatte ein interessantes Geschenk für sie, ein Geschenk, dem sie nicht widerstehen konnte.

Baralis ging in sein Arbeitszimmer, um eine kleine gläserne Phiole zu holen. Die Flüssigkeit in ihrem Inneren war dick wie Öl und verschluckte das Licht. Baralis drehte die Phiole zwischen seinen Fingern, und die Spur eines Lächelns stahl sich auf seine bleichen Lippen. Der Inhalt dieses Gefäßes würde die Bereitschaft ihrer Majestät erheblich steigern, seinen Vorschlägen zuzuhören.

Baralis machte sich auf den Weg zu den Gemächern der Königin. Als er vor der wunderschön verzierten Tür stand, hämmerte er laut dagegen. Es war nicht seine Art, sich höflich zurückzuhalten und leise anzuklopfen. Er wartete ein paar Sekunden, und gerade als er erneut klopfen wollte, erklang die kalte Stimme der Königin: »Herein.«

Baralis betrat den großen Raum. Die Wände waren mit erlesenen Wandteppichen aus Seide behangen; Stühle und Bänke waren mit den feinsten Stoffen gepolstert, Stoffen, durchwirkt mit Gold und Silber. Die Königin beleidigte den Kanzler, indem sie sich nicht umdrehte, um den Besucher zu begrüßen. Baralis sah sich gezwungen, ihren Hinterkopf anzusprechen. »Ich wünsche Eurer Hoheit einen wunderschönen Tag.«

Arinalda wirbelte herum. »Ich habe nicht den Wunsch, Höflichkeiten mit Euch auszutauschen, Lord Baralis. Sagt, was Ihr wollt, und verschwindet dann.«

Die beleidigenden Worte der Königin berührten Baralis nicht. »Ich habe ein Geschenk für Euch, Hoheit.«

»Ich will kein Geschenk von Euch, Baralis, außer daß Ihr so schnell wie möglich wieder verschwindet.«

Ihre Reserviertheit machte die Königin noch schöner. Ihre Körperhaltung war gerade und edel, und ihr Profil kalt wie Marmor.

»Das Geschenk ist eigentlich eher für Euren Gemahl, den König, denn für Euch.« Amüsiert bemerkte Baralis ein interessiertes Funkeln in Arinaldas Augen, daß sie jedoch rasch wieder verbarg.

»Was könntet Ihr schon besitzen, was von Interesse für den König wäre? Ihr ermüdet mich, Lord Baralis. Bitte entfernt Euch aus meiner Gegenwart.« Die Königin war in der Tat eine hervorragende Schauspielerin. Baralis konnte nicht umhin, sie zu bewundern.

»Euer Hoheit, dieses Geschenk, von dem ich rede, wird den König mehr als nur interessieren. Es könnte ihm helfen.«

»Wie könnte es ihm helfen, Lord Baralis?« In der Stimme der Königin lag ein spöttischer Unterton. »Der König ist nicht so krank, daß er *Eure* Hilfe benötigen würde.«

»O Euer Hoheit.« Baralis schüttelte den Kopf in gespieltem Mitleid. »Wir wissen beide, daß der König ernsthaft erkrankt ist, und es wird immer schlimmer. In den letzten fünf Jahren seit jenem unglücklichen Jagdunfall hat sich sein Zustand zusehends verschlechtert. Diese Entwicklung betrübt den gesamten Hof.«

»Wie könnt Ihr es wagen, so über den König zu sprechen!« Die Königin trat auf Baralis zu, und für einen kurzen Augenblick war er fest davon überzeugt, sie würde ihn schlagen. Statt dessen starrte sie ihn nur mit ihren blauen Augen an. Baralis konnte sie riechen. Der feine Duft rief Erinnerungen in ihm wach. Verwirrt durch Baralis' Nähe zog die Königin sich wieder einen Schritt zurück. »Ich kann Eure Gegenwart nicht mehr länger ertragen. Verschwindet!« Sie rief die letzten Worte mit einer solchen Wut aus, daß Baralis ihrem Wunsch unverzüglich nachkam.

Während er sich auf den weiten Weg zu seinen eigenen Gemächern machte, schlich sich der Hauch eines Lächelns auf Baralis' Lippen. Es war sehr gut gelaufen. Natürlich war die Königin arrogant und entrüstet gewesen – er hatte auch gar nichts anderes erwartet. Doch es war ihr nicht gelungen, ihr Interesse zu verbergen. Sie hatte den Köder geschluckt. Jetzt brauchte Baralis nur noch zu warten, bis Arinalda ihn zu sich rief. Das war unvermeidlich. Sie mochte vielleicht stolz sein, aber schon bald würde sie ihre übereilten Worte bereuen und ihn aufsuchen, um die Art des Geschenks zu erfahren.

Es schien, als wären alle Bewohner von Rorn auf den Straßen. Menschen tranken und tanzten in den Gassen und standen in kleinen Gruppen zusammen, um Nettigkeiten und Gerüchte auszutauschen. Die Häuser waren mit bunten Bannern geschmückt, und Blumen waren über den Schmutz der Straßen gestreut worden.

Händler priesen lauthals ihre Waren an: frische Äpfel, heiße Pasteten oder kaltes Bier. Kinder rannten unbeaufsichtigt durch die Menge, und alte Frauen saßen im Schatten. Junge Mädchen trugen derart enge Kleider, daß ihre Brüste herauszuspringen drohten. Und tatsächlich waren manch aufreizende Kurven zu sehen – zur großen Freude der Männer, die den armen Mädchen lüsterne Blicke hinterherwarfen, bevor diese ihre Vorzüge wieder im Mieder verstauen konnten.

Es war der größte Tag im Jahr für die Stadt. Das jährliche Festival zog Unmengen von Menschen aus den umliegenden Gebieten an. Es würde eine große Parade geben, exotische Gaukler, großartige Sänger und ein phantastisches Feuerwerk. Die Stadt würde sich drei Tage lang ausgelassen amüsieren. Und diese drei Tage waren das größte Ereignis im Jahr eines Taschendiebs.

Tausende von Menschen auf den Straßen, mit Geld in der Tasche und den Kopf träge vom Trinken. Während der Festtage war die Beute so reich, daß die Diebe beinahe den Verlust ihrer Kunst beklagten. Es war nicht schwer, einen Mann um seine Börse zu erleichtern, der völlig betrunken war vom vielen Bier – das war ein Kinderspiel. Doch es gab noch immer einige Regeln, die auch in diesen Tagen befolgt werden mußten. So durfte ein Taschendieb sich nicht in das Gebiet eines anderen Diebes wagen. Jedenfalls nicht, wenn er an seinem Leben hing. Denn Rorn wurde, wie die meisten großen Städte, von einem etablierten System aus Ausbeutung und Korruption kontrolliert.

Taschendiebe, Halsabschneider, Diebe, Prostituierte, Spitzel, sie alle lebten in Furcht vor dem Mann, der die Stadt regierte. All diese Männer und Frauen waren gegenüber einem einzigen Mann verantwortlich. Doch der Mann, der das Verbrechen in Rorn kontrollierte, besaß weder ein Gesicht noch einen Namen. Man kannte ihn lediglich als ›den Alten Mann‹. In der Stadt kursierten unzählige Geschichten über Macht und Einfluß des Alten Mannes. Man sagte, nichts geschehe in den Straßen und Tavernen, ohne daß er etwas davon wußte. Wenn eine Hure einen zu hohen Preis verlangte, er wußte es; wenn ein Händler seine Waage manipulierte, er wußte um wieviel; wenn ein Dieb ein Haus ausplünderte, kannte er den Wert der Beute bis hin zum kleinsten Löffel. Angeblich war Rorn mit seinen Spionen und Informanten durchsetzt, und Gerüchte behaupteten, er habe Freunde in den höchsten Positionen.

Doch für heute vergaßen die Menschen die finsteren Seiten der Stadt. Das Festival hatte begonnen, und die Bewohner von Rorn waren fest entschlossen zu feiern.

Tawl wurde von der Menge hierhin und dorthin gestoßen. Eigentlich hatte er nicht die Absicht gehabt, heute vor die Tür zu gehen, aber Megan hatte darauf bestanden, daß er seine Beine bewegen und an die frische Luft müsse. Die Reaktion seines Körpers überraschte ihn angenehm. Tawl war immer schon körperlich stark gewesen; dennoch hatte er nicht erwartet, daß seine Muskeln so unverwüstlich waren. Er war schwach, doch bereits jetzt spürte er, wie Blut durch sein Fleisch gepumpt wurde. Sein Körper wurde von neuem Leben erfüllt.

Nach all den Monaten der Gefangenschaft erschreckte Tawl vor der Größe der Menschenmenge und dem von ihr ausgehenden Lärm. Er war sicher, daß er noch nie in seinem Leben so viele Menschen auf einmal gesehen hatte.

Megan hatte ihm sechs Silberstücke gegeben, damit er sich ein Messer kaufen konnte. Sie hatte ihm ein Sprichwort gesagt, wonach *ein Mann in Rorn ohne Messer ein Mann ohne Zukunft sei.* Tawl hatte Megans Geld zunächst nicht gewollt, denn er nahm an, daß es sich um ihre letzten Ersparnisse handelte. Doch er benötigte irgendeine Art Waffe, bevor er die Stadt verließ; also hatte er das Angebot angenommen und sich geschworen, das Geld irgendwann zurückzuzahlen.

Tawl war überrascht, daß seine ungewöhnliche Kleidung perfekt zur Stimmung des Festivals paßte. Seine Kleider wirkten sogar bescheiden im Vergleich zu dem, was andere trugen. Die Männer von Rorn stolzierten wie Pfauen in grellbunten Hosen und Tuniken herum, und die Frauen trugen Schals in allen Farben des Regenbogens. Während er durch die Straßen ging, sah Tawl, daß sich die große Parade näherte. Berittene und Fußtruppen in phantastischen Kostümen zogen durch die Stadt, und die Menge machte ihnen bereitwillig Platz.

Zunächst hatte Tawl keinerlei Interesse an der Parade; er konnte mit Gauklern nichts anfangen. Doch dann ertönten Fanfaren, und die Menschen schwiegen, als ein großer Mann auf einem kräftigen Pferd an den Zuschauern vorbeiritt. Niemand sprach ein Wort oder machte auch nur ein Geräusch. Alle starrten voller Ehrfurcht auf die ehrwürdige Figur des Reiters. Der Mann war vollständig in Weiß gekleidet und mit prächtigem Schmuck behangen: Armbänder, Ringe und Halsketten, alles glitzerte in kaltem Feuer im hellen Licht des Tages. Der Mann trug sogar eine Krone. Irgend etwas an der massigen Figur des Reiters kam Tawl bekannt vor.

Unbewußt zog er sich tiefer in die Menge zurück, als der Mann an ihm vorbeikam. Tawl musterte ihn aufmerksam aus einiger Entfernung. Er war sicher, daß der Reiter derselbe Mann war, der die Folter überwacht hatte. Der Ritter wandte sich an einen Jungen neben ihm und fragte: »Wer ist der Mann in Weiß?«

Der Junge blickte Tawl verächtlich an und erwiderte: »Der Erzbischof natürlich. Jeder Idiot weiß das.« Dann fügte er freundlicher hinzu: »Ich nehme an, Ihr stammt nicht aus der Stadt.« Tawl nickte und ging weiter.

Er ging zu dem Gasthof, den Megan ihm empfohlen hatte, um ein Messer zu kaufen. Tawl fühlte sich schwach, und seine Augen hatten sich noch nicht an die Helligkeit des Tages gewöhnt. Als er sich seinem Ziel näherte, traf er auf eine weitere Menschenmenge. Um einen gutaussehenden, bunt gekleideten jungen Mann hatten sich mehrere Leute versammelt. Die roten Quasten an seinem Hut wiesen den Mann als Wahrsager aus.

»Ja, gnädige Frau«, sagte der Mann gerade in dramatischem Tonfall, »ich sehe, daß Eure Tochter sich noch nach einem weiteren Kind sehnt. Sagt Ihr, sie solle ein Gebet an die Göttin Huska richten, und Ihr Wunsch wird sich erfüllen.« Ein zustimmendes Raunen ging durch die Menge. Der Wahrsager wandte sich einem anderen Kunden zu und blickte rätselhaft in den Himmel.

»Ihr, mein Herr, Ihr seid ein Mann, dem es an Geld mangelt.« Tawl konnte sich ein Lächeln nicht verkneifen. *Zeig mir einen Mann, dem es nicht an Geld mangelt,* dachte er. Nach einer theatralischen Pause fuhr der Wahrsager fort: »Ihr werdet sieben Goldstücke unter dem Fußboden Eures Hauses finden.«

»Wo genau werde ich sie finden?« fragte der Mann.

»Etwa zwei Schritt von Eurer Haustür entfernt«, antwortete der Wahrsager. Seine Stimme klang gelangweilt, als wolle er sagen, er sei mit Wichtigerem beschäftigt, um sich mit solch unbedeutenden Einzelheiten zu befassen. »Ihr, gnädige Frau«, rief er einer Frau hinterher, die gerade die Gruppe verlassen wollte. Sie kehrte wieder um, und der Wahrsager ergriff ihre Hand und blickte erneut in den Himmel. »Ich sehe eine große Zukunft für Euch voraus.« Er schloß die Augen, als erwarte er eine göttliche Eingebung. »Ich sehe, daß Ihr dereinst die Kleider einer Königin schneidern werdet.« Die Menge applaudierte voller Bewunderung, als die Frau gestand, daß sie tatsächlich nebenbei nähte.

Tawl wollte sich wieder auf den Weg machen, als der Wahrsager ihn ansprach. »Ihr, mein Herr!« Tawl hatte nicht den Wunsch, sich wahrsagen zu lassen, und so schüttelte er den Kopf und ging weiter. Aber der Wahrsager holte ihn rasch ein und packte ihn am Arm. Er drückte Tawls Hand und blickte in den Himmel. »Ihr, mein Herr, Ihr seid auf der Suche nach einem Jungen.« Tawl zeigte keinerlei Reaktion. Der Wahrsager sprach weiter: »Ihr werdet ihn nicht in dieser Stadt finden. Ihr müßt die Seher von Larn aufsuchen – sie werden Euch sagen, wo er ist.« Tawls Augen trafen sich für einen kurzen Augenblick mit denen des Wahrsagers, dann wandte der Mann sich wieder der Menge zu.

»Gnädige Frau, reicht mir Eure Hand. Ihr seid eine Witwe, der nach einem Gatten verlangt ...«

Tawl setzte seinen Weg fort, rieb sich das Kinn und dachte über die Worte des Wahrsagers nach. Er hatte noch nie von Larn oder seinen Sehern gehört. Er versuchte, den Vorfall als Taschenspielertrick abzutun, als Zufall – ohne Erfolg. Und so beschloß Tawl, während er durch die überfüllten Straßen schritt, mehr über Larn herauszufinden.

Bald hatte Tawl den Gasthof erreicht, von dem Megan gesprochen hatte. Froh der Menschenmenge und dem Lärm zu entkommen, schlüpfte er hinein. Er setzte sich in eine dunkle Ecke, erleichtert, daß er endlich seine nach wie vor müden Beine ausstrecken konnte. Ein mißgelauntes Mädchen trat zu ihm. »Was wollt Ihr?« fragte sie barsch.

»Ich glaube, ich nehme einen Becher Bier.« Offensichtlich fühlte sich das Mädchen durch die magere Bestellung beleidigt. Sie bewegte sich schlurfend in Richtung Theke und kehrte erst viel später mit einem Becher schalen, wässerigen Biers zurück. »Bevor Ihr wieder geht ... Könntet Ihr mir sagen, ob Tucker hier ist?«

»Wer will das wissen?«

»Ein Freund von Megan.« Das Mädchen zog sich in ein Hinterzimmer zurück. Mehrere Minuten vergingen, bis schließlich ein Mann aus dem Raum kam. Abschätzend blickte er Tawl an und ging dann auf ihn zu.

Der Mann verschwendete keine Zeit für eine Begrüßung. »Was wollt Ihr?« Das Licht, das durch die Fenster fiel, schmeichelte ihm nicht gerade: es betonte die tiefen Pockennarben auf seinen Wangen.

»Ich brauche ein Messer.«

»Was für eins?«

»Ein langes Kampfmesser.« Tawl hoffte, daß er genug Geld bei sich hatte, um den Kauf tätigen zu können. Er nahm an, daß solche Waren in Rorn ungewöhnlich teuer waren.

»Das kostet Euch zehn Silberstücke.«

»Dann machen wir also kein Geschäft miteinander.« Tawl tat, als wolle er gehen. Der Trick funktionierte.

»Acht Silberstücke«, erwiderte der Mann.

»Sechs.«

»Abgemacht.« Der Mann verschwand wieder in dem Hinterzimmer. Er kehrte ein paar Minuten später wieder zurück und zog ein großes Kampfmesser unter seinem Mantel hervor. Überrascht stellte Tawl fest, daß es sich dabei um ein ausgesprochen gutes Messer handelte. Zweifelsohne Schmuggelware. Die beiden Männer tauschten Geld gegen Ware, und Tawl ging in Richtung Tür.

»Da fällt mir ein«, sagte er, »habt Ihr je von Larn gehört?« Der Mann warf Tawl einen warnenden Blick zu und schüttelte den Kopf.

Tawl hatte das Gefühl, als wisse der Mann etwas, wolle es aber nicht preisgeben. Er trat hinaus ins helle Sonnenlicht und machte sich auf den Weg zu Megans Wohnung. Die Saat des Wahrsagers war aufgegangen. Tawl war fest entschlossen, jemanden zu finden, der ihm von Larn und seinen Sehern erzählen konnte.

Jack hatte gesehen, wie Melli eine Armeslänge von ihm entfernt an ihm vorbeigeritten war. Er lauschte auf die Geräusche der sich nähernden Reiter und rannte zurück in die Richtung, aus der er gekommen war. Jetzt konnte er nichts mehr für seine Gefährtin tun, doch es tröstete ihn, daß sie für ihre Flucht ein Pferd zur Verfügung hatte. Seinem ungeschulten Auge erschien Melli als hervorragende Reiterin.

Jack rannte so schnell ihn seine langen Beine trugen; er sprang über Stock und Stein, sein Atem ging hart und stoßweise. Als er sich nach seinen Verfolgern umsah, blieb er mit dem Fuß an einer Wurzel hängen und verstauchte sich den Knöchel. Jack stürzte auf den feuchten Grund des Waldes. Er rappelte sich wieder hoch und versuchte, das betroffene Bein zu belasten, aber der verstauchte Knöchel hielt dem Druck nicht stand. »Verdammt!« flüsterte er, halb vor Schmerz, halb vor Wut. Jack wußte, daß ihm nichts anderes mehr übrigblieb, als sich zu verstecken. Mit einem verstauchten Knöchel hatte er keine Chance, seinen Verfolgern zu entkommen.

Er suchte die Umgebung nach einem geeigneten Versteck ab und entdeckte einen kleinen Graben. Jack humpelte so schnell er konnte dorthin und warf sich hinein. Es war nicht sehr angenehm; an den Seiten wuchsen Pilze, und der Grund war von kaltem, fauligen Wasser bedeckt. Jack fühlte sich noch immer ungeschützt, und so legte er sich hin und breitete eine Decke aus totem Laub über sich aus. Das Wasser drang durch seinen Umhang und seine Hose. Er fror bis auf die Knochen.

Während Jack wartete, schämte er sich ein wenig – Melli wurde von Baralis' Männern gejagt, während er in einem Graben kauerte wie ein Feigling.

Jack zweifelte keine Sekunde daran, daß Baralis die Reiter beauftragt hatte. Wenn irgend jemand in der Burg etwas von Zauberei verstand, dann der Kanzler des Königs. Gerüchte besagten, daß der Mann sich in den alten Künsten versuchte; aber er war so mächtig, daß niemand laut darüber redete – geschweige denn, daß ihn jemand direkt darauf ansprach. Plötzlich gingen Jack die Augen auf – er hatte es *gespürt*. Wenn er als Schreiber für Baralis tätig gewesen war, war ihm manchmal übel geworden, und er hatte Kopfschmerzen gehabt. Bis heute hatte er sich das mit überanstrengten Augen und nächtelanger Arbeit erklärt, aber das Gefühl war dasselbe gewesen wie gestern morgen. Baralis hatte Zauberei praktiziert, und irgendwie hatte *Jack* das gespürt. Jack erinnerte sich an viele Fälle von Übelkeit, und wenn er Baralis an einem solchen Tag getroffen hatte, hatte der Mann blaß und schwach ausgesehen.

Die Freude über seine Entdeckung wich rasch der Sorge um seine Lage: all das hatte ihm nur bestätigt, daß er anders war.

Jack wünschte sich nichts sehnlicher, als normal zu sein. Er wollte durch die Burg wandern, ohne daß man ihn einen Bastard schimpfte. Er wollte einen Vater haben wie alle anderen auch, und eine Mutter, die von niemandem Hure genannt wurde. Er wollte eine Familie, einen Platz, wo er hingehörte. Das schien nun ein für allemal unerreichbar geworden zu sein.

Jack würde nach Osten ziehen, bei einem Bäcker in die Lehre gehen und versuchen, seine Vergangenheit zu verbergen. Doch er wollte nicht lügen. Falls irgend jemand nach seinen Eltern fragen würde – und das würde man sicherlich –, dann wäre es eine Beleidigung für ihn selbst und für seine Mutter, wenn er ein Leben erfinden würde, ein Leben, das er niemals gehabt hatte.

Jack zitterte heftig. Er fror. Sein weiterer Weg würde nicht leicht sein. Überall würde man in ihm einen Außenseiter sehen. Der gestrige Vorfall hatte lediglich sein Schicksal besiegelt. Je schneller Jack das akzeptierte und je rascher er den Traum aufgab, die Familie seiner Mutter zu finden, desto besser. Nirgendwo würde man ihn als lange vermißten Verwandten willkommen heißen. Er mußte sich daran gewöhnen, in der Realität zu leben. Der Graben war Realität, die Brote waren Realität ... und Jack würde immer ein Bastard bleiben.

Jack lauschte, wie die Reiter herankamen. Es dauerte nicht lange, da spürte er, wie der Boden erbebte, als einige von ihnen sich seinem Versteck näherten. Dem Geräusch der Hufe nach zu urteilen, waren es nur wenige. Jack hörte, wie sie anhielten und sich gegenseitig etwas zuriefen. Sie sprachen mit einem Akzent, der ihm unbekannt war.

»Du hast gesagt, der Junge ist hier entlang gerannt?«

»Ja. Ich bin absolut sicher.«

»Er kann noch nicht weit sein. Du reitest da rüber, und wir folgen dem Pfad. Beeilt euch.« Jack hörte, wie ein Pferd davongaloppierte. Die beiden anderen Reiter verhielten sich eine Zeitlang vollkommen ruhig. Jack stellte sich vor, wie sie auf jedes noch so kleine Geräusch lauschten. Er lag so still, wie er konnte. Er wagte kaum zu atmen. Schließlich ritten auch sie davon. Erst als sie bereits in sicherer Entfernung waren, holte Jack wieder Luft.

Er beschloß, weiterhin ruhig liegenzubleiben, egal wie unangenehm seine Lage auch sein mochte. In seinem Knöchel pochte es, doch die Kälte des Wassers auf seiner Haut war noch wesentlich schlimmer. Jack bemerkte einen leichten Druck unter seinem linken Bein und tastete vorsichtig nach der Ursache. Es war etwas Pelziges. Jack konnte keine weitere Bewegung mehr riskieren, aber er war nun sicher, daß der faulige Gestank im Graben von dem Kadaver eines kleinen Tieres herrührte.

Jack hoffte nur, daß es sich nicht um eine Ratte handelte. Er hatte Angst vor Ratten. Er hatte es immer gehaßt, wenn Frallit ihm aufgetragen hatte, ins Lager zu gehen, um Mehl zu holen. Sobald er die Tür öffnete, konnte er das Trappeln der Ratten hören. Jack gab ihnen immer ein paar Minuten, bevor er die Laterne entzündete. Er wollte ihre nackten Beine und Schwänze nicht sehen. Leider gab es immer einige Tiere, die sich vom Licht der Laterne nicht einschüchtern ließen und weiter fraßen. Das waren die schlimmsten – die kleinen Knopfaugen voller Trotz. Einmal hatte Jack eine getreten und die Knochen des Tieres an der Wand zerschmettert. Als er am nächsten Tag in den Lagerraum gekommen war, hatten sich andere Ratten um den Kadaver geschart und fraßen daran. Und da war auch noch etwas anderes gewesen: etwas, das zu dunkel gewesen war, um es erkennen zu können; seine Zähne hatten für einen Augenblick im Licht der Laterne geglitzert, dann war es verschwunden.

Meister Frallit hatte Jack wegen dieses Vorfalls eine gehörige Tracht Prügel verabreicht. »Lebende Ratten sind schlimm genug«, hatte er gesagt, »aber tote locken den Teufel an.«

Laut Meister Frallit lockten unendlich viele Dinge den Teufel an. Langes Haar und Tagträumereien nannte er besonders häufig. Jack wußte, daß Meister Frallit ihn mit solchem Gerede nur schikanieren wollte, doch in bezug auf die tote Ratte ging er trotzdem kein unnötiges Risiko ein.

Er kroch aus dem Graben. Seine Kleider waren vollkommen verdreckt, und als der Wind stärker wurde, begann er erneut zu zittern. Während Jack immer tiefer in den Wald humpelte, waren seine Gedanken bei Melli: er hoffte, daß man sie nicht an seiner Statt gefangen hatte.

»Braver Junge.« Widerwillig schritt Mellis Pferd ins Wasser. Ihre Verfolger waren nicht mehr weit entfernt. Melli ignorierte ihr Näherkommen, während sie ihr Pferd überredete, den Fluß zu überqueren. Das Pferd stand inzwischen bis zu den Knien in dem eiskalten Wasser. »Braver Junge. Braver Junge.« Melli sprach mehr zu sich selbst als zu dem Pferd. Das Tier stolperte, dann fand es Halt auf dem steinigen Flußbett. »Ist schon gut, mein Junge«, flüsterte Melli beruhigend.

Die Reiter hielten nur wenige Meter von ihr entfernt an. Zwei von ihnen ritten in den Fluß. Einer hatte sein Schwert gezogen. »Keinen Schritt weiter, Mylady«, warnte er. Während er sprach, bedeutete er seinen Kameraden, Melli zu umstellen. Melli wartete in der Mitte des Flusses, bis sie von sieben Männern umgeben war. Inzwischen hatten alle ihre Waffen gezogen. Melli streichelte ihr Pferd und versuchte, ihr Herzklopfen unter Kontrolle zu bringen – sie wollte sich nicht erniedrigen, indem sie Furcht zeigte.

»Holt sie runter und fesselt sie.« Mehrere Hände rissen brutal an Mellis Beinen und Körper. Einige von ihnen verweilten länger als nötig auf ihrem Busen und auf ihren Schenkeln. Melli wurde heruntergezerrt und ans Ufer geschleppt, wo man sie auf den Boden warf. Der Geruch toten Laubs und feuchter Erde drang ihr in die Nase.

»Sie ist verdammt hübsch«, sagte der Mann, der anscheinend das Kommando hatte.

»Aye, und unter ihrem Umhang ist sie verdammt gut ausgestattet«, kommentierte einer der anderen, der Melli gerade getragen hatte. Sie bekam Angst. Die Männer hatten ihre Schwerter weggesteckt und sahen auf ihren Anführer.

»Ich bin sicher, daß es ihm nichts ausmacht, wenn wir ein wenig Spaß mit ihr haben«, erklärte der Anführer. Er grinste seine Kameraden an, dann trat er zu Melli. Er kniete sich neben sie und öffnete ihren Umhang. Melli schlug nach ihm. »Du verdammte Hure!« Der Anführer schlug Melli so hart ins Gesicht, daß ihr Kopf herumgerissen wurde. Die Männer jubelten.

Einer von ihnen rief: »Gib's ihr, Traff, und beeil dich, damit wir auch noch drankommen.«

Der Anführer packte das Oberteil von Mellis Kleid und riß es herunter. Ihre blassen Brüste waren den gierigen Blicken der Männer ausgesetzt. Verzweifelt versuchte Melli, ihre Brust zu bedecken, doch der Anführer war bereits über ihr und preßte den Mund auf ihre Lippen. Mit der einen Hand öffnete er seinen Gürtel, und mit der anderen schob er ihren Rock hoch. Melli kreischte hysterisch und versuchte, sich zur Wehr zu setzen.

Plötzlich war das Trommeln von Hufen zu hören. Der Anführer sprang sofort auf. Sorge stand ihm im Gesicht. Melli nutzte die Gelegenheit, um ihr Kleid so gut wie möglich zusammenzuhalten.

»Auf die Pferde!« rief der Anführer und warf Melli einen verächtlichen Blick zu. »Die Schwerter raus!«

Eine Gruppe von Reitern stürzte sich auf Mellis Peiniger. Bereits aus der Ferne konnte Melli erkennen, daß es sich um die Männer ihres Vaters handelte – das Silber und Rot ihrer Uniformen war deutlich zu sehen. Die fremden Männer schenkten ihr keine Aufmerksamkeit mehr. Sie warteten auf die herankommenden Soldaten. Melli kroch unter einen nahegelegenen Busch.

Die beiden Gruppen trafen aufeinander. Die Männer von Mellis Vater hatten ebenfalls ihre Schwerter gezogen, und der Klang von Stahl auf Stahl erfüllte die Luft. Zunächst schienen die beiden Kontrahenten ebenbürtig zu sein. Gnadenlos hieben sie aufeinander ein, gierig nach Blut.

In Mellis Augen wies dieser Kampf keinerlei Ähnlichkeit mit den anmutigen Vorführungen bei Hofe auf. Die Schwerter wurden ohne Finesse geführt; die Männer kämpften in blindem Zorn, ohne Rücksicht auf Mensch oder Tier. Der blutige Kampf zog sich hin. Die langen, stumpfen Schwerter drangen durch Leder und in Fleisch. Melli glaubte, unter den Männern ihres Vaters ihren Bruder zu erkennen, der ebenfalls ein Schwert führte. Sie konnte den Anblick der Kämpfenden nicht mehr länger ertragen.

Niemand achtete auf Melli, als sie sich davonstahl. Sie kroch auf allen vieren, und der trockene Wuchs des Winters strich über ihren zarten Bauch. Während sie floh, hörte sie die Geräusche des Kampfes, das Stöhnen und Schreien der Männer, das angstvolle Wiehern der Pferde und das Klingen der Schwerter.

Melli ging flußabwärts, bis sie eine Stelle gefunden hatte, wo sie zu Fuß ans andere Ufer gelangen konnte. Sie watete in den Fluß und freute sich über die Berührung des kalten Wassers; es half ihr, das widerliche Gefühl der fremden Hände auf ihrer Haut abzuwaschen.

Nachdem sie das andere Ufer erreicht hatte, ließ sie

sich auf einer kleinen Lichtung zu Boden fallen. Sie zitterte am ganzen Körper, und kurz darauf rannen Tränen ihre Wangen hinab. Sie weinte lange. Die Flucht von Zuhause, der Überfall, die Jagd und die Gefangennahme und schließlich der Kampf – das war zu viel für Melli gewesen. Sie ließ ihren Gefühlen freien Lauf. Leise weinte sie vor sich hin und drückte die Überreste ihres Kleids an ihren Körper. Inzwischen war ihr egal, ob die Männer ihres Vaters sie fanden oder nicht, solange sie die anderen nur nie wiedersah. Melli schwor sich, eher zu sterben, als noch einmal von einem Mann berührt zu werden.

Nach einer Weile beruhigte sie sich wieder. Sie konnte keine Kampfgeräusche mehr hören, aber sie konnte sich nicht erinnern, wann das Gefecht geendet hatte.

Melli löste eines ihrer Haarbänder und knotete damit die Überreste ihres Kleides zusammen. Sie hatte keinen Umhang mehr; er war am Ort des Kampfes zurückgeblieben. Sie bezweifelte, daß sie die Nacht ohne Umhang überleben würde. Ihr Kopf wirbelte herum, als sie das Geräusch brechender Zweige hörte. Jemand schien sich ihr zu nähern. Diesmal würde Melli nicht davonlaufen. Sie stand auf, hob stolz den Kopf und streckte das Kinn vor. Sie war bereit, in die Burg zurückgebracht zu werden.

Es war ihr Pferd! Der brave Kerl mußte den Fluß verlassen haben, nachdem man Melli von seinem Rücken gezerrt hatte. Melli rannte zu der erschöpften Kreatur und warf ihr die Arme um den Hals. Sie küßte das alte Pferd mehrere Male, dann erregte etwas auf dem Rücken des Tieres ihre Aufmerksamkeit. Irgendwie war es dem Pferd gelungen, den Sack mit den wertvollen Vorräten zu retten! Rasch löste Melli die Haltegurte und ließ den Sack zu Boden fallen. Sie würde eine der Decken als Umhang benutzen. Jetzt fühlte sie sich schon viel besser: ihr war warm, und sie hatte ihr Pferd und ihre Vorräte.

Melli beschloß, daß es an der Zeit war zu essen. Sie legte ein Stück getrockneten Schweinefleischs auf eine Scheibe trockenen Brots und biß genußvoll hinein – nie zuvor hatte ein Mahl besser geschmeckt.

Lord Maybor war wahnsinnig vor Wut, und sein Sohn Kedrac bekam die volle Wucht seines Zorns zu spüren. »Du gottverdammter Idiot! Wie konntest du sie nur entkommen lassen?« Maybor warf seinen Becher quer durch den Raum. Das Geschoß traf auf den wertvollen Spiegel, und das Glas zersplitterte in tausend Stücke. »Wie konnte das geschehen?«

»Die Bewaffneten waren schuld. Wir mußten gegen sie kämpfen«, erwiderte sein Sohn.

»Was für Bewaffnete? Was für ein Kampf?« wütete Maybor. »Warum hast du dich mit irgendwelchen Bewaffneten rumgeprügelt, wenn du eigentlich deine Schwester suchen solltest?«

»Die Männer hatten sie geschnappt. Dadurch haben wir Melli ja erst gefunden. Wir haben ihr Schreien gehört.«

»Wessen Männer waren das?«

»Ich bin nicht sicher, Vater. Sie trugen keine Farben. Ich glaube, es waren Söldner.«

»Bei Borc! Was für ein teuflischer Scherz ist das?« Maybor spürte, wie das Blut in seinen Adern pochte. »Was haben die Söldner mit meiner Tochter gemacht?« Sein Blick schweifte durch den Raum auf der Suche nach Wurfmaterial; er hatte das Bedürfnis, etwas zu zerstören.

»Vater, wahrscheinlich haben sie sie irgendwo im Wald aufgegriffen und wollten etwas Spaß mit ihr haben.«

»Was soll das heißen?« Maybors Stimme war so kalt wie Eis.

Kedrac konnte seinem Vater nicht in die Augen sehen. »Ich glaube, sie haben versucht, sie zu vergewaltigen. Ich bin zwar nicht sicher, aber dem Klang ihrer Schreie nach zu urteilen ... und später haben wir dann ihren Umhang gefunden.« Das Gesicht seines Vaters wurde aschfahl.

»Hast du einen dieser Männer gefangengenommen?«

»Nein, Vater. Wir haben zwei erschlagen und drei weitere verwundet, aber sie entkamen in den Wald.«

»Und die Leichen?«

»Wir haben die beiden Getöteten untersucht. Das einzig Interessante, was wir gefunden haben, waren acht Goldstücke bei jedem von ihnen.« Maybor dachte einen Augenblick nach. Er beruhigte sich wieder etwas.

»Acht Goldstücke, sagst du? Diese Männer sind für eine bestimmte Arbeit bezahlt worden, und das gar nicht mal schlecht. Bist du sicher, daß niemand außer dir und meinen Männern etwas von Melliandras Flucht weiß?«

»Vater, ich bin mehr als vorsichtig gewesen. Ich habe mich persönlich in der Stadt nach ihr erkundigt. Dabei bin ich so unauffällig wie möglich vorgegangen. Was deine Männer betrifft – du weißt, daß sie dir treu ergeben sind.«

Maybor nickte; Kedrac sprach die Wahrheit. Trotzdem wurde er das Gefühl nicht los, daß irgend jemand die Söldner angeheuert hatte, um seine Tochter zu finden. »Kedrac, morgen kehrst du in den Wald zurück. Nimm einen Spurenleser und Hunde mit. Sie muß um jeden Preis gefunden werden.«

»Ja, Vater.« Kedrac verabschiedete sich.

Nachdem sein Sohn gegangen war, betrachtete Maybor den zerstörten Spiegel. Vor zehn Jahren hatte er mehr als einhundert Goldstücke für ihn bezahlt.

Maybor war fest davon überzeugt, daß die Söldner im Dienst von Baralis standen. Der Kanzler des Königs hatte keine eigenen Männer. Alles paßte zusammen. Wie hatte die verräterische Schlange nur davon erfahren? Maybor schlug mit der Faust gegen den zersplitterten Spiegel. Das scharfe Glas schnitt in sein Fleisch, aber er bemerkte es nicht. Baralis hatte Söldner ausgesandt, um seine Tochter zu fangen und zu vergewaltigen.

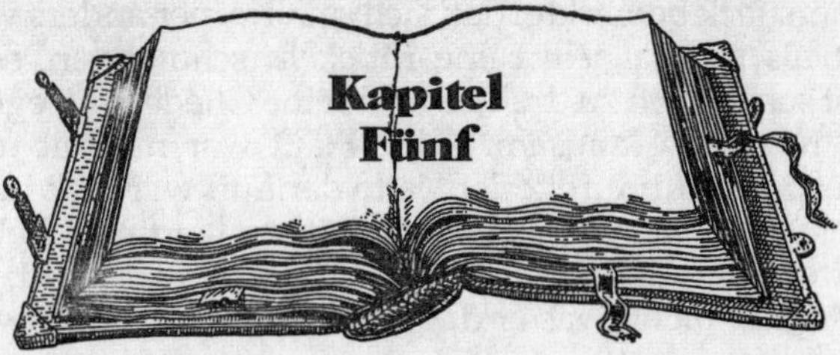

Kapitel Fünf

Jack spürte die ersten Vorboten eines Fiebers. Er war bis auf die Haut durchnäßt, und die Kälte des Wassers und der Luft drang ihm in die Knochen. Er besaß weder etwas Eßbares noch trockene Kleidung, und irgendwann auf seiner Flucht hatte er einen Schuh verloren.

Jack hatte den Rest des Tages damit verbracht, durch den Wald zu streifen, immer in der Hoffnung, eine Spur von Melli zu finden. Einmal hatte er in der Ferne Kampfgeräusche gehört. In Richtung des Kampfes zu gehen, schien ihm als zu gefährlich. Also drehte er um und marschierte in die entgegengesetzte Richtung – immer tiefer in den Wald hinein.

Jacks Kleidung trocknete nur langsam in der kalten Luft, und er zitterte am ganzen Leib. Sein Knöchel schmerzte nach wie vor, und so humpelte er noch immer. Jack hielt Ausschau nach Beeren oder Nüssen, die er essen konnte, doch der Winter war nicht mehr fern, und die Sträucher waren dürr.

Müde, hungrig und durchgefroren bereitete sich Jack ein spärliches Nachtlager. Er rollte sich am Fuß einer großen Eiche zusammen und hoffte, daß ihm der Baum Schutz vor dem Wind bieten würde. Dann deckte er sich mit heruntergefallenem Laub zu und fiel in einen unruhigen Schlaf.

Als er am folgenden Morgen erwachte, roch die Luft nach Regen. Jack blickte hinauf zu dem nackten Wipfel der Eiche, und seine Befürchtungen wurden bestätigt. Der Himmel hing voller grauen Wolken. Bald würde es regnen. Jack bemerkte, daß sich sein Körper anders verhielt als normal. All seine Muskeln schmerzten, sein Kopf schien sich zu drehen, und seine Glieder bewegten sich nur noch langsam. Seine Haut war naßkalt und angespannt, und trotz der Kälte der Luft war Jack heiß; er schwitzte sogar. Jack hatte bereits früher unter Fieber gelitten, und so erkannte er die Symptome sofort. Er wußte nur nicht, was er dagegen tun sollte, meilenweit von Zuhause entfernt.

In der Burg würde man um diese Zeit den ersten Schub Brot backen; die Luft würde nach Hefe riechen, es würde eine Schüssel Schweinebrühe zum Frühstück geben, und anschließend hätte man eine Stunde Zeit, sich am Feuer auszuruhen. Jack mußte lachen. Es war wirklich lächerlich: wie konnte er jemals hoffen, ein Held zu werden, wenn er sich schon nach zwei Tagen ein Fieber eingefangen hatte und das ganze Abenteuer für ein warmes Frühstück und einen verlorenen Schuh aufgeben würde?

Das Lachen verlieh Jack neue Kraft, er rappelte sich wieder auf. Im selben Augenblick machte sich Übelkeit in seinem leeren Magen breit. Jack dachte daran, daß Frallit ihm die Bierration für eine Woche halbieren würde, sollte er ihn in diesem Zustand sehen. Wahrscheinlich würde der Meisterbäcker denken, sein Bursche sei sturzbetrunken. Zum gegenwärtigen Zeitpunkt erschien der Gedanke an eine Woche mit einer halbierten Bierration äußerst verlockend – für einen Becher Wasser hätte Jack Frallits Verachtung nur allzu gerne ertragen.

Jack schleppte sich weiter. Er erinnerte sich, letzte Nacht an einer Quelle getrunken zu haben und machte sich auf den Weg dorthin. Die unterschiedlichsten Gedanken schossen ihm durch den Kopf: Bodger und Grift warnten vor den Gefahren von Grabenwasser, und Findra, das Tischmädchen, spottete darüber, daß er einen Schuh verloren hatte. Jack war völlig verwirrt: die Menschen der Burg waren für ihn genauso real wie die

Bäume. Er verbrachte eine Ewigkeit damit – jedenfalls erschien es ihm als solche –, sich einen Weg durch den Wald zu bahnen. Schließlich blieb er vor einer Eiche stehen, die derjenigen verdächtig ähnelte, unter der er die letzte Nacht verbracht hatte.

Jeder Baum und jeder Strauch sahen inzwischen gleich aus. Jack war leicht benommen: er erinnerte sich noch nicht einmal mehr daran, was er eigentlich suchen wollte. Er mußte sich unbedingt hinlegen, um die tadelnden Stimmen zu vertreiben, die in seinem Kopf herumspukten. Doch irgendwo in seinem Unterbewußtsein wußte Jack, daß er sich nicht hinlegen *durfte*. Jack ignorierte seine eigene Warnung. Das Taumeln mußte aufhören. Er mußte schlafen.

Am Fuß eines Baums brach er zusammen. Bevor er das Bewußtsein verlor, galten seine letzten Gedanken dem gerade einsetzenden Regen. Das freute ihn. Der Regen fühlte sich kühl und erfrischend auf seiner heißen Haut an.

Andere Augen beobachteten den Regen ebenso, wie sie den Jungen beobachtet hatten, der den ganzen Morgen im Kreis gelaufen war. Der Mann, dem diese Augen gehörten, zögerte und dachte darüber nach, was er als nächstes tun sollte. Er wußte, daß der Junge sterben würde, wenn er ihn hier zurückließ. Der Regen und die Kälte würden ihren Tribut fordern – und er war ein Mann, dem Mitleid für gewöhnlich unbekannt war. Er lebte tief im Herzen des Waldes und kümmerte sich nicht um die Welt der Menschen. Er kannte Tier und Baum, und was ihn nicht direkt betraf, war für ihn nur von geringem Interesse.

Doch irgend etwas zwang ihn dazu hinzuschauen. Er hatte schon viel in seinem Leben gesehen: Menschen, die erschlagen wurden, Menschen, die ausgeraubt wurden, Menschen, die jagten oder die gejagt wurden. All das hatte er aus seiner grünen Zuflucht heraus beobachtet, und nicht ein einziges Mal hatte er in die Geschehnisse eingegriffen.

Das Leid des Jungen berührte ihn. Der Knabe war unschuldig, und das war sehr selten im Wald. Aber da war noch mehr; der Mann hatte schon oft gesehen, wie jemand zwischen den Bäumen vor Kälte oder vor Hunger zugrunde gegangen war. Der Junge berührte etwas tief in seinem Inneren; es schien, als wäre dieser Reisende anders ... Der Mann glaubte, den blassen Schimmer des Schicksals bei dem Jungen zu erkennen. Er schüttelte den Kopf und lächelte über sich selbst.

Der Mann dachte lange nach, während er die reglose Gestalt des Jungen betrachtete. Sollte er handeln, könnte das seine eigene Sicherheit gefährden. Es könnte unerwünschte Aufmerksamkeit auf ihn lenken, und er hatte Jahre damit verbracht, genau das zu vermeiden. Im selben Augenblick da sich diese Gedanken in seinem Kopf formten, wußte der Mann, daß er sie ignorieren würde. Er trat aus dem Schatten der großen Bäume heraus und schritt auf den Jungen zu.

Baralis traf sich außerhalb der Burgmauern mit den Söldnern. Es war kalt, und er zog seinen Umhang enger. Er wußte bereits, daß die Söldner versagt hatten, aber es gefiel ihm, so zu tun, als wisse er von nichts.

»Befinden sich der Junge und das Mädchen an dem vereinbarten Ort?« fragte Baralis den Anführer der Söldner, Traff.

»Nein, Herr, sie sind nicht dort. Wir hatten sowohl den Jungen als auch das Mädchen, doch dann sind wir von Maybors Männern angegriffen worden.« Baralis wußte, daß der Mann log. Sie hatten den Jungen nie in die Finger bekommen; die Taube hatte die Verfolgungsjagd beobachtet. Die Lüge bereitete Baralis kein Kopfzerbrechen – immerhin handelte es sich bei den Männern, die ihm gegenüberstanden, um Söldner und nicht um Priester.

»Wie viele von Maybors Leuten waren es?« fragte er arglistig, obwohl er genau wußte, daß es nicht mehr als zehn gewesen waren.

»Zwei Dutzend«, antwortete der Anführer.

»Mehr, würde ich sagen«, warf ein anderer ein. Der Rest der Männer grunzte zustimmend.

»Wie viele habt ihr verloren?« Das wußte Baralis wirklich nicht, denn er hatte der Taube befohlen, den Jungen im Auge zu behalten. Daher hatte er das Ende des Gefechts nicht mit angesehen.

»Wir haben zwei verloren, aber von Maybors Leuten haben mehr als doppelt soviel ins Gras gebissen.«

»Hmmm.« Baralis bezweifelte den Wahrheitsgehalt dieser Aussage. »Geht, und versteckt euch an dem vereinbarten Ort. Ich werde euch wieder rufen, sobald ich nähere Informationen über den Aufenthaltsort der Flüchtlinge habe.«

Der Anführer machte keinerlei Anstalten zu gehen. »Meine Männer sind nicht als Kämpfer angeheuert worden. Ihr habt gesagt, wir sollten nur ein paar Kinder einfangen. Zwei meiner Leute sind tot, und der Rest ist unzufrieden.«

»Worauf willst du hinaus?« Baralis' Stimme klang kalt und gefaßt. Er wußte ganz genau, worauf der Mann es abgesehen hatte.

»Wir wollen mehr Geld. Acht weitere Goldstücke pro Mann.« Traff legte die Hand auf sein Schwert – eine deutliche Drohung.

Doch Baralis war nicht so leicht einzuschüchtern. Mit einer plötzlichen Bewegung öffnete er seinen Umhang. Nachdem er sich versichert hatte, daß nun jeder der Söldner ihm seine ungeteilte Aufmerksamkeit schenkte, erklärte er in einem harten, bösen Flüsterton: »Seid nicht so dumm und werdet gierig. Mit nur einem einzigen Finger könnte ich euch verschwinden lassen. Nicht einmal eure eigenen Familien würden sich dann noch daran erinnern, daß ihr jemals existiert habt.« Baralis schaute jedem einzelnen Mann in die Augen, und nicht einer der Söldner konnte seinem Blick standhalten. Zufrieden milderte er den Klang seiner Stimme. »Ich werde mich später am Tag bei euch melden, vielleicht auch erst morgen. Seht zu, daß ihr dann bereit seid. Und jetzt geht!«

Baralis schaute zu, wie die Männer ihre Pferde bestiegen und davonritten, und der Hauch eines Lächelns zeigte sich in seinem grimmigen Gesicht. Er schlang den Umhang wieder um den Leib und machte sich auf den Weg zurück in die Burg. Er mußte über vieles nachdenken. Wenn seine Pläne gelingen sollten, durfte man Melliandras hübsches Gesicht nie wieder am Hof der Vier Königreiche sehen.

Baralis' Gedanken reisten nach Osten, ins Herzogtum Bren – dem mächtigsten Staat des Nordens. Der Herzog wurde immer gieriger: er wollte mehr Land, mehr Holz und mehr Getreide. Baralis wußte, daß er mit äußerster Vorsicht vorgehen mußte, wollte er das zustande bringen, was zwischen ihnen geplant war. Die Menschen der Vier Königreiche betrachteten den Ehrgeiz des Herzogs voller Furcht; doch auf eine paradoxe Weise konnte eben diese Furcht dazu beitragen, daß der Pakt besiegelt werden würde. Es war immer leichter, eine Bedrohung auszuschalten, als sie zu bekämpfen.

Das bedeutete jedoch nicht, daß Baralis diese Taktik auch in bezug auf die liebliche Melliandra anwenden würde. Sie stellte eine Bedrohung dar, die so schnell wie möglich beseitigt werden mußte.

Schließlich war Baralis wieder in seinen Gemächern angelangt. Er schenkte sich einen Becher heißen Kräuterpunschs ein, um die Schmerzen in seinen Fingern zu lindern und dachte darüber nach, was ihm seine Taube gezeigt hatte. Nachdem er gestern von der Königin zurückgekehrt war, hatte er beschlossen, die Jagd doch persönlich zu verfolgen. Die Taube hatte gesehen, wie sich seine Männer auf die beiden Flüchtenden gestürzt hatten. Sie hatte gesehen, wie der Junge und das Mädchen voneinander getrennt wurden. Mit den Augen des

Tieres hatte Baralis beobachtet, wie der Großteil der Söldner hinter dem Mädchen hergejagt war. Nur drei hatten die Verfolgung des Jungen aufgenommen. Baralis hatte der Taube befohlen, das Mädchen im Auge zu behalten, denn sie schien die besseren Möglichkeiten zur Flucht zu besitzen, schließlich hatte sie ein Pferd zur Verfügung gehabt. Er hatte gesehen, wie Maybors Männer herangestürmt waren und wie das Mädchen beiden Trupps durch die Finger geschlüpft war.

Baralis' Taube war dem Mädchen weiter gefolgt, und nachdem er sich vergewissert hatte, daß sie nicht mehr weit kommen würde, hatte er den Vogel ausgesandt, den Jungen zu finden. Doch der Junge war nirgends zu sehen gewesen.

Baralis hatte sich nicht sonderlich darüber aufgeregt; der Bäckerjunge war lediglich ein Rätsel, das gelöst werden wollte, aber Maybors Tochter stand seinem Triumph im Weg. Er sandte den unwilligen Vogel wieder zurück, um das Mädchen zu beobachten. Nachdem Melli ihr Nachtlager aufgeschlagen hatte, erlaubte Baralis der Taube sich auszuruhen. Der Vogel war vollkommen erschöpft und durchgefroren, und Baralis befürchtete, es würde nicht mehr lange dauern, bis das unglückliche Tier starb.

Als die Schmerzen langsam nachließen, begann Baralis, über sein weiteres Vorgehen nachzudenken. Sehr wahrscheinlich wußte Maybor bereits, wer die Männer bezahlt hatte, die hinter seiner Tochter her gewesen waren. Und das bedeutete, daß Maybor bald etwas gegen Baralis unternehmen würde – diese gottverdammten Söldner hatten versucht, seine einzige Tochter zu vergewaltigen! Baralis mußte Maybor unbedingt im Auge behalten; ein beleidigter Vater war ein gefährlicher Gegner.

»Nein, Bodger, an der Größe der Kniescheiben kann man nicht erkennen, ob ein Mann gut behangen ist.«

»Der alte Meister Pesk behauptet das aber.«

»Das sagt er doch nur, weil seine Kniescheiben so groß wie Wassermelonen sind.«

»Sie sind ungewöhnlich groß, Grift. Da kann ich dir nicht widersprechen.«

»Nein, Bodger, nur an dem Weißen in den Augen eines Mannes kann man erkennen, wie gut er behangen ist.«

»Am Weißen in seinen Augen?«

»Aye, am Weißen in seinen Augen, Bodger. Je weißer das Auge, desto größer die Stange. Das stimmt immer.«

Die beiden Männer wägten diesen Gedanken eine Zeitlang sorgfältig ab, und insgeheim beschloß Bodger, bei der nächsten sich bietenden Gelegenheit, seine eigenen Augen zu überprüfen. Die beiden Wachsoldaten tranken noch ein paar Bier; dann wechselten sie das Thema.

»Hör mal, Grift. Irgend etwas Merkwürdiges geht hier vor. Söldner in der Burg und Kämpfe in den Wäldern. Erst heute morgen habe ich jemanden gesehen, den ich schon lange nicht mehr gesehen habe.«

»Wer war das, Bodger?«

»Erinnerst du dich an Scarl?«

Grift sog zischend die Luft ein. »Scarl. Das bedeutet nichts Gutes, Bodger. Scarl ist ein hinterhältiger Hund. Ich möchte ihm nicht über den Weg laufen.«

»Da hast du nur allzu recht, Grift. Als Scarl zum letzten Mal in der Burg gesehen wurde, hat man mehr als einen Mann mit durchgeschnittener Kehle gefunden.«

»Wenn ich mich recht erinnere, Bodger, hat bei seinem letzten Besuch Lord Glayvin ein jähes und ekelhaftes Ende gefunden.«

»War er nicht derjenige, der seine Plantagen nicht an Maybor verkaufen wollte?«

»Aye, Bodger. Aber seine Witwe hatte nicht solche Gewissensbisse. Nach dem Tod ihres Mannes hat sie Maybor die Plantagen so schnell verkauft, daß man glauben könnte, sie seien vom Braunen Wurm befallen.«

Maybor beschloß, das Treffen im Freien stattfinden zu lassen, weit weg von den neugierigen Ohren bei Hofe. Sorgfältig hatte er einen Ort innerhalb der Burganlage ausgewählt, an dem er und sein Gesprächspartner ungestört sein würden. Der Windschatten der Klärgruben war absolut ideal für diesen Zweck. Maybor hielt ein Taschentuch vor die Nase, um soviel des ekelhaften Gestanks wie möglich abzuwehren. Außerdem war dadurch auch noch der größte Teil seines Gesichts verdeckt.

Maybor sah, wie sich der Assassine näherte. Der Mann war schlank und wirkte nicht sonderlich kräftig, doch Gerüchte besagten, daß er ungewöhnlich schnell war. Niemand, hieß es, konnte besser mit einer Klinge umgehen als er.

»Seid gegrüßt, Freund«, sagte Maybor.

»Ich wünsche Euch einen guten Tag, Lord Maybor.« Der Assassine blickte sich prüfend um. »Ihr habt Euch ein wirklich widerliches Fleckchen für unser Treffen ausgesucht.«

»Es geht ja auch um eine widerliche Tat.«

»Wer soll denn diesmal diese Welt verlassen, Mylord?« Der Blick des Assassinen schweifte nach wie vor über die Umgebung, um sicherzugehen, daß sich niemand näherte.

Maybor war kein Mann vieler Worte. »Ich will den Tod von Baralis, dem Kanzler des Königs.« Die Augen der beiden Männer trafen sich – der Assassine wandte den Blick als erster ab.

»Lord Maybor, ich nehme an, Ihr wißt, wie mächtig Baralis ist. Er ist mehr als nur ein *Mann;* man sagt, er sei ein *Meister.*«

Maybor wollte nicht über solche Dinge nachdenken. Er versuchte, sich selbst davon zu überzeugen, daß Baralis Kräfte nur ein Gerücht waren; doch es gelang ihm nicht – ein kleiner Zweifel blieb immer zurück. Aber er war nicht gewillt, das dem Assassinen zu sagen. Der Preis des Mannes würde sich verdoppeln, sollte er annehmen, daß Zauberei im Spiel war. »Baralis ist nicht so mächtig und allwissend, wie jeder glaubt, Scarl. Er hat seine Schwächen. Eine scharfe Klinge wird seine Kehle ebenso aufschlitzen wie die jedes anderen Mannes auch.«

»Seine Gemächer werden gegen Eindringlinge geschützt sein.«

»Das ist nicht meine Angelegenheit. Ihr müßt *jedem* ausweichen, der sich Euch in den Weg stellt«, erwiderte Maybor, der Scarls Worte absichtlich mißverstand. Er wollte verdammt sein, sollte der Assassine es wagen, öffentlich von Zauberei zu reden! Beide wußten um die Risiken – warum sich noch mehr beunruhigen, indem man darüber sprach? »Es gehört zu Eurer Arbeit herauszufinden, wann und wo er am verwundbarsten ist. Alles, was ich will, ist, daß Ihr keine Spuren hinterlaßt, die zu mir führen könnten.«

»Wollt Ihr mir etwa vorschreiben, wie ich meine Arbeit zu erledigen habe, Maybor?« Die Stimme des Assassinen klang gelassen; dennoch war ein vorwurfsvoller Unterton unüberhörbar.

»Nein, nein. Ich bin nur darauf bedacht, daß es getan wird. Baralis' Macht und Einfluß bei Hofe dauern nun schon viel zu lange.« Maybor vergaß für einen Augenblick, wo er war und atmete tief durch. Sofort füllten sich seine Lungen mit dem Gestank menschlicher Fäkalien. Ein starker Hustenanfall war die Folge.

Scarl beobachtete weiter seine Umgebung. Nur ein Hauch von Abscheu zeigte sich auf seinem klugen Gesicht. »Dieser Auftrag gefällt mir nicht. Es gibt zu viele Risiken.«

»Nennt Euren Preis«, forderte Maybor ungeduldig.

»Der Preis wird hoch sein.« Der Assassine hob fragend eine Augenbraue.

»Das ist mir egal. Ich werde zahlen, was Ihr verlangt.«

»Ich brauche kein Geld, Maybor. Ihr wißt, daß ich für meine Arbeit gut bezahlt werde. Nein, ich suche nach etwas für meinen Ruhestand.«

»Ja, ja. Sagt schon, was Ihr wollt.«

»Ich will Land, Maybor. Ich dachte daran, Äpfel anzubauen, wenn ich älter bin.«

Was er gerade gehört hatte, gefiel Maybor ganz und gar nicht; nichts war ihm wertvoller als Land. »Ich werde Euch zweihundert Goldstücke geben«, entgegnete er.

»Nein.« Während er sprach, zog sich der Assassine zurück. »Nein, Maybor. Ich werde Land für meine Dienste bekommen, oder ich biete meine Fähigkeiten einem anderen an.«

Maybor gab nach. »Nun gut, ich werde Euch einen Streifen Land im Norden geben. Ich besitze hundertzwanzig Hektar außerhalb von Jesson. Die könnt Ihr haben.«

»Äpfel gedeihen aber besser im Osten«, sagte der Assassine.

»Ich kann mir nicht vorstellen, was Ihr mit Land im Osten wollt ... jetzt, wo noch immer der Krieg mit den Halcus tobt.«

»Die Kriege der Menschen kommen und gehen. Land bleibt.«

Wieder gab Maybor nach. »Also schön. Ich werde Euch neunzig Hektar Plantagen im Osten geben.«

»Im Norden wolltet Ihr mir hundertzwanzig Hektar geben«, erwiderte der Assassine und begann erneut, sich zurückzuziehen.

»Meinetwegen. Ich werde Euch Eure hundertzwanzig Hektar geben. Aber Ihr werdet keinen einzigen Grashalm davon zu sehen bekommen, bevor ich keinen Beweis dafür habe, daß Ihr Euren Auftrag erledigt habt.«

Der Assassine nickte. »Ich glaube, wir sind zu einer vernünftigen Übereinkunft gekommen. Ich nehme den Auftrag an.«

»Gut. Gibt es irgend etwas, womit ich Euch Eure Arbeit erleichtern kann?« Lord Maybor erhielt die Antwort, auf die er gehofft hatte.

»Nein. Ich muß meinen eigenen Weg gehen. Ein guter Mord ist oftmals eine Quelle der Erleuchtung. Ich bevorzuge es, alleine zu arbeiten.« Der Assassine verbeugte sich vor Maybor und war kurz darauf verschwunden. Maybor zwang sich dazu, ein paar Minuten zu warten, dann folgte er dem Assassinen. Er war froh, dem fauligen Gestank zu entkommen.

Melli entdeckte die Taube, kurz nachdem sie aufgewacht war. Der Vogel saß hoch in einem Baum. Sie war ein Zeichen der Hoffnung, und Melli war froh, daß sie da war.

Melli hatte eine unerwartet bequeme Nacht verbracht. Sie hatte eine friedliche Lichtung gefunden und sich in ihre warmen Decken gerollt. Der moosbewachsene Boden war weich und federnd, und als sie erwachte, fühlte sich Melli erfrischt und hungrig. Ihr Pferd hatte seine eigene Nahrung gefunden und kaute nun genüßlich auf einem Büschel Gras. Melli wünschte nur, sie hätte etwas anderes als getrocknetes Schweinefleisch und Brot.

Sie suchte nach der Sonne, denn sie wollte noch immer nach Osten. Doch die Sonne war nicht zu sehen. Der Himmel war grau verhangen. Bald mußte sie einen Unterschlupf finden, da die Wolken Regen ankündigten. Ihre Kleidung bot nur spärlichen Schutz vor Regen: die Decke, die ihr seit gestern als Umhang diente, war nicht geölt und daher nicht wasserdicht. Plötzlich hatte Melli eine Idee: sie konnte ihren schweren Proviantsack überziehen. Der Sack bestand zwar auch aus gewebtem Stoff, aber das grobe, dicke Material versprach mehr Schutz als die wollene Decke.

Melli leerte den Sack. Dann nahm sie das Fischmesser zur Hand, das Meister Trout klugerweise eingepackt hatte, und schnitt Löcher in Boden und Seiten des Sacks. Sie band die Decke um ihre Brust, stülpte den Sack über den Kopf und steckte die Arme durch die Seitenlöcher.

Er paßte hervorragend und bedeckte Melli bis zu den Knien. Sie brach in schallendes Gelächter aus – wie unglaublich albern sie aussah. Was würde wohl Meister Trout sagen, wenn er wüßte, was aus seinem Sack geworden war?

Melli genoß den Klang ihres eigenen Lachens. Sie sprang über die Lichtung und verbeugte sich theatralisch vor unsichtbaren Hofdamen. »Ja, Lady Fiandrell, ganz Rorn ist verrückt danach. Der Stoff mußte extra von jenseits der Trockenlande importiert werden. Aber ich muß sagen, es war die Mühe wert.« Melli bog sich mittlerweile vor Lachen, während sie sich vorstellte, wie sie in einen Sack gehüllt bei Hofe promenierte.

Ihr Lachen erregte die Aufmerksamkeit des Pferdes, und das alte Tier hob den Kopf. »Was glotzt du so?« rief Melli. »Ich bin nicht diejenige, die naß wird, wenn es regnet.«

Melli blickte erneut in den Himmel, fand einen Punkt, der ein wenig heller aussah und machte sich auf den Weg in die entsprechende Richtung. Ihre Habe hatte sie mit Hilfe einer zweiten Decke zu einem ordentlichen Paket zusammengeschnürt. Während sie durch den Wald wanderte, dachte sie sich Namen für ihr Pferd aus: ein romantischer Name wie ›Goldpfeil‹ paßte nicht zu ihm; auch ein militärischer wie ›Krieger‹ kam nicht in Frage. Es mußte einen einfachen Namen bekommen – wie ›Pippin‹ oder ›Brauner‹. Allerdings gefiel ihr keiner von beiden.

»Ich fürchte, du wirst weiterhin ein Pferd ohne Namen bleiben«, sagte Melli und klopfte den Hals des Tieres. Eines war sicher: sie hatte nicht die Absicht, noch einmal ohne Sattel zu reiten. Die gestrige Erfahrung war mehr als unangenehm gewesen, und ihre wund gescheuerten Schenkel schmerzten noch immer, um sie daran zu erinnern.

Mellis Gedanken wanderten zu ihrem verlorenen Gefährten Jack. Sie hoffte inständig, daß er ihren Verfolgern entkommen war. Vielleicht hatte er Melli im Stich gelassen, aber sie hegte keinen Groll gegen ihn. Sie wünschte sogar, er würde sie noch immer begleiten; ihr gefiel der Gedanke nicht, alleine und nur mit einem Fischmesser bewaffnet zu reisen. Innerhalb von zwei Tagen war sie ausgeraubt und beinahe geschändet worden. Was würde als nächstes geschehen? fragte sie sich. Schließlich wußte jeder, daß aller üblen Dinge drei waren.

Es begann zu regnen, und Melli führte ihr Pferd auf einen Weg, der den größtmöglichen Schutz versprach. Sie ging dorthin, wo die Bäume besonders dicht beieinander standen. Die breiten Äste hielten wenigstens einen Teil des Regens davon ab, auf Melli niederzugehen. Sie sang ein paar Lieder, um sich Mut zu machen, und versuchte, nicht über die Zukunft nachzudenken.

Tavalisk aß gerade eines seiner Lieblingsgerichte: rohe Austern. In Rorn war Austernsaison, und die Meerestiere waren überall zu haben. Doch Tavalisk würde niemals eine gewöhnliche Auster essen; seine wurden jeden Tag frisch aus Toolay eingeführt. Die Kosten dieses Unternehmens kümmerten ihn nicht; die Kirche würde für alle Kosten aufkommen. *Immerhin,* dachte er, *verdient ein Erzbischof jeden auch noch so spärlichen Luxus, den das Leben bietet.*

Mit geschickter Hand öffnete Tavalisk eine weitere Schale und träufelte etwas Essig über das milchig-weiße Tier. Ein kaum wahrnehmbares Zittern durchlief die Kreatur, als der Essig das Fleisch berührte. Das Zittern war ein Zeichen für eine gesunde, lebende Auster. Tavalisk hob die Schale an die Lippen und genoß das Gefühl des lebenden Tieres in seinem Mund. Sorgfältig achtete er darauf, daß seine scharfen Zähne die Auster nicht verletzten. Er mochte es, sie am Stück und lebendig hinunterzuschlucken. Ein Klopfen an der Tür verdarb Tavalisk die gute Laune. Warum mußte dieser Trottel Gamil immer dann auftauchen, wenn er gerade aß?

»Ja, was gibt es?« fragte er, sorgfältig darauf bedacht, daß seine Stimme gelangweilt und nachsichtig klang.

»Ich dachte, es würde Euch interessieren, was unser Freund, der Ritter, unternommen hat.« Tavalisk öffnete eine weitere Schale und ignorierte seinen Sekretär. Sofort erkannte er, daß die Auster schlecht war: ein gräulicher Schimmer lag auf ihrer Haut.

»Möchtest du eine Auster, Gamil?« fragte er und bot seinem Sekretär die ungenießbare Kreatur an. Gamil war überrascht; Tavalisk hatte ihm noch nie etwas angeboten. Pflichtbewußt nahm er die Auster an und schlang sie mit einem unangenehmen Schlürfgeräusch hinunter.

»War das nicht delikat?« Der Erzbischof lächelte wohlwollend. »Ich lasse sie aus Toolay kommen, weißt du?« Gamil nickte zustimmend. »Was wolltest du mir über den Ritter erzählen?« Tavalisk öffnete eine weitere Auster.

»Der Ritter hat gestern ›Die Weintraube‹ in der Frong-Straße aufgesucht, Euer Eminenz. Dort hat er dann ein Kampfmesser gekauft.«

»Sehr gut, Gamil. Hat er seine Ringe gezeigt?«

»Nein, sie wurden von seinem Umhang verdeckt.«

»Er tut gut daran, sie zu verbergen; die Menschen von Rorn empfinden nicht gerade Zuneigung für die Ritter von Valdis.« Tavalisk gestattete sich ein leichtes Lächeln; sein Mund öffnete sich gerade weit genug, daß die Zähne kurz aufblitzten. »Ich glaube, dafür habe ich in ausreichendem Maße gesorgt. Im Augenblick bedarf ihr Haß allerdings keiner zusätzlichen Ermutigung. Die Ritter stellen sich zwar als religiöse Fanatiker dar, doch in Wahrheit streben sie nach größeren Handelsanteilen und nicht nach Bekehrungen.« Er goß eine klare Flüssigkeit in seinen Becher. »Sonst noch etwas?«

»Eins noch. Der Ritter hat sich nach Larn erkundigt.«

Tavalisk, der seinen Becher bereits an die Lippen geführt hatte, setzte ihn rasch wieder ab. »Larn. Warum erkundigt er sich nach Larn?«

»Das weiß ich nicht, Euer Eminenz.«

»Wenn ich mich recht erinnere, ist der alte Trottel Bevlin kein Freund von Larn. Einst hat er versucht, dem Treiben dort ein Ende zu bereiten. Natürlich ist er kläglich gescheitert. Larn sieht es nicht gerade gerne, wenn sich jemand in seine Angelegenheiten mischt.« Tavalisk hielt inne und spielte mit seinem Becher. »Vielleicht benutzt er den Ritter, um einen zweiten Angriff zu starten. Er sollte lieber bei seinen Büchern und Prophezeiungen bleiben – er ist wirklich zu alt, um noch irgendwelchen hehren, moralischen Zielen hinterherzujagen.«

Der Erzbischof wandte sich an Gamil. »Du darfst jetzt gehen. Dein Gerede über Larn hat mir den Appetit verdorben.« Gehorsam zog sich Gamil zurück. Sobald die Tür sich hinter dem Sekretär geschlossen hatte, richtete Tavalisk wieder all seine Aufmerksamkeit auf die Austern. Gierig hielt er nach der größten Ausschau.

Tawl zog erneut durch die Straßen von Rorn. Als er vergangene Nacht zu Megan zurückgekehrt war, hatte er sie nach den Sehern von Larn befragt; aber sie hatte noch nie etwas von ihnen gehört. Heute wollte Tawl zwei Dinge erledigen: erstens wollte er seine Muskeln wieder in Form bringen, indem er mehrere Meilen wanderte, und zweitens wollte er jemanden finden, der ihm Auskunft über Larn geben konnte.

Noch immer waren viele Menschen auf den Straßen, doch nicht annähernd mehr so viele wie noch am gestrigen Tag. Diejenigen, die heute durch die Stadt zogen, waren bleich und ausgelaugt von übermäßigem Trinken und Feiern.

Tawl fühlte sich schon viel besser. Seine Arme und Handgelenke erholten sich langsam, und seine Beine waren bereits viel kräftiger. Seine Ausbildung zum Ritter hatte ihm eine körperliche Zähigkeit beschert, von der er noch heute – fünf Jahre später – zehrte. Wenn er sich konzentrierte, konnte er den Blutfluß in seinem

Körper kontrollieren, die Adern anschwellen lassen und die Muskeln so geschmeidig machen, daß sie jederzeit einsatzbereit waren. Tawl hatte herausgefunden, daß diese Technik, die eigentlich zur Vorbereitung auf einen Kampf gedacht war, ihm nun half, wieder zu Kräften zu kommen.

Seine Ausbildung schien Ewigkeiten zurückzuliegen. Der heutige Tawl hatte nichts mehr mit dem idealistischen Jungen gemein, der sich vor so vielen Jahren vor den Toren von Valdis vorgestellt hatte. Damals hatte er noch Hoffnungen und Träume gehabt.

Während des ersten Ausbildungsjahres in Valdis war großer Wert auf körperliche Kraft gelegt worden. Novizen bekamen eine Vielzahl unterschiedlicher Aufgaben, um so ihre Ausdauer zu testen. Tawl sandte man nur mit einem Messer bewaffnet zur Großen Grenze. Er hatte Glück: viele, die vor ihm gegangen waren, waren in einen Schneesturm geraten und niemals wieder zurückgekehrt. Tawl benötigte zwei Monate, um den Schrein des Berges zu erreichen. Selbst heute noch konnte er sich an die eisige Kälte erinnern, an seine Haare, die steif vor Eis waren und an den Speichel, der auf seinen Zähnen gefror. Der Schrein befand sich auf dem zweithöchsten Gipfel der bekannten Welt. Er war ein Symbol, und das Meditieren in der kahlen Kammer war unabdingbar für das Erreichen des ersten Kreises.

Als Tawl mit vor Stolz geschwellter Brust nach Valdis zurückkehrte, sandte man ihn erneut hinaus, diesmal auf die Milchebenen. Stolz wurde in Valdis nicht geduldet.

Die Milchebenen, südlich von Leiss gelegen, trugen einen trügerischen Namen. Sie bestanden aus einem weißen, porösen Gestein, das nur von Ferne betrachtet wie eine Ebene aussah; doch wenn man sich ihnen näherte, konnte man erkennen, daß sie voller Tunnel und Löcher waren. Der Fels war so brüchig wie alte Knochen: ein falscher Schritt, ein Regenschauer oder auch nur eine leichte Erschütterung konnte sofort zum Tod führen. Tawl hatte den Befehl, einen Ritter zurückzubringen, der auf der Suche nach Borcs Schwert in die Ebenen gezogen war. Auf den unfruchtbaren Felsen gab es kein Leben. Hier waren Tag und Nacht grausame Herrscher: die Sonne war gnadenlos, und der Mond hatte ein kaltes Herz. Tawl stand bereits kurz davor, zu verhungern oder verrückt zu werden, als er die Leiche endlich fand. Der Ritter hatte sich selbst die Kehle durchgeschnitten. Kurz bevor er gestorben war, hatte er noch die Worte *es nil hesrl* in den Fels geritzt. *Ich bin nicht würdig.*

Für einen Ritter von Valdis zählte nur, sich als würdig zu erweisen. All seine Ausbildung und all sein Studium waren auf dieses eine Ziel ausgerichtet.

Tawl erinnerte sich mit gemischten Gefühlen an seine Zeit als Novize. Der erste Kreis hatte ihm Ansehen verschafft. Er hatte alle anderen in der Kunst des Schwertfechtens übertroffen, obwohl er vorher noch nie ein Schwert in der Hand gehalten hatte. Er hatte den Schrein in zwei Monaten erreicht. Andere benötigten mehr als drei Monate für dieselbe Strecke. Und dann war da noch die Leiche, die er aus den Milchebenen zurückgeholt hatte. Valdis begrub immer seine Toten.

Doch mit dem Ansehen kam Neid, und die Verleihungszeremonie des ersten Kreises war von unterschwelligen Spannungen gekennzeichnet gewesen. Man hatte ihn als zu jung bezeichnet, auf seine einfache Herkunft hingewiesen und ihm unterstellt, von seinen Vorgesetzten bevorzugt behandelt zu werden.

Mit dem zweiten Kreis kam der Spott. Tawl besaß keinerlei Schulbildung; bis zu diesem Zeitpunkt hatte er nur ein einziges Buch gelesen, das *Buch des Marod*. Doch nachdem er den ersten Kreis erreicht hatte, brachte man ihn mit gebildeten Männern zusammen. Es fiel ihm schwer, die klassischen Texte zu studieren, Geschichte zu lernen und in fremden Zungen zu reden. Und ständig hielt man ihm seine Herkunft vor: er war nichts weiter, nur ein einfacher Junge aus den Sümpfen. Die meisten Ritter waren adlig; vornehmes Benehmen, Haltung und geschliffene Sprache zeichneten sie aus, und sie machten Tawl unmißverständlich klar, daß er keiner der ihren war.

Tawl mußte Hunderte unterschiedlicher Demütigungen ertragen: er wußte nicht, wie man sich korrekt verneigte, welche Kleidung man trug oder wie man einen hohen Lord ansprach. All dies machte ihn nur um so entschlossener, diese Mängel zu beheben – doch nicht weil er wie die anderen sein wollte, sondern weil er ihnen beweisen wollte, daß jeder ein Ritter werden konnte. Wäre der Spott nicht gewesen, hätte er den zweiten Kreis nicht so rasch erreicht – zumindest *dafür* konnte er dankbar sein.

Doch Tawl hatte auch einige Freunde, gute Männer, die wie Brüder für ihn waren. Nachdem er seinen zweiten Kreis erhalten hatte, der ihm erlaubte, in die Welt hinauszuziehen, wollten sie gemeinsam auf Reisen gehen. Sie planten in die Länder jenseits der Trockenlande zu wandern, auf der Suche nach sagenhaften Schätzen. Aber es kam anders. Als Tawl seine Familie besuchte, änderte sich alles. Sein ganzes Leben änderte sich unwiderruflich, und heute war ihm nur noch seine Suche geblieben.

Ziellos wanderte Tawl durch die Straßen der Stadt auf der Suche nach Ablenkung. Immer wenn seine Gedanken begannen, nur noch um seine Familie zu kreisen, suchte er verzweifelt nach einer Möglichkeit, ihnen eine neue Richtung zu geben. Durch ihre Fähigkeit, sich voller Zärtlichkeit hinzugeben, konnten Frauen seinen Körper oft an einen Ort führen, wohin sein Geist bald folgte. Und wäre er in einer anderen Stadt gewesen, hätte er sich vielleicht auf die Suche nach solchem Trost begeben. Aber hier lebte Megan, und sie hatte so viel für ihn getan und so wenig als Gegenleistung dafür verlangt, daß Tawl ihr zumindest Treue schuldete.

Tawl wählte mit Menschen überfüllte Straßen, wo an jeder Ecke eine neue Ablenkung auf ihn wartete. Schließlich befand er sich auf dem Weg hinunter zum Hafen. Der Geruch des Meeres war scharf, aber nicht unangenehm. Mit jedem salzigen Atemzug besserte sich Tawls Laune.

Rorn war die größte Handelsstadt des Ostens: seltene Gewürze, feinste Seide, sagenhafte Edelsteine und frische Meerestiere, alles nahm seinen Weg durch den großen Hafen. Haupteinnahmequelle der Stadt war der Handel. Die Landschaft im Norden der Stadt war felsig und kahl. Rorn betrieb keinen Getreideanbau, und auch Vieh wurde nur hier und da gehalten. Die Stadt verdankte ihren Reichtum günstigen Winden, die alle Schiffe der bekannten Welt in ihren schützenden Hafen trieben.

Der Hafen war ungewöhnlich groß; er erstreckte sich über mehrere Meilen entlang der Küste. Tawl genoß die frische, salzige Luft. Sie war eine willkommene Abwechslung zu den fauligen Gerüchen des Hurenviertels.

Er wanderte eine Weile durch den Hafen, bevor er sich entschied, in eine Taverne einzukehren. ›Die Rose und die Krone‹ stand auf einem alten, verwitterten Schild. Tawl schlüpfte hinein.

Die Taverne schien eine Goldgrube zu sein. Überall herrschte reges Treiben. Menschen riefen nach Bier, und ein paar Männer hatten sich um einen Tisch versammelt und brachten einen lautstarken Toast nach dem anderen auf diverse Schönheiten der Umgebung aus. Einige wetteten auf die Ankunftszeit von Schiffen. Manche diskutierten angeregt miteinander, während andere ihr Bier allein tranken. Es war eine Seemannstaverne, ein Treffpunkt für Seeleute, wo sie sich über das Meer unterhalten konnten.

Eine große, gutaussehende Frau näherte sich Tawl. »Wie kann ich Euch behilflich sein, Herr?« fragte sie lächelnd und drückte ihre phantastische Brust heraus, um sie im besten Licht erscheinen zu lassen. Beinahe gegen seinen Willen begann Tawl, Süßholz zu raspeln – ganz so, wie er es schon viele Male zuvor getan hatte; es war eine alte Gewohnheit. Der Austausch eines Lächelns reichte oft aus, um ein Verhältnis zu beginnen. Er war versucht, den Tanz zu Ende zu tanzen, die Freude einer intimen Berührung zu spüren – egal wie ordinär sie auch sein mochte. Die Frau wartete auf ein Zeichen von ihm; sie war sich ihrer Reize durchaus bewußt.

Tawls Blick wanderte von ihren Augen auf den Boden. »Ich nehme einen Krug Bier, wenn es Euch nichts ausmacht.«

Die Frau hob eine Augenbraue. Tawls Zurückhaltung hatte sie nur überrascht, nicht abgestoßen. »Natürlich, Herr«, erwiderte sie. Ihre vollen Lippen krümmten sich leicht nach oben. »Ich hoffe, das Bier wird Euer Blut erhitzen.« Sie zog sich langsam zurück, um Tawl ausreichend Gelegenheit zu geben, den Verlust ihrer üppigen Formen zu bedauern.

Nach wenigen Minuten kehrte die Frau wieder zurück. Tawl beobachtete, wie die Augen manchen Mannes ihren wohlgestalteten Körper bewunderten – sie besaß einen Überfluß an Fleisch, der unglücklicherweise den meisten Frauen fehlte, die am Tag ihren Geschäften nachgingen. »Bitte sehr, Herr. Laßt es mich wissen, wenn Ihr Eure Meinung doch noch ändern solltet und Euch der Sinn nach etwas anderem steht.« Sie erwiderte Tawls reumütiges Lächeln und machte sich mit keckem Hüftschwung davon.

Tawl machte es sich bequem und kostete das Bier. Es war sehr gut: schaumig und kalt, mit einem angenehm nussigen Nachgeschmack.

»Der Wirt braut es selbst.« Tawl blickte auf und sah einen alten, rotgesichtigen Mann. »Macht es Euch etwas aus, wenn ich mich für eine Weile zu Euch geselle?«

»Bitte, setzt Euch. Es wäre mir eine Ehre.«

Tawls Höflichkeit erfreute den alten Mann. »Ihr habt ein sehr gutes Benehmen, junger Mann; aber Ihr sprecht mit einem merkwürdigen Akzent. Ich kann ihn nicht einordnen.«

»Ich stamme aus dem Flachland.« Tawl wollte nicht mehr preisgeben. Der alte Mann spürte dies und ließ das Thema fallen.

»Man kennt mich hier als Jem.« Der alte Mann lächelte freundlich. »Habt auch Ihr einen Namen, den Ihr mit mir teilen wollt?«

»Ich bin Tawl.« Ohne die dazugehörigen Titel erschien ihm sein Name ungewöhnlich kurz.

»Ich wünsche Euch einen guten Tag, Tawl.« Der Mann trank den Rest seines Biers und stellte den Krug laut auf den Tisch. Tawl bot an, ihm ein neues Bier auszugeben. Dankbar akzeptierte der Alte, und wenige Minuten später saßen die beiden beieinander und aßen zu Abend.

»Was ist Euer Beruf, Jem?«

»Ihr solltet besser fragen, was *war* mein Beruf.« Der alte Mann seufzte und starrte in sein Bier. »Ich war Seefahrer. Ich habe den größten Teil meines Lebens auf der Hohen See verbracht. Wenn ich nicht so ein schlimmes Bein hätte, wäre ich noch immer draußen – für meinen Geschmack ist das Festland zu ruhig.«

»Also habt Ihr viele Orte gesehen?« fragte Tawl beiläufig.

»Aye, an beiden Küsten.«

»Sagt mir, Jem, habt Ihr jemals von einem Ort namens Larn gehört?«

Der alte Mann sog zischend die Luft ein. Dann schwieg er eine Weile. Als er schließlich wieder sprach, hatte seine Stimme ihren Klang verändert. »Warum wollt Ihr etwas über einen solchen Ort erfahren?«

Tawl beschloß, ein Risiko einzugehen. »Ich will die Seher dort besuchen.«

»Das würde ich an Eurer Stelle lieber nicht tun.« Jem schüttelte den Kopf. »Nein, das würde ich wirklich nicht tun.«

»Ihr wißt also, wo es sich befindet?«

»Wie könnte ich mich einen Seefahrer nennen und es nicht wissen?« erwiderte der Alte schroff, dann fuhr er in gemäßigtem Ton fort: »Larn ist nicht weit von hier entfernt. Man muß nur ein paar Tage nach Südosten segeln. Es ist eine winzige Insel, so klein, daß sie noch nicht einmal auf irgendeiner Karte verzeichnet ist. Trotzdem kennen alle Seefahrer sie sehr gut. Sie ist eine tödliche Falle für alle Schiffe. Das Meer in ihrer Umgebung ist flach und voller Klippen. Die Götter mögen sich des Seemanns erbarmen, der der verdammten Insel zu nahe kommt.«

»Aber es muß doch einen Weg dorthin geben.« Tawl versuchte, seine Neugier hinter einem kräftigen Schluck Bier zu verbergen.

»Kein Kapitän, der sein Schiff behalten will, wird Euch dorthin bringen. Man kann nur so nahe wie möglich an die Insel heransegeln; den Rest der Strecke müßte man rudern.«

»Wie weit würde man rudern müssen?«

»Ein Kapitän, der noch bei Verstand ist, würde nicht näher als sechzig Meilen heranfahren.«

»Aber die Menschen müssen doch irgendwie dorthin gelangen, um den Rat der Seher zu erbitten.«

»Kein geistig gesunder Mensch würde den Rat der Seher von Larn erbitten, Junge«, warnte der alte Mann.

»Was habt Ihr von ihnen gehört?«

»Viel.« Jem nippte an seinem Bier. Seine Augen schweiften durch den Raum, und als er wieder zu sprechen begann, war seine Stimme zu einem Flüstern geworden. »Ich habe viel gehört. So schreckliche Geschichten, daß selbst ein alter Mann, wie ich es bin, nicht wagt, sie zu wiederholen.«

»Wie wär's, wenn ich Euch noch ein Bier ausgebe, und Ihr erzählt mir, was Ihr wißt?«

Jem dachte über das Angebot nach. »Nun gut, Junge. Ihr macht ein gutes Geschäft.« Tawl bestellte eine weitere Runde; er und der alte Mann warteten schweigend. Als das Bier gebracht wurde, hatte keiner von beiden noch Augen für die Reize der Bedienung.

Der alte Mann sprach: »Die Seher von Larn existieren, solange man denken kann. Sie lebten schon lange vor der Gründung von Rorn auf ihrer Insel. Man sagt, seit der Großen Läuterung gebe es die Seher auf Larn. Welchem merkwürdigen Glauben sie folgen, weiß ich nicht, und welche Götter sie anbeten, kann ich Euch nicht sagen. Doch ich kenne die schreckliche Art und Weise, wie die Seher erschaffen werden.

Die Mächte von Larn wählen Kinder aus – Jungen, von denen behauptet wird, sie besäßen die Fähigkeit des Wahrsagens, sei sie auch noch so gering. Für jedes dieser Kinder zahlen sie den Eltern einhundert Goldstücke. Die Eltern sehen ihre Söhne niemals wieder. Dann werden die Jungen auf die fürchterliche Insel gebracht und ein Jahr lang in eine dunkle Zelle gesperrt, um Geist und Körper zu reinigen. Sie bekommen nur Brot und Wasser, denn auf Larn glaubt man, daß jede andere Nahrung die Wahrsagefähigkeit beeinflußt.

Nach einem Jahr in der Finsternis werden die Jungen gemessen. Ein großer Stein von mehreren Tonnen wird für sie vorbereitet. Dann werden die Steine in die Große Halle der Seher gerollt und flach auf den Boden gelegt. Anschließend bindet man die Jungen darauf.

Sie legen die Jungen mit gespreizten Gliedern auf die Steine und schnüren sie mit den stärksten Seilen fest. Sie binden sie so fest, wie sie es wagen. Die Jungen können sich nicht mehr bewegen – außer vielleicht einem Finger oder einer Zehe. Sie können nur noch beobachten und atmen. Ihr ganzes Leben verbringen sie so. Vollkommen reglos. Mit der Zeit verkümmern ihre Glieder, bis nur noch nutzlose Hülsen von ihnen übriggeblieben sind. Alles, um besser denken und wahrsagen zu können. Das ist das schlimmste Schicksal, das ich mir vorstellen kann.

Die Mächte der Insel sorgen dafür, daß die Seher gefüttert und gereinigt werden. Sie behaupten, die Seher seien näher bei Gott. Sie behaupten, durch ihr Opfer würden die Seher den Willen Gottes erfahren. Die

Seher verbringen ihre Tage damit, über den Sinn des Lebens zu philosophieren. Sie leben und sterben, gebunden an ihren Stein; verloren in einer Welt aus Halluzinationen und Wahnsinn.«

Der alte Mann schwieg. Tawl konnte kaum glauben, was er gerade gehört hatte. Das Schicksal der Seher ließ ihn schaudern, und er fragte sich, wie verzweifelt eine Familie sein mußte, um ihre Söhne in solch eine Hölle zu verkaufen.

Tawl konnte das Schweigen nicht länger ertragen. »Alter Mann, Ihr habt mir eine Geschichte erzählt, die mir das Blut in den Adern gefrieren läßt. Ich schulde Euch mehr als nur ein Getränk.«

Der Mann antwortete so rasch, als hätte er die Worte bereits vorbereitet. »Ihr schuldet mir gar nichts. Außer dem Versprechen, daß Ihr diesen verfluchten Ort nicht aufsuchen werdet.«

»Ein solches Versprechen vermag ich Euch nicht zu geben, denn ich fürchte, mein Schicksal führt mich genau dorthin.« Der alte Mann stand auf und wollte gehen. Tawl ergriff seinen Arm. »Sagt mir, was ist der Preis für eine Wahrsagung?«

Der alte Mann ging weiter, während er antwortete. »Der Preis ist, was immer sie wollen. Seid nur vorsichtig, daß sie nicht Eure Seele verlangen.«

Tawl blickte Jem hinterher. Es war bereits spät, und er wollte wieder zurück zu Megan. Er wollte ihre warmen Arme um seinen Körper spüren.

Die Königin war im Gemach des Königs, dem wahrscheinlich prächtigsten Raum der Burg. Sie schaute zu, während der König von seinem Diener gebadet wurde. In der vergangenen Nacht hatte er sich noch nicht einmal an ihren Namen erinnert. Baralis hatte recht: er wurde immer schwächer. Letzten Frühling hatte er noch auf einem Pferderücken gesessen, und jetzt verließ er nur noch selten das Bett.

Seit dem Jagdunfall lebte die Königin mit einem Gatten, der kein richtiger Mann mehr war. Zunächst war die Verletzung nicht sonderlich schlimm erschienen. Die Wunde war normal verheilt, und obwohl eine häßliche Narbe zurückgeblieben war, hatten sich die Ärzte keine übermäßigen Sorgen gemacht. Doch im Laufe der folgenden Wochen war Lesketh von einem gefährlichen Fieber befallen worden, das ihn all seiner Kraft beraubt hatte. Nach und nach waren aus den Wochen Monate geworden. Die Ärzte schüttelten die Köpfe; sie vermuteten eine Infektion, Gehirnfieber, oder gaben die Schuld einem Gift, das auf dem Pfeil gewesen sein sollte. Aber sie konnten nichts für die Heilung des Königs tun.

Zunächst hatten sie versucht, die Infektion mit Breiumschlägen zu bekämpfen. Als nächstes hatten sie Egel angesetzt, um das Blut von üblen Körpersäften zu befreien. Dann hatten sie versucht, bösartige Gallenflüssigkeit zu entfernen, indem sie den Magen des Königs durchbohrten. Sie hatten seinen Kopf rasiert, seine Zähne gezogen und ihn zur Ader gelassen – alles ohne Erfolg.

Die Königin hatte all diese furchtbaren Heilversuche mit angesehen und noch viele mehr; doch sie sah nur, daß jede einzelne Behandlung ihren Mann noch weiter schwächte. Schließlich hatte sie die Ärzte verjagt. Sie zog es vor, den König persönlich zu betreuen. Arinalda hatte sich der Dienste einer Heilerin versichert, die sich auf die Kräuterkunde verstand.

Nachdem die Ärzte gegangen waren, hatte sich der Zustand des Königs tatsächlich verbessert. Die Mittel der Heilerin waren für Lesketh leichter zu ertragen: heiße Milch mit einem Schuß Wacholderöl, Kräuterdämpfe und Massagen mit heilsamen Ölen. Leider schien die Behandlung der Heilerin den Verfall nur zu verlangsamen, nicht ihn aufzuhalten. Die Jahre vergingen, und Lesketh' Stärke nahm weiterhin ab, und sein Geist vernebelte sich. Die Königin konnte die Nächte nicht mehr zählen, in denen sie allein im Bett lag und weinte. Sie war eine stolze Frau, und sie gestattete niemandem, ihre Qualen zu sehen.

Der Diener wischte Speichel vom Kinn des Königs. Der Anblick der kleinen Geste brach Arinalda das Herz. Was war nur aus ihrem Gemahl geworden? Der einst so stolze König Lesketh war nur noch ein Baby, das gefüttert und gewickelt werden mußte! Er war noch kein alter Mann; andere in seinem Alter standen in der Blüte ihres Lebens.

Die Königin dachte an ihr Gespräch mit Baralis. Er hatte etwas erwähnt, das sich in seinem Besitz befand und das dem König helfen könnte. Egal wie sehr Arinalda den Kanzler auch verachtete, sie würde ihn erneut zu sich rufen. Verzweifelt wollte sie alles versuchen, das den Zustand ihres Mannes verbessern konnte. Sie beschloß, Baralis zu treffen und herauszufinden, was er von ihr wollte. Die Königin war nicht dumm; sie wußte, daß er einen hohen Preis von ihr verlangen würde.

Kapitel Sechs

Jack lag bereits einige Zeit wach, bevor er die Augen öffnete. Er konnte die Frische von Bäumen und Farnen und den Rauch von Feuer riechen. Dann kam ihm der Duft von Essen in die Nase. Es roch nach Eintopf oder Suppe. Schließlich bemerkte er das köstliche Aroma von warmem Kräuterpunsch.

Von solch betörenden Düften in Versuchung geführt, öffnete Jack die Augen. Ein weiches, grünes Licht fiel durch die Bäume auf sein Gesicht. Er betrachtete seine Umgebung. Anscheinend befand er sich in einer Art Nest oder Höhle, die aus miteinander verflochtenen Ästen und Blättern zu bestehen schien. Er lag auf einer niedrigen Pritsche, der Boden um sie herum war mit Farn und Moos bedeckt, und er war allein. Angezogen vom Duft des Essens, bemerkte Jack einen kleinen Ziegelofen in der Mitte der Höhle. In der Decke hatte man einen Spalt offen gelassen, damit der Rauch abziehen konnte. Vorsichtig setzte Jack einen Fuß auf den Boden. Überrascht stellte er fest, daß das Moos warm war. Als er beide Beine von der Pritsche schwang, überkam ihn eine plötzliche Übelkeit. Jack war benommen, und er fragte sich, ob es nicht besser wäre, im Bett zu bleiben. Doch die Aussicht auf gutes Essen war zu verführerisch, als daß ihn kleinere körperliche Beschwerden aufhalten konnten, und so stand er schließlich auf.

Unsicher näherte sich Jack dem kleinen Ofen. In einem offenen Topf befand sich ein kräftiger, dunkler Eintopf. Jack schaute sich in der Höhle um und entdeckte verschiedene Teller und Becher, die auf einem hölzernen Tisch standen. Er schöpfte eine Kelle des wohlriechenden Eintopfs auf einen Teller und füllte einen der Becher mit warmem Kräuterpunsch. Der Eintopf schmeckte hervorragend: er enthielt Pilze und Hasenfleisch, Karotten und Zwiebeln, alles gewürzt mit starken Kräutern. Jack war sicher, Äpfel und Zimt herausschmecken zu können. Er aß eine große Portion, und dann noch eine … seine letzte Mahlzeit schien Ewigkeiten zurückzuliegen. Es kam ihm nicht in den Sinn zu fragen, wo er war oder wie er hierher gekommen war. Essen und ein warmer Unterschlupf waren alles, was ihn im Augenblick interessierte.

Nach dem Essen verspürte er das Bedürfnis, sich zu erleichtern. Er schaute sich um auf der Suche nach einem Ausgang. Er fand keinen. Dennoch machte er sich keine Sorgen, denn er hatte einen Nachttopf am Fuß des Bettes entdeckt. Nachdem er alles erledigt hatte, kletterte er wieder auf die Pritsche und fiel sofort in einen tiefen, erholsamen Schlaf.

Jack wurde durch das Geräusch von Schritten in der Höhle geweckt. Als er die Augen öffnete, blickte er in das Gesicht eines großen, bärtigen Mannes, der auf ihn hinabstarrte. »Ich sehe, du hast gut gegessen, junger Mann.« Der Mann sprach mit einem merkwürdigen, melodischen Akzent. Jack konnte nur mit dem Kopf nicken; er hatte ein schlechtes Gewissen, weil er etwas gegessen hatte, zu dem er nicht eingeladen worden war. Der Mann schien Jacks Gedanken zu erraten.

»Du hast gut daran getan zu essen. Es war für dich bestimmt. Es hat dir doch hoffentlich geschmeckt, oder?«

Jack nickte begeistert. »Es war hervorragend – der beste Eintopf, den ich je gegessen habe.« Er zögerte. »Ich danke Euch dafür, Herr.« Jack nahm die seltsame Erscheinung des Mannes in sich auf: er schien weder alt noch jung zu sein, und er war in Felle und grobe Stoffe gehüllt. Doch sein beeindruckendstes Merkmal war sein prächtiger, langer, aschgrauer Bart.

»Ich bin kein Herr, junger Mann. Ich bin schon seit Jahren kein Herr mehr, und ich will auch keiner mehr sein.« Der Mann lächelte ein wenig.

»Es tut mir leid, wenn ich Euch beleidigt habe.« Jack hatte das Gefühl, daß sich der Mann auf seine Kosten amüsierte.

»Macht nichts. Macht nichts. Ich nehme an, ich werde dir wohl oder übel meinen Namen nennen müssen.«

»Wenn Ihr das nicht wollt, so verstehe ich das. Jedenfalls ist mein Name Jack. Ich habe nichts dagegen, wenn Ihr ihn kennt.«

Jacks Worte schienen dem Mann zu gefallen. »Jack, du beschämst mich. Aus freien Stücken hast du einem Fremden deinen Namen genannt, ohne auch den seinen zu kennen. Viele Menschen glauben, daß man Macht über jemanden erlangt, wenn man seinen Namen kennt. Was sagst du dazu?«

Jack hatte Schwierigkeiten, den Worten des Mannes zu folgen, denn seine Stimme verwandelte Rede in Gesang. Der Mann fuhr fort: »Ich werde dir meinen Namen nennen, Jack; aber ich kann dir nur die Hälfte nennen. Ich habe nun schon Jahre ohne Namen gelebt. Die Bäume fragen nicht nach meinem Namen, den Vögeln nutzt er nichts, die Flüsse fließen weiter und halten nicht an, um ihn zu erfahren. Aber dir werde ich ihn nennen, Jack; denn anders als die Natur braucht der Mensch einen Namen. Die Menschen tun gut daran, vorsichtig mit ihren Namen umzugehen – es liegt wirklich Macht in ihnen. Wenn ich einem Baum einen Namen geben würde, dann wäre es meiner, und kein Mensch sollte Anspruch auf einen Baum haben, oder auf einen Bach oder einen Grashalm.« Der Mann wirkte niedergeschlagen. Er atmete müde.

Jack ergriff das Wort, um das Schweigen zu beenden. »Wenn ein Vogel nicht nach Eurem Namen fragt, dann will ich das auch nicht tun. Ich weigere mich, auch nur Euren halben Namen zu erfahren.«

Der Mann lächelte und schüttelte traurig den Kopf.

»Mein halber Name ist Falk.« Jack hatte das Gefühl, als hätte man ihn in ein großes Geheimnis eingeweiht. Er wollte den Mann trösten, aber er wußte nicht, was er sagen sollte.

Schließlich ergriff der Mann erneut das Wort. »Du warst sehr krank, Jack. Du hast hohes Fieber gehabt – Sumpffieber –, und jetzt solltest du dich besser ausruhen, um wieder zu Kräften zu kommen. Ich muß mich wieder auf den Weg machen. Ich werde dir später etwas zu essen bringen. Doch bevor ich gehe, möchte ich, daß du noch einen Schluck von dieser Medizin nimmst.« Falk schritt quer durch den Raum und kehrte mit einem Becher zurück, der mit einer beißend riechenden Flüssigkeit gefüllt war. Gehorsam leerte Jack den Becher bis auf den letzten Tropfen, obwohl ihm der Geschmack des Gebräus zuwider war. Er fragte sich, woraus die Medizin wohl gemacht worden war. Jack warf dem Mann einen fragenden Blick zu, und Falk lächelte freundlich. »Ich habe dir die Hälfte meines Namens genannt. Willst du nun alle meine Geheimnisse erfahren?«

Jack fühlte sich angemessen getadelt und gab dem Mann den Becher zurück. Er beobachtete Falk, wie dieser auf die Wand zuschritt. Mit zarten Händen zog der große Mann das Flechtwerk aus Ästen und Zweigen auseinander und schuf so eine Öffnung. Dann trat er hinaus in die kühle Luft. Auf der anderen Seite angelangt, flocht Falk die biegsamen Zweige wieder zusammen, um den Eingang zu seiner Höhle zu verbergen.

Baralis konnte seine Freude kaum verbergen, als der Bote der Königin eintraf. Sie hatte nicht nur nach dem Köder geschnappt; sie hatte ihn verschlungen, und nun hing sie am Haken. Jetzt mußte Baralis seine Beute nur noch einholen.

All seine anderen Sorgen waren bloß belanglose Ärgernisse. Das Mädchen Melliandra hatte er nach wie vor im Auge; allerdings würde er beim nächsten Mal etwas umsichtiger vorgehen müssen. Ein zweites Mal würde sie ihm nicht entkommen. Und was Jack betraf – nun, wie weit konnte ein Junge in zwei Tagen und ohne Nahrung schon kommen? Er würde ihn schon bald aufspüren.

Baralis nahm eine angemessene Menge jenes weißen Pulvers aus einer Schublade, das er als schmerzstillende Droge verwendete. Er wollte gerade die faulig schmeckenden Kristalle hinunterschlucken, als er sich eines Besseren besann. Er mußte einen klaren Kopf behalten. Er mußte die Schmerzen in seinen Händen ertragen, bis die Audienz bei der Königin vorüber war. Das war ein geringer Preis.

Erneut kleidete sich Baralis mit größter Sorgfalt an. Bewußt wählte er ein anderes Gewand als bei dem letzten Treffen. Im Augenblick entsprach es seinen Plänen, sich den höfischen Sitten anzupassen.

Diesmal ließ die Königin ihn nicht vor der Tür warten. Baralis klopfte, und sofort bat die Königin ihn herein. Ihr Tonfall war so kühl und abweisend wie immer. »Guten Tag, Lord Baralis.« Ihre Garderobe war von erlesener Schönheit: das Gewand war mit Rubinen und Perlen bestickt, und dazu passende Juwelen schmückten Hals und Handgelenke.

»Ich wünsche Euer Hoheit einen schönen Tag.«

»Ich will Euch nicht lange aufhalten. Also kommen wir lieber gleich zur Sache, Lord Baralis.« Die Königin strich sich nervös über die Haare; mit Genugtuung stellte Baralis fest, daß ihre Hand dabei zitterte.

»Wie Ihr wünscht, Euer Hoheit.«

»Bei unserem letzten Treffen habt Ihr angedeutet, etwas in Eurem Besitz könne dem König helfen. Habe ich das richtig verstanden?«

»Ihr habt richtig verstanden, Euer Hoheit.« Baralis zog es vor, nicht allzu deutlich zu werden und überließ der Königin das Reden.

»Dann gehe ich wohl auch recht in der Annahme, daß

Ihr von einer Art Medizin gesprochen habt, die das Leiden des Königs lindern könnte?«

»Ja, Euer Hoheit.« Die Königin wurde allmählich ungeduldig ob der kurzen Antworten des Kanzlers.

»Lord Baralis, welcher Art ist diese Medizin, und woher soll ich wissen, daß sie wirkt?«

»Die Antwort auf die erste Frage ist, daß ich ihre Natur nicht enthüllen kann. Was die zweite Frage betrifft ... nun, Ihr könnt nicht wissen, ob sie wirkt, bevor Ihr sie nicht ausprobiert habt.«

»Welche Garantie habe ich, daß sie ungefährlich ist? Woher soll ich wissen, daß es sich nicht um ein Gift oder etwas Schlimmeres handelt?« Die Königin blickte Baralis herausfordernd in die Augen.

»Ich versichere Euer Hoheit mit allem Nachdruck, daß ich dem König kein Leid zufügen will.«

»Und was, wenn ich kein Vertrauen in Eure Versicherungen habe?«

»Euer Hoheit, ich möchte Euch einen Vorschlag machen.« Baralis griff in eine Falte seines Umhangs und brachte eine kleine Glasflasche zum Vorschein. Er hielt die Flasche gegen das Licht, und die bräunliche Flüssigkeit in ihrem Inneren glitzerte vielversprechend. »Diese Phiole enthält Hoffnung für den König.« Er reichte die Flasche der Königin. »Das hier ist Medizin für zehn Tage. Nehmt sie und verabreicht sie dem König. Sollte sich sein Zustand dadurch bessern, werde ich Euch so viel davon besorgen, wie Ihr wünscht.«

Die Königin betrachtete Baralis leidenschaftslos. Er vermutete, daß unter dem unbewegten Äußeren ein Orkan von Gefühlen tobte. »Auch wenn ich mich wiederhole, Lord Baralis; woher weiß ich, daß der Trank ungefährlich ist?«

Baralis blieb vollkommen ruhig. Er hatte nichts anderes von der Königin erwartet und sich entsprechend vorbereitet. Er trat auf Arinalda zu und bemerkte, daß sie unwillkürlich zusammenzuckte. Langsam, denn sene Hände schmerzten, und er hatte nicht die Absicht, dies der Königin zu verraten, zog er den Korken aus der Flasche. Dann hob Baralis das Gefäß an die Lippen und trank einen Schluck der dicken, braunen Flüssigkeit. Er verschloß die Flasche wieder und bot sie der Königin an.

Es erschien Baralis wie eine Ewigkeit, obwohl es nur wenige Augenblicke waren, in denen er dastand und der Königin die Flasche darbot. Schließlich trat sie einen Schritt vor und nahm das Gefäß an. Für den Bruchteil einer Sekunde berührten sich ihre Finger.

»Wenn die Medizin das hält, was Ihr versprecht, was erwartet Ihr dann als Gegenleistung von mir?«

»Euer Hoheit, wir wollen erst sehen, ob Ihr gewillt seid zu kaufen, bevor wir über den Preis verhandeln.«

Das Gesicht der Königin war hart wie Stein. »Ihr dürft Euch jetzt entfernen, Lord Baralis.«

Gehorsam verabschiedete sich Baralis. Alles war genau nach Plan verlaufen. Die Medizin würde dem Anschein nach wirken. Sie würde den Zustand des Königs verbessern, denn sie enthielt ein wenig von dem Antidot gegen das Gift, das auf dem Pfeil des Attentäters gewesen war. Aber natürlich würde der König nicht wieder der Alte werden. Die Medizin würde den weiteren Verfall aufhalten, und vielleicht würde sich Lesketh auch wieder an Namen erinnern und ein paar Schritte gehen können. Vielleicht würde sie auch seinem ständigen Sabbern ein Ende bereiten. Aber sie würde keine einschneidende Verbesserung bewirken – nichts, was Baralis' Plänen gefährlich werden könnte.

Bereits in wenigen Tagen würde die Königin ihn erneut zu sich rufen, um noch mehr der wunderbaren Medizin zu bekommen. Sie würde so voller Verlangen sein, daß sie jeder Forderung des Kanzlers nachkommen würde. Baralis durfte nicht vergessen, die zweite Dosis schwächer zu machen. Der König durfte sich nicht *zu* gut fühlen.

Auf dem Weg in seine Gemächer beschlich Baralis

das vage Gefühl, daß er beobachtet wurde. Er drehte sich um, doch niemand war zu sehen. Er schüttelte den Kopf. Wahrscheinlich hatte er sich alles nur eingebildet; vielleicht war es auch nur eine Nebenwirkung der Medizin. In seinem Inneren lächelte Baralis. Ein wenig Paranoia würde unter all den anderen Beschwerden des Königs gar nicht auffallen.

Der Assassine beobachtete Baralis, der sich auf dem Weg zurück in seine Gemächer befand. Sorgfältig achtete Scarl darauf, der Tür nicht zu nahe zu kommen. Er hatte Zeichen wie diese bereits früher gesehen, und er wußte, daß es sich um Schutzzauber handelte. Maybor hatte versucht, die Kräfte des Kanzlers herunterzuspielen, aber Scarl war kein Dummkopf. Er kannte die Gefahren. Das war einer der Gründe, warum er den Auftrag angenommen hatte. Baralis' Ermordung würde der krönende Abschluß seines langen Tanzes mit dem Tod sein. Die Vorstellung, ein derart geschütztes Leben auszulöschen, erregte den Assassinen.

Scarl verfolgte bereits seit Tagen jede von Baralis' Bewegungen, und er hatte den Verdacht, daß der Kanzler häufig Geheimgänge benutzte, um von einem Ort zum anderen zu gelangen. Manches Mal hatte der Assassine vor einem Raum auf sein Opfer gewartet, doch der Kanzler war nicht mehr herausgekommen, nur um kurz darauf auf der entgegengesetzten Seite der Burg wieder zu erscheinen. Scarl mißfiel der Gedanke an Geheimgänge, und er würde alles daransetzen, mehr darüber herauszufinden.

Er mußte sich eingestehen, daß er ein wenig Furcht vor Baralis empfand. Daß der Mann außergewöhnliche Kräfte besaß, war offensichtlich, egal wie sehr Maybor das auch bestreiten mochte. Einen Zauberer konnte man nur töten, wenn man ihn unvorbereitet traf, so daß er keine Gelegenheit mehr hatte, seine Kräfte zur Verteidigung einzusetzen. Scarl hätte es vorgezogen, Baralis im

Schlaf zu töten, doch er konnte nicht in die Gemächer des Kanzlers eindringen – Crope und die Schutzzauber sorgten dafür. Also mußte er warten, bis irgend etwas den Mann ebensosehr ablenkte, wie es sonst nur ein tiefer Schlaf konnte.

Ein kurzer Augenblick der Unachtsamkeit, und das Messer würde Baralis' Schicksal besiegeln. Scarl hatte noch niemanden getroffen, der einer Klinge widerstanden hätte. Alle starben sie, wenn man die Luftröhre durchtrennte. Auf diese Art erledigte Scarl immer seine Arbeit: ein sauberer, tiefer Schnitt mit einem scharfen Messer. In der Vergangenheit hatte sich diese Methode als äußerst erfolgreich erwiesen, und auch bei Baralis würde sie nicht versagen.

Das Aufschlitzen der Kehle hatte viel für sich. Das Opfer wurde sofort zum Schweigen gebracht, es war schnell, es gab niemals einen Kampf, man näherte sich von hinten, und wenn man so geschickt war wie Scarl, bekam man selbst nicht einen einzigen Blutspritzer ab.

Ja, sinnierte Scarl, *andere mögen vielleicht protzigere Methoden vorziehen – den Dolch ins Auge, die Klinge ins Herz –, aber es geht doch nichts über eine durchgeschnittene Kehle.*

Scarl wußte, daß er den geeigneten Augenblick sorgfältig auswählen mußte. Die Korridore der Burg waren zu überfüllt; jederzeit konnten Wachen oder andere Bedienstete auftauchen und seinen Plan vereiteln. Er würde nichts überstürzen. Geduld gehörte zu Scarls besten Eigenschaften. Sie war ihm angeboren. Irgendwann würde Baralis verwundbar sein, und in diesem kurzen Augenblick würde er Scarls scharfe Klinge an seiner Kehle spüren.

Nachdem Baralis gegangen war, saß die Königin lange in ihrem Gemach und drehte die kleine Flasche in ihrer Hand. Sie beobachtete die gelbbraune Flüssigkeit, die sich in dem Glas bewegte. Einer plötzlichen Eingebung folgend zog sie den Korken heraus und roch an der Flasche. Der starke, unangenehme Geruch ließ sie zurückschrecken. Sie nahm einen einzelnen, glitzernden Tropfen mit der Fingerspitze auf und hob ihn an die Lippen – sie würde eher sich selbst gefährden als den König. Die Flüssigkeit schmeckte bitter.

Arinalda wartete mehrere Stunden. Sie verweigerte Speis und Trank, doch sie konnte keine schädliche Wirkung der Medizin feststellen. Zwar hatte sie nur einen einzelnen Tropfen zu sich genommen, dennoch war sie zufriedengestellt. Sie würde dem König die Medizin bringen.

Auf dem Weg zu den Gemächern des Königs traf die Königin auf ihren Sohn Kylock. Ihr wurde bewußt, wie selten sie ihn zu Gesicht bekam. Er war ihr vollkommen fremd. Sie wußte nicht, was er Tag für Tag unternahm, und der Zutritt zu seinen Gemächern war ihr untersagt; er hatte sie nie eingeladen. Vor einigen Monaten war Kylock auf einem Jagdausflug gewesen, und die Königin hatte sich in sein Schlafgemach gestohlen. Die Tat war ihrer unwürdig gewesen, doch Neugier hatte über Stolz gesiegt, und sie hatte sich auf den Weg in den Ostflügel gemacht. Sie hatte die Zeit dafür gut gewählt; außer ihr war niemand unterwegs gewesen. Als sie das Gemach betrat, empfand sie zunächst Erleichterung. Alles war sauber und ordentlich, jede Truhe an ihrem Platz und nicht eine Falte an der falschen Stelle. Dann fiel ihr auf, daß alles *zu* ordentlich war. Die Teppiche waren zu glatt, auf der Fensterbank war nicht ein Staubkorn zu sehen und in der Feuerstelle keine Aschenreste. Es war einfach viel zu sauber für einen Jungen von siebzehn Jahren; es schien, als würde er überhaupt nicht hier leben. Ein Teppich im besonderen erregte Arinaldas Aufmerksamkeit – sein dunkelrotes Gewebe war merkwürdig unregelmäßig. Er hatte einen Fleck. Die Königin hockte sich nieder und strich über die Seide. Noch bevor sie ihre Hand ans Gesicht hob, wußte sie, was es war: Blut. Klebrig, fast getrocknet, nicht älter als ein Tag.

Das Blut an sich war nicht beunruhigend, es war die übertrieben ordentliche Umgebung, in der die Königin es gefunden hatte. Wie eine schöne Jungfrau in Begleitung alter Matronen, so fiel das Blut in dem sauberen Gemach auf.

Am folgenden Tag traf die Königin ihren Sohn in den Ställen. Er erkundigte sich nach ihrem Befinden, und gerade als sie weitergehen wollte, sagte er: »Also, Mutter. Was hältst du von meinen Gemächern?« Seine Stimme war voller Spott. Er wartete nicht auf eine Antwort. Er lächelte nur und verschwand.

Der Königin war Kylocks Gegenwart noch nie angenehm gewesen. Er ähnelte weder ihr noch dem König, und nicht nur was das Aussehen betraf – obwohl er genau wie seine Mutter dunkle Haare besaß, während der König blond war. Kylock war verschlossen, in sich gekehrt. Selbst als Kind hatte er es vorgezogen, alleine zu sein und sich geweigert, mit anderen Kindern zu spielen. Baralis war sein einziger Freund.

Jetzt näherte sich Kylock der Königin, ein ironisches Lächeln auf den Lippen. »Guten Abend, Mutter.« Seine tiefe, betörende Stimme erinnerte Arinalda an irgend jemanden, aber sie wußte nicht an wen.

»Auch dir einen guten Abend, Kylock.« Ihr Sohn schaute sie an, und sie wußte nicht, was sie noch sagen sollte.

»Was hast du da?« Er deutete auf die Flasche, die sie in der Hand hielt.

»Das ist eine Medizin für deinen Vater.«

»Ach, wirklich. Glaubst du, sie wird etwas nützen?« Sein gleichgültiger Tonfall ärgerte die Königin.

»Lord Baralis hat diese Medizin zubereitet.«

»Nun, dann wird sie zumindest *irgendwas* bewirken.«

Die Königin verstand die zweideutige Bemerkung ihres Sohnes nicht. Sie bereute bereits, erwähnt zu haben, daß die Medizin von Baralis stammte. Kylock hatte immer die gleiche Wirkung auf seine Mutter: entweder verlor sie gänzlich die Sprache, oder er verleitete sie dazu, etwas Dummes zu sagen – so wie es gerade eben geschehen war. Als sie den Kopf hob, um etwas zu erwidern, war er bereits wieder verschwunden.

Arinalda wünschte im geheimen, sie wäre nie Königin geworden – sie hatte wenig Freude an ihrer Stellung. Seit kurzem hatte sie alle Aufgaben eines Königs übernommen; nur der Titel blieb ihr verwehrt. Wenn es nach ihr gegangen wäre, hätte sie auf alles verzichtet und wäre mit ihrem kranken Gemahl in ihr Schloß im Norden gezogen, um dort ein friedliches und ruhiges Leben zu führen. Doch irgend etwas hinderte sie daran. Teils war es Stolz, und teils sträubte sie sich gegen den Gedanken, daß ihr Sohn König werden sollte; sie wußte aber nicht warum.

Die Königin hatte Kylock nie wirklich geliebt, jedenfalls nicht mit der Liebe einer Mutter. Sie erinnerte sich an den Tag seiner Geburt, als man ihn ihr gereicht hatte – er war blaß, still und roch nach Nelkenöl. Sie hatte keine Wärme in ihrer Brust verspürt und kein Aufwallen der Gefühle. Die Hebamme hatte verständnisvoll genickt und erklärt, daß die Liebe mit der Zeit kommen würde. Und auf eine bestimmte Art und Weise war das auch eingetroffen. Die Königin liebte ihren Sohn mit einer beinahe wahnsinnigen Leidenschaft, aber sie hegte keinerlei zärtliche Gefühle für ihn, keine wirkliche Zuneigung.

Die Erinnerung an die langen Jahre der Kinderlosigkeit brachte die Königin noch heute aus der Fassung. All die Jahre, in denen sie sich nach einem Kind gesehnt hatte, die zahllosen Enttäuschungen, die nicht enden wollenden Demütigungen. Sie war bereits zehn Jahre mit dem König verheiratet gewesen, bevor sie empfangen hatte.

In den ersten Jahren ihrer Ehe hatte der König sie immer wieder ermutigt und mit Rücksicht behandelt. »Das macht nichts, meine Liebe«, hatte er jedesmal gesagt, wenn ihr Blut erneut zu fließen begann. »Wir haben Zeit. Du bist jung und fruchtbar; die Götter haben halt entschieden, daß wir noch nicht bereit dazu sind.« Dann hatte er sie angelächelt und sie für einen neuen Versuch in sein Bett gebeten.

Doch schließlich hatten die Pflichten der Herrschaft ihren Tribut gefordert, und der König hatte verzweifelt nach einem Sohn verlangt – ein Erbe war von lebenswichtiger Bedeutung für die Stabilität des Reiches. Heimlich hatte man dem König ins Ohr geflüstert:

»Ein Land ohne Erben ist eine Einladung zum Krieg.«

»Es ist Eure heilige Pflicht, dem Königreich einen Erben zu schenken.«

»Die Königin ist unfruchtbar.«

»Löst die Ehe auf.«

»Tauscht die Königin gegen eine Zuchtstute.«

Der König liebte seine Frau von ganzem Herzen und konnte den Gedanken nicht ertragen, sie zu verstoßen. Doch das Drängen des Hofstaats zeigte schließlich Wirkung. Die Königin konnte ihrem Gemahl keinen Vorwurf machen – die Höflinge hatten recht, das Land brauchte wirklich einen Erben.

Verzweifelt sehnte sie sich danach zu empfangen. Sie versuchte alles, von heißen Umschlägen bis hin zu magischen Zeremonien ... alles ohne Erfolg. Natürlich erwähnte niemand, daß vielleicht der König unfruchtbar sein könnte. Allein der Gedanke war grotesk. Er war der König: das Symbol des Lebens, der Erneuerung und der Beständigkeit. Selbst die Königin wagte nicht, einen derart verräterischen Gedanken zu denken, und schließlich akzeptierte sie ihre Unfruchtbarkeit.

Der König hatte eine Annullierung der Ehe gegenüber seiner Frau nie erwähnt, obwohl er das Recht dazu besaß, nachdem die Unfruchtbarkeit der Königin erwiesen war. Statt dessen holte er andere Frauen in sein Bett in der Hoffnung, einen Sohn zu zeugen, den er später anerkennen konnte. Dabei ging er so taktvoll wie möglich vor; doch die Diener flüsterten untereinander, und die Höflinge redeten offen darüber. Die Erinnerung an die Schande ließ die Königin erschauern – keine andere

Königin in der Geschichte hatte je solche Demütigungen ertragen müssen. Jeden Tag, den sie bei Hofe verbrachte, mußte sie vorgeben, alles wäre in Ordnung; sie mußte königlich und gefaßt erscheinen, während ihr Gemahl sich mit anderen Frauen herumtrieb.

Merkwürdigerweise gebar keine dieser Frauen dem König einen Sohn. Die wenigen, die schwanger wurden, brachten Töchter zur Welt, und eine Tochter besaß keinen Wert in dem von Männern beherrschten Harvell. Der König schickte die Frauen und ihre Kinder fort. Ihr Schicksal kümmerte ihn nicht.

Schließlich gab er den Versuch auf, einen Sohn zu zeugen, und beide fanden sich damit ab, kinderlos zu bleiben.

Dann, in einem kalten Wintermonat vor ungefähr achtzehn Sommern, blieb die Blutung der Königin aus. Sie wagte kaum zu hoffen: zehn Jahre ohne Kind hatten eindeutig bewiesen, daß sie unfruchtbar war. Ein zweiter Monat verging und dann ein dritter; ihr Körper schwoll an, und ihre Brüste wurden weich. Sie bekam ein Kind. König und Hof jubelten. Paraden wurden abgehalten, man tanzte und feierte zu ihren Ehren, und schließlich erfüllte sie ihre Pflicht und schenkte einem Sohn das Leben.

Die Königin rechnete neun Monate von der Geburt ihres Sohnes zurück. Kylock war im tiefsten Winter empfangen worden, und die Königin hatte keine Erinnerung daran, daß der König sie in dieser Zeit aufgesucht hatte. Natürlich konnte sie sich dessen nicht sicher sein, denn sie erinnerte sich einer Nacht, in der sie so viel getrunken hatte, daß alle Erinnerungen wie weggewischt schienen. Doch als sie am nächsten Morgen aufgewacht war, waren ihre Schenkel wund gewesen – wie jedesmal, wenn sie sich mit ihrem Mann geliebt hatte. Der König mußte sie genommen haben, als sie betrunken gewesen war. Ein beunruhigender Gedanke.

Die Königin hob einen Finger an die Lippen und biß in die fleischige Spitze. Der Schmerz brachte sie wieder in die Gegenwart zurück, und sie war froh darüber; in der Vergangenheit gab es zu viele unbeantwortete Fragen, zu viel Leid und zu viel Verlust.

Die Königin eilte durch die hohen Korridore, begierig, die Medizin an ihrem Gemahl auszuprobieren.

Kapitel Sieben

Tawl bog in die finstere Gasse ab. Obwohl noch Tageslicht herrschte, war es zwischen den hohen Gebäuden fast vollkommen dunkel. Ihre überhängenden Simse verhinderten, daß das Licht bis auf den Boden fiel. Tawl war auf dem Weg zu einem Mann, der ihm von Megan empfohlen worden war. Er war bekannt dafür, Schiffspassagen zu vermitteln, ohne daß unnötige Fragen gestellt wurden. Doch Tawl hatte kein Geld, um für eine solche Passage zu zahlen, und Megans geringe Ersparnisse waren bis auf ein paar Kupferstücke aufgebraucht. Er beschloß, zunächst mit dem Mann zu sprechen und ihn zu einem Geschäft zu überreden. Anschließend würde ihm schon etwas einfallen, wie er die Reise bezahlen konnte.

Wie die meisten Bezirke von schlechtem Ruf, so hatte auch das Hurenviertel von Rorn seine guten und schlechten Gegenden. In einer guten Gegend gingen Huren und Bauernfänger ihrem Gewerbe nach, Taschendiebe schlichen durch die überfüllten Straßen, und die Menschen sahen sich an und sagten: »Immerhin ist es hier nicht so schlimm wie in der Sharlett-Straße.«

Die Sharlett-Straße war eigentlich mehr als nur eine Straße – es war ein ganzer Distrikt innerhalb des Hurenviertels. Doch hier gab es keine leicht bekleideten Huren, keine geschäftigen Taschendiebe oder hoffnungsvolle Spitzel. Niemand, der noch am Leben hing, wagte sich hierher. Die Sharlett-Straße gehörte jenen, denen ihr eigenes Leben nichts mehr wert war; jenen, die so sehr von Krankheiten oder von schlechtem Gewissen geplagt wurden, daß es sie nicht mehr kümmerte, ob sie den nächsten Tag noch erlebten. Aber die Leute mieden die öden, finstren Straßen von Sharlett nicht nur wegen ihrer Seuchen und all des Abschaums, der sich dort herumtrieb. Die Luft selbst schien voller Verdorbenheit zu sein, eine Atmosphäre wie geschaffen für böse Taten und moralischen Verfall.

Und Tawl war auf dem Weg zu diesem Ort. Er bemerkte, wie sich seine Umgebung nach und nach veränderte: immer weniger Leute auf den Straßen, Ratten, die sich durch menschliche Abfälle wühlten, obwohl ihre Artgenossen in anderen Gegenden erst mit Einbruch der Dunkelheit aus ihren Löchern krochen.

Während er sich vorsichtig einen Weg durch den Dreck suchte, dachte Tawl über die Geschichte nach, die ihm der alte Mann in der Taverne erzählt hatte. Der Gedanke an die hilflosen Seher, die ihr Leben an einen Stein gefesselt verbrachten, ließ ihn schaudern. Tawl wußte, was es bedeutete, gefesselt zu sein. Er hatte den eisernen Griff eines Seils am eigenen Leibe gespürt. Was für Mächte mochten zu solch einer unmenschlichen Tat fähig sein? Tawl wünschte sich bitterlich, er könne auf ihre Dienste verzichten.

Nach Larn zu gehen und sich mit den Sehern zu beraten, bedeutete, ihre Behandlung zu dulden – und das obwohl Tawl als Ritter von Valdis eigentlich verpflichtet gewesen wäre, alles daranzusetzen, die Unglücklichen zu befreien. Die Ritterschaft gründete sich auf ein fundamentales Prinzip: Hilfe für den Nächsten. Seit mehr als vierhundert Jahren bemühte sich der Orden, das Leid der Menschen zu lindern. Sein größter Triumph war der Feldzug zur Abschaffung der Sklaverei im Osten gewesen. Dank des Eingreifens der Ritter konnten Städte wie Marls oder Rorn nicht mehr mit Fleisch aus dem tiefen Süden handeln. Noch heute unterhielten die Ritter in den Häfen des Ostens Niederlassungen und kontrollierten die Ladungen vorbeifahrender Handelsschiffe.

Tawl entblößte die doppelten Ringe auf seinem Unterarm. Vor vielen Wintern hatte er gehofft, den dritten und letzten Ring zu erhalten. Aus diesem Grund war er von Tyren zu Bevlin gesandt worden. Um den letzten Ring zu erwerben und ein vollwertiges Mitglied der Ritterschaft zu werden, mußte ein Novize in die Welt hinausziehen, bis er ›Gnade in den Augen Gottes‹ gefunden hatte.

Der erste Ring stand für physische Leistungen, der zweite für das Studium und der dritte für das Erfüllen einer Aufgabe. Wie man Gnade in den Augen Gottes fand, war schwer zu sagen, und viele Ritter verbrachten Jahre mit der Suche nach einer ruhmreichen, aber schwer zu bestimmenden Sache. Die meisten beschlossen, konkrete Aufgaben zu erfüllen. In dem Jahr, da Tawl den zweiten Ring erhalten hatte, waren zwei Ritter nach Nordwesten gezogen, um in dem Konflikt über den Nestor zu vermitteln; einige waren nach Silbur gesegelt, um Flußpiraten zu jagen; und Tawls Freunde waren auf der Suche nach verlorenen Schätzen tief in den Süden gewandert – er wußte nicht, was aus ihnen geworden war.

Und wenn ein Ritter glaubte, bereit zu sein, wurde er in Valdis vorstellig, um beurteilt zu werden. Vier Männer nahmen die Aussage entgegen, und aufgrund ihrer Empfehlung verlieh der Führer des Ordens, Tyren, dem Ritter entweder den letzten Ring, oder er sandte ihn wieder hinaus, um noch einmal von vorne zu beginnen. Sich vorzustellen und als unwürdig erachtet zu werden bedeutete eine große Schande für einen Ritter. Um diese Demütigung zu vermeiden, verbrachten viele Ritter Jahre, oder auch Jahrzehnte, jenseits von Valdis. Und manche kehrten nie zurück.

Tawl konnte sich nicht vorstellen, wann er bereit sein würde. Man hatte ihm eine beinahe unmögliche Aufgabe anvertraut, und solange sie nicht vollendet war, konnte er sich nicht mehr in Valdis blicken lassen. Es war bereits Jahre her, seit der Ordensführer ihn auf die Reise geschickt hatte. Tawl konnte sich noch genau an Tyrens Worte erinnern. »Geh zu dem Seher Bevlin. Du wirst ihn im Norden finden. Ich vertraue darauf, daß du tun wirst, was er von dir verlangt.« Es war eine schwierige Zeit gewesen; Tawl hatte kurz davorgestanden, alles aufzugeben. Das Gefühl, gebraucht zu werden, und – wenn er ehrlich war – die Aussicht auf Ruhm waren alles, was ihn bewegte weiterzumachen.

Die Wirklichkeit war so viel anders als der Traum. Tawl hatte die letzten Jahre mit Ausnahme eines einzigen mit einer fruchtlosen Suche verbracht: er hatte den größten Teil der bekannten Welt bereist und nach einem Jungen gefragt, der sich irgendwie von den anderen unterschied.

Man hatte ihm von Jungen mit sechs Fingern erzählt, Jungen mit gelben Augen, Jungen, deren Verstand vom Wahnsinn zerstört wurde. Diese und unzählige andere hatte Tawl aufgesucht; aber jedesmal wußte er tief in seinem Inneren, daß es der falsche war.

Schließlich war er nach Rorn gekommen, entmutigt und eine hoffnungslose Aufgabe vor Augen. Dann hatte er seine Frage am falschen Ort gestellt, und man hatte ihn verhaftet. Ein solches Risiko ging jeder Ritter von Valdis ein, denn die Ritterschaft war nicht mehr sehr beliebt. Sie dienten als Sündenböcke für jedes Problem, das irgendwo auftrat – war die Ernte in Lanholt schlecht ausgefallen, die Ritter waren schuld; lag in Rorn der Handel danieder, waren die Ritter dafür verantwortlich. Tawl stieß einen lauten Seufzer aus. Er hatte Gerüchte darüber gehört, daß die Ritter Schätze anhäuften, Gerüchte über ihren religiösen Fanatismus und ihre Gier nach politischer Macht. Und wenn die Ritter korrupt waren, dann galt dies erst recht für ihren Anführer, Tyren, und Tawl weigerte sich, solch böswilligem Tratsch über Tyren zuzuhören.

Er hatte dem Oberhaupt des Ordens viel zu verdanken. Tyren war gut zu ihm gewesen. Er hatte Tawl ermöglicht, dem Orden beizutreten. Ihm, einem einfachen

Jungen aus den Sümpfen, ohne Geld und ohne Fürsprecher. Tyren hatte ihm durch die schwerste Zeit seines Lebens geholfen. Als alles sinnlos erschienen war und die Last der Schuld noch frisch und untragbar, hatte Tyren ihn zu Bevlin gesandt und seinem Leben einen neuen Sinn gegeben.

Das leise Huschen von Füßen brachte Tawl wieder in die Gegenwart zurück. Unauffällig tastete er nach seinem Messer. Seine Finger schlossen sich um die kühle Klinge. Ihre tödliche Glätte beruhigte ihn. Tawl war bereits viel stärker als noch vor einer Woche, und er war auf einen Angriff gut vorbereitet.

Gelassen ging er weiter. Sorgfältig achtete er darauf, seinen Schritt nicht zu beschleunigen, um seinem Verfolger nicht zu verraten, daß er ihn entdeckt hatte. Er mußte sich anstrengen, um die Schritte hören zu können; sein Schatten trug wahrscheinlich Fußlappen. Tawl brachte ein grimmiges Lächeln zustande. Ihm hätte es nicht gefallen, durch diese Straßen zu wandern mit nichts als nur einem Fetzen Stoff zwischen seinen Füßen und dem Dreck.

Tawl war gezwungen, langsamer zu gehen. Er war nicht mehr sicher, ob er Megans Anweisungen genau gefolgt war. Sie hatte ihn in diese Gasse verwiesen – jedenfalls glaubte er das –, aber sie hatte ihm auch gesagt, sie würde nach links abzweigen. Doch es gab keine Abzweigung. Die Gasse verlief immer weiter geradeaus, ohne eine einzige Kurve. Tawl bekam eine Gänsehaut. Ein kurzer Lufthauch, das Aufblitzen einer Klinge, und der Mann war über ihm.

Tawl wirbelte herum, um sich seinem Feind zu stellen. Mit einer einzigen, fließenden Bewegung zog er das Messer. Der Mann hielt ein Krummschwert in der Hand. Tawl hatte solche Klingen bereits früher gesehen, und er wußte, daß sie in den richtigen Händen eine tödliche Waffe waren. Der Mann hieb nach ihm und zwang ihn zum Rückzug. Ein zweiter Hieb folgte, ein wilder, rücksichtsloser Angriff. Tawl wich der Klinge aus. Als sein

Gegner sich auf eine weitere Attacke vorbereitete, nutzte Tawl die Gelegenheit, mit dem Messer zuzustoßen. Er streifte den Arm des Mannes, und sofort trat Blut hervor. Für einen tödlichen Augenblick wurde der Mann vom Anblick seines eigenen Blutes abgelenkt. Als er wieder aufblickte, sah er Tawls Messer, das in seiner Brust steckte.

Es war ein sauberer Treffer. Tawl hatte nichts als Verachtung für jene übrig, die einen Kampf unnötig durch grausame und schmerzvolle Schläge verlängerten. Der Mann stürzte zu Boden, und Blut sprudelte aus der Wunde. Sein Krummschwert fiel mit rauhem Klirren auf das matte Straßenpflaster.

Tawl zitterte ein wenig. Es war lange her, seit er zum letzten Mal eine Klinge geführt hatte. Dieser Sieg bereitete ihm keine Freude, er war einfach notwendig gewesen.

Tawl betrachtete das Krummschwert. Die Schneide war arg abgestumpft: nicht gerade die Waffe eines Mannes, der ernsthaft auf Mord aus war. Vielleicht war er ein Dieb gewesen … und zwar ein äußerst verzweifelter. Tawl hob das Schwert auf und stellte überrascht fest, daß es hervorragend in der Hand lag. Wenn man es polieren und schleifen würde, würde es schon viel besser aussehen; vielleicht konnte er es verkaufen, um Geld für die Schiffspassage zu bekommen. Tawl steckte das Schwert in den Gürtel und achtete darauf, daß ein zufälliger Beobachter es nicht entdecken konnte.

Nun mußte er nur noch die richtige Gasse finden. Tawl beschloß derjenigen zu folgen, in der er sich gerade befand. Nachdem er eine Weile gewandert war, stellte er verärgert fest, daß er in eine Sackgasse geraten war. Er drehte sich resigniert um und wollte die verräterische Straße wieder zurückgehen. Noch während er sich drehte, spürte er einen mächtigen Schlag auf seinem Kopf. Tawl versuchte noch, sein Messer zu ziehen, doch nach einem weiteren verheerenden Treffer gegen seinen Schädel wurde die Welt schwarz.

Jack hatte sich beinahe vollständig von seinem Anfall von Sumpffieber erholt. Er konnte bereits durch die Höhle gehen, ohne daß alles vor seinen Augen verschwamm.

Zweifellos hatten Falks verschiedene Tränke und Salben ihm bei der Genesung geholfen. Doch Jack glaubte, das meiste Falks hervorragender Küche zu verdanken. Jeden Tag gab es entweder einen kräftigen Eintopf, einen gerösteten Hasen oder Kohlrüben gebacken in Fleischsauce. Jack hatte sein ganzes Leben in der Burgküche verbracht, aber man hatte ihm nie gestattet, derart schmackhafte Speisen zu essen. Die Kost eines Bäckerjungen bestand normalerweise aus einem dünnen Brei und so viel Brot, wie er bekommen konnte.

Jack hatte beinahe ein schlechtes Gewissen ob des Genusses, den er beim Essen empfand. Es war irgendwie nicht richtig. Er war meilenweit von zu Hause entfernt, und eigentlich sollte er sich auf Abenteuerfahrt befinden – auf der Suche nach einem neuen Leben, der Wahrheit über die Vergangenheit seiner Mutter oder was immer ihm gerade als das Beste erschien. Statt dessen hatte er es sich in einer warmen Höhle bequem gemacht und wartete auf die nächste Mahlzeit.

Jeden Tag brachte Falk Zutaten für ein neues, feines Gericht in die Höhle. Dann bereitete er alles sorgfältig vor. Er schnitt Zwiebeln, hackte Karotten, zog den Hasen das Fell ab und mahlte Gewürze. Jack konnte sehen, daß Falk die Arbeit Freude bereitete, und er bewunderte die Zufriedenheit, mit der der bärtige Mann diese alltäglichen Aufgaben erfüllte. In Burg Harvell hatte auch Jack manchmal eine ähnlich Freude empfunden, doch als er älter wurde, hatten Träume und Unzufriedenheit ihm diese Freude geraubt.

Jack wollte nicht faul sein, und so fragte er Falk, ob er helfen könne. »Nein«, antwortete Falk. »Es ist ein Segen für mich, mit den Früchten der Natur zu arbeiten. Ich liebe das Kochen. Ich nehme mir nur, was ich brauche, und ich vergeude nichts. Aus den Knochen eines Bratens mache ich am nächsten Tag eine Suppe, und Apfelschalen lege ich zum Trocknen aus.« Jack wußte nicht, was er darauf erwidern sollte; also bot er Falk an, etwas für ihn zu backen.

»Du bist noch zu schwach, Junge. Das Brotbacken muß warten. Außerdem habe ich nur einen sehr primitiven Ofen.«

»Ich könnte ein paar Pfannkuchen backen«, sagte Jack in der Hoffnung, daß sich Falk doch noch einverstanden erklären würde, denn er vermißte in der Tat das Brot.

»Nun gut, Jack. Wie ich sehe, hast du das Bedürfnis, mir etwas zurückzuzahlen. Es wäre sehr unhöflich von mir, dir das zu verweigern.« Falk redete auf eine Art, die Jack jedesmal die Sprache verschlug.

Und so brachte Falk am nächsten Tag das Mehl und die Eier, nach denen Jack verlangt hatte, und der Junge begann, Pfannkuchenteig anzurühren. Während Jack die Zutaten mischte, wurde ihm klar, daß sein altes Leben als Bäckerjunge vorüber war. Sicher, es würde immer Zeiten wie diese geben, in denen er Brot backen würde, aber in die Vergangenheit führte kein Weg mehr zurück. Vielleicht würde er weit im Osten eine Stadt finden, wo er eine Stelle als Bäckerlehrling annehmen konnte. Allerdings war er nicht mehr sicher, ob er das noch wollte.

Jack wußte, daß er bald weiterziehen mußte, und obwohl er seine Zeit mit Falk genossen hatte, verspürte er das Bedürfnis, auf sich gestellt zu sein. Er sorgte sich um die Zukunft: Baralis war hinter ihm her, er hatte kein Geld in der Tasche, und er hatte keine Ahnung, wohin er sich wenden sollte. Die Zeit der Entscheidungen rückte immer näher – Jack konnte den Vorfall mit den Broten einfach vergessen und als Bäcker weiterleben, oder er konnte seinem Leben eine neue Richtung geben und wieder von vorne beginnen.

Während er darüber nachdachte, bereitete Jack den Teig vor und fügte eine Mischung aus Bier und Wasser hinzu, um die Mixtur zu verdünnen. Dann rührte er die Masse durch und gab eine Prise Salz hinzu. Meister Frallit würde jeden Jungen verprügeln, dessen Pfannkuchen nicht flach genug waren.

Falk war gerade von einem seiner geheimnisvollen Streifzüge zurückgekehrt. Jack hätte den Mann gerne gefragt, was er auf seinen Ausflügen tat, doch er fand nicht die richtigen Worte.

»Du bist also wirklich ein Bäcker«, sagte Falk und nickte mit dem Kopf in Richtung Teig.

»Ich bin nie zum Bäcker ernannt worden. Ich war nur ein Bäckerlehrling.«

»Wörter! Titel! Wenn du backen kannst, bist du ein Bäcker.« Erneut wußte Jack nicht, was er erwidern sollte.

Er überprüfte die heiße Eisenplatte über dem Feuer und rieb sie mit Schweinefett ein. Das Fett begann zu qualmen: die Temperatur war genau richtig. Jack rührte seine Mischung ein letztes Mal um, dann verteilte er sie in mehreren Portionen auf der heißen Fläche. Die Eisenplatte zischte und rauchte, doch schon bald hatte sie sich wieder beruhigt, und nur wenige Minuten später duftete die ganze Höhle nach Pfannkuchen. Jack hatte keinen hölzernen Pfannkuchenwender zur Verfügung, und so hatte er sich eins von Falks alten Messern geliehen.

Falk beobachtete Jack zunächst mit einem gewissen Mißtrauen, doch dann begann er, sich ernsthaft für dessen Arbeit zu interessieren. »Nun, Jack, ich bin beeindruckt«, sagte er, als Jack ihm einen der köstlich duftenden Pfannkuchen auf einem Teller reichte.

Nachdem jeder seine Portion gegessen hatte, entspannten sie sich gemeinsam vor dem warmen Ofen. Falk sprach eine einfache Bitte aus: »Sag mir, wer du bist.«

Das Feuer wurde schwächer, und der Wind ließ nach, als würden auch die beiden Elemente auf Jacks Antwort warten. Er verlor jegliches Zeitgefühl, und wenn man ihn später danach fragte, konnte er nie sagen, wieviel

Zeit vergangen war, bevor er endlich zu sprechen begonnen hatte.

»Ich weiß nicht, wer ich bin. Erst vor wenigen Tagen habe ich noch geglaubt, ich wüßte es, aber jetzt hat sich alles verändert.« Jack wartete einen Augenblick, um Falk Gelegenheit zu geben, etwas zu sagen. Er schwieg, und sein Schweigen verlieh Jack den Mut fortzufahren. Er konnte diesem Mann vertrauen.

»Vor nunmehr genau einer Woche ist mir etwas passiert – etwas Böses. Ich habe ein paar Laibe Brot verbrannt; dann habe ich einen fürchterlichen Schmerz in meinem Kopf gespürt. Und als ich die Brote wieder sah, waren sie gerade mal braun geworden.« Jack fühlte sich erleichtert. Es tat gut, es laut auszusprechen und das schreckliche Wissen mit jemandem zu teilen.

»Hast du deshalb die Burg verlassen?«

»Ja.« Jack war froh, daß Falk nicht schockiert war. »Ich durfte nicht riskieren, daß irgend jemand herausfindet, was ich getan habe. Sie hätten mich gesteinigt.«

»Die Menschen der bekannten Welt sind allesamt Trottel. Alles, was sie nicht verstehen, wollen sie zerstören!« Falk schüttelte wütend den Kopf. »Sie bezeichnen sich selbst als *zivilisiert*, aber sie wissen nichts.

Zauberei – denn das hast du getan; ich will nicht um den heißen Brei herumreden – Zauberei ist keine Gabe des Teufels. Zauberei ist weder gut noch schlecht – es ist der Mensch, der sie ausübt, der gut oder schlecht ist.«

»Aber in der Burg sagt jeder, daß Zauberei etwas Böses ist und daß nur böse Menschen sie betreiben«, entgegnete Jack.

»Sie haben recht, und sie irren sich zugleich. Meist wird sie in der Tat von schlechten Menschen angewandt, aus Gier. Aber so ist es nicht immer gewesen. Einst, vor vielen Jahrhunderten, war Zauberei in der bekannten Welt allgemein üblich. Sie entstand aus der Schöpfung und ist so alt wie das Land selbst. Mit der Zeit standen die Mächtigen der Zauberei immer ablehnender gegenüber, denn die Fähigkeit zu zaubern konnte sowohl einem einfachen Arbeiter als auch einem hohen Lord verliehen sein. Doch die Mächtigen konnten und wollten diese willkürliche Verteilung von Macht nicht mehr akzeptieren. Sie handelten rasch und vernichteten alle, die der Zauberei mächtig waren. Mit dem Schwert läßt sich leichter regieren als mit Zauberei.

Nur wenige Zauberer überlebten die Große Läuterung. Heute ist die alte Kunst mehr ein Gerücht denn eine Tatsache. Ihre Zeit ist fast abgelaufen; diese Welt ist zu modern für Magie. Wie bei den meisten alten Dingen, so ist auch ihr Wert schon lange vergessen worden.

Doch es gibt noch immer einige Orte, wo sie gedeiht. Orte, die vom Lauf der Zeit abgeschnitten sind, Orte, wo das Land selbst so magisch ist wie die Menschen, die auf ihm leben. Aber auch diese Orte verschwinden langsam, und immer weniger können noch die alten Mächte nutzen.«

Jacks Verstand war in Aufruhr. Hatte Falk die Wahrheit gesagt? Sein ganzes Leben lang hatte man ihn gelehrt, daß Zauberei Teufelswerk war, und nun kehrte dieser Mann alles um. »Also bin ich nicht böse?«

»In jedem Mann gibt es Licht und Dunkel, ebenso wie in jedem Tag.« Falk zuckte mit den Schultern. »Ich bezweifele, daß du böse bist ... obwohl du mir vieles verschweigst.« Er blickte Jack in die Augen. »Du hast mir nie gesagt, wer du wirklich bist. Was ist mit deiner Familie? Woher stammt sie?«

Wut flammte in Jack auf. Es war immer das gleiche. Die Menschen stellten ein paar beiläufige Fragen, ohne zu merken, wie schwer es ihm fiel zu antworten. »Ich bin ein Bastard! *Zufrieden*? Meine Mutter war eine Hure, und sie hat versäumt, über ihre Kunden Buch zu führen!« Er sprang auf und warf seinen Becher ins Feuer.

»Wo ist deine Mutter jetzt?«

Hörte der Mann denn nie mit seinen Fragen auf? Jack beobachtete, wie der Becher von den Flammen verzehrt wurde. Die Wut verließ ihn so rasch, wie sie gekommen war. Er blickte wieder zu Falk und sagte: »Sie starb vor acht Jahren. Sie hatte ein Geschwulst in der Brust, und das hat sie aufgefressen.«

»Wie bist du nach ihrem Tod zurechtgekommen?« Falks Augen waren von einem unmöglichen Blau. Sie waren so voller Mitgefühl, daß Jack bereit war, Dinge zu sagen, die er noch nie jemandem gestanden hatte.

»Es war leicht. In gewisser Hinsicht war es sogar ein Segen. Nach ihrem Tod hörte der Spott eine Weile auf, und ich konnte so tun, als sei ich so normal wie alle anderen auch.«

Zum zweiten Mal erwartete Jack, für seine Worte verdammt zu werden, und erhielt statt dessen Verständnis. »Es ist keine Sünde, sich seiner Eltern zu schämen. Aber es ist *falsch*, die Worte anderer zu akzeptieren, ohne sie zu hinterfragen. Nur weil man sie eine Hure schimpfte, heißt das noch lange nicht, daß sie auch wirklich eine gewesen ist.«

Jack wandte sich erneut zu Falk um. »Aber warum ...?«

»Warum manche Menschen andere schlechtmachen? Es ist genau das gleiche wie mit der Zauberei. Wenn sie sie nicht verstanden haben, wenn sie irgendwie anders war, haben sie sie dafür gehaßt.«

»Sie *war* anders!« Jack spürte eine wachsende Erregung in seiner Brust. Falk hatte seine Gedanken nicht nur befreit, er änderte ihre Natur. »Sie war eine Fremde. Als sie in die Vier Königreiche kam, war sie bereits erwachsen.«

»Wo kam sie her?«

Jack schüttelte den Kopf. »Das weiß ich nicht. Sie hat es mir nie gesagt. Ich glaube, sie fürchtete sich vor irgend etwas oder irgend jemandem aus ihrer Vergangenheit.«

»Aha.« Falk strich sich über den Bart und dachte eine Weile nach. Dann sagte er: »Vielleicht hat sie mehr Angst um dich als um sich selbst gehabt. Wäre sie nur um ihre eigene Sicherheit besorgt gewesen, hätte sie dich genauso gut ins Vertrauen ziehen können, oder etwa nicht? Mir scheint, sie hat ihr Geheimnis bewahrt, um dich zu schützen.«

Was war das für ein Mann, der so beiläufig etwas in Frage stellen konnte, das Jack seit Jahren für die Wahrheit gehalten hatte? In Gedanken reiste er in seine Kindheit zurück, zu den morgendlichen Ausflügen auf die Zinnen. Er erinnerte sich an die Worte seiner Mutter, »Halt deinen Kopf unten, Jack. Man könnte dich entdecken.« *Wer* könnte ihn entdecken? Neue Gedanken schossen Jack durch den Kopf. Er hatte das Gefühl, als habe er bis zu diesem Gespräch mit Falk die Welt nur verzerrt wahrgenommen, und plötzlich war alles glasklar.

»Was nun deine illegitime Geburt betrifft, Jack, viele der mächtigsten Männer der bekannten Welt haben genauso angefangen. Der Erzbischof von Rorn zum Beispiel kennt seinen eigenen Vater nicht – allerdings weiß das niemand.« Falk stand auf und legte einen Arm um Jacks Schulter. »Ein gutgemeinter Rat. Du darfst den Mann, der dich gezeugt hat, nicht hassen.«

Jack wich zurück. »Wie kommst du darauf, daß ich das tue?«

»Ich habe Erfahrung mit solchen Gefühlen – auch mich hat man einen Bastard geschimpft. Und ich habe zugelassen, daß das mein Leben ruinierte. Bis zu meinem dreiundzwanzigsten Lebensjahr bin ich gut zurechtgekommen. Ich hatte eine Frau, drei Kinder und eigenes Land. Eines Abends habe ich das Gespräch zweier Männer in der Taverne mit angehört. Der eine erwähnte meinen Namen und sagte, wie gut ich mich machen würde. Der andere kicherte nur und entgegnete, ›Einmal ein Bastard, immer ein Bastard‹. Ich bin dem Mann an den Hals gesprungen. Vier Männer waren nötig, um mich aufzuhalten. Der Mann wäre beinahe gestorben. Ich wurde zu einem Jahr Zwangsarbeit in den Schiefergruben verurteilt. Anstatt in der Zeit an meine Familie zu denken, habe ich meinen Haß genährt. Ich haßte meinen Vater, weil er mich zu einem Objekt der

Verachtung gemacht hatte. Ich gab ihm für alles die Schuld.

Im Gegensatz zu dir wußte ich, wer er war. Nach meiner Entlassung habe ich mich auf die Suche nach ihm gemacht. Erst nach vielen Jahren hatte ich ihn endlich gefunden. Ich war voller Zorn und bereit zum Kampf. Er war ein alter Mann mit Gicht in den Knochen, ein armseliger Anblick.

Ich habe ihm die Faust vors Gesicht gehalten, und er bettelte um Gnade. Bis heute bin ich dankbar dafür, daß ich sie ihm gewährt habe.

Wir haben uns zusammengesetzt und eine Weile miteinander geredet. Er nannte mir den Grund, warum er meine Mutter nicht geheiratet hatte. Sie stammte aus einer guten Familie und war ohne ihn besser aufgehoben, denn er hatte kein Geld, um Mutter und Kind zu ernähren. Ich weiß nicht, ob ich ihm geglaubt habe – aber das ist auch egal. Wichtig ist, er war nur ein Mann – nicht böse, nicht verschlagen, er verdiente keine Bestrafung.

Ich verließ ihn und kehrte nach Hause zurück. Meine Frau und die Kinder waren fortgezogen und hatten mir eine Nachricht hinterlassen, ihnen nicht zu folgen. Der Rest meiner Geschichte ist zu lang, als daß ich sie erzählen könnte. Ich habe viel vom Leben und von den Menschen gesehen, ich bin in Dutzenden von Städten gewesen, habe mit unzähligen Menschen gesprochen, und man hat mir viele Namen gegeben. Was ich dir damit sagen will, Jack ... Begehe nicht denselben Fehler wie ich. Verbring nicht den Rest deines Lebens damit, dir Rachephantasien auszudenken. Sie werden dich am Ende doch nur zerstören.« Falk stellte seinen Becher ab und ging aus der Höhle. Jack ließ er allein zurück, damit er über seine Worte nachdenken konnte.

Baralis hatte beschlossen, in bezug auf das Mädchen etwas zu unternehmen, und deshalb rief er seine Söldner herbei. Wieder trafen sie sich vor den Burgtoren. Seit kurzem verspürte Baralis eine unerklärliche Unruhe, und so hatte er Crope befohlen, ihn ständig zu begleiten. Die gewaltige Gestalt seines Dieners wirkte beruhigend auf ihn. Außerdem brachte dieses Arrangement noch einen unerwarteten Vorteil mit sich – Cropes Anwesenheit schüchterte die Söldner merklich ein.

»Ich will, daß ihr das Mädchen einfangt. Ich weiß, wo sie ist. Sie befindet sich südöstlich von Harvell, vier Tagesritte von hier entfernt.« Baralis' Blick forderte die Söldner heraus, sein Wissen zu bezweifeln.

»Was ist mit dem Jungen?« fragte der Anführer. Baralis hatte nicht die Absicht, dem Mann gegenüber zuzugeben, daß er den gegenwärtigen Aufenthaltsort des Jungen nicht kannte. Der Gedanke, man könne an seiner Unfehlbarkeit zweifeln, gefiel ihm nicht.

»Ich werde mich persönlich um den Jungen kümmern. Er ist nicht mehr mit dem Mädchen zusammen.« Amüsiert beobachtete Baralis, wie sich seine Söldner vorsichtige Blicke zuwarfen. *Woher weiß er soviel?* fragten sie sich, ohne es laut auszusprechen. Baralis drehte das Messer noch einmal in der Wunde um. »Wenn ihr das Mädchen diesmal aufgreift, faßt ihr sie gefälligst nicht noch einmal an. Ich will nicht, daß sie von Söldnern vergewaltigt wird wie eine hergelaufene Dirne.« Baralis erkannte in den Gesichtern der Männer eine Vielzahl von Emotionen: Erstaunen, Schuld, Haß und Angst. »Geht jetzt, und enttäuscht mich nicht noch einmal!«

Die Männer stiegen auf ihre Pferde und ritten davon. Baralis fragte sich, ob er sich nicht schon zuviel Zeit gelassen hatte. Das Mädchen würde den Wald bald verlassen und auf die ersten Städte und Dörfer stoßen. *Egal,* dachte er, *solange sie nicht am Hof ist, wird es auch keine Verlobung geben.* Wenn das Mädchen erst einmal eingefangen und in seinen Unterschlupf gebracht worden war, konnte er seine ganze Aufmerksamkeit der Suche nach Jack widmen. Die Taube wurde immer schwächer und würde bald sterben, und der Bäckerjunge konnte mittlerweile meilenweit entfernt sein; ein zweiter Vogel konnte ihn wahrscheinlich nicht aufspüren. Aber Baralis war nicht sonderlich beunruhigt – es gab noch andere Möglichkeiten, die Wälder zu durchsuchen.

»Komm, Crope. Machen wir, daß wir aus diesem kalten Wind herauskommen. Ich habe noch viel zu tun.«

»Wird es auch etwas für mich zu tun geben, Meister?« fragte Crope. Seine Hand steckte in der Tunika; ohne Zweifel hielt er sein wertvolles Kästchen umklammert. Baralis fragte sich, was wohl darin sein mochte – wahrscheinlich die Zähne seiner toten Mutter.

»Wenn nicht, werde ich schon etwas für dich finden.« Der riesige Mann lächelte, und Baralis fügte hinzu: »Etwas, daß deinen einzigartigen Fähigkeiten entspricht.«

Während sie auf die Burgmauern zugingen, dachte Baralis über die Königin nach. Es war allgemein bekannt, daß sich der Gesundheitszustand des Königs verbessert hatte. Lange würde es nicht mehr dauern, bis die Königin Baralis wieder zu sich rufen würde, und dann würden sie einen Handel abschließen.

Baralis und Crope näherten sich einem abgelegenen Abschnitt der Burgmauern. Baralis verkrüppelte Hände tasteten vorsichtig nach einer winzigen Ausbuchtung im Mauergestein. Er fand sie, streichelte sanft darüber, und die Mauer schwang auf. Der Geruch feuchter Erde stieg ihm in die Nase. Gemeinsam mit Crope schritt er durch die Öffnung. Baralis verschloß den Eingang sofort wieder; dann machte er sich mit seinem Diener auf den Weg in die finsteren Tiefen der Burg.

Der Assassine beobachtete, wie sich die Mauer erneut schloß. Beobachten und Warten. Das machte sich am Ende immer bezahlt. Scarl hatte bereits gesehen, wie Baralis und sein riesiger Diener heimlich die Burg verlassen hatten, und er war davon ausgegangen, daß sie auf demselben Weg wieder zurückkehren würden. Mit wachsendem Interesse hatte er Herr und Diener beobachtet, wie sie von der erwarteten Route abwichen und auf einen unscheinbaren Mauerabschnitt zuhielten.

Scarl war niemand, der seine Gefühle offen zur Schau stellte, doch als er sah, wie Baralis die Wand öffnete, gestattete er sich ein zufriedenes Lächeln. Er setzte sich in das hohe Gras, pflückte einen langen Grashalm und kaute darauf herum. Er würde eine Weile warten müssen.

Nachdem eine angemessene Zeit verstrichen war, ging Scarl zur Burgmauer. Er war ein äußerst gründlicher Mann, und so überprüfte er, ob er wirklich vor dem richtigen Mauerabschnitt stand. Ja, alles stimmte. Die Fußspuren zweier unterschiedlicher Menschen führten genau an die Mauer heran: Baralis leicht und, nach Scarls Meinung, verstohlen und Cropes schwer und tief.

Der Assassine strich mit den Fingern über den glatten Stein. Nichts. Unbeirrt fuhr er fort, die Bewegungen nachzuahmen, die er bei Baralis gesehen hatte. Um seine Erfolgsaussichten zu erhöhen, stellte er sich in die Fußabdrücke des Kanzlers. Erneut strich er mit den Fingern über den grauen, kalten Stein. Noch immer nichts. Der Assassine war nicht beunruhigt; er war ein äußerst geduldiger Mann, was ihm bei seinem Beruf zugute kam. Er versuchte es wieder. Diesmal tastete er einen Stein nach dem anderen ab, während seine scharfen Augen nach etwas Ungewöhnlichem suchten. Er konnte nichts finden.

Der Assassine trat von der Mauer zurück und überlegte, was er als nächstes tun sollte. Er war sicher, daß der Eingang nicht magisch geschützt war; so etwas konnte er riechen. Nein, es mußte einen mechanischen Weg hinein geben – wenn er ihn doch nur erkennen würde. Scarl kaute auf seinem Grashalm, genoß den bitteren Geschmack und betrachtete die Mauer.

Er *mußte* diesen Eingang öffnen; er war sicher, daß die gesamte Burg mit Geheimgängen durchsetzt war.

All diese alten Burgen waren von Leuten erbaut worden, die die Vorteile einer heimlichen Flucht zu schätzen wußten. Scarls Motive hineinzugelangen, lagen nicht nur in seinem Auftrag begründet. Er liebte Geheimnisse, Abmachungen hinter vorgehaltener Hand, Betrug ... eigentlich alles, was irgendwie nach Hinterhältigkeit roch.

Das war es! Warum war er nicht schon früher darauf gekommen? Baralis war mehr als einen Fuß größer als Scarl. Er hatte seine Füße an die richtige Stelle gesetzt, aber seine Hände waren nicht hoch genug gewesen. Dann fiel dem Assassinen ein, warum er nicht schon eher daran gedacht hatte: neben dem gigantischen Crope wirkte jeder winzig, selbst ein so großer Mann wie Baralis. Eine freudige Erregung machte sich in Scarls Magen breit, doch nach außen war nur ein Anspannen der Lippen zu erkennen.

Er trat erneut an die Mauer und tastete nun ein wenig höher. Der Stein war glatt; Scarls Finger fuhren der Länge nach an ihm entlang. Da war etwas, eine winzige Unebenheit. Scarl glitt mit den Fingerspitzen darüber und wieder zurück. Als die Mauer aufschwang, trat der Assassine beiseite.

Er ging durch das Loch. Es roch vermodert, und Scarls unvorbereitete Augen sahen nichts als tiefe Dunkelheit. Er tastete in seiner Tasche nach einer Kerze und Feuerstein – bereits seit einiger Zeit war der Assassine auf diesen Augenblick vorbereitet. Mit sicherer Hand, wie es für seinen Beruf typisch war, entzündete er die Kerze. Ihr Licht war schwach, aber es reichte aus. Scarl suchte nach einem Mechanismus, um die Tür wieder von innen zu verschließen. Nach einiger Zeit entdeckte er eine Ausbuchtung, ähnlich der an der Außenseite, und die Mauer kehrte an ihren Platz zurück.

Nach und nach gewöhnten sich Scarls Augen an die Dunkelheit. Ohne seine Kerze hätte er gar nichts sehen können. Scarl stand vor einer Entscheidung: links oder rechts. Er wählte den linken Weg. Der Korridor führte nach unten und verwandelte sich bald in einen Tunnel mit gewölbten Seitenwänden. Die Wände waren feucht, und mit einem bleichen Moos bedeckt, das Scarl noch nie zuvor gesehen hatte. Er berührte es – es fühlte sich weich und schwammig an, und etwas davon blieb an seinen Fingern haften. Scarl betrachtete prüfend die klebrige Substanz, dann wischte er seine Finger sorgfältig ab. Man konnte bei einem fremden Moos nicht vorsichtig genug sein. Obwohl er keine große Erfahrung mit Giften hatte, wußte Scarl, daß zu ihrer Herstellung häufig bestimmte Moose verwendet wurden.

Der Tunnel führte noch einige Zeit weiter in die Tiefe; dann zweigte ein Gang von ihm ab. Scarl beschloß, der Abzweigung zu folgen. Bald traf er auf eine steinerne Treppe. Er war sicher, mittlerweile unterhalb der inneren Burg zu sein. Die Treppe eröffnete ihm unzählige Möglichkeiten: sie lief spiralförmig nach oben, und auf jeder Ebene zweigte ein Gang von ihr ab. Als der Assassine seiner Meinung nach hoch genug gestiegen war, betrat er einen der seitlichen Korridore. Er war lang und gerade, und an den Seiten befanden sich unzählige Öffnungen, einige davon verschlossen. Langsam begriff Scarl, wie groß und verschlungen dieses Netzwerk aus Tunneln war.

Der Assassine war voller Bewunderung für die Männer, die diese Tunnel entworfen und gebaut hatten, und er war auch ein wenig neidisch auf Baralis' Kenntnisse des geheimen Systems. Scarl wollte wissen, wohin jede einzelne Tür und jeder einzelne Korridor führte. Er war sicher, nur einen Bruchteil der Tunnel gesehen zu haben. Offensichtlich gewährten sie Zugang zu einer Vielzahl verbotener Orte: Schlafgemächern, Lagern, Besprechungsräumen. Daß man ein derartiges System hervorragend für die unterschiedlichsten Zwecke nutzen konnte, war Scarl durchaus bewußt. Er schätzte sein Opfer nun anders ein – Baralis war nicht nur ein Mann mit bemerkenswerten Kräften, auch seine Mittel waren beachtlich.

Scarl blickte nach vorne und fragte sich, wie er Zugang zum Inneren der Burg erlangen konnte. Willkürlich wählte er eine Abzweigung und fand sich kurz darauf in einer Sackgasse wieder.

Da der Assassine wußte, daß ein Gang normalerweise irgendwohin führte, tastete er die Wand ab, und tatsächlich fanden seine Finger eine kleine Ausbuchtung, die einen Ausgang markierte. Scarl trat zur Seite, als die schwere Steinwand geräuschlos aufschwang.

Er befand sich in einem Teil der Burg, der ihm unbekannt war. Als er sich umschaute, stellte er erstaunt fest, daß er noch immer unter der Erde war. Nach seinen Berechnungen hätte er im zweiten Stock der Burg sein müssen. Statt dessen stand Scarl in einem offensichtlich unbenutzten Kerker. Er bemerkte eine Ansammlung alter Folterinstrumente: eine verrottete Streckbank, ein Rad, eine Daumenpresse und noch vieles andere.

Interessiert betrachtete Scarl die alten Geräte – bevor er zum Meuchelmörder geworden war, hatte er einige Erfahrung bei der Folter sammeln können. Sein geschultes Auge verriet ihm, daß die Ausrüstung kaum benutzt worden war. Außerdem waren die Instrumente hoffnungslos veraltet. Vor wenigen Monaten war Scarl in Rorn gewesen. Dort hatte er neue Foltergeräte gesehen, die ihn außerordentlich beeindruckt hatten. Rorn war seiner Zeit immer ein Stück voraus.

Fest entschlossen, sich mit den geheimen Gängen vertraut zu machen, suchte der Assassine nach einem Weg, der aus dem Kerker hinausführte. Früher oder später würde sich dieses Wissen als nützlich erweisen.

Melli bemerkte, daß die Bäume nicht mehr so dicht beieinander wuchsen. Der Wald begann, sich zu lichten: immer häufiger traf sie auf immer größere, freie Flächen. Gestern hatte sie das Dach einer kleinen Hütte gesehen. Sie hatte überlegt, sich der Behausung zu nähern, doch Vorsicht hatte über Neugier gesiegt, und sie war weitergezogen.

Melli wanderte nun bereits seit zehn Tagen durch den Wald. Sie war überrascht, wie rasch sie sich daran gewöhnt hatte. Sie, Lady Melliandra aus den Vier Königreichen, hatte es wirklich genossen, unter den Sternen zu schlafen und Wasser aus rauschenden Bächen zu trinken.

Aufgeregt und besorgt zugleich, sah Melli dem Ende des Waldes entgegen. Der Wald hatte sie vor den Sorgen der Außenwelt geschützt. Dort war alles einfach: sie ging, sie aß, sie schlief. Jetzt mußte sie sich mit anderen Dingen auseinandersetzen: Menschen, Geld und Unterkunft. Mit dem Wetter hatte sie Glück gehabt; obwohl es kalt war, hatte es nicht geschneit, und der dichte Wald hatte den Wind abgehalten. Melli wußte, daß der Schnee nicht mehr lange auf sich warten lassen würde, und für diesen Fall benötigte sie wärmere Kleidung.

Wäre ihre Börse doch nur nicht gestohlen worden! Melli hätte einen Sattel kaufen und so ihre Reise beschleunigen können. Aber jetzt, ohne ihre Wertsachen, wußte sie nicht, was sie tun sollte, wenn ihr Proviant zur Neige ging. Sie hatte zwar noch immer ihr Pferd; aber sie würde höchstens zwei Silberstücke für das alte Tier bekommen. Außerdem mißfiel ihr der Gedanke, sich von ihm trennen zu müssen.

Während Melli durch die kühle Morgenluft wanderte, sah sie die ersten Vorboten menschlicher Besiedlung: Rauch in der Ferne, kurz gefressenes Gras, ein künstlich angelegter Graben. Sie beschleunigte ihren Schritt. Schließlich endete der Wald endgültig, und vor Melli erstreckte sich offenes Land. Auf einer Erhebung erschien ein Bauernhof, und dann ein zweiter. Melli entdeckte einen Feldweg und führte ihr Pferd darauf zu.

Am frühen Nachmittag erreichte sie ein kleines Dorf. Es konnte sich eines Gasthofs rühmen, aber keiner Schmiede. Mellis Erscheinen erregte die Aufmerksamkeit der Dorfbewohner: die Frauen warfen ihr mißtrauische Blicke zu, und die Männer schätzten sie ab. Es war offensichtlich, daß sie für die feindseligen Dörfler ein merkwürdiger Anblick war. Melli trug nach wie vor den Sack über ihrem Kleid, und anstelle eines Umhangs hatte sie eine Decke um die Schultern geschlungen. Sie wußte, daß ihr Gesicht sauber war, denn sie hatte es bei jeder sich bietenden Gelegenheit gewaschen; doch ihre Haare waren wahrscheinlich nur ein einziges, wildes Durcheinander.

Aufgrund der unfreundlichen Blicke entschied Melli, daß das Dorf kein geeigneter Rastplatz war. Als sie an den letzten Gebäuden vorbeizog, erklang die klare, schrille Stimme einer Frau: »Endlich haust du ab. Solche wie dich wollen wir hier nicht. Geh nach Duvitt, wo du hingehörst!« Melli konnte kaum glauben, daß jemand in diesem Ton mit ihr redete. Ihr ganzes bisheriges Leben lang war man ihr nur mit Höflichkeit und Respekt begegnet. Der grausame Unterton in der Stimme der Frau bereitete ihr mehr Kummer als all die Tage, die sie im Wald verbracht hatte. Entschlossen, Würde zu bewahren, blickte Melli nicht zurück, und sie und ihr Pferd entfernten sich von dem Dorf.

Den ganzen Nachmittag über folgte Melli der Straße, die immer breiter und besser wurde. Kurz nach Einbruch der Dunkelheit sah sie in der Ferne die Lichter einer Stadt. Da sie den gleichen Fehler nicht ein zweites Mal begehen wollte, zog sie den Sack aus und glättete ihr Haar, so gut sie konnte. Einige Zeit später erreichte sie die Stadt Duvitt.

Duvitt erlebte eine Zeit des Wohlstands. Die Lage der Stadt zwischen Harvell und dem Nestor war ideal, um vom Krieg zwischen den Halcus und den Vier Königreichen zu profitieren. In den letzten fünf Jahren waren die Einkünfte der ortsansässigen Kaufleute um ein Vielfaches gestiegen. Das Geld wurde mit der Bewirtung und Ausstattung der Soldaten verdient, die zu Hunderten durch die Stadt zogen. Obwohl Duvitt auf dem Gebiet der Vier Königreiche lag, versorgten die geschäftstüchtigen Händler inzwischen auch die Halcus. Schließlich war aus Duvitt auch offiziell eine neutrale Zone geworden, wo jeder müde Soldat, egal welche Farben er trug, ein warmes Bett und einen Becher kühlen, wenn auch etwas teuren, Biers finden konnte.

Aber natürlich hatte diese Situation auch ihre Schattenseiten: betrunkenen Soldaten fiel es oft schwer, Neutralität zu wahren, und so kam es häufig zu brutalen Schlägereien. Kleine Sachschäden und ein paar Leichen wurden gemeinhin als geringer Preis für den neugewonnenen Wohlstand erachtet. Heute gab es in der Stadt mehr Gasthöfe als an jedem anderen Ort in den Vier Königreichen, und in der Nacht, allein in seinem Schlafgemach, betete so mancher Wirt, der Krieg möge niemals enden.

Melli näherte sich der Stadt mit Vorsicht. Die Straßen waren voller Menschen, doch keiner von ihnen würdigte sie eines zweiten Blickes. Sie wußte nicht genau, was sie tun sollte. Vielleicht sollte sie ein paar der Töpfe und Pfannen verkaufen, die ihr Meister Trout eingepackt hatte. Duvitt schien Melli größer zu sein als Harvell; sicher war die Stadt geschäftiger. Melli bemerkte ungewöhnlich viele Soldaten auf der Straße. Das nahm sie als Zeichen, daß sie nicht allzu weit von ihrem Weg abgekommen war.

Melli verlangsamte ihren Schritt und suchte nach einem sicheren Platz, um ihr Pferd anzubinden. Sie wünschte, sie hätte genug Verstand gehabt, das Tier hinter einem abgelegenen Baum oder Strauch außerhalb der Stadt zu lassen. Schließlich beschloß sie, ihr Pferd an einen Holzzaun zu binden, der von allen Seiten einzusehen war. Sie hoffte, daß niemand es wagen würde, in aller Öffentlichkeit ein Pferd zu stehlen. Sie lächelte ein wenig über ihre eigene Vorsicht; ihr Pferd bedeutete nicht gerade große Beute für einen Dieb.

Melli sprach einen Jungen an, der an ihr vorbeiging. »Kannst du mir sagen, wo ich ein paar Sachen verkaufen kann?«

Der Junge war sofort interessiert. »Was für Sachen?« fragte er so beiläufig wie möglich.

»Zwei Zinnbecher, einen Teller und einen Kupferkessel.«

Das Interesse des Jungen ließ sichtlich nach. »Versucht es mal bei Meister Huddle, zwei Türen weiter.« Melli wollte sich bei dem Jungen bedanken, aber er war bereits wieder unterwegs auf der Suche nach besseren Geschäften.

Melli folgte den Anweisungen und betrat einen kleinen, schmutzigen Laden, der mit den unterschiedlichsten Waren vollgestopft war. Der Ladeninhaber schaute zu ihr hinüber, bemerkte Mellis heruntergekommene Kleidung und ignorierte sie dann demonstrativ, um sich einer anderen Kundin zu widmen.

»Ja, Madame Greal, ich werde zusehen, daß man Eure Schuhe bis morgen um die gleiche Zeit wieder repariert hat.«

»Sorgt dafür, mein Herr. Und ich verlange gute Arbeit. Keine einfachen Nähte.«

»Ich werde persönlich dafür sorgen, daß mein Bursche doppelte Nähte macht.«

»Nun, gut. Gute Nacht, mein Herr.« Die Frau drehte sich um und wollte den Laden gerade verlassen, als sie Melli erblickte. Ihre Augen verengten sich, und sie musterte Melli von oben bis unten. Als Melli sich dem Ladeninhaber näherte, blickte ihr die Frau hinterher.

»Was willst du, Mädchen?« verlangte der Mann zu wissen. Er sprach in einem völlig anderen Tonfall wie noch wenige Augenblicke zuvor.

»Ich würde Euch gerne etwas verkaufen«, entgegnete Melli würdevoll.

»Was hast du?«

»Zwei Zinnbecher, einen Teller und einen Kupferkessel.«

»Nicht interessiert, Mädchen. Und jetzt mach, daß du rauskommst!« Mellis Gesicht lief vor Wut und Scham rot an. Sie stürmte aus dem Laden und machte sich auf den Weg zu ihrem Pferd, da spürte sie eine Hand auf ihrer Schulter. Sie wirbelte herum und sah die Frau aus dem Laden.

»Warum so eilig, mein Liebes?« sagte die Frau. »Kein Geld? Kein Platz zum Schlafen?« Melli antwortete nicht, und die Frau fuhr fort: »Ich sehe, daß sich unter all dem Dreck ein hübsches Mädchen versteckt.« Mellis Gesicht verfärbte sich noch mehr. Sie versuchte weiterzugehen, doch die Frau versperrte ihr den Weg. »Ich gebe dir was Warmes zu essen und ein Bett für die Nacht.«

»Warum solltet Ihr das tun?« fragte Melli. Sie zweifelte an den Absichten der Frau.

Für einen kurzen Augenblick erschien ein hinterhältiger Ausdruck auf dem Gesicht der Dame. »Natürlich weil ich ein paar Töpfe und Pfannen brauche.«

Melli glaubte der Frau kein Wort, aber die Aussicht auf eine warme Mahlzeit war zu verlockend. »Gibt es hier irgendwo einen Stall, wo ich mein Pferd unterstellen kann?«

»Aber natürlich, meine Hübsche. Folge mir. Einer meiner Burschen wird sich um dein Pferd kümmern.«

Melli folgte der Frau zu einem großen Gasthof. Als sie Mellis verwirrten Gesichtsausdruck bemerkte, sagte sie: »Oh, meine Räume sind oben. Du wirst bei mir wohnen.« Melli mußte den Schankraum durchqueren, um zu der Treppe zu gelangen, die in die oberen Stockwerke führte. Als sie an einem Mann vorbeikamen, rief dieser der Frau zu:

»Madame Greal, wie ich sehe, habt Ihr ein neues Mädchen!« Madame Greal schien nicht gerade glücklich über diesen Zuruf zu sein und trieb Melli zu größerer Eile an. Melli fragte sich, was die Bemerkung des Mannes wohl zu bedeuten hatte; aber als Madame Greal sie in ihr Zimmer führte, vergaß sie den Vorfall.

»Das ist dein Zimmer, mein Liebes. Ich werde dir warmes Essen und heißes Wasser für ein Bad kommen lassen.« Die Frau ging. Melli blickte sich in dem kleinen Raum um – er enthielt ein Bett, eine Kiste mit Schubladen und einen Waschtisch. Zunächst kam sich Melli in dem Raum ein wenig eingesperrt vor, denn sie hatte sich inzwischen daran gewöhnt, im Freien zu schlafen.

Als Madame Greal mit einem Tablett voller wohlriechender Gerichte zurückkehrte, fühlte sich Melli rasch besser. Es gab heiße Wildpastete, dicke Lauchsuppe, ein Stück krümeligen, weißen Käse und knuspriges Brot mit Butter. Zu Mellis Freude ließ Madame Greal sie beim Essen allein, und so konnte sie so viel und so schnell essen, wie sie wollte. Nachdem Melli sich satt gegessen hatte, wickelte sie die restliche Pastete und den Käse in ein Stück Stoff und versteckte sie unter ihren anderen Habseligkeiten. Dann erinnerte sie sich an ihren Teil des Handels und suchte in ihrer Decke nach den Bechern und dem Kessel. Sie legte sie auf die Kiste mit den Schubladen; niemand sollte sagen, sie würde ihre Schulden nicht bezahlen.

Melli trank den letzten Rest Cidre, den Madame Greal ihr in einem großen Becher gebracht hatte. Als Hofdame hatte man ihr nur erlaubt, gewässerten Wein zu trinken, und der schwere Cidre stieg ihr direkt in den Kopf. Melli legte sich auf das Bett, bemerkte, daß die Matratze ziemlich klumpig war und fiel in einen tiefen Schlaf.

Was er jetzt zu tun hatte, gefiel Lord Maybor überhaupt nicht. Er hatte die Königin um eine Audienz gebeten, und sie hatte sie gewährt. Zehn Tage waren vergangen, seit man sich auf die Ehe geeinigt hatte, und jetzt schien die Möglichkeit einer solchen Verbindung unwahrscheinlicher denn je. Maybor lief in seinem Gemach auf und ab. Verdammte Melliandra! Das Mädchen hatte seine ganzen Pläne ruiniert, und nun war er gezwungen, der Königin eine gefährliche Lüge aufzutischen.

Maybor betrachtete sein Spiegelbild in dem zersplitterten Spiegel. Der Anblick seiner eleganten Garderobe vermochte ihn diesmal nicht zu befriedigen. Nichts lief so, wie es laufen sollte – selbst der Assassine ließ sich Zeit, Baralis' verräterische Kehle durchzuschneiden. Als Maybor Scarls Dienste das letzte Mal in Anspruch genommen hatte, war er viel schneller gewesen. Lord Glayvin war nach drei Tagen seinem Gott gegenübergetreten.

Widerwillig ging Maybor zum Audienzraum, klopfte an die Tür und wurde hereingebeten.

Die Königin bot ihm die königliche Hand zum Kuß dar, ein warmes Lächeln auf den Lippen. »Lord Maybor. Seid Ihr gekommen, um die Einzelheiten der Verlobungszeremonie zu besprechen?«

»Das bin ich, Euer Hoheit. Aber ich fürchte, es wird eine Verzögerung geben.«

»Eine Verzögerung.« Der freundliche Tonfall der Königin war verschwunden. »Was für eine Verzögerung? Ich hatte gehofft, die Verlobung zum Winteranfang bekanntgeben zu können. Gleich zwei Dinge sollten gefeiert werden – die verbesserte Gesundheit des Königs und die öffentliche Bekanntgabe des Verlöbnisses. Und jetzt redet Ihr von Verzögerung. Ich kann keine Verzögerung dulden, Lord Maybor.«

Maybor konnte die Nervosität der Königin verstehen; erst letzte Woche waren Nachrichten über das weitere Vorrücken des Herzogs eingetroffen. Allein dieses Jahr hatte er drei Städte südöstlich von Harvell erobert. Der Mann würde sich bald zum König ausrufen lassen. »Euer Hoheit, meine Tochter ist krank.« Innerlich verfluchte Maybor seine Tochter ein weiteres Mal.

»Das ist kein Problem. Die Hochzeit wird nicht vor dem Frühling stattfinden. Die Verlobungszeremonie ist kurz. Sicher wird Eure Tochter erscheinen können, wenn sie sich ein wenig Mühe gibt.«

»Euer Hoheit, Melliandra kann das Bett nicht verlassen. Sie hat hohes Fieber. Sie ist wirklich sehr krank.« Maybor sah, wie das Gesicht der Königin ernst wurde.

»Maybor, hat sie etwa die Pocken? Ich kann nicht riskieren, Kylock mit einem Mädchen zu verheiraten, das die Pocken hatte.« Es war allgemein bekannt, daß die Pocken zu Entstellungen und Unfruchtbarkeit führten.

»Nein, Euer Hoheit, es handelt sich nur um Sumpffieber. Sie wird in ein paar Tagen wieder gesund sein. Das ist alles, worum ich Euch bitte: nur zehn Tage.«

»Zehn Tage sind mehr als nur ein paar, Lord Maybor.« Die Königin ging auf und ab. »Nun gut, ich werde die Zeremonie hinausschieben.«

Maybor seufzte erleichtert auf. »Ich habe gehört, daß die Gesundheit des Königs sich merklich gebessert hat, Euer Hoheit.«

»Ja, Lord Baralis hat eine Medizin gemischt, die ihm ein wenig zu helfen scheint.« Maybor gefror das Blut in den Adern. Was hatte Baralis jetzt wieder vor? Versuchte er, sich bei der Königin einzuschmeicheln?

»Ihr dürft Euch jetzt entfernen, Lord Maybor. Ich nehme an, ich werde Euch auf den Feiern zum Winteranfang sehen.«

Während er wieder zu seinen Gemächern ging, beschloß Maybor, sich morgen in aller Frühe mit dem Assassinen zu treffen. Scarl sollte sich mit der Erfüllung seiner Aufgabe beeilen. Baralis hatte nichts Gutes im Sinn.

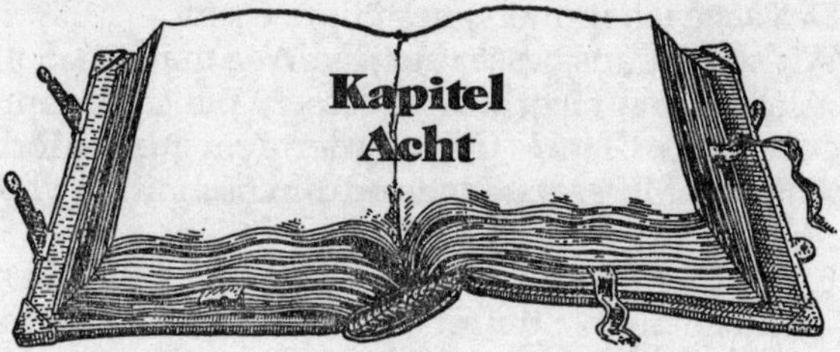

Kapitel Acht

Jemand rüttelte Tawl, um ihn aufzuwecken. Als er langsam wieder zu sich kam, schüttete man ihm eiskaltes Wasser ins Gesicht. »Komm schon, mein Freund, wach auf.« Tawl öffnete die Augen.

»Schau, er ist wach. Laß ihn in Ruhe. Der Alte Mann wird es nicht mögen, wenn du ihn zu grob behandelst, Clem.« Tawl wurden gerade ein paar kräftige Ohrfeigen verpaßt.

»Ich glaube nicht, daß er schon richtig wach ist, Moth.« Tawl spürte einen weiteren harten Schlag.

»Clem, er hat die Augen auf. Laß ihn in Ruhe!« Tawl blickte sich um. Er befand sich in einem kleinen, dunklen Raum. Zwei Männer ragten bedrohlich über ihm auf, und man hatte ihm die Hände auf dem Rücken zusammengebunden.

»Tut der Kopf weh?« Es war der kleinere der beiden, der gesprochen hatte. »Tut mir echt leid. Clem läßt sich manchmal hinreißen, wenn du weißt, was ich meine. Stimmt's nicht, Clem?« Der mit Namen Clem nickte. Der andere Mann fuhr fort: »Er meint's nicht persönlich. Der Alte Mann sagt, bringt ihn her, und wir bringen ihn her. Stimmt's nicht, Clem?« Clem nickte erneut. »Natürlich werden dir ein paar schöne Dinger auf deinem Kopf wachsen, aber weißt du, was Clem immer sagt?«

»Was sage ich immer, Moth?« fragte Clem.

»Du sagst, besser 'ne Beule auf'm Kopf als 'ne Beule im Bett. Das sagst du immer.«

»Das sage ich immer«, bestätigte Clem.

»Wir sollten uns besser auf den Weg machen. Sollten den Alten Mann nicht warten lassen. Willst du ihm die Ehre erweisen, Clem?« Clem förderte ein großes, tödlich aussehendes Messer zu Tage und durchschnitt Tawls Fesseln.

»Es tut Clem leid, daß er den Knoten ein bißchen zu eng gemacht hat. Stimmt's nicht, Clem?« Gehorsam nickte der Angesprochene. »Und es tut ihm auch leid, daß er dir jetzt die Augen verbinden muß. Stimmt's nicht, Clem?«

Diesmal bekam Tawl keine Gelegenheit, Clems Nicken zu sehen, da ein dickes, schwarzes Tuch über seine Augen gelegt wurde. Jemand packte seinen Arm und führte ihn aus dem Raum.

»Du siehst ein wenig steif aus, Freund. Mach dir keine Sorgen. Clem wird dich schon keine Klippe runterschicken. Stimmt's nicht, Clem?«

Tawl wurde eine Treppe hinuntergeführt. Dann ging die Reise durch etwas, das stark nach menschlichen Exkrementen roch.

»Mach dir nichts aus dem Gestank, Freund. Er wird dir nicht schaden. Clem hat sein ganzes Leben hier unten verbracht, und geschadet hat es ihm nichts. Stimmt's nicht, Clem?«

»Nein, Moth. Nehmen wir den üblichen Weg oder den hübschen?«

»Ich denke, wir sollten den hübschen nehmen; was meinst du, Clem? Mich verlangt nach frischer Seeluft.« Tawl wurde eine kurze Treppe hinauf ins Sonnenlicht geführt. Sofort spürte er den salzigen Meereswind auf seiner Haut.

»Heute ist das Wetter wirklich schön. Stimmt's nicht, Moth?«

»Nie hast du wahrer gesprochen, Clem. Eine wunderbar sanfte Brise zu so später Jahreszeit.«

»Du hättest Barde werden sollen, Moth.«

»Ach, Clem, wäre ich nicht zu einem Leben als Verbrecher berufen gewesen, wäre ich das vielleicht auch geworden.«

»Welch Verlust für die Kunst, Moth.«

Tawl wurde eine weitere Treppe hinuntergeführt, und der Gestank der Kanäle kehrte wieder zurück – diesmal noch stärker. Nach einer Weile führte der Weg wieder nach oben, und der Geruch wurde weniger durchdringend. Tawl wurde um unzählige Biegungen herum geleitet, bis seine Führer schließlich anhielten. Der Geruch frischer Blumen drang ihm in die Nase.

»Der Alte Mann mag Dinge, die süß riechen. Stimmt's nicht, Clem? Könntest du wohl eine Weile bei meinem Freund bleiben, während ich dem Alten Mann sage, daß wir hier sind?«

»Soll ich ihm die Binde abnehmen, Moth?«

»Warte lieber, bis der Alte Mann es erlaubt, Clem.« Schweigend warteten Clem und Tawl einige Minuten auf Moth' Rückkehr.

»Nimm ihm die Binde ab, Clem.« Die plötzliche Helligkeit ließ Tawl blinzeln. »Der Alte Mann sagt, komm herein.« Tawl wurde sanft durch eine Tür gestoßen.

Er fand sich in einem Raum voller Blumen wieder – ein kleiner, alter Mann saß neben einem hellen Feuer.

»Kommt herein, junger Mann. Möchtet Ihr einen Becher Nesseltee?« Der Alte Mann wartete nicht auf eine Antwort. »Natürlich wollt Ihr das. Nichts geht über Nesseltee, wenn man einen geschwollenen Kopf hat. Aber natürlich ist Lacus ein viel besseres Heilmittel, wie Ihr ja wohl wißt, junger Mann, oder etwa nicht?« Der Alte Mann warf Tawl einen wissenden Blick zu. Tawl entschied, daß Schweigen im Augenblick das Beste sei. Der Alte Mann goß grünen Tee in einen Becher und reichte ihn dem Ritter.

Tawl machte keinerlei Anstalten, den Tee zu trinken. »Kommt schon, junger Mann. Ihr werdet es bereuen, den Tee verschmäht zu haben, wenn die Beulen auf Eurem Kopf so groß wie Eure Eier werden.« Zögernd nahm Tawl den Becher mit der unangenehm aussehenden Flüssigkeit entgegen. »Setzt Euch, Tawl. Es macht Euch doch nichts aus, wenn ich Euch beim Namen nenne, oder? Wenn Ihr einmal in meinem Alter seid, bedeuten Euch Formalitäten nicht mehr allzu viel. Ich könnte jeden Augenblick tot umfallen.« Tawl dachte insgeheim, daß er noch nie einen gesünderen Greis gesehen hatte.

»Selbstverständlich tut mir die Art und Weise leid, wie man Euch hierhergebracht hat; aber langfristig gesehen, ist es das Beste. Keine unnötigen Fragen, keine Unannehmlichkeiten. Ich bin sicher, Ihr versteht, was ich meine.« Ein leises Klopfen ertönte an der Tür, und Moth trat ein.

»Entschuldigt, daß ich Euch unterbreche, Alter Mann, aber Noad hat mir gerade erzählt, daß es Schwierigkeiten mit Purtilan gegeben hat.«

»Du weißt, was du zu tun hast, Moth.« Moth nickte ernst und war bereits wieder auf dem Weg hinaus, als der Alte Mann hinzufügte: »Mach es so unangenehm wie möglich, Moth. Eine von Euren Sonderbehandlungen. In letzter Zeit hat es viel zu viel Schwierigkeiten im Marktviertel gegeben.«

Moth ging, und der Alte Mann wandte sich wieder an seinen Gast. »Ihr seid ein Mann, der in den höchsten Kreisen Interesse erregt. Wißt Ihr, daß der Erzbischof von Rorn Euch beschatten läßt?« Erneut wartete der Alte Mann nicht auf eine Antwort. »Nun, wann immer der ehrenwerte Erzbischof an jemandem interessiert ist, bin ich das auch. Besonders wenn dieser jemand und ich einen gemeinsamen Freund haben.« Der Alte Mann wirkte äußerst selbstgefällig. »Bevlin, der Gelehrte, ist ein sehr, sehr alter Freund von mir.«

Tawl beschloß zu sprechen. »Und was wäre, wenn ich von diesem Bevlin noch nie etwas gehört hätte?«

»Ihr enttäuscht mich, Tawl. Von einem Ritter von Valdis erwarte ich nichts als die reine Wahrheit.« Der Alte Mann schritt durch den Raum, nahm eine Chrysantheme aus einer Vase und roch daran. »Als Ihr von Tavalisks Lakaien geschnappt worden seid, hat man eine Lacushaut bei Euch gefunden. Nun habe auch ich so meine Verbindungen, und es ist mir gelungen, in den Besitz dieser Haut zu kommen. Wie ich vermutet habe, trägt sie Bevlins Zeichen.

Warum glaubt Ihr, hat er sie Euch gegeben? Laßt es mich erklären. Bevlin ist kein Dummkopf; er wußte, daß die Lacushaut markiert war, und er hoffte, daß sein Zeichen Euch eines Tages von Nutzen sein würde. Er hat viele Freunde, die ihm jederzeit helfen würden. Leider hat auch Tavalisk das Zeichen gesehen, und deshalb habt Ihr ein Jahr in seinen Kerkern verbracht.« Der Alte Mann steckte die Blume vorsichtig wieder zurück in die Vase, um das Arrangement nicht zu zerstören.

»Und ich werde Euch helfen. Ich bin Bevlin einiges schuldig, und so kann ich zumindest etwas davon zurückzahlen.«

Tawl dachte über die Worte des Alten Mannes nach. Schließlich traf er eine Entscheidung. »Ich brauche ein schnelles Schiff, das mich nach Larn bringt.«

Der Blick des Alten Mannes wankte nicht. »So sei es. Ich werde alles für Euch arrangieren. Gibt es sonst noch etwas?«

»Ich würde gerne ein paar meiner eigenen Schulden begleichen.«

»Das Mädchen Megan? Ich werde sie für ihre Mühen entschädigen.« Tawl versuchte, seine Überraschung zu verbergen – gab es irgend etwas, das der Mann nicht wußte? Zumindest war er froh, daß der Alte Mann seine Motive für die Reise nach Larn nicht in Frage gestellt hatte.

Als hätte er Tawls Gedanken gelesen, sagte der Alte Mann: »Um Bevlins Willen habe ich nicht den Wunsch zu erfahren, was Ihr vorhabt. Aber ich möchte Euch vor zweierlei warnen. Ich habe Kontakte zu allen Teilen der bekannten Welt, und ich weiß, daß die Ritter vielerorts nicht mehr gern gesehen sind. Es schlägt ihnen sogar unverhohlener Haß entgegen. Ich rate Euch, verbergt

Eure Ringe; sie würden Euch sonst nur in Schwierigkeiten bringen.« Der Alte Mann bemerkte Tawls verwunderten Gesichtsausdruck. »Ihr seid jung und idealistisch – wahrscheinlich wißt Ihr gar nicht, was vor sich geht.«

»Ich weiß, daß die Ritter in Rorn nicht gut gelitten sind.«

»Und das aus gutem Grund. Tyren führt die Ritterschaft auf den falschen Weg. Er will Geld und Macht, und er versucht seinen Ehrgeiz hinter einem Schleier aus religiösem Fanatismus zu verbergen.«

Tawl stand auf, um zu gehen. »Ein Mann sollte nicht nur aufgrund von Gerüchten verurteilt werden. Tyren hat mir seine Freundschaft gegeben, als ich sie am dringendsten benötigte.« Der Alte Mann bedeutete ihm zu bleiben, wo er war.

»Setzt Euch, setzt Euch. Ich wollte Euch nicht beleidigen. Die Ritter gehen mich nichts an. Wenn Ihr ihnen folgen wollt, stehe ich Euch bestimmt nicht im Weg. Ihr seid voller Träume, und alles, was für Euch zählt, ist das Erreichen des letzten Rings. Ich will Euch mal etwas sagen; ich habe viele Ritter gekannt, und das Erreichen des letzten Rings ist nur ein neuer Anfang, kein Ende.« Der Alte Mann blickte Tawl in die Augen. »Was glaubt Ihr, werdet Ihr tun, wenn Ihr ihn bekommen habt? Gedenkt Ihr, irgendwelche Heldentaten zu vollbringen, damit die Erinnerung an Euch Euer Fleisch überlebt?«

Tawl spürte, wie ihm das Blut ins Gesicht stieg. Das war nahe an der Wahrheit. Er hatte nie an die Zeit nach Erreichen des dritten Rings gedacht, abgesehen von einer vagen Vorstellung von Ruhm. Die Zukunft hatte für ihn keine Bedeutung – die Gegenwart war die einzige Währung, in der er zahlen konnte.

Der Alte Mann lächelte zufrieden. »Nun, wo war ich stehengeblieben?«

»Ihr wolltet mich vor zweierlei warnen. Die zweite Warnung steht noch aus.«

»Ah, ja. Die zweite lautet wie folgt: Larn ist eine heimtückische Insel. Hütet Euch vor dem Preis.«

Der Alte Mann nahm Tawl den Becher mit Nesseltee ab. »Moth wird sich um Eure Angelegenheiten kümmern. Leider sind er und Clem im Augenblick unterwegs, um etwas für mich zu erledigen. Mein Bursche, Noad, wird Euch hinausbegleiten. Moth wird Verbindung mit Euch aufnehmen, sobald alles in die Wege geleitet worden ist.« Der Alte Mann rief leise Noads Namen, und ein Junge betrat den Raum. Er führte Tawl hinaus, und der Alte Mann setzte sich wieder ans Feuer.

Tawl mußte sich der gleichen Prozedur unterziehen wie auf dem Hinweg. Seine Augen wurden verbunden, und gemeinsam mit dem Jungen machte er sich auf die übelriechende Reise, diesmal ohne einen kurzen Ausflug an die frische Meeresluft. Der Junge führte Tawl zurück in den kleinen, dunklen Raum. Er holte Tawls Kampfmesser und den Krummsäbel von einem hohen Regal und reichte sie dem Ritter. »Der Alte Mann will nicht, daß man Euch noch einen über den Schädel haut.« Tawls Augen wurden erneut verbunden, und der Junge geleitete ihn eine Treppe hinauf nach draußen. Gemeinsam gingen sie eine Weile nebeneinander her, dann entfernte der Junge die Augenbinde.

»Das war's. Wendet Euch am Ende der Straße nach links, und Ihr seid schon bald im Hurenviertel.« Mit diesen Worten war der Junge auch schon in einer dunklen Seitenstraße verschwunden.

Tawl folgte Noads Anweisungen und erreichte bald eine ihm vertraute Gegend. Tief in Gedanken versunken, machte er sich auf den Weg zu Megan.

Tavalisk aß Pflaumen. Er hatte eine ganze Schüssel der dunkelblauen Fürchte vor sich. Er steckte eine in den Mund, und während er kaute, lief Pflaumensaft über sein Kinn. Mit übertriebener Sorgfalt tupfte er den Saft mit einer seidenen Serviette ab und spie den Kern auf den Boden.

»Herein.« Gamil betrat den Raum mit einer Schüssel Nüsse in der Hand.

»Die Nüsse Eurer Eminenz«, sagte er und stellte die Schüssel auf den Tisch.

»Also, Gamil. Was für Neuigkeiten bringst du mir heute?« Tavalisk wählte eine dicke, glänzende Pflaume und plazierte sie zwischen seinen scharfen Zähnen.

»Unser Ritter ist wieder aus der Höhle des Alten Mannes aufgetaucht.«

»Und in welchem Zustand? Hat man ihn geschlagen?« Tavalisk spie den Kern in Richtung seines schlafenden Hundes.

»Das scheint mir nicht so, Euer Eminenz.«

»Oh, wie schade. Ich frage mich, was sie vorhaben?« Da Tavalisk den schlafenden Hund mit dem Kern verfehlt hatte, rüttelte er ihn nun wach.

»Das kann ich nicht mit Sicherheit sagen, Euer Eminenz. Noch nicht einmal Ihr wißt, was der Alte Mann im Schilde führt.« Tavalisk wollte gerade eine weitere Pflaume verspeisen, doch als er Gamils Worte vernahm, legte er sie unberührt zurück.

»Es ist nicht deine Aufgabe, mir meine Grenzen aufzuzeigen, Gamil. Du bist wirklich ein Idiot, wenn du glaubst, du seist meine einzige Informationsquelle.«

Gamil senkte mit angemessener Reue den Kopf. Tavalisk fuhr fort: »Der Alte Mann hat nur so lange Macht, wie ich es ihm erlaube. Im Augenblick untergraben seine Aktivitäten Gavelnas Führerschaft. Und es liegt in meinem Interesse, die Autorität des ersten Ministers …«, Tavalisk wählte die fleischigste Pflaume, »… einzudämmen. *Ich* muß die führende Macht in Rorn sein. Der alte Herzog lebt wie ein Eremit. Er verabscheut seine rechtmäßige Position als Führer der Stadt. Irgend jemand muß das so entstandene Vakuum füllen, und im Augenblick paßt es mir, den Alten Mann und den ersten Minister glauben zu lassen, sie hätten alles unter Kontrolle. Solange sie sich gegenseitig an die Kehle gehen, habe ich Rorn für mich.«

Der Erzbischof wischte sich mit der seidenen Serviette etwas Pflaumensaft aus dem Mundwinkel, der seinen räuberischen Lippen entkommen war. »Unser Spion in Burg Harvell ... Ich will, daß du Verbindung mit ihm aufnimmst.«

»Selbstverständlich, Euer Eminenz. Was soll ich ihm sagen?«

»Ich möchte wissen, wer Baralis' Feinde sind. Der Kerl versucht, Prinz Kylock mit Katharina von Bren zu vermählen, und ich muß dir wohl kaum sagen, wie wenig ich von einer solchen Verbindung halte. Bren ist bereits jetzt viel zu mächtig. Mit den Königreichen an seiner Seite würde der Herzog bald den gesamten Norden beherrschen. Und wer weiß, wohin eine solche Allianz sonst noch führen könnte? Die beiden Mächte könnten alle Gebiete zwischen Halcus, Annis und Highwall erobern, und bevor wir uns versehen, kontrolliert der gute Herzog die Hälfte der bekannten Welt.«

Tavalisk war erregt, und er goß sich einen Becher starken Weins ein. Als der Alkohol seinen Gaumen berührte, zuckte der Erzbischof unwillkürlich zusammen. Wein paßte nicht zu Pflaumen. »Ganz zu schweigen vom Handel. Der Herzog von Bren heckt irgend etwas mit den verdammten Rittern aus. Sie versuchen, uns das Geschäft unter den Füßen wegzuschnappen. Sie wollen Rorn als gierig erscheinen lassen, indem sie niedrigere Preise verlangen. Das ist die Taktik von Scharlatanen!«

»Es ist in der Tat geradezu unglaublich verwerflich, faire Preise zu fordern, Euer Eminenz.«

Tavalisk warf Gamil einen wütenden Blick zu. Er trank einen weiteren Schluck Wein, der auch nicht besser schmeckte als der erste. »Die Lage ist wirklich sehr ernst. Ich muß den Lauf der Dinge genauestens im Auge behalten, und ich muß meine Mitspieler in Position bringen. Baralis hat mit Sicherheit mächtige Feinde, zu denen ich Verbindung aufnehmen kann. Warum soll man etwas selber machen, wenn andere es für einen erledigen können?« Tavalisk nahm einen dritten Schluck;

obwohl immer noch bitter, wurde der Wein diesmal willig von seiner Zunge angenommen.

»Ich werde herausfinden, wer Grund hat, Lord Baralis zu hassen, Euer Eminenz.«

»Wie ich Baralis kenne, gibt es genug Leute in Burg Harvell, die ihm Böses wünschen.« Tavalisk nahm einen weiteren Schluck Wein. Wie hatte er diesen Nektar nur jemals als bitter bezeichnen können?

»Sonst noch etwas, Euer Eminenz?«

Tavalisk packte das Halsband seines Hundes und reichte das Tier seinem Sekretär. »Geh mit Comi ein wenig im Garten spazieren, Gamil. Er war den ganzen Tag noch nicht draußen, und er muß sich erleichtern.« Gamils Augen funkelten vor Haß. Tavalisk tat, als würde er es nicht bemerken.

Nachdem Gamil gegangen war, widmete sich der Erzbischof den Nüssen. Als er die erste aufbrach, stahl sich ein hinterhältiges Lächeln auf seine Lippen.

Heute war der Tag, an dem Jack Falks Höhle verlassen und sich auf den Weg nach Osten machen würde. Jack ging nur ungern, doch er mußte sein eigenes Leben leben, und dank Falk war er von neuer Hoffnung erfüllt. Das Leben war zwar nicht so einfach, wie er früher gedacht hatte, aber es steckte voller Möglichkeiten. Jacks Verstand war nun für neue Ideen offen. Er begann zu verstehen, daß es mehr als eine Möglichkeit gab, die Dinge zu betrachten, und daß Wahrheiten, von denen er jahrelang überzeugt gewesen war, überprüft werden mußten. Falk hatte ihm viel zu denken gegeben. Jetzt war es an der Zeit, eigene Schlußfolgerungen zu ziehen.

»Warum hast du mir damals geholfen, als ich krank im Wald gelegen habe?« fragte Jack. Sie saßen gemeinsam vor dem Feuer, und das Bier hatte sie schwermütig gemacht. Falk nippte an seinem Getränk und schwieg. Jack glaubte, die Grenzen ihrer eigenartigen Freundschaft überschritten zu haben, indem er Falks Motive hinterfragt hatte. Er wollte sich gerade entschuldigen, als Falk zu sprechen begann.

»Ich kann dich nicht anlügen, Jack. Ich habe dir geholfen, weil mehr an dir war, als man auf den ersten Blick erkennen konnte.«

»Du hast die Kraft gesehen, mit der ich die Brote verändert habe?«

Falks Antwort überraschte Jack. »Nein, ich bin kein Zauberer. Nur Zauberer können andere ihrer Art erkennen. Ich bin ein Waldläufer – ich kenne mich auf der Erde aus, nicht im Himmel.«

Jack spürte, wie sich seine Nackenhaare aufrichteten. Er hatte Angst. »Was hast du dann gesehen?«

»Du bist wirklich hartnäckig«, erwiderte Falk. »Das muß ich dir lassen. Ich habe dir damals geholfen, weil mich irgend etwas in meinem Blut zu dir hingezogen hat. Ich sah das Potential für ...« Falk blickte zu Boden und glättete die Blätter mit seinen Stiefeln. »... ich kann's nicht sagen. Du wirst vom Schicksal begleitet, und wenn es die Gelegenheit dazu bekäme, würde es dich ganz schön an der Nase herumführen.«

Falk sprang auf. Offensichtlich war ihm das Gesprächsthema unangenehm. »Scheint, als würdest du dich auf den Weg machen. Ich habe ein paar Geschenke für dich.«

Das Schicksal? Jack war in seinem ganzen Leben noch nie so verwirrt gewesen: Zauberei, Entscheidungen, die er zu fällen hatte, und jetzt auch noch irgendein mysteriöses *Schicksal*, das ihn begleitete. Er war ein Bäckerjunge, mehr nicht. Das Leben war wesentlich einfacher gewesen, als sich all seine Gedanken nur um das Backen, Schreiben und Flirten gedreht hatten.

Jack fuhr sich mit den Fingern durch die Haare; sie waren länger als je zuvor. Meister Frallit hätte bei ihrem Anblick das Messer geschwungen. Den Küchenmädchen allerdings hätte es gefallen. Nicht daß Jack noch irgendein Interesse an ihnen gehabt hätte; von einem Mann, der sich gerade erst von einem Sumpffieber erholt hatte und nun in die Welt hinauszog, um ein neues Leben zu beginnen, konnte man wohl kaum erwarten, daß er sich für Frauen interessierte. Nur das Bild einer einzigen Frau erschien immer wieder in seinem Kopf: Melli. Auch in diesem Augenblick sah er ihre feine Haut vor seinem geistigen Auge; beinahe konnte er ihren Körper spüren.

Jack schämte sich ein wenig für die Richtung, die seine Gedanken eingeschlagen hatten. Egal wie sehr er sich auch bemühte, und egal wie groß seine Probleme auch sein mochten, irgendwie schlichen sich immer wieder Frauen in seine Gedanken. Erst vor wenigen Minuten hatte ihm Falk etwas Wichtiges mitgeteilt – etwas vage vielleicht, aber dennoch wichtig –, und jetzt stellte er sich vor, wie Melli wohl in einem tief ausgeschnittenen Kleid aussehen würde.

Jack lachte laut auf, und Falk lachte mit ihm. Er verzichtete darauf, Falk zu fragen, warum er in das Lachen mit eingestimmt hatte – er fürchtete, der Waldläufer würde ihm offenbaren, er könne Gedanken lesen. Diese Vorstellung brachte Jack noch mehr zum Lachen. Es tat gut zu lachen; es fiel schwer zu glauben, daß es irgendein Übel in der Welt gab, das nicht beim Klang von Lachen verschwinden würde.

Falk ging in eine Ecke der Höhle, kniete sich nieder und hob ein Moosbett an, das eine darunterliegende Grube verdeckt hatte. Er durchsuchte den Inhalt der Grube, fand das Gesuchte und legte das Moos wieder zurecht. Dann setzte er sich wieder neben Jack und begann, verschiedene Gegenstände aus leinenen Tüchern auszuwickeln.

»Du bist mit nichts hierhergekommen, und so kann ich dich nicht gehen lassen. Ich habe dir nicht dein Leben gerettet, nur damit du es sofort wieder verlierst.« Falk reichte Jack einen kleinen, aber schweren Dolch. »Du wirst ein Messer brauchen.« Er packte einen weiteren Gegenstand aus. »Eine Wasserflasche kannst du ebenfalls gut gebrauchen.« Bei dem letzten Geschenk handelte es sich um einen dicken Wollumhang. »Wärme kann auch nicht schaden.«

Jack war gerührt von so viel Großzügigkeit. »Falk, ich weiß nicht, was ich sagen soll.« Ein abschätziges Grunzen von Falk bewahrte Jack davor, weiterreden zu müssen.

»Das ist nichts. Aber eins erbitte ich trotzdem als Gegenleistung.«

»Was?«

»Sei nicht verbittert, Jack. Du bist jung, und du hast ein schwieriges Leben vor dir. Mach es nicht noch schlimmer, indem du anderen die Schuld dafür gibst.« Der Waldläufer sah ihm verständnisvoll in die Augen. Es war Jack, der den Blick als erster abwandte.

Zufrieden machte sich Falk daran, Proviant auf ein Tuch zu legen. Dann zog er das Tuch mit einer Schlinge zusammen und verschnürte sie. Ein kurzer Blick in eine Truhe, und Falk zauberte ein Paar Stiefel hervor. Er betrachtete Jacks Füße mit kritischem Auge und schüttelte ungläubig den Kopf. Als Falk ihm die Stiefel reichte, wußte Jack nicht, ob er lächeln oder sich schämen sollte. Schließlich gab Falk ihm noch eine Lederbörse. »Es ist nicht viel«, sagte er, »nur ein paar Goldstücke; aber sie werden dir nützlich sein, wenn du den Wald verlassen hast.«

Jack versuchte erneut, Falk zu danken, doch seine Worte klangen steif und formell. »Ich verdanke dir so viel, Falk. Ich danke dir für deine Freundlichkeit und verspreche, sie dir zu vergelten.«

»Ich will weder Dank, noch daß sich jemand mir gegenüber verpflichtet fühlt. Ich erlasse dir deine Schuld.« Jack suchte nach einer geeigneten Antwort. Da er jedoch keine fand, beschloß er zu schweigen.

Die beiden Gefährten verließen die Höhle und standen nebeneinander. Obwohl Jack die Behausung bereits mehrmals von außen gesehen hatte, konnte er nicht umhin, sie erneut zu bewundern. Eigentlich schien sie nicht mehr als nur eine Anhäufung von Büschen zu sein.

Falk bemerkte, daß Jack die Höhle betrachtete. »Ich habe nur wenig, auf das ich stolz sein könnte, aber mein Heim gehört auf jeden Fall dazu.«

Schweigend standen sie einige Minuten beieinander und genossen die Schönheit des Waldes.

Falk überraschte Jack mit einem Kuß auf die Wange. »Ich beneide dich, Jack. Du bist jung, und dein ganzes Leben liegt noch vor dir – *mach ein Abenteuer daraus!*« Zum letzten Mal fand Jack keine Worte. Die Augen der beiden Männer trafen sich, dann wandte sich Jack ab und ging in den Wald.

Er sah nicht zurück. Immer tiefer ging er in den Wald hinein und überprüfte den Standort der Sonne, um sicherzugehen, daß er gen Osten zog. Alle großen Städte lagen im Osten. Es war egal, wohin es Jack verschlug; was zählte, war die Erfahrung. Nun da Falk seine Gedanken entflammt hatte, brauchte er Brennstoff, um das Feuer am Leben zu erhalten.

Jack begann zu rennen. Er genoß die kühle Brise auf seinem Gesicht, und als die ersten Regentropfen fielen, empfand er das als Segen. In freudige Gedanken versunken, reiste Jack mehrere Meilen. Schließlich erreichte er ein ebenes Flußufer und öffnete seinen Proviantbeutel. Der Inhalt überwältigte ihn: ein ganzer Schinken war ebenso darunter wie ein Rad Käse, gepökeltes Hirschfleisch, Äpfel, Nüsse, getrocknete Früchte und getrocknetes Fleisch. Neben dem Proviant enthielt der Beutel auch noch eine leichte Wolldecke sowie eine Feldflasche. Jack trank daraus und entdeckte, daß sie mit Cidre gefüllt war. Lächelnd schnitt er sich ein Stück Käse ab.

Er öffnete die Lederbörse und fand fünf Goldstücke. Für einen Jungen, der noch nie in seinem Leben auch nur ein Kupferstück besessen hatte, waren fünf Goldstücke ein Vermögen.

Er bereitete sich eine ordentliche Mahlzeit und testete seinen Dolch an dem schweren Schinken. Während er aß, wünschte Jack, er hätte Falk mit gewandteren Worten danken können. Doch während er über den Charakter seines Wohltäters sinnierte, erkannte er, daß es das Beste war, die Gaben des Waldläufers einfach zu genießen. Er hob die Flasche und brachte einen Toast aus: »Auf Falk, der einsam, aber in Frieden lebt.« Jack trank den restlichen Cidre und rülpste anerkennend. Das Zeug war verdammt gut.

Baralis war nicht sonderlich gut gelaunt. Seine Taube war gestorben; der verfluchte Vogel war endgültig an Hunger und Kälte eingegangen. Nun hatte Baralis keine Möglichkeit mehr sicherzustellen, daß seine Söldner das Mädchen aufgriffen. Er würde einen anderen Vogel hinausschicken müssen. Aber das würde er auf morgen verschieben – später am Tag hatte er noch eine Verabredung mit der Königin, und dann mußte er alle seine Sinne beisammen haben. Und als wäre das noch nicht genug, hatte Baralis heute auch noch einen Brief des fetten, intriganten Tavalisk erhalten, der die Rückgabe der Bibliothek verlangte. Der Mann lebte für die Intrige, und ein Ereignis wie die bevorstehende Hochzeit von Prinz Kylock würde er bestimmt nicht einfach so geschehen lassen. Der korrupte Erzbischof führte nichts Gutes im Schilde; Baralis konnte es förmlich spüren. Bald würde sich die Karte der bekannten Welt ändern. Die Macht würde sich vom aufgedunsenen Süden in den räuberischen Norden verlagern. Für einen Vielfraß war kein Platz in einem schlanken, hungrigen Reich.

Tavalisk mußte unter Beobachtung gehalten werden; Baralis würde nicht zulassen, daß die Wurstfinger des Erzbischofs sich an seinen Plänen zu schaffen machten.

Baralis hatte jedoch auch Gründe, sich zu freuen: die Königin war endlich weich geworden und hatte ihn für heute abend zu sich bestellt. Sie wollte mehr von der Medizin. Der Winteranfang wurde morgen gefeiert, und Baralis hoffte bis dahin das Einverständnis der Königin zu seinem Vorschlag zu haben.

Während er nachdachte, mischte er Gift. Eine neue Formel – eine, die Baralis noch nie zuvor ausprobiert hatte. Mit Händen, die von den vielen Schmerzmitteln taub geworden waren, rieb er Pulver und maß Flüssigkeiten. Sorgfältig achtete er auf die Einhaltung der exakten Menge einer jeden Substanz. Nur allzu leicht konnte das Moosextrakt die anderen Zutaten überlagern und dadurch den gewünschten Effekt vereiteln. Das Mischen von Giften verlangte nach einem sicheren Auge und einer ruhigen Hand.

Dieses besondere Gift war nicht dazu gedacht, eingenommen zu werden – es arbeitete wesentlich subtiler. Baralis grinste böse, als er sein Werk betrachtete; das war ohne Zweifel das amüsanteste Gift, das er je gebraut hatte. Man mußte es auf die Kleidung des Opfers träufeln. Das Gift war stark, und man benötigte nur einige wenige Tropfen, vorzugsweise am Kragen und auf den Schultern. Das Opfer würde seinen Umhang anlegen und nichts Außergewöhnliches entdecken. Das Gift war vollkommen farblos und gab nur einen kaum wahrnehmbaren Geruch ab. Dann würde das Opfer wie gewohnt seinen Geschäften nachgehen, ohne zu merken, daß es die ganze Zeit über die tödlichen Dämpfe des Giftes einatmete. Es würde ein langsamer Tod sein, denn die Dämpfe waren nur schwach, und es würde Stunden dauern, bis das Gift seine Aufgabe erfüllt hatte.

Baralis gelangte an den Punkt der Herstellung, wo er gezwungen war, eine Maske zu tragen – er wollte kein unnötiges Risiko eingehen. Das Gift würde nicht nur einen langsamen, sondern auch einen schmerzvollen Tod bringen. Das Opfer würde kaum noch atmen können, während die giftigen Dämpfe an seiner Kehle und seiner Lunge fraßen. Wahrscheinlich würde das Opfer die ersten Symptome für eine Art Magenverstimmung halten und sich nicht weiter darum kümmern. Nach und nach würde das Gift die Lungen zerstören, bis das Opfer langsam ersticken und verzweifelt nach Luft ringen würde, die es nie wieder würde atmen können.

Nachdem Baralis das Gift fertiggestellt hatte, füllte er es vorsichtig in eine kleine Flasche, die er sorgfältig versiegelte. Morgen, wenn sich alle Aufmerksamkeit auf die letzten Vorbereitungen für den Winteranfang richtete, würde er sich in Maybors Gemächer schleichen. Baralis würde Maybors bestes Gewand mit dem Gift benetzen. Da auf dem Festival auch getanzt wurde, würde der eitle Lord Maybor mit Sicherheit seine beste und teuerste Garderobe anlegen. Er würde wohl kaum bemerken, daß ausgerechnet die Kleider, mit denen er den versammelten Hofstaat beeindrucken wollte, ihn zu Fall bringen würden.

Baralis war äußerst zufrieden mit seinem Plan. Diesmal würde kein ahnungsloser Diener das Leben seines Herrn retten. Maybor hatte einmal Glück gehabt; ein zweites Mal würde das nicht geschehen.

Maybor wartete erneut im Windschatten der Klärgruben. Ungeduldig stampfte er auf den harten Untergrund. Schließlich erschien die winzige Gestalt des Assassinen auf einer Anhöhe. Rasch näherte sich Scarl. Maybor war nicht in der Stimmung für Formalitäten. »Warum habt Ihr noch nicht getan, was wir vereinbart haben?«

Maybors wütender Tonfall schien den Assassinen nicht zu beunruhigen. »Bis jetzt hat sich noch keine passende Gelegenheit ergeben. Ich werde mich nicht unnötig in Gefahr begeben, indem ich voreilig handele.«

Maybor gefiel die Antwort nicht. »Es ist schon lange her, seit wir uns das letzte Mal getroffen haben. Ich habe gedacht, Ihr hättet bis jetzt längst eine passende Gelegenheit gefunden.«

»Ich habe Baralis genau beobachtet. Ohne seinen Trottel Crope geht er nirgendwo hin.«

»Das ist nicht mein Problem. Ich will ihn tot sehen, und zwar so schnell wie möglich.«

»Ihr werdet nicht mehr lange warten müssen, Lord Maybor. Ich habe die Absicht, bald zu handeln.«

»Wie bald?« verlangte Maybor zu wissen.

»Lord Maybor, ich werde Euch die Einzelheiten nicht verraten. Es ist besser, wenn Ihr das Wann und Wo nicht kennt. Laßt Euch überraschen – so könnt Ihr Eure Rolle auch besser spielen.«

Maybor wußte, daß die Worte des Assassinen Sinn ergaben. »Nun gut. So sei es. Aber ich will Euer Wort, daß es wirklich bald geschehen wird.«

»Das habt Ihr, Lord Maybor.« Der Assassine wollte sich gerade wieder entfernen, als Maybor noch etwas einfiel.

»Was habt Ihr über Baralis herausgefunden? Sicher seid Ihr auf einige interessante Dinge gestoßen, als Ihr ihm gefolgt seid.«

Der Assassine schien einen Augenblick zu zögern, bevor er antwortete. »Ich habe nur wenig von den Geheimnissen des Mannes erfahren. Er verläßt seine Gemächer nur sehr selten.«

Maybor hatte den Verdacht, daß der Assassine etwas vor ihm verheimlichte. Er beschloß, nicht weiter nachzufragen, bevor der Auftrag nicht erledigt war; bis dahin durfte er den Meuchelmörder nicht unnötig beunruhigen. Was jedoch danach geschah, stand auf einem anderen Blatt Papier. Vielleicht würde er sogar einen kleinen Unfall für Scarl arrangieren. Maybor liebte seine Apfelplantagen, und ihm mißfiel der Gedanke, hundertzwanzig Hektar davon abgeben zu müssen. Dieser neue Gedankengang verbesserte Maybors Laune zusehends.

»Also gut, Scarl. Ich vertraue darauf, daß Ihr Euch an Euer Wort haltet.«

Scarl warf Maybor einen kurzen, vorsichtigen Blick zu und sagte: »Ich werde meine Arbeit tun, keine Angst, Lord Maybor.« Er drehte sich um und ließ Maybor im Gestank der Klärgruben zurück.

Maybor blickte dem Assassinen hinterher. Er traute

ihm nicht. Schließlich war er nichts weiter als nur ein bezahlter Mörder. Er würde seinen Auftrag erfüllen; in diesem Punkt war Maybor absolut sicher. Aber nachdem das erledigt war, würde Scarl vielleicht *selbst* Opfer eines Assassinen werden.

Maybor wartete eine Weile und fragte sich, wie lange es noch dauern würde, bis man seine Tochter fand. Inzwischen waren zwölf Tage vergangen, seit sie davongelaufen war. Maybor wußte, daß sie noch lebte: das Mädchen hatte Mut, und sie war immerhin seine Tochter. Er hatte seine Männer in die Städte und Dörfer entsandt, die an den großen Wald grenzten, für den Fall, daß Melliandra in einem von ihnen auftauchen würde. Er hatte sogar durchsickern lassen, daß man für Informationen, die zum Aufspüren seiner Tochter führen würden, eine Belohnung erwarten konnte. Natürlich barg ein derartiges Vorgehen Risiken, aber Maybor lief die Zeit davon. Er war gezwungen, offenere Maßnahmen zu ergreifen: er mußte Melliandra finden. Sie *würde* zur Verlobungszeremonie erscheinen! Und er *würde* Vater einer Königin werden!

Melli erwachte, und sofort wurde ihr übel. Sie eilte zur Waschschüssel und erbrach sich. Sie fühlte sich schrecklich. Da ihr ein wenig schwindelig war, kehrte sie wieder zum Bett zurück und versuchte zu überlegen, was sie als nächstes tun sollte. Sie traute Madame Greal nicht. Melli wollte ihr Pferd holen und von hier verschwinden. Aber leider fühlte sie sich so schwach, daß ein Tagesmarsch das Letzte war, was sie im Augenblick auf sich nehmen wollte.

Ein kurzes Klopfen erklang an der Tür, und Madame Greal schwebte herein. »Eijeijei. Was ist denn mir dir passiert?« Sie sah das Mißgeschick in der Waschschüssel. »Ich verstehe. Du bist wohl nicht an Cidre gewöhnt, was? Macht nichts. Du wirst es überleben. Ein Krug Cidre hat noch niemanden umgebracht, außer der alten

Mutter Crutly – sie hat damit eins über den Schädel bekommen.« Die Frau machte sich eifrig daran, den Raum zu säubern.

»Ich danke Euch für Eure Gastfreundschaft, aber ich muß mich heute von Euch verabschieden. Ich habe die Sachen, über die wir verhandelt haben, auf der Kiste zurückgelassen. Ich gehe davon aus, daß Ihr mit der Bezahlung zufrieden seid.« Melli deutete auf das Geschirr.

Madame Greals ohnehin schon schmale Augen verengten sich noch mehr. »Du siehst nicht gerade danach aus, als könntest du schon reisen, Liebes. Du solltest lieber noch einen weiteren Tag hierbleiben. Entspanne dich, und nimm ein heißes Bad. Ich hatte schon gestern nacht eins für dich vorbereitet, aber als ich hereinkam, hast du bereits tief und fest geschlafen.«

Der Gedanke an ein heißes Bad und einen weiteren Tag der Entspannung war viel zu verführerisch, als daß Melli hätte widerstehen können. »Also gut, Madame Greal, ich werde noch einen Tag bleiben. Aber ich muß Euch warnen, ich habe nichts mehr, um Euch zu bezahlen.«

»Mach dir darüber keine Sorgen, Liebes. Das macht mir nichts. Ich will einer Mitschwester nur auf ihrem Weg behilflich sein. Und jetzt sorge ich dafür, daß man dir ein gutes Frühstück bringt und das Badewasser vorbereitet. Ich habe mir auch die Freiheit genommen, ein neues Kleid für dich zu besorgen. Du kannst ja wohl nicht baden und anschließend wieder deine verdreckten Sachen anziehen, oder was meinst du?« Die Frau betrachtete Mellis schmutziges und unordentliches Kleid mit solcher Abscheu, daß Melli sich schämte.

»Ihr seid zu gut zu mir, Madame Greal. Aber wenn Ihr bitte einfach meine Kleider reinigen lassen würdet, bräuchte ich Euch nicht um neue anzugehen.«

»Unsinn, das Kleid ist ja völlig zerrissen. Außerdem sind die neuen Sachen eigentlich gar nicht neu. Aber sie sind sehr hübsch – darin kann man dich besonders gut vorzeigen.« Madame Greal verließ den Raum, und Melli hatte keine Gelegenheit mehr, sie zu fragen, was sie mit ›besonders gut vorzeigen‹ meinte. Melli wollte nicht ›besonders gut vorgezeigt werden‹.

Die Ankunft eines warmen und wohlriechenden Frühstücks lenkte Melli von ihren Sorgen ab: es gab gebratenen Speck, Rührei, gegrillte Pilze und Unmengen an Brot und Butter. Melli ließ es sich schmecken. Was auch immer Madame Greals Motive sein mochten, Melli war dankbar für ihr hervorragendes Essen.

Nach dem Essen erschien ein Mädchen mit bleichem Gesicht und führte Melli in einen kleinen Raum mit einer runden Holzwanne. Das Wasser dampfte, und Melli ließ sich lange einweichen, um die Verspannungen in ihren Muskeln zu lösen. Nach einer Weile gestattete sie dem Mädchen, ihr Rücken und Haare zu waschen. Dann trocknete sie sich selbst mit einem Wollhandtuch ab: endlich war sie wieder sauber, ein gutes Gefühl. Melli sah auf das Badewasser und stellte entsetzt fest, daß es eine braune Färbung angenommen hatte. Offensichtlich war sie doch wesentlich dreckiger gewesen, als sie gedacht hatte.

Nach dem Abtrocknen reichte das Mädchen Melli ein dunkelrotes Kleid. Es entsprach überhaupt nicht Mellis Geschmack, aber da man ihr ihr eigenes Kleid abgenommen hatte, war sie gezwungen es anzuziehen. Das Mieder war tief ausgeschnitten und entblößte einen Großteil von Mellis Busen. Das Mädchen zog die Schnüre so fest, daß Melli kaum noch atmen konnte, und ihre Brüste wurden in Richtung Kinn angehoben. Nirgends gab es einen Spiegel, in dem sie sich hätte begutachten können; doch Melli war auch so davon überzeugt, daß sie für eine Hofdame ausgesprochen unpassend gekleidet war. Sie bat das Mädchen, die Schnüre ein wenig zu lockern, aber das Mädchen weigerte sich.

»So mag es Madame Greal«, erklärte sie.

Ein paar Augenblicke später, als das Mädchen mit

Mellis Haaren beschäftigt war, kam Madame Greal herein. Sie schien zufrieden mit dem, was sie sah. Sie ging um Melli herum und stieß anerkennende Gluckslaute aus. Dann sagte sie: »Eijeijei. Wer hätte gedacht, daß du dich so gut herausmachst? Ich habe zwar ein Auge für Schönheit, aber dieses Mal habe ich mich selbst übertroffen.« Dann wandte sie sich an das Mädchen. »Keddi, laß das Haar offen. Es wäre die reinste Verschwendung, solch schönes Haar hochzustecken.« Gehorsam entfernte das Mädchen die Haarnadeln. Madame Greal trat auf Melli zu und strich mit der Hand über Mellis Gesicht und Busen.

»Eijeijei. Du bist wirklich hübsch.« Sie bemerkte, daß Melli vor der Berührung zurückschreckte. »Kein Grund, sich zu zieren, Mädchen. Ich hatte angenommen, so ein hübsches Vögelchen wie du sei daran gewöhnt, bewundert zu werden.«

»Bitte, Madame Greal, ich finde das eher peinlich. Wenn Ihr bitte veranlassen könntet, daß man sich mit dem Waschen meiner Kleider beeilt, wäre ich Euch sehr verbunden. Ich fürchte, dieses Kleid entspricht nicht ganz meinem Geschmack.« Madame Greals Gesichtsausdruck wurde kalt, während Melli sprach.

»Unsinn, dieses Kleid steht dir ausgezeichnet. Du solltest dankbar dafür sein! Das dreckige Ding, mit dem du hergekommen bist, ist doch überhaupt kein Vergleich zu dem hier.« Melli biß sich auf die Lippe. Obwohl ihr Kleid zerrissen und schmutzig war, so war es doch aus feinster Lammwolle gemacht und bei weitem von besserer Qualität als das, das sie jetzt trug. Doch Melli wußte, daß sie das nicht erwähnen durfte. Sie wollte nicht, daß Madame Greal von ihrer früheren Stellung als Hofdame erfuhr.

Madame Greal schien ihre harschen Worte zu bereuen, und als sie wieder das Wort ergriff, klang ihre Stimme zuckersüß. »Vielleicht möchtest du mit mir in der Taverne zu Mittag essen?« Das wollte Melli ganz und gar nicht.

»Ich würde es vorziehen, den Tag auf meinem Zimmer zu verbringen. Allerdings würde ich vorher gerne nach meinem Pferd sehen.«

»Es gibt keinen Grund, nach dem Pferd zu sehen«, erwiderte die Frau rasch. »Mein Bursche kümmert sich darum.« Melli fühlte sich immer unbehaglicher. Sie ging nicht weiter auf das Thema ein, doch insgeheim beschloß sie, später zu ihrem Tier zu gehen.

»Warum leistest du mir nicht beim Mittagessen Gesellschaft? Es wäre eine Schande, ein solch hübsches Kleid nicht vorzuführen. Außerdem hast du sicher Hunger, und der Wirt serviert kein Mittagessen auf den Zimmern.« Madame Greal warf dem Mädchen einen scharfen Blick zu, um es davor zu warnen, ihr zu widersprechen. Melli wußte, daß man sie zwingen würde; sie konnte sich nicht weigern.

»Nun gut. Ich werde mich Euch für eine Weile anschließen.«

Madame Greal war hocherfreut. »Sehr gut. Sehr gut. Wir werden eine wunderbare Zeit miteinander verbringen.«

Sie und Melli schritten durch den Schankraum und fanden schließlich einen Tisch, an den sie sich setzen konnten. Für Mellis Geschmack war der Tisch viel zu sehr den Blicken der anderen Gäste ausgesetzt; er stand mitten im Raum. Als Melli sich darüber beschwerte und einen anderen Tisch zu nehmen verlangte, sagte Madame Greal irgend etwas über die Wärme des Feuers und die frische Luft von der Tür. In Mellis Augen stand der Tisch weder nahe bei dem einen noch bei dem anderen.

Melli verhielt sich ruhig und trank ein wenig von ihrem Bier. Madame Greal schien jeden Gast zu kennen: sie nickte und winkte allen Männern zu. Tatsächlich schienen die beiden Frauen im Mittelpunkt der Aufmerksamkeit zu stehen. Melli hoffte, daß niemand hier war, der sie von Burg Harvell her kannte. Sie blickte sich vorsichtig um, aber sie sah kein bekanntes Gesicht.

Nach einer Weile näherte sich ihnen ein Mann. Er sprach zu Madame Greal, doch sein Blick war auf Melli gerichtet. »Ich wünsche Euch einen schönen Tag, Madame Greal«, sagte er, während seine Augen auf Mellis ungeschütztem Busen ruhten.

»Auch Euch einen schönen Tag, Edrad«, erwiderte Madame Greal und stellte befriedigt fest, wohin der Mann starrte.

»Würdet Ihr die Freundlichkeit besitzen, mich Eurer lieblichen Begleiterin vorzustellen?«

»Aber natürlich. Das ist Melli. Woher, sagtest du, stammst du noch mal?«

Melli hatte nichts darüber gesagt; verzweifelt suchte sie nach einem geeigneten Ort. »Ich stamme aus ... Deepwood.«

»Deepwood? Den Namen habe ich noch nie gehört. Wo liegt das?« fragte der Mann.

»Weit im Süden.«

»Es muß sehr weit im Süden liegen, wenn ich noch nie etwas davon gehört habe«, bemerkte Madame Greal spöttisch.

Melli suchte nach einem Weg, wie sie sich am besten verabschieden konnte, als der Mann zu ihrer Begleiterin sagte: »Madame Greal, ob ich wohl mal ein Wort unter vier Augen mit Euch wechseln dürfte?« Die Frau stimmte zu, und die beiden zogen sich weit genug zurück, daß Melli sie nicht mehr hören konnte. Sie beobachtete, wie der Mann etwas fragte und die Frau ihren Kopf schüttelte. Dann fragte der Mann etwas anderes, und diesmal nickte Madame Greal. Der Mann warf einen letzten Blick auf Melli, verließ den Gasthof, und Madame Greal kehrte wieder an den Tisch zurück.

Sie schien ausgesprochen zufrieden zu sein. Sie blickte sich um, und als sie sah, daß die meisten Männer Melli bewundernd anstarrten, legte sich ein breites Lächeln auf ihr Gesicht. »Ich glaube, du hattest genug Aufregung für einen Tag, Liebes. Ich sehe, du bist müde. Ich werde zusehen, daß der Wirt dir doch noch etwas zu essen aufs Zimmer bringt.« Die plötzliche Freundlichkeit erstaunte Melli.

»Danke. Ich könnte wirklich ein kleines Nickerchen vertragen.«

Madame Greal lächelte erneut. »Ja, Liebes, du sollst soviel Schönheitsschlaf bekommen, wie du brauchst. Morgen wirst du all deine Energie brauchen.« Melli wurde sofort mißtrauisch.

»Was meint Ihr damit?«

»Nichts, Liebes«, erwiderte Madame Greal mit süßlicher Stimme. »Das ist nur so eine Redensart in der Gegend hier, nichts weiter.« Als Melli aufstand, um sich auf den Weg in ihr Zimmer zu machen, sagte ihre Begleiterin rasch: »Zieh das Kleid aus, bevor du ins Bett gehst. Du willst doch nicht, daß es zerknittert, oder?«

Baralis war auf dem Weg zu seiner Audienz bei der Königin. Vor lauter Aufregung war ihm in Magen ganz flau. Er klopfte an die Tür des Audienzraums, und die Königin bat ihn herein.

Selbst in Baralis' leidenschaftslosen Augen war die Königin wunderschön. Ihr langes, blondes Haar war hochgesteckt. Die Sonne spiegelte sich auf ihrem seidenen Gewand und warf ein sanftes, goldenes Licht auf ihr Gesicht. In dem kurzen Augenblick, bevor sie sprach, frönte Baralis den Erinnerungen an eine bestimmte Nacht, in der er sich an ihrer Schönheit erfreuen durfte. Die Erinnerung vermittelte ihm ein Gefühl der Macht, und plötzlich fühlte er sich wesentlich selbstbewußter als noch kurz zuvor.

»Lord Baralis, ich heiße Euch willkommen.« Die Königin überlegte, ob sie ihm die Hand als Zeichen ihrer Gunst anbieten sollte. Sie entschied sich dagegen.

»Es ist eine Ehre, in Eurer Gegenwart zu sein, Euer Hoheit.« Baralis verbeugte sich tief.

»Lord Baralis, ich nehme an, Ihr habt gehört, daß sich

der Gesundheitszustand des Königs etwas gebessert hat.«

Baralis nickte. »Ich hoffe, Euer Hoheit ist mit der Medizin zufrieden.«

»Das bin ich in der Tat. Der König ist in letzter Zeit immer mehr verfallen. Jetzt sehe ich zum ersten Mal eine Besserung seit jenem tragischen Unfall.«

»Ich freue mich, daß ich der Grund solch guter Nachrichten bin«, sagte Baralis und verbeugte sich erneut, während er Arinalda an seine Rolle bei der Genesung erinnerte. Die Königin hatte den Wink verstanden.

»Ja, Lord Baralis. Ich bin Euch äußerst dankbar. Wißt Ihr, daß morgen ein großes Fest abgehalten wird, um die verbesserte Gesundheit des Königs zu feiern?«

»Natürlich werde auch ich anwesend sein, Euer Hoheit.« Baralis hatte es nicht eilig, auf den Punkt zu kommen. Er würde es der Königin überlassen, als erste von einem Handel zu sprechen.

»Lord Baralis, ich nehme an, Ihr wißt, warum ich Euch heute herbestellt habe.«

Er hatte nicht die Absicht, es ihr leichter zu machen. »Das würde ich mir nicht anmaßen, Euer Hoheit.« Erfreut bemerkte Baralis einen Anflug von Wut, der über das Gesicht der Königin huschte.

»Diese Art der Konversation muß aufhören, Lord Baralis. Ich will auf den Punkt kommen – ich brauche mehr Medizin für den König. Was verlangt Ihr als Gegenleistung dafür?«

Baralis verbarg seine Freude. »Euer Hoheit ist sehr direkt. Ich würde in der Tat einen Gefallen für einen Gefallen erwarten.«

»Sagt, was Ihr haben wollt: Land, Gold, Ämter.« Mit einer unbekümmerten Geste wandte sich die Königin von Baralis ab.

»Ich will bei der Auswahl einer Ehefrau für Prinz Kylock mitwirken.«

Die Königin wirbelte herum. »Was für eine Hinterlist ist das? Ihr werdet keinen Einfluß darauf haben, wen mein Sohn heiratet.« Arinalda zitterte vor Wut. Im Gegensatz dazu war Baralis vollkommen ruhig. Jetzt wurde es erst richtig amüsant.

»Es ist nicht nötig, mir etwas vorzumachen, Euer Hoheit. Ich kenne Lord Maybors Pläne, seine Tochter mit dem Prinzen zu vermählen.« Die Königin verstand es, ihre Überraschung zu verbergen.

»Woher wißt Ihr davon?« fragte sie.

»Lord Maybors Zunge löst sich in feuchtem Zustand.« Die Königin betrachtete Baralis mit kaum verhohlener Böswilligkeit. Aber er wußte, daß sie seiner Erklärung Glauben schenkte. Maybor war am ganzen Hof als Trinker bekannt.

»Nun, Lord Baralis, wenn Ihr bereits von der geplanten Verlobung gehört habt, dann wißt Ihr sicherlich auch, daß die Ehe fest versprochen ist. Ich werde meine Zustimmung nicht wieder zurückziehen.«

»Leider gibt es da einige Dinge, von denen Ihr nichts wißt, Euer Hoheit.« Baralis' Stimme klang beinahe herablassend.

»Was für Dinge?«

»Dinge, die Lord Maybors reizende Tochter betreffen, Melliandra.«

»Wenn Ihr mir berichten wollt, daß sie krank ist, das weiß ich bereits, Lord Baralis, und Lord Maybor hat mir versichert, daß sie nicht die Pocken hat.«

»Aber leider hat er Euer Hoheit angelogen.« Baralis schaute der Königin in die Augen und fuhr fort: »Lord Maybors Tochter ist davongelaufen. Sie ist bereits seit mehr als zehn Tagen verschwunden. Lord Maybor hat Euch erzählt, sie sei krank, damit Ihr die Wahrheit nicht erfahrt.« Er konnte sehen, daß die Königin bereits begann, an Maybors Worten zu zweifeln.

»Welchen Grund hätte das Mädchen davonzulaufen?«

»Das kann ich nicht mit Sicherheit sagen, denn wer weiß schon, was im Herzen eines jungen Mädchens vor sich geht?« Baralis brachte einen beinahe wehmütigen

Seufzer zustande. »Aber wie auch immer, ich habe gehört, Melliandra sei weggelaufen, weil sie den Gedanken nicht ertragen konnte, Euren Sohn heiraten zu müssen.«

Das Gesicht der Königin wurde bleich vor Wut. »Ihr sagt, ihr hättet dieses widerliche Gerücht *gehört*. Wer sonst weiß noch davon?«

»Der halbe Hof, Euer Hoheit«, log Baralis.

»Das ist unerträglich!« Wütend spielte die Königin mit den Stickereien an ihrem Kleid.

»Ich fühle mit Euer Hoheit«, erklärte Baralis ergeben. Sein Tonfall trug nur dazu bei, die Königin noch wütender zu machen.

»Ich werde selbst herausfinden, ob diese Anschuldigungen wahr sind. Vorher werde ich nicht mehr über dieses Thema reden.«

»Wie Euer Hoheit wünscht. Dennoch empfinde ich es als meine Pflicht, Euch darauf hinzuweisen, daß der König die Erfolge, die er in letzter Zeit erzielt hat, wieder verlieren könnte, sollte das Problem nicht zu unserer beider Zufriedenheit gelöst werden. Die Medizin muß regelmäßig eingenommen werden, sonst kehrt sich der Effekt um.«

Baralis' Erklärung hatte die Königin offensichtlich verärgert. »Lord Baralis, ich kann mich mit Erpressung nur sehr schwer anfreunden. Geht jetzt. Ich werde Euch erneut zu mir rufen, wenn es mir gefällt.«

Baralis verbeugte sich und ging. Ohne Zweifel würde die Königin ihn schon bald wieder zu sich bestellen. Befriedigt lächelte er bei dem Gedanken an Maybors kurz bevorstehenden Untergang; zu schade, daß der Mann dann schon tot sein würde und den Stich nicht mehr spüren konnte.

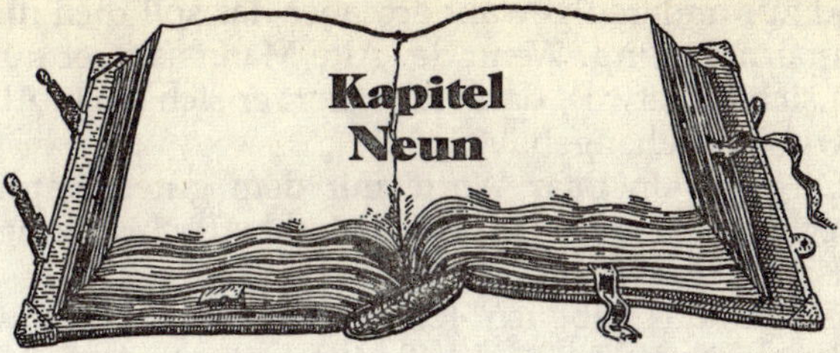

Kapitel Neun

Tawl saß still in Megans Zimmer, als er von einem lauten Klopfen aus seinen Gedanken gerissen wurde. Vorsichtig ging er zur Tür und fragte, wer da wäre.

»Ich bin's, Moth, der Freund vom Alten Mann.« Tawl öffnete die Tür und ließ ihn herein. »Wie geht es dir, mein Freund?« fragte Moth und blickte sich abschätzend in dem Zimmer um. »Ich hoffe, die Schläge auf deinen Kopf bereiten dir keine Probleme mehr, oder? Aber du kennst ja Clem. Er ist richtig stolz auf seine Arbeit. Der Alte Mann sagt, bringt ihn her – oder jedenfalls so was ähnliches –, und Clem nimmt ihn beim Wort. Zwei Schläge von Clem reichen, um dich für eine Weile schlafen zu legen. *Drei* Schläge von Clem, und du stehst nie wieder auf. Ist ja auch egal, genug geplaudert. Kommen wir zum Geschäft.«

Tawl war verblüfft über diesen Wortschwall; dennoch schaffte er es, Moth einen Stuhl anzubieten. »Ich nehme an, du bist hier wegen des Schiffs?«

»Das stimmt, Freund. Der Alte Mann sagt, finde ein Schiff. Ich finde ein Schiff. Und ein schnelles noch dazu. So eins habe ich wirklich, weißt du. Sehr hübsch. Wenn ich Zeit dafür hätte, würde mir das Seefahrerleben wahrscheinlich auch Spaß machen. Kapitän. Ja, ich wäre der Kapitän. Und Clem wäre mein erster Maat. Egal, zurück zu Wichtigerem. Das Schiff heißt *Fischgeruch*. Komischer Name, oder was meinst du? Also habe ich mit dem guten Kapitän ein paar Worte gewechselt, und natürlich sind auch ein paar Münzen von einer

Hand zur anderen gewandert, aber das soll dich nicht kümmern, Freund. Wenn der Alte Mann sagt, er kümmert sich um etwas, dann kümmert er sich auch. Also, wo war ich stehengeblieben?«

»Du hast ein paar Worte mit dem guten Kapitän gewechselt«, soufflierte Tawl. Moth' Abschweifungen amüsierten ihn.

»Genau, das habe ich. Ich habe also mit dem guten Kapitän gesprochen und habe ihm gesagt, ein Freund des Alten Mannes wolle nach Larn. Ich kann dir sagen, glücklich hat der nicht gerade ausgesehen. Aber ich habe ihn daran erinnert, daß der Alte Mann bei den Kaufleuten von Rorn eine ganze Menge zu sagen hat, und das könnte ihm ein paar gute Geschäfte einbringen, das habe ich ihm gesagt. Natürlich haben auch noch mehr Münzen den Besitzer gewechselt. Es ist nicht gerade billig, nach Larn zu reisen, das kann ich dir sagen.«

»Wie steht es mit einem Ruderboot, damit ich auf der Insel landen kann?« unterbrach Tawl.

»Kein Problem. Der gute Kapitän sagt, ein Mann, der nach Larn will, braucht zwei Dinge: als erstes sollte er sich den Kopf untersuchen lassen, und zweitens braucht er ein Ruderboot. Nun, der Kapitän hat ein Boot, das du benutzen kannst. Er wird dir sogar einen Mann geben, der dich hinüberrudert.

Aber der gute Kapitän *besteht* darauf, daß du ihn nicht allzu lange warten läßt. Anscheinend ist das Meer in dieser Gegend ziemlich rauh. Er sagt, er könne nicht länger auf dich warten als einen vollen Tag. Das wird dir hoffentlich reichen, Freund, denn bevor du dich versiehst, hat der gute Kapitän den Anker gelichtet und ist in den Sonnenuntergang gesegelt. Und nach allem, was ich über Larn gehört habe, ist das nicht gerade ein Ort, wo man gerne strandet.«

»Wann setzt das Schiff Segel?« Tawl hoffte, daß ihm noch genug Zeit blieb, um Megan Lebewohl zu sagen.

»Morgen bei Sonnenaufgang. Du mußt mit den Lerchen aufstehen. Einmal hab' ich ein Lied über die Lerche geschrieben – irgendwann muß Clem es dir mal vorsingen, denn keiner hat eine Stimme wie Clem. Wo war ich stehengeblieben?«

»Das Schiff.«

»Aye, das Schiff. Die *Fischgeruch* liegt am Nordhafen. Es ist ein Zweimaster. Du wirst es sofort erkennen. Der Kapitän heißt Quain. Kapitän Quain. Er wird dich erwarten.«

»Übermittle dem Alten Mann meinen Dank, Moth.«

»So gut wie erledigt, Freund.«

»Und dir danke ich auch, Moth.« Tawl dachte einen Augenblick nach, dann fügte er hinzu: »Und bestelle Clem meine besten Grüße.«

»Clem wird äußerst dankbar sein. Und was mich betrifft – es war mir ein Vergnügen. Schließlich hat mir die Sache einen schönen Spaziergang durch den Hafen beschert.«

»Oh, eins noch, Moth. Der Alte Mann hat davon gesprochen, meiner Freundin Megan zu helfen.«

»Der Alte Mann hält seine Versprechen. Ich bin froh, daß du mich daran erinnert hast.« Moth kramte in den Tiefen seines Umhangs und reichte Tawl eine schwere Börse. »Der Alte Mann wäre nicht gerade erfreut gewesen, wenn ich vergessen hätte, dir das zu geben. Er hätte mich aufhängen lassen ... und Clem auch. Wir sind ein Paar: wenn ich Mist baue, muß er dafür zahlen. Aber Clem will es nicht anders.

Und noch was. Der Alte Mann sagt, du sollst dir auch etwas von dem Gold nehmen. Er haßt es, einen Ritter ohne ein ordentliches Schwert zu sehen. Ich will dich ja nicht beleidigen, aber dein Messer ist nicht gerade das Beste vom Besten. Natürlich habe ich das mit dem Dieb gesehen – du warst schnell, aber mit der richtigen Ausrüstung wärst du noch besser gewesen. Schade, daß du nicht noch länger hier bleibst. Ich hätte dir was echt Hübsches besorgen können. Egal, es gibt immer ein nächstes Mal. Ich muß jetzt gehen. Clem erwartet mich. Ich muß ihm bei einer kleinen Sache behilflich sein. Ich wünsche dir alles Gute, Freund.« Mit diesen Worten stand Moth auf und ließ sich selbst hinaus.

Als er gegangen war, fragte sich Tawl, was für eine ›kleine Sache‹ Moth und Clem wohl zu erledigen hatten. Wahrscheinlich war es besser, wenn er nichts davon wußte. Tawl entleerte die Börse und fand zwanzig Goldstücke. Bis auf eine legte er alle wieder zurück.

Einige Zeit später erschien Megan. Wie immer brachte sie Tawl etwas zu essen und zu trinken. Sie wollte gerade den Tisch decken, als Tawl sie bat, sich zu ihm zu setzen. »Megan, ich werde dich morgen verlassen.«

Ihr hübsches Gesicht wurde ernst. »Ich hatte nicht erwartet, daß du so bald schon gehen würdest.« Sie stand auf und begann mit gesenktem Kopf Orangen zu schälen.

Das Haar fiel Megan vors Gesicht, solch eine wunderbare Mischung aus Haselnuß und Gold. Sie war so jung – Anna, die jüngste von Tawls Schwestern, wäre jetzt im gleichen Alter. Irgend etwas an Megans glatten Wangen und dem Gold ihrer Haare erinnerte Tawl an seine Schwestern. So liebenswerte Mädchen – wie Megan. Doch anders als sie, waren seine Schwestern von ihm abhängig. Tawls Gedanken reisten zurück zu der kleinen Hütte in den Sümpfen. Er war alles gewesen, was sie gehabt hatten, und er hatte sie im Stich gelassen.

Die Hebamme nickte zustimmend. Tawl erinnerte sich an das Blut auf ihrer Schürze: das Blut seiner Mutter. »Du hast eine weise Entscheidung getroffen«, sagte die Hebamme. »Ich werde sie öffnen, solange die Nabelschnur noch hält.« Als sie sich wieder in Richtung Hütte wandte, hielt Tawl sie am Arm fest.

»Laßt mich sie zuerst sehen.«

Die Hebamme schnaufte mißbilligend, aber sie ließ ihn gehen. Tawl wurde von seinen Schwestern begrüßt, die sofort die Fische aus dem Rucksack herausangelten. Anna hatte gerade gelernt zu rechnen, und sie zählte die Fische an ihren dicken Fingern ab. Sara, die ältere, hatte keine Geduld mit ihrer kleinen Schwester und zählte die Beute laut und mit überheblicher Stimme. »Da ist einer mehr dabei«, sagte sie, und ihre Überheblichkeit verwandelte sich in Aufregung. »Ist er für das Baby?«

Tawl nickte und wandte sich um. Ihm standen die Tränen in den Augen, und er wischte sie weg, bevor sie seine Wangen hinablaufen konnten. Hinter sich hörte er seine Schwestern, die eifrig dabei waren, den größten Fisch für das Baby herauszusuchen.

»Kann er den hier haben?« rief Anna, einen großen Fisch auf dem Schoß.

»Ja«, antwortete Tawl. Er kniete sich nieder und legte den Arm um ihre Schulter. »Das Baby muß den größten von allen bekommen.« Er küßte sie auf die Wange und streckte den anderen Arm nach Sara aus. Sie kam zu ihrem Bruder und legte den Kopf auf seine Schulter, wie immer. Tawl drückte sie fest an sich und streichelte über Annas goldenes Haar. Was für eine babyweiche Struktur – aber schließlich war sie ja auch noch ein Baby? Gerade einmal fünf Jahre alt. Schon bald, *zu* bald, würden seine Schwestern die Wahrheit erfahren. Tawl drückte sie an die Brust; er sagte mit seiner Stärke, was er niemals in Worte fassen konnte.

Der Augenblick der Schwäche verging, und Tawl wurde ruhiger. Er stand auf, ließ seine Schwestern inmitten der Fische zurück und öffnete die Tür zur Kammer seiner Mutter. *Er* würde es ihr sagen; die Nachricht würde von ihrem Sohn kommen, nicht aus dem Mund einer Fremden. Der Geruch erregte Übelkeit. Fliegen summten um das Bett herum, und da sie niemand daran hinderte, setzten sie sich auf das getrocknete Blut. »Tawl, bist du das?« Seine Mutter sprach mit sanfter Stimme. Tawl spürte, daß sie Angst hatte.

»Ja, Mama, ich bin's.« Er setzte sich auf einen Stuhl neben ihr Bett. Er hielt den Blick gesenkt, um nicht auf ihren geschwollenen Leib zu starren.

»Viele Fische heute?« Merkwürdig, daß seine Mutter in dieser Zeit des Leids über Alltäglichkeiten reden konnte. Tawl spielte mit. Er war zu jung, um zu bemerken, worauf sie hinauswollte.

»Nein, sie haben nicht gut gebissen.«

Sie seufzte mitleidig. »Macht nichts, morgen brauchst du weniger.«

Sie wußte es also. Für einen kurzen Augenblick wurde eine Last von Tawls Schultern genommen, doch dann kehrte sie wieder zurück, schwerer als je zuvor. »Mama, es tut mir leid.«

»Na, na, na, Tawl.« Sie nahm seine Hände in die ihren. »Mach dir um mich keine Sorgen; es sind deine Schwestern, die dich jetzt brauchen. Deine Stärke muß für euch alle drei reichen.« Im Blick der Mutter lag eine derartige Entschlossenheit, daß es schwerfiel zu glauben, sie läge im Sterben. »Du mußt mir versprechen, dich um sie zu kümmern.«

Der Druck ihrer Hand auf der seinen war beinahe unerträglich. »Und um das Baby«, sagte er, halb Erklärung, halb Frage.

»Und um das Baby … wenn es lebt.«

Megan ergriff seine Hand. »Tawl, bist du in Ordnung?« Seine Beine gaben nach, und er setzte sich auf den Boden. Die Mischung aus Vergangenheit und Gegenwart verwirrte ihn – diesmal waren die Bilder nicht so schnell wieder verschwunden. Das Baby hatte überlebt, und die Hebamme hatte eine Amme gekannt. Zwei Fische waren der Preis gewesen – der Anteil seiner Mutter. Die Mutter hatte sich also geirrt; er mußte noch genauso viel fangen wie zuvor.

Megan reichte Tawl einen Becher mit einer dampfenden Flüssigkeit. Der scharfe Geruch von Orangen brachte ihn schneller wieder in die Gegenwart zurück, als Worte es vermocht hätten. Orangen waren in den Sümpfen unbekannt.

»Verzeih mir, Megan«, sagte Tawl. »Ich fühle mich noch ein wenig schwach.«

»Bist du sicher, daß du dich dann auf den Weg machen willst? Bleib noch eine Weile. Nicht für mich, sondern für dich.«

Er mußte gehen. Die Aufgabe war alles, und er durfte nichts und niemandem erlauben, sich ihr in den Weg zu stellen. Es war sein Schicksal, sich auf diese Weise zu verabschieden: ein geflüstertes Lebewohl ohne Aussicht auf ein Wiedersehen. »Nein, Megan, ich muß fort.« Tawl suchte nach den wohlbekannten Worten des Abschieds, doch sie wollten ihm nicht einfallen. Indem sie ihm so viel gegeben hatte, hatte Megan ihm etwas genommen – er konnte sie nicht einfach mit ein paar Phrasen abspeisen. Sie verdiente mehr als das. Tawl nahm ihr Gesicht in seine Hände. »Ich fürchte, wenn ich länger bleibe, werde ich niemals gehen. Mit einem anderen würde es dir besser ergehen. Du weißt nur wenig von mir.«

»Ich weiß, daß du leidest.« Megans Stimme war voller Zärtlichkeit. »Tawl, ich sehe, daß du unglücklich bist. Es ist ein Fehler zu glauben, alles wäre wieder gut, wenn deine Aufgabe erfüllt und derjenige gefunden ist, den du suchst. Das stimmt nicht – *Liebe,* nicht Erfolg, wird dich von deinen Dämonen befreien.«

War er so durchschaubar? Oder besaß Megan nur eine außergewöhnliche Menschenkenntnis? Tawl küßte sie zärtlich – das war seine einzige Antwort.

Später, als die Leidenschaft verschwunden war, reichte Tawl Megan die schwere Börse. »Nimm das; es wird dir helfen, ein Leben nach deinen eigenen Wünschen zu führen.«

Megan nahm die Börse und öffnete sie. Als sie die vielen Goldstücke sah, gab sie sie wieder zurück. »Ich will keine Bezahlung von dir, Tawl, nur das Versprechen, daß du auf dich aufpaßt.« Tawl schob die Börse wieder zu ihr zurück.

»Das ist keine Bezahlung; das ist ein Geschenk. Bitte nimm es.«

Megan akzeptierte das Gold. »Werde ich dich jemals wiedersehen?«

»Ich bin ein Ritter von Valdis, Megan. Ich habe geschworen, nichts zu versprechen, das ich nicht einhalten kann.« Die Förmlichkeit seiner Worte verlieh Tawl Kraft. Er wußte, daß es kalt klang, doch er war vor allem anderen ein Ritter, und er mußte seine Pflicht erfüllen. Wie erwartet, zog sich Megan von ihm zurück. Es erforderte all seine Willenskraft, sie nicht wieder zurückzuholen.

Baralis schlüpfte in den Geheimgang und ging zu Maybors Gemächern. Auf dem Weg dorthin bemerkte er eine ihm unbekannte Moosart auf den feuchten Steinwänden. Er würde an einem anderen Tag zurückkehren, um eine Probe der Pflanze zu entnehmen. Moose waren immer von Interesse. Die Entdeckung einer neuen Art konnte eine wesentliche Verbesserung seiner Rezepturen bedeuten.

Baralis beschloß einen etwas umständlicheren Weg zu Maybors Gemächern zu nehmen als gewöhnlich. Er hatte das Bedürfnis, mit ungewöhnlicher Vorsicht vorzugehen, obwohl er nicht wußte warum. Schließlich, nach einer langen Reise durch gewundene Korridore, befand sich Baralis außerhalb von Maybors Schlafgemach. Nachdem er sich versichert hatte, daß niemand im Raum war, schlich er hinein.

Baralis hatte zwar nur wenig Ahnung von solchen Dingen, doch selbst er sah, daß Maybors Gemächer mehr mit Geld als mit Geschmack eingerichtet worden waren. Scheußliche, purpurrote Gobelins hingen an den Wänden, silberdurchwirkte rote Teppiche bedeckten den Boden, und sogar das Bett war mit purpurroter Seide bezogen. Baralis hatte keine Zeit, sich über Maybors schlechten Geschmack zu amüsieren. Er schlich in das kleine Ankleidezimmer, das unmittelbar neben dem Schlafgemach lag.

Baralis gestattete sich ein leichtes Lächeln, als er den Inhalt von Maybors Schrank betrachtete. Der Mann besaß mehr Gewänder als eine Hofdame – in Farben, die jedem Pfau den Atem verschlagen hätten. Rasch entschied Baralis, daß Maybor heute abend eines seiner beiden roten Gewänder tragen würde. Die Königin würde dem abendlichen Ball beiwohnen, und Maybor würde die Gelegenheit nützen, um seinen Reichtum zur Schau zu stellen. Die beiden Gewänder, die Baralis ausgewählt hatte, waren bei weitem die protzigsten: Goldstickereien, Rüschen, Perlen. Baralis schauderte. Er selbst würde ein unauffälliges Schwarz tragen. Er haßte es, unnötige Aufmerksamkeit zu erregen.

Eilig träufelte er das Gift auf Schultern und Kragen der beiden Gewänder. Dann zog er sich rasch zurück. Da er wußte, wie gefährlich das Gift war, hatte er nicht die Absicht, länger als unbedingt nötig in einem kleinen Raum mit den tödlichen Dämpfen zu verweilen.

Zufrieden, daß alles nach Plan verlaufen war, verließ Baralis Maybors Schlafgemach und machte sich auf dem gleichen umständlichen Weg wieder zurück auf den Weg zu seinen eigenen Gemächern.

Der Assassine war nicht übermäßig besorgt, daß er Lord Baralis aus den Augen verloren hatte, als dieser in den Geheimgängen verschwunden war. Wahrscheinlich war Baralis gerade dabei, irgend jemanden auszuspionieren, oder er verfolgte sonst eine böse Absicht. Aber das war Scarl mittlerweile egal. Nur seine Pläne für die heutige Nacht bereiteten ihm noch Kopfzerbrechen.

Heute nacht würde er seine Aufgabe angehen. Der Assassine hatte lange darüber nachgedacht, wie und wo er die Tat am besten ausführen konnte und sich schließlich für den Ball anläßlich des Winteranfangs entschieden. Der große Festsaal würde voller Menschen sein, die tranken und aßen. Baralis würde es nicht wagen, seinen Diener Crope zu solch einem Ereignis mitzubringen.

Bei seinen Erkundungen der Geheimgänge hatte Scarl einen verborgenen Zugang zu einem Vorraum des großen Festsaales entdeckt. Auf diese Weise würde er unbemerkt von den betrunkenen Gästen hineingelangen und sich seinem Opfer widmen können.

Inzwischen kannte der Assassine Baralis' Gewohnheiten recht gut: er war kein Mann, der gern im Vordergrund stand; irgendwann würde er sich in eine entlegene Ecke zurückziehen, um die anderen Gäste besser beobachten zu können. Und dann, wenn Baralis mit einstudierter Langeweile den Tanz verfolgte, würde der Assassine zuschlagen. Der große Herr würde die Berührung des Messers kaum spüren und tot zu Boden fallen. Anschließend würde Scarl auf demselben Weg verschwinden, auf dem er hereingekommen war.

Der Assassine spürte das vertraute Kribbeln in seinem Bauch, das ihn jedesmal befiel, wenn sich ein Auftrag dem Ende näherte. Er war begierig, alles zu Ende zu bringen, und besorgt, ob alles nach Plan laufen würde. Scarl zweifelte nicht an seinen Fähigkeiten – niemand in der bekannten Welt konnte ihm im Umgang mit dem Messer das Wasser reichen –, dennoch machte er sich Sorgen, daß irgend etwas schiefgehen könnte. Aber er hatte noch nie zuvor versagt, und auch diesmal hatte er alles bis ins kleinste Detail vorbereitet.

Der Plan war wirklich gut. Jemanden in einem Raum voller Menschen umzubringen war wesentlich einfacher, als es den Anschein hatte. Wenn die Augen der meisten vom Alkohol vernebelt waren, würde niemand die schattenhafte Gestalt bemerken, die sich durch den Raum bewegte. Außerdem bot der Plan noch einen anderen Vorteil: Lord Maybor wäre unter den Gästen, und so würde nicht der leiseste Verdacht auf ihn fallen.

Scarl dachte über Lord Maybor nach – er traute ihm nicht. Sicher, Maybor hatte ihn immer für seine Dienste bezahlt, doch bei ihrem letzten Treffen hatte der Assassine etwas in Maybors Gesicht gesehen, das nichts Gutes verhieß. Scarl würde sich vorsehen. Indem er kein Gold als Bezahlung verlangt hatte, war er ein Risiko eingegangen – hätte er die traditionelle Form der Bezahlung gewählt, hätte sich bereits die Hälfte des Geldes in seinem Besitz befunden. Doch so hatte Scarl nicht mehr als Maybors Versprechen, ihm nach getaner Arbeit ein Stück Land zu überschreiben. Er hoffte, Maybor würde sich an die Vereinbarung halten; alles andere wäre … sehr unglücklich, wirklich *sehr* unglücklich.

Der Assassine verbannte diese Gedanken aus seinem Kopf; er würde sich mit solchen Problemen auseinandersetzen, wenn und falls sie auftauchen sollten. Heute mußte er sich auf die bevorstehende Aufgabe konzentrieren. Beinahe instinktiv zog Scarl das Messer aus seinem Gürtel. Vorsichtig fuhr er mit dem Finger über die Klinge; die flüchtige Berührung forderte Blut. Der Anblick erfreute den Assassinen: seine Klinge war nie schärfer gewesen.

Jack zog ostwärts durch den Wald. Er kam gut voran; manchmal lief er sogar ein Stück, und der Sack schlug gegen seine Seite. In seinem ganzen Leben hatte er sich noch nie so frei gefühlt. Es machte ihm Freude, zu laufen wann und wie er wollte. Bis jetzt hatte er immer anderen gehorchen müssen: Meister Frallit, dem Kellermeister, Lord Baralis. Jetzt erlebte er zum ersten Mal, was es bedeutete, zu tun und zu lassen, was man wollte: zu essen, wenn man hungrig war und zu schlafen, wenn man müde war.

Jack war leicht benommen vor lauter Freiheit. Er verdankte Falk unendlich viel. Dank ihm hielt er sich wegen der Sache mit den Broten nicht mehr für böse. Inzwischen hatte Jack erkannt, daß Falk recht hatte. Er hatte nichts Böses im Sinn gehabt, als er den Lauf der Natur geändert hatte. Als er vor den Broten gestanden hatte, hatte er sich nur Sorgen gemacht. Und ein besorgter Mann war nicht unbedingt auch böse.

Trotzdem, er hatte es getan. Er konnte sich nicht vor

der Wahrheit verstecken, und tatsächlich wollte ein Teil von ihm das auch gar nicht. Jack war anders, doch mittlerweile verspürte er nicht mehr das überwältigende Bedürfnis, so zu sein wie die anderen. Ein Gedanke formte sich in seinem Kopf, und als er seine Bedeutung erkannte, sagte er laut: »Vielleicht habe ich es geerbt.« Was immer er auch haben mochte – Macht, Zauberei –, er könnte es von seinen Eltern bekommen haben.

Falk hatte Jack davon überzeugt, daß seine Mutter nicht um sich selbst, sondern um ihn Angst gehabt hatte. Was wäre, wenn sie sich um sie beide gesorgt hätte! Wenn sie ähnliche Kräfte wie ihr Sohn gehabt hatte, mußte sie sie verbergen, um weiter in Burg Harvell leben zu können. Wenn sie Jack doch nur ins Vertrauen gezogen hätte. Aber hatte er ihr überhaupt Gelegenheit dazu gegeben? Er war zu jung gewesen. Er wollte immer nur hinaus und mit seinen Kameraden spielen, während sie gerne am Feuer gesessen und geredet hätte.

Jack wünschte, Falk wäre bei ihm; er hätte gewußt, ob Magie vererbt werden konnte – ähnlich wie braune Augen oder große Füße.

Es war unglaublich: Jack, ein Bäckerjunge – und laut Frallit kein besonders guter –, hatte es irgendwie geschafft, die Natur der Dinge zu verändern. Er fühlte sich nicht anders als zuvor – außer vielleicht ein wenig weiser nach seinem Aufenthalt bei Falk, aber ansonsten hatte sich nichts geändert. Jack wußte noch immer nicht, was er mit seinem Leben anfangen sollte; verschiedene Ideen kämpften in seinem Kopf um die Vorherrschaft. Je nach Laune wollte er entweder die Familie seiner Mutter suchen, sich als Bäcker in einer Stadt im Osten niederlassen oder auf der Suche nach Abenteuern durch die Welt wandern. Rachegedanken gegen seinen Vater, über die Falk so ausführlich gesprochen hatte, würden sein Leben auf jeden Fall nicht bestimmen.

Heute war Jack damit zufrieden, durch den Wald zu

wandern. Entscheidungen konnten warten. Das Essen war gut, der Boden fest, und seine Zeit gehörte nun endlich ihm selbst.

Jack spürte die Kälte der Luft und begann erneut zu rennen, um wieder warm zu werden. Er sprang über Gräben und gefallene Baumstämme, duckte sich unter herabhängenden Ästen und zertrampelte das Unterholz. Als er schließlich anhielt, schmerzten seine Füße. Die Stiefel, die Falk ihm gegeben hatte, paßten ihm nicht; er war froh, daß sie seine Füße warm und trocken hielten, doch sie drückten an den Zehen. Jack hatte immer schon Probleme mit Kleidung und Schuhen gehabt. Alles war ihm zu klein. Inzwischen hatte er sich daran gewöhnt, seine Westen zusammenzubinden und Löcher für seine Zehen in die Stiefel zu schneiden.

Atemlos ließ sich Jack auf den Boden fallen. Hungrig wie immer beschloß er, einen Happen zu essen. Er schnitt sich ein Stück Hirschfleisch ab und nahm einen Apfel, um die Mahlzeit abzurunden. Er träumte von den Orten, die er besuchen würde: da war zum Beispiel Annis, das Juwel des Nordens, schön und stolz; das erhabene Highwall; oder Bren, mächtiger als alle anderen. Jack biß herzhaft in seinen Apfel. Nur eine Entscheidung schien die richtige zu sein; es gab nur eine Stadt, in die er ziehen *mußte*. Er würde nach Bren gehen.

Das Knacken des Apfels zwischen seinen Zähnen ließ das Geräusch zunächst unklar erscheinen. Jack schluckte das Apfelstück rasch hinunter und lauschte konzentriert. Sein Magen zog sich zusammen, als er in der Ferne das Geräusch von Hufen vernahm. Baralis hatte ihn gefunden! Seine Flucht schien so lange zurückzuliegen, daß er sie beinahe vergessen hätte. Gehetzt blickte er sich nach einer Möglichkeit, sich zu verstecken, um. Das umliegende Land war flach und nur spärlich bewachsen – lediglich die dünnen Stämme hoher Bäume boten ein wenig Schutz. Jack packte seinen Sack und rannte los.

Die Pferde kamen näher. Jack hielt es für das Beste, zu

einer entfernten Anhöhe zu laufen. Er war bereits außer Atem, doch er zwang sich weiterzulaufen. Die Pferde hatten ihn beinahe eingeholt, und er warf sich auf den Boden in der Hoffnung, die Reiter würden ihn nicht sehen. Die kalte Erde erbebte vom Donnern der Hufe. Jack konnte die Reiter nun sehen, die zwischen den Bäumen hindurchgaloppierten: es waren dieselben Männer, die ihn bereits schon einmal verfolgt hatten, nur diesmal waren es mehr.

Jack glaubte, daß man ihn nicht entdecken würde. Er war den Reitern nicht mehr im Weg. Offensichtlich ritten sie in eine bestimmte Richtung. Doch plötzlich rief der vorderste Reiter etwas, und der ganze Trupp wurde langsamer. Jack bemühte sich, seinen Körper so flach wie möglich auf den Boden zu pressen. Der erste Reiter war inzwischen abgestiegen und untersuchte das Unterholz. Er bückte sich, hob etwas auf und zeigte es seinen Kameraden. Zunächst konnte Jack nicht erkennen, um was es sich handelte; aber dann sah er, daß es das Hirschfleisch und der Apfel waren, die er bei seiner Flucht zurückgelassen hatte. Er verfluchte seine eigene Dummheit – wie konnte er nur so unachtsam sein?

Die Söldner blickten nun in seine Richtung. Wahrscheinlich hatte er Fußspuren hinterlassen. Angst schwächte Jack. Sollte er bleiben, wo er war, oder sollte er versuchen, den Männern davonzulaufen? Er fühlte sich nicht wohl in seinem Versteck – er verspürte das Bedürfnis zu handeln. Jack packte seinen Sack, sprang auf und rannte los. In der Ferne vernahm er die Schreie der Bewaffneten, die ihn entdeckt hatten. Mit einer Schnelligkeit, die aus Verzweiflung geboren war, rannte Jack wie der Wind.

Er lieferte den Männern eine gute Jagd. Er rannte dorthin, wo der Wald am dichtesten war. Er wußte, dies war seine einzige Chance zu entkommen. Der Anführer der Söldner rief seinen Männern zu, sie sollten ausschwärmen. Sie kamen immer näher. Jack rannte immer schneller, bis Büsche und Bäume nur noch vorbeihuschende Schatten waren. Er war nur noch von einem einzigen Gedanken erfüllt: er *mußte* entkommen. Einer der Reiter schnitt Jack den Weg ab, und ein anderer war direkt hinter ihm. Jack versuchte auszuweichen, indem er zwischen zwei besonders eng beieinander stehenden Bäumen hindurchlief.

Und in diesem Augenblick spürte er, wie ein Netz auf ihn herabfiel. Der Reiter, der Jack am nächsten war, hatte das Netz geworfen, und Jacks Füße verfingen sich darin. Er fiel zu Boden und versuchte verzweifelt, sich zu befreien. Wie von Sinnen riß er an dem groben Seil, um seinen Fuß aus den engen Maschen herauszubekommen. Doch gerade als er sich befreit hatte, waren die Männer über ihm. Sie waren von ihren Pferden gestiegen und schwangen nun Lanzen und Schwerter.

»Keine Bewegung, Junge«, warnte der Anführer, »oder du wirst meine Lanze in deinem Bein spüren.« Jack rührte sich nicht mehr. »Wie ich sehe, bist du ein kluger Junge. Fesselt ihn, Jungs. Diesmal gehe ich keine unnötigen Risiken ein.« Zwei der Bewaffneten näherten sich Jack, und einer von ihnen trat heftig in die Nieren seiner Beute.

»Ruhig, Jungs. Wir wollen doch nichts unternehmen, was Lord Baralis aufregen könnte.« Die Männer waren offensichtlich von der Bemerkung beeindruckt. »Außerdem bekommen wir vielleicht einen Bonus, wenn wir ihn in gutem Zustand zurückbringen. Lord Baralis erwartet nicht von uns, daß wir den Jungen finden. Ich nehme an, das gibt ein paar Extra-Goldstücke.« Der Anführer blickte seine Männer der Reihe nach an. »Also laßt uns diese schöne Aussicht nicht verderben, indem wir den Jungen zu grob anfassen, Jungs. Verstanden?«

Jack krümmte sich vor Schmerzen; der Tritt war gut gezielt gewesen. Die beiden Männer fesselten seine Hand- und Fußgelenke mit Lederbändern. Sie zogen die Fesseln so fest, daß Jack unwillkürlich zusammenzuckte, als die Bänder in sein Fleisch schnitten.

»Werft ihn über das Packpferd, und stellt sicher, daß

er sich nicht losmachen kann. Wir haben noch einen weiten Ritt vor uns, und ich will nicht, daß er uns wieder entkommt.« Man legte Jack über ein großes Pferd und sicherte ihn mit dicken Seilen.

»Reiten wir jetzt wieder zurück zur Burg, Traff, oder suchen wir das Mädchen?« fragte einer der Männer.

Traff, der Anführer, dachte einen Augenblick nach. »Wir reiten weiter und suchen das Mädchen.« Die Männer stiegen auf ihre Pferde und ritten mit dem gefesselten Jack durch den Wald in Richtung Südosten.

Wie immer, bevor er sich für eine besondere Gelegenheit ankleidete, hatte Lord Maybor gerade ein Glas Roten Lobanfarn genossen. Daß die Königin ihn morgen zu einer Audienz bestellt hatte, bereitete ihm Sorgen; aber wahrscheinlich wollte sie nur den genauen Termin der Verlobungszeremonie festsetzen. Maybor lief die Zeit davon. Er mußte seine Tochter innerhalb der nächsten Tage finden, oder alles wäre verloren.

Inzwischen entfaltete der süße Wein seine Wirkung, und Maybor wandte sich weniger beunruhigenden Gedanken zu. Was sollte er anziehen? Die Königin und der gesamte Hochadel würden auf dem Ball erscheinen, also mußte er so prächtig wie möglich aussehen. In Gedanken ging er seine Garderobe durch. *Es muß etwas Rotes sein,* dachte er. *Nein, mehr als Rot, es muß mit Gold und Juwelen geschmückt sein.* In dieser vielversprechenden Nacht würde Maybors Reichtum den Neid des gesamten Hofstaats erregen.

»Crandle!« rief er nach seinem neuen Diener. Der sanftmütige Crandle betrat das Gemach seines hohen Herrn.

»Ja, Herr.«

»Hol mein Gewand. Ich will mich für den Abend ankleiden.«

»Welches, Herr?«

»Das Rote mit den Goldstickereien und den Perlen.

Ich möchte wie ein König aussehen.« Crandle ging hinaus, um das verlangte Gewand zu holen. Einige Minuten später kehrte er zurück, in der einen Hand das Gewand und in der anderen eine tote Ratte.

»Was soll das?« brüllte Maybor und deutete auf die Ratte.

»Es tut mir leid, Herr. Ich weiß nicht, wie sie in Eure Schränke gekommen ist, aber sie scheint gestorben zu sein, bevor sie irgendwelchen Schaden anrichten konnte.« Maybor mochte den Gedanken nicht, daß eine Ratte, egal ob tot oder lebendig, zwischen seinen wertvollen Gewändern gefunden worden war.

»Du Idiot!« Er suchte nach einer angemessen schrecklichen Drohung. »Wenn das noch einmal passiert, laß ich dir die Ohren abreißen.« Der Diener wirkte recht eingeschüchtert, und Maybor fand seine gute Laune wieder. »Nun gut, Crandle, hilf mir beim Ankleiden. Ich glaube nicht, daß ich noch baden werde – eine derartige Schönheitspflege ist nur etwas für Stutzer und Priester.«

Der Diener half Maybor aus den Kleidern. »Sei gefälligst vorsichtig, du Trottel!« schrie Maybor, als Crandle ihm versehentlich auf den Fuß trat. »Oder ich werde nicht nur deine Ohren, sondern auch noch deine Füße abreißen lassen.«

Melli wurde erneut in dem engen, roten Kleid verschnürt. Die bleiche Keddi zog die Schnüre ein letztes Mal an, und Melli stellte verärgert fest, daß ihr Busen so weit nach oben gedrückt worden war, daß sie Angst hatte, er würde beim nächsten Atemzug herausspringen.

»Keddi, was ist aus meinem eigenen Kleid geworden?« fragte sie.

»Madame Greal hat befohlen, es wegzutun. Sie sagte, solange du hier seist, sollst du keine abgerissenen Sachen tragen.«

»Keddi, ich werde nicht mehr lange hier sein. Ich habe die Absicht, diese Stadt morgen zu verlassen, und ich werde sie in meinem eigenen Kleid verlassen. Und jetzt geh und such es für mich.« Das Mädchen rannte hinaus, und ein paar Minuten später erschien Madame Greal.

»Aus deinem alten Kleid sind Putzlumpen gemacht worden. Dir bleibt keine andere Wahl, als das hier zu tragen. Wenn du ein braves Mädchen bist, werde ich dir vielleicht irgendwann ein anderes kaufen.« Die Frau schritt um die entrüstete Melli herum. »Ich muß allerdings zugeben, daß ich dazu neige, dir erneut eines in Rot zu kaufen. Das bringt die Farbe deiner Haut erst richtig zur Geltung. Männer mögen nichts lieber als blasse, cremefarbene Haut.«

»Madame Greal, ich habe nicht die Absicht, dem Geschmack von Männern gerecht zu werden. Ihr irrt Euch, wenn Ihr glaubt, ich würde hierbleiben. Auch wenn ich mich wiederhole – ich werde Euch morgen verlassen.« Mellis Worte schienen Madame Greal nicht sonderlich zu beeindrucken.

Sie trat zu Melli und richtete ihr Haar und Kleid. »Allerdings könntest du etwas Rouge vertragen, Liebes. Deine Wangen sind viel zu blaß.« Mit diesen Worten kniff sie Melli kräftig in die Wangen. »So, das muß erst mal reichen.«

»Wie könnt Ihr es wagen, mich zu kneifen!« Melli versuchte, Madame Greal zu schlagen, doch sie war nicht schnell genug. Ihr Arm wurde mitten in der Bewegung gefangen.

»Komm schon, Liebes, das ist nicht nötig. Laß uns essen gehen. Das wird dich wieder beruhigen. Man hat dein Mieder wohl doch ein wenig zu eng geschnürt, wenn du mich fragst.«

»Ich werde mich nicht wieder in diesen elenden Schankraum setzen.«

Madame Greal entblößte ihre scharfen, unregelmäßigen Zähne. »Komm, Liebes. Du kannst nicht auf deinem

Zimmer bleiben. Keddi muß es noch saubermachen.« Sie geleitete die unwillige Melli aus dem Zimmer und zwang sie die Treppe hinab in den Schankraum.

Erneut bestand Madame Greal darauf, daß sie sich an den Tisch in der Mitte setzten. Es war früher Abend, und es ging wesentlich geschäftiger zu als zur Mittagszeit, als Melli zum letzten Mal hier unten gewesen war. Sie hatte das Gefühl, alle Augen seien auf sie gerichtet. Madame Greal bemerkte das auch und sagte: »Siehst du, die Männer hier wissen ein hübsches Mädchen zu schätzen, wenn sie eins sehen.« Sie winkte und grüßte viele der Männer. »Ich glaube nicht, daß wir heute abend für unsere Getränke zahlen müssen.« Melli wußte nicht, was die Bemerkung ihrer Begleiterin zu bedeuten hatte, bis eine Gruppe von Männern sich ihrem Tisch näherte. Einen von ihnen erkannte Melli als denjenigen, dem sie gestern vorgestellt worden war.

»Ich wünsche Euch einen schönen Abend, Madame Greal.« Edrad verbeugte sich mit übertriebener Höflichkeit. »Wie geht es Euch und Eurer lieblichen Gefährtin an diesem wunderbaren Abend?« Melli wagte kaum zu atmen, denn anderenfalls drohten ihre Brüste sich selbständig zu machen und ihr Kleid zu verlassen.

»Meinem lieben Mädchen und mir geht es ausgesprochen gut, Edrad«, erwiderte Madame Greal und neigte elegant den Kopf. »Aber unsere Kehlen sind ein wenig trocken.«

Sofort zeigte sich Edrad reumütig. »Oh, bitte verzeiht mir, meine Damen. Was bin ich doch für ein gedankenloses Wesen!« Edrad bestellte etwas zu trinken.

»Mein Mädchen und ich, wir machen uns nichts aus dem harten Zeug, Edrad, wir wollen die Reserve.«

»Dann sollt ihr das auch bekommen.« Madame Greal schien hoch erfreut zu sein. »Hättet Ihr etwas dagegen, wenn meine Kameraden und ich uns ein wenig zu Euch gesellen?« Besorgt beobachtete Melli, wie Madame Greal bereitwillig zustimmte.

»Dies hier sind meine beiden Freunde, Larkin und

Lester.« Die beiden Männer nickten Madame Greal zu und starrten gierig auf Melli. Dann wandte sich Edrad an seine Gefährten. »Und dies hier ist die bewundernswerte Madame Greal und ihre liebliche Begleiterin, Melli von Deepwood.«

»Deepwood?« fragte der mit Namen Larkin.

»Ja, Deepwood. Es liegt tief im Süden. Hab' ich nicht recht, Melli?« erwiderte Edrad schelmisch.

»Ich habe noch nie von einem Deepwood gehört«, beharrte Larkin.

»Unsinn, es liegt direkt hinter Highwood.« Edrad zwinkerte Melli vielsagend zu.

Madame Greal beschloß, die Konversation in Schwung zu bringen. »Es ist doch offensichtlich, daß Melli nicht aus dieser Gegend stammt. Oder habt Ihr hier schon einmal jemanden mit einer derart schönen und blassen Haut gesehen?«

»Nicht, daß ich wüßte, Madame Greal«, antwortete Edrad und warf einen bewundernden Blick auf Mellis Busen.

»Ich auch nicht«, stimmte Larkin zu. Der mit Namen Lester sagte kein Wort.

Kurz darauf wurden die Getränke gebracht, und Melli war froh, daß nun die Aufmerksamkeit der Männer von ihr abgelenkt wurde. Sie trank einen tiefen, undamenhaften Schluck Bier. Madame Greal warf ihr einen warnenden Blick zu.

»Die Reserve ist verdammt stark, Melli. Da ich weiß, daß du nicht an Bier gewöhnt bist, würde ich es langsamer angehen lassen.« Melli beschloß, sich eine kleine Freude zu machen. Sie ignorierte die Worte der Frau und nahm einen weiteren tiefen Schluck. Mellis Handlungsweise mochte vielleicht Madame Greal verärgert haben, aber die Männer reagierten mit amüsierten Rufen.

»Was für ein Mädchen!« rief Edrad. »Offensichtlich lehrt man die Frauen in Deepwood zu trinken wie die Männer.« Melli konnte sich ein Lächeln nicht verkneifen. Das starke Bier stieg ihr langsam zu Kopf, und sie begann, sich zu fragen, wie sie nur je etwas dagegen gehabt haben konnte, an einem so angenehmen Ort zu sitzen. Beim Anblick von Mellis Lächeln lächelten auch die Männer, und ihr Lächeln ließ wiederum Madame Greal lächeln.

Nach einer Weile wurde Melli immer fröhlicher. Sie lachte über Edrad und Larkin, die sich über Lester lustig machten, und trank mehr Bier. Edrad und Madame Greal blickten sich an, und Melli bemerkte, wie Madame Greal kaum wahrnehmbar nickte. »Weißt du, was du jetzt brauchst, Liebes?« wandte sie sich an Melli.

»Nein, was brauche ich jetzt, Madame Greal?« entgegnete Melli.

»Du brauchst ein wenig frische Luft. Ein kurzer Spaziergang, damit dein Kopf wieder klar wird.« Der Gedanke an einen Spaziergang durch die kühle Abendluft erschien Melli äußerst verführerisch, denn mittlerweile war ihr tatsächlich etwas warm geworden. Sie nickte begeistert.

»Würdet Ihr uns begleiten, Edrad?« fragte Madame Greal beiläufig.

»Es wäre mir eine Ehre.« Edrad verneigte sich und bot ihr und Melli den Arm an. Unter den interessierten Blicken der anderen Gäste gingen die drei zur Tür und verließen den Gasthof.

Nach der Hitze des Schankraums wirkte die kühle Abendluft auf die Spaziergänger erfrischend. Melli stolperte; es bereitete ihr Schwierigkeiten, geradeaus zu gehen. Edrads starker Arm stützte sie. Nachdem sie eine Zeitlang gewandert waren, sagte Madame Greal: »Wenn Ihr mich bitte entschuldigen würdet. Ich muß noch einmal schnell in den Gasthof zurück, um meinen Umhang zu holen. Ich habe ihn wohl vergessen. Ich bin bald wieder zurück.« Kurz darauf war sie verschwunden.

Edrad nahm die Gelegenheit wahr, um Melli in Richtung Stall zu dirigieren, und das schien ihr eine gute

Idee zu sein. »Dann kann ich ja gleich mal nach meinem Pferd sehen«, sagte sie. Edrad lächelte und nickte und geleitete sie in das dunkle Innere des Stalles. Dann führte er Melli in eine noch dunklere Ecke. »Ich glaube nicht, daß mein Pferd hier hinten ist«, bemerkte Melli mit schwerer Zunge.

»Wir werden uns später um dein Pferd kümmern«, erwiderte Edrad, während er Melli zu einer Wand führte. Seine Hand bewegte sich über ihren Arm bis zu ihrer Brust. Dann beugte er sich vor und preßte seine Lippen auf die ihren. Melli war verwirrt und leicht benommen. Widerstrebend willigte sie in den Kuß ein, nur um kurz darauf Edrads Zunge in ihrem Mund wiederzufinden. Als nächstes spürte sie, wie die Hand des Mannes ihren Busen knetete.

»Oh, du bist ja so eine Hübsche«, murmelte Edrad, während er sich hinunterbeugte, um Mellis Busen zu küssen. Melli dämmerte, daß der Mann nichts Gutes im Sinn hatte, doch ihr Kopf war schwer vom Bier, und ihre Reaktionen waren langsam. Sie stand mit dem Rücken an einer Wand, und Edrad sabberte auf ihre Brust. Sie spürte, wie seine warme Hand unter ihren Rock glitt. Melli geriet in Panik: Küssen war eine Sache, aber eine Hand unter ihrem Rock war etwas vollkommen anderes.

Sie erinnerte sich flüchtig der Bewaffneten, die ihr Kleid zerrissen hatten. Ein Gedanke nahm in ihrem umnebelten Kopf Gestalt an: Edrad war nicht besser als jene Männer. Seine Hand glitt Mellis Schenkel hinauf. Sie beschloß, diese Verletzung ihrer Intimsphäre nicht länger zu dulden. Mit aller Kraft, derer sie fähig war, riß Melli ihr Knie hoch und rammte es in Edrads Unterleib. Edrad stürzte zu Boden, murmelte etwas wie »Verdammte Hure!« und hielt sich seine edelsten Teile.

Melli hatte nicht erwartet, daß ihr Angriff so erfolgreich sein würde. Edrad schien unfähig, in irgendeiner Weise etwas darauf zu erwidern. Zufrieden mit sich selbst und nach wie vor verwirrt vom Alkohol überlegte

Melli, was sie als nächstes tun sollte. Sie hatte das sichere Gefühl, daß Madame Greal nicht erfreut sein würde. Da sie sich sowieso schon im Stall befand, beschloß Melli, ihr Pferd zu suchen und zu verschwinden. Sie würde auch einen Sattel mitnehmen – sie hatte nicht die Absicht, in den Gasthof zurückzukehren. Sollten sie doch ihre Sachen als Bezahlung für den Sattel nehmen.

Melli schritt an dem stöhnenden Edrad vorbei und fragte sich, warum der Mann noch immer gekrümmt am Boden lag. Offensichtlich hatte er große Schmerzen. Fröhlich machte sie sich daran, ihr Pferd zu suchen.

Nachdem sie sich längere Zeit durch die Dunkelheit getastet hatte, entdeckte sie ihr Pferd. Das Tier schien erfreut, sie zu sehen, und wieherte leise. Melli suchte, fand einen hübschen Sattel und legte ihn auf den Rücken ihres Pferdes, ohne sich darum zu kümmern, ob er auch paßte. Dann führte sie das Pferd aus dem Stall hinaus. Nach mehreren vergeblichen Versuchen gelang es ihr irgendwie, in den Sattel zu kommen. Ihr war nach wie vor schwindelig.

So leise wie möglich ritt Melli aus der Stadt. Doch es dauerte nicht lange, bis ihr Kopf und ihr Magen rebellierten und das Weiterreiten unmöglich machten. Melli ritt von der Straße herunter und fand bald eine ruhige, abgelegene Lichtung. Sie stieg ab, erbrach sich in einen nahen Busch und schlief auf dem kalten Boden ein.

Kapitel Zehn

Der große Festsaal wurde von tausend Kerzen erleuchtet. Die Wände waren mit Girlanden aus süß riechenden Winterblumen geschmückt, und unzählige Seidenbänder hingen von den Dachsparren.

Die langen Tische waren mit Speisen überladen: vier ganze Spanferkel mit Pfirsichen im Maul, fünf geröstete Lämmer, zwei Hirschhälften gewürzt mit Rosmarin und Thymian, zwanzig Silberlachse aus dem hohen Norden und zwanzig Bachforellen aus dem Osten. Köstliche Schafshoden hatte man auf silbernen Tabletts angerichtet, ebenso wie gebratenen Fasan. Es gab Dutzende verschiedene Käsesorten und Körbe mit frischen Früchten, die aus dem Süden herbeigebracht worden waren.

Natürlich gab es auch eine große Auswahl an Getränken: für die Damen Wein und Sherry, süßen Cidre und aromatischen Punsch. Für die Männer Starkbier und würzigen Met.

Der Raum war voller elegant gekleideter Damen. Sie trugen hochgeschlossene Kleider in Grün, Blau und Gold. Ihre Haare waren zu kunstvollen Frisuren hochgesteckt worden, und ihre Arme und Hälse waren mit Juwelen geschmückt, die im Licht der Kerzen funkelten. Auch die Männer trugen ihre besten Gewänder. Sie mischten sich unter die Frauen, verbeugten sich galant und verteilten Komplimente. Überall wurde geflirtet. Diener in ihren besten Livreen eilten durch den Saal, füllten Becher und Teller und versuchten, den Mitgliedern des Hofstaats jeden noch so kleinen Wunsch sofort zu erfüllen. Wären die Gäste aufmerksamer und weniger betrunken gewesen, hätten sie vielleicht den ein oder anderen Tischjungen bemerkt, der ein Stück Lachs oder Käse unter seiner Tunika verschwinden ließ.

Das Fest zur Feier des Winteranfangs war das zweitwichtigste im ganzen Jahr; die Wintersonnenwende war normalerweise das beliebteste. Dieses Jahr hatte der Hof von Harvell etwas Besonderes zu feiern: Gerüchte sprachen von Erfolgen im Krieg mit den Halcus, und – was noch wichtiger war – die Gesundheit des Königs hatte sich merklich gebessert. Hoffnung und Freude hingen im Raum. Die Zukunft der Vier Königreiche erschien in einem glänzenden Licht, und der Hof war begierig, das zu feiern.

Der riesige Festsaal war bis auf den letzten Platz gefüllt. Die Menschen kamen aus allen Ecken der Vier Königreiche. Auch Besucher aus Annis und Highwall und die Abgesandten von Lanholt und Silbur waren unter den Gästen. Alle waren sie gekommen, um der Königin ihren Respekt zu erweisen und die Gunst der Regentin zu erlangen. Die Männer redeten über den Krieg, und die Frauen über Politik. Alle bedeutenden Persönlichkeiten des Landes waren anwesend; sie waren sich ihrer Bedeutung bewußt und sonnten sich im Glanz ihrer Privilegien.

Der Wein war stark und schwer, und die Hofdamen, die ansonsten ihren Wein nur mit Wasser verdünnt tranken, wurden rasch immer fröhlicher und waren bereit zum Tanz. Die Männer bemerkten die Veränderung, küßten galant die Hände ihrer Angebeteten und führten sie aufs Parkett.

Je weiter der Abend fortschritt, desto ungezwungener wurden die Gäste. Politik wich der Leidenschaft. Die Luft war von Musik erfüllt; sie übertönte die Gespräche und das Lachen der Gäste und regte zum Tanzen an. Musik entfaltete ihre Magie auf subtile Art und Weise. Sie regte die Damen an und trieb ihnen die Röte ins Gesicht, und sie verführte die Männer zu indiskreten Vorschlägen, und manch heimliches Stelldichein wurde vereinbart.

Später würde es noch eine Gesangsvorstellung geben. Die wunderbare Hanella von Marls würde ein paar Lieder zum Besten geben, die sich die Königin gewünscht hatte – Lieder über Liebe, Leidenschaft und Intrigen. Harvells großer Tenor, Tarivall, würde anschließend die Bühne betreten und die Damen mit seiner berühmten Stimme und seinem guten Benehmen betören. Es ging das Gerücht, daß im Anschluß daran fünf atemberaubende Frauen aus Isro einen der exotischen Tänze ihrer Heimat aufführen würden – nackt bis auf ihre goldenen Armbänder.

Es sollte die spektakulärste und prächtigste Nacht des Jahres werden. Man hatte an nichts gespart: Dienstmädchen hatten monatelang Kleider genäht, Köche hatten wochenlang die Speisen vorbereitet, und unzählige Diener waren tagelang mit dem Schmücken des Saales beschäftigt gewesen. Zu Winteranfang fand im Festsaal der Burg Harvell ein einmaliges Schauspiel statt.

Baralis ließ seinen Blick zynisch durch den Raum schweifen. Verächtlich verfolgte er die Ausschweifungen der Gäste. Adlige Damen benahmen sich wie Barmädchen, hohe Lords aßen und tranken wie Tiere, und der niedere Adel versuchte, sich bei jedem einzuschmeicheln, der zuhören wollte.

Baralis hielt den gesamten Abend für eine Verschwendung von Zeit und Geld. Wenn er die herausgeputzten Damen anschaute, sah er nur frivole Eitelkeit. Und wenn er sich den betrunkenen Lords zuwandte, sah er nichts weiter als Gier und Dummheit. Der Hof der Vier Königreiche war voller Idioten!

Dennoch würde Baralis seine Rolle spielen. Niemand würde je erfahren, welch finstre Gedanken er in seinem Herzen hegte. Er erregte die Aufmerksamkeit einer der

Hofschönheiten; galant verbeugte er sich, und die lächerliche Kreatur lief rot an und kicherte. Ihr Gesicht war bei weitem zu rot und ihr Busen viel zu groß, als daß Baralis sie anziehend gefunden hätte – er bevorzugte junge Mädchen, schlank in der Hüfte und mit kleiner Brust. Aber es war Baralis Pflicht bei dieser Farce mitzuspielen, und so verbeugte er sich vor jeder Dame, an der er vorüberging und lächelte ihr freundlich zu.

Baralis redete nur mit bedeutenden Lords: mit den großen Landbesitzern, mit den Mächtigen bei Hofe und mit denen, die großen Einfluß auf die Königin hatten. Allein seine Gegenwart machte jeden von ihnen nervös, doch das amüsierte ihn nur. Er ermutigte seine Gesprächspartner, kräftig zu trinken, während er selbst nur an seinem Wein nippte.

Baralis näherte sich Lord Carvell; der Mann hatte finanzielle Interessen in Bren, und in den kommenden Monaten würde er sich als nützlicher Verbündeter erweisen. Carvell war gerade in ein Gespräch mit einem Adeligen aus Annis vertieft. Fergil von Grallis war sowohl gerissen als auch reich. Er hatte eine Tochter in Kylocks Alter – nach allem, was man hörte, ein kränkliches Mädchen mit riesigen Augen. Baralis sprach zu Fergil, doch seine Worte waren für Carvell bestimmt. »Annis tut gut daran, sich von Bren zu distanzieren«, sagte er. »Aber ich bezweifle, daß es eine gute Idee wäre, sich mit den Königreichen zu verbünden. Bren gefällt seine Rolle als stärkste Macht des Nordens. Wenn sich zwei seiner Rivalen zusammentun würden, könnte Bren recht heftig reagieren.« Baralis zuckte die Schultern. »Natürlich würde es wahrscheinlich nicht zu einem Krieg kommen. Aber falls doch, dann würde der Herzog sofort sämtlichen fremden Besitz in seinem Land konfiszieren.«

Gut. Das sollte ausreichen, damit Carvell jegliche Vorschläge Fergils betreffend seiner Tochter und Prinz Kylock überhören würde. Carvell mochte vielleicht ein guter Politiker sein, doch seine finanziellen Interessen kamen vor allem anderen. Baralis' Worte hatten mit Sicherheit ihr Ziel erreicht. Er verbeugte sich höflich und ging weiter. Mögliche Bräute von Kylock fernzuhalten war ihm beinahe zur zweiten Natur geworden. Seit nunmehr fast zwanzig Jahren versuchten unzählige Fürsten, ihre Töchter mit dem Erben der Vier Königreiche zu verheiraten. Baralis zählte es zu seinen größten Erfolgen, daß er bisher alle derartigen Versuche vereitelt hatte. Durch seine Position als Kanzler des Königs war er in der Lage, die Augen und Ohren des Hofes von den Freiern abzulenken. Und sollten politische Mittel einmal nicht ausreichen, gab es immer noch Gift und Zauberei.

Baralis begrüßte Lady Helliarna mit einem Handkuß. Die alte Dame grinste wie eine Jungfrau. Neben der Königin war sie die mächtigste Frau am Hof. Je mehr ihre Schönheit verblaßte, desto größer wurde ihr Ehrgeiz, und sie besaß mehr Einfluß auf Arinalda als jeder andere. Sie hatte auch einen Sohn, einen interessanten Jungen, dessen Ambitionen denen seiner Mutter gleichkamen – sie würden sich beide auf die Seite des Siegers schlagen, sollte es hart auf hart kommen.

Natürlich hatte Baralis nicht die Absicht, es so weit kommen zu lassen. Nein, alles würde glatt verlaufen, aber es konnte nie schaden, auf alles vorbereitet zu sein.

Lord und Lady Hibray grüßten Baralis mit der Distanziertheit von Mitverschwörern. Teilweise war es ihnen zu verdanken, daß man ihn vor so vielen Jahren zum Lord erhoben hatte. Lady Hibray hatte Schwierigkeiten gehabt, ihre Kinder zum festgelegten Termin zur Welt zu bringen. Sechs waren zu früh geboren worden – vier davon Söhne. Baralis hatte ihr geholfen, so wie nur er es konnte, und als Gegenleistung hatte er verlangt, daß sie ihn bei Hofe einführte und ihn mit einem ihrer vielen ungenutzten Titel bedachte. Es war ein fairer Handel gewesen: Lady Hibray hatte nun drei erwachsene Kinder – zwei Töchter und einen Sohn. Baralis war sicher, daß sie und ihr Mann seine Wahl für die königliche Braut unterstützen würden. Sollten sie sich nicht freiwillig dazu entschließen, konnte man sie immer noch erpressen.

Lord Vernal war von der Front gekommen, um an den Feierlichkeiten teilzunehmen – der Kampf würde während seiner Abwesenheit schlechter verlaufen. Er war ein hervorragender Heerführer. Baralis hob anerkennend den Becher in Richtung des großen Mannes. Er mochte ja ein Freund Maybors sein, aber er hatte auch Söhne – ähnlich wie Helliarna –, und er würde alles tun, um ihre Zukunft zu sichern.

Die beiden Ritter von Valdis waren ebenfalls anwesend. Seit fünf Jahren reisten sie zwischen den Höfen von Harvell und Helch hin und her und versuchten sich als Friedensstifter. Ihr Eifer hatte in den vergangenen Jahren merklich nachgelassen, und Baralis vermutete, sie waren nur geblieben, um alles Wissenswerte zu sammeln und weiterzugeben. Die Ritterschaft wurde von einem gefährlichen Dummkopf geführt. Tyren stand auf gutem Fuß mit Bren, und zweifelsohne nutzte er die Anwesenheit seiner beiden Ritter in den Königreichen, um den guten Herzog mit Nachrichten zu versorgen. Sollten die Ritter doch Spion spielen; der Herzog von Bren würde nur erfahren, daß im Augenblick keine der beiden Kriegsparteien die Oberhand gewinnen konnte.

Baralis nahm sich vor, Lord Vernal von seinem Verdacht die Ritter betreffend zu berichten. Es war von Vorteil für ihn, wenn der Hof Brens Interessen in den Königreichen mit Mißtrauen gegenüberstand. Angst vor einer Invasion war schon oft der Grund für ein Bündnis gewesen.

Baralis gelang es, die Aufmerksamkeit der Königin zu erregen, und sie nickte ihm kaum merklich zu. Der Kanzler lächelte freundlich. Er konnte es sich leisten, freundlich zu sein; da Maybors Tochter aus dem Weg war, würde die Königin bald seinen Forderungen entsprechen. Dann konnte er endlich bei der Auswahl von Prinz Kylocks Braut mitreden.

Baralis ließ seinen Blick auf der Suche nach Lord Maybor durch den Raum schweifen. Zunächst konnte er ihn nicht entdecken, da der Saal mit Menschen überfüllt war. Doch schließlich erspähte er den rundlichen Lord. Maybor war es gelungen, sich mit den hübschen Töchtern niederer Adeliger zu umgeben. Er flirtete schamlos und machte sich ganz allgemein zum Narren. Er trug das präparierte Gewand. Baralis lächelte. Es würde nicht mehr lange dauern, bis Maybor den Stich des Giftes in seiner Kehle spüren würde. Noch bevor der Abend zu Ende war, würde Maybor zusammenbrechen, und die Leute würden nicken und sagen, er habe zu viel getrunken und hatte ein schwaches Herz.

Bald hatte Baralis genug von den anderen Höflingen, und er beschloß, sich in eine weniger bevölkerte Ecke des Festsaales zurückzuziehen. Er ging in den hinteren Teil des Saales. Hier war es dunkler, und nur wenige Leute hatten sich hierher verirrt – außer einigen Pärchen, die zu sehr von Leidenschaft und Alkohol übermannt waren, als daß sie ihn bemerkt hätten. Von hier aus konnte Baralis die Spielchen des Hofstaats beobachten, ohne selbst daran beteiligt zu sein.

Der Assassine stand in dem Geheimgang und lauschte. Der Abend schien seinen Höhepunkt erreicht zu haben. Die meisten Gäste waren so betrunken, wie Scarl es für die erfolgreiche Erledigung seines Auftrags benötigte. Zum letzten Mal überprüfte er seine Klinge, mehr aus Gewohnheit denn aus Sorge. Und dann, sein Gesicht angespannt vor Konzentration, trat er hinaus.

Er kroch aus dem Geheimgang. Lediglich ein alter Mann und ein junges Mädchen befanden sich in der Vorkammer; doch beide waren so beschämt, daß man sie in dieser Situation überrascht hatte, daß sie nicht bemerkten, woher der Eindringling gekommen war. Der alte

Mann wollte etwas sagen – wahrscheinlich eine Entschuldigung. Scarl legte einen Finger auf die Lippen, um ihn davon abzuhalten. Er lächelte verständnisvoll und ermutigte den Mann mit einer beiläufigen Geste weiterzumachen. Erleichtert fuhr der alte Mann fort, mit seinen vom Alter gezeichneten Händen über die Brüste seiner heranwachsenden Gefährtin zu streichen.

Der Assassine schlüpfte in den Festsaal. Das helle Licht und der Lärm verwirrten ihn einen Augenblick. Sorgfältig blickte er sich um, um sicherzugehen, daß ihn niemand bemerkt hatte; dann schlich er sich zur Wand. Als er die rauhe Oberfläche der Gobelins in seinem Rücken spürte, bewegte er sich in Richtung der tiefsten Schatten. Die Lords und Ladies schienen von seiner schlanken, unscheinbaren Gestalt keine Notiz zu nehmen.

Als der Assassine sich dem hinteren Teil des Saales näherte, entdeckte er sein Opfer. Lord Baralis war hier. Er war in eine edle, schwarze Robe gekleidet und nippte an einem goldenen Becher, während er die ausgelassene Feier mit Verachtung in den Augen verfolgte.

Scarl erreichte das Ende des Saales. Ein riesiger Seidenvorhang hing von der Decke herab, der ihn so lange verbergen würde, bis er bereit war zu handeln. Mit geübter Vorsicht schlich der Assassine an die hintere Wand, hob den mächtigen Vorhang an und kroch dahinter. Dann preßte er seinen Körper an das Gemäuer und schob sich auf gleiche Höhe mit seinem Opfer. Jetzt stand er nur wenige Fuß hinter Baralis.

Als er durch eine Öffnung im Vorhang spähte, stellte er befriedigt fest, daß Baralis allein war – bis auf zwei Männer in der Ecke, die so betrunken waren, daß sie nicht mehr aufrecht stehen konnten. Das Herz des Assassinen klopfte vor Aufregung. Genau darauf hatte er gehofft.

Scarl zog sein Messer. Er hob den Seidenvorhang hoch und trat auf sein Opfer zu.

Lord Maybor erkannte, daß er betrunken war. Aber er war nicht nur einfach betrunken, er war sturzbesoffen. Er amüsierte sich königlich.

Nicht nur, daß jeder die Pracht seines Gewandes bewundert hatte, Maybor hatte auch sämtliche Schönheiten des Hofes um sich versammelt. *Niemand wird so leicht von großem Reichtum und gutem Aussehen beeindruckt wie ein junges Mädchen,* dachte er. Vielleicht würde er sogar wieder heiraten! Zur Abwechslung hätte er gerne einmal eine hübsche Frau. Natürlich besaßen die Hübschen nie Land – es waren immer die Häßlichen, die mit einer üppigen Mitgift ausgestattet waren. Maybor beschloß, daß seine nächste Frau doch wieder häßlich sein würde.

Wer brauchte schon eine gutaussehende Gattin, wenn es so viele junge Püppchen gab, die nur allzu gerne in sein Bett sprangen und die für dieses Privileg nicht mehr verlangten als ein neues Kleid oder eine Halskette?

Maybor versuchte wieder einen klaren Blick zu bekommen. Er war sicher, daß die Königin ihm vorhin einen feindseligen Blick zugeworfen hatte. Egal, ohne Zweifel würde er bei der morgigen Audienz herausfinden, was für ein Problem ihre Hoheit hatte. Der Abend war viel zu amüsant, um sich um die finstere Miene der Königin zu sorgen.

Maybor rief lautstark nach mehr Bier. Und in diesem Augenblick spürte er einen Schmerz in seinem Hals. Hoffentlich handelte es sich nicht um die ersten Anzeichen eines Fiebers oder gar der Pocken. Bereits vor einigen Stunden hatte Maybor bemerkt, daß er ungewöhnlich rasch außer Atem geriet; er hatte das als Nebenwirkung des Biers abgetan. Das heutige Festbier war außerordentlich stark und konnte ohne weiteres eine derartige Reaktion hervorrufen.

Baralis hatte Maybor den ganzen Abend über noch nicht gesehen. Er hoffte, daß der Assassine mit der Ermordung des Dämons nicht mehr länger warten würde.

Der Gedanke an Baralis' kurz bevorstehenden Tod erheiterte Maybor. Gut gelaunt trank er einen weiteren Becher Bier, und die kühle Flüssigkeit verschaffte seiner brennenden Kehle Erleichterung. Es war an der Zeit, ein wenig Spaß zu haben.

Maybor wählte die schicklichste seiner Gesellschafterinnen, eine junge Frau mit breiten Hüften und grauen Augen. Er tätschelte ihren Hintern. »Du bist wirklich hübsch, mein Püppchen«, sagte er und versuchte, nicht allzu sehr zu lallen. Das Mädchen warf ihm einen kalten Blick zu, doch Maybor ließ sich nicht so leicht entmutigen und kniff sie in die Brust.

»Lord Maybor! Bitte beherrscht Euch!« beschwerte sich das Mädchen mit mürrischem Gesicht. Maybor ignorierte die Warnung; er war mehr daran interessiert, das Fleisch an ihrem üppigen Hinterteil zu spüren. Er grinste das Mädchen an, ließ seine Hand in den Falten ihres Rocks verschwinden und packte eine ihrer Pobacken. Das Mädchen wirbelte wütend herum und schüttete den Inhalt ihres Bechers in Maybors Gesicht.

»Du Hexe!« schrie Maybor und blickte sich auf der Suche nach Mitleid um. Aber die Menschen starrten ihn entweder kalt an oder lachten ihn offen aus. Maybor blickte an seinem Gewand hinunter, daß von Kopf bis Fuß mit Fruchtpunsch durchtränkt war.

Man hatte ihn vor dem versammelten Hof gedemütigt. Maybor war zum Gespött geworden. Er würde die Feier verlassen und sich seines durchnäßten Gewandes entledigen müssen. Der grauäugige Drachen hatte es vollkommen ruiniert! Er würde es niemals wieder tragen können. Maybor zog sich rasch zurück, und die Menge machte dem tobenden, betrunkenen Lord bereitwillig den Weg frei.

Baralis wußte, daß im vorderen Teil des Saales etwas geschehen sein mußte, aber er konnte nicht erkennen, um was es sich handelte. Wahrscheinlich hatte sich irgendein betrunkener Lord zum Narren gemacht, dachte er voller Verachtung.

Er wollte gerade seinen goldenen Becher an die Lippen heben, als er hinter sich das leise Rascheln von Seide hörte. In diesem kurzen Augenblick wußte er, was geschah.

Ohne darüber nachzudenken, wirbelte er herum und entfesselte all seine Macht. Er sah einen Mann mit einem Messer, der zum Angriff bereit war. Das Gesicht des Mannes erstarrte vor Entsetzen, als ihn die erste Welle von Baralis' Macht traf. Seine Augäpfel wurden verbrannt, und er schrie vor Schmerz auf. Er ließ die Klinge fallen und hob die Hände vor die Augen, um seinen Kopf zu schützen. Doch es war zu spät: sein Gesicht verzerrte sich merkwürdig, als seine Haut von der Hitze schwarz gefärbt wurde. Seine Kleider fingen Feuer, und sein Körper verwandelte sich in eine Fackel.

Der Seidenvorhang geriet ebenfalls in Brand, als der Mann zurückstolperte und nach einem Gesicht griff, das nicht mehr da war. Baralis konnte die Mächte, die er entfesselt hatte, nicht mehr kontrollieren. Mit eiserner Miene beobachtete er, wie der Mann von den Flammen verzehrt wurde.

Baralis spürte, wie die Macht auf ihn selbst zurückfiel, seine Haut und Haare versengte. Er trat einen Schritt zurück, um größeren Schaden zu vermeiden und wurde von großer Schwäche übermannt. Nie zuvor hatte er einen derartigen Sturm entfacht. Er versuchte, die Kraft wieder zurückzuziehen, aber es war zu spät. Zitternd und erschöpft, nur noch angetrieben durch reine Willenskraft, torkelte Baralis vor den Flammen davon.

Bevlin genoß gerade ein spätes Abendessen, bestehend aus einer seiner fetttriefenden Enten, als sich seine Gedärme in Wasser verwandelten. Er spürte, daß irgendwo jemand eine große Kraft freigesetzt hatte. Der alte Gelehrte ließ das Messer fallen, und ein wenig flüssiges

Fett rann unbemerkt sein Kinn hinab. Seine Nackenhaare richteten sich auf, und er schauderte. Plötzlich war ihm kalt geworden. Bevlin konnte sich nicht erinnern, wann er zum letzten Mal eine solch große Kraft gespürt hatte.

Wer auch immer dafür verantwortlich war, er mußte ungeheuer mächtig sein. Doch Bevlin spürte, daß es nicht gelungen war, die Kraft wieder zurückzuholen; man hatte ihr gestattet, sich weiter auszudehnen und aufzulösen. Der alte Gelehrte schüttelte langsam den Kopf: ein Mann, der fähig war, eine solche Kraft freizusetzen, und dem es anschließend nicht gelang, sie wieder zurückzuholen, mußte körperlich so erschöpft sein, daß er zusammenbrechen würde … oder Schlimmeres.

Bevlin fühlte sich plötzlich sehr müde. Er stand auf, schloß das Buch, das er gerade gelesen hatte und ging ins Bett. Das Fett auf der Ente sollte ruhig gerinnen. Er hatte sowieso den Appetit verloren.

Maybor war in seinen Gemächern. Er hatte sich seines feuchten, fleckigen Gewandes entledigt und lag nun auf seinem Bett. Er fühlte sich nicht gut. Abgesehen davon, daß er sturzbetrunken war, brannte sein Hals, und das Atmen fiel ihm schwer. Mit schwacher Stimme rief er nach seinem Diener.

Crandle erschien. »Ja, Lord Maybor.« Das Aussehen seines Herrn erschreckte den Diener.

»Warum siehst du mich so an, du Trottel? Hab' ich etwa plötzlich zwei Köpfe?«

»Nein, Herr. Aber Eure Haut ist ein wenig gerötet, und Ihr scheint eine Art Ausschlag auf Gesicht und Hals zu haben.«

»Was meinst du mit ›eine Art Ausschlag‹?« Maybor fiel das Sprechen immer schwerer. »Bring mir Wasser und eine Scherbe von meinem Spiegel, damit ich mich selbst anschauen kann.«

»Ja, Herr.« Der gehorsame Crandle eilte, die Anweisungen seines Herrn zu befolgen. Maybor legte die Hand auf den Hals – er fühlte sich heiß an. Als der Diener mit der Scherbe zurückkehrte, schnappte Maybor ungeduldig danach. Sein eigener Anblick entsetzte ihn. Um Nase und Mund und ringsum den Hals war die Haut rot und entzündet.

»Was ist das?« kreischte Maybor verwirrt und verzweifelt zugleich. Sein Diener brachte Wasser. Er schien sich seinem Herrn nur widerwillig zu nähern.

»Vielleicht kommt es nur vom Trinken, Herr«, schlug Crandle wenig überzeugend vor. Maybor trank das kalte Wasser. Es war wie Balsam für seine schmerzende Kehle.

»Wenn das die Pocken sind, Crandle, laß ich dir die Eier abreißen, wenn du das auch nur gegenüber einer einzigen lebenden Seele erwähnst.« Jeder bei Hofe hatte eine panische Angst vor den Pocken; allein das Gerücht reichte aus, um jemanden zu ächten. Und so sorgten die Betroffenen dafür, daß niemand etwas von ihrer Krankheit erfuhr.

»Ich werde zu niemandem ein Wort sagen, Herr.«

Maybor begann, nach Luft zu ringen. Er bedeutete seinem Diener, ihm Kissen in den Rücken zu legen – in der Hoffnung, daß er im Sitzen besser atmen konnte. Der unwillige Crandle war gezwungen, Maybors schweren Körper auf die Kissen zu ziehen. Und tatsächlich fiel dem fetten Lord das Atemholen leichter.

»Ich werde alles verpassen, was im Festsaal vor sich geht«, beschwerte er sich. »Ich hatte nur Gelegenheit, ein oder zwei Krüge Bier zu trinken.«

»Vielleicht ist es besser, daß Ihr Euch schon so früh zurückgezogen habt, Herr. Ihr hättet sicher nicht gewollt, daß Euch irgend jemand in diesem Zustand sieht.« Crandle hatte das fleckige Gewand nicht gesehen. Er kannte den Grund nicht, warum sein Herr das Fest so übereilt verlassen hatte.

»Sei nicht so verdammt impertinent!« Maybors Stimme klang ruhiger als beabsichtigt, denn das Atmen bereitete ihm erneut Schwierigkeiten. Er begann zu husten, und sein ganzer Körper bebte. Mit Schrecken sah er, daß sein Unterhemd mit Blut bespritzt war.

Der Anblick der kleinen, dunkelroten Tropfen erfüllte ihn mit Angst. Was für eine Krankheit hatte er sich so plötzlich eingefangen? Erst heute morgen war er über die Felder geritten und hatte sich vollkommen gesund gefühlt. Und jetzt, nur wenige Stunden später, hustete er Blut und konnte kaum noch atmen. Maybor legte sich in die Kissen und fiel in einen unruhigen Schlaf.

Crope hörte ein leises Geräusch vor der Tür. Er war in den Gemächern seines Herrn, wie es während Baralis' Abwesenheit seine Pflicht war. Er überlegte, ob er nachsehen sollte, was das Geräusch verursacht hatte – niemand konnte Baralis' Gemächer ohne Erlaubnis betreten, und so machte sich Crope keine Gedanken über Eindringlinge. Vielleicht waren es nur ein paar Kinder; vielleicht die, die Crope immer folgten und ihn neckten. Sie würden warten, bis er die Tür öffnete und dann saure Milch über ihn schütten, wie sie es bereits schon einmal getan hatten. Crope entschied, daß es sich wirklich um Kinder handelte. Er ignorierte das Geräusch und fuhr fort, sich seine Bücher anzusehen.

Crope konnte nicht lesen, aber in seiner Freizeit liebte er es, sich Bilder von Tieren und Pflanzen anzuschauen. Sein Meister hatte diese Vorliebe bemerkt und ihm einige Bücher geschenkt. Diese Bücher waren voller Bilder von Pflanzen, Insekten, Säugetieren und Fischen. Sie waren Cropes wertvollster Besitz. Unzählige Male hatte er sie betrachtet, und jedesmal wusch er sich die Hände, bevor er die kostbaren Seiten berührte.

Heute nacht schaute er sich sein Lieblingsbuch an, das mit den wunderschönen Blumen. Er vertiefte sich in das Buch, und es vergingen mehrere Minuten, bevor er erneut das leise Geräusch vernahm. Diesmal fiel ihm ein, daß es bereits viel zu spät für Kinder war. Er öffnete die schwere Holztür. Zu seinen Füßen lag Baralis.

Crope verschwendete keine Zeit und nahm Baralis auf den Arm. Er eilte ins Schlafgemach und legte seinen Meister mit einer Sanftheit aufs Bett, die man bei einem so riesigen Mann nicht erwartet hätte.

Crope überlegte, was er als nächstes tun sollte. Er sah, daß Baralis zitterte und rannte los, um weitere Decken zu holen. Nur Augenblicke später kehrte er wieder zurück und wickelte seinen Herrn vorsichtig ein. Anschließend besorgte er Tücher und Wasser, um Baralis' heiße Stirn zu kühlen. Sein Meister schien sich verbrannt zu haben: die Haut auf seinem Gesicht war rot.

Crope versuchte, sich zu erinnern, was bei Verbrennungen zu tun war. Ihm fiel ein, daß Baralis eine Salbe für solche Fälle hatte. Crope ging in die Bibliothek, um nach der Medizin zu suchen. Minuten später kehrte er mit etwas zurück, von dem er hoffte, daß es die richtige Salbe war. Er rieb etwas davon auf seine Hand, um sie zu überprüfen. Es handelte sich um eine Art Öl, und es fühlte sich weich und kalt an. Mit äußerster Sorgfalt verteilte Crope die Salbe auf Baralis' verbranntem Gesicht und Händen. Tatsächlich schien die Temperatur ein wenig zurückzugehen.

Schließlich goß Crope dunklen Wein in einen Becher, hob Baralis' Kopf ein Stück an und schüttete ein paar Tropfen der Flüssigkeit auf die Lippen seines Meisters. Ein Teil des Weins rann Baralis' Kinn hinab, und geduldig tupfte Crope das Rinnsal mit einem weichen Tuch ab.

Die ganze Zeit über hatte sich sein Herr nicht gerührt. Crope begann allmählich, sich Sorgen zu machen; er war fest davon überzeugt, daß Baralis noch mehr fehlte als nur ein verbranntes Gesicht und verbrannte Hände. Doch er konnte nicht mehr viel tun. Crope ging zum Kamin und entfachte das Feuer. Dann setzte er sich neben das Bett seines Meisters und befeuchtete erneut

Baralis' Stirn. Er würde die ganze Nacht über seinen Herrn wachen und hoffen, daß sich sein Zustand nicht weiter verschlechtern würde.

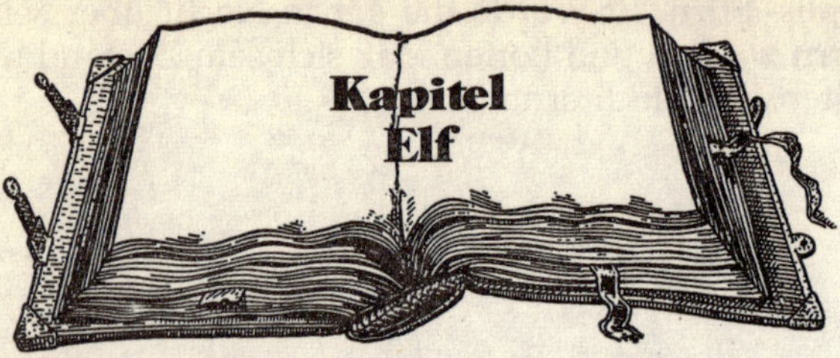

Kapitel Elf

Tawl ging zum Hafen hinunter. Obwohl die Sonne bereits hoch am Himmel stand, war es bitterkalt, und der Ritter zog seinen Umhang enger um die Schultern. Als er um die nächste Ecke ging, schlug ihm salzige Seeluft ins Gesicht, und er erblickte die tiefgraue See, die Rorn für sich beanspruchte.

Nachdem er das Ufer erreicht hatte, machte sich Tawl auf den Weg nach Norden. Sein Weg führte ihn an vielen Schiffen und Booten vorbei; kleine Fischerboote lagen hier ebenso vor Anker wie mächtige Kriegsschiffe, einige kunstvoll verzierte Vergnügungsbarken und eine Großzahl an Handelsschiffen. Tawl hatte noch nie eine solche Vielfalt gesehen: Boote aus dem Süden, die in exotischen Farben angestrichen und mit Bildern phantastischer Meerestiere oder nackter Frauen geschmückt waren, Schiffe aus Rorn mit ihren gelben Segeln und Schiffe aus Toolay, wunderbar lackiert, aber kaum beachtet.

Bald hatte Tawl den nördlichen Teil des Hafens erreicht und eilte an den vertäuten Schiffen vorbei. Er wußte, daß er sich verspätet hatte – der Sonnenaufgang lag schon lange zurück. Er fand das Schiff, das er suchte: zwei Masten, die *Fischgeruch*. Männer waren damit beschäftigt, die mächtigen Leinen loszumachen. Die *Fischgeruch* bereitete sich darauf vor, Segel zu setzen.

Tawl schritt die Laufplanke hinauf und wurde sofort von einem schrillen Schrei begrüßt. »Hey, du! Was glaubst du, was du da machst?« Die Stimme gehörte einem kleinen, Mann mit rotem Gesicht, dessen Haarfarbe der seines Gesichtes entsprach.

»Ich bin hier, um nach Larn zu segeln. Kapitän Quain hat dem bereits zugestimmt.«

»Bei Borcs Eiern! Also du bist der verrückte Teufel, der dorthin will.« Tawl konnte nur nicken. »Dann komm, aber mach schnell.« Tawl ging an Bord. Der rothaarige Seemann musterte ihn von oben bis unten. »Du kommst auf dem Meer nicht zurecht. Das sieht man dir gleich an.«

»Ich bin früher schon ein paarmal gesegelt«, erwiderte Tawl.

»Wann war das denn? Wahrscheinlich irgendeine Vergnügungsreise auf 'nem Fluß wie dem Silbur.« Der Mann spie verächtlich aus. »Nein, du bist kein Seemann. Du bist die Sorte von Mann, die sich die Seele aus dem Leib kotzt, sobald wir den Anker gelichtet haben.« Tawl hatte wirklich schon einige Seereisen hinter sich, und obwohl er die Erfahrung nicht genossen hatte, so war er doch nie seekrank geworden.

»Wie heißt du denn?« fragte der Mann.

»Tawl.«

Der Mann spie erneut aus. »Tawl! Ich würde mich ja schämen, wenn ich mit so einem Namen zur See fahren würde.« Der Mann blickte den Ritter verächtlich an.

Tawl beschloß, nach dem Kapitän zu fragen. Er hatte nicht die Absicht, noch länger hier stehenzubleiben und sich beleidigen zu lassen. »Ich möchte mit Kapitän Quain sprechen.«

»Kapitän!« rief der Mann. Seine Stimme war derartig laut, daß Tawls Ohren klingelten. Nur Augenblicke später erschien ein weiterer rothaariger Mann.

»Du kommst spät.« Auch er musterte Tawl von oben bis unten.

»Ich habe nicht gewußt, wie weit es bis zum Nordhafen ist.«

»Entschuldigungen! Die See kümmert sich nicht um Entschuldigungen.« Der Kapitän spie aus, um seine

Aussage zu unterstreichen. »Erkläre der See, warum du zu spät gekommen bist.« Quain besaß eine schneidende Stimme. »Frag sie mal, ob sie nicht eine Ausnahme macht und die Flut noch ein wenig länger aufrechterhält – nur für dich.« Tawl wünschte, er wäre nie an Bord der *Fischgeruch* gekommen. Der Kapitän schrie mit einer Stimme, die der seines Matrosen an nichts in puncto Lautstärke nachstand. »Alle Mann an Deck!«

Plötzlich herrschte überall auf dem Schiff hektische Betriebsamkeit – insgesamt gab es zehn Seeleute. Der Kapitän sah, wie Tawl sie zählte und sagte: »Wegen dir fehlt mir ein Mann.« Offensichtlich wartete er darauf, daß Tawl ihn nach dem Grund fragte, und der Ritter tat seine Pflicht.

»Warum das, Kapitän Quain?«

»Ich kann dir sagen warum. Elf Männer und ich und du, das macht dreizehn. Niemand, der noch alle auf der Reihe hat, würde mit dreizehn Männern in See stechen. Nach Larn zu segeln ist schon verrückt genug, aber mit dreizehn Mann an Bord ist es der reinste Selbstmord. Und eins will ich dir sagen, Junge: alles Gold der Welt ist es nicht wert, mein Schiff deswegen zu verlieren. Beim ersten Anzeichen von Gefahr kehren wir so schnell wieder nach Rorn zurück, daß die Möwen keine Zeit mehr haben, uns auf den Kopf zu scheißen.« Mit diesen Worten machte der gute Kapitän auf dem Absatz kehrt und ließ Tawl allein zurück, damit er über das soeben Gesagte nachdenken konnte.

Tawl hielt es für das Beste, sich unter Deck zu begeben. Er fragte den Mann, mit dem er zuerst gesprochen hatte, wo seine Kabine sei.

»Kabine! Hört euch das mal an, Jungs!« Der Mann schrie zu den anderen Seeleuten. »Er will wissen, wo seine Kabine ist. Daß wir ihn zu einer von allen Göttern verlassenen Insel segeln, scheint ihm nicht zu reichen. Jetzt will er auch noch eine Kabine! Als nächstes sollen wir ihm wahrscheinlich auch noch einen Kuchen backen.« Tawl wollte diesen Spott nicht mehr länger über sich ergehen lassen; doch bevor er etwas erwidern konnte, mischte sich ein anderer Mann ein.

»Laß ihn in Ruhe, Carver. Sonst könnte man noch denken, du hättest Angst vor Larn.«

»Ich habe keine Angst«, verteidigte sich Carver. »Ich bin schon an schlimmeren Orten gewesen als Larn, das kann ich dir sagen.«

»Nun, wenn du dich nicht sofort um diese Taue kümmerst, werden wir nirgendwo hinsegeln.« Carver warf dem Mann einen ärgerlichen Blick zu und machte sich wieder an die Arbeit. Der Mann wandte sich an Tawl. »Ich wünsche dir einen guten Tag, mein Freund. Mein Name ist Fyler. Mach dir keine Sorgen wegen Carver. Er hat nur ein loses Mundwerk, weiter nichts.«

»Ich mache mir keine Sorgen, Fyler. Ich wollte ihm gerade sagen, daß ich wirklich gerne ein Stück Kuchen hätte.« Tawl grinste den Seemann an, der ihm herzlich auf den Rücken schlug.

»Du wirst auf der *Fischgeruch* gut zurechtkommen; da hab' ich keine Zweifel. Ein Seemann braucht hier zwei Dinge: erstens einen Sinn für Humor, und zweitens muß er schwimmen können.« Fyler zwinkerte Tawl amüsiert zu. »Kannst du kochen?«

»Ja, und zwar gar nicht mal schlecht.« Tawl fragte sich, was Fyler mit dieser Frage bezweckte.

»Gut. Wegen dir haben wir nämlich unseren Koch verloren. Du kannst seinen Platz einnehmen. Natürlich kannst du dann auch in der Kombüse schlafen. Die hast du ganz für dich allein.« Fyler lächelte breit und entblößte die Lücken zwischen seinen langen, gelben Zähnen. Tawl hatte das Gefühl, daß man ihn in eine Falle gelockt hatte. »Komm, ich zeige dir die Kombüse. Die Männer haben den ganzen Tag noch nichts gegessen, und es geht nichts über das Setzen der Segel, um den Appetit eines Mannes anzuregen.«

Fyler führte Tawl unter Deck, durch einen engen Gang und in einen winzigen Raum. »Das ist sie, Freund«, sagte er. »Du findest die Vorräte unter dem Tisch und in der

Speisekammer. Ich muß wieder hoch. Schließlich kann ein Schiff ohne seinen Steuermann nicht segeln.« Fyler ließ Tawl in dem kleinen, überfüllten Raum zurück. Der Raum ähnelte keiner Küche, die Tawl je gesehen hatte. Es gab einen langen Holztisch, der an den Kanten leicht erhöht war, um die Töpfe und Pfannen an ihrem Platz zu halten und einen merkwürdig aussehenden Ziegelofen.

Tawl hatte keine Ahnung, wie man den Ziegelofen anzünden sollte, und nirgends war Holz zu sehen, mit dem man das Feuer in Gang halten konnte. Die Seeleute würden sich mit einem kalten Frühstück zufrieden geben müssen. Tawl sah unter den Tisch und entdeckte mehrere Säcke mit Gemüse: alte Steckrüben, Karotten und Pastinaken. Alles hatte bereits zu sprießen begonnen. Tawl konnte sich nichts Schlimmeres vorstellen, als das roh zu essen. Er lächelte böse. Er würde den Seeleuten der *Fischgeruch* zeigen, was ein gutes Frühstück war!

Tavalisk weichte seine plumpen Füße mit den kurzen Zehen in einer Schüssel Wasser ein. Seine Hände waren damit beschäftigt, den Panzer eines großen, lebenden Hummers aufzubrechen. Mit einem feinen Silberhammer schlug der Erzbischof brutal auf das Tier ein, begierig an das zarte, durchscheinende Fleisch zu gelangen. Er war äußerst verärgert, als es an seiner Tür klopfte.

»Herein!« schrie der Erzbischof. Er ließ seine Wut an dem Hummer aus und schlug ihm die Beine ab. Sein Sekretär trat ein. »Ja, Gamil, was gibt's?« fragte Tavalisk gereizt. Offensichtlich war noch Leben in dem Hummer, denn er schnappte mit seinen großen Scheren nach Tavalisks Fingern. Tavalisk reagierte auf diese Unverfrorenheit, indem er mit all seiner Kraft auf den Schädel des Tieres hämmerte, so daß Fleisch und Splitter des Panzers durch den Raum flogen.

»Ich dachte, es würde Euer Eminenz vielleicht interessieren, was aus dem Ritter geworden ist.«

»Sag dein Sprüchlein, Gamil.« Erfreut stellte Tavalisk fest, daß sein letzter Schlag dem Hummer die Kampflust ausgetrieben hatte: er konnte nur noch mit seinem einen, verbliebenen Bein wedeln.

»Nun, Euer Eminenz, es scheint, als hätte unser Ritter sich heute morgen in aller Frühe auf den Weg gemacht.«

»Ja, ja. Komm zum Wesentlichen, Gamil.« Tavalisk suchte nach den fehlenden Hummerbeinen; er hatte nicht die Absicht, ihr delikates Fleisch zu verschwenden.

»Der Ritter hat es geschafft, ein Schiff zu chartern.«

»Ein Schiff! Was für eine Art Schiff?« Tavalisk glaubte, nur ein paar weitere Schläge würden ausreichen, um den Panzer des Hummers aufzubrechen, und so fuhr er fort, auf das Tier einzuhämmern.

»Ein kleines Segelschiff. Es heißt *Fischgeruch*.«

»*Fischgeruch!*« Tavalisk legte den Hammer auf den Tisch, brach den Panzer mit geschickten Händen auf und enthüllte das gräulich schillernde Fleisch.

»Ich habe es überprüft, Euer Eminenz. Der Name des Kapitäns ist Quain. Normalerweise transportiert er Fische aus Marls.«

»Marls. Wie interessant. Mein kleiner Freund hier stammt aus Marls.« Tavalisk deutete auf den zerstörten Hummer. Eine grüne Flüssigkeit lief aus dem Tier und auf den Teller.

»Ich bin nicht sicher, daß das Schiff auch dieses Mal Kurs auf Marls nimmt, Euer Eminenz.«

»Du meinst, es hat Segel gesetzt? Mit dem Ritter an Bord?« Tavalisk schnitt ein großes Stück Hummerfleisch heraus, sorgfältig darauf bedacht, den unangenehmen Absonderungen auszuweichen.

»Ja, Euer Eminenz. Es hat kurz nach Morgengrauen die Segel gesetzt.«

»Und wohin?« Das Hummerfleisch schmeckte warm und salzig. Tavalisk mochte nichts lieber als das Fleisch eines frisch getöteten Hummers. Doch dieser hier schien noch immer zu leben: sein Bein bewegte sich nach wie vor. Der Erzbischof lächelte und griff erneut zu seinem Hammer. Es war sehr irritierend, wenn das Mittagessen nicht sterben wollte.

»Nun, Euer Eminenz, es ist schwer zu sagen, wohin sie gesegelt sind; aber ich habe mich etwas umgehört, und die Hafenarbeiter behaupten, die *Fischgeruch* segele nach Larn.«

»Sieh mal einer an, wie interessant. Unser Ritter ist äußerst unternehmungslustig. Wie hat er es sich wohl leisten können, für eine solche Reise zu bezahlen, was meinst du?« Befriedigt stellte Tavalisk fest, daß sein letzter Schlag die elende Kreatur endgültig erledigt hatte. Nun konnte er sich zurücklehnen und das Fleisch genießen.

»Ein Kapitän würde einen hohen Preis für eine Reise nach Larn verlangen, Euer Eminenz.«

»Ich bin sicher, da hast du recht, Gamil.« Der Erzbischof nahm den Hummer gekonnt aus.

»Ich habe den Verdacht, Euer Eminenz, daß der Alte Mann etwas damit zu tun haben könnte.«

»Ich glaube, das ist eine ziemlich sichere Annahme, Gamil. Aber warum sollte der Alte Mann unserem Ritter helfen?« Tavalisk schnitt in den fleischigen Schwanz, und ihm lief das Wasser im Mund zusammen. »Wahrscheinlich steckt wieder Bevlin dahinter, diese verdammte Landplage. Er hat keinen Geschmack, was die Auswahl seiner Freunde betrifft. Vermutlich soll der Alte Mann den Ritter für ihn im Auge behalten.«

Tavalisk spürte, wie etwas Scharfes in seine Zunge drang, gefolgt von dem deutlich erkennbaren – aber nicht unangenehmen – Geschmack von Blut. Es war ein Stück des Panzers. Das hinterhältige Krustentier hatte sich noch aus dem Grab gerächt! »Gamil, haben wir Spione auf Larn?« Tavalisk stopfte sich den Hummerschwanz in den Mund. Das Blut hatte dem ganzen noch zusätzliche Würze verliehen.

»Niemand hat Spione auf Larn, Euer Eminenz.«

»Zu schade«, erwiderte Tavalisk zwischen zwei Happen Hummerschwanz.

Der Erzbischof leerte einen Becher leichten Weins. »Sag mir, Gamil, hast du gestern nacht etwas Ungewöhnliches gespürt?«

»Was meint Ihr damit, Euer Eminenz?«

»Ich habe etwas gespürt. Es hat mich geweckt.« Tavalisk riß das letzte Bein des Hummers ab und saugte das Fleisch heraus.

»Was habt Ihr gefühlt, Euer Eminenz?«

»Ich glaube, es waren die Nachwirkungen von etwas Mächtigem – etwas *verdammt* Mächtigem. Erst vor wenigen Wochen habe ich etwas ähnliches gespürt – vielleicht war derselbe Mann dafür verantwortlich.« Tavalisk benutzte inzwischen seine Zähne, um das Bein vom restlichen Fleisch zu befreien. »Ich würde gerne wissen, wer dafür verantwortlich war. Einen Mann, der fähig ist, solche Gewalten zu entfesseln, sollte man kennen. Kümmere dich darum, Gamil.« Tavalisk untersuchte den Hummer, um sicherzustellen, daß er nirgendwo Fleisch vergessen hatte. Nachdem er nichts gefunden hatte, wandte er seine Aufmerksamkeit einer Schüssel mit Kirschen zu.

»Wenn Ihr mich jetzt bitte entschuldigen wollt, Euer Eminenz. Ich muß gehen. Ich habe noch viel zu erledigen.«

Tavalisks Augen verengten sich. »Ach, bevor du gehst, Gamil ... Ich frage mich, ob es dir etwas ausmachen würde, die Unordnung zu beseitigen, die ich mit dem Hummer angerichtet habe. Ich weiß, daß du es gerne sauber und ordentlich hast.«

Melli wurde brutal geweckt. Hände packten sie an den Schultern und richteten sie auf. Die Stimme von Madame Greal erfüllte die Luft.

»Ja, Meister Hulbit, das ist die kleine Diebin!« Madame Greal trat vor und verpaßte Melli eine kräftige Ohrfeige. Meister Hulbit, der Wirt, hielt Melli so fest gepackt, daß sie sich nicht wehren konnte. Sie fror; nur mit einem hauchdünnen Kleidchen bekleidet war sie mitten auf einem Feld eingeschlafen. Meister Hulbit drehte Melli den Arm brutal auf den Rücken und führte sie in Richtung Straße. Neben Madame Greal wurde sie zum Stehen gebracht, die ihr einen giftigen Blick zuwarf. Melli ignorierte die Frau und fragte Meister Hulbit nach ihrem Pferd.

Bevor der Wirt antworten konnte, sagte Madame Greal: »Du hast kein Pferd mehr, kleine Lady. Meister Hulbit hat dein Pferd konfisziert, zum Ausgleich für deine Schulden, die du während deines Aufenthalts in seinem Gasthof angesammelt hast.«

»Ich habe keine Schulden angesammelt!« erwiderte Melli wütend. »Ich habe in dem Gasthof als Euer Gast gewohnt, Madame Greal.« Madame Greal schlug sie erneut.

»Du kleine Schlampe!« schrie sie; dann wandte sie sich an Meister Hulbit. »Habt Ihr schon jemals eine so unverblümte Lügnerin gesehen? Mein Gast! Du bist in verdammten Schwierigkeiten, Mädchen, das kann ich dir sagen. Du bist weggerannt, ohne deine Rechnungen zu begleichen, du warst so unverfroren, eines meiner Kleider und einen Ledersattel zu stehlen. Und als wäre das alles noch nicht genug, hast du auch noch einen von Meister Hulbits besten Kunden angegriffen.«

Melli konnte nicht glauben, was sie hörte, all die Lügen, die Madame Greal erfand. Melli appellierte an Meister Hulbit. »Madame Greal ist die Lügnerin. Sie hat mir mein Kleid abgenommen und es weggeworfen. Dann hat sie mich gezwungen, das hier anzuziehen. Und was den Mann letzte Nacht betrifft … *er* hat *mich* angegriffen! Ich habe nur versucht, ihn davon abzuhalten, mich überall anzufassen. Bitte, Meister Hulbit, Ihr müßt mir glauben!« Der Wirt schien unempfänglich für Mellis Flehen.

»Ich kenne Madame Greal schon seit vielen Jahren, Mädchen. Sie ist eine Freundin von mir, und sie hilft mir bei meinem Geschäft. Wenn sie sagt, du seist eine Diebin, dann glaube ich ihr.« Melli sah, wie Madame Greal dem Wirt anerkennend zunickte.

Melli wurde weiter zur Straße geführt, wo sie zu ihrer Erleichterung ihr Pferd erspähte. Der freudige Ausdruck auf ihrem Gesicht war Madame Greals scharfen Augen nicht entgangen.

»Ich habe dir bereits gesagt, junge Dame, daß das Pferd nun Meister Hulbit gehört. Und du schuldest mir nicht nur etwas für das Kleid, das du ruiniert hast, du wirst dich auch vor Edrad verantworten müssen; es war sein Sattel, den du gestohlen hast.« Madame Greal ging voraus in Richtung Stadt und überließ Melli dem Wirt.

Melli zitterte am ganzen Leib. Ihr war durch und durch kalt. Sie fragte sich, was nur in sie gefahren war, daß sie mitten im Winter auf einem Feld eingeschlafen war. Auch fühlte sie sich ziemlich schlecht, und diesmal wußte sie, daß die Übelkeit von übermäßigem Biergenuß am Abend zuvor herrührte. Als er sah, wie heftig Melli in ihrem dünnen Kleid zitterte, reichte Meister Hulbit ihr eine Pferdedecke, mit der sie sich bedecken konnte. Die freundliche Geste erweckte in Melli das Bedürfnis zu weinen – seit sie Burg Harvell verlassen hatte, schien sie nur Grausamkeit in der Welt gefunden zu haben.

Meister Hulbit sah die Tränen in ihren Augen und klopfte ihr beruhigend auf die Schulter. »Na, na, na, meine Kleine. So schlimm ist es nun auch wieder nicht. Ich habe dein Pferd als Bezahlung angenommen, und wenn ich das sagen darf, ich habe ein schlechtes Geschäft gemacht. Das ist ein bemitleidenswertes Tier.« Melli wußte nicht, ob sie beleidigt sein oder lachen sollte. Er hatte recht: ihr Pferd *war* alt und nutzlos. »Sieh mal, es gibt immer ein Licht am Horizont. Ich werde schon dafür sorgen, daß dich Madame Greal nicht zum Abendessen verspeist. Du hast ihr nur ein einziges Kleid gestohlen. Ich werde dich im Gasthof arbeiten lassen, damit du es abbezahlen kannst. Natürlich ist das mit dem Sattel etwas ganz anderes. Einem Mann den Sattel zu stehlen ist ein ernstes Verbrechen, aber ich bin sicher, Edrad wird dich freundlich behandeln.«

Melli hielt es für sehr unwahrscheinlich, daß Edrad sie freundlich behandeln würde. Wenn sie sich recht erinnerte, hatte sie ihn letzte Nacht schwer verletzt. So schwer, daß er noch nicht einmal aufstehen konnte. Ganz zu schweigen von der offensichtlichen Verletzung seiner Eitelkeit, weil sie seine Annäherungsversuche abgewiesen hatte. Melli fürchtete sich davor, ihm wieder gegenüberzutreten. Doch ihr blieb keine Wahl in dieser Angelegenheit; obwohl Meister Hulbit ein liebenswürdiger Mann war, hatte er nicht die Absicht, sie gehen zu lassen.

Meister Hulbit hielt Mellis Arm noch immer mit eisernem Griff umklammert. Er nahm die Zügel ihres Pferdes, und gemeinsam gingen sie den kurzen Weg nach Duvitt zurück. Melli war überrascht, wie nahe sie waren; sie hatte gehofft, eine weitere Strecke geritten zu sein. Offensichtlich waren ihre Sinne letzte Nacht vom Alkohol vernebelt gewesen. Sie zählte die Tage, die seit ihrer Flucht aus Harvell vergangen waren, und dann wünschte sie, sie hätte es nicht getan: dreizehn war keine gute Zahl.

Nachdem sie die Stadt erreicht hatten, erschien Madame Greal und übernahm erneut die Führung. Sie geleitete die Gefangene in den Gasthof, wo sich Melli zu ihrem Entsetzen Auge in Auge mit Edrad wiederfand.

»Also ist es Euch gelungen, die kleine Nutte einzufangen, Madame Greal«, sagte er und blickte Melli mit aller Bosheit an, derer er fähig war.

»Bauer Trill hat heute morgen ihr Pferd entdeckt, Edrad«, erwiderte Madame Greal. Melli bemerkte, daß noch jemand anwesend war, jemand, den sie nie zuvor gesehen hatte. Der Mann sprach:

»Bitte berichtet mir von den Ereignissen der vergangenen Nacht, Edrad.« Aufgrund seines pompösen Gehabes schloß Melli, daß es sich um Duvitts Friedensrichter handeln mußte.

»Natürlich, Herr. Diese junge Frau hat mich gebeten, sie auf einen Spaziergang zu begleiten. Es war ein schöner Abend, und so habe ich dummerweise eingewilligt. Dann lockte sie mich mit dem Versprechen auf einen Kuß in den Stall – und kurz darauf hatte sie bereits ein Messer in der Hand. Sie drohte, mich zu erstechen, sollte ich mich bewegen. Ich hatte nicht die Absicht, mich von einem solchen Gör unterkriegen zu lassen. Aber bevor ich fliehen konnte, hatte die kleine Schlange mich bereits in meine Weichteile getreten. Dann hat sie meinen Sattel gestohlen.« Melli mußte zugeben, daß Edrad sehr überzeugend klang.

»Gibt es irgendwelche Zeugen?« fragte der Friedensrichter und ließ seinen Blick durch den Raum schweifen.

»Ich war dabei, als das kleine Flittchen Edrad zu einem Spaziergang aufgefordert hat. Auch habe ich gehört, wie sie ihm einen Kuß versprochen hat.« Madame Greal warf Edrad ein verschwörerisches Lächeln zu.

»Nun, da man den Sattel in der Tat bei dem Mädchen gefunden hat, und da sie auch ihre Rechnung nicht bezahlt hat, kann ich nur von ihrer Schuld ausgehen.« Der Friedensrichter war offenbar erfreut über den Ausgang des Verfahrens. Melli konnte es nicht mehr ertragen.

»Sie lügen!« schrie sie. »Es war Edrad, der mich in den Stall gelockt hat. Er hat mich gegen meinen Willen geküßt, und darum habe ich ihn getreten.«

»Seht ihr!« brüllte Madame Greal. »Das kleine Flittchen gibt es zu; sie hat kein Schamgefühl. Wenn ich das sagen darf, Herr, Ihr solltet äußerst hart gegen sie vorgehen. Trotz ihres Alters ist sie offenbar bereits eine gekonnte Lügnerin und eine notorische Diebin.«

Melli konnte nicht glauben, was mit ihr geschah. Wie konnte der Friedensrichter nur den anderen glauben und ihr nicht? Mit Schrecken dachte sie an die bevorstehende Strafe.

Der Friedensrichter hustete laut und sagte: »Ich sehe, Ihr sagt die Wahrheit, Madame Greal. Es ist klar ersichtlich, daß das Mädchen von Grund auf böse ist. Meister Hulbit hat eingewilligt, ihr Pferd als Ausgleich für die unbezahlten Rechnungen zu akzeptieren; trotzdem, das Mädchen muß bestraft werden. Wir müssen das Böse aus ihr herausprügeln. Nicht nur wird sie fünf Goldstücke Buße zahlen, sie wird auch mit zwanzig Peitschenhieben bedacht – in aller Öffentlichkeit auf dem Marktplatz.« Der Friedensrichter blickte zu Madame Greal und Edrad. Beide schienen mit dem Urteil zufrieden zu sein.

»Das ist eine gerechte Strafe, Friedensrichter, sehr gerecht«, erklärte Edrad.

»Wird man sie mit dem Leder oder mit dem Seil auspeitschen?« fragte Madame Greal.

»Ich glaube, das Seil ist unangenehmer. Was meint Ihr, Madame Greal?«

»Ihr seid sehr weise, Friedensrichter. Das Seil wird sicherlich das Böse aus dem Mädchen vertreiben.« Madame Greal war erfreut. »Aber wenn ich so kühn sein darf, Euch einen Vorschlag zu unterbreiten ...«

»Aber natürlich, Madame Greal. Wie Ihr wißt, schätze ich Eure besonnene Meinung über alle Maßen.«

»Vielleicht sollte man das Seil vorher in Salz tauchen. Wir wollen doch nicht, daß das Mädchen nur eine halbe Strafe bekommt.«

»Weise wie immer, Madame Greal«, entgegnete der Friedensrichter. »Nun, ich glaube, Meister Hulbit hat angeboten, daß das Mädchen das Bußgeld in seinem Gasthof abarbeiten kann. Ist das korrekt?«

»Das hat er in der Tat, Friedensrichter«, antwortete Madame Greal und sah wütend in Mellis Richtung.

»Exzellent. Nachdem sich das Mädchen von den

Schlägen erholt hat, wird man sie wieder hierher zurückschicken, um zu arbeiten. Das alles ist sehr ordentlich verlaufen. Morgen wird man sie um zwei Stunden nach Mittag auspeitschen. Bis dahin werde ich sie in Gewahrsam nehmen.« Der Friedensrichter wandte sich an Melli. »Folge mir, Mädchen,und zwar schnell.«

Er führte sie auf die Straße hinaus und durch die Stadt. Jeder starrte auf Melli, und sie senkte beschämt den Kopf. Nach einem längeren Fußmarsch erreichten sie ein steinernes Gebäude. »Du wirst die Nacht im Kerker verbringen«, sagte der Friedensrichter. »Das soll dir eine Lehre sein.«

Jack bewegte sich in seinen Fesseln unruhig hin und her. Schmerz lief seinen Arm hinauf und durch den Rücken. Für einen kurzen Augenblick wurde der Schmerz greifbar. Seine Magengrube verkrampfte sich, und ein heißer Druck entstand in seinem Kopf. Das Gefühl verschwand so schnell, wie es gekommen war, doch Jack erkannte es. Die Brote. Er hatte dasselbe gespürt, als er die Brote verändert hatte. Jack lehnte den Kopf gegen die große Eiche. Es gab keinen Zweifel. Die Brote waren kein einmaliges Ereignis gewesen. Er hatte die Macht erneut gespürt, und ihr Geschmack drehte ihm den Magen um.

Plötzlich empfand Jack Angst. Es schien, als sei sein Schicksal besiegelt. Bist jetzt hatte alles in seinem Leben einen vernünftigen Grund gehabt: Hefe ließ den Teig aufgehen; je länger man den Teig aufgehen ließ, desto besser wurde das Brot; je größer das Brot, desto länger blieb es frisch: einfache Wahrheiten, die sich nie änderten. Jetzt lebte Jack in einer Welt, in der gar nichts mehr sicher war; in einer Welt, in der sich verbrannte Brote in Teig verwandelten, in der aus Wut Macht erwachsen konnte und in der es keine Hoffnung auf Frieden gab.

Jack zerrte an seinen Fesseln – sie gaben nicht nach. Die Söldner hatten ihn an einen Baum gebunden, um ihm keine Möglichkeit zur Flucht zu geben. Auf der Suche nach Melli waren sie den ganzen Morgen hart gen Osten geritten. Jetzt machten sie eine kurze Rast, damit sich die Pferde ausruhen konnten. Jack brauchte Wasser. Man hatte ihm weder etwas zu essen noch etwas zu trinken gegeben. Und jetzt, mit dem metallischen Geschmack von Zauberei auf der Zunge, dürstete ihn noch mehr. Er rief nach den Wachen, und eine von ihnen schlenderte herbei.

»Was willst du?«

»Wasser, bitte.« Jacks Kehle war trocken und rauh. Der Söldner trat ihm gegen das Schienbein.

»Ein bißchen hochnäsig für einen Gefangenen.« Der Mann hatte sich bereits wieder umgedreht, als der Anführer der Gruppe, Traff, sagte:

»Gib ihm etwas Wasser, Harl. Immerhin hat der Junge uns auch ein paar Geschenke mitgebracht. Das war richtig nett von ihm.« Der anderen Männer lachten fröhlich. Traff hatte von Falks Sack gesprochen. Die Söldner hatten ihn sofort als Beute beansprucht. Es schmerzte Jack zu sehen, wie die Männer sich über seinen Proviant hermachten. Sie nagten an Fleischstücken und warfen die Knochen achtlos weg. Die getrockneten Früchte und die Nüsse lagen über den Boden verstreut – die interessierten die Männer nicht.

»Und gib ihm auch noch ein halbes Brot«, sagte Traff. »Wenn ich mich recht erinnere, war letzte Nacht Winteranfang, und wir wollen doch nicht unhöflich zu unserem Gast sein.« Der Bemerkung folgte noch mehr Gelächter. Man brachte Jack gewässertes Bier und ein Stück Brot.

Winteranfang. War er schon so lange aus der Burg fort? Frallit würde sich nicht gerade freuen, daß ihm so kurz vor dem wichtigsten Fest des Jahres ein Mann fehlte. Dutzende Leckereien mußte gebacken werden: Honigkuchen, Pfefferkuchen, Früchtebrote. Normalerweise wären Jacks Hände um diese Zeit gelb von Safran gewesen. Zu solchen Gelegenheiten wurden seltene Gewürze so großzügig verteilt wie Salz. Es gehörte zu Jacks Aufgaben, einen Brei aus geschrotetem Weizen gemischt mit Milch, Eiern und Safran anzurühren. Kein Fest war komplett ohne Unmengen dieser vielgeliebten Delikatesse.

Jack fühlte sich allein. An Festtagen war es besonders angenehm in der Küche: es gab ausreichend Essen und Bier, und überall wurde fröhlich gearbeitet. Die Menschen lachten, tanzten, und mit etwas Glück konnte man den einen oder anderen Kuß erbeuten. Jack vermißte das alles. Zum ersten Mal, seit er die Burg verlassen hatte, erkannte er, was er verloren hatte: seine Freunde, sein Leben, die Erinnerung an seine Mutter; all das war in Harvell zurückgeblieben. Er *gehörte* dorthin. Es war seine Heimat.

Jack nahm den Becher und drehte ihn langsam in der Hand. An einer Seite rann Bier hinab. Er brauchte eine Zeit, bis er den haarfeinen Riß entdeckte.

Jack mochte vielleicht nach Burg Harvell gehört haben, aber er hatte sich nie angepaßt. Selbst vor dem Vorfall mit den Broten war er ein Außenseiter gewesen. Jeder hob sich durch irgend etwas von den anderen ab: Meister Frallit war so kahl wie eine Pflaume, Willock, der Kellermeister, hatte einen Klumpfuß, und selbst Findra, das Tischmädchen, mußte mit der Schande leben, mit dem Schmied auf dem Heuboden erwischt worden zu sein. Für sie bedeutete Spott, akzeptiert zu werden; die Hänseleien waren niemals böswillig gemeint, und sie dienten eher dazu, den Betreffenden enger in die Gruppe *einzubinden*, als ihn auszuschließen.

Bei Jack war das anders – man machte sich hinter seinem Rücken über ihn lustig. Niemals sagte ihm jemand die Meinung ins Gesicht. Jack hob den Becher mit seinem freien Arm an die Lippen. Seine Hand zitterte nach wie vor von den Nachwirkungen des Ereignisses, das er vor wenigen Minuten gespürt hatte. Was war sein Schicksal? Würde er immer von allem ausgeschlossen werden? Ein Geächteter sein? Er warf den Becher weg, ohne getrunken zu haben. Sollte das Aroma der Zauberei doch in seinem Mund bleiben. Es schmeckte nach Einsamkeit, und das war etwas, an das Jack sich gewöhnen mußte.

»Nein, Bodger, wenn du dich mit einem Mädel im Regen amüsierst, heißt das noch lange nicht, daß sie nicht schwanger wird.«

»Aber Meister Trout schwört darauf. Er sagt, es sei eine sichere Methode, um zu vermeiden, daß ein Mädchen ein Kind bekommt.«

»Der einzige Grund, warum nie ein Mädchen ein Kind von ihm bekommen hat, ist, daß keine Frau, die noch alle beisammen hat, ihn an sich ranlassen würde.«

»Mit ihm ist wirklich nicht mehr viel los, Grift.«

»Aye, Bodger. Es gibt nur einen Weg, wie man vermeiden kann, daß ein Mädchen 'nen dicken Bauch bekommt, und das hat bestimmt nichts mit Regen zu tun.«

»Mit was dann, Grift?«

»Wenn man vermeiden will, daß 'ne Maid schwanger wird, darf man's nie nackt mit ihr treiben.«

»Wie? Meinst du die Frau?«

»Nein, du Idiot, den Mann. Achte darauf, daß du nie dein Hemd ausziehst, Bodger. So wirst du nie Vater.« Grift nickte weise, und Bodger nickte weise zurück.

»Schrecklich, was letzte nacht im Festsaal passiert ist, Grift.«

»Aye, Bodger. Nach allem, was ich gehört habe, hat das Feuer eine ziemliche Panik ausgelöst. Lords und Ladies sind wie die Ratten davongerannt.«

»Ich habe mir den Schaden heute morgen mal angeschaut, Grift. Die ganze hintere Wand ist in Flammen aufgegangen.«

»Aye, Bodger. Ich frage mich, wie das angefangen hat.«

»Die Königin hat verkünden lassen, daß es ein Unfall

war, Grift. Irgendwas von wegen umgefallener Kerzen.«

»Da steckt mehr dahinter, Bodger. Ich habe mit einem der Jungs gesprochen, der die Getränke serviert hat. Er hat gesagt, der ganze Raum habe plötzlich gebebt. Ein paar Leute sind sogar umgefallen, und die Metallbecher waren kochendheiß, wenn man sie angefaßt hat. Wenn du mich fragst, dann ist gestern nacht etwas wirklich Ekelhaftes passiert.«

»Trotzdem ist zum Glück nur ein Mann getötet worden.«

»Du hast die Leiche doch gesehen, oder etwa nicht, Bodger? Konnte man erkennen, wer es war?«

»Keine Chance, Grift. Die arme Seele war bis auf die Knochen verbrannt ... schrecklicher Tod.«

»Also weiß niemand, wer der Tote ist, Bodger?«

»Nein, niemand ist als vermißt gemeldet worden, Grift. Ein besoffener Junker war im hinteren Teil, als es passiert ist. Er sagt, er habe einen Mann in Schwarz gesehen, aber niemand glaubt ihm seine Geschichte. Die einzige Spur ist das Messer des Mannes. Man hat es direkt neben der Leiche auf dem Boden gefunden. Natürlich war die Klinge von der Hitze vollkommen ruiniert, aber sie war alles, was übriggeblieben war – die Kleider waren völlig verbrannt. Es war schrecklich, Grift. Ich habe in meinem ganzen Leben noch nichts Fürchterlicheres gesehen als diesen verkohlten Leichnam.«

»Was für eine Art Messer war das, Bodger?«

»Also das ist wirklich merkwürdig, Grift. Es war kein Speisemesser. Einer der Lords sagte, das sei aber eine merkwürdige Klinge, um sie auf einen Tanz mitzunehmen.«

»Da steckt mehr dahinter, als man auf den ersten Blick erkennen kann. Vielleicht nennt die Königin es einen Unfall, Bodger, aber mir scheint der Tod des Mannes *nichts* mit Zufall zu tun zu haben.«

Lord Maybor war ernsthaft erkrankt; vergangene Nacht hatte er um jeden einzelnen Atemzug kämpfen müssen.

Am darauffolgenden Morgen war sein Zustand so schlecht, daß man Ärzte und Priester gerufen hatte. Maybor war kaum bei Bewußtsein. Er lag auf seinem Bett, rang nach Luft und hustete Blut. Der rote Ausschlag hatte sich ebenfalls verschlimmert; Maybors Haut war geschwollen und mit Blasen übersät. Um Nase und Mund hatten sich Wunden geöffnet, aus denen Blut und Eiter floß.

Die Ärzte wußten nichts mit der Krankheit des Lords anzufangen. Pocken und die Pest schlossen sie von vorhinein aus. Es schien, als seien Maybors Luftröhre und seine Lungen von innen her verbrannt worden. Die Ärzte schüttelten ernst den Kopf; sie hatten nicht viel Hoffnung. Sie empfahlen, Maybors Gemach mit dem Rauch wohlriechender Hölzer auszuräuchern, um die bösen Mächte aus seinen Lungen zu vertreiben.

Doch Maybor untersagte den Ärzten, sein Gemach mit Rauch zu füllen. Nach Luft schnappend, schickte er sie weg. Als nächstes kamen die Priester mit ihren wertvollen Ölen und Wassern. Sie sangen heilige Lieder und besprenkelten den Kranken mit geweihtem Wasser, um ihn auf seinen Tod vorzubereiten.

»Macht, daß ihr rauskommt, ihr verdammten Kleriker! Noch bin ich nicht tot!« Maybor fiel zurück in die Kissen, hustete schwach und rang nach Atem. Dennoch, er war noch immer in der Lage, sich über den Anblick der fliehenden Priester zu amüsieren.

Er fragte nach seinen Söhnen; aber seine beiden Jüngsten waren an die Front gezogen, um gegen die Halcus zu kämpfen. Das war das Schicksal jüngerer Söhne – entweder suchten sie den Ruhm in der Schlacht oder Erlösung bei der Priesterschaft. Maybor war froh, daß er keine Priester großgezogen hatte.

Kedrac betrat den Raum und rümpfte die Nase ob des fauligen Gestanks von Krankheit. Als er seinen

Vater erblickte, versuchte er ohne Erfolg, sein Entsetzen zu verbergen. »Vater, was ist mit dir geschehen?«

Maybor sah Abscheu im Gesicht seines Sohnes, und er befahl Crandle, ihm eine Scherbe seines Spiegels zu bringen. Kedrac nahm den Spiegel aus der Hand des Dieners und weigerte sich, ihn seinem Vater zu geben. Maybor hatte nicht mehr die Kraft, dagegen zu protestieren.

»Vater, ich habe erst gestern mit dir gesprochen. Was ist seitdem geschehen, das ein derartiges Leid verursachen könnte?«

»Ich weiß es nicht, Sohn.« Maybor brachte nur ein heiseres Flüstern zustande.

»Könnte Gift die Ursache dafür sein?«

»Die Nahrung und das Bier, das seine Lordschaft gestern abend zu sich genommen hat, ist auch von vielen anderen probiert worden. Ich habe von keinem weiteren Fall dieser seltsamen Krankheit gehört«, antwortete Crandle. Die beiden Männer drehten sich wieder zu Maybor um, als dieser einen Hustenanfall bekam. Nachdem er sich ausgehustet hatte, waren die Laken voller Blut.

»Was sagen die Ärzte?« wandte sich Kedrac erneut an Crandle.

»Sie wissen nicht, was seine Lordschaft befallen hat. Sie raten, das Gemach auszuräuchern.«

»Ausräuchern! Haben die ihren Verstand verloren? Der Mann kann ja so schon kaum noch atmen.«

Ein leises Klopfen erklang an der Tür, und die Königin trat ein. Ihr kalter, hochmütiger Gesichtsausdruck änderte sich, als sie Lord Maybors Zustand sah. Sie blieb unvermittelt stehen. »Sind es die Pocken?« verlangte sie von Kedrac zu wissen.

»Nein, Euer Hoheit«, antwortete er und verbeugte sich. Die Königin atmete tief durch und näherte sich dem Bett.

Sie sah den verwirrten Ausdruck auf Kedracs Gesicht und erklärte: »Euer Vater war heute morgen zu einer

Audienz bei mir befohlen. Als er nicht erschien, beschloß ich, ihn selbst aufzusuchen. Ich sehe, daß er krank ist. Was fehlt ihm?« Maybors eigener Versuch zu antworten, wurde durch einen weiteren Hustenanfall unterbunden.

»Die Ärzte wissen nicht, was ihm fehlt, Euer Hoheit.« Kedrac strich sein Haar glatt und richtete sein Gewand.

»Ärzte! Diese Idioten haben den Zustand des Königs nur noch verschlimmert. Ich werde Euch meine Heilerin senden – sie ist in der Kräuterkunde bewandert. Wenn jemand ihm helfen kann, dann sie.« Die Königin blickte mitleidig auf Maybor. »Ich habe schon viele Krankheiten gesehen, aber dies hier verstehe ich nicht. Erst letzte Nacht habe ich Lord Maybor beobachtet. Er war so gesund, wie man nur sein kann. War das Feuer die Ursache dafür?«

»Nein, Euer Hoheit«, mischte sich Crandle demütig ein. »Lord Maybor hat den Saal vor Ausbruch des Feuers verlassen.«

Zärtlich drückte die Königin Maybors Arm. »Ich werde jetzt gehen, aber ich bin froh, gekommen zu sein. Ich werde meine Heilerin zu Euch schicken, sobald ich wieder in meine Gemächer zurückgekehrt bin. Guten Tag.« Sie nickte Kedrac zu und verließ den Raum. Im selben Augenblick, da die Königin durch die Tür schritt, riß Maybor den Spiegel aus der Hand seines Sohnes. Mit zitternden Händen hob er die Scherbe vors Gesicht. Als er sein entstelltes Spiegelbild erblickte, begann er von neuem zu husten.

Crope wachte, während sein Herr immer wieder zu Bewußtsein kam, nur um kurz darauf erneut in Ohnmacht zu sinken. Der riesige Diener war die ganze Nacht aufgeblieben und hatte Baralis' schlaffe Gestalt beobachtet.

Später, kurz vor Sonnenaufgang, war Baralis unruhiger geworden und hatte sich in seinem Bett hin und her gewälzt. Crope eilte an die Seite seines Herrn und sah, daß er in Schweiß gebadet war und heftig zitterte. Er legte die Hand auf Baralis' Stirn – sie glühte. Rasch holte Crope Wasser, um das Fieber zu kühlen.

Crope blickte auf die Verbrennungen in Baralis' Gesicht und auf seinen Händen – ein Teil der Haut begann bereits zu vernarben. Blasen und Wunden waren zu sehen, rot und entzündet.

Baralis murmelte unverständliche Worte. Er schien aufgeregt zu sein und schlug im Bett um sich. Der Anblick seines daniederliegenden Meisters erfüllte Crope mit Furcht. Er sorgte sich, daß Baralis sich durch seine unkontrollierten Bewegungen verausgaben würde. Dann versuchte er, seinen Herrn zu beruhigen. Sanft preßte er Baralis' Arme und Beine auf das Bett und legte schwere Decken über ihn.

Crope wußte, daß Baralis ruhig schlafen mußte, um seine Kraft wiederzuerlangen. Aber der Diener sah auch, daß sein Herr diesen Frieden nicht finden würde – er war von einer inneren Unruhe erfüllt, die seinem Körper nicht gestattete, sich auszuruhen. Crope beschloß, Baralis einen leichten Schlaftrunk zu verabreichen, um ihm einen friedlicheren Schlaf zu verschaffen. Er ging in die Bibliothek und durchsuchte die verschiedenen Flaschen – er hatte oft beobachtet, wie Baralis einen solchen Trunk zu sich genommen hatte, wenn tief in der Nacht der Schlaf nicht kommen wollte. Crope fand die richtige Flasche. Er erkannte sie an der Eule auf dem Korken. Crope liebte Eulen.

Er ging wieder ins Schlafgemach und träufelte mit seinen großen, unförmigen Händen ein paar Tropfen der Flüssigkeit auf Baralis' geschwollene Lippen. Dann kehrte Crope zu seinem Stuhl zurück, steckte die Hand ins Gewand und griff nach seinem Kästchen. Allein es anzusehen machte ihn glücklich. Es war wunderschön, mit winzigen Gemälden von Seevögeln auf der Lade. Crope setzte sich hin und drehte das Kästchen in seiner Hand. Er war bereit, so lange bei seinem Meister zu wachen, wie es erforderlich sein sollte.

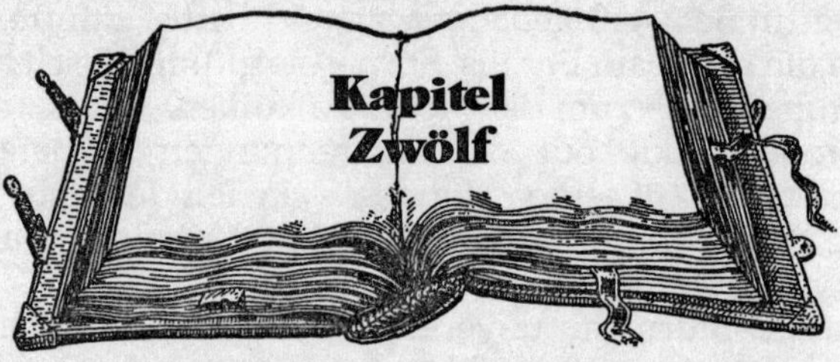

Kapitel Zwölf

Tawl stand an Deck der *Fischgeruch* und blickte auf den schwarzen, funkelnden Ozean hinaus. Larn lag zwei Tage voraus, und er wußte nicht, ob er erleichtert sein oder sich fürchten sollte.

Carvers rauhe Stimme riß Tawl aus seinen Gedanken. »Hey, du! Was hast du dir dabei gedacht, uns gestern rohe Steckrüben zu servieren? Ich habe mir die halbe Nacht die Seele aus dem Leib gekotzt.«

»Die Steckrüben haben dich nicht krank gemacht, Carver«, rief Fyler, während er sich näherte. »Die See hat dich endlich erwischt. Niemand, der in den Bergen geboren wurde, wird je ein guter Seemann. Es war nur eine Frage der Zeit, bis sich deine wahre Natur gemeldet hat.«

»Ich bin nicht in den Bergen geboren worden, sondern im Hügelland.« Carvers Stimme klang beleidigt. »Und ich bin schon zur See gefahren, bevor ich laufen konnte. Seekrankheit! So was habe ich in meinem ganzen Leben noch nicht gehabt. Die Kocherei von dem Kerl da hat mir den Magen umgedreht.« Carver wandte seine Aufmerksamkeit wieder Tawl zu. »Paß besser auf, Junge. Noch so was wie Steckrübensalat, und du gehst schneller über Bord, als du gucken kannst.«

»Nun, es tut mir leid, daß das Essen nicht nach deinem Geschmack war, Carver. Wenn mir vielleicht jemand zeigen könnte, wie man den Ofen anzündet, und wenn man mir etwas Holz als Brennstoff besorgen würde, könnte ich die Steckrüben heute abend zur Abwechslung vielleicht einmal *kochen.*«

»Ich will keine Steckrüben mehr sehen, solange ich auf diesem Schiff bin. Aber eigentlich ... wenn ich in meinem ganzen Leben keine Steckrüben mehr sehe, sterbe ich als glücklicher Mann. Ich will etwas Vernünftiges zu essen.«

»Warum fängst du dir dann nicht ein paar Fische?« fragte Tawl unschuldig.

»Ich kann Fisch nicht ausstehen.« Tawl und Fyler lachten fröhlich über Carvers Geständnis. »Was macht denn ein Mann auf dem Meer, noch dazu auf einem Schiff, das *Fischgeruch* heißt, wenn er keine Fische ausstehen kann?« Fyler amüsierte sich königlich. »Das müssen verdammt hohe Hügel gewesen sein, von denen du gekommen bist, Carver. Du bist der einzige Seemann, den ich kenne, der keinen Fisch ißt.«

Carver wollte gerade etwas darauf erwidern, als ein neuer Mann die Szene betrat. Er wandte sich an Tawl. »Hey, du. Der Kapitän will mit dir reden. Beweg dich – er wartet in seinem Quartier.«

»Vielleicht will er dir auch die Meinung wegen dieser Steckrüben geigen«, murmelte Carver, als Tawl sich auf den Weg machte.

Die unteren Decks der *Fischgeruch* waren klein und eng. Die Kabinendecken waren so niedrig, daß Tawl nicht aufrecht stehen konnte. So war er gezwungen, den Kopf zu senken und mit gebeugten Schultern zu laufen. Er klopfte an die Tür der Kapitänskajüte und wurde hereingebeten. Tawl trat in einen kleinen, dämmrigen Raum, der von einer Öllampe erhellt wurde und an dessen Wänden Bücherregale standen.

Der Kapitän sah Tawl mißbilligend an und bedeutete ihm, sich zu setzen. Nachdem Tawl der Aufforderung gefolgt war, schenkte der Kapitän zwei Becher Rum ein. »Der beste Rum der bekannten Welt, Junge«, sagte er und bot Tawl einen Becher an. »Du solltest ihn besser nicht in einem Zug trinken. Ich möchte dem Alten Mann nicht erklären müssen, warum du über Bord gegangen bist.« Quain warf Tawl einen verächtlichen Blick zu.

»Ich nehme an, Ihr werdet sehr gut für diese Fahrt bezahlt, Kapitän Quain«, sagte Tawl. »Niemand hat Euch dazu gezwungen. Ihr segelt aus freien Stücken nach Larn.«

Der Kapitän schien Tawls Worte zu ignorieren. Er trank einen Schluck von seinem Rum und nahm sich Zeit, das Aroma zu genießen. »Den besten Rum kann man daran erkennen, daß er stark, aber mild ist. Nur der beste Rum hat einen so intensiven und milden Geschmack, daß er seine wahre Stärke dahinter verbergen kann. Los, probier ihn mal.«

Quain forderte Tawl auf zu trinken. Der Ritter nahm einen Mundvoll Rum und fragte sich, ob der Kapitän überhaupt gehört hatte, was er gesagt hatte. Doch als die Flüssigkeit seinen Gaumen berührte, wurden Tawls Gedanken in eine andere Richtung gelenkt. Wie konnte Quain dieses Getränk nur als mild bezeichnen? Für Tawl schmeckte es feurig und stark.

Der Kapitän lächelte, als er die Reaktion seines Passagiers bemerkte. »Der erste Schluck ist immer eine Überraschung. Trink einen zweiten – und laß den Rum auf deiner Zunge tanzen.« Tawl nahm einen zweiten Mundvoll. Diesmal genoß er den Geschmack, bevor er den Rum hinunterschluckte. Jetzt verstand er, warum man den Rum als mild bezeichnete; er war so weich wie Spätsommerhonig. Das Getränk wärmte Tawls Innereien und löste die Spannung in seiner Stirn.

»Jetzt hast du den Dreh raus. Aber sei vorsichtig; er ist unheimlich stark.« Tawl beschloß, dem Rat des Kapitäns zu folgen und stellte den Becher ab. »Kein Kapitän, der etwas auf sich hält, würde segeln, ohne mindestens vier Fässer Rum an Bord zu haben. Es ist allgemein bekannt, daß ein Seemann monatelang ohne Land auskommen kann, wochenlang ohne frisches Essen und tagelang ohne Wasser; aber wenn du ihm auch nur einen Tag keinen Rum gibst, ist die Meuterei nicht mehr weit.«

Quain blinzelte in dem trüben Licht. Tawl wußte nicht, ob der Mann die Wahrheit gesagt, oder ob er nur einen Scherz gemacht hatte.

Der Kapitän trank einen weiteren Schluck Rum und warf Tawl einen abschätzenden Blick zu. »Du hast vorhin gesagt, ich würde aus freien Stücken nach Larn segeln. Deine Worte zeigen mir, daß du Rorn nicht sonderlich gut kennst.« Quain goß sich einen zweiten Becher Rum ein, dann fuhr er fort: »Es gibt zwei Leute, die in Rorn von Bedeutung sind. Vergiß den alten Herzog und seine Lords; selbst Gavelna, der erste Minister, ist nur eine Marionette. Nur der Erzbischof und der Alte Mann haben wirklich etwas zu sagen. Will man am Leben bleiben, ist es nicht gut, sich mit einem von beiden anzulegen.

Nun, wenn ein Kumpel vom Alten Mann kommt und mich freundlich bittet, nach Larn zu segeln, werde ich bestimmt nicht ablehnen. Natürlich hat die ganze Sache auch ihre guten Seiten. Man wird sogar ganz gut bezahlt und mit den richtigen Leuten zusammengebracht. Aber wir beide wissen, daß ich nicht nein sagen *kann*. Ich kann es mir nicht leisten, die Pläne des Alten Mannes zu durchkreuzen. Mein Geschäft beruht auf Mundpropaganda und, wenn ich das so sagen darf, auf meinem guten Ruf. Wenn ich mich dem Alten Mann widersetzen würde, könnte ich genauso gut in den Sonnenuntergang segeln und nie wieder zurückkehren.« Quain leerte seinen Becher und sah Tawl direkt in die Augen.

Tawl erkannte mittlerweile, daß er den Mann falsch eingeschätzt hatte. »Kapitän Quain, Eure Lage war mir nicht bewußt.«

»Versteh mich nicht falsch, Junge. Es macht mir nichts aus, nach Larn zu fahren. Ich habe dieses Schiff schon durch gefährlichere Gewässer gebracht. Doch in Larn ist nicht nur das Meer gefährlich. Meine Mannschaft hat Geschichten über Larn gehört – Geschichten, die einem die Haare zu Berge stehen lassen. Ich weiß nicht, ob diese Geschichten stimmen oder nicht; aber ich *weiß*, daß sie

Einfluß auf meine Mannschaft haben. Obwohl sie es nicht zugeben würden, sind alle ein wenig nervös, und ein nervöser Seemann ist ein schlechter Seemann. Darüber mache ich mir Sorgen, Junge, nicht über die verdammte Insel.« Quain trank mehr Rum.

Tawl hatte inzwischen ein schlechtes Gewissen, weil er der Mannschaft rohe Steckrüben gegeben hatte.

Als hätte er die Gedanken des Ritters gelesen, sagte Quain: »Hör mal, Junge. Sorg dafür, daß jemand den Ofen anwirft. Ich werde bestimmt keine rohen Steckrüben mehr essen. Sag Fyler, er soll etwas Vernünftiges aus dem Frachtraum raufholen, und sag ihm, ich hätte gesagt, hier an Bord würde nichts gehortet. Ich bin sicher, daß *er* gestern noch etwas Besseres gegessen hat als rohe Steckrüben.« Quain bedeutete Tawl, seinen Becher auszutrinken. »Aber du brauchst dich nicht zu beeilen. Rum soll man genießen, nicht runterkippen.«

Melli wünschte von ganzem Herzen, sie wäre wieder zurück in der Burg. Prinz Kylock zu heiraten konnte nicht schlimmer sein als das hier.

Nach der gestrigen Verhandlung hatte der Friedensrichter Melli zunächst in einen kleinen Raum geführt, wo er darauf bestanden hatte, sie zu durchsuchen. Melli glühte vor Zorn, als die Hände des Mannes länger als nötig an ihren Schenkeln und auf ihren Pobacken verweilten. Es war doch offensichtlich, daß sie nirgendwo etwas versteckt hatte! Der Friedensrichter hatte diese besondere Pflicht sehr ernst genommen und etwas von Waffen gemurmelt, die Melli verborgen haben könnte.

Als der Mann sich davon überzeugt hatte, daß Melli keine versteckten Waffen bei sich trug, führte er sie wieder auf die Straße. Zu Mellis Überraschung hatte sich eine kleine Menschenmenge versammelt, und als sie durch die Straßen geführt wurde, begannen die Leute, sie zu beschimpfen. Sie nannten sie eine Hure und Diebin. Einer von ihnen warf ein Ei auf Melli und ein anderer verfaulten Salat.

Melli konnte es nicht länger ertragen, und so wandte sie sich an den Friedensrichter und erklärte: »Laßt mich sofort frei. Ich werde mich nicht länger wie eine gemeine Verbrecherin behandeln lassen. Ich bin Lady Melliandra, Tochter von Lord Maybor.« Sie hob den Kopf und streckte das Kinn vor.

»Sei still, du dummes Gör! Mach es nicht noch schlimmer mit deinen dummen Lügen. Du bist ein ganz gewöhnliches Flittchen; soviel steht fest.« Der Friedensrichter drehte Melli brutal den Arm auf den Rücken, und sie setzten ihren Weg fort.

Sie gingen in Richtung des Marktplatzes. Die Menge versammelte sich um den Friedensrichter, als dieser Mellis Missetaten verkündete: »Dieses Mädchen hier, bekannt als Melli von Deepwood, ist schuldig der Verbrechen des Diebstahls, der Körperverletzung, der Prostitution und des Betrugs. Sie ist zu zwanzig Schlägen mit dem Seil verurteilt. Die Strafe wird morgen zwei Stunden nach Mittag vollstreckt werden.« Die kleine Menschenmenge verhöhnte Melli. Der Friedensrichter führte sie noch ein paar Schritte weiter, und dann stieß er sie ohne Vorwarnung in eine tiefe Grube.

Melli kam hart auf der Seite auf, und Schmerz schoß durch ihre Schulter und ihr Becken. Sie blickte hinauf und sah, daß sich die Menge um die Grube versammelt hatte und hineinstarrte. Die Menschen schienen über Mellis bösen Sturz erfreut zu sein.

»Das geschieht der dreckigen, kleinen Diebin recht«, rief eine Frau.

»Das wird sie lehren, Pferde zu stehlen.«

»Die Peitsche ist genau das Richtige für so eine.«

»Das wird ihr zeigen, daß wir in unserer Stadt nichts für verlauste Huren übrig haben.«

Melli war beinahe sicher, daß die letzte Stimme Madame Greal gehörte. Doch bevor sie ihren Verdacht bestätigen und die Frau in der Menge ausmachen konnte, wurde sie von einem Hagel aus verfaultem Gemüse und Fleisch getroffen. Die meisten Geschosse stanken zwar, aber sie waren zumindest weich – bis irgend jemand begann, Melli mit Steckrüben einzudecken. Wer auch immer der Schütze sein mochte, er konnte gut zielen. Melli war gezwungen, ihr Gesicht vor dem Beschuß zu schützen.

Als Melli die Arme hochriß, jubelte die Menge und ging mit noch größerer Leidenschaft zu Werke. Jemand goß saure Milch über Melli; dann wurde sie mit faulen Äpfeln beworfen. Melli konnte nichts tun; sie saß in der Falle. Sie duckte ihren Kopf und betete, daß niemand auf die Idee kommen würde, Steine zu werfen. Nach einer Weile verloren die Menschen entweder das Interesse an Melli, oder sie hatten einfach nichts mehr, womit sie werfen konnten. Mit Rufen wie »Hure!« oder »Diebin!« auf den Lippen zogen sie sich langsam zurück. Irgend jemand warf ein letztes Geschoß: eine große Melone. Die Melone landete auf Mellis weicher Schulter, und sie zuckte vor Schmerz zusammen.

Als Melli wieder den Kopf hob, sah sie, daß niemand mehr da war. Die Tränen standen ihr in den Augen. Ihr Körper war zerschunden und voller Blutergüsse, und der Gedanke an die bevorstehende Auspeitschung jagte ihr Angst ein. Jeder hatte Madame Greals Worten geglaubt. Die Menschen schienen sogar noch Schlimmeres von Melli zu denken – sie hatte weder ein Pferd gestohlen, noch hatte sie sich je prostituiert.

Melli versuchte sich zu säubern, so gut es ging. Sie entfernte verrottetes Gemüse, schleimige Salatblätter und schimmeliges Obst von ihrem Kleid. Gegen den Gestank konnte sie nichts tun.

Sie betrachtete ihre Umgebung. Die Grube war etwa zweimal so hoch wie ein großer Mann und gerade breit genug, daß Melli sich hinlegen konnte. Die Wände bestanden aus glattem Stein, und der Boden war blanke Erde. Anhand der Unmengen an Grünzeug, das sich in verschiedenen Stadien des Verfallsbefand, konnte man erkennen, daß die Grube häufig benutzt wurde. Melli versuchte, die Schulter zu bewegen, und ein stechender Schmerz schoß durch ihren Körper. Irgendwie gelang es ihr, sich zusammenzurollen und in den Schlaf zu weinen.

Mehrere Stunden später wurde Melli von den Rufen einiger Männer geweckt. Inzwischen war es Nacht geworden.

»Hey, du da unten, Mädel! Wie wär`s, wenn du uns mal deine Euter zeigst?«

»Zeig uns schon deine Melonen, oder wir schütten unser Bier über dich.« Melli konnte die Männer nur wütend anstarren.

»Du kleine Hure! Du machst es wohl nur für Geld.«

»Dreckige Nutte!« Mit diesen Worten gossen die Männer den Inhalt ihrer Krüge über Mellis Kopf. »Wenn du mich fragst, war das eine Verschwendung von gutem Bier.« Melli schauderte, als das Bier durch ihr Kleid drang.

Offenbar fanden die Männer den Anblick der durchnäßten Melli ungeheuer komisch, und sie lachten fröhlich. Einer der Männer trug eine brennende Kerze, und als er sie über die Grube hielt, tropfte heißes Wachs auf Mellis nackte Arme. Die Männer hatten das nicht bemerkt, und Melli beschloß, es besser nicht zu erwähnen. Anderenfalls mochten ihre Peiniger vielleicht denken, heißes Wachs sei eine gute Methode, um sie noch weiter zu foltern. Nachdem den Männern das Bier ausgegangen war, zogen sie rasch weiter. Melli atmete erleichtert auf.

Sie fror. Die Nacht war kalt und dank Madame Greal trug Melli nur ein hauchdünnes Kleidchen; und jetzt war sie auch noch vollkommen durchnäßt. Jeder Zentimeter ihres Körpers schmerzte: die Steckrüben und Äpfel waren gut gezielt gewesen, und Melli war über und über mit Blutergüssen übersät. Doch ihr größtes Problem war die Schulter. Vorsichtig tastete Melli über die betroffene Stelle. Die Schulter war leicht geschwollen, aber von einem Bruch war nichts zu spüren.

Als die Nacht fortschritt, fror Melli immer mehr, und sie zitterte am ganzen Leib. Schließlich fiel sie in einen unruhigen Schlaf, zusammengerollt zu einem Ball, um sich warmzuhalten.

Am Morgen wurde Melli von irgend jemandem geweckt, der etwas Ekelhaftes über ihren Kopf schüttete. Madame Greal stand über ihr, in der Hand den nun leeren Nachttopf. »Das ist nicht das Schlimmste, was dir heute noch bevorsteht, Mädel. Du undankbares, kleines Flittchen.« Madame Greal machte auf dem Absatz kehrt und verschwand.

Den Rest des Morgens verbrachte Melli damit, sich grausame Beleidigungen anzuhören und sich mit den Frühstücksresten der Passanten bewerfen zu lassen.

Sie wußte, daß sie heute ausgepeitscht werden würde, und bei dem Gedanken an das Seil drehte sich ihr der Magen um. Sie sah keine Möglichkeit, der Strafe zu entgehen. Melli hatte versucht, dem Friedensrichter zu erklären, wer sie war; aber in ihrem augenblicklichen Zustand würde sie noch nicht einmal ihr eigener Vater erkennen. Sicher, er hatte sie geschlagen, und er hatte versucht, sie zu einer Heirat zu zwingen, die sie nicht wollte, aber er hatte sie auch geliebt. Melli war seine kostbare Tochter. Ihr Vater hatte ihr alles geschenkt, was sie wollte, und wenn sie ein hübsches Kleid trug, hatte er sich über ihren Anblick gefreut. *Was würde er heute wohl für einen Schreck bekommen?* dachte sie.

Die Zeit verging langsam. Jede Minute schien Ewigkeiten zu dauern. Melli war schrecklich durstig, denn sie hatte seit über einem Tag nichts mehr getrunken. Doch hungrig war sie nicht; der ekelhafte Gestank des verrottenden Gemüses hatte ihr den Appetit verdorben.

Melli bemerkte mit wachsender Furcht, daß die Sonne bereits hoch am Himmel stand. Bald war es Mittag, und dann würde man sie holen und auspeitschen.

Jack dachte an Melli. Er fürchtete, daß die Soldaten, die ihn eingefangen hatten, auch sie bald aufspüren würden. Vor wenigen Stunden waren sie durch ein Dorf geritten. Die Dorfbewohner hatten die Reiter mit feindseligen Blicken empfangen. Traff, der Anführer, hatte eine Frau gefragt, ob sie ein Mädchen gesehen habe, das gen Osten ritt, aus dem Wald heraus. Zwei Silbermünzen hatten die Zunge der Frau gelöst.

»Ja, da war ein Mädchen, eine merkwürdig aussehende Kreatur. Dunkle Haare, genau wie Ihr gesagt habt. Sie trug einen Sack.« Die Augen der Frau verengten sich, als sie die Situation abschätzte. »Das arme Ding hat mir leid getan. Ich habe der Süßen gesagt, in Duvitt sei sie besser dran.«

»Vor wieviel Tagen?«

»Oh, da bin ich nicht sicher. Vielleicht vor vier oder fünf.«

»Wie weit ist es bis nach Duvitt?«

»Oh, einen halben Tagesritt. Ihr könnt es nicht verfehlen. In dieser Gegend führen alle Straßen nach Duvitt.«

Sie waren aus dem Dorf galoppiert. Nun da sie auf der Straße waren, ritten sie wesentlich schneller. Jack sah nicht viel von der Landschaft, die sich von Wald zu Kulturland veränderte, denn er lag nach wie vor bäuchlings auf einem Pferderücken. Er *konnte* allerdings sehen, daß die Straße breit und in gutem Zustand war – ein Zeichen dichter Bevölkerung und großen Wohlstands. Offensichtlich ritten sie in eine wohlhabende Stadt.

Jack hoffte inbrünstig, daß Melli sich nicht entschlossen hatte, für längere Zeit in Duvitt zu bleiben. Sollte sie heute in der Stadt sein, würde sie mit großer Wahrscheinlichkeit von Baralis' Männern aufgegriffen werden.

Ein Seil wurde zu Melli hinabgelassen. »Halt dich daran fest!« rief eine rauhe Stimme. Melli empfand den Gedanken äußerst beunruhigend, an einem Seil aus der

Grube gezogen zu werden. Sie wußte nicht, ob ihre Schulter der Belastung standhalten würde. Ihr kam eine Idee: wenn sie sich weigern würde, das Seil zu ergreifen, konnte man sie nicht aus der Grube ziehen, und dann konnte man sie auch nicht auspeitschen. Sie weigerte sich, das Seil zu nehmen, und schüttelte stur den Kopf.

»Wenn du nicht sofort das Seil nimmst, du kleines Flittchen, sorge ich dafür, daß deine Hurentage gezählt sind.« Melli weigerte sich noch immer, das Seil zu ergreifen. »Schau mal, Mädel, ich gebe dir eine letzte Chance: nimm das Seil, oder ich lasse Meister Hulbit etwas Hühnerfett heiß machen, das ich dir dann über dein hübsches Gesicht schütte. Und jetzt mach voran!«

Melli packte das Seil. Schmerz schoß durch ihre Schulter, und die Tränen standen ihr in den Augen. Sie wickelte das Seil um ihre Hüfte und hielt sich fest. Sie biß die Zähne zusammen, dann spürte sie einen Ruck. Ihre Arme scheuerten an den Steinen, als man sie aus der Grube zog. Der Schmerz in der Schulter war unerträglich. Nachdem Mellis Kopf auf einer Höhe mit dem Boden war, packten zwei Männer sie unter den Armen und hievten sie hinaus. Melli spürte, daß sie in Ohnmacht zu fallen drohte, und sie versuchte, sich wieder unter Kontrolle zu bringen. Sie besaß den Stolz ihres Vaters, und sie war fest entschlossen, der Menge nicht die Befriedigung zu geben, sie stürzen zu sehen.

Sie blickte sich um. Heute hatten sich wesentlich mehr Menschen auf dem Marktplatz versammelt als gestern. Die Menge zischte, als Melli sie anblickte. Titel wie ›Hure‹ oder ›Diebin‹ berührten sie nicht mehr, sie ignorierte sie. Die Menge hielt Mellis Verhalten für Arroganz und wurde gemein. Sie schrien widerwärtige Beleidigungen. Ein Mann nannte Melli eine ›pockenverseuchte Schlampe‹. Melli erkannte Edrad in dem Rufer. Trotz ihrer Beschwerden konnte sie sich ein Lächeln angesichts dieser Ironie nicht verkneifen. Das war, jedenfalls was den Mob betraf, das schlimmste Verbrechen, das sie begehen konnte.

»Die schamlose Dirne!«

»Die kleine Nutte ist auch noch mit sich zufrieden.« Erneut wurde Melli mit verrottenden Früchten und Gemüse eingedeckt. Ihre Wärter riefen der Menge zu, sie solle aufhören, denn sie selbst waren nun auch zur Zielscheibe geworden. Die beiden Männer führten Melli in die Mitte des Marktplatzes. Ein hölzernes Gerüst war hier errichtet worden. Einer der Männer stieß Melli nach vorn, so daß sie mit dem Rücken zur Menge stand. Er packte ihre Arme, brachte sie auf gleiche Höhe mit ihren Schultern und band ihre Handgelenke an dem Gerüst fest.

Melli bekam Angst. Sie konnte die Menge nicht mehr sehen, aber sie hörte ihre Schreie und ihren Spott. Sobald der Mann sich wieder von dem Gerüst entfernt hatte, begann das Bombardement von neuem. Melli biß sich vor Schmerz auf die Lippe, als harte Objekte sie an Rücken und Beinen trafen. Ihre ausgebreiteten Arme rissen an der verletzten Schulter. Doch das Schlimmste für Melli war das Warten.

Niemand schien es mit dem Auspeitschen eilig zu haben. Melli nahm an, daß es Teil ihrer Strafe war, angebunden an ein Gerüst der Gnade der Menge ausgeliefert zu sein. Die Menge rief ihr Beleidigungen zu, und sie konnte die Vorfreude der Zuschauer förmlich spüren: sie wollten eine gute Schau sehen, sie wollten Blut.

Plötzlich schwieg die Menge. Melli reckte den Hals, um sich umzuschauen. Der Friedensrichter war erschienen. Neben ihm schritt ein Mann mit einer Peitsche in der Hand. Es war keine elegante Reitpeitsche – sie war dick, grob und steif mit einem verdickten Ende. Melli schauderte, und die Menge jubelte.

Der Friedensrichter begann zu sprechen und berichtete der Menge erneut von Mellis zahlreichen Vergehen. Mit dramatischem Talent listete der Friedensrichter jedes Verbrechen einzeln auf; in den Pausen gab er der Menge ausreichend Zeit, wütend zu zischen. Heute schien die Liste länger zu sein; die Vorwürfe des Pferdediebstahls und der Bauernfängerei waren hinzugefügt worden. Als der Friedensrichter geendet hatte, war die Menge in Rage.

»Peitscht die Hure!«

»Reißt Ihr die Haut vom Leib!«

»Zeigt keine Gnade!«

Der Friedensrichter verkündete das Urteil. »Dreißig Hiebe mit dem Seil!« Die Menge kreischte vergnügt.

Gestern waren es zwanzig gewesen! Melli schwitzte vor Angst. Der Mann mit der Seilpeitsche zeigte sein Werkzeug den Zuschauern. Er hielt es hoch über den Kopf, so daß auch die Kinder und die in den hinteren Reihen etwas sehen konnten. Dann ließ er die Menge verstummen, indem er die Peitsche senkte und das verdickte Ende mit seiner Hand fing.

Der Mann trat an das Gerüst, und sein Schatten fiel auf Mellis Rücken. Die Menge schien den Atem anzuhalten. In Erwartung des Schlages verspannte sich Melli. Der Mann holte aus, verharrte für den Bruchteil einer Sekunde und hieb mit der Peitsche auf Mellis Rücken. Sie hörte den Knall, bevor sie den Schmerz spürte. Melli krümmte sich vor Schmerz und Schock. Die Menge stieß ein bewunderndes ›Aaah‹ aus. Der Friedensrichter begann zu zählen.

»Eins.«

Die Peitsche wurde erneut mit brutaler Kraft auf Mellis Rücken gebracht. Das Seil trieb ihr die Luft aus den Lungen und zerriß den Stoff ihres dünnen Kleidchens.

»Zwei.«

Tränen des Schmerzes rannen Mellis Wangen hinab. Der Mann holte weit aus und hieb grausam auf den zarten Rücken des Mädchens. Diesmal traf das Seil auf Fleisch.

»Drei.«

Wieder war die Peitsche oben, und erneut kam sie wieder hinunter. Die ersten Tropfen Blut waren geflossen.

»Vier.«

Das Seil schnitt tief und zerfetzte das Fleisch.

»Fünf.«

Melli spürte den Schlag des Seils und dann ein warmes Rinnsal von Blut, das ihr Rückgrat hinablief.

»Sechs.«

Als der Mann zu einem erneuten Hieb ausholte, wurde er von einer Unruhe in der Menge abgelenkt. Melli war bereits zu schwach, um sich darum zu kümmern.

Das Geräusch von Hufen, die über das Pflaster galoppierten, erfüllte die Luft; Reiter drängten sich durch die Menge. Aufgeregt beschwerte sich der Friedensrichter über die Störung. »Wer ist das?« verlangte er zu wissen. »Macht, daß Ihr wegkommt und stört die Auspeitschung nicht länger.«

»Wenn du das Mädchen nicht augenblicklich losbindest«, sagte eine kalte, tödliche Stimme, »dann werde ich meinen Männern befehlen, die Leute hier in Scheiben zu schneiden.«

»Das würdet Ihr nicht wagen«, erwiderte der Friedensrichter. Er klang nicht sehr überzeugend.

»Wesk, Harl«, rief die Stimme, und zwei der Berittenen trieben ihre Pferde voran. Beide hielten Langschwerter in den Händen. Die Menge hatte Angst. Keiner bewegte sich.

»Tu, was er sagt. Binde das Mädchen los«, murmelte der Friedensrichter.

Der Mann steckte die Peitsche in den Gürtel, trat vor und schnitt Mellis Fesseln mit einem Messer durch.

Als sie von dem Gerüst befreit war, konnte Melli kaum aufrecht stehen. Ihr wurde schwindelig, und sie brach zusammen. Der Schmerz hatte sie geschwächt, und ihr Rücken brannte wie Feuer. Benommen sah sie, wie der Anführer der Bewaffneten vortrat. Melli erkannte ihn als den Mann, der ihr Mieder im Wald zerrissen hatte. Sie war verwirrt. Der Mann lächelte grausam, nahm sie in seine starken Arme und legte sie über ein Pferd. Melli konnte es nicht mehr länger ertragen; die Welt wurde schwarz, als sie das Bewußtsein verlor.

Kapitel Dreizehn

Baralis lag in seinem Bett. Die letzten Tage waren die schlimmsten seines Lebens gewesen. Er war dem Tod nur knapp entkommen. Auch jetzt hatte er erst einen Bruchteil seiner Stärke wiedererlangt. Schwitzend und schwach hatte er sich im Bett gewälzt. Er war unfähig gewesen, einen klaren Gedanken zu fassen, und so war er von Bildern und Dämonen gepeinigt worden, die ihn keinen Schlaf finden ließen.

Baralis hatte schwere Brandverletzungen davongetragen, doch das waren nicht seine schlimmsten Wunden gewesen. Er hatte einen furchtbaren Fehler begangen. In dem Augenblick, da er den Assassinen bemerkt hatte, hatte er mit all der Macht nach dem Angreifer geschlagen, derer sein Körper fähig war – ein Überlebensinstinkt. Weder hatte Baralis die notwendige Kraft vorher berechnet, noch hatte er Maß gehalten; als er die Macht herbeigerufen hatte, war er nur von einem einzigen Gedanken beseelt gewesen: die Bedrohung für sein Leben zu eliminieren. Die Macht war mit einer solchen Wut durch seinen Körper geströmt, daß er keine Gelegenheit gehabt hatte, den Sturm zu kontrollieren.

Als Baralis bemerkte, daß er zuviel Energie freigesetzt hatte, versuchte er, sie wieder zurückzurufen, aber es war unmöglich. Es war zu viel, zu wild. Es hatte einen eigenen Willen. Baralis konnte nur noch das Ergebnis betrachten. Er hatte etwas getan, was kein Meister tun sollte: er hatte die Kontrolle verloren. Seine gesamte Kraft war mit einem Schlag freigesetzt worden; nichts war übriggeblieben. Baralis war vollkommen leer zurückgeblieben. Wenn sein Diener Crope ihn nicht versorgt hätte, wäre er wahrscheinlich gestorben.

Baralis hatte einen Fehler begangen, für den sich ein Novize schämen würde. All die Jahre der Ausbildung in seiner Jugend waren von einem einzigen Grundsatz bestimmt gewesen: erkenne deine Grenzen. Baralis erinnerte sich noch genau an die Hand seines Lehrers auf der Schulter. »Baralis, du hast eine seltene Gabe, und doch lastet ein Fluch auf dir«, hatte er gesagt. »Deine Gabe ist dein Talent, und dein Fluch ist dein Ehrgeiz. Du gehst zu wild mit der Macht um. Du kennst kein Maß, und eines Tages wirst du für deine Kühnheit bestraft werden.«

Sie hatten immer versucht, ihn zurückzuhalten, denn sie neideten ihm sein Talent. Schließlich waren sie nichts weiter als nur ein Haufen alter Idioten, die sich über einige Konventionen hinweggesetzt und eine Schule für Zauberei gegründet hatten. Sie wollten die Menschen davon überzeugen, daß Zauberei an sich nicht schlecht sei und daß Borc sich mit seiner Verurteilung der Magie geirrt hatte. Der einzige Grund, warum die Schule so lange existieren konnte, war ihre Lage; sie hatte sich in Leiss befunden, einer Stadt, die sich ihrer ungewöhnlichen Liberalität rühmte. Natürlich hatte sich heute alles geändert.

So nah an den Trockenlanden bedurfte es eines genialen Bauern, um dem kargen Boden Getreide abzuringen. Genialität und – wie im Falle von Baralis' Vater – etwas Zauberei. Baralis entstammte einer Familie, die seit Generationen den Widrigkeiten des Bodens um Leiss erfolgreich getrotzt hatte. Wie die Barbaren hatten Baralis' Vorfahren nur im näheren Umkreis geheiratet: eine Halbschwester, eine entfernte Cousine, eine Stieftochter, all das hatte ihr Blut verdickt. Und in diesem Blut lag Zauberei, und die armen Dummköpfe hatten es noch nicht einmal bemerkt – sie dachten, es läge an ihrem besonderen Geschick, daß das Getreide gedieh.

Nur Baralis' Mutter hatte es besser gewußt. Sie war viel zu klug für eine Bauersfrau gewesen, und so hatte sie den wahren Grund für die ungewöhnlich guten Ernten erkannt. Auch hatte sie die Macht in ihrem Sohn gesehen und ihn an den einzigen Ort in der bekannten Welt geschickt, wo er ausgebildet werden konnte.

Ja, er hatte Glück gehabt, daß er in dieser einst so liberalen Stadt geboren worden war. Hätte man ihn dort nicht unterrichtet, wäre er heute nicht der Kanzler des Königs. Seine Lehrer hatten unrecht gehabt: sowohl Talent *als auch* Ehrgeiz waren eine Gabe.

Baralis war weit gereist, um sich all die Fähigkeiten anzueignen, die ihn heute auszeichneten. Im tiefen Süden hatte man ihn gelehrt, wie man Tiere beherrscht; bei den Nomaden der Großen Steppe hatte er gelernt, Tränke zu brauen, und in den hohen Gebirgen des Nordens hatte man ihm die Kunst beigebracht, seinen Körper zu verlassen und sich mit dem Himmel zu vereinen. Er hatte viele Städte besucht, mit vielen Menschen gesprochen und viele Manuskripte gelesen: niemand in der ganzen bekannten Welt konnte es mit ihm aufnehmen.

Doch bei den Feierlichkeiten anläßlich des Winteranfangs hatte sich gezeigt, daß Baralis nicht unfehlbar war. Es wäre leicht gewesen, den Assassinen mit wesentlich weniger Energie auszuschalten, und anschließend hätte Baralis nicht mehr als nur eine leichte Müdigkeit verspürt. Aber statt dessen hatte er für zwei lange Tage das Bewußtsein verloren, bevor sein Geist wieder zurückgekehrt war. Zauberei bezog ihre Energie aus dem Zauberer selbst: aus seinem Blut, seiner Leber, seinem Herz. Selbst nach der einfachsten Beschwörung fühlte man sich für mehrere Stunden schwach. Eine Beschwörung, wie Baralis sie zu Winteranfang ausgeführt hatte, konnte einen weniger begabten Mann in den Wahnsinn oder gar in den Tod treiben.

Baralis konnte nicht umhin, sich über die Macht zu wundern, die er herbeigerufen hatte. Sicher, es war gefährlich gewesen, aber das Gefühl der Stärke, das durch seinen Körper geströmt war – schnell und schrecklich –, hatte ihn erregt. Er hatte gewußt, daß er das Potential für solch eine Beschwörung besaß. Sobald er sich wieder erholt hatte, wollte er seine neuentdeckten Fähigkeiten für bessere Zwecke verwenden. Allerdings würde er von nun an vorsichtiger sein und sich keinem unnötigen Risiko mehr aussetzen.

Baralis hatte einiges zu tun; es gab vieles, das er herausfinden mußte. Er konnte es sich nicht leisten, daß Erschöpfung seine Pläne verzögerte. Er rief nach Crope.

»Ja, Meister.« Der Diener betrat das Schlafgemach.

»Crope, du hast mich gut betreut, und ich danke dir dafür.«

Crope lächelte, und die Narben auf seinem Gesicht spannten sich. »Ich habe mein Bestes getan, Meister«, sagte er erfreut, daß seine Verdienste anerkannt wurden.

»Nun aber zu Wichtigerem. Wie nimmt der Hof die Nachricht von Lord Maybors Tod auf?«

Crope blickte seinen Herrn verwirrt an. »Lord Maybor ist nicht tot, Meister.«

»Er ist nicht tot? Was für eine Teufelei ist das? Bist du dir sicher, du schwachsinniger Trottel?«

»Ja, Meister.« Crope schien sich auch über die Beleidigung zu freuen. »Lord Maybor ist nicht tot. Aber er ist sehr krank. Es wird gesagt, sein Gesicht sei mit Entzündungen übersät, und er könne kaum atmen. Man hat sogar schon die Priester gerufen.«

Baralis konnte das nicht verstehen. Das Gift war tödlich gewesen. Er hatte es an einem alten Pferd ausprobiert, und die elende Kreatur war innerhalb weniger Stunden gestorben. »Wann hat Lord Maybor das Fest verlassen?«

»Überall wird darüber geredet.« Crope hielt eine Minute inne und versuchte, sich an die Geschichte zu erinnern. »Man sagt, ein junges Mädchen habe Punsch über ihn gegossen. Er hat sich zum Gespött des ganzen

Hofes gemacht, und daher das Fest noch vor dem Feuer verlassen.«

Maybor hat das Glück von Borc persönlich, dachte Baralis. Er wußte, daß das Gift in seiner Wirkung nachließ, wenn es mit Feuchtigkeit in Kontakt kam, und aufgrund des Vorfalls hatte sich Maybor wahrscheinlich frühzeitig seines Gewandes entledigt. *Der verdammte Kerl!* Baralis dachte einen Augenblick nach. »Bessert sich Lord Maybors Zustand?«

»Das weiß ich nicht, Meister. Die Königin hat ihre Heilerin gesandt, damit sie sich um ihn kümmert.«

»Die Königin hat ihn besucht?« Sicherlich wollte die Königin nichts mehr mit Maybor zu tun haben, nachdem seine Lügen aufgedeckt worden waren.

»Ja, Meister. Am folgenden Tag erschien hier ein Bote der Königin. Er sagte, die Königin wolle Euch so schnell wie möglich sprechen.«

»Was hast du ihm geantwortet?«

»Ich habe gesagt, daß Ihr Euch auf einem Ausritt ein leichtes Fieber zugezogen habt.«

»Das hast du gut gemacht, Crope.« Baralis hielt kurz inne, dann fragte er: »Was erzählt man sich über das Feuer auf dem Fest?«

»Man sagt, heruntergefallene Kerzen hätten es verursacht, Meister.«

»Gut. Gab es irgendwelche Zeugen?«

»Ein betrunkener Junker sagte, ein Mann in Schwarz habe den Brand verursacht, Meister.«

»Wie heißt er?«

»Das weiß ich nicht, Meister.«

»Nun, dann finde es heraus! Und wenn du weißt, um wen es sich handelt, sorge dafür, daß er einen Unfall hat.« Baralis blickte seinem Diener in die Augen. »Verstehst du, was ich damit meine, Crope?« Der Diener nickte. »Gut. Und jetzt geh. Ich will allein sein, denn ich habe über vieles nachzudenken.«

Baralis blickte Crope hinterher, als dieser mit wankenden Schritten den Raum verließ. Nachdem er verschwunden war, stand Baralis auf. Seine körperliche Schwäche überraschte ihn. Seine Beine zitterten; sie schienen nicht mehr an das Gewicht des Körpers gewöhnt zu sein. Langsam arbeitete sich Baralis bis in sein Arbeitszimmer vor. Dort durchsuchte er seine Flaschen und Phiolen, bis er das richtige Gefäß gefunden hatte. Er zog den Korken heraus und trank den gesamten Inhalt der kleinen Flasche – er brauchte Erleichterung von seinen Schmerzen.

Baralis blickte auf seine Hände, verbrannt von den Nachwirkungen seiner Macht. Sie waren voller Narben, die Haut glänzend und gespannt. Ohne Zweifel hatten die Heilöle geholfen, und die meisten Narben würden mit der Zeit verschwinden; doch es war der Heilungsprozeß selbst, vor dem sich Baralis fürchtete. Es bestand die Gefahr, daß sich die Spannung seiner Haut nie mehr lösen würde, und dann könnte er seine Finger nicht mehr strecken. Sollte das geschehen, wäre er gezwungen, die Haut an den Gelenken aufzuschneiden.

Eine Beschwörung, um den Heilungsprozeß zu beschleunigen, kam nicht in Frage. Die nächsten Tage würde Baralis ohne Zauberei auskommen müssen, und das bedeutete auch, daß er nicht mit der zweiten Taube in Kontakt treten konnte, die er auf Melliandra angesetzt hatte.

Maybor würde sich für eine Menge verantworten müssen. Baralis war sich beinahe sicher, daß der dicke Lord hinter dem Attentatsversuch steckte. Zwar hatte der Kanzler viele Feinde am Hof, aber keiner von ihnen wünschte so sehr seinen Tod wie Maybor. Der Herr der Ostlande war kein Dummkopf. Er würde sich die Hände niemals selber schmutzig machen; er würde jemanden anheuern, der die Dreckarbeit für ihn erledigte.

Baralis hatte über vieles nachzudenken. Er mußte sich auf die Verwirklichung seiner Pläne konzentrieren; aber er mußte vorsichtig vorgehen. Offenbar sympathisierte die Königin noch immer mit Maybor, trotz seiner Lügengeschichten. Der mächtige Lord mußte aus dem

Weg geschafft werden. Er und die Königin durften sich nicht noch näherkommen – das Risiko war einfach zu groß.

Baralis beschloß, keine Zeit mehr mit dem Versuch zu verschwenden, Maybor zu vergiften. Der Lord schien beinahe immun gegen einen solchen Angriff zu sein. Statt dessen wollte Baralis dafür sorgen, daß Maybors Aufmerksamkeit vom Hof abgelenkt werden würde. Er wußte, daß der dicke Lord eine Sache noch mehr liebte als sich selbst: seine Ländereien im Osten. Sie waren ungewöhnlich fruchtbar, und in den dortigen Apfelplantagen wurden die Früchte für den besten Cidre der ganzen bekannten Welt produziert. Ein flüchtiges Lächeln stahl sich auf Baralis' Gesicht. Maybors Aufmerksamkeit würde sich für eine Weile nach Osten richten.

Tawl blickte blinzelnd in die Richtung, in die Fyler gedeutet hatte. »Ich kann nichts sehen«, erklärte er. Fyler hatte ihm gesagt, Larn sei am Horizont zu erkennen, doch Tawl konnte nichts entdecken.

»Stammst du aus den Sümpfen, Junge?« fragte Fyler. Tawl nickte. Er war verblüfft, daß ein Seemann so etwas wußte. Der Steuermann zwinkerte dem Ritter zu und erklärte: »Die Leute aus den Sümpfen sind bekannt für ihre schlechten Augen. Das Sumpfgas ist daran schuld. Du hast gut daran getan, deine Heimat zu verlassen, bevor der Schaden größer wurde.«

Die beiden Männer standen am Bug des Schiffes. Den ganzen Tag über hatte der Seegang stetig zugenommen. Ein kräftiger Wind aus dem Osten peitschte die Wellen und warf sie mit ungeheurer Wucht gegen den Rumpf des kleinen Schiffes. Die *Fischgeruch*, die Tawl in den ersten Tagen äußerst stabil erschienen war, war nun der Gnade der aufgewühlten See ausgeliefert.

Die Mannschaft, die Tawls Anwesenheit an Bord mittlerweile akzeptiert hatte, war ernst und still geworden. Alle Mann waren an Deck. Die Segel mußten ständig gerefft und wieder gehißt werden, um sich dem unberechenbaren Wind anzupassen.

Gerade in diesem Augenblick, da Tawl und Fyler an Deck standen, wurde das Wetter immer schlechter. Der Himmel hatte sich bedrohlich verdunkelt, und die ersten Regentropfen waren gefallen. Der Wind nahm an Stärke zu und trieb die immer mächtiger werdenden Wellen vor sich her. Tawl war gezwungen, sich an der Reling festzuhalten.

»Wie lange dauert es noch, bis wir Larn erreichen?« fragte er. Fyler stand mit gekreuzten Armen neben ihm. Er war die rauhe See gewöhnt.

»Nun, ich bin sicher, es am Horizont gesehen zu haben, aber jetzt ist es so dunkel geworden, daß meine Augen nicht mehr so weit schauen können. Ich würde schätzen: ungefähr einen halben Tag. Natürlich kann es bei diesem Wetter auch etwas länger dauern. Der Wind ist gegen uns. Und ich hasse es, in einem Sturm durch seichte Gewässer zu fahren.«

»Wie gefährlich ist die See um Larn?« Tawl mußte inzwischen schreien, damit Fyler ihn verstehen konnte.

»Nun, ich bin zwar schon durch schlimmere Gewässer gefahren, aber Larn ist trotzdem ziemlich schlimm. Nicht nur, weil die See so flach ist ... obwohl du sofort auf Grund läufst, wenn du nicht aufpaßt.« Fyler blickte zum Horizont. »Nein, die eigentliche Schwierigkeit sind die Felsen. Das Meer prallt an ihnen ab und wird immer unruhiger. Man kann nie wissen, in welche Richtung die Strömung verläuft, aber eins ist sicher – wenn man nicht vorsichtig ist, läuft man auf.«

»Kapitän Quain hat gesagt, er würde das Schiff nicht allzu nahe heranbringen.«

»Aye, Junge. Der Kapitän ist kein Idiot. Trotzdem wird es nicht leicht sein. Du siehst ja, was jetzt schon los ist.« Als wollte es Fylers Aussage bestätigen, hob sich plötzlich das Meer, und das ganze Schiff begann zu schwanken.

»Ich dachte, das hätte nur etwas mit dem schlechten Wetter zu tun«, schrie Tawl.

»In den Gewässern um Larn gibt es nur schlechtes Wetter, Junge. Das ist das Problem. Bei ruhiger See kann ich mit geschlossenen Augen Sandbänke und Klippen umfahren. Larn ist einer jener gottverlassenen Orte, die dem Meer keine Ruhe gönnen.«

»Ist Larns Lage daran schuld?«

»Nein, es hängt damit zusammen, was Larn *ist.*« Fyler ging, und Tawl blickte ihm hinterher. Der Steuermann bewegte sich mit einer solchen Sicherheit über das schwankende Deck, daß Tawl sich nur wundern konnte. Der Ritter blieb am Bug stehen. Wind und Regen schlugen ihm ins Gesicht. Er blickte voraus, um die Insel am Horizont zu erspähen – ohne Erfolg. Irgend etwas in Tawl wußte, daß Larn nicht mehr weit entfernt war: die Insel rief sein Blut, betörend und einladend. Doch er sah nur das einheitliche Grau des Meeres und des Himmels, und er bekam Angst.

Tawl wußte nicht, wie lange er hier schon stand und sich den Elementen aussetzte. Eine scharfe Stimme riß ihn aus seinen Gedanken. »Hey, du da! Was glaubst du, was du da machst? Du wirst dir in diesem Sturm noch den Tod holen.« Tawl drehte sich um und sah Carver. »Du machst besser, daß du unter Deck kommst. Der Kapitän hat nach dir gefragt.« Nun bemerkte Tawl, wie kalt es geworden war. Sein Umhang war vollkommen durchnäßt. Der Himmel verdunkelte sich noch immer, die Wellen türmten sich immer höher auf, und der Regen prallte mittlerweile wie eine Wand gegen das Schiff.

»Siehst du jetzt, was Larn für Schwierigkeiten mit sich bringt?« murmelte Carver, als Tawl sich auf den Weg nach unten machte.

In der Kapitänskajüte war es warm und gemütlich, und es roch nach altem Leder und nach Rum. »Bei Borc! Du bist ja naß bis auf die Haut, Junge. Was hast du bloß gemacht?« Rasch schenkte der Kapitän einen Becher Rum für Tawl ein. »Zieh deinen Umhang aus und wickele dich hier hinein.« Quain reichte Tawl eine grobe Decke.

»Ich war auf Deck. Ich habe nicht bemerkt, wie lange ich oben war.«

»Hast nachgedacht, was?« Der Kapitän warf Tawl einen fragenden Blick zu.

»Ich habe über Larn nachgedacht.«

»Da bist du nicht der einzige, Junge. Larn ist mit Sicherheit kein Ort, den man so leicht aus seinem Kopf vertreiben kann.«

»Wart Ihr schon einmal dort?«

Der Kapitän nickte. »Als junger Kerl war ich mal ganz nah dran, und seitdem verfolgt es mich.«

»Was hattet ihr auf der Insel zu tun?«

»Nichts. Es war einfach nur meine erste Reise als Steuermann, und ich war noch so grün wie Seegras. Wir waren auf dem Weg nach Toolay, aber ich war so nervös, daß das Schiff vom Kurs abkam.« Der Kapitän nahm einen tiefen Schluck von seinem Rum. Danach schwieg er so lange, daß Tawl überrascht war, als er wieder zu sprechen begann. »Allerdings kann ich nicht behaupten, daß es mir leid täte. Bis heute glaube ich, es war das Schicksal, nicht ich, das unser Schiff an jenem windigen Morgen gesteuert hat.« Quain stellte seinen Becher mit einem lauten Knall auf den Tisch und beendete damit das Thema.

»Morgen wirst du dort sein. Natürlich wirst du keine Chance haben, an Land zu gehen, wenn die See sich nicht wieder ein wenig beruhigt. Niemand, der sie noch alle beisammen hat, würde sich bei einem solchem Seegang in ein Ruderboot setzen. Langsam glaube ich, das Beiboot der *Fischgeruch* ist so gut wie verloren.« Quain hob seinen Becher. »Komm, Junge, trink! Der Rum wird dich besser wärmen als jedes Feuer.« Tawl gehorchte und erkannte, daß der Kapitän recht hatte. Der Rum wärmte ihn bis in die Zehen.

»Du weißt, sobald du auf der Insel bist, warte ich nicht länger als einen Tag auf deine Rückkehr. Die Gewässer hier sind einfach viel zu gefährlich. Ich riskiere meinen Hals, wenn ich hier Anker werfen lasse. Wenn sich das Meer bis morgen nicht wieder beruhigt hat, wird kein Anker das Schiff halten. Aber das ist nicht deine Sache, Junge. Ich will nur, daß wir uns nicht mißverstehen. Wenn du nicht innerhalb eines Tages wieder zurück bist, bin ich weg. Und die Götter mögen dir beistehen … du könntest Monate auf Larn festsitzen.« Quain blickte Tawl ernst an.

»Es gibt kein Mißverständnis, Kapitän. Ich habe beschlossen, alleine zu gehen – Ihr habt sowieso schon einen Mann zu wenig. Ich kann selbst rudern.« Quain grunzte und schenkte jedem noch einen Becher Rum ein.

»Bete für eine ruhige See, Junge.«

Tavalisk machte einen Nachmittagsspaziergang in den Palastgärten. Im gesamten Osten waren die Gärten für ihre außergewöhnliche Schönheit berühmt. Doch Tavalisk war mehr an seinem Essen interessiert als an der atemberaubenden Umgebung. Hinter dem Erzbischof schritt ein Diener in Livree, der ein Tablett mit Delikatessen trug.

»Paß auf, daß keine Fliegen auf der Hähnchenleber landen, Junge.« Tavalisk winkte den Jungen zu sich heran, damit er sich etwas Neues zu essen aussuchen konnte. Die frische Luft hatte seinen Appetit angeregt. Tavalisk entschied sich für ein großes, saftiges Stück Fleisch und ließ es in seinem Mund verschwinden. Es war genau, wie er erwartet hatte – roh und zart.

Der Erzbischof stieß einen lauten Seufzer aus, als er hörte, daß sich sein Sekretär Gamil näherte. »Komm, Junge«, wandte er sich an den Diener. »Wir wollen uns beeilen.« Tavalisk eilte davon, um seinem Sekretär aus dem Weg zu gehen. Sein weites Gewand flatterte in der sanften Brise. »Laß das Tablett nicht fallen, Junge«, warnte er, als sie ein Labyrinth aus Hecken betraten.

Doch Gamils Füße waren schneller als Tavalisks, und so holte er seinen Herrn schließlich ein.

»Gamil, was machst du denn hier? Ich habe dich gar nicht näher kommen sehen. Hast du ihn näherkommen sehen, Junge?« Tavalisk sah seinen Diener an; gehorsam schüttelte der Junge den Kopf. Der Erzbischof nahm eine weitere Leber von dem Tablett. »Allerdings muß ich gestehen, daß du in deinem phantastischen neuen Gewand kaum zu übersehen bist. Seide, wenn ich mich nicht irre. Ich habe nicht gewußt, daß ich dich so gut bezahle.«

Gamil errötete ein wenig. »Es ist nichts, Euer Eminenz. Ich habe es äußerst billig im Händlerviertel erstanden.«

»Ich bin nicht sicher, ob mir der Gedanke gefällt, daß mein Sekretär besser gekleidet ist als ich.« Der Erzbischof konnte sich diese Übertreibung nicht verkneifen; seine Gewänder waren bei weitem die kostbarsten, die man in Rorn kaufen konnte. »Und jetzt sag mir, was dich herführt.« Tavalisk spuckte elegant ein Stück Knorpel aus.

»Es geht um den Ritter«, sagte Gamil und wischte sich das Knorpelstück vom Gewand. »Meine Spione …«

Tavalisk fiel ihm ins Wort. »Deine Spione, Gamil? *Du* hast keine Spione. *Ich* bin der einzige hier, der Spione hat.« Tavalisks kleine Augen sahen den feindseligen Ausdruck auf dem Gesicht seines Sekretärs. Doch der Erzbischof gab vor, nichts bemerkt zu haben, und widmete sich wieder seinen Delikatessen.

»Eure Spione haben Euren Verdacht bestätigt, Euer Eminenz.«

»Und was für ein Verdacht war das?« Tavalisk bewunderte eine spät blühende Blume.

»Der Alte Mann hat das Schiff nach Larn bezahlt.«

»Das ist in der Tat interessant. Glaubst du, der Alte Mann weiß, daß ich den Ritter beschatten lasse?« Tavalisk pflückte die Blume, roch daran und warf sie weg.

»Ich glaube, das muß er, Euer Eminenz.«

»Von seiner Freundschaft mit Bevlin einmal abgesehen, würde es mich nicht überraschen, wenn der Alte Mann dem Ritter geholfen hätte, nur um mich zu ärgern, Gamil.« Tavalisk trat auf die Blume und zermalmte die zarten Blütenblätter auf der harten Erde. »Er weiß, daß ich die Ritter nicht gerade liebe. Natürlich ist auch der Alte Mann kein Freund von Valdis; aber von Zeit zu Zeit ist er einem Geschäft mit ihnen nicht abgeneigt.«

Tavalisk setzte sich wieder in Bewegung und bedeutete dem Diener, ihm zu folgen. Da er nicht entlassen worden war, war auch sein Sekretär gezwungen, ihm zu folgen. Ein Stück weiter hielt Tavalisk wieder an und wählte eine neue Delikatesse von dem Tablett. »Oh, da fällt mir ein, Gamil ... was hast du über die Macht herausgefunden, die ich gespürt habe?« Tavalisk warf eine Hähnchenleber in die Luft und fing sie geschickt mit den Zähnen auf.

»Es scheint, Euer Eminenz, daß auch andere diese Macht vor einigen Nächten gespürt haben. Ich habe mit einer Frau gesprochen, die sich in solchen Dingen auskennt, und sie ist sicher, daß die Macht aus dem Nordwesten gekommen ist.«

»Aus dem Nordwesten, sieh mal einer an. Wenn ich mich nicht irre, gibt es außer den Vier Königreichen nicht viel im Nordwesten. Sie haben diese unglaublich fruchtbare Gegend ganz für sich allein.« Tavalisk begann, die Vögel mit Süßigkeiten zu füttern. »Wann kannst du frühestens meine Spione zu diesem Thema befragen?«

»Wenn etwas Bemerkenswertes in den Vier Königreichen geschehen ist, werde ich schon bald davon erfahren, Euer Eminenz.«

»Sollte dieser Vorfall etwas mit Lord Baralis zu tun haben, werde ich ihn wohl neu einschätzen müssen, Gamil. Eine ungeheuer große Macht ist in dieser Nacht freigesetzt worden. Wer auch immer dafür verantwortlich ist, muß unter Beobachtung gehalten werden. Solche Macht findet man nur selten bei Menschen ohne Ehrgeiz.« Tavalisk amüsierte sich inzwischen mehr darüber, die Vögel mit den Süßigkeiten zu bewerfen, anstatt sie damit zu füttern. »Ist Baralis die Quelle der Macht, sollten wir uns um so mehr bemühen, seine Feinde ausfindig zu machen.«

»Ich werde in wenigen Tagen genauere Informationen haben, Euer Eminenz.«

»Gut. Bevor du gehst, Gamil … ich hoffe, du empfindest es als nicht zu dreist, wenn ich dir einen Rat gebe.«

»Natürlich nicht, Euer Eminenz.«

»Rot steht dir überhaupt nicht. Es betont die Pockennarben in deinem Gesicht auf eine höchst unangenehme Weise. Nächstes Mal würde ich etwas Grünes bevorzugen, wenn ich an deiner Stelle wäre.« Tavalisk lächelte süßlich und machte sich auf den Weg zum Palast.

Lord Maybor fühlte sich schon viel besser. Sein Atem ging zwar noch immer keuchend, und seine Kehle war immer noch heiß und wund, aber als die Heilerin der Königin ihn mit warmen Ölen einrieb, wußte er, daß er auf dem Weg der Besserung war. Die Heilerin war keine Schönheit, und sie hatte ihre besten Jahre bereits hinter sich und trotzdem … als ihre geschickten Hände Maybors Körper bearbeiteten, fand er sie äußerst anziehend.

Mit kräftigen Händen rieb die Heilerin die Öle in Maybors Fleisch. Sie bemerkte die Reaktion des Lords, lächelte freundlich und entblößte dabei ihre kleinen, weißen Zähne. »Ich sehe, Ihr werdet bald wieder auf den Beinen sein, Lord Maybor«, sagte sie leise. Sie beugte sich über ihn, und ihr Busen strich über sein Gesicht. Maybor konnte nicht widerstehen und kniff sanft in ihre Rundungen. Die Heilerin lächelte noch immer und bewegte ihre geschickten Hände tiefer hinab. Maybor wurde kühner und kniff nun härter zu.

Die Frau lachte: ein helles, klares Geräusch. »Ich glaube nicht, Lord Maybor, daß Ihr schon soweit seid, Euch amüsieren zu können. Vielleicht in ein paar Tagen.« Maybor war entmutigt; die Heilerin erschien ihm nun äußerst attraktiv. »Aber es ist ein gutes Zeichen, wenn die Lust des Mannes zurückkehrt – seine Gesundheit wird dann bald folgen.« Sie erhob sich und glättete ihr Kleid. »Ich muß jetzt gehen. Und daß Ihr mir ja den Honigbalsam trinkt.« Die Heilerin klopfte Maybor auf die Schulter und verließ den Raum. *Ältere Frauen haben eine ganze Menge für sich,* dachte Maybor reumütig.

Nachdem die Heilerin gegangen war, rief Maybor nach seinem Diener, Crandle, und verlangte nach dem Spiegel. Maybor war immer sehr stolz auf sein Äußeres gewesen; er betrachtete sich selbst als kräftig gebaut und anziehend. Jetzt war seine größte Sorge, daß die Wunden in seinem Gesicht Narben hinterlassen würden. Sorgfältig betrachtete er sein Spiegelbild. Die Rötung schien ein ganz klein wenig nachgelassen zu haben. Maybors Gesicht sah abstoßend aus; besonders um Mund und Nase war die Haut mit eitrigen und blutenden Blasen übersät. Einige der Wunden hatten bereits begonnen zu verheilen, doch andere waren noch offen und naß. Die Heilerin hatte Maybor ein Kräuterwasser gegeben, und es schien zu helfen.

Maybor war noch immer in die Betrachtung seines eigenen Spiegelbildes vertieft, als Crandle in den Raum gerannt kam und die Königin ankündigte. Arinalda folgte direkt hinter dem Diener, ihr wunderschönes Gesicht blaß und unergründlich.

»Nein, Lord Maybor. Versucht nicht aufzustehen.« Sie wandte sich an Crandle und befahl ihm zu gehen. Leise huschte der Diener davon.

»Es ist mir eine große Ehre, Euer Hoheit.« Maybor versuchte, seine Stimme und seinen Atem so ruhig wie möglich zu halten. Er wollte der Königin nicht als kranker Mann gegenüberstehen.

»Ich bin heute gekommen, nachdem ich mit meiner

Heilerin gesprochen habe und sie mir versichert hat, daß Ihr Euch auf dem Weg der Besserung befindet.«

»Es war äußerst großzügig von Euer Hoheit, die Heilerin zu mir zu schicken.« Maybor mußte einem Hustenanfall nachgeben. Er hielt sein Taschentuch vor die Lippen – er hustete Blut, und er wollte nicht, daß die Königin dies sah.

Die Königin wartete, bis das Husten aufgehört hatte, dann fuhr sie fort. »Meine Heilerin ist besser als jeder Arzt. Ich bin froh, daß ihre Medizin Euch geholfen hat. Ihr seht schon wesentlich besser aus als das letzte Mal, als ich Euch gesehen habe. Ich bin hocherfreut.«

Die Königin trat von Maybors Bett zurück und begann, auf und ab zu gehen, den Rücken gerade und den Kopf hoch erhoben. »Lord Maybor, ich muß Euch eine unangenehme Frage stellen, und ich erwarte eine ehrliche Antwort.«

Maybor wurde nervös. »Was wollt Ihr mich fragen, Euer Hoheit?«

»Ich will die Wahrheit über Eure Tochter Melliandra wissen. Mir ist zu Ohren gekommen, daß sie aus der Burg geflohen ist.« Die Königin drehte sich um und blickte Maybor in die Augen. »Ist das wahr?«

Maybor wußte sofort, sollte er lügen und behaupten, seine Tochter befinde sich in der Burg, würde die Königin nach Beweisen verlangen. Er hatte keine Wahl. Er mußte alles gestehen. Trotz seiner schlechten körperlichen Verfassung verlor er nicht den Kopf. Die Königin brachte ihm bereits Mitgefühl entgegen. Nun war seine beste Verteidigung, auf dieses Mitgefühl zu spekulieren. »Leider hat Euer Hoheit richtig gehört. Meine Tochter ist in der Tat weggelaufen. Sie ist nun bereits seit siebzehn Tagen verschwunden.«

»Ist sie mit einem Liebhaber davongerannt?« Die Stimme der Königin klang hart und unnachgiebig.

»Nein, Euer Hoheit. Sie hat keinen Liebhaber. Melliandra ist Jungfrau.«

»Warum ist sie dann weggerannt? Hat es etwa damit zu tun, daß sie Prinz Kylock nicht heiraten will?«

Maybor dachte rasch nach. Zum Glück hatte die Krankheit seinen Verstand nicht beeinträchtigt. »Nein, Euer Hoheit. Ihre Flucht hat nichts mit Prinz Kylock zu tun. Als sie die Burg verließ, hat sie noch nichts von der bevorstehenden Eheschließung gewußt ... Ich hielt es für besser, die Verlobung erst zu erwähnen, wenn alles entsprechend in die Wege geleitet ist.«

»Und warum ist Eure Tochter dann geflohen?« Die Königin schien nicht überzeugt.

»Leider trifft mich die Schuld daran, Euer Hoheit.« Maybor senkte den Kopf, hustete mitleiderregend und versuchte, sich eine Träne abzuringen. »Ich habe meine Tochter nicht so behandelt, wie es meine Pflicht als Vater gewesen wäre.« Eine einzelne Träne glitzerte in einem Auge. »Ich war ein schlechter Vater. Melliandra wünschte sich nichts mehr als meine Liebe und Zuneigung, denn sie ist so ein süßes Mädchen.« Nobel rann die Träne die Wange hinab. Als die salzige Träne eine der offenen Wunden berührte, zuckte Maybor vor Schmerz zusammen – eine Geste, die man leicht als Zeichen der Reue mißdeuten konnte.

»Melliandra kam immer zu mir und bettelte um meine Aufmerksamkeit. Sie wollte mir das neueste Stück vorspielen, daß sie auf der Flöte gelernt hatte, oder mir zeigen, wie hübsch sie in ihrem neuen Kleid aussah. Doch ich habe sie stets weggeschickt und sie nicht beachtet. All meine Aufmerksamkeit galt meinen Söhnen. Ich schäme mich, Euch eingestehen zu müssen, daß ich Melliandra schlecht behandelt habe.« Maybor wurde langsam warm: zeitlich passend erschien eine zweite Träne in seinem Auge.

»Ich habe sie verjagt. Sie wollte doch nur die Liebe ihres Vaters. Ich habe sie schmählich im Stich gelassen, Euer Hoheit. Ich hätte sie genauso gut einfach wegschicken können. Ich würde all meine Ländereien hergeben, wenn ich sie nur noch ein einziges Mal sehen könnte, und ich würde mein Leben geben, wenn ich wüßte, daß sie wieder zurück in der Burg und in Sicherheit ist.« Die zweite Träne fiel gerade zur rechten Zeit und blieb an Maybors Nasenspitze hängen.

Die Königin trat an Maybors Bett und legte ihre kalte Hand auf seine Schulter. Sie war sehr bewegt. »Lord Maybor, ich schäme mich, daß ich an Euch gezweifelt habe. Wir werden Eure arme Tochter gemeinsam finden. Ich werde persönlich die königliche Garde auf die Suche schicken, und ich werde nicht ruhen, bis sie nicht wieder sicher in Euren Armen ist. Habt keine Furcht; sobald sie gefunden ist, wird die Verlobung wie geplant stattfinden.« Die Königin beugte sich hinab und küßte Maybor auf die Stirn.

Nachdem sie gegangen war, ließ sich Maybor zurück in die Kissen fallen. Ungeachtet der schwärenden Wunden lag ein breites Lächeln auf seinem Gesicht. Er würde *doch noch* der Vater einer Königin werden.

Jack beobachtete, wie Traff Melli auf die kalte Erde legte. Er sehnte sich danach, ihr helfen zu können. Er sah, daß sie in schlechtem Zustand war: sie fieberte, und ihr Gesicht war von einem Schweißfilm bedeckt. Doch das Schlimmste war ihr Rücken. Sechs Striemen waren dort zu sehen. Zwei davon waren von Schorf bedeckt und geschwollen – ein sicheres Zeichen für eine Infektion.

Die Söldner hatten nichts für Melli getan, außer ihr eine Decke zu geben, die sie über ihrem zerrissenen Kleid tragen konnte. Die Männer schienen nicht zu erkennen, wie schlecht es ihr ging. Zu ihr zu gehen war alles, was Jack wollte. Er haßte es, jemanden leiden zu sehen, und Mellis rascher Verfall aufgrund des Fiebers war beinahe mehr, als er ertragen konnte. Gestern hatten die Söldner Melli auf den Boden gelegt und dabei achtlos ihre Schulter gegen einen Stein geschlagen. Bei diesem Anblick hatte Jack gespürt, wie sich etwas in ihm aufbaute. Die Wut über die Art und Weise, wie die

Männer Melli behandelten, hatte sich in eine Spannung in Jacks Kopf verwandelt. Es war das gleiche Gefühl, wie er es bereits vor zwei Tagen gespürt hatte. Er versuchte, es festzuhalten, denn er wußte, daß Macht darin lag: so nah, daß er ihr Feuer in seiner Kehle spüren konnte, so überwältigend, daß er sich beinahe in ihr verloren hätte.

Traff hatte Jack unbeabsichtigt wieder zu Verstand gebracht. Der Anführer war zu ihm herübergekommen und hatte ihm einen Becher Wasser gereicht. »Sieh mal nach dem Mädchen, Junge.« Und das war es gewesen. Die Macht war schneller verschwunden, als sie gekommen war, und hatte Jack mit starken Kopfschmerzen und dem Gefühl, etwas verloren zu haben, zurückgelassen.

Seit diesem Vorfall hatte Jack nur wenig Gelegenheit gehabt, über die Bedeutung des Geschehenen nachzudenken. Die ganze Zeit über dachte er nur an Melli und nicht an sich selbst. Und das war wahrscheinlich auch gut so, denn Grift hatte ihn oft gewarnt, ›daß Denken nur Schwierigkeiten bringt‹. Bewaffnete Männer, die ihn zurück nach Burg Harvell brachten, waren für Jack im Augenblick genug ›Schwierigkeiten‹.

Inzwischen waren sie drei Tage gen Westen gereist, und Jack nahm an, daß sie die Burg in ein oder zwei Tagen erreichen würden. Beinahe freute er sich darauf zurückzukehren, denn dort würde man sich um Melli kümmern. Es war nicht zu übersehen, daß ihre Wunden gereinigt und versorgt werden mußten.

Melli war schwach und benommen. Sie schien nur noch wenig Kraft zu haben, und Traff hatte sie hinter sich festgebunden und war hart geritten. Dennoch kamen sie langsamer voran als geplant; Traffs Pferd war zu schwer beladen. Einmal war es Jack gelungen, Mellis Aufmerksamkeit zu erregen; sie schien ihn wiederzuerkennen, aber sie konnte lediglich seinen Blick erwidern.

Sie hielten an, um etwas zu essen und den Pferden eine Pause zu gönnen. Traff, der Mellis schlechten Zustand offensichtlich ignorierte, lehnte sie gegen einen Baum und ging wieder zurück zu seinen Männern. Jack wurde von dem Packpferd heruntergeholt, und man brachte ihm Wasser und trockenes Brot. Er beobachtete, wie man Melli die gleiche Ration gab. Sie war kaum fähig, die Männer zu bemerken, und sie machte keinerlei Anstalten, etwas zu trinken. Jack machte sich große Sorgen um sie; sie schwitzte, fieberte, und sie brauchte Wasser. Mit Fesseln an Händen und Füßen konnte er sich ihr nicht nähern, und so rief er den Söldnern zu: »Helft ihr! Seht ihr nicht, daß sie Fieber hat? Sie kann noch nicht einmal ihr Wasser trinken.«

Die Söldner blickten sich verdutzt an. Jacks Ausbruch hatte sie überrascht. Der Mann mit Namen Wesk trat zu Jack und trat ihn gegen das Schienbein. »Hey, Junge, sag uns nicht, wie wir unsere Arbeit zu erledigen haben. Das Mädchen wird bis Harvell schon überleben. Was danach geschieht, interessiert uns nicht.« Diese Bemerkung wurde mit zustimmendem Grunzen von seinen Kameraden bedacht.

Doch Traff blickte zu Melli und brüllte: »Schneid dem Jungen die Fesseln los, Wesk! Soll er sich um sie kümmern. Ich will nicht, daß Lord Baralis mich für ihren Tod zur Verantwortung zieht.« Jack sah den heimtückischen Ausdruck in Wesks Augen. »Mach schon!« schrie Traff, und widerwillig löste Wesk die Fesseln.

Jack verschwendete keine Zeit damit, sich darüber zu freuen, daß er von den Fesseln befreit war. Er humpelte zu Melli. Dort angekommen hob er den Becher an ihre Lippen und zwang sie zu trinken. Nachdem sie genug getrunken hatte, riß Jack ein Stück aus seinem Umhang und tauchte es in das restliche Wasser. Zärtlich säuberte er die Striemen auf Mellis Rücken von Blut und Dreck. Mit wachsender Sorge erkannte er, daß die Haut unter einer Strieme weich und geschwollen war: sie war entzündet, und man mußte sie austrocknen.

»Ich brauche ein sauberes Messer«, rief Jack den Söldnern zu.

Traff schlenderte herbei. Auf dem Weg hielt er kurz an und spie einen Fetzen Fleisch aus, der zwischen seinen Zähnen hängengeblieben war. »Was willst du mit einem Messer, Junge?«

Die beiläufige Art des Söldners ärgerte Jack, und er mußte hart darum kämpfen, die Ruhe zu bewahren. »Die Wunde auf ihrem Rücken hat sich entzündet. Sie ist voller Eiter. Man muß sie aufschneiden und die üble Flüssigkeit herauslassen. *Und man muß es sofort tun!*« Jack warf Traff einen entschlossenen Blick zu. Er würde sich durch nichts davon abhalten lassen, Melli zu helfen.

Jack sah so etwas wie Respekt in Traffs Gesicht, als dieser ihm sein Messer reichte. »Ich hoffe, du weißt, was du tust«, sagte der Söldner und blieb, wo er war, um die Operation zu verfolgen.

Eine Spannung, die Jack zuvor kaum gespürt hatte, löste sich plötzlich. Sein Kopf drehte sich, als hätte er zuviel getrunken, und die Muskeln in seinem Bauch waren so angespannt wie ein Bogen. Die Macht war über ihn gekommen, und er hatte kaum gespürt, wie sie sich aufgebaut hatte. Jack hätte beinahe die Kontrolle verloren.

Er mußte sich anstrengen, wieder in die Gegenwart zurückzukehren. Jetzt zählte nur Melli. Es war eine Erleichterung, die Gedanken an das zu verdrängen, was geschehen wäre, hätte Traff sich geweigert. Mit zitternden Händen reinigte Jack das Messer so gut er konnte.

Dank Frallits Temperament hatte Jack Erfahrung mit der Versorgung von Wunden. Er beugte sich über Melli und nannte leise ihren Namen. Sie antwortete nicht. »Ich werde versuchen, dir nicht weh zu tun«, sagte Jack besorgter denn je. Er tastete über ihren Rücken und fand die Stelle, an der die Infektion besonders schlimm war. Sorgfältig schnitt er in das geschwollene Fleisch. Eine grün-gelbe Flüssigkeit spritzte aus dem Schnitt heraus, und ein übler Gestank drang in Jacks Nase. Vorsichtig drückte er die Haut und preßte so die restliche Flüssigkeit aus der Wunde. Als er sich davon überzeugt hatte, daß die Wunde leer war, verlangte er nach mehr Wasser. Er bekam es sofort. Jack spülte die Wunde und tupfte sie trocken. Dann riß er das Futter aus seinem Umhang. Daraus fertigte er einen Verband und wickelte diesen um Mellis Brust und Rücken.

Mit dem verbliebenen Wasser kühlte Jack Mellis Stirn. Als er aufblickte, entdeckte er, daß ihm inzwischen alle Männer aufmerksam zusahen. Jack gab Traff das Messer zurück. »Ich denke, man sollte ihr ein wenig Ruhe gönnen, damit sich die Wunde schließen kann. Wenn man sie jetzt auf ein Pferd setzt, hört die Blutung nicht so schnell auf.« Die Männer sahen zu Traff und warteten auf eine Antwort.

»Also gut«, sagte er. »Wir werden unser Lager früher als gewohnt aufschlagen. Heute reiten wir nicht mehr weiter.«

Jack war erleichtert. Er legte die Decke um Melli. Die Decke war zu dünn, um sie warmzuhalten, und so zog er seinen Umhang aus und legte ihn ebenfalls über sie. Erfreut stellte er fest, daß sie eingeschlafen war – Schlaf war das Beste für sie. Er betrachtete Mellis bleiches, ausgelaugtes Gesicht; es glitzerte vor Schweiß, und er wußte, daß das Fieber noch schlimmer werden würde, bevor eine Besserung eintrat.

Jack strich eine Strähne aus Mellis Gesicht und legte sich neben sie. Es wurde bereits dunkel, und er schloß die Augen in der Hoffnung auf Schlaf. Doch der Schlaf wollte nicht kommen. Der Mond zog langsam seine Bahn, während Jack sich unruhig hin und her wälzte, unfähig seinen Frieden zu finden. Bilder von dem, was hätte geschehen können, quälten ihn. Vor nur wenigen Stunden hatte er kurz davor gestanden, wild um sich zu schlagen. Er besaß ein ungeheures Zerstörungspotential: das war so sicher, wie Salz ins Brot gehörte. Diese Macht bezog ihre Kraft aus Jacks Zorn, und als er gedacht hatte, er würde sich nicht bei Traff durchsetzen können, hätte sie ihn beinahe verzehrt. Wer vermochte schon zu sagen, was dann geschehen wäre? Jack war unberechenbar. Er hätte Melli verletzen können, und obwohl die Söldner nicht zu seinen Freunden zählten, so wollte er sie doch nicht töten. Er war ein Bäckerjunge, kein Mörder.

Jack legte sich auf den Rücken und blickte in das kalte Gesicht des Mondes. Er war vielleicht nicht böse, aber er war gefährlich, und es schien, als bestünde dazwischen kein großer Unterschied.

Kapitel Vierzehn

Tawl sah in die Ferne. Die Nebel teilten sich, und der Ritter konnte zum ersten Mal einen Blick auf Larn werfen. Doch außer grauen Klippen war nicht viel zu sehen. Seemöwen kreisten über dem Schiff; ihre schrillen Schreie waren das einzige Geräusch, das die unheimliche Stille durchbrach.

Das Meer, über dem vergangene Nacht noch ein Sturm getobt hatte, lag nun ruhig und still. Es war früh am Morgen, und eine bleiche Sonne erhob sich über Larn, ihre Strahlen geschwächt von den Nebelschwaden. Die See war wie flüssiges Metall: schwer, langsam und silbern. Tawl war besorgt.

Die Mannschaft ließ gerade das Ruderboot zu Wasser. Schon bald würde er sich auf den Weg machen können. Kapitän Quain trat zu ihm, und die beiden Männer standen eine Weile schweigend beieinander und blickten in den Nebel.

Als der Kapitän schließlich sprach, durchbrach seine warme, rauhe Stimme den betörenden Zauber der Insel. »Wenn du näher an die Insel herankommst, nimm Kurs nach Norden, um die Klippen zu umfahren. Dort gibt es einen felsigen Strand, wo du anlanden kannst.«

»Ich habe noch nie eine derart ruhige See gesehen«, sinnierte Tawl.

»Aye, das jagt mir Schauer über den Rücken. Es scheint fast, als wüßten sie, daß du kommst.« Quain sprach aus, was Tawl dachte. »Ich sollte mich eigentlich freuen, daß das Meer so ruhig ist. So besteht keine Gefahr, daß mein Schiff auf Grund läuft.« Der Kapitän schüttelte den Kopf. Er sprach so leise, als wolle er nicht, daß jemand außer Tawl die Worte verstehen konnte. »Aber das ist nicht richtig; ich weiß es. Letzte Nacht der Sturm ... und jetzt ist das Wasser so glatt wie der Bauch einer Jungfrau. Sei vorsichtig, Junge, und möge Borc dich schnell wieder zurückbringen.« Quain ließ Tawl wieder allein.

Ein paar Minuten später rief Carver den Ritter zu sich. Der rothaarige Mann legte ihm den Arm um die Schulter. »Das Ruderboot ist fertig, Junge. Du wirst dort auch eine Flasche Rum finden, Geschenk vom Kapitän.« Carver zögerte einen Augenblick und starrte auf die weit entfernte Silhouette von Larn. »Wenn ich richtig verstanden habe, Junge, muß ich dir danken.«

»Ich weiß nicht, wovon du sprichst.« Tawl war ehrlich verwirrt.

»Ich war derjenige, der mit dir ins Boot gemußt hätte. Der Kapitän hat mir gesagt, du hättest darauf bestanden, allein zu gehen. Natürlich hatte ich keine Angst, dich zu begleiten. Es ist nur ... mein Ellbogen ist irgendwie nicht in Ordnung, und nach ein paar Stunden Rudern wäre er wahrscheinlich ganz hinüber gewesen.«

»Nun, ich bin froh, daß ich dir keine weiteren Unannehmlichkeiten bereitet habe, Carver.« Tawls Worte waren vollkommen ernst gemeint, und nicht die Spur von Spott lag in seiner Stimme.

»Ich dachte einfach, du solltest das wissen«, sagte Carver schroff und ging.

Die Nebel teilten sich erneut für einen kurzen Augenblick, so daß Tawl einen zweiten Blick auf die Insel werfen konnte – fast wie eine Einladung. Er atmete tief durch und rieb sich das Kinn. Es war Zeit, sich auf den Weg zu machen.

Tawl kletterte die Strickleiter hinab in das Ruderboot. Nachdem er sich gesetzt hatte, blickte er nach oben. Die gesamte Mannschaft einschließlich Kapitän Quain stand an der Reling. Ihre Gesichter waren ernst, als Tawl die Ruder ergriff.

Er begann zu rudern und genoß das Gefühl des glatten Holzes in seiner Hand. Schon bald hatte er eine größere Distanz zwischen sich und das Schiff gebracht, und schließlich erreichte er die Nebelwand. Kurz bevor er die *Fischgeruch* aus den Augen verlor, hörte er die Stimme des Kapitäns. »Ein Tag, Junge. Sei in einem Tag wieder zurück.«

Tawl war überrascht, wieviel von seiner Kraft er in den wenigen Wochen wiedergewonnen hatte, seit er aus dem Kerker von Rorn entlassen worden war. Seine Arme zogen an den Riemen mit kräftiger Eleganz. Rasch hatte er seinen Rhythmus gefunden; es war ein gutes Gefühl, körperlich zu arbeiten. Muskeln und Sehnen zeichneten sich auf dem Fleisch seiner Arme ab. Es war das erste Mal, seit Auslaufen der *Fischgeruch*, daß Tawl seine Ärmel hochgeschoben hatte – er hatte den Rat des Alten Mannes beherzigt und seine Identität geheimgehalten.

Die See war ruhig, und Tawl kam gut voran; selbst die Strömung war ihm wohlgesonnen. Rasch näherte er sich den Klippen Larns, die bedrohlich vor ihm aufragten. Nach einer Weile änderte er den Kurs nach Norden, wie der Kapitän empfohlen hatte. Die Nebel hoben sich, bis das Sonnenlicht schließlich wieder aufs Wasser fiel. Tawl blickte über die Schulter. Obwohl der Nebel sich vor ihm auflöste, war er hinter ihm genauso dicht wie zuvor und verbarg die *Fischgeruch*, die außerhalb der gefährlichen Gewässer wartete.

Tawl ruderte weiter. Die Klippen wurden immer niedriger. Er fuhr um einen großen Vorsprung herum und erblickte den Strand, den Quain erwähnt hatte. Tawls Arme wurden schwer, und er war dankbar, daß die Flut noch nicht zurückgegangen war und ihn mit sich ans Ufer zog. Als er sich dem steinigen Strand näherte, sah Tawl eine einsame, schwarzgekleidete Gestalt, die sich deutlich von den grauen Felsen abhob. Tawl wußte, daß der Mann auf ihn wartete.

Einige Minuten später landete der Ritter das kleine Ruderboot an der Küste von Larn. Die Gestalt im schwarzen Umhang trat nicht vor, um ihn zu begrüßen. Er zog das Boot aus der Brandung und vertäute es an einem großen Felsen. Dann schritt er den Strand hinauf auf den Vermummten zu.

»Seid gegrüßt, Freund«, sagte Tawl. Das Gesicht des Mannes war unter einer Kapuze verborgen. Er sprach kein Wort. Statt dessen bedeutete er Tawl mit einer kaum wahrnehmbaren Geste, ihm zu folgen. Tawl folgte dem Fremden über den Strand und zu einem gut versteckten Pfad, der zwischen zwei mächtigen Granitblöcken hindurchführte. Ein Teil des Durchgangs war aus dem Granit herausgeschlagen worden, so daß Tawl die verschiedenen Schichten des Steins erkennen konnte. Der Pfad wurde bald steiler und wand sich die Klippen hinauf. Inzwischen war aus dem offenen Weg ein Tunnel geworden, der von Menschenhand durch den Granit getrieben worden war. Tawl war von Finsternis umgeben. Sein Führer schien sich nicht an der Dunkelheit zu stören und ging unbeirrt weiter voraus. In unregelmäßigen Abständen wurde der Tunnel von mattem Licht erhellt, so daß Tawl dem Vermummten folgen konnte. Unvermittelt endete der Pfad, und Tawl stand erneut im grellen Sonnenlicht.

Er hob die Hand, um seine Augen vor der Sonne zu schützen und schaute sich um. Sie standen auf den Klippen; der Blick auf die See war einfach überwältigend. Tawl glaubte, daß es sich bei dem schemenhaften Objekt am Horizont um die *Fischgeruch* handeln mußte. Er wandte seinen Blick ins Landesinnere. Vor ihm lag ein großer Steintempel, robust, primitiv und unendlich alt. Flach und bedrückend war er aus riesigen Granitblöcken erbaut worden, deren Kanten vom Wind und Regen der Jahrhunderte rund geschliffen worden waren. Die Ausscheidungen von Generationen von Seevögeln hatten dem Stein eine weiße Farbe verliehen.

Der vermummte Mann forderte Tawl mit einer Geste

auf, ihm wieder zu folgen. Der Ritter gehorchte und trat in die Schatten des Tempels.

Als erstes bemerkte Tawl die ungewöhnliche Kälte. Draußen war es mild und angenehm, doch innerhalb des Tempels fiel die Temperatur rasch ab. Das Innere des Gebäudes war bei weitem nicht so prunkvoll wie das der Tempel, die Tawl in Rorn und Marls besucht hatte; die Wände waren kahl und schmucklos, doch Tawl mußte zugeben, daß der nackte Stein eine asketische Schönheit besaß. Die beiden Männer schritten durch mehrere dunkle, niedrige Räume. Die niedrigen Decken auf der *Fischgeruch* hatten Tawl nichts ausgemacht, aber diese Decken hier, geformt aus riesigen Granitquadern, vermittelten ihm ein ungutes Gefühl.

Tawl wurde in einen kleinen Raum geführt, der bis auf eine steinerne Bank vollkommen leer war. Sein Führer bedeutete ihm wortlos, sich zu setzen. Dann zog der Mann sich zurück und ließ den Ritter allein.

Tavalisk röstete Krabben. Neben ihm stand eine große Schüssel mit Seewasser, in der mehrere lebende Krustentiere schwammen. Mit einer kleinen Silberzange fischte der Erzbischof ein besonders großes und lebhaftes Exemplar heraus. Dann durchbohrte er die Krabbe mit einem silbernen Spieß. Erfreut stellte Tavalisk fest, daß er die Krabbe nicht getötet hatte. Er hielt die unglückliche Kreatur über eine Flamme. Der Panzer knisterte in der Hitze, wurde rasch schwarz, und kurz darauf rührte sich die Krabbe nicht mehr. Tavalisk wartete, bis die Krabbe sich etwas abgekühlt hatte, bevor er den Panzer öffnete und das zarte Fleisch des Krustentiers verspeiste.

Plötzlich ertönte das übliche Klopfen, das jedesmal aufzutreten schien, wenn der Erzbischof gerade einen kleinen Imbiß zu sich nehmen wollte. »Komm rein, Gamil«, seufzte Tavalisk gelangweilt. Sein Sekretär trat ein.

Dem Erzbischof fiel sofort auf, daß Gamil in ein altes, grellgrünes Gewand gekleidet war. »Gamil, ich hoffe, du verzeihst mir.«

»Ich weiß nicht, wovon Euer Eminenz spricht. Was soll ich Euch verzeihen?«

»Ich habe dir einen schlechten Rat gegeben.« Tavalisk hielt einen Augenblick inne und amüsierte sich über den verwirrten Ausdruck auf dem Gesicht seines Sekretärs. »Erinnerst du dich nicht mehr, Gamil? Als wir uns das letzte Mal gesehen haben, habe ich dir gesagt, du würdest in einem grünen Gewand viel besser aussehen. Doch jetzt muß ich feststellen, daß ich mich geirrt habe. Es scheint, als würde Grün noch weniger zu dir passen als Rot. Es verleiht dir so ein griesgrämiges Aussehen.« Tavalisk wandte sich wieder der Schüssel mit den Krabben zu, damit sein Sekretär das Lachen in seinen Augen nicht sehen konnte. »Vielleicht solltest du in Zukunft leuchtenden Farben lieber aus dem Weg gehen, Gamil. Versuch's mal mit Braun; du wirst zwar wahrscheinlich nicht besser aussehen, aber zumindest wirst du weniger Aufsehen erregen.«

Tavalisk wählte sein nächstes Opfer aus. »Und was für Neuigkeiten bringst du mir heute, Gamil?« Er entschied sich für eine kleine, aber sehr aktive Krabbe; es war wesentlich interessanter, ein lebhaftes Tier aufzuspießen. Die meisten Kreaturen in der Schüssel schienen ein wenig lethargisch zu sein.

»Ich habe Nachrichten von unserem Spion über Lord Baralis' Feinde erhalten.«

»Weiter.« Tavalisk spießte sein Opfer auf.

»Nun, es scheint, als hätte Euer Eminenz recht gehabt, daß Lord Baralis' viele Feinde hat. Der mächtigste von ihnen heißt Maybor. Er besitzt ausgedehnte Ländereien und hat großen Einfluß bei Hofe.«

»Hmmm, Lord Maybor. Ich habe noch nie von ihm gehört. Gamil, ich möchte, daß du mit ihm Kontakt aufnimmst. Geh vorsichtig vor und versuche herauszufinden, ob er daran interessiert wäre ... unseren Freund

Lord Baralis in seine Grenzen zu weisen.« Tavalisk hielt die Krabbe über die Flammen.

»Ich werde sofort einen Brief per Eilboten schicken, Euer Eminenz.«

»Nein. Überlaß das mir, Gamil. Ich werde eine meiner Kreaturen damit beauftragen. Das geht schneller.« Dies war der geeignete Augenblick, auf die fast ausgestorbene Kunst der Zauberei zurückzugreifen. Tavalisk mußte herausfinden, was in den Vier Königreichen vor sich ging. Baralis' Aktivitäten beunruhigten ihn in letzter Zeit mehr und mehr. Die Intrigen des Mannes hatten mittlerweile geradezu unglaubliche Dimensionen angenommen. Es war gefährlich, mit dem Herzog von Bren zu konspirieren; seine Gier nach Land und sein Bündnis mit den Rittern von Valdis machte viele Leute nervös. Baralis' Ränkespiel machte alles nur noch schlimmer.

Der Erzbischof nahm den Spieß aus den Flammen. »Wähle deine Worte mit Vorsicht, wenn du den Brief schreibst, Gamil, und erwähne meinen Namen nicht. Solche Briefe haben die schlechte Angewohnheit, in die falschen Hände zu geraten, und ich will erst wissen, ob Lord Maybor den Köder schluckt, bevor ich meinen Ruf aufs Spiel setze.«

Tavalisk warf die heiße Krabbe auf den Boden, wo sein kleiner Hund sofort danach schnappte. Als die Krabbe sein Maul verbrannte, heulte der Hund auf und ließ sie wieder fallen. Der Erzbischof lächelte – einer leidenden Kreatur zuzuschauen bereitete ihm immer wieder Freude.

»Wenn Ihr keine weiteren Wünsche mehr habt, Euer Eminenz, werde ich mich sofort daranmachen, den Brief zu schreiben.«

»Eins noch, bevor du gehst. Wärst du wohl so freundlich und reibst Comis Maul mit ein wenig Salbe ein? Das arme Tier hat sich ziemlich verbrannt.« Der Erzbischof beobachtete, wie sein Sekretär versuchte, den Hund hochzuheben. »An deiner Stelle würde ich auf meine Finger achtgeben, Gamil. Comis Zähne sind wie Dolche.« Tavalisk lächelte süßlich und entließ Mann und Hund mit einem Wink.

Tawl wurde langsam ungeduldig. Er hatte nun schon eine ganze Weile gewartet, und niemand war erschienen. Er hatte das Gefühl, daß man ihn mit Absicht warten ließ, um ihn nervös zu machen. Seine Ärmel waren noch immer hochgeschoben, und seine Ringe waren deutlich zu sehen. Rasch verbarg Tawl sie wieder; die Leute hier sollten so wenig über ihn erfahren wie möglich.

Es verstrich noch einige Zeit, bevor endlich jemand kam. Ein älterer Mann näherte sich und warf seinen Schatten voraus. Das Gesicht des Mannes war ebenso verhüllt wie das des Führers. Der Mann geleitete Tawl durch einen Steinkorridor und in eine große, schwach beleuchtete Kammer. Die Kammer wurde von einem riesigen, niedrigen Tisch dominiert, der aus einem einzigen Granitblock herausgeschnitten worden war. Vier Männer saßen um den viereckigen Tisch herum, jeder auf einer anderen Seite. Erleichtert stellte Tawl fest, daß diese Männer ihre Kapuzen zurückgeschlagen hatten. Drei der Männer waren alt und grau. Der vierte war wesentlich jünger; sein Gesicht war hart, aber anziehend. Der Vermummte, der Tawl hereingeführt hatte, verließ schweigend die Kammer.

Tawl wurde von den vier Männern mehrere Minuten lang eingehend gemustert, bevor einer von ihnen sprach. Es war der älteste, der schließlich das Wort an den Ritter richtete. »Warum seid Ihr nach Larn gekommen?« Die offene Frage erstaunte Tawl. Die Vier warteten regungslos auf eine Antwort.

»Ich bin gekommen, weil man es mir geraten hat.« Seine Stimme klang schwach und machtlos, gedämpft durch den mächtigen Stein.

»Ihr habt die Frage nicht beantwortet«, sagte der

jüngste der Vier. Der scharfe Tonfall des Mannes kümmerte Tawl nicht.

»Ich bin gekommen, weil ich einen Jungen finden muß.«

Die vier Männer tauschten einige Blicke untereinander aus.

»Was für einen Jungen?« Der jüngste schien es gewohnt zu sein, sofort Antwort auf seine Fragen zu bekommen. Trotzig wartete Tawl einige Minuten, bevor er etwas erwiderte.

»Das weiß ich nicht. Ich werde ihn erkennen, wenn ich ihn finde.«

»Und Ihr hofft, daß Euch die Seher den Weg weisen?« Der älteste sprach mit sanfter Stimme, als wolle er seinen jungen Gefährten ein wenig tadeln.

»Ich habe die Hoffnung, daß sie das tun werden, ja.«

Der älteste nickte. »Seid Ihr bereit, den Preis zu zahlen?«

»Was ist der Preis?« Tawl wurde nervös. »Nennt Ihn mir.«

»So einfach ist das nicht. Der Preis kann erst festgelegt werden, nachdem die Weissagung erfolgt ist.«

»Und was ist, wenn die Weissagung nicht gelingt?« Tawl hatte das Gefühl, in eine Falle gelockt zu werden.

»Das geht uns nichts an. Auch dann seid Ihr verpflichtet, den Preis zu zahlen.« Der jüngste der Vier fuhr fort: »Ihr geht ein Risiko ein. Wenn Euch das widerstrebt, geht – *jetzt*.« Die Augen des Mannes forderten Tawl heraus.

Tawl wankte nicht unter dem strengen Blick der Vier. »Ich bin bereit, den Preis zu zahlen.«

Der älteste nickte erneut. »So sei es.«

Der jüngere erhob sich. »Folge mir.« Er führte Tawl aus der Kammer und durch mehrere Korridore. Tawl spürte, daß er abwärts ging. Die Wände wurden stetig feuchter und bestätigten so die Vermutung des Ritters, daß er sich mittlerweile unter der Erde befand.

Tawl hörte ein Geräusch. Zunächst konnte er es nicht

erkennen – Fledermäuse oder irgendwelche anderen wilden Tiere, dachte er besorgt. Als die beiden Männer sich der Quelle des Geräusches näherten, erkannte Tawl zu seinem Entsetzen, daß es sich um menschliche Schreie handelte. Während er auf das verzweifelte Klagen lauschte, lief ihm ein Schauer über den Rücken. Dann wurde er um eine letzte Biegung geführt und fand sich unvermittelt in einer riesigen, natürlichen Höhle wieder.

Tawl beachtete kaum die prachtvollen Steinwände und die gewaltige Kuppel, die von Kristallen erleuchtet wurde. Er starrte wie gelähmt auf Reihen massiver Granitblöcke, die überall im Raum verteilt standen.

Und auf jeden Block hatte man einen Mann gebunden.

Der Zustand der Männer entsetzte Tawl: ihre Körper waren dünn und ausgezehrt, ihr Haar wild und lang. Doch ihre Glieder waren das Entsetzlichste: ihre Muskeln waren verkümmert und verwelkt, nur Haut und Knochen waren noch übriggeblieben. Dicke, grobe Stricke sorgten dafür, daß die Männer sich nicht bewegen konnten. Tawl fragte sich, warum man die Fesseln nicht wieder löste; sicherlich würden die Männer nie wieder irgendwo hingehen.

Doch noch mehr als ihr Aussehen waren es die Geräusche, die die Seher von sich gaben, die Tawl zutiefst erschütterten. Schreckliches, gequältes Heulen, verzweifeltes Schreien, jeder einzelne Ton erzählte von den Qualen ihrer Seele. Die Seher von Larn lebten in einer Hölle auf Erden. Tawl schauderte – man hatte die Seher in den Wahnsinn getrieben.

Er konnte es nicht länger ertragen, ihre Qualen mit anzusehen. Tawl wandte den Blick ab … und stand dem jüngsten der Vier Auge in Auge gegenüber. Als der Mann Tawls Kummer bemerkte, erklärte er: »Die Seher vollbringen Gottes Werk.« Er sprach mit leidenschaftsloser Stimme. »Die Erfüllung ihrer Aufgabe hat ihren Preis. Niemand kann ins Angesicht Gottes blicken, ohne sich zu verändern.«

»Ich dachte immer, Gott sei gut.« Tawl fiel das Denken schwer. Die gequälten Schreie der Wahnsinnigen klangen in seinen Ohren.

»Das ist Euer Fehler. Gut und Böse sind für Gott ohne Bedeutung. Gott *ist*. Mehr gibt es dazu nicht zu sagen.«

»Euer Gott ist nicht der meine«, erwiderte Tawl leise.

»Hier sind alle Götter eins.«

»Ich kann nicht mit der Weissagung fortfahren. Ich werde mich nicht an einer derartig unmenschlichen Grausamkeit beteiligen.«

»Ihr wußtet, was Larn ist, bevor ihr hierhergekommen seid«, stellte der jüngste fest. In seiner ruhigen Stimme lag ein Hauch von Bosheit.

»Ja, man hat es mir erzählt, aber ich habe nicht gewußt, daß es so sein würde.« Tawl deutete auf die Reihen der Männer – Männer, deren Schicksal es war, den Rest ihres Lebens an einen Stein gebunden zu verbringen.

»Es ist zu spät zurückzutreten. Ihr habt zugestimmt, den Preis zu zahlen. Die Weissagung wird erfolgen.« Der Mann hob langsam die Hand, und drei Vermummte traten vor. »Ihr werdet Larn nicht verlassen, ohne Eure Schulden bezahlt zu haben.« Der jüngste ging weiter, und Tawl wurde von einem Vermummten hinter ihm hergeführt.

Als der Ritter an den Reihen der Seher vorbeiging, riefen sie nach ihm. Sie heulten ihre schreckliche Klage; ihre Körper zuckten, und sie zerrten hilflos an ihren Fesseln. Tawl wurde ans Ende einer Reihe geführt, nahe an die Wand der Höhle.

Der jüngste hielt an und wandte sich an den Ritter. »Er ist für dich. Frage, und dir wird geantwortet werden.« Gemeinsam mit den Vermummten zog er sich zurück.

Der Seher stammelte unverständliche Worte in einer Sprache, die Tawl nicht verstehen konnte. Er blickte den Ritter nicht an, denn er hatte sich in seinem eigenen Leid verloren. Der Seher urinierte; ihm schien nicht bewußt zu sein, daß die Flüssigkeit sein Lendentuch durchnäßte und eine Pfütze an seiner Hüfte bildete.

Tawl wollte von diesem Ort so schnell wie möglich wieder verschwinden. Er stellte seine Frage: »Wo finde ich den Jungen, den ich suche?«

Er war nicht sicher, ob der Seher ihn gehört hatte – das unzusammenhängende Geschwätz hörte nicht für einen Augenblick auf. Tawl konnte nichts erkennen, was darauf hingewiesen hätte, daß der Mann ihn verstanden hatte. Er wartete. Mittlerweile bereute er bitterlich, nach Larn gekommen zu sein. Er konnte nicht glauben, daß hier das Werk Gottes vollbracht wurde.

Nach einer Weile wurde der Seher deutlich lebhafter. Speichel floß aus seinem Mund, und er rollte wild mit den Augen. Das Gestammel wurde lauter – merkwürdige, beängstigende Worte, deren Bedeutung sich Tawl verschloß. Der Seher schien dieselbe Phrase immer und immer wieder zu wiederholen. Tawl konnte ihn nicht verstehen, und so trat er näher an den Mann heran. Der beißende Geruch von Ammoniak drang ihm in die Nase.

Der Seher geriet in Raserei, Speichel floß an seinem Kinn hinab und auf die hagere Brust. Tawl bemühte sich, den Worten des Mannes einen Sinn zu entnehmen. Er erkannte das Wort ›König‹. Die Phrase hörte sich an wie ›wir Königreich‹. Der Seher wiederholte sie ständig. Tawl überlegte, was das wohl bedeuten mochte. Die Stimme des Sehers wurde hysterisch. Tawl blickte auf die feuchten Lippen. Plötzlich begann die Phrase, in Tawls Geist Gestalt anzunehmen. Er erkannte, daß der Seher nicht sagte ›wir König reich‹, sondern ›die Vier Königreiche‹.

Tawl beruhigte sich wieder. Er spürte eine Bewegung in seinem Inneren: der Seher hatte gesprochen.

Aus irgendeinem Grund nahm Tawl an, daß der Seher nun aufhören würde, doch der Mann wiederholte dieselbe Phrase immer und immer wieder, wie von einer unverständlichen Wut gepackt. Ein Vermummter erschien und führte Tawl von dem Seher weg. Der Ritter wurde erneut an den Reihen der Angebundenen vorbei und zurück zum Eingang der Höhle geleitet. Tawl blickte zurück. Der Seher hatte seinen Abgang noch nicht einmal bemerkt: nach wie vor murmelte er die Phrase vor sich hin, den Blick auf das Antlitz Gottes gerichtet.

Baralis machte sich nicht die Mühe aufzublicken, als Crope den Raum betrat. »Ist unserem scharfäugigen Junker inzwischen ein Unfall widerfahren?« Er setzte seine Schreibarbeit fort.

»Ihm ist in der Tat etwas geschehen, Meister; und zwar etwas sehr Unangenehmes. Er hat eine Sense falsch angepackt.«

»Wie schrecklich für ihn. Störe mich jetzt nicht weiter, Crope. Ich habe mich um vieles zu kümmern. In der Bibliothek wirst du ein Buch in einem Ledereinband finden. Es enthält Illustrationen von Meereswesen. Es gehört dir. Nimm es, und laß mich allein.« Auf diese Weise dankte Baralis seinem Diener für die Pflege, die er ihm nach seinem Zusammenbruch in der Nacht des Winteranfangs erwiesen hatte. Crope eilte davon; er war begierig, die Bilder in seinem neuen Buch anzuschauen.

Als der Diener verschwunden war, stand Baralis auf und begann auf und ab zu laufen. Ihm ging so manches durch den Kopf. Der Anblick der königlichen Garde, die heute morgen die Burg verlassen hatte, hatte ihn verwirrt; er mußte herausfinden, was für einen Auftrag sie hatte. Die königliche Garde nahm nur Befehle von der Königin persönlich entgegen. Baralis hatte mehrere Tage verloren, als er erschöpft im Bett gelegen hatte. Er würde keine weitere Zeit mehr verschwenden.

Es klopfte. Baralis öffnete die schwere Tür. »Ja?« brüllte er den livrierten Diener verärgert über die Störung an.

»Ihre Hoheit, die Königin, verlangt Euer sofortiges Erscheinen im Audienzraum.« Baralis hatte mit einem solchen Ruf gerechnet.

»Gut, sagt Ihrer Hoheit, daß ich mich sofort auf den Weg mache.« Der Diener zog sich zurück. Baralis bereitete sich rasch auf die Audienz vor; er legte das feinste Gewand an, das er besaß – ganz wie die Königin es erwartete. Er schaute in seinen kleinen Handspiegel und entdeckte, daß die Spuren der Verbrennungen in seinem Gesicht noch immer zu sehen waren. Er würde sich eine Entschuldigung dafür ausdenken müssen. Baralis wollte nicht, daß die Königin eine Verbindung zwischen ihm und dem Feuer auf dem Ball herstellte. Nachdem er sich umgezogen hatte, machte er sich auf den Weg zum Audienzraum.

»Lord Baralis, ich nehme an, Ihr habt Euch von Eurem Fieber wieder erholt?« begrüßte ihn die Königin kalt. Sie trug ein phantastisches Gewand, ein Kleid aus mitternachtsblauer Seide, bestickt mit Perlen. Sie war nicht mehr jung, doch das Alter stand ihr gut. Anmut und Eleganz hatten die Blüte der Jugend ersetzt.

»Ich fühle mich schon wesentlich besser, Euer Hoheit.«

»Sagt mir, Lord Baralis, das muß ein merkwürdiges Fieber gewesen sein. Euer Gesicht sieht aus wie verbrannt.« Der Mund der Königin wurde zu einem schmalen Strich.

»Nein, Euer Hoheit. Die Verbrennungen habe ich mir in meinen Gemächern zugezogen, als ich an einer Medizin arbeitete. Ich war unvorsichtig mit einer offenen Flamme, weiter nichts.«

»Ich verstehe.« Die Königin wandte sich um und gab vor, ein Gemälde zu bewundern. »Ihr habt nicht zufällig an der Medizin für den König gearbeitet.«

»Das habe ich in der Tat, Euer Hoheit. Ich habe eine neue Dosis vorbereitet. Ich nehme an, die erste Dosis ist mittlerweile aufgebraucht?« Baralis wurde immer zuversichtlicher. Er wußte, daß die Königin verzweifelt versuchte, ihr Verlangen nach der Medizin zu verbergen.

»Es ist nichts mehr davon übrig. Der König muß nun schon zwei Tage ohne sie auskommen. Sollte er nicht bald Nachschub erhalten, fürchte ich einen Rückfall.«

»Dann nehme ich an, Euer Hoheit ist begierig, eben diesen Nachschub zu bekommen.«

Die Königin wirbelte herum. »Ich habe keine Zeit mehr für Eure Spielchen, Lord Baralis. Ich muß die Medizin heute noch haben.« Sie begann, die Fassung zu verlieren. Baralis blieb ruhig.

»Ihr kennt meinen Preis, Euer Hoheit.«

»Ich werde Euch nicht erlauben, Einfluß darauf zu nehmen, wen Prinz Kylock heiratet.«

»Aber er muß *irgend jemanden* heiraten, und Lord Maybors Tochter ist nicht länger eine geeignete Wahl. Selbst wenn man sie finden und in die Burg zurückbringen sollte ... Euer Hoheit wird doch nicht im Ernst daran denken, Prinz Kylock mit einem Mädchen zu vermählen, das noch nicht einmal seinen Anblick ertragen kann.«

»Ihr irrt Euch, Lord Baralis. Lord Maybor persönlich hat mir die Wahrheit gesagt. Er hat mir den wahren Grund für die Flucht seiner Tochter genannt. Ich fühle mit ihm, und ich habe beschlossen, die königliche Garde auf die Suche nach Melliandra zu schicken, um ihn zu unterstützen. Wenn man sie gefunden hat, wird die Verlobung wie geplant stattfinden.« Baralis konnte kaum glauben, was er soeben gehört hatte. Was für Lügen hatte sich Maybor ausgedacht, um die Königin derart zum Narren zu halten?

Der Kanzler verbarg seine Überraschung. »Und wenn man das Mädchen nicht findet?« Die Königin blickte Baralis verärgert an. Er fügte hinzu: »Oder wenn man Melliandra findet, und sie ist nicht länger Jungfrau?«

»Ich bin fest davon überzeugt, daß man Melliandra finden wird – und zwar unberührt.« Die Augen der Königin verengten sich. »Lord Baralis, ich möchte Euch einen Vorschlag unterbreiten.«

»Ich bin begierig, ihn zu hören, Euer Hoheit.«

»Wenn Ihr Euch bereit erklärt, den König über einen unbegrenzten Zeitraum mit der Medizin zu versorgen, und wenn man das Mädchen nicht innerhalb eines Monats findet, stimme ich Euren Bedingungen zu.«

»Und wenn man das Mädchen innerhalb dieses Monats findet?«

»Dann wird die Verlobung wie geplant stattfinden, aber Ihr seid nach wie vor verpflichtet, die Medizin zur Verfügung zu stellen, und zwar so lange, wie der König sie braucht.«

»Ihr bietet mir eine Wette an.«

»Wettet Ihr gerne, Lord Baralis?« Die Königin war nun wieder so ruhig und gelassen wie eh und je, würdevoll und selbstbeherrscht.

»Ich bin stolz darauf, daß ich Risiken eingehe. Ich nehme die Wette an.« Baralis verbeugte sich knapp, und die Königin lächelte freundlich und entblößte ihre schönen, weißen Zähne.

»Ich muß Euch warnen, Lord Baralis. Die königliche Garde wird Maybors Tochter finden, wo immer sie auch sein mag.«

»Das bleibt abzuwarten, Euer Hoheit. In der Zwischenzeit werde ich dafür sorgen, daß die Medizin in die Gemächer des Königs geschickt wird.« Baralis verbeugte sich erneut und verabschiedete sich.

Nachdem er den Audienzraum verlassen hatte, ging er leichten Schrittes zurück zu seinen eigenen Gemächern. Die Königin war ein äußerst unterhaltsamer Gegenspieler. Er bewunderte sie beinahe. Nur schade, daß sie die Wette verlieren würde.

Maybor betrachtete sein Spiegelbild. Erfreut stellte er fest, daß sein gutes Aussehen allmählich wieder zurückkehrte. Sicher, sein Gesicht war immer noch von einigen Wunden entstellt, doch sie würden mit der Zeit verschwinden. Das Kratzen in seinem Hals war kein Problem; *damit* konnte er leben. Heute würde er zum ersten Mal seit Tagen sein Schlafgemach verlassen.

Er setzte sich in seinem Bett auf und gab der Heilerin einen Klaps auf den Hintern, um sie zu wecken. Als sie erwachte, konnte Maybor nicht widerstehen, die Bettlaken zurückzuziehen, um ihren nackten Körper zu bewundern. Zu seiner Überraschung hatte er festgestellt, daß das Zusammensein mit älteren Frauen durchaus seine Vorteile hatte: sie waren gewandt und erfahren in der Liebe, und sie waren nicht so sittsam wie junge Mädchen. Hätte die Heilerin Ländereien besessen, hätte Maybor vielleicht sogar daran gedacht, sie zu heiraten!

Die Heilerin stand auf und zog sich mit herausfordernder Langsamkeit an. Maybor betrachtete sie bewundernd. Nachdem sie sich angekleidet hatte, küßte sie ihn auf die Wange und verschwand. *Noch ein Vorteil von ihr,* dachte Maybor. *Sie hat nichts als Gegenleistung für ihre Gunst verlangt.* Für einen kurzen Augenblick überlegte er, ob der sieche König jemals ihre Dienste in Anspruch genommen hatte. Immerhin verspürte auch ein kranker Mann Lust.

Maybor machte sich nicht die Mühe, Crandle zu rufen. Heute würde er sich selbst ankleiden. Er schlenderte zu seiner Garderobe und beschloß, sich einen neuen Spiegel zu kaufen; er vermißte es, sich im Spiegel von oben bis unten bewundern zu können.

Maybor war sehr zufrieden mit sich. Es war ihm gelungen, die Lage zu seinen Gunsten zu verändern – er hatte das Wohlwollen der Königin errungen. Heute morgen hatte sie die königliche Garde ausgesandt, um nach seiner Tochter zu suchen. Es hätte nicht besser laufen können. Jetzt fehlte ihm nur noch eines, um glücklich zu sein: die Nachricht von Baralis' Tod. Maybor beschloß, sich ein letztes Mal mit dem Assassinen zu treffen; der elende Kerl ließ sich verdammt viel Zeit mit der Erledigung seines Auftrags. Crandle würde ein Stelldichein arrangieren.

Maybor öffnete die Tür seines Kleiderschranks und betrachtete den Inhalt. Welches Gewand sollte er anziehen? Mit Bedauern erinnerte er sich des roten Gewandes, das er anläßlich der Feiern zu Winteranfang getragen hatte. Da der Punsch nicht wieder entfernt werden konnte, hatte man es weggeworfen. Die grauäugige Hexe hatte sein bestes Gewand ruiniert! Etwas in der unteren Ecke des Kleiderschranks erregte Maybors Aufmerksamkeit. Er schaute genauer hin – es war eine tote Ratte. Ratten waren ein alltägliches Übel in der Burg, doch nur äußerst selten fand man ein totes Tier. *Zwei* tote Ratten waren verdächtig.

Maybor hob die steife Kreatur am Schwanz hoch und hielt sie am ausgestreckten Arm von sich – es war allgemein bekannt, daß sie die Pest übertrugen. Maybor konnte keine offensichtliche Ursache für das Ableben des Tieres entdecken. Er hielt die Ratte näher vor die Augen. Nun konnte er sehen, daß ihre Nase rot und geschwollen war. Ein Schauer der Erkenntnis durchlief Maybor. Die Ratte war an derselben Sache gestorben, die auch seine Krankheit verursacht hatte. Maybors Gedanken schweiften zum Abend des Winteranfangs zurück. Er hatte sich hervorragend gefühlt; die Krankheit hatte erst begonnen, nachdem er sein Gewand angelegt hatte. Seine Kleider waren vergiftet worden!

Irgendwie hatte Baralis es geschafft, Maybors Gewänder zu vergiften, und die Dämpfe des Giftes hatten dann die Krankheit verursacht. Alles paßte zusammen. Maybor war nur aus einem einzigen Grund noch nicht tot: er hatte das präparierte Gewand ausgezogen, bevor das Gift seine Aufgabe erfüllen konnte. Die grauäugige Schlampe hatte ihm unwissentlich das Leben gerettet.

Maybor trat vom Schrank zurück. Was wäre, wenn all seine Gewänder mit Gift übergossen worden waren? Sie mußten verbrannt werden – alle. Maybor war wütend. Er hatte Jahre gebraucht, um die edelste Garderobe der Vier Königreiche zusammenzustellen; er hatte ein Vermögen dafür bezahlt. Baralis würde dafür büßen. Es war eine Sache, den Wein eines Mannes zu vergiften, aber seine Gewänder zu verseuchen war eine ganz andere!

Tawl wurde in den Raum mit dem großen Steintisch zurückgeführt. Die vier Männer warteten auf ihn.

»Ihr habt Eure Antwort«, sagte der älteste; es war mehr eine Feststellung denn eine Frage. Tawl nickte. »Die Seher irren sich selten. Gott ist ihnen wohlgesonnen.«

»Mir scheint, Gott ist eher *Euch* wohlgesonnen.« Tawl konnte seinen Zorn nicht mehr verbergen. Die Wut bot eine willkommene Ablenkung von den Schrecken der Grotte. »Ihr seid diejenigen, die Profit aus den Grausamkeiten ziehen, die an diesen Männern begangen werden. Ihr beutet sie zu Eurem eigenen Vorteil aus. Gott hat damit nichts zu tun!« Tawl zitterte. Sein Ausbruch ließ die vier Männer unberührt.

»Ihr wißt nichts über Gott – und noch weniger über Larn.« Der älteste war vollkommen ruhig. »Wir beuten die Seher nicht aus, wir sind hier, um ihnen zu *dienen*. Sie sind von Gott gesegnet, und wir verneigen uns ehrfurchtsvoll vor ihnen. Wir sind ihre ergebenen Diener. Laßt Euch nicht durch den Anblick täuschen. Sie existieren in göttlicher Verzückung. Wir können nur vermuten, welche Freuden sie erleben.«

»Ich lasse mich nicht von Euren schönen Worten zum Narren halten. Wo ich gerade hergekommen bin, das ist kein Ort Gottes; dort gibt es keine ›göttliche Verzückung‹. Die Seher leben in einer Hölle auf Erden.« Die Vier schauten Tawl an, als sei er ein törichtes Kind.

»Der Anblick kann ein wenig beunruhigend sein, aber ich sehe, Ihr wollt nicht verstehen. Aber wie dem auch sei, Ihr habt ihre Dienste in Anspruch genommen, und nun müßt Ihr dafür zahlen.« Im Blick des ältesten lag ein Hauch von Verachtung.

»Was ist der Preis?« fragte Tawl und sein Blick traf sich mit dem des ältesten.

»Wir verlangen, daß Ihr uns einen Dienst erweist.« Die Stimme des alten Mannes klang sanft und verführerisch. »Es ist nichts Besonderes, eine Kleinigkeit.« Tawls Augenlider wurden immer schwerer. Er versuchte verzweifelt, einen klaren Kopf zu bewahren. Der älteste fuhr fort, seine Stimme war nun tief und einladend. »Nur ein ganz kleiner Gefallen, die einfachste aller Aufgaben.« Tawls Augen schlossen sich. »Ein winziger Dienst, das unschuldigste Unterfangen ...«

Kapitel Fünfzehn

Tawl erwachte und fragte sich, wo er war. Nachdem sein Kopf wieder klar war, erkannte er, daß er sich nach wie vor auf Larn befand. Es war ihm ein Rätsel, warum er eingeschlafen war. Er lag auf einer Steinbank in einem kleinen Raum. Tawl erhob sich, und die Schmerzen in seinem Rücken verrieten ihm, daß er lange auf der harten Oberfläche gelegen haben mußte.

Er konnte sich nicht daran erinnern, an diesen Ort gebracht worden zu sein. Er konnte sich an überhaupt nichts mehr erinnern, seit er die Höhle verlassen hatte. Tawl machte sich Sorgen. Die Wahrsagung war das letzte, das ihm im Gedächtnis geblieben war. Er mußte zum Schiff zurück. Kapitän Quain hatte gesagt, er würde nach einem Tag wieder die Segel setzen. Tawl mußte sich sofort auf den Weg machen. Als er gerade den Raum verlassen wollte, trat der jüngste der Vier herein.

»Seid gegrüßt«, sagte er. »Ich hoffe, Ihr habt Euch gut erholt.«

»Wie bin ich hierhergekommen?« verlangte Tawl zu wissen.

»Das ist der normale Nebeneffekt einer Wahrsagung. Diejenigen, die nach Antworten suchen, werden all ihrer Kraft beraubt. Das Wahrsagen fordert von jedem von uns seinen Tribut. Ihr seid müde geworden, und wir haben Euch hierhergebracht, damit Ihr Euch ausschlafen konntet.«

»Wie lange habe ich geschlafen?« Tawl glaubte dem

Mann kein Wort. Er erinnerte sich, daß er sich unmittelbar nach der Wahrsagung hervorragend gefühlt hatte.

»Ihr habt viele Stunden geschlafen. Die Sonne ist bereits wieder aufgegangen.«

»Ich muß gehen. Mein Schiff fährt bald ab.« Plötzlich fiel Tawl das Gespräch über den Preis ein. »Sagt mir, was ich Euch schuldig bin.«

»Ach das«, erwiderte der jüngste in lockerem Tonfall. »Ich glaube nicht, daß der Preis sonderlich hoch sein wird. Wahrscheinlich wird man Euch nur bitten, für uns ein paar Briefe in Rorn abzuliefern. Ich gehe doch recht in der Annahme, daß Ihr dorthin zurückkehrt?« Irgend etwas in der Stimme des Mannes erregte Tawls Mißtrauen. Bei ihrer ersten Unterhaltung hatte er den Eindruck gewonnen, der Preis sei wesentlich höher als nur ein harmloser Botengang.

»Ist das alles?« fragte er.

»Aber natürlich. Ihr solltet all den Geistergeschichten über Larn keine Beachtung schenken. Für eine Wahrsagung verlangen wir nie mehr als nur einen kleinen Gefallen. Euren Fall haben wir mit besonderem Wohlwollen betrachtet, und so haben wir entschieden, daß Ihr nicht allzu teuer dafür bezahlen müßt. Wenn Ihr mir jetzt bitte folgen wollt, dann werde ich Euch die Briefe geben.« Der Mann drehte sich um und verließ den Raum. Tawl ging ihm hinterher.

Der junge Mann gab dem Ritter zwei mit Wachs versiegelte Briefe, und erklärte ihm, wo und an wen er sie zu übergeben hatte. Dann wurde Tawl von einem Vermummten durch die Klippen zum Strand geführt. Mit jedem Schritt in der frischen Luft verbesserte sich die Laune des Ritters. Bald würde er diesen verfluchten Ort verlassen. Sobald er nach Valdis zurückkehren würde, wollte er mit Tyren über das schreckliche Leid der Seher sprechen. Er wollte sicherstellen, daß nie wieder ein junger Mann zu solch einem Leben gezwungen werden würde.

Tawl schob sein Ruderboot in die Brandung und

genoß das kühle Wasser, das seine Hüften umspülte. Dann sprang er ins Boot, packte die Riemen und freute sich, daß seine Füße nicht mehr den Boden der Insel berührten. Er kam gut voran. Mit aller Kraft zog er an den Riemen. Das Rudern half ihm, Larn zu vergessen.

Tawl konnte sich kaum an die Position der *Fischgeruch* erinnern. In einiger Entfernung von Larn begannen die Nebelbänke, die die Insel vor vorbeifahrenden Schiffen verbargen. Tawl versuchte, einen südwestlichen Kurs einzuhalten. So würde er früher oder später auf das Schiff treffen. Nach mehreren Stunden des Ruderns wurde Tawl immer besorgter; eigentlich hätte er das Schiff schon längst sehen müssen. Er hörte auf zu rudern und lauschte, da er glaubte, ein entferntes Geräusch gehört zu haben. Das Geräusch wiederholte sich: es war ein Nebelhorn. Die Mannschaft der *Fischgeruch* versuchte, Tawl zu helfen. Mit neuem Mut und neuer Kraft ruderte der Ritter in Richtung des Hornsignals.

Kurze Zeit später sah Tawl die Mastspitzen des Schiffes, die aus den Nebeln herausragten. Der Anblick erfüllte sein Herz mit Freude. Die *Fischgeruch* hatte ihn nicht im Stich gelassen. Als er näherkam, teilten sich die Nebel, und ein Ruf erscholl: »Boot, Ahoi!«

Tawl sah, wie sich die Mannschaft an Deck versammelte, um seine Ankunft zu beobachten. Kapitän Quains Gestalt war deutlich zu erkennen. Er hob die Hand zum Gruß. Die Mannschaft stieß einen Jubelschrei aus, und als Tawl längsseits ging, rief der Kapitän: »Macht ein Faß auf, Kameraden, unser Freund ist zurückgekehrt!«

»Nein, Bodger, die Müllersfrau treibt es nicht mit dir für einen Ballen Stoff und ein frisches Hühnchen.«

»Das hat man mir aber erzählt, Grift.«

»Nein, Bodger, einer Müllersfrau geht es viel zu gut. Die Frau eines Kerzenmachers treibt es mit dir, wenn du ihr was gibst. Schließlich weiß jeder, daß man mit Kerzenmachen kein Geld verdienen kann.«

»Aber die Frau des Kerzenmachers sieht mir nicht gerade danach aus, als würde es ihr schlecht gehen, Grift. Sie trägt immer die hübschesten Kleider.«

»Genau, Bodger! Wie kann sich eine Frau feinsten Stoff leisten, deren Mann nicht mehr als ein Silberstück im Monat verdient? Auch gibt's bei ihr immer was Gutes zu essen, jede Menge gebratener Hühnchen.«

»Trotzdem, Grift ... Meister Gulch hat mir erzählt, er hätte der Müllersfrau einen Ballen Stoff und ein frisches Hühnchen gegeben, dann wäre sie zu ihm ins Bett gehüpft.«

»Meister Gulch hätte sein Geld lieber sparen sollen, Bodger. Die Müllersfrau treibt's mit allem, was eine Hose anhat. Sie ist einfach nur geil.«

»Glaubst du, ich könnte auch bei der Müllersfrau landen, Grift?«

»Ich glaube nicht, daß du das willst, Bodger.«

»Warum nicht, Grift?«

»Leider scheint die Müllersfrau ihre Gunst an zu viele Männer verschenkt zu haben, Bodger, und dadurch hat sie sich den Tripper eingefangen. Wenn du nicht gerade zusehen willst, wie deine Eier langsam verfaulen und schließlich abfallen, dann würde ich die Finger von ihr lassen.«

»Ich bin froh, daß du mich gewarnt hast, Grift. Du bist ein wahrer Freund.«

»Ich betrachte es als meine Pflicht, dich über solche Dinge auf dem laufenden zu halten, Bodger.«

»Was ist mit Meister Gulch, Grift? Hat er sich auch den Tripper eingefangen?«

»Nun, Bodger, wenn ich mir so ansehe, wie er in letzter Zeit herumläuft, dann kann es nicht mehr lange dauern, bis seine Pfläumchen sich verabschieden.«

Die beiden Wachsoldaten lehnten sich zurück und genossen schweigend ihr Bier. Schließlich sagte Bodger:

»Als ich heute morgen auf den Wehrgängen war, hätte ich schwören können, daß ich eine Gruppe von Reitern im Wald gesehen habe.«

»Wessen Farben trugen sie, Bodger?«

»Nun, Grift, sie waren ein ganzes Stück weit weg, aber ich würde sagen, es waren Söldner.«

»Dann stehen sie wahrscheinlich im Dienst von Lord Baralis. Ich frage mich, ob sie unseren jungen Freund Jack gefunden haben.«

»Ich hab' ihn jedenfalls nicht gesehen, Grift.«

»Ich hoffe, er ist mittlerweile weit genug weg. Außerhalb der Burg wird es ihm besser ergehen. Er hat nie richtig hierher gepaßt. Er ist genau wie seine Mutter – immer den Kopf in den Wolken.«

»Ich habe gehört, seine Mutter sei eine Hexe gewesen.«

»Aye, Bodger, solche Gerüchte gibt es reichlich. Sie war ein verdammt hübsches Mädchen. Ihrem Akzent nach zu urteilen kam sie aus dem Süden; aber ob sie eine Hexe war oder nicht, kann ich dir nicht sagen. Obwohl ich natürlich die eine oder andere Geschichte gehört habe.«

»Was für Geschichten hast du gehört, Grift?«

»Es wird erzählt, daß sie einmal einen allzu glühenden Verehrer kahl gemacht hat.«

»Kahl?«

»Völlig kahl.«

»Das war doch nicht etwa Meister Frallit, Grift, oder etwa doch? Sein Kopf ist so kahl wie deiner.«

»Mein Lippen sind versiegelt, Bodger.« Grift trank einen kräftigen Schluck Bier und schwieg.

Maybor fragte sich inzwischen, was aus seinem Assassinen geworden war. Er hatte Crandle ausgesandt, Scarl zu suchen, doch der Diener konnte ihn nicht finden. Offensichtlich hatte der Assassine seinen Auftrag noch nicht erfüllt, denn erst heute morgen hatte Maybor den Kanzler mit eigenen Augen gesehen.

Maybor war in den Gärten spazierengegangen, um dem Rat der Heilerin zu folgen und etwas frische Luft zu schnappen, als Lord Baralis erschienen war, dicht gefolgt von seinem schwerfälligen Trottel Crope. Es war Maybor nur recht gewesen, daß der Mann ihn nicht gesehen hatte; er verspürte nicht den Wunsch, Baralis gegenüberzutreten. Er blieb lieber im Hintergrund, bis sein Feind beseitigt war. Aber jetzt schien es, als sei der Mann, der mit eben dieser Aufgabe betraut worden war, spurlos verschwunden.

Maybor wußte noch nicht einmal, ob Scarl eine Unterkunft in der Burg oder in der Stadt hatte; der Assassine hielt seine Aktivitäten geheim. Vielleicht hatte er entschieden, Baralis sei zu gefährlich und hatte einen Rückzieher gemacht. Maybor schien diese Möglichkeit unwahrscheinlich. Er hatte bereits früher mit Scarl zu tun gehabt, und er kannte ihn gut. Der Assassine war kein Mann, der beim geringsten Anzeichen von Gefahr davonlief.

Maybor ging in seinem Gemach auf und ab. Er trug das Gewand seines Dieners. Der Lord hatte darauf bestanden, daß seine gesamte Garderobe verbrannt wurde, und jetzt befand er sich in der demütigenden Situation, keine Kleidung mehr zu besitzen. Seine Söhne waren zu schlank, um ihm etwas aus ihrem Kleiderschrank zu leihen; also war Maybor nichts anderes übriggeblieben, als eines der ekelhaften und schmutzigen Gewänder seines Dieners Crandle anzulegen. Natürlich hatte Maybor den Hofschneider sofort mit der Anfertigung neuer Gewänder beauftragt, aber vor Ablauf einer Woche würden sie nicht fertig sein.

Er, der große Lord Maybor, war gezwungen, in den Kleidern eines Dieners durch die Gärten zu wandern. Baralis würde sich für eine Menge verantworten müssen!

Verständlicherweise hatte Maybor mittlerweile eine beachtliche Furcht vor Giften entwickelt. Was würde Baralis als nächstes vergiften? Seine Bettwäsche? Seine Schuhe? Maybor hatte versucht, Crandle dazu zu zwingen, Wein und Essen vorzukosten; aber der undankbare

Diener hatte sich beharrlich geweigert. Sollte Baralis nicht bald das Zeitliche segnen, käme Maybor nicht umhin, einen professionellen Vorkoster anzuheuern, und das war nicht gerade billig. Doch es handelte sich ja auch um einen äußerst gefährlichen Beruf, wie Maybor zähneknirschend eingestehen mußte.

Er war unzufrieden mit dem Assassinen; er wartete nun schon viel zu lange. Sollte Scarl seine Arbeit endlich getan haben, hätte Maybor keinerlei Bedenken, ihm die Kehle durchschneiden zu lassen. Er würde niemals hundertzwanzig Hektar seiner Plantagen einem Mann überlassen, der so langsam arbeitete.

Nach einem kurzen Klopfen betrat Crandle den Raum.

»Was willst du? Hast du den Mann mit Namen Scarl gefunden?«

»Nein, Herr. Niemand scheint zu wissen, wo er sich aufhält.«

»Wohin ist der verdammte Kerl bloß verschwunden?« Maybor stampfte verärgert auf.

»Nun, Euer Lordschaft, mir ist da ein Gedanke gekommen ... aber natürlich könnte ich mich auch irren.«

»Rede nicht um den heißen Brei herum.« Maybor ergriff eine Spiegelscherbe und betrachtete die Wunden auf seinem Gesicht.

»Wie Ihr wißt, Herr, ist im Festsaal ein Feuer ausgebrochen, nachdem Ihr gegangen seid.«

»Ja, ja.« Maybor wurde allmählich ungeduldig.

»Nun, ein Mann ist bei dem Feuer getötet worden. Er ist verbrannt.«

»Und was zur Hölle hat das mit Scarl zu tun?« Genüßlich drückte Maybor eine eitrige Beule aus.

»Niemand konnte den Leichnam identifizieren, Euer Lordschaft, und niemand wurde als vermißt gemeldet.«

Maybor erstarrte. Er wußte, worauf sein Diener hinaus wollte. Er dachte einen Augenblick nach, dann fragte er: »In was für einem Zustand hat sich die Leiche befunden?«

»Ich habe gehört, der arme Kerl sei völlig verkohlt gewesen. Von seinem Gesicht war nichts mehr übrig.«

»Hat man etwas bei ihm gefunden?«

»Ich bin nicht sicher. Man hat mir gesagt, sein Messer sei das einzige gewesen, was das Feuer überstanden hätte.«

»Sein Messer?«

»Das habe ich zumindest gehört, Herr. Und es soll ein äußerst merkwürdiges Messer gewesen sein.«

»Mach, daß du rauskommst!« Er blickte seinem Diener hinterher, als dieser den Raum verließ.

Maybor hatte Scarls Messer zwar nie gesehen, aber er wußte, daß es eine besondere Klinge sein mußte: es war das einzige Handwerkszeug eines Assassinen. Er setzte sich aufs Bett und dachte über die Implikationen von Crandles Worten nach. Maybor hatte den Meuchelmörder zuletzt am Abend vor dem Fest gesehen. Seitdem hatte er nichts mehr von Scarl gehört, und der Assassine hatte seinen Auftrag auch nicht ausgeführt.

Unwillkürlich schauderte Maybor. Was wäre, wenn Scarl versucht hätte, Baralis zu töten und dabei versagt hätte? Vielleicht war es Baralis sogar seinerseits gelungen, den Assassinen zu töten, und vielleicht hatte er anschließend das Feuer gelegt, um alle Spuren zu verwischen. Maybor hatte seltsame Gerüchte über das Feuer gehört. Crandle hatte berichtet, ein Junker habe gesehen, wie sich ein Mann in Schwarz von den Flammen entfernt hatte. Maybor läutete nach Crandle. Er konnte nicht länger rufen; seine Kehle hätte der Belastung nicht standgehalten.

»Ja, Herr«, sagte Crandle, der sofort herbeigeeilt kam.

»Ich möchte mit dem Junker reden, von dem du gesprochen hast. Mit dem, der den Ausbruch des Feuers beobachtet hat.«

»Ach, Ihr meint Junker Tollen. Er hat einen Tag später einen schrecklichen Unfall gehabt.«

»Was ist mit ihm geschehen?« Maybor lief ein Schauer über den Rücken.

»Nun, es scheint, als sei er auf eine Sense gestürzt und hätte sich dabei den Bauch aufgeschlitzt. Er war sofort tot.«

»Erscheint es dir nicht irgendwie merkwürdig, Crandle, daß ein Mann auf eine Sense stürzt?«

»Jetzt, wo Ihr es erwähnt, erscheint es in der Tat ein wenig seltsam. Junker Tollen war kein Bauer.«

»Laß mich allein, Crandle. Ich muß über das nachdenken, was du mir gesagt hast.«

Nachdem sein Diener verschwunden war, begann Maybor erneut auf und ab zu gehen. *Niemand, egal ob Bauer oder nicht, fällt auf eine Sense. Das war Baralis' Werk*, dachte er. *Er hat den Junker töten lassen, damit ihn niemand mit dem Feuer in Verbindung bringt.* Offensichtlich war es Baralis gelungen, dem Assassinen zuvorzukommen. Und Scarl war nicht irgendein beliebiger Trottel mit einem Messer gewesen; er war der Beste in seinem Handwerk. Baralis war viel zu raffiniert. Maybor lief lange Zeit hin und her und dachte darüber nach, wie man das Problem am besten aus der Welt schaffen könnte.

Bringe ließ den Blick über die riesigen Plantagen schweifen. Von seiner Position auf dem Hügel aus konnte er Hunderte Hektar kleiner, blattloser Apfelbäume sehen, die sich angeordnet in ordentlichen Reihen bis zum Horizont erstreckten. Lord Maybors Plantagen. Bringe lächelte verschlagen und tastete in seiner Tasche nach dem Brief. Seine groben Hände schlossen sich um das weiche Papier, und ein freudiger Schauer lief ihm über den Rücken.

Bringe wußte, welchen Reichtum die Plantagen darstellten: hier wuchsen die besten Apfelbäume in den Vier Königreichen. Der beste Cidre der bekannten Welt wurde aus diesen saftigen, sauren Äpfeln hergestellt. Cidre, der in unzählige Städte exportiert wurde, wo

Feinschmecker horrende Preise für die honiggelbe Flüssigkeit zahlten.

Der Apfelanbau war die wichtigste Einnahmequelle des Ostens. Wenn ein Mann keine Apfelbäume pflegte, braute er den Cidre, fertigte die Fässer oder pflanzte den Hopfen an, der zur Fermentierung verwendet wurde. In der Stadt Nestor half jeder bei der Apfelernte, vom kleinsten Kind bis hin zur ältesten Frau. Die Alten pflegten zu sagen, das Geheimnis eines guten Cidres läge im Zeitpunkt der Ernte. Man mußte die Äpfel pflücken, wenn die Farbe gerade richtig war: ein helles Gelb mit einem Hauch von Rot. Zu wenig Rot bedeutete einen bitteren Cidre, während zuviel Rot einen zu süßen verhieß.

Bringe zog den Brief aus der Tasche und entfaltete das Papier mit äußerster Sorgfalt. Er starrte auf den Text, obwohl er unfähig war, die Worte zu lesen. Als der schwarz gekleidete Reiter letzte Nacht erschienen war und den Brief abgegeben hatte, war Bringe gezwungen, seine Frau zu bitten, ihm das Schreiben vorzulesen. Natürlich hatte er die elende Kreatur anschließend grün und blau geschlagen – nur für den Fall, daß es ihr in den Sinn kommen sollte, irgend jemandem im Dorf vom Inhalt des Briefes zu erzählen. Als er mit dem Lederriemen auf sie losgegangen war, hatte er eine Spur von Arroganz in ihren wäßrigen Augen entdeckt. Bringe haßte den Gedanken, daß sich seine Frau für etwas Besseres halten könnte, nur weil sie des Lesens mächtig war. In gerechtem Zorn hatte er sich nach etwas Brutalerem umgeschaut, womit er seine Frau verprügeln konnte – denn es war nur recht, dem Weib zu zeigen, wer der Herr im Hause ist. Schließlich hatte er einen gußeisernen Topf gefunden, und mit boshafter Freude hatte er damit auf seine Frau eingeschlagen, bis sie das Bewußtsein verloren hatte.

Nachdem er sich ausgetobt hatte, bemerkte Bringe, daß er erregt war. Er dachte an die Schwester seiner Angetrauten, seine junge Schwägerin Gerty. Auf dem Fest zu Winteranfang hatte sie auf seinem Schoß gesessen, und ihr warmer, kräftiger Hintern hatte sich verführerisch an seinem Unterleib gerieben. Als Bringes Frau den Raum verlassen hatte, um sich um den Eintopf zu kümmern, hatte er Gerty um einen Kuß gebeten. Das Mädchen hatte diese Bitte bereitwillig erfüllt. Es war kein schwesterlicher Kuß gewesen. Gerty hatte ihre Zunge zwischen Bringes Zähnen hindurchgeschoben und einen Schauer durch seinen ganzen Körper gejagt.

Bringes Gedanken verweilten bei den üppigen Formen seiner Schwägerin. Es war höchste Zeit, sich eine neue Frau zu nehmen, und die junge, dralle Gerty käme ihm gerade recht. Natürlich mußte er sich zuvor um seine alte Frau kümmern. Die undankbare Hexe hatte ihn schon zu lange festgehalten. Sie meckerte ständig und hielt ihm Vorträge, und nun, nach der Sache mit dem Brief, glaubte sie, etwas gegen ihren Mann in der Hand zu haben. Aber er würde es ihr schon zeigen ...

Bringe hob den Brief in den trüben Morgenhimmel. Bald würde er in die Welt hinausziehen. Unmengen von Gold erwarteten ihn, und er würde in eine neue Stadt ziehen und eine neue Frau für sein Bett bekommen. Sorgfältig steckte Bringe den Brief wieder zurück in die Tasche und lief den Hügel hinab, den Schritt leicht und ein Funkeln in den Augen.

Im selben Augenblick, da die Tür hinter der Wache ins Schloß fiel, durchquerte Jack die dunkle Kammer und eilte zu Melli. Ausgestreckt auf einer hölzernen Bank schlief sie tief und fest. Jack versuchte, sie nicht zu wecken, während er über ihren Rücken strich. Er konnte die weiche Haut durch den dünnen Stoff hindurch fühlen. Jede einzelne Strieme war deutlich spürbar, die Haut noch immer geschwollen und faltig. Jack schauderte bei dem Gedanken, was aus Melli geworden wäre, wenn man mit der Auspeitschung fortgefahren hätte. Melli hatte allen Grund, den Söldnern dankbar zu sein.

Sanft drückte Jack die Haut an den Striemen, um nach Schwellungen und Eiter zu suchen. Mellis Haut fühlte sich bereits wesentlich fester an, und er seufzte erleichtert auf. Die entzündete Stelle, die er vor einigen Tagen ausgetrocknet hatte, schien beinahe vollständig verheilt zu sein. Eine Welle der Sorge brach über Jack herein. Ohne Zweifel würde Melli die Narben des Seils ihr ganzes Leben lang mit sich herumtragen. Sie würden ein wenig verblassen, aber sie würden bleiben, unübersehbare, unauslöschliche Zeichen der Schande. Zärtlich strich Jack eine Locke dunklen Haars aus Mellis Gesicht. Die Krankheit hatte ihrer Schönheit keinen Abbruch getan, im Gegenteil – sie war noch überwältigender. Der Gedanke an die Leiden, die Melli in Duvitt ertragen haben mußte, jagte Jack einen Schauer über den Rücken. Er beugte sich vor und küßte sie vorsichtig auf die Stirn.

Melli erwachte. In ihren Augen stand zunächst Panik, dann Erkennen und schließlich Verärgerung. »Was zum Teufel machst du da?« Sie setzte sich auf und rieb sich die Augen.

Sofort kam sich Jack wie ein Idiot vor – er hatte sich dabei erwischen lassen, wie er einen Kuß gestohlen hatte! Hastig legte er sich die Haare zurecht, um so gut wie möglich auszusehen. »Die Wache ist für einen Augenblick hinausgegangen, also habe ich gedacht, ich könnte mal …« Jack suchte nach einem geeigneten Wort, »… nach deinem Zustand sehen.« Melli blickte ihn mit kaum verhohlener Feindseligkeit an.

»Ich bin sicher, daß mein Zustand in Ordnung ist, danke, und ich weiß, daß dich das nichts angeht.« Sie zog die Decke enger um die Schultern.

»Es ist nur … äh, nach dem Vorfall in Duvitt hast du Fieber bekommen.« Jack schaute seiner Gefährtin in die Augen; Melli wandte als erste den Blick ab.

»Ich will nichts mehr von Duvitt hören.« Ihr Ton war schroff, doch sie schien es sofort zu bereuen, und als sie erneut das Wort ergriff, klang ihre Stimme sanfter.

»Bitte, Jack, ich kann den Gedanken an diesen Ort nicht ertragen.«

»Ich werde es nicht mehr erwähnen«, erwiderte Jack auf eine – wie er hoffte – galante Art und verbeugte sich. »Aber wir müssen noch über etwas anderes sprechen, solange wir Gelegenheit dazu haben. Die Wache kann jeden Augenblick zurückkommen.«

»Wo sind wir?« Melli schaute sich in der kleinen, dunklen Zelle um.

»Wir sind ungefähr eine halbe Stunde Fußmarsch von Burg Harvell entfernt. Als sie uns hierherbrachten, war die Sonne gerade aufgegangen, und ich konnte kurz die Bastionen sehen.«

»Wir sind also in der Stadt?«

»Nein, so weit ich sagen kann, befinden wir uns in irgendeiner Art unterirdischer Kammer. In der einen Minute zogen wir noch durch den Wald, und in der nächsten ging es durch einen Tunnel hinab in die Erde – Pferde, Menschen, alles. Du hast die ganze Zeit geschlafen. Die letzten Tage hast du übrigens eine ganze Menge geschlafen.«

Jack hielt einen Augenblick inne und atmete tief durch; dann stellte er die Frage, die ihn schon seit langem beschäftigte. »Wer bist du, Melli?« Seine haselnußbraunen Augen forderten sie heraus. »Und wovor läufst du weg?« Zu spät bemerkte er, daß er sich mit seiner Frage selbst einem Verhör ausgeliefert hatte.

»Das gleiche könnte ich dich fragen, Jack. Was könnte eine Bande von Söldnern wohl von dir wollen?« Melli sprach auf die Art und mit dem Selbstvertrauen einer großen Dame. Für Jack war offensichtlich, daß sie eine Adelige war, die das Erteilen von Befehlen gewöhnt war.

»Ich bin – oder besser, ich *war* – ein Bäckerjunge in der Burg. Ich habe etwas getan, was ich besser nicht getan hätte, und so bin ich vor den Konsequenzen davongerannt.« Jack senkte den Kopf. Es war besser, wenn Melli ihn für einen Dieb hielt.

»Ich bin auch aus der Burg weggerannt.« Mellis Stimme klang überraschend freundlich. Jack blickte auf und sah, daß Melli verlegen mit dem Stoff ihres Kleides spielte. »Ich bin weggerannt, weil mein Vater mich mit jemandem verheiraten wollte, dessen Anblick ich noch nicht einmal ertragen kann.«

»Stehen diese Männer im Dienst deines Vaters?«

»Nein, mein Vater würde sich niemals so weit herablassen, Söldner anzuheuern.« Stolz lag in Mellis Stimme. Sie drehte sich zu Jack um. »Weißt du denn nicht, von wem die Männer bezahlt werden?« Bevor Jack sich eine Antwort ausdenken konnte, öffnete sich die Tür, und Baralis trat herein.

»Ich nehme an, jetzt habt Ihr Eure Antwort, meine Liebe«, sagte er mit seiner tiefen, verführerischen Stimme. Jack blickte zu Melli; es gelang ihr ausgesprochen gut, ihre Überraschung zu verbergen.

»Lord Baralis«, erwiderte sie liebenswürdig und neigte leicht den Kopf. »Ich gehe doch wohl recht in der Annahme, daß Ihr hier seid, um für meine Freilassung zu sorgen.« Jack bemerkte nicht die Spur von Angst in Mellis selbstbewußten Worten.

»Wenn Ihr so freundlich wärt, mir zu folgen, Mylady, dann werde ich Euch in eine angenehmere Umgebung führen.« Baralis deutete mit einer kaum wahrnehmbaren Geste auf die spärlich eingerichtete Zelle. Jack sah die Hände des Mannes. Sie waren immer schon knorrig und verdreht gewesen, doch nun waren sie auch noch von Narben entstellt. Baralis bemerkte Jacks Blick, und ihre Augen trafen sich. Jack bekam Angst, als er in die kalten, grauen Augen sah. Unfähig Baralis' Blick noch länger zu erwidern, wandte er den Kopf ab.

Baralis richtete seine Aufmerksamkeit wieder auf Melli. »Folgt mir.«

»Und was ist, wenn ich mich weigere?« Melli streckte trotzig das Kinn vor und blickte den Kanzler entschlossen an.

»Ich fürchte, Ihr habt keine andere Wahl, Mylady.«

Auf einen Wink von Baralis hin erschienen zwei Wachen mit gezogenen Schwertern. Jack beobachtete, wie Melli sich bemühte, Haltung zu bewahren.

»Mir scheint, Ihr *laßt* mir keine andere Wahl, Lord Baralis.« Jack konnte nicht anders, als ihre Reserviertheit zu bewundern. »Ich nehme an, ihr werdet meinem Diener gestatten, mich zu begleiten.« Jack wußte nicht, ob er beleidigt sein sollte, weil Melli ihn als ihren Diener bezeichnet hatte, oder ob er sich freuen sollte, weil sie ihn nicht vergessen hatte.

»Leider kommt das nicht in Frage, meine Liebe. Euer *Diener* ...« Baralis hielt kurz inne, um Melli zu zeigen, daß er ihre Lüge zwar durchschaut hatte, aber daß er zu höflich sei, ihr zu widersprechen, »... Euer Diener wird hier bleiben müssen. Wenn Ihr mir jetzt bitte folgen würdet.«

Melli verließ den Raum und warf Jack einen letzten Blick zu. Baralis wartete, bis Melli weit genug entfernt war, dann wandte er sich an Jack. Seine Stimme klang nicht länger verführerisch. »Ich werde später mit dir reden.«

Dank ihrer guten Ohren hörte Melli, was Baralis zu Jack sagte, und sie erkannte, daß ihr Gefährte ihr nicht die ganze Wahrheit erzählt hatte. Der Kanzler des Königs würde sich niemals für einen gemeinen Dieb interessieren. Der Bäckerjunge war mehr, als es den Anschein hatte.

Baralis führte Melli durch einen langen Steinkorridor, und sie spürte die kalte Feuchtigkeit, wie sie typisch für unterirdisch gelegene Räume war. Auf dem Weg entdeckte sie ein bleiches, durchscheinendes Moos an den Wänden. Sie streckte die Hand aus, um es zu berühren.

»Das würde ich nicht tun«, warnte Baralis. Melli hielt inne; Baralis' Warnung hatte ihr Angst eingejagt. »Bei solchen Pflanzen kann man nie wissen, wie gefährlich sie sind, Mylady. Sie können sogar tödlich sein.« Melli zog die Hand zurück. Baralis drehte sich um und ging weiter.

Nach einer Weile bog der Korridor nach rechts ab, und Baralis hielt vor einer schweren Holztür an. Melli beobachtete leidenschaftslos, wie Baralis sich bemühte, den Riegel mit seinen verkrüppelten Händen zurückzuziehen. Durch den Anblick der entstellten Hände fühlte sich Melli an irgend etwas erinnert – irgend etwas aus ihrer Kindheit, doch egal wie sehr sie sich auch bemühte, sie wußte nicht an was.

Baralis öffnete die Tür, und er und Melli betraten eine Kammer. Kerzen erhellten den Raum, und es war überraschend warm. Der Boden war mit Teppichen bedeckt, auf denen ein Tisch und mehrere Stühle standen.

»Ich hoffe, dies hier entspricht Euren Vorstellungen. Mein Diener Crope hat die Sachen aus der Burg herbeigeschafft. Ich fürchte jedoch, es ist dennoch ein wenig bescheiden.« Melli wußte, daß Baralis absichtlich untertrieb. Offensichtlich hatte er sich einige Mühe gegeben, um es ihr so bequem wie möglich zu machen.

»Ich habe mir auch die Freiheit genommen, Euch etwas zu essen bringen zu lassen.« Er deutete auf den niedrigen Tisch, wo ein Tablett mit kalten Speisen angerichtet worden war. Bei dem Anblick wurde Melli warm ums Herz. Es gab gerösteten Fasan, Kalbswurst, Wachteleier, herzhaften roten Käse, einen runden Laib Brot und eine Auswahl an Treibhausobst. Entschlossen, ihre Begeisterung vor ihrem Entführer zu verbergen, wandte Melli den Blick ab.

»Für den Augenblick wird es reichen«, erwiderte sie kalt. Sie hoffte, Baralis würde bald gehen, damit sie ungestört essen konnte.

»Wahrscheinlich werdet Ihr auch baden und neue Kleider haben wollen. Ich werde veranlassen, daß man Euch alles Notwendige bringt.« Baralis wollte gehen, doch Melli hielt ihn zurück.

»Warum habt Ihr mich hierhergebracht?« verlangte

sie zu wissen. Baralis schwieg einen Augenblick und dachte darüber nach, ob er antworten sollte oder nicht. Er schaute ihr in die Augen und atmete tief durch.

»Sagen wir es einmal so, meine Liebe: wir beide haben gemeinsame Interessen.« Etwas in Baralis' Stimme brachte eine Saite in Melli zum Klingen, und sie erkannte seine Motive. »Soll das heißen, Ihr wollt auch nicht, daß ich Prinz Kylock heirate?«

»Ihr seid wirklich ein schlaues Mädchen, Melliandra.« Er lächelte zaghaft. »Viel schlauer als Euer Vater.« Baralis verbeugte sich kaum wahrnehmbar und zog sich zurück. Melli hörte das Kratzen von Metall, als der Riegel auf der anderen Seite wieder vorgeschoben wurde.

Sie eilte an den Tisch. Ihre Gedanken überschlugen sich. Plötzlich war alles klar. Baralis haßte ihren Vater; er wollte nicht, daß Lord Maybor der Schwiegervater des künftigen Königs und der Großvater des Thronerben wurde. Also hatte er Melli gefangengenommen, bevor ihr Vater sie aufspüren konnte. Sie fragte sich, welche Pläne Baralis damit verfolgte – sie konnte nicht glauben, daß er ihr ein Leid zufügen würde. Sicherlich hätte er ihr nicht eine solch komfortable Kammer einrichten lassen, wenn er sie umbringen wollte. Melli beschloß, nicht weiter über dieses Thema nachzudenken. Das Essen sah verführerisch aus, und sie hatte nicht die Absicht, ihren Appetit durch Sorgen ruinieren zu lassen.

Sie setzte sich auf einen kleinen Schemel und schenkte sich einen Becher leichten Rotweins ein. Aus Gewohnheit griff sie nach dem Wasserkrug, um den Wein zu verdünnen – dann hielt sie inne. Sie würde ihren Wein unverdünnt trinken. Die feinen Sitten der Hofdamen schienen ihr mit einem Mal belanglos. Melli hob den Becher an die Lippen und trank einen tiefen Schluck. Es war ein gutes Gefühl, die Etikette zu mißachten. Ihr Blick blieb an dem feinen Küchenmesser haften, daß man ihr rücksichtsvollerweise besorgt hatte.

Melli ignorierte es und riß mit bloßen Händen an dem gerösteten Fasan. Mit lautem Krachen löste sich eine Keule.

Baralis massierte seine Hände, um Muskeln und Sehnen zu lockern. Seit den Ereignissen zu Winteranfang konnte er sie nicht mehr ganz öffnen; seine Finger hatten sich nach innen gekrümmt. In der Hoffnung, der Zustand seiner Hände würde sich wieder verbessern lassen, rieb er jeden Tag Heilöle in das leuchtendrote Fleisch. Vielleicht würde er auf diese Weise wieder etwas von seiner früheren Geschicklichkeit wiedererlangen. Heutzutage fielen ihm selbst die einfachsten Aufgaben immer schwerer: das Anrühren einer Mischung, das Schreiben von Briefen, das Zurückziehen eines Türriegels.

Baralis wandte sich von der Tür ab und ging einige Schritte den Korridor hinunter. Dann stellte er sich vor die Wand und fuhr mit dem Daumen über den glatten Stein. Geräuschlos glitt die Wand beiseite. Als Baralis den dahinterliegenden Raum betrat, stand Crope schuldbewußt und mit hochrotem Kopf auf. Baralis schaute sich nach der Ursache für dieses Schuldgefühl um. Der Schwachkopf hatte ein kleines Nagetier gestreichelt.

»Crope, ich habe dir schon mehrmals gesagt, du sollst meine Tiere nicht aus den Käfigen lassen; es sind keine Schoßtiere.« Es gehörte zu den Aufgaben des Dieners, die Tiere zu versorgen, die sein Herr sich für die unterschiedlichsten Zwecke hielt.

»Es tut mir leid, Meister«, murmelte Crope. »Ich werde sie sofort wieder in die Burg zurückbringen und dafür sorgen, daß sie sicher weggesperrt wird.«

»Im Augenblick interessiert mich das Tier nicht, du schwerfälliger Trottel. Ich will, daß du Wasser heiß machst und es unserem Gast bringst. Und die da kannst du ihr auch gleich bringen.« Baralis deutete auf einen Stapel Kleider.

»Wie Ihr wünscht, Meister.« Crope packte das feine Gewebe mit seinen riesigen Händen.

»Noch etwas, Crope.«

»Ja, Meister.«

»Ich möchte für den Rest des Tages nicht gestört werden. Wenn du deinen Auftrag erledigt hast, geh zurück in meine Gemächer und mach dich irgendwie nützlich.« Crope nickte. »Und nimm diesen elenden Nager mit. Ich bin nicht in der Stimmung, den Raum mit einer riesigen Ratte zu teilen!« Mit wachsender Ungeduld beobachtete Baralis, wie Crope versuchte, die Ratte einzufangen, während er gleichzeitig die Kleider in den Armen hielt. Schließlich steckte der Diener das kränklich aussehende Nagetier in die Tasche. Baralis bemerkte den Zustand der Kreatur – das Gift, daß er an ihr ausprobiert hatte, schien langsamer zu wirken als erwartet. Das Tier hätte eigentlich schon längst tot sein müssen.

Nachdem Crope gegangen war, widmete sich Baralis sofort anderen Dingen. Heute morgen mußte er zu einer weiteren Audienz bei der Königin erscheinen, um ihr eine neue Dosis der Medizin zu geben. Er hoffte, während des Treffens etwas über die Fortschritte der königlichen Garde bei der Suche nach Melliandra zu erfahren. Sie durften auf keinen Fall eine Spur entdecken, die zu ihm führen konnte.

Baralis' Gedanken verweilten bei dem Mädchen: so ein verführerisches junges Ding. Natürlich sah sie im Augenblick etwas heruntergekommen aus im Vergleich zu früher, als sie noch in der Burg gelebt hatte; aber genau das fand Baralis anziehend. Perfektion interessierte ihn nicht. Bis jetzt hatte er noch nicht entschieden, was er mit ihr tun würde. Die ›Zuflucht‹, wie Baralis sie gerne nannte, war den meisten Leuten unbekannt, obwohl ein Tunnel von hier direkt zur Burg führte. Baralis vermutete, daß sie vor mehreren hundert Jahren als Fluchtweg im Falle einer Belagerung gebaut worden war; und wie so viele andere alte Dinge hatte man auch sie vergessen.

Baralis gestattete sich ein wenig Selbstgefälligkeit. Wieder einmal entwickelte sich alles zu seinen Gunsten. Seine Söldner hatten nicht nur Maybors Tochter gefunden, sondern sie hatten auch den Jungen zurückgebracht. Natürlich hatten die undankbaren Verräter auf einem Bonus bestanden. Baralis entschied, Jack für einige Tage schwitzen zu lassen, bevor er ihn zu dem Vorfall mit den Broten befragte. Zwei oder drei Tage in einer dunklen Zelle bei Wasser und Brot würden ihn schon gefügig machen.

Baralis ging zu dem verblaßten Wandteppich an der gegenüberliegenden Wand und schob den mottenzerfressenen Stoff beiseite. Dann legte er seine knorrige Hand auf den kalten Stein; er fand, was er suchte – eine daumennagelgroße Öffnung, die man in die Wand geschlagen hatte. Baralis beugte sich vor und preßte sein Gesicht gegen das Mauerwerk.

Er konnte jede Einzelheit von Mellis Kammer erkennen. Beim Anblick des essenden Mädchens lächelte er. Sie schlang ihr Essen gierig hinunter, biß herzhaft in eine große Wurst und spülte mit dem Wein nach. Offenbar war etwas in Mellis Zähnen hängengeblieben, das sie ungeniert mit einem Fasanenknochen herausholte. Nachdem sie das widerspenstige Stück Nahrung entfernt hatte, spie sie es genußvoll aus und trank mehr Wein.

Baralis konnte das Klopfen deutlich hören, das Melli von ihrer Mahlzeit ablenkte. Dann hörte er, wie sie ihren Besucher hereinbat, und Crope betrat schwerfällig den Raum. Der Diener trug einen großen Eimer mit kochendem Wasser. Furcht und Abscheu zeichneten sich auf Mellis Gesicht ab, während der Riese die Kammer durchquerte – das amüsierte Baralis. Dann stellte er belustigt fest, daß Mellis Blick zur offenen Tür wanderte. Sie schätzte ihre Chancen für eine Flucht ab. Crope schien vollauf mit dem Füllen der hölzernen Wanne beschäftigt. Gemächlich stand das Mädchen auf und bewegte sich Schritt für Schritt in Richtung Tür.

Crope drehte sich um, in den Händen den Eimer mit kochendem Wasser.

»Das würde ich nicht tun, Fräulein«, sagte er so leise, daß Baralis die Worte kaum verstehen konnte. Maybors Tochter war offensichtlich überrascht von der sanften Stimme des Hünen. Sie setzte sich wieder hin, und Crope goß das restliche Wasser in die Wanne. »Seid vorsichtig, Fräulein«, warnte er. »Schüttet genug kaltes Wasser hinein. Im Augenblick ist es noch so heiß, daß Ihr Euch verbrühen würdet.« Er verließ den Raum und kehrte nur Sekunden später mit den Kleidern auf dem Arm wieder zurück. Mit großer Sorgfalt legte er sie aufs Bett. Dann verabschiedete er sich mit einer merkwürdigen Verbeugung von dem Mädchen.

Baralis beobachtete, wie das Mädchen die Kleider musterte, die man ihr gebracht hatte; sie schienen ihr offenbar zu gefallen. Angesichts des schäbigen Kleidchens, das sie im Augenblick trug, hatte sie wohl seit einiger Zeit kein ordentliches Gewand mehr gehabt.

Das Mädchen schritt durch den Raum und prüfte das Badewasser. Rasch zog sie ihre Finger wieder zurück. Zufrieden, daß Crope die Wahrheit gesagt hatte, füllte sie etwas kaltes Wasser nach. Baralis leckte sich über die Lippen, als das Mädchen begann, sein Kleid zu öffnen. Er hatte in seinem Leben schon oft gesehen, wie Frauen sich auszogen, aber es war immer interessanter, wenn die betroffene Person nichts von ihrem Beobachter wußte. Vor ihrem Liebhaber bewegte sich eine Frau unnatürlich; sie zog ihren Bauch ein und drückte die Brust raus. Wenn sie alleine war, hatte eine Frau eine solche Schau nicht nötig; sie ließ sich hängen, kratzte sich und furzte.

Melli zog ihren Rock aus, gefolgt von ihrem Mieder. Baralis bewunderte ihre festen, weißen Brüste. Als sie sich zur Wanne umdrehte, zog er zischend die Luft ein. Auf ihrem Rücken waren sechs dunkelrote, geschwollene Striemen deutlich zu erkennen. Offensichtlich waren sie erst wenige Tage alt, denn an zwei von ihnen klebte noch immer getrocknetes Blut. *Was ist das?* fragte er sich. Die Söldner hatten nichts von Schlägen erwähnt. Baralis konnte sich nicht von dem Anblick losreißen; solche Perfektion, solch wunderschöne, cremeweiße Haut, solch feine Schenkel und solch ein straffer Hintern – all das bildete eine Einheit mit den schrecklichen, roten Narben. Anstatt die Schönheit des Mädchens zu beeinträchtigen, schienen die grausamen Striemen sie aufgrund ihrer Häßlichkeit noch zu betonen. Baralis spürte, daß sich etwas in seinen Lenden rührte.

Melli nahm Seife, Bürste und ein Leinentuch – alles, was sie zum Baden benötigte – und stieg behutsam in die Wanne. Nur noch mit dem Kopf über Wasser ließ sie sich eine Weile einweichen. Baralis beobachtete, wie sie die Bürste einseifte, um Füße und Beine damit zu schrubben. Anschließend nahm sie das Leinentuch zur Hand und reinigte damit ihre zarteren Körperteile. Als sie mit dem eingeseiften Tuch die Wunden auf ihrem Rücken berührte, zuckte sie vor Schmerz zusammen. Melli legte das Tuch beiseite und tastete vorsichtig nach den Striemen. Was sie dort fühlte, schien ihr Furcht einzuflößen. Sie stand auf und stieg aus der Wanne. Wasser floß in kleinen Rinnsalen an ihrem schlanken Körper herab. Das Mädchen blickte sich in der Kammer um. Baralis wußte, wonach sie suchte: einem Spiegel. Borc sei Dank hatte Baralis daran gedacht, ihr einen zu besorgen.

Als Melli zu dem Spiegel eilte, fielen Wassertropfen von ihrem Körper auf den feinen Teppich. Sie stellte sich mit dem Rücken zum Spiegel und drehte den Kopf über die Schulter, so daß sie die Ursache für ihre Schmerzen sehen konnte. Baralis beobachtete, wie das Mädchen beim Anblick ihres vernarbten Rückens in Tränen ausbrach. Sie sank auf den Boden und weinte leise vor sich hin.

Baralis trat von der Wand zurück. Für den Augenblick hatte er genug gesehen. Der Anblick des weinenden Mädchens hatte ihn unberührt gelassen. Sorgfältig schob er den alten Wandteppich wieder in seine ursprüngliche Position zurück. Dann setzte er sich in einen bequemen Sessel und schenkte sich einen Becher Wein ein.

Er wandte sich anderen Themen zu. So überlegte er, ob sein Brief Bringe mittlerweile erreicht hatte. Baralis war begierig, seine Pläne zur Sabotage von Maybors Plantagen in die Tat umgesetzt zu sehen. Bringe war genau die Art von Mann, die dem Kanzler gefiel – ein gieriger Mann.

Kapitel Sechzehn

Tavalisk war in den Weinkeller gegangen, um verschiedene Jahrgänge zu kosten. »Ich glaube, ich werde ein Glas von diesem hier nehmen«, sagte er zu dem Jungen, der ihm wie ein Schatten folgte.

»Bitte verzeiht, Euer Eminenz, aber es ist mir nicht erlaubt, die Fässer zu berühren. Ich werde den Kellermeister rufen.«

»Du wirst nichts derartiges tun, Junge. Ich kann den Anblick dieser scheinheiligen Kröte nicht ertragen. Er hat überhaupt keine Ahnung von Wein.« Tavalisk lächelte freundlich. »Komm, Junge, gib mir ein Glas von dem Roten.« Widerwillig schlug der Junge das Faß an, füllte ein Glas und reichte es dem Erzbischof. »Siehst du, mein Junge«, sagte Tavalisk, »du hast mir bereits einen größeren Dienst erwiesen, als es der Kellermeister je getan hat. Er schenkt mir immer nur ein mageres Viertel ein, wenn ich zur Weinprobe komme.«

Tavalisk hielt die Flüssigkeit gegen das Licht und bewunderte die kräftige Farbe. Ein kurzes Aufflackern von Verärgerung zeigte sich auf seiner Stirn, als er sah, daß Gamil sich näherte.

»Bitte verzeiht die Störung, Euer Eminenz.«

»Was gibt es denn jetzt schon wieder, Gamil?« Der Erzbischof schwenkte den Wein.

»Ich habe Neuigkeiten für Euer Eminenz.« Gamil blickte zu dem Jungen.

»Es ist nicht notwendig, den jungen Mann zu entlassen, Gamil. Ich bin sicher, daß man ihm trauen kann, und außerdem war er mir sehr behilflich.« Tavalisk schenkte dem Jungen ein weiteres Lächeln.

»Ich habe heikle Angelegenheiten mit Euch zu besprechen«, beharrte Gamil.

»Widersprich mir nicht!« Die Stimme des Erzbischofs klang eiskalt. Er wandte sich an den Jungen, dem mittlerweile die Röte ins Gesicht gestiegen war, und sagte freundlich: »Hol mir ein Glas von dem Weißen aus Marls.« Der Junge eilte zu einem anderen Faß. »Und jetzt, Gamil, erzähl mir deine Neuigkeiten.«

»Nun, Euer Eminenz, ich habe die Bestätigung bekommen, daß zu Winteranfang in Burg Harvell ein Feuer ausgebrochen ist – in derselben Nacht, in der Ihr die Macht gespürt habt. Ich habe auch von einigen merkwürdigen Dingen gehört, die bei Ausbruch des Feuers geschehen sein sollen.«

»Laß mich raten, Gamil. Metallene Gegenstände fühlen sich ungewöhnlich warm an? Eine mächtige Hitzewelle?«

Der Junge kehrte mit einem Glas Wein zurück, und Tavalisk trank einen Schluck.

»Das stimmt, Euer Eminenz.« Der Erzbischof probierte den Wein, dann spie er ihn aus.

»Zauberei folgt immer denselben Regeln, egal wer sie praktiziert. Allerdings bedarf es schon unglaublicher Nachwirkungen, um Metall zu erhitzen. Mir scheint, Baralis hat aus Verzweiflung gehandelt. Es war wohl nicht geplant. Er ist in Leiss ausgebildet worden; eigentlich sollte er die Gefahren kennen, die die Freisetzung einer derart unverschämten Menge an Energie mit sich bringt.«

Der Erzbischof hielt inne, um einen weiteren Mund voll des Weins zu nehmen. »Dieser Weiße aus Marls ist recht delikat. Hier, trink einen Schluck.« Gamil hob die Hand, um das Glas in Empfang zu nehmen; Tavalisk ignorierte die Geste und reichte den Wein dem Jungen. »Ich würde gerne deine Meinung darüber hören.« Der Erzbischof wandte den Blick ab, als hätte er den Ausdruck des Hasses nicht bemerkt, der kurz auf Gamils Gesicht erschienen war.

»Euer Eminenz ist auf ungewöhnlich vielen Gebieten bewandert.«

»Ich habe ein paar praktische Kenntnisse auf dem Gebiet der Zauberei, Gamil. Wie du weißt, versuche ich mich von Zeit zu Zeit in dieser Kunst: eine kleine Verzauberung hier, eine winzige Beschwörung dort, aber es ist viel zu anstrengend, als daß ich mich intensiver damit auseinandersetzen würde. Selbst so einfache Dinge, wie eine primitive Kreatur unter seinen Willen zu zwingen, können jemanden für einen ganzen Tag schwächen. Zauberei verlangt ebenso sehr nach der Stärke eines Mannes wie nach seinem Verstand, und sie belastet sowohl die Muskeln als auch den Geist.«

Tavalisk bedeutete dem Jungen, ihm einen neuen Wein aus einem anderen Faß zu holen. »Die Menschen haben die irrige Vorstellung, Magie komme aus der Erde und von den Sternen, dabei kommt sie in Wirklichkeit von innen, und wenn sie einmal freigesetzt ist, kann man ihren Verlust deutlich spüren – von einem Mann, der gerade ein Viertel seines Blutes verloren hat, erwartet man doch auch nicht, daß er einfach weitermacht, als sei nichts geschehen. Mit der Zauberei ist es genau dasselbe.« Der Erzbischof nahm den neuen Wein aus der Hand des Jungen entgegen. »Durch Zauberei wird man einfach viel zu sehr geschwächt, als daß man sie jeden Tag anwenden könnte. Wann immer nötig werde ich sie nutzen, aber im allgemeinen ziehe ich es jedoch vor, meine Stärke zum Wohle Rorns zu erhalten. Zauberei ist ein schlechter Ersatz für Schläue.«

Tavalisk verzog das Gesicht. Der Wein war sauer. »Hier, Gamil, versuch du ihn einmal«, sagte er und bot seinem Sekretär das Glas an. »Gibt es etwas Neues über unseren Freund, den Ritter?«

»Er ist wieder in Rorn, Euer Eminenz. Nachdem er von Bord gegangen ist, hat er sich sofort auf den Weg ins

Hurenviertel gemacht.« Vorsichtig nippte Gamil an dem Wein.

»Wahrscheinlich sucht er nach seiner eigenen kleinen Hure. Komm schon, Gamil, trink. Das ist ein hervorragender Jahrgang.« Tavalisk beobachtete, wie sein Sekretär widerwillig das Glas leerte.

»Nun, er wird sie nicht finden, Euer Eminenz.«

»Wenn man bedenkt, wo sie sich befindet, halte ich das auch für ziemlich unwahrscheinlich.« Tavalisk nahm Gamil das Glas aus der Hand. »Natürlich will ich nicht, daß dem Mädchen ein Leid geschieht.«

»Natürlich nicht, Euer Eminenz.«

»Ich halte sie nur fest für den Fall, daß sie sich vielleicht irgendwann bei unserem Spielchen mit dem Ritter als nützlich erweist. Wenn ich richtig verstanden habe, hat er sich sehr zu ihr hingezogen gefühlt.«

»Nach allem, was ich gehört habe, stimmt das in der Tat, Euer Eminenz.«

»Aber mit der Zeit wird sich die Hure noch als das geringste Problem unseres Ritters erweisen.«

»Was meint Ihr damit, Euer Eminenz?«

»Ich meine damit, Gamil, daß es höchste Zeit ist, etwas gegen seine Brüder zu unternehmen. Ich denke daran, sie aus der Stadt zu werfen. Die Ritter von Valdis sind mir schon lange ein Dorn im Auge, und ich verspüre das Bedürfnis, sie ein wenig zu demütigen. Es macht mich krank zu sehen, wie sie in unseren Häfen herumschleichen und sich in unseren Handel einmischen. Und seit Tyren das Ruder übernommen hat, haben sie es nicht mehr bei ihren Patrouillen bewenden lassen – sie haben tatsächlich nach illegalen Sklaven gesucht! Erst letzte Woche haben sie eine Ladung Gewürze beschlagnahmt, die gut über einhundert Goldstücke wert war. Sie haben gesagt, es sei Kapergut!

Die Situation ist unerträglich geworden. Sie verstecken sich hinter ihren edlen Motiven, aber alles, was sie interessiert, ist Profit. Sie besitzen fast das Monopol auf den Salzhandel, und ich muß dir wohl kaum sagen, was das für unsere Hochseefischer bedeutet – sie brauchen das Salz, um ihren Fang frisch zu halten. Ich habe nichts gegen einen Mann, der ein paar Goldstücke verdienen will, aber er soll seine Absichten nicht hinter heuchlerischen Idealen verbergen.« Der letzte Satz schien dem Erzbischof außerordentlich gut formuliert, und er befahl Gamil, ihn zum Wohle der Massen niederzuschreiben.

»Du darfst dich jetzt entfernen«, sagte Tavalisk, nachdem Gamil alles aufgeschrieben hatte, und winkte den Jungen herbei. »Füll einen Krug mit dem letzten Wein für meinen Sekretär, Junge. Offensichtlich hat er ihn sehr genossen.«

»Bitte macht Euch keine Umstände, Euer Eminenz.«

»Unsinn, Gamil, es ist mir eine Freude. Betrachte es als Belohnung für deine Schreibkünste.« Der Junge kehrte mit einem großen Krug des sauren Weins zurück und reichte ihn Gamil. »Du mußt ihn möglichst bald trinken. Ansonsten könnte er seinen einzigartigen Geschmack verlieren.« Gamil zog sich zurück, den schweren Krug in den Armen.

»Und jetzt, mein Junge«, wandte sich der Erzbischof wieder an seinen Diener, »jetzt widmen wir uns dem nächsten Faß.«

Wenige Augenblicke später waren leise Schritte zu hören, und ein hagerer Mann erschien. »Ah, unser Herr Kellermeister. Es ist mir immer wieder eine Freude, Euch zu sehen. Gerade eben habe ich Eurem Burschen erzählt, wie sehr ich Euer Wissen über Wein schätze.«

Vorsichtig suchte sich Tawl einen Weg durch den Dreck der Straße. Der Gestank von Exkrementen und Verwesung war überwältigend. Die Menschen von Rorn verließen sich darauf, daß der Regen die Straßen reinigen würde, doch seit Wochen hatten die Wolken sich nicht mehr entleert, und so konnte jedermann den Abfall der Stadt sehen und riechen.

Bereits früh am Morgen hatte sich Tawl von der *Fischgeruch* verabschiedet. Es war ihm schwer gefallen, Lebewohl zu sagen, denn er hatte sich während der Reise mit der Mannschaft angefreundet. Carver hatte erklärt, es hätte sich herausgestellt, daß Tawl doch ein besserer Koch sei als der, den man zurückgelassen hatte. Kapitän Quain hatte Tawl die Hand geschüttelt und ihm Hilfe angeboten, wann immer er sie benötigen würde. »Komm in den Hafen, wann du willst«, hatte er gesagt. »Normalerweise bin ich immer hier – natürlich nur, wenn ich nicht gerade auf See bin. Hier wirst du immer einen Becher Rum und eine helfende Hand finden.« Tawl zweifelte nicht einen Augenblick an der Ernsthaftigkeit des Angebots; der Kapitän war niemand, der leichtfertig ein Versprechen gab.

Tawls erster Weg führte ihn ins Hurenviertel. Er hoffte, Megan ein letztes Mal zu sehen, und vielleicht konnte er auch noch eine Nacht bei ihr verbringen, bevor er die Stadt endgültig verließ. Er mußte mit ihr reden. Seit er Larn verlassen hatte, dachte er ständig an ihre Worte: *Liebe, nicht Erfolg, wird dich von deinen Dämonen befreien.* Woher wollte sie das wissen? Erfolg war alles, was zählte. Dafür lebte er; es war sein persönlicher Fluch. Sein Verlangen nach Erfolg – die Sehnsucht nach Ruhm und Ehre – hatten sein ganzes Leben geprägt. Die Suche danach hatte ihn ins Verderben geführt.

Soweit er zurückdenken konnte, wollte er ein Ritter werden. Jeden Tag, wenn er zum Fischen hinausging, wanderten seine Gedanken gen Osten, nach Valdis. Die Ritter waren edel: sie retteten Prinzessinnen aus hohen Türmen und schlugen große Schlachten gegen mächtige Dämonen.

Um ein Ritter zu werden, brauchte man Geld, und so hatte Tawl begonnen, den überschüssigen Fang zu verkaufen. Vier Fische mehr am Tag bedeuteten einen Kupferpfennig in der Woche. Eines Morgens errechnete

Tawl, daß es auf diese Weise fünfzehn Jahre dauern würde, die erforderliche Summe aufzubringen. Doch das spornte seinen Eifer nur an.

Tawl versteckte seine Ersparnisse am Boden des Salzfasses. Oft hatten sie nicht genug Brot oder Talg, und Tawl war versucht, sein Geld zu opfern. Als seine Mutter gestorben war, besaß er bereits einen Becher voller Kupferstücke. Dann erkrankte Anna an Sumpffieber, und das mittlerweile ein Jahr alte Baby mußte getauft werden. Tawl blieb keine andere Wahl, als auf seine Ersparnisse zurückzugreifen. Oh, wie wütend er gewesen war, und er hatte seine Wut an den Schwestern ausgelassen und ihnen das Leben zur Hölle gemacht. Die Mädchen begriffen nicht, daß ihr Bruder mit der Aufgabe seiner Ersparnisse mehr als nur seinem Geld Lebewohl gesagt hatte.

Tawls Schwestern gewannen ihn mit Zärtlichkeit wieder zurück. Sara übernahm eine Woche lang das Fischen, und die kranke Anna malte ihm fröhliche Bilder. Vielleicht hatten sie ihn *doch* verstanden – allerdings hatte Tawl es damals nicht bemerkt.

Es war eine schwierige Zeit gewesen. Es gab nur die Familie und sonst nichts. Die Verantwortung war groß. Tawl nahm jede Arbeit an, die er finden konnte: Erntehelfer, Spüljunge in einem Gasthof, Torfstecher – für jemanden, der sich in Waren anstatt in Geld auszahlen ließ, gab es immer genug Arbeit. Er arbeitete viele Stunden bis an den Rand der Erschöpfung. Manchmal vergingen Wochen, ohne daß er die Hütte bei Tageslicht gesehen hatte.

Nur am frühen Morgen hatte er Zeit für sich selbst. Seine Ersparnisse mochten weg sein, aber sein Traum war geblieben. Er war stark; das hatte er schon immer gewußt. Sein Angelplatz war sehr wertvoll, und er hatte ihn häufig gegen andere verteidigen müssen. Jetzt wagte es niemand mehr, ihn zu belästigen. Der Dorfpriester hatte Tawl erklärt, Kraft allein genüge nicht, um ein Ritter zu werden. Also hatte Tawl jeden Morgen außer seinem Messer auch noch ein Buch in der Tasche. Zwar konnte er mit den Worten des alten Marod nicht viel anfangen, aber wenn es wichtig war zu lesen, dann würde er lesen. Selbst nachdem die gesamten Ersparnisse aufgebraucht waren, nahm er das Buch weiterhin mit. Er redete sich ein, dies sei nichts weiter als eine alte Gewohnheit, daß er das Buch brauche, um die Angel festzumachen, und daß der alte Marod im Falle eines Angriffs eine gute Waffe wäre. Die Wahrheit lag jedoch tiefer: solange er das Buch hatte, solange bestand noch Hoffnung. Wann immer sich die Gelegenheit ergeben sollte, ein Ritter zu werden – und in Tawls Träumen stand das außer Zweifel –, dann wollte er bereit sein.

Tawls Erinnerung an diese Zeit war geprägt von Spott, der nach wie vor in seinen Ohren klang. Die Dorfjungen hätten sich niemals allein an ihn herangewagt, also bildeten sie Banden. Und wenn sie ihn erspähten, wie er mit den Schwestern an der Hand und dem Baby in einem Korb auf den Markt ging, dann lachten sie, nannten ihn ›die gute Hausfrau‹ und riefen ihm zu, er solle nach Hause gehen und dem Baby die Brust geben. Jedesmal zogen ihn Sara und Anna am Ärmel und flehten ihn an weiterzugehen. Ihre ängstlichen Stimmen waren das einzige, was Tawl davon abhielt, sich die Dorfjungen vorzuknöpfen.

Doch eines Tages kam er allein. Tawl konnte sich noch an jede Einzelheit dieses Tages erinnern: der Himmel war blau, die Fliegen summten durch die Luft, und der Boden unter seinen Füßen war trocken und fest. Eine Hammelkeule war sein Verderben.

Das große Sommerfest rückte immer näher, und Tawl hatte seinen Schwestern einen besonderen Leckerbissen versprochen. Für zwei Mädchen, deren übliche Nahrung nur aus Fisch und Gänseschmalz bestand, stellte ein Stück Fleisch einen geradezu unglaublichen Luxus dar; und so sehr sie ihn auch manchmal ärgerten, Tawl liebte es, ihnen eine Freude zu bereiten. Er hatte Sara damit beauftragt, das Feuer für die Hammelkeule anzuheizen. Sie war inzwischen zwölf Jahre alt, Sara acht und das Baby drei.

Tawl ging an diesem Tag fröhlichen Schrittes ins Dorf. Er würde nicht nur eine Hammelkeule kaufen, es würden auch noch ein paar Kupferstücke für bunte Schleifen und Konfitüre übrigbleiben. Sara und Anna besaßen nur ein paar Stücke Kordel, mit denen sie ihre Haare zusammenbinden konnten. Tawl hatte immer wieder bemerkt, wie sie mit traurigen Augen auf die Mädchen des Dorfes blickten, deren Zöpfe mit bunten Sträußchen geschmückt waren; seine Schwestern sehnten sich danach, doch sie wagten nie zu fragen. Sara und Anna wußten beide, daß sie kein Geld übrig hatten, und sie würden Tawls Bürde nicht noch schwerer machen, indem sie nach Dingen verlangten, die sie sich einfach nicht leisten konnten. Sie waren gute Mädchen. Doch sie wußten nicht, daß Tawl wieder überschüssige Fische verkauft hatte, seitdem das Baby entwöhnt war und die Dienste der Amme nicht länger in Anspruch genommen werden mußten. Natürlich hatte er nicht viel gespart, aber es war genug, um eine kleine Überraschung für das Sommerfest besorgen zu können.

Tawl kaufte die Hammelkeule; sie war sehnig und ein wenig zäh, und da er ein Neuling im Feilschen war, hatte er ohne Murren den verlangten Preis gezahlt.

Auf dem Rückweg kämpfte Tawl mit den Fliegen. Sie summten um ihn herum, ärgerten ihn und versuchten, auf dem Fleisch zu landen. Gerade als er das Dorf verlassen wollte, hörte er eine Stimme: »Hey, Muttersöhnchen, mach besser, daß du nach Hause kommst, um im Topf zu rühren!« Lachen folgte der Bemerkung. Tawl drehte sich nicht um; er ging weiter.

»Ärger mit den Fliegen? Der Gestank von Mädchen zieht sie an!« Eine zweite Stimme. Mehr Gelächter.

»Bald bekommst du bestimmt richtige Titten!«

Tawl wirbelte herum. »*Noch ein Wort, und ich bringe dich um!*« Befriedigt sah er, wie die Jungen zusammenzuckten. Es waren fünf. Er kannte sie gut. Der Anführer grinste ihn hämisch an.

»Wie willst du das denn fertigbringen, Hausmütterchen? Willst du uns mit deinen Kochkünsten vergiften?«

Das Maß war voll. Tawl sprang dem Anführer an die Kehle. Er hatte bereits seine Hände um den Hals des anderen gelegt, bevor er wußte, was geschah. Das Gesicht des Jungen verfärbte sich zunächst rot, dann violett. Irgend jemand trat Tawl von hinten. Er drehte sich um und schlug dem Angreifer mitten ins Gesicht. Knochen zerbarsten unter seinen Fingern. Ein dritter sprang ihm auf den Rücken. Tawl schleuderte ihn mit solcher Wut von sich, daß er eine Pferdelänge entfernt landete. Der vierte zögerte ängstlich. Nun griff Tawl an. Er warf den Jungen zu Boden und trat auf ihn ein, bis sein Zorn verebbte.

Blut befleckte die Erde und Tawls Kleider, und die Hammelkeule lag im Dreck der Straße. Vier Jungen waren geschlagen, und der letzte war klugerweise geflohen.

Tawl war den Tränen nahe – nicht wegen des Kampfes, sondern wegen des Fleisches und der Schleifen. Er hob die Keule auf und versuchte, sie so gut wie möglich vom Staub zu befreien. Die Schleifen waren blutverschmiert, aber vielleicht konnte man sie waschen.

Tawl machte sich auf den Heimweg, den Korb in der Hand und leicht humpelnd von einem Schlag gegen sein Bein. Nur kurze Zeit später hörte er Schritte hinter sich, und er bereitete sich auf einen neuen Kampf vor.

»In deinem Zorn bist du sehr stark, junger Mann«, erklang eine Stimme. Tawl drehte sich um. Vor ihm stand ein Mann, ein Fremder seiner Hautfarbe und seinem Akzent nach zu urteilen. »Deine Vorstellung war sehr beeindruckend. Du bist hart, aber du brauchst dringend eine Ausbildung.«

»Ich habe Euch nicht nach Eurer Meinung gefragt, Fremder.« Tawl musterte den Mann von oben bis unten.

Er hatte dunkle Haare und Augen. Ein Schwert hing an seiner Hüfte, und in einem Brustgurt steckte ein Dolch. Ein dunkelblauer Umhang verlieh ihm ein stattliches Aussehen, und gut geöltes Lederzeug ließ auf Wohlstand schließen.

»Ich bin ein Mann, dem es gefällt zu bekommen, was er will. Und ich werde nicht um den heißen Brei herumreden: Ich will *dich*.« Der Fremde verzog die Lippen zu etwas, das an ein Lächeln erinnerte. Er verbeugte sich. »Ich bin Tyren, Ritter von Valdis.«

Tawl näherte sich dem Hurenviertel. Er sehnte sich danach, Megan wiederzusehen. Mehr und mehr holte die Vergangenheit ihn ein, und er brauchte Megans Zärtlichkeit, um zu vergessen.

Als er keine Antwort auf sein Klopfen erhielt, war er bitter enttäuscht. Er brach die Tür auf und riß ein Stück aus seinem grünen Umhang. Er würde es als Zeichen für Megan zurücklassen, daß er hier war, denn das Mädchen konnte nicht lesen.

Tawl blickte sich einen Augenblick um. Offensichtlich war Megan bereits mehrere Tage nicht mehr hier gewesen; Ratten huschten über den Boden, Fliegen kreisten um ein Stück verschimmelter Pastete, und auf den Möbeln lag eine dicke Staubschicht. Megan achtete normalerweise auf Sauberkeit. Verwirrt schaute sich Tawl weiter um. Ihre wenigen Kleider und anderen Habseligkeiten waren nach wie vor an ihrem Platz. Dann sah der Ritter unter den schweren Steinofen, wo Megan ihr Geld aufbewahrte – keine Spur von den Goldstücken. Sie hatte das Geld genommen und war gegangen. Tawl konnte ihr keinen Vorwurf machen – schließlich hatte er sie dazu gedrängt –, er hatte nur nicht erwartet, daß sie so schnell gehen würde.

Der Ritter fuhr mit den Fingern durch sein Haar. Es war besser so. Er hätte sowieso nur eine Nacht bleiben können, und dann hätten sie erneut Lebewohl sagen müssen – das erste Mal war schon schwer genug gewesen. Tawl schloß die zersplitterte Tür hinter sich.

Er wanderte für eine Weile durch die schmutzigen Straßen und staunte über die Wärme der Sonne – in den Sümpfen war es um diese Jahreszeit bitterkalt. Tawl nahm die beiden Briefe aus seinem Gürtel und schauderte, als er den kunstvollen Buchstaben ›L‹ auf den Siegeln erblickte. Erst wenn sie nicht mehr in seinem Besitz waren, würde er wieder ruhig schlafen können. Da er noch nie von den Straßen gehört hatte, die auf den Umschlägen standen, rief er nach einem vorbeikommenden Jungen. »Hey, junger Freund!«

Der Junge schien überrascht, daß ihn jemand zu sich rief. »Meinst du mich?« fragte er und blieb stehen.

»Ja, dich. Ich frage mich, ob du mir wohl helfen kannst. Ich brauche jemanden, der mir den Weg zu ein paar Straßen zeigt.«

»Was ist für mich dabei drin?« Der Junge blickte ihm fest in die Augen. Tawl konnte nicht anders, als über die Kühnheit seines Gegenübers zu lächeln.

»Was verlangst du?« fragte er.

»Zwei Kupfer«, antwortete der Junge blitzschnell. Tawl musterte den Jungen von oben bis unten: er war vielleicht elf Sommer alt und trug eine ärmliche, zerschlissene Baumwolltunika. Er sah aus, als hätte er schon seit Tagen nichts mehr gegessen.

»Ich werde dir kein Geld geben, junger Mann, aber ich verspreche dir eine warme Mahlzeit.« Tawl konnte deutlich sehen, wie der Junge den Wert des Angebots durchkalkulierte.

»Woher soll ich wissen, daß du mich nicht einfach hängen läßt, nachdem ich dir den Weg gezeigt habe?«

»Du hast mein Wort.«

»Die Leute in dieser Gegend sagen, das Wort eines Fremden ist so gut wie kein Wort.«

»Du hältst mich also für einen Fremden?«

»Das ist so klar zu sehen wie mein linker Fuß.«

Tawl unterdrückte ein Lächeln. »Was würdest du sagen, wenn ich ein Ritter wäre, der verpflichtet ist, sein Wort unter allen Umständen zu halten?« Er verbeugte sich leicht und beobachtete, wie der Junge darüber nachdachte, was er als nächstes tun sollte.

»Also gut. Ich werde dich dorthin führen, wo du hin willst. Das heißt aber nicht, daß ich beeindruckt bin – von wegen Ritter und so. Und es heißt auch nicht, daß ich dir glaube. Ich gehe nur mit, weil ich im Augenblick nichts Besseres zu tun habe und weil ich mir ein wenig die Füße vertreten will. Allerdings nehme ich dich mit der warmen Mahlzeit beim Wort.«

»Ich bin dankbar für deine Hilfe. Also ... ich suche die Maulbeer-Straße und die Tassockgasse.«

Der Junge stieß einen leisen Pfiff aus. »Da hast du ein gutes Geschäft gemacht.«

»Warum?«

»Weil beide Straßen auf der anderen Seite der Stadt sind. Wir haben einen verdammt langen Marsch vor uns, das kann ich dir sagen. Du mußt ein paar ziemlich hohe Tiere kennen.«

»Das heißt?«

»Das heißt, die Maulbeer-Straße ist nichts für Leute wie dich und mich. So ein Ort ist nur was für die Reichen und Mächtigen.« Der Junge war offenbar beeindruckt.

»Dann laß uns gehen«, drängte Tawl. Die Empfänger der Briefe interessierten ihn nicht; er wollte seine Aufgabe als Bote nur so rasch wie möglich hinter sich bringen und sich dann wieder auf den Weg machen.

»Wie lautet dein Name?« fragte er, als der Junge ihn die Straße hinunterführte.

»Sag mir deinen zuerst.«

»Tawl.«

»Ist das alles?« Der Junge war enttäuscht. »Ich dachte immer, Ritter hätten lange, beeindruckende Namen wie Culvin der Wagemutige oder Roderick der Tapfere.«

»Den beeindruckenden Teil bekommen wir erst,

wenn wir den Heldentod gestorben sind.« Tawl zwinkerte schelmisch. Der Junge schien mit der Antwort zufrieden und schwieg eine Weile, während er den Ritter durch eine Reihe von Gassen führte.

»Ein Wort des Rates, Tawl, wenn ich so kühn sein darf.« Der Junge sprach mit der gedämpften Stimme eines Verschwörers. »Wenn ich an deiner Stelle wäre, würde ich nicht herumlaufen und vollkommen fremden Leuten erzählen, daß ich ein Ritter bin. Heutzutage sind die Ritter in Rorn nicht gerade populär, wenn du verstehst, was ich meine.«

War es schon so weit gekommen? War der Ruf der Ritterschaft mittlerweile so schlecht, daß ihn selbst die Straßenkinder davor warnten, seine Identität preiszugeben? Aber andererseits – was hätte er anderes erwarten sollen? Rorn und Valdis gingen sich schon viel zu lange gegenseitig an die Kehle. Tawl wollte glauben, daß es nur Rivalität war, die den Haß gegen seinen Orden schürte. Aber es fiel ihm immer schwerer, die Gerüchte zu ignorieren. Er wußte, daß Valdis seinen Kritikern nicht antworten würde – das war nicht die Art der Ritterschaft –, und obwohl Tawl dieses Schweigen akzeptierte, so sah er doch, welchen Schaden es anrichtete. Er *selbst* war Opfer dieses Schweigens geworden: der Erzbischof hatte ihn ein Jahr lang eingesperrt und gefoltert, weil er ganz genau wußte, daß Valdis keine Vergeltungsmaßnahmen einleiten würde.

Als der Junge sprach, lenkte er Tawl kurzzeitig ab. »Nebenbei … man nennt mich Schnapper.«

»Nun, Schnapper, mir scheint, du weißt eine Menge über Rorn. Was schlägst du als Abendessen vor?«

»Das beste Gericht in ganz Rorn ist Aalpastete. Davon nehme ich ein Stück und ein paar fritierte Fischschwänze und Lauchsuppe – natürlich ohne Karotten.«

»Natürlich«, bestätigte Tawl geistesabwesend. In Gedanken war er weit im Westen, in Valdis.

Maybor wurden gerade neue Gewänder angepaßt, als sein Diener unerwartet erschien. »Was gibt es, Crandle?«

»Ein Brief ist für Euch abgegeben worden, Herr. Ein Bote wartet auf Eure Antwort. Er war sehr aufgeregt. Er hat gesagt, der Brief sei von einem Adler gebracht worden.«

»Von wem ist er?« fragte Maybor, abgelenkt durch ein besonders prächtiges Gewand, das er gerade anprobierte. Er bewunderte sein Spiegelbild in dem neu erworbenen Spiegel.

»Das weiß ich nicht, Herr.«

»Sag mir, Crandle, findest du nicht, daß dieses Gewand ein wenig zu eng ist? Der Schneider versichert mir, es passe wie angegossen.« Beiläufig schlug Maybor den unglücklichen Mann. »Sei vorsichtig mit den Nadeln, du unfähiger Tölpel!«

»Ich denke, dieses Gewand steht Euch ausgezeichnet, Herr.«

»Nun, Crandle, ich bin versucht, dir recht zu geben. Ich sehe wirklich ziemlich ... wie heißt das Wort, das ich suche?«

»Königlich«, schlug Crandle vor.

»Ja, das ist es. Jetzt erzähl mir von dem Brief.« Maybor wandte sich an den Schneider. »Du kannst jetzt gehen. Denke daran, daß ich noch viel mehr Stickereien und Juwelen haben will ... auf allen. So wie sie im Augenblick aussehen, sind sie viel zu schlicht.« Der Mann zog sich zurück und nahm seine Arbeit mit. »Der verdammte Idiot hat keine Ahnung, wie man vernünftige Gewänder macht. Ich werde mir ordentliche Kleidung in Bren besorgen müssen, aber das dauert zwei Monate. Wäre Baralis hier, würde ich mit bloßen Händen das Leben aus seinen verräterischen Knochen quetschen. Nun, wo waren wir stehengeblieben?«

»Der Brief.«

»Ja, ja. Laß mich mal einen Blick darauf werfen. Es muß etwas Dringendes sein, wenn sich der Absender die Mühe gemacht hat, ihn von einem Vogel überbringen zu lassen.« Crandle übergab Maybor das Schreiben, der den Umschlag sorgfältig musterte. »Geh jetzt!«

Maybor war aufgeregt. Der Brief kam offenbar von einem weit entfernten Ort; die Schrift auf der Außenseite entsprach keinem ihm bekannten Stil. Maybor brach das Siegel und entrollte das Schriftstück. Er war kein erfahrener Leser, und das, verbunden mit der ungewöhnlichen Handschrift, bereitete ihm einige Probleme bei der Entzifferung des Inhalts. Nachdem er alles verstanden hatte, setzte er sich auf die Bettkante und rieb sich nachdenklich das Kinn.

Tief in Gedanken versunken, saß Maybor lange Zeit einfach nur da, bis ihn ein Klopfen aufschreckte. Er wollte gerade seinem Diener zurufen, er solle verschwinden, als Kedrac eintrat.

»Vater, du siehst so blaß aus. Was ist passiert?«

»Nichts, mein Junge. Ich fühle mich sehr gut.« Maybor blickte auf den Brief und dann zu seinem Sohn. Er traf eine Entscheidung. »Ich habe gerade ein interessantes Angebot erhalten.«

»Von wem?« Die Stimme des Sohnes vermittelte einstudiertes Desinteresse.

»Ich bin nicht sicher ... natürlich könnte ich ein paar Vermutungen anstellen, aber das werde ich nicht. Es reicht, wenn ich sage, es kommt von jemandem mit großer Macht und Einfluß.« Nun zeigte Kedrac Interesse.

»Und was schlägt diese Person von Macht und Einfluß vor, Vater?«

»Er schlägt eine Art Bündnis vor.« Maybor wählte seine Worte mit äußerster Sorgfalt. »Er sagt, wir hätten gemeinsame Interessen und sollten uns zu unser beider Wohl zusammentun.«

»Du sprichst in Rätseln, Vater.«

»Baralis!« schrie Maybor wütend. »Der Mann, der diesen Brief geschrieben hat, will den elenden Emporkömmling in seine Schranken weisen.«

»Sicher haben wir eine solche Allianz nicht nötig.

Können wir Baralis' Abgang nicht selbst in die Wege leiten? Sag nur ein Wort, und ich schneide ihm die Kehle höchstpersönlich durch.«

»Nein«, entgegnete Maybor barsch. Vor seinem geistigen Auge sah er das Schicksal des Assassinen. »Ich befehle dir, die Finger von ihm zu lassen.« Sein Tonfall zeigte deutlich, daß er keine Diskussion über dieses Thema wünschte. Die Augen von Vater und Sohn trafen sich für einen Augenblick – der Sohn gab als erster nach.

»Also, Vater. Was gedenkst du wegen des Briefes zu unternehmen?«

»Ich werde antworten, daß ich an einem Bündnis interessiert bin. Aber ich werde darauf achten, nicht *zu* interessiert zu wirken und verlangen, daß der Absender seinen Namen nennt.«

Kedrac nickte zustimmend. »Woher weißt du, wohin du deine Antwort schicken mußt?«

»Ein Diener wartet draußen. Ich werde noch heute einen Brief schreiben.«

»Der Absender muß es verdammt eilig haben, wenn er eine Taube geschickt hat.«

»Einen Adler«, berichtigte Maybor. Beide Männer schwiegen einen Augenblick. Gerüchte besagten, daß man einen Adler nur durch Zauberei dazu bewegen konnte, Botendienste zu verrichten. Maybor hielt es für das Beste, das Thema zu wechseln.

»Gibt es irgendwelche Neuigkeiten von deiner verfluchten Schwester?«

»Deswegen bin ich überhaupt zu dir gekommen. Die Suche verläuft nicht sehr erfolgreich. Sie ist nun bereits seit vierundzwanzig Tagen verschwunden, und die Spuren sind mittlerweile kalt. Die königliche Garde hat die Wälder und alle umliegenden Ortschaften durchkämmt. Sie haben nicht die geringste Spur von ihr gefunden.«

»Melliandra kann sich doch nicht in Luft aufgelöst haben. Irgendwo muß sie doch sein.«

»Es gibt da ein paar Gerüchte.«

»Was für Gerüchte?«

»Ein Mädchen, auf das ihre Beschreibung paßt, soll in Duvitt ausgepeitscht worden sein.«

»Duvitt! Dieses verräterische Nest ist fünf harte Tagesritte von hier entfernt. Sicher ist sie zu Fuß nicht so weit gekommen.«

»Wir wissen bereits, daß sie am ersten Tag ihrer Flucht ein Pferd in Harvell gekauft hat.«

»Trotzdem, Kedrac ... niemand würde es wagen, die Tochter eines Adeligen auszupeitschen. Das sind nur irgendwelche unsinnigen Geschichten, ausgedacht von ein paar Leuten, die nichts besseres zu tun haben.« Maybor dachte einen Augenblick nach. »Aber egal, überprüf es. Überlaß es nicht der königlichen Garde. Schick deine besten Männer nach Duvitt, um das Gerücht zu untersuchen. Die Zeit läuft uns davon; sie *muß* gefunden werden.«

»Wie du willst, Vater. Ich werde mich sofort darum kümmern.«

Maybor blickte seinem Sohn hinterher, als dieser den Raum verließ. Nachdem Kedrac verschwunden war, nahm der dicke Lord den Brief erneut zur Hand. Der Hauch eines Lächelns erschien auf seinen Lippen; das war in der Tat eine höchst interessante Entwicklung. Maybor setzte sich an seinen Schreibtisch und begann mit der mühsamen Arbeit, eine Antwort zu schreiben.

Baralis war auf dem Rückweg von einer Audienz bei der Königin. Er hatte ihr die Medizin gegeben – natürlich in stark verdünnter Form –, und nun war er sehr mit sich zufrieden. Widerwillig hatte die Königin zugegeben, daß die Suche nach Melliandra nicht sonderlich erfolgreich verlief; nicht nur, daß man keine Spur gefunden hatte, die zu Baralis führte, man hatte *überhaupt keine* Spur gefunden. Er hatte nichts anderes erwartet. Die königliche Garde war nur berühmt dafür, in ihren Uniformen gut auszusehen.

Viele Tage waren vergangen, seit Baralis mit der Königin gewettet hatte, und nun mußte er nichts weiter tun, als das Mädchen noch eine Weile länger festzuhalten, um die Wette zu gewinnen. Und was für einen Preis es zu gewinnen gab! Endlich würden Baralis' Pläne aufgehen – er würde die Königin zwingen, Prinz Kylock mit Katharina von Bren zu verheiraten, dem einzigen Kind des Herzogs von Bren. Ein Ehebund ohnegleichen in der Geschichte der bekannten Welt. Kylock würde über die beiden mächtigsten Staaten des Nordens herrschen. Mit der vereinten militärischen Macht von Bren und den Vier Königreichen konnte Kylock alle anderen Länder des Nordens zermalmen. Die Halcus waren bereits stark geschwächt – dafür hatte Baralis gesorgt. Annis und Highwall, bis Ness weit im Osten – alle würden sie fallen. Kylock würde über das größte und mächtigste Reich herrschen, das man je gesehen hatte. Und er, Baralis, Sohn eines Bauern, würde Königsmacher sein, Schöpfer eines Imperiums.

Kylock war seine Kreatur. Mit mehr Raffinesse, als im Lächeln einer Kurtisane lag, hatte er ihn auf seine Seite gezogen. Ein verlockendes Gespräch hier, eine Andeutung von Größe dort, eine aufreizende Demonstration der Macht, und der Junge gehörte ihm. Kylocks Verstand, der Baralis, so sehr ähnelte, sehnte sich nach intimen Kenntnissen jener Kräfte, die man weder berühren noch sehen konnte. Es war so einfach gewesen; der Junge hatte sich von Geburt an von den anderen unterschieden – und er wußte es. Er war ein Einzelgänger, unfähig Freunde zu gewinnen, und er zog sich immer weiter in eine Welt innerer Qualen zurück. Kylock stand am Rande des Wahnsinns. Es würde einfach sein, ihn zu führen – *er war dafür geboren!*

Baralis ging in den Burghof. Nachdem er sich vergewissert hatte, daß ihn niemand beobachtete, schlüpfte er in den Geheimgang, der zu seiner Zuflucht führte. Die Zukunft zu planen war eine Sache, aber die Pläne in die Realität umzusetzen war etwas ganz anderes. Baralis würde niemals zulassen, daß sich irgend jemand diesen Plänen in den Weg stellte, egal wie unbedeutend dieser jemand auch sein mochte. Jetzt war es an der Zeit, den Jungen zu befragen.

Jack saß auf einer Holzbank und hatte die Knie an die Brust gezogen, um sich zu wärmen. Er besaß keinen Umhang mehr, denn seinen hatte er zerrissen, um Mellis Rücken zu verbinden. In den vergangenen Tagen hatte er ausreichend Gelegenheit gehabt, über vieles nachzudenken. Er war vollkommen allein gewesen – abgesehen von kurzen Besuchen der Wache, die ihn regelmäßig verspottete.

So vieles war seit jenem verhängnisvollen Morgen mit den Broten geschehen: es war sinnlos, den Vorfall zu leugnen; es *war* geschehen, und Jack *war* verantwortlich dafür. Zu was ihn das machte, hing davon ab, mit wem man sprach. Die Tradition nannte ihn einen Dämon. Falk nannte ihn einen Mann, der seine eigene Entscheidung zwischen Gut und Böse treffen konnte.

Inzwischen hatte Jack allzu oft die Macht in sich gespürt, als daß er sie noch hätte leugnen können. Das hob ihn von anderen Menschen ab, aber lag ein Sinn darin? Oder wurden derartige Fähigkeiten nur zufällig verteilt, so wie das Laub im Herbst? Ein Teil von ihm hatte immer gewußt, daß er anders war. Jack hatte lange Zeit geglaubt, die Ursache dafür läge im mangelnden Wissen über seine Herkunft. Mit einer Mutter voller Geheimnisse und einem Vater ohne Namen war es eine Art Flucht gewesen zu glauben, er sei etwas Besonderes. In seiner Phantasie war sein Vater ein Spion gewesen, ein Ritter, ein König. Seine Mutter hingegen war eine Zigeunerprinzessin gewesen, die sich vor ihrer Familie versteckt hatte. Solch romantische Vorstellungen hatten ihn als Kind immer wieder aufgebaut.

Dennoch hatte einer von seinen Eltern ihm dies hinterlassen. Bedeutete seine Kraft eine Verpflichtung? Mußte sie verborgen oder benutzt werden?

Jack hatte mehrere Jahre als Schreiber für Baralis gearbeitet, und er kannte einige der Fähigkeiten, die der Mann besaß. War es sein Schicksal, so wie Baralis zu werden? Ein Mann zu werden, der mehr verbarg als zeigte, ein Mann, der kleine Kinder erschreckte und bei dessen Anblick die Menschen Schutzzeichen machten?

Jack blickte auf, als die Tür sich knarrend öffnete. Baralis stand auf der Schwelle. Jack war nicht überrascht, ihn zu sehen; er fühlte sich sogar erleichtert, daß er endlich gekommen war, denn das Warten war ihm nicht leicht gefallen. Es war an der Zeit, einige Dinge zu klären. Jack schickte sich an aufzustehen, doch Baralis hob den Arm.

»Nein, Jack, bleib sitzen.« Seine Stimme klang glatt und gebieterisch. »Weißt du, warum ich hier bin?«

»Ihr seid hier, um mich zu befragen.« Trotzig erhob sich Jack. Er wollte nicht zu seinem Gefängniswärter aufblicken müssen.

Ein flüchtiger Ausdruck der Verärgerung erschien auf Baralis' Gesicht, aber er ließ sich nicht provozieren. »Ich bin hier, um die Wahrheit herauszufinden.« Baralis kam näher, und sein Schatten fiel auf Jack. »Was bist du, Jack? Für wen arbeitest du?« Seine Stimme war zu einem Flüstern herabgesunken. »Was ist an jenem Morgen in der Küche geschehen?«

Jack schüttelte den Kopf; um nichts in der Welt würde er Baralis seine Furcht zeigen.

»Du weigerst dich also, es mir zu erzählen, Junge?«

»Ich kann Euch nicht sagen, was ich selbst nicht weiß.«

»Spiel keine Spielchen mit mir, Junge. Du würdest es bereuen«, erwiderte Baralis. Seine Stimme hatte nun einen bedrohlichen Klang angenommen. »Die Brote, Jack. Wir wissen beide, daß sie ... *verändert* worden sind. Sag mir, was passiert ist. Hast du deine Zauberkünste geübt und dabei die Kontrolle verloren?«

»Ich weiß es nicht.« Jack fiel es schwer, die Stimme ruhig zu halten. »Wenn ich irgend etwas getan habe, dann jedenfalls nicht mit Absicht.« Er hatte die Wahrheit gesagt, doch er wußte, daß die Wahrheit ihn nicht schützen würde. Er hatte jetzt noch mehr Angst als zuvor.

Baralis dachte einen Augenblick nach. Seine grauen Augen schimmerten wie die Klinge eines Schwertes. »Sag mir, Junge ... ist dir das schon früher einmal passiert?«

»Nein.«

»Komm schon.« Baralis' Stimme war wie ein Seidentuch mit einem Dolch in der Mitte. »Ein kleiner Trick, um die Mädchen zu beeindrucken? Oder vielleicht ein kleiner Streich, um Meister Frallit zu ärgern? Was hast du vorher getan?«

»Nichts. Die Sache mit den Broten war ein Unfall.«

»*Ein Unfall!* Macht wird nicht zufällig freigesetzt.«

Jack spürte etwas. Es war derselbe Druck, den er nun schon mehrmals gespürt hatte, aber doch irgendwie anders ... Dann bemerkte Jack, daß nicht er, sondern Baralis die Quelle des Gefühls war. Furcht drohte, seinen Verstand zu verzehren; er konnte nur noch ans Überleben denken.

Baralis' Stimme wurde immer lauter. Jack hatte den Mann noch nie so wütend gesehen. »Sieh mich an, Junge!« Das Gewicht von Baralis' Willen drückte Jack nieder, und er blickte dem Mann in die Augen. »Sag mir die Wahrheit! Woher kommt deine Macht?« Jacks Kopf wurde immer schwerer; eine unbekannte Last lag auf ihm. Er stand in Gefahr, sich selbst zu verlieren, unter der Kraft von Baralis' Willen zusammenzubrechen.

»Ich weiß es nicht.«

Die Last wurde ein wenig leichter, und Jack drehte sich der Magen um. Baralis hielt ihn nach wie vor in seinem Bann. »O doch, das weißt du, Jack. Du trägst alle Antworten tief in dir. Wenn du mir nicht antworten willst, bin ich gezwungen, sie mir selbst zu holen.«

Merkwürdigerweise leuchteten Baralis' Worte inmitten des Aufruhrs wie Glut in der Dunkelheit: Hatte der Mann recht? Trug er wirklich die Antworten in sich?

Ein stechender Schmerz löste den Druck ab und unterband jeden von Jacks Versuchen zu antworten. Es fühlte sich an, als mache jemand hundert winzige Einschnitte in sein Gehirn, und Baralis war der Chirurg.

»Für wen arbeitest du? *Sag es mir!*«

»Ich arbeite für niemanden.« Der Schmerz gab Jack Kraft. »*Laßt mich in Ruhe!*« Irgend etwas wuchs in Jack heran. Er schmeckte Galle in seinem Mund. Die Übelkeit ließ ihn schwindeln.

Für einen kurzen Augenblick wich Baralis zurück, doch eine Sekunde später litt Jack unter Todesqualen. Schmerz schoß sein Rückgrat hinauf, und seine Augen wurden in ihre Höhlen gezogen. Er spürte, wie Baralis die Macht aus ihm herauspreßte.

»Ich werde die Antworten von dir bekommen«, sagte er.

Der Mann war in seinem Kopf. Immer tiefer drang er in Jacks Bewußtsein vor. Der Schmerz war überwältigend; er schien die Seele selbst zu verbrennen. Jacks Gedanken fielen in sich zusammen und landeten an einem Ort, wo sie noch nie gewesen waren. Mit dem Schmerz kam Frieden. Alles war klar. Er wußte, wer er war und was er tun mußte. Seine Mutter war auch hier, ihre Geheimnisse enthüllt: sie war so viel klüger gewesen – und tapferer – als Jack je geahnt hatte. Die Gestalt im Schatten war sein Vater. Jack streckte sich, um ihn erkennen zu können. Der Körper des Jungen wurde von Krämpfen geschüttelt, doch er kämpfte dagegen an – er würde vor der Macht von Baralis' Willen nicht kapitulieren.

Der Schmerz war so furchtbar, daß er die Luft aus Jacks Lungen preßte. Die Visionen verschwanden und mit ihnen das Licht. Jack war von Dunkelheit umgeben. Alleine kämpfte er weiter, bis er sich an nichts mehr erinnerte.

»Hab' ich dir nicht gesagt, daß die Maulbeer-Straße großartig ist?« Schnapper blickte zu Tawl und wartete auf Bestätigung.

»Das hast du in der Tat.« Sie waren in einem Teil von Rorn, den Tawl nie zuvor gesehen hatte. Prächtige Gebäude säumten die Straßen, die Eingänge wurden von Säulen umrahmt, und die Außenwände waren mit Marmor verkleidet. Entlang der Straße standen gepflegte Bäume und Sträucher, und nirgends war auch nur eine Spur verrottender Vegetation zu sehen; selbst die Luft duftete. Tawl hatte vor wenigen Minuten den ersten Brief aus Larn abgegeben. Nun hatte er es eilig, auch den zweiten loszuwerden.

»Der Palast des Erzbischofs ist nur einen Steinwurf von hier entfernt«, erklärte Schnapper. Mittlerweile hatte Tawl herausgefunden, daß der Straßenjunge eine unschätzbare Informationsquelle war, was Rorn betraf. Auf dem Weg in die Maulbeer-Straße hatte Schnapper jede heruntergekommene Gestalt gegrüßt, an der sie vorbeigekommen waren. »Nun, wenn du das Haus, wo du den Brief abgegeben hast, schon für prächtig hältst, dann solltest du erst mal den Palast des Erzbischofs sehen. Ich könnte dich als nächstes dorthin führen, wenn du willst.«

»Ein andermal. Bring mich jetzt in die Tassockgasse, Schnapper.« Tawl wußte nicht, warum er so begierig darauf war, seine Schulden bei Larn zu begleichen. Er hatte nur das Gefühl, als hätten sie einen Anspruch auf ihn, solange er die Briefe bei sich trug. »Wie weit ist es bis dorthin?«

»Nicht weit, aber dort ist es nicht so hübsch wie hier.« Tawl war froh, das zu hören; die Atmosphäre der Maulbeer-Straße hatte ihm gar nicht gefallen. Er hatte das Gefühl, als verberge sich unter all der Pracht etwas Stinkendes, Fauliges.

Schon bald kamen sie in ein anderes Viertel. Menschen gingen über die Straßen, Händler boten ihre Waren feil und versuchten, Passanten dazu zu überreden, heiße Kastanien, Ziegelkuchen oder Fladenbrot mit fein geschnittenem Lammfleisch zu kaufen. Tawl sah, daß Schnapper hungrig war, und er bewunderte die Art, wie der Junge das angebotene Essen demonstrativ ignorierte; er war entschlossen, Tawl zu beweisen, daß er seinen Teil der Vereinbarung einzuhalten gedachte, bevor er eine Bezahlung erwartete. Die beiden gingen noch ein Stück weiter, dann schlüpfte Schnapper in eine kleine Seitenstraße. »Die Tassockgasse«, erklärte er. In der Straße war es ungewöhnlich dunkel. Die eng beieinander stehenden Gebäude hielten das letzte Licht des Tages davon ab, bis auf den Boden zu fallen. In der Tassockgasse gab es viele Händler: eine Schusterei, einen Schildermaler, doch keiner von ihnen schien sonderlich gute Geschäfte zu machen.

Tawl bat den Jungen, auf ihn zu warten, und ging alleine die Gasse hinunter. Der Priester hatte ihm aufgetragen, den Brief an einen Mann zu übergeben, der über einer Bäckerei wohnte. Mehr und mehr gewann Tawl den Eindruck, daß der Priester sich geirrt haben mußte. Er war bereits den größten Teil der Gasse entlang gewandert und hatte kein derartiges Geschäft entdeckt. Mittlerweile hatte der Ritter erkannt, daß er sich in einer Sackgasse befand, und dann sah er, daß es sich bei dem letzten Gebäude in der Tat um eine Bäckerei handelte. Tawl betrat den kleinen Laden; die wenigen Waren auf den Regalen sahen weder frisch noch appetitanregend aus.

Eine müde wirkende Frau stand hinter dem Tresen. Sie begegnete Tawl mit offener Feindseligkeit. »Was wollt Ihr?« *Eine äußerst merkwürdige Art, seine Kunden zu begrüßen*, dachte Tawl.

»Ich habe einen Brief für den Mann, der über Euch wohnt.«

»Oh, habt Ihr das tatsächlich? Und von wem soll dieser Brief bitteschön sein?«

»Ich fürchte, gnädige Frau, das kann ich Euch nicht sagen.« Die Frau schnaufte verächtlich, und Tawl beschloß, ihr den Brief nicht zu überlassen. »Ich wäre Euch dankbar, wenn Ihr mir den Weg nach oben zeigen könntet.« Die Frau schnaufte erneut, aber sie stand auf.

»Folgt mir.« Sie führte Tawl durch eine Tür und eine enge Treppe hinauf. Oben befand sich ein kurzer Korridor, von dem drei Türen abzweigten. »Ihr wollt zur zweiten Tür«, sagte die Frau.

»Woher wollt Ihr wissen, zu wem ich will? Ich habe Euch keinen Namen genannt.«

»Ihr wollt zur zweiten Tür«, wiederholte die Frau. »Alle Leute mit Briefen wollen zur zweiten Tür.« Sie beobachtete, wie Tawl anklopfte.

Ein schwächlicher, drahtiger Mann antwortete. Tawl sah Verwirrung und noch etwas anderes in den Augen seines Gegenübers. Der Ritter nannte den Namen, den ihm der Priester gegeben hatte, und der Mann nickte und zitterte leicht.

»Ich habe einen Brief für Euch.« Tawl zog das Pergament aus seinem Gürtel. Verständnis leuchtete in den Augen des Mannes. Er packte den Brief und schlug Tawl die Tür vor der Nase zu. Tawl schaute sich nach der Frau um, aber sie war verschwunden. Also machte er sich allein auf den Weg nach unten und verließ den Laden. Er versuchte, den Ausdruck des Mannes zu deuten, der nur für den Bruchteil einer Sekunde über sein Gesicht gehuscht war, kurz nachdem er die Tür geöffnet und Tawl gesehen hatte.

»Ich dachte schon, du hättest dich aus dem Staub gemacht«, sagte Schnapper, als Tawl sich näherte. »Du bist verdammt lange weg gewesen. Bei der ganzen Warterei kann ein Mann ja verhungern.« Tawl lächelte. Er wußte, daß der Junge ihn auf diese Art an seinen Teil der Abmachung erinnern wollte.

»Also, auf geht's zu Fischpastete und Aalschwänzen.« Beide lachten fröhlich. Tawl war erleichtert, daß er seine Verpflichtung gegenüber Larn erfüllt hatte.

Bringe zog die Klinge noch einmal über den Schleifstein. Ein kratzendes Geräusch war die Folge, das er als angenehm empfand. Er fuhr mit dem Daumen über die riesige Schneide der Axt. Schwerter und Messer waren nur etwas für Weichlinge. Die Axt war die Waffe eines echten Mannes. Kein affektierter Lord hatte genug Mumm in den Knochen, eine Axt zu führen. Bringe spie angewidert aus. Er tunkte einen Lappen in einen Topf mit geronnenem Schweinefett und verteilte es auf der Klinge; heute nacht mußte die Axt gut eingefettet sein. Bringe schöpfte eine Kelle Fett aus dem Topf und packte es in den Lappen – nur für den Fall, daß er später darauf zurückgreifen mußte.

Er mußte das Haus nicht leise und heimlich verlassen. Seine Frau war betrunken, und das, in Verbindung mit einer ordentlichen Tracht Prügel, hatte sie das Bewußtsein verlieren lassen. Als Bringe an der reglosen Gestalt seiner Gemahlin vorbeiging, die auf dem Fußboden lag, trat er ihr in die Brust. Ein leises Stöhnen war die einzige Antwort, die er erhielt.

Es ist eine schöne Nacht, dachte Bringe, als er den Hügel hinabschritt, die riesige Axt auf der Schulter. Der zunehmende Mond erhellte den kalten Himmel; das Licht war genau richtig für Bringes Vorhaben. Vollmond wäre zu hell gewesen; scharfe Augen konnten bei Vollmond weit sehen. Bringes Gang war leicht, und er summte ein Lied vor sich hin. Ein hübsches Lied, dessen Text von den Vorzügen einer bestimmten jungen Maid berichtete. Bringe mußte immer an Gerty denken, wenn er es hörte. Sicher, sie hatte weder das goldene Haar noch die perfekte Haut des Mädchens aus dem Lied, aber sie war heiß und willig – mehr verlangte er nicht von einer Frau. Es würde nicht mehr lange dauern, bis sie ihm gehören würde. Wenn seine Frau aus dem Weg und das Geld in seiner Tasche war, würde er sich Gerty schnappen.

Kurze Zeit später erreichte Bringe sein Ziel: einen abgelegenen Teil der Apfelplantagen. Er ging zum nächstgelegenen Baum, einem stämmigen, kleinen Exemplar mit dickem Stamm. Bringe schätzte den Baum auf etwa vierzig Jahre. Der kräftige Mann hob die schwere Axt über den Kopf und schlug mit aller Kraft zu. Das Axtblatt fuhr mit ungeheurer Wucht in den Stamm; die grausame Schneide drang tief in den Baum ein. Bringe holte erneut aus, krümmte den Rücken und änderte den Schlagwinkel. Nach zwei weiteren Schlägen löste sich ein großes Stück Holz aus dem Stamm und ließ den Baum verstümmelt zurück. Das zarte innere Holz war nun Wind und Wetter ausgesetzt. In den nächsten Tagen würde es regnen und frieren. Der Regen würde in das Holz eindringen, und der Frost würde das Wasser frieren und anschwellen lassen, so daß es den Baum von innen heraus noch mehr beschädigte. Selbst wenn der Baum nicht verfaulen sollte, so würde es doch Jahre dauern, bis er sich wieder so weit erholt hatte, daß er eine lohnende Anzahl an Früchten tragen würde.

Bringe ging zum nächsten Baum. Er schätzte, daß es ihn den größten Teil der Nacht kosten würde, sämtliche Bäume des Tals zu verstümmeln; also durfte er keine Zeit verlieren.

Kapitel Siebzehn

Tawl wachte erschrocken auf. Irgend jemand bewegte sich durch den Raum. Instinktiv griff der Ritter nach seinem Messer; es war nicht an seinem Platz.

»Suchst du das hier?« Der Junge reichte Tawl die Waffe.

»Bei Borc! Wie bist du hier hereingekommen?« Tawl ärgerte sich, weil er überrascht worden war – und das auch noch von einem kleinen Jungen.

»Das war so leicht, leichter ging's nicht«, antwortete Schnapper. »Nach dem exzellenten Essen gestern abend habe ich dich ja verlassen; aber dann habe ich gedacht, da ich ja keine Unterkunft für die Nacht hatte, du hättest bestimmt nichts dagegen, dein Zimmer mit mir zu teilen. Also bin ich hier raufgekommen. Du warst total erledigt. Ich hab's mir dann einfach bequem gemacht und geschlafen.«

»Die Tür war abgeschlossen.«

»Du bist noch ein wenig grün hinter den Ohren, oder?«

Tawl wußte nicht, was er darauf erwidern sollte. Der Junge hatte recht; es war dumm gewesen, sich auf eine abgeschlossene Tür zu verlassen. Aber Tawl hatte immer geglaubt, einen leichten Schlaf zu haben; dennoch war es dem Jungen nicht nur gelungen, unbemerkt in das Zimmer des Ritters einzudringen, er hatte auch noch dessen Messer gestohlen. »Wie spät ist es?« fragte Tawl gereizt.

»Kurz vor Sonnenaufgang. Zeit zum Frühstücken, würde ich sagen.«

»Ein Frühstück war nicht Teil unserer Abmachung.«

»Nun, dann werde ich diesmal *dich* einladen.« Der Junge holte eine Goldmünze aus seiner Tunika hervor und grinste. Tawl griff nach seinem Gürtel, und sein Verdacht bestätigte sich.

»Das ist mein Geld, Junge.«

»Steht dein Name drauf?« Der Junge musterte die Münze eingehend. »Ich glaube nicht.« Tawl sprang auf, und drehte dem Jungen den Arm auf den Rücken.

»Gib sie sofort wieder zurück, du kleiner Dieb!« Der Junge ließ die Münze fallen, und sie rollte über den Holzboden. Daraufhin ließ ihn Tawl los und hob das Goldstück auf. Als er wieder aufblickte, rieb sich der Junge theatralisch den Arm. »Du brauchst nicht so zu tun, als hätte ich dich verletzt; ich habe dich nur ein wenig gezwickt. Du willst doch nicht, daß ich dich für eine Heulsuse halte, oder?«

»Es hat überhaupt nicht weh getan«, entgegnete Schnapper übertrieben würdevoll. »Ich reibe ihn nur, um meinen Kreislauf anzuregen.«

Tawl ignorierte den Jungen und ging durch den Raum. Er sammelte seine Habseligkeiten ein und überprüfte, ob der Junge nicht noch etwas anderes gestohlen hatte. Nachdem er sich vergewissert hatte, daß alles an seinem Platz war, machte er sich auf den Weg zur Tür.

»Hey, warte mal eine Minute«, rief Schnapper und rannte Tawl hinterher.

»Laß mich in Ruhe, Junge. Ich muß heute morgen einiges erledigen, und ich brauche keine Gesellschaft.« Tawl schritt die enge Treppe des Gasthofs hinab in den Schankraum. Eine Frau mittleren Alters trat auf ihn zu.

»Was kann ich Euch bringen, Herr?« Die Frau lächelte einladend und richtete die Rüschen an ihrer Brust; doch an diesem Morgen hatte Tawl keine Zeit für Tändelei. Er war begierig, seine Reise anzutreten. Nun nachdem er den Preis für die Wahrsagung von Larn bezahlt hatte, war es an der Zeit, danach zu handeln. Er mußte in die Vier Königreiche ziehen, um dort den Gesuchten zu finden.

»Ich nehme etwas warmen Kräuterpunsch und einen Teller gebratenen Speck und Pilze.« Tawl wußte, daß ein solches Frühstück teuer war, aber er würde die Stadt noch heute verlassen, und vielleicht war das für lange Zeit die letzte Gelegenheit für eine ordentliche Mahlzeit.

»Und für Euren Sohn?« Tawl drehte sich um und erblickte Schnapper, der hinter ihm stand. Die Frau wartete.

Der Ritter kapitulierte. »Für den Jungen das gleiche, aber nur eine halbe Portion.« Die Frau eilte davon. Tawl wandte sich an Schnapper. »Setz dich, Junge, und genieße das Frühstück. Das ist deine letzte Mahlzeit, die ich bezahle.«

Schnapper tat wie geheißen und riß ein Stück aus dem warmen Brot heraus, daß die Frau gebracht hatte. »Während du geschlafen hast, mein Freund«, sagte er, »habe ich mir die Freiheit genommen, einen Blick auf deine Ringe zu werfen. Wohlgemerkt, ich wollte nur deine Referenzen überprüfen. Ist ja auch egal ... auf jeden Fall weiß ich nicht, was die Narbe in der Mitte zu bedeuten hat. Sie scheint genau durch die Ringe hindurchzulaufen.«

Tawl trank einen kräftigen Schluck Bier. »Das geht dich nichts an, Junge.« Schnapper öffnete den Mund, um etwas zu sagen, doch dann besann er sich eines Besseren. Den Rest des Frühstücks sagte keiner der beiden ein Wort.

Als Schnapper den letzten Rest Fett mit einem Stück Brot aufsaugte, gelangte Tawl zu der Überzeugung, daß er zu barsch mit dem Jungen gesprochen hatte. Um sein unhöfliches Verhalten wiedergutzumachen, beschloß er, Schnapper Gelegenheit zu geben, sein Wissen über Rorn unter Beweis zu stellen. »Sag mir, Schnapper, wieviel kostet ein alter Gaul in dieser Stadt?«

»Zwei Goldstücke«, antwortete der Junge zwischen zwei Bissen Brot. Rorn war eine teure Stadt.

»Was würde ich für ...«, Tawl rechnete rasch nach, »... für zehn Silberstücke bekommen?«

»Einen kranken Muli.«

Tawl konnte sich ein Lächeln nicht verkneifen. Ein Muli war vollkommen nutzlos für ihn; zu Fuß käme er schneller voran. Inzwischen wünschte er, er hätte mehr als ein Goldstück von Megans Börse zurückbehalten. Die Vier Königreiche waren weit entfernt; zu Fuß würde er mehr als zwei Monate unterwegs sein. Ganz zu schweigen von den Bergen: die Große Grenze, wie man sie nannte, verlief über die gesamte Länge der bekannten Welt. Plötzlich wurde Tawl klar, daß er die Berge im tiefsten Winter überqueren mußte. Er würde warme Kleidung und entsprechende Vorräte benötigen. Er beschloß, mit dem Kauf zu warten, bis er die Stadt verlassen hatte – nicht nur weil Waren außerhalb von Rorn billiger waren, sondern auch weil er sonst gezwungen wäre, überschüssige Kleidung mit sich herumzuschleppen, denn in der Nähe der See war das Klima warm und angenehm. Wenn ihm wirklich keine andere Möglichkeit bleiben sollte, als zu Fuß zu laufen, dann mußte er mit möglichst leichtem Gepäck reisen.

Tawl dachte kurz darüber nach, den Alten Mann um etwas Geld zu bitten; er war sicher, daß man ihm gerne helfen würde. Doch Tawl war stolz, und ihm gefiel der Gedanke nicht, irgend jemanden um Hilfe zu bitten. Er würde mit dem zurechtkommen müssen, was er besaß. Dennoch machte er sich nicht allzu große Sorgen; für einen Mann mit einem starken Arm gab es immer genug Möglichkeiten, etwas zu verdienen. Trotzdem mußte er sorgfältig mit dem Geld umgehen, das ihm noch bleiben würde, nachdem er für Zimmer und Essen bezahlt hatte. Tawl beendete sein Frühstück und zahlte die Rechnung. Die Frau biß auf die Münze, um ihren Wert zu überprüfen, dann gab sie dem Ritter zwölf Silberstücke zurück – weniger als er erwartet hatte. »Wo kann ich etwas Reiseproviant kaufen?« fragte er Schnapper. »Und ich muß irgendwie zum Nordtor kommen.«

»Ich kann es dir zeigen, wenn du willst.«

»Nein, Schnapper.« Tawl wollte den Jungen endlich loswerden. »Es wäre mir lieber, wenn du mir den Weg einfach beschreiben würdest.« Der Junge nickte und erzählte von einem nahegelegenen Geschäft.

Tawl packte Schnappers Arm auf ritterliche Art und sagte ihm Lebewohl. Der Junge erwiderte den Gruß mit unergründlichem Blick und wünschte dem Ritter ›eine gewinnbringende Reise‹ – ein ungewöhnlicher Abschiedsgruß, aber typisch für eine geldgierige Stadt wie Rorn. Tawl blickte dem Jungen hinterher, als dieser in einer Seitenstraße verschwand. Er glaubte, einen gewissen Widerwillen in Schnappers Schritt beobachtet zu haben, aber er schenkte dem keine Beachtung. Schon bald würde der Junge ein neue profitable Beschäftigung finden.

Das Geschäft, von dem Schnapper gesprochen hatte, war leicht zu finden. Tawl kaufte alles Notwendige und stellte erfreut fest, daß die Waren nicht allzu teuer waren. Er überprüfte den Stand der Sonne – Zeit sich auf den Weg zu machen.

Es war ein heller, windiger Morgen, und die Gerüche von Salz und Dreck mischten sich im Wind – der charakteristische Duft der Stadt. Tawl näherte sich dem großen Nordtor von Rorn. Er würde diesen Ort nicht vermissen. Zu viel war hier geschehen: Kerkerhaft, Folter, der Verlust einer Freundin, die er in Megan gefunden hatte, und die Erkenntnis, wie schlecht der Ruf der Ritterschaft mittlerweile geworden war.

Doch er konnte auch für einiges dankbar sein: ein zufälliges Treffen mit einem Wahrsager hatte ihn nach Larn geführt, und Larn wiederum hatte ihm den Weg nach Westen gezeigt.

Ist das immer so? fragte er sich. *Geschieht immer alles nur durch Zufall?* Tawl wußte nicht, ob es Schicksal war, aber der Zufall war ihm nur allzu vertraut. Sein Leben war immer wieder von scheinbar willkürlichen Ereignissen bestimmt gewesen. An dem Tag, als er Tyren getroffen hatte, hatte der Zufall besonders dreist mit ihm gespielt: wie groß war die Wahrscheinlichkeit, daß ein Mann, dessen einziges Ziel es damals gewesen war, die Ritterschaft mit neuem Blut zu versorgen, ausgerechnet an jenem Nachmittag auftauchte, als Tawl sich provoziert durch den Spott der Dorfjungen auf einen Kampf eingelassen hatte?

Libellen tanzten in den Schatten. Der Wind blies warm auf seine Haut, zu warm, um den Schweiß zu trocknen. Seine Beine waren schwach – nicht von dem Kampf, sondern von dem Schock der Erkenntnis, daß der Mann vor ihm aus Valdis kam.

Tyren blickte auf die Hammelkeule. »Komm mit mir zurück ins Dorf, und ich kaufe dir eine neue – diese dort ist zu schmutzig, um sie noch zu braten.«

Tawl war immer noch außer Atem. Sein Stolz hielt ihn davon ab, das Angebot des Mannes anzunehmen. Er schüttelte den Kopf. »Nein, sie muß reichen. Sara kann sie saubermachen.«

»Wer ist Sara?« fragte Tyren.

»Meine Schwester.«

»Ich bin sicher, es wird ihr nichts ausmachen, noch ein Weilchen länger auf den Braten zu warten. Trink ein Bier mit mir, und ich werde dir von Valdis erzählen.«

Tawl atmete tief durch; er war noch immer mitgenommen von dem Kampf. »Herr, ich will Eure Zeit nicht verschwenden. Ich kann nicht mit Euch nach Valdis gehen.« Das war's gewesen! Er hatte der Sache ein Ende gemacht. Was hätte er auch sonst tun sollen? Er konnte nicht einfach weglaufen und seine Schwestern im Stich lassen.

Tyren schien die Antwort zu amüsieren. »Willst du etwa damit sagen, daß du ein Angebot wie dieses ausschlagen willst? Kostenloses Training in Valdis?«

Kostenlos! Tawl konnte es kaum glauben. Der Dorfpriester hatte ihm immer wieder gesagt, die Ausbildung koste ein kleines Vermögen. Jetzt fiel es ihm noch schwerer, das Angebot auszuschlagen. »Herr, ich habe anderweitige Verpflichtungen.«

»Was für Verpflichtungen? Gehst du irgendwo in die Lehre, oder ist deine Arbeitskraft durch irgendein Abkommen fest gebunden?« Tyrens Stimme war voller Spott. »Was für Verpflichtungen könnten dich wohl davon abhalten, mit mir nach Valdis zu gehen?«

Blut rann Tawls Kinn hinab – einer der Jungen hatte einen guten Treffer gelandet. Es wäre so leicht, Tyren zu folgen und niemals wieder nach Hause zurückzukehren. Aber er konnte es nicht tun: er hielt es nicht für *richtig*. »Ich habe zwei Schwestern und ein kleines Baby, für die ich sorgen muß. Meine Mutter ist vor drei Jahren gestorben, und nun sind sie von mir abhängig.«

»Aha.« Tyren rieb sich den kurzen, glatten Bart. »Was ist mit deinem Vater? Ist er auch tot?«

»Nein. Wir sehen ihn nicht sehr häufig. Er verbringt seine Tage in Lanholt und läßt sich vollaufen.«

»Also tust du das einzig Ehrenhafte. Es ist eine Schande, daß du nicht frei bist. Wir könnten mehr von deiner Sorte in der Ritterschaft gebrauchen.« Tyren lächelte und entblößte seine Zähne. »Ganz zu schweigen von der Tatsache, daß du wie der Teufel kämpfst.« Er zuckte die Schultern. »Aber so ist das nun mal. Vielleicht wenn deine Schwestern älter sind ...«

»Sara ist zwölf, und das Baby ist drei.«

»Hmmm. Ich gebe dir Zeit, noch einmal in Ruhe über mein Angebot nachzudenken. Eine Woche lang kannst du mich in einem Gasthof in Greyving finden.« Tyren verbeugte sich elegant. Sein dunkler Umhang berührte den Staub der Straße, dann machte er sich auf den Weg zurück ins Dorf.

Tawl hob die Hand, um ihn aufzuhalten, doch er sagte kein Wort. Der Anblick des Ritters, der langsam in der Ferne verschwand, war mehr, als Tawl ertragen konnte. Er drehte sich um und machte sich auf den Weg nach Hause – entlang des Flußufers und über den getrockneten Morast. Mit jedem Schritt wuchs die Bitterkeit in ihm. Er haßte seine Schwestern. Er haßte seine Mutter. Die Hammelkeule wurde zum Symbol für seine Pflichten; Tawl hob sie über den Kopf und schleuderte sie mit aller Kraft von sich. Dann zertrampelte er die Schleifen auf der staubigen Erde.

Tawls Schwestern standen am Fenster und warteten auf seine Rückkehr. Als sie sahen, daß er mit leeren Händen nach Hause kam, waren sie zunächst enttäuscht, doch schon bald überwog die Sorge um seine Verletzungen. »Man hat dich verprügelt«, sagte Sara und befeuchtete ein Tuch, um das Blut abzuwaschen.

»Nein, nicht verprügelt«, erwiderte Tawl. »Ich hab's ihnen gezeigt.«

»Du hast gewonnen?« fragte Anna aufgeregt.

»Es ist egal, wer gewonnen hat. Geh und hol etwas Salbe aus dem Regal.« Sara wandte sich an Tawl. »Sie haben dich wieder gehänselt, habe ich nicht recht?«

Ihr Mitleid ärgerte ihn. »Und wenn es so gewesen wäre? Ich bin ein erwachsener Mann. Ich kann kämpfen, wann immer es mir gefällt.«

»Was ist mit dem Fleisch passiert? Ist es bei dem Kampf verloren gegangen?«

»Ja«, log Tawl.

»Das macht nichts, Tawl.« Sara küßte ihn auf die Wange. »Solange dir nur nichts passiert ist, wird es auch Fisch fürs Sommerfest tun.«

Langsam, durch ihre sanfte, freundliche Art, beruhigten die beiden Mädchen ihren Bruder. Er erwähnte nichts von dem Treffen mit Tyren, denn er zog es vor, mit seinem Verlust allein zu sein. Drei Nächte lang lag er wach und wälzte sich in seinem Bett. Träume quälten ihn, Bilder von dem, was er hätte sein können. Er wußte, daß er seinen Schwestern keinen Vorwurf machen konnte, und so versuchte er, sich ihnen gegenüber anständig zu benehmen. Es war leicht. Sara und Anna waren so froh darüber, daß er bei dem Kampf unverletzt geblieben war – und vielleicht waren sie sogar ein wenig stolz auf die Vorstellung, die er geboten hatte –, daß sie ihn die folgenden Tage verwöhnten: sie küßten und drückten ihn bei jeder sich bietenden Gelegenheit und kochten seine Lieblingsspeisen.

Am vierten Tag nach dem Kampf kam ein Besucher. Der Zufall schlug ein weiteres Mal zu. Tawl kehrte vom Fischen zurück. Die Tür stand offen, und eine Stimme im Inneren sagte: »Ich weiß genau, was meinen kleinen Schönheiten gefällt.« Es war sein Vater. Von Wut gepackt stapfte Tawl ins Zimmer.

»Mach, daß du wegkommst, alter Säufer! Wir haben nichts mehr, was du stehlen könntest!«

Für einen Augenblick herrschte vollkommene Stille. Tawl nahm die Szene in sich auf. Sara und Anna saßen zu Füßen ihres Vaters. Der Mann hatte zwei große Säcke mitgebracht und war gekleidet wie ein König.

»Papa ist nicht gekommen, um uns zu bestehlen«, erklärte Anna. »Er hat uns Geschenke mitgebracht.« Sie hielt mehrere bunt gefärbte Schleifen in der Hand.

»Ja, Tawl«, sagte Sara. »Vater hat eine Glückssträhne am Tisch gehabt.« Sie senkte schuldbewußt den Blick, wie ein Seemann, der Gedanken an Meuterei hegt.

»Du meinst Glücksspiele.« Tawls Stimme klang hart und kalt.

»Glücksspiele, Kartenspiele, nenn es, wie du willst. Das Glück hat mich geküßt und mich zu seinem Liebhaber gemacht.« Der Vater klang überraschend nüchtern. Trotzdem roch sein Atem nach wie vor nach Bier. »Ich habe ein kleines Vermögen gewonnen, und ich werde es gut nutzen.«

»Wie?« Tawl gefiel nicht, was er da hörte. Er war eifersüchtig auf die Freude seiner Schwestern – er hatte monatelang gespart, um ihnen Schleifen zu kaufen, und nun tauchte sein Vater einfach aus dem Nichts auf und wurde wie ein Held gefeiert.

»Ich bin nach Hause gekommen, um bei euch zu bleiben. Du mußt dich nicht mehr um alles kümmern, Tawl. Von jetzt an bin ich wieder das Familienoberhaupt.«

Sara und Anna blickten flehentlich zu Tawl. Sie waren so unschuldig; sie hatten keine Ahnung, wie ihr Vater wirklich war. Eine intakte Familie war ihr einziger Traum, und sie baten ihren Bruder, das zu akzeptieren.

»Glaubst du tatsächlich, du könntest einfach hier auftauchen und alles übernehmen, nachdem du uns jahrelang vernachlässigt hast?« erwiderte Tawl. »Nun, wir wollen dich hier nicht.«

Anna meldete sich zu Wort. »Tawl, gib Papa eine Chance. Er hat uns jeden Tag Fleisch versprochen und jeden Monat ein neues Kleid ...«

»Schsch, Anna«, unterbrach Sara und schaute Tawl in die Augen. »Wir wollen weder Fleisch noch Kleider. Wir wollen, daß Vater wieder nach Hause kommt.«

»Siehst du?« sagte der Vater. »Meine Töchter wollen, daß ich wieder nach Hause komme. Es ist meine Pflicht, bei euch zu sein, und deshalb bleibe ich hier.«

An diesem Abend machte sich Tawl auf den Weg nach Greyving. Tyren kam die Treppe herab, um sich mit ihm zu treffen. »Ich bin frei, um mit Euch nach Valdis zu gehen«, erklärte Tawl. »Meine Verpflichtungen hat ein anderer übernommen.«

Jack war übel. Mit geschlossenen Augen lag er eine Zeitlang auf dem Bett und schwankte zwischen Schlafen und Wachen. Schließlich schlug er die Augen auf. Er starrte an die steinerne Decke. Durch Risse in dem Gemäuer war Wasser eingedrungen, und einzelne Tropfen drohten herunterzufallen. Jacks Sehkraft schien sich verbessert zu haben. Er konnte die Farben des Regenbogens in den winzigen Tropfen erkennen und jedes noch so kleine Detail im Stein der Decke ausmachen. Er rieb sich die Augen und sah erneut hin. Der Effekt war verschwunden; wahrscheinlich hatte er sich das alles nur eingebildet.

Jack stand von der Bank auf – ein wenig zu schnell. Eine Welle der Übelkeit brach über ihn herein. Er beugte sich vor und entleerte seinen Magen. Schließlich wischte er sich über den Mund. Jetzt fühlte er sich schon ein wenig besser. Sein Kopf war merkwürdig schwer, und wenn er sich drehte, schien es Minuten zu dauern, bis sein Gehirn wieder den gewohnten Platz eingenommen hatte.

Jack versuchte, sich die Ereignisse des vergangenen Tages ins Gedächtnis zurückzurufen: Baralis war zu ihm gekommen, um ihn auszufragen. Jack konnte sich weder an die Fragen erinnern, die ihm gestellt worden waren, noch an seine Antworten. Er glaubte auch nicht, daß er irgend etwas zu sagen gehabt hatte. Eine flüchtige Erinnerung erschien in seinem Kopf – etwas über seine Mutter. Er versuchte, den Gedanken festzuhalten, doch er war genauso schnell wieder verschwunden, wie er gekommen war. Gab es eine Verbindung zwischen der Befragung und seiner Mutter? Oder war er einfach nur mitgenommen von Baralis' Untersuchung, so daß er nicht mehr vernünftig denken konnte?

Jack vertrieb alle Gedanken an den gestrigen Tag und versuchte erneut aufzustehen. Seine Beine waren weiterhin schwach, und er hatte Mühe, aufrecht zu stehen. Er verspürte großen Durst, und so blickte er sich nach etwas Trinkbarem um. Es gab kein Wasser. Während Jack darauf wartete, daß man ihm Essen und Trinken brachte, traf er eine Entscheidung: er mußte versuchen zu entkommen – er hatte sich schon viel zu lange in sein Schicksal gefügt. Was hatte Baralis für ein Recht, ihn hier gefangenzuhalten? Er hatte nichts Böses getan. Zumindest eines war klar: Baralis hielt Jack für mehr als er war. Sollte er hierbleiben, würde er sich noch mehr dem aussetzen, was Baralis mit ihm getan hatte … oder Schlimmerem.

Vor der Tür erklang ein Geräusch. Jack hörte, wie der Riegel zurückgezogen wurde. Auf der Suche nach etwas, das er als Waffe benutzen konnte, blickte er sich gehetzt um. Der Raum war vollkommen kahl, die Holzbank das einzige Möbel. Jack stellte sich neben die Tür.

Sie schwang auf, und Jack, der nun hinter der Tür stand, hörte, daß ein Mann den Raum betrat. Bevor der Mann Gelegenheit hatte, einen weiteren Schritt zu machen, stieß Jack die Tür mit aller Kraft wieder zu. Die schwere Tür traf auf den Mann und riß ihn von den Beinen. Sofort begann er zu schreien. Jack stürzte vor. Um den Mann zum Schweigen zu bringen, trat er ihm gegen den Kopf. Blut spritzte aus Nase und Mund der Wache hervor. Der Mann versuchte, sich aufzurappeln, doch Jack trat ihm so kräftig in den Unterleib, daß er erneut zusammenbrach.

Jack schwankte leicht und fragte sich, was als nächstes zu tun sei. Dann entdeckte er das Schwert, das im Gürtel des Mannes steckte. Er packte den Griff und zog. Der Söldner griff nach seinem Schwert, aber es war zu spät: anstatt des Griffs erwischte er nur die Klinge, und als Jack die Waffe zurückzog, schnitt sie tief in die Handfläche des Mannes. Der Anblick seines eigenen Blutes ängstigte den Söldner, und er begann erbärmlich zu wimmern. Jacks Herz raste: er hatte das Schwert. Er stand über der Wache, Schwert in der Hand, und doch brachte er es nicht fertig zuzustechen – der Mann sah einfach zu mitleiderregend aus.

Jack wußte, daß er keine Zeit hatte; er konnte nicht sicher sein, daß niemand die Schreie des Mannes gehört hatte. Mit einem weiteren Tritt gegen den Kopf hoffte er, den Mann zu betäuben. Es funktionierte nicht; der Mann war noch immer bei Bewußtsein. Jack drehte das Schwert um, und hieb mit dem Griff nach dem Kopf der Wache. Eigentlich wollte er den Hinterkopf treffen, doch im letzten Augenblick drehte der Mann sich um, und der schwere Griff traf ihn mitten ins Gesicht. Schockiert zog sich Jack zurück, als sich das Gesicht des Mannes in eine einzige blutige Masse verwandelte.

Jack floh vor dem entsetzlichen Anblick. Ein sauberer Stich in den Bauch wäre angenehmer gewesen als das, was er getan hatte. Ursprünglich hatte er beabsichtigt, den bewußtlosen Körper der Wache in den Raum zu schleppen und die Tür zu verriegeln. Er hatte gehofft, so würde ihm genug Zeit zur Flucht bleiben, aber das zerstörte Gesicht des Mannes hatte ihn in Panik versetzt. Er begann zu rennen. Sein Weg führte ihn durch einen Korridor nach dem anderen, und alle sahen sie gleich aus.

Nach einiger Zeit geriet Jack außer Atem. Er wurde langsamer und schnappte nach Luft. Konzentriert lauschte er, ob ihn jemand verfolgte; aber das einzige Geräusch, das er hörte, war das Rauschen des Blutes in seinen Adern. Bis jetzt war ihm nie aufgefallen, daß man ihn in einem derartigen Labyrinth gefangenhielt. Jack zwang sich, über seine weiteren Schritte nachzudenken. Er blickte zurück in die Richtung, aus der er gekommen war; dorthin konnte er auf keinen Fall. Es war reines Glück gewesen, daß er nicht auf die Wachstube gestoßen war.

Jack ging weiter, und kurze Zeit später teilte sich der Tunnel. Geradeaus erstreckte sich ein langer, dunkler Korridor, der nicht von Fackeln erhellt wurde. Jack gefiel der Gedanke nicht, durch Finsternis zu wandern. Also entschied er sich für den zweiten Tunnel.

Bald erreichte er eine scharfe Kurve, und dahinter war auch dieser Tunnel nicht mehr beleuchtet. Jack blieb am Rand der Dunkelheit stehen. Sollte er weitergehen? Angestrengt versuchte er, die Finsternis mit seinen Augen zu durchdringen. Es war unmöglich zu erkennen, wie weit der Tunnel führte. Jack schritt in die Dunkelheit.

Baralis lief in seinem Gemach auf und ab und rieb Heilsalben in die schmerzenden Hände. Seit heute morgen regnete es ununterbrochen, und die hohe Luftfeuchtigkeit machte sich in seinen steifen Fingern bemerkbar. Baralis hoffte, daß es Bringe gelungen war, die Bäume bereits vergangene Nacht zu verstümmeln; es wäre eine Schande, sollten ihnen die Vorzüge des Regens entgehen.

Die Salben halfen nicht. Baralis trocknete sich die Hände ab und ging zu seinem Schreibtisch, wo er die Schmerzmittel aufbewahrte. Sorgfältig maß er eine Portion des weißen Pulvers ab und schüttete es in ein Glas. Dann gab er etwas Wein hinzu, um der Mischung mehr Geschmack zu verleihen, und schließlich führte er das Glas an die Lippen und trank es leer.

Das gestrige Verhör des Jungen hatte ihn zutiefst beunruhigt. Sowohl physisch als auch psychisch war er vollkommen erschöpft. Baralis hatte das Gefühl, daß der Junge die Wahrheit gesagt hatte – immerhin kannte er Mittel und Wege, sich solcher Dinge zu versichern. Trotzdem ... da war noch mehr. An einem Punkt hätte ihn Jack beinahe aus seinem Kopf vertrieben. Er, Baralis, hatte kurz davor gestanden, von einem kleinen Jungen zum Rückzug gezwungen zu werden.

Das bedeutete etwas. Der Geist des Jungen war so fest verschlossen wie eine Schatzkiste. Für einen kurzen Augenblick hatte Baralis etwas gesehen – eine Vision, fast eine Botschaft: eine Frau und hinter ihr ein Mann. Baralis hatte versucht, tiefer zu graben, doch er war in die Leere zurückgeworfen worden. Um das zu werden, was er war, war er in den Geist Hunderter Männer eingedrungen, aber keiner von ihnen hatte ihm so viel Widerstand entgegengesetzt wie der Bäckerjunge.

Natürlich war Baralis viel zu erfahren, als daß ihm der Zusammenstoß irgendwelchen Schaden hätte zufügen können. Während er selbst unversehrt geblieben war, hatte der Junge offenbar sehr unter dem Vorfall gelitten. Trotzdem war etwas Beunruhigendes an der Episode. Der Junge hatte Zugriff auf eine ungeheure Macht. Wahrscheinlich hatte er nicht gelogen, als er behauptete, die Sache mit den Broten sei das erste gewesen, was er jemals getan hatte. Solch unausgebildete Macht war gefährlich. *Der Junge hatte die Zeit im Ofen zurückgedreht!* Baralis schauderte. Die Zeit auch nur eine Sekunde lang stillstehen zu lassen, erforderte die Fähigkeiten eines Meisters. Er selbst konnte kaum das

Flackern einer Kerzenflamme unterbinden. Und doch hatte dieser Junge, dieser Niemand, so viel mehr vollbracht ...

Jack konnte das Ausmaß seiner Tat nicht abschätzen. Er glaubte, er hätte nur verbranntes Brot in Teig verwandelt. Aber in Wirklichkeit hatte er die Zeit verändert, nicht das Brot. Erst vergangene Woche war Baralis wieder in die Küche gegangen. Die Nachwirkungen des Ereignisses waren noch immer zu spüren gewesen. Dieser Idiot Frallit hatte sich gezwungen gesehen, die Backsteine auszuwechseln. Sie hatten sich verändert. Seit dem Vorgang dauerte es wesentlich länger, bis der Teig gar war. Jacks Beschwörung war die Ursache dafür. Jede Form von Zauberei hinterließ ihre Spuren: ein letzter Rest von dem, wie es vorher gewesen war. Doch nur die mächtigsten Zauber klangen noch wochenlang nach.

Der Junge hatte etwas in Bewegung gesetzt, was man noch in Jahren würde spüren können. Die Asche im Ofen hatte sich in Seife verwandelt. Eine Frau, die sich mit diesem Schaum waschen würde, konnte sich glücklich schätzen. Schlimmstenfalls würde die Seife ihre Schönheit bewahren, und bestenfalls würde sie ihre Jugend zurückgewinnen. Die Backsteine würden wahrscheinlich auf einem Abfallhaufen landen – Baralis konnte sich nicht vorstellen, welche Folgen das haben könnte.

Die Brote selbst waren zerstört worden. Zumindest dafür hatte er gesorgt.

Baralis mußte sich genau überlegen, was er wegen des Jungen unternehmen sollte. Im Augenblick schienen seine Pläne aufzugehen; jeder zusätzliche Risikofaktor käme ihm ungelegen. Und er hatte das ungute Gefühl, als sei Jack eben dieser Risikofaktor. Zu jeder anderen Zeit hätte Baralis den Jungen behalten; er hätte an ihm experimentiert und es sich zur Aufgabe gemacht, dem Geheimnis auf den Grund zu gehen. Doch im Augenblick hatte er viel zu viel im Kopf, und viel zu viel stand auf dem Spiel. Der Junge mußte getötet werden.

Baralis wurde durch Cropes Erscheinen aus seinen Gedanken gerissen. »Ahhh, Crope. Ich habe gerade an dich gedacht. Ich habe einen Auftrag für dich.«

»Ja, Meister.«

»Nun, du kennst ja unsere beiden Gäste.«

»Gäste?«

»Die Gefangenen, du schwachsinniger Hohlkopf! Ich möchte, daß du den Jungen beseitigst.«

»Er ist fort.«

»Was meinst du mit ›er ist fort‹? Natürlich ist er nicht fort. Ich habe ihn erst gestern mit eigenen Augen gesehen. Er wird von zehn Söldnern bewacht; er kann nicht einfach so verschwinden.«

»Ich komme gerade aus der Zuflucht, Meister. Ich habe der Dame einige Delikatessen gebracht – sie mag es, wenn ich ihr Honiggebäck und süßen Wein bringe.«

»Komm zur Sache, Mann!« brüllte Baralis.

»Nun, Traff kam zu mir gelaufen und sagte, der Junge sei entflohen. Er hat gesagt, einer seiner Männer sei übel zugerichtet worden.«

Baralis war außer sich vor Wut. »Das Mädchen? Ist sie auch entkommen?«

»Nein, Meister. Ich habe sie selbst noch vor kurzer Zeit gesehen, und ich habe mich versichert, daß ihre Tür fest verschlossen war.«

»Wissen die Männer, wohin in den Wald der Junge gelaufen ist?«

»Traff glaubt, er ist in die Gänge geflohen. Er sagt, er hätte ihn gesehen, wenn er nach draußen gelaufen wäre.«

Baralis dachte eine Weile nach. Zum Glück war der Junge nicht in Richtung Wald geflüchtet; so konnte man ihn noch immer finden. »Komm mit«, befahl er, und gemeinsam mit Crope eilte er hinaus. Schon bald befanden sie sich in dem Tunnel, der von der Burg zur Zuflucht führte. Baralis rief Licht herbei, um den Weg auszuleuchten.

»Crope, geh und sag diesem nutzlosen Volltrottel

Traff, er soll alle Tunnel und Räume durchsuchen. Zwei seiner Leute sollen den Ausgang bewachen für den Fall, daß der Junge umkehrt.« Sobald er die Zuflucht erreicht hatte, mußte Baralis als erstes nach dem Mädchen sehen. Er hatte bemerkt, daß Jack sich zu ihr hingezogen fühlte, und falls der Junge in den Tunneln war, würde er vielleicht versuchen, sie zu finden. Jack hatte keinen direkten Einfluß auf Baralis' Pläne, er war nur eine lästige Ablenkung, aber der Kanzler durfte es nicht riskieren, Melliandra zu verlieren. Sollte das Mädchen entkommen, hätte er seine Wette mit der Königin so gut wie verloren. Der Riegel vor der Tür reichte nicht länger aus. Melliandra mußte an einen sichereren Ort gebracht werden.

Zu ihrer Überraschung stellte Melli fest, daß sie Baralis' riesigen Diener mochte. Er behandelte sie wie einen zerbrechlichen Schmetterling; er brachte ihr zusätzliche Decken, wenn ihr kalt war, und besonders schmackhafte Leckereien. Manchmal pumpte er sogar Wasser, damit sie sich das Gesicht waschen konnte.

Melli mußte zugeben, daß sie recht komfortabel untergebracht war. Trotzdem war sie weit davon entfernt, zufrieden zu sein. Immer öfter dachte sie an ihre Zeit im Wald zurück; damals war sie wirklich frei gewesen, niemand hatte ihr gesagt, was sie tun mußte und wie. Sie nahm an, daß Baralis sie irgendwann gehen lassen mußte. Er konnte sie nicht ewig festhalten, und er würde ihr bestimmt kein Leid zufügen. Trotz allem war er noch immer der Kanzler des Königs.

Melli stopfte sich ein Stück Honigkuchen in den Mund und fragte sich, was aus Jack geworden war. Als Baralis in den Raum stürzte, erschrak sie. Ihr Anblick schien ihn zu erleichtern. Er hatte sie mit vollem Mund erwischt. Rasch schlang Melli den Kuchen hinunter, trank einen Schluck Wasser und stellte den Becher mit lautem Knall auf den Tisch.

»Mir scheint, Lord Baralis, daß Euer Diener bessere Manieren hat als Ihr. Zumindest klopft er an, bevor er das Gemach einer Dame betritt.«

Baralis war so erregt, daß seine Stimme ihren einschmeichelnden Ton verlor. »Läuft eine Dame normalerweise von zu Hause weg, um als Hure in Duvitt zu enden?«

»Hält ein Edelmann eine Dame normalerweise gegen ihren Willen gefangen?«

»Meine liebe Melliandra, ich glaube nicht, daß ich mich je als Edelmann ausgegeben habe.« Irgendwie war Baralis heute anders: er wirkte weniger kontrolliert, weniger kultiviert als üblich.

»Welchem Umstand verdanke ich die Ehre Eures Besuchs?«

»Ich fürchte, ich bringe schlechte Nachrichten. Ihr werdet diese angenehme Umgebung verlassen müssen.«

»Warum?« verlangte Melli zu wissen.

»Das geht Euch nichts an.«

»Wohin bringt Ihr mich?« Sie bekam Angst.

»Nicht weit weg. Folgt mir.«

»Was ist mit meinen Sachen?« fragte sie in einem Versuch, sich Zeit zum Nachdenken zu verschaffen. Baralis trat auf sie zu – er war nur noch wenige Zentimeter von ihr entfernt. Melli konnte ihn riechen: ein verlockender Geruch, der in den Kopf stieg. Sein Duft zog sie magisch an. Sie beugte sich zu ihm und atmete tief ein; es war *sein* Atem, der ihre Lungen füllte ... er war wie eine Droge. Baralis hob den Arm und strich mit der Hand über Mellis Rücken; seine Finger suchten nach den Narben auf ihrem Rücken. Die Liebkosung ließ sie vor Erregung schaudern. Ihre Lippen öffneten sich, ließen seinen Atem frei, und ihr Mund bereitete sich auf eine Berührung mit seinem vor.

Baralis widerstand der Versuchung, und seine Worte beendeten die Magie des Augenblicks. »Du brauchst nicht mehr als die Kleider auf deinem Leib, meine Hübsche.«

Melli trat von ihm zurück. Ihre Knie zitterten, und sie rang nach Luft. Baralis hielt sie noch einige Augenblicke mit seinem Blick fest, dann machte er auf dem Absatz kehrt. »Kommt, jetzt«, sagte er. Seine Stimme war ein ungeduldiges Zischen. Er führte Melli nur wenige Meter weit, und zu ihrer Überraschung blieb er vor der Wand stehen und tastete mit den Fingerspitzen über den Stein. Als die Wand sich bewegte, sprang Melli erschrocken beiseite. Baralis führte sie durch die Öffnung in einen großen Raum. Mehrere Kerzen erhellten die Kammer. Sie waren bereits weit heruntergebrannt. Melli sah, daß der Raum erst vor kurzem benutzt worden war, denn ein frischer Krug Bier stand auf dem Tisch. Ein paar Stühle und ein Schreibpult, das über und über mit Manuskripten bedeckt war, waren die einzigen anderen Möbelstücke. An der Wand hing ein alter, ausgeblichener Gobelin. Die Geheimtür schloß sich wieder, und Baralis eilte durch den Raum. Er hielt nur kurz an, um einen Schlüssel aus seiner Tasche zu holen und eine Öllampe zu entzünden.

An der hinteren Wand befand sich eine niedrige Holztür, die Baralis mit dem Schlüssel öffnete. »Hier hinein.« Er winkte Melli zu sich heran, und sie gehorchte. Der Raum hinter der Tür war eng, und an den Seiten standen Regale. Offensichtlich handelte es sich um einen Lagerraum.

Melli nahm all ihren Mut zusammen. »Ich weigere mich, dort hineinzugehen.«

Baralis packte Mellis Handgelenk und drückte mit grausamer Kraft zu. Die Öllampe in seiner Hand schaukelte gefährlich hin und her. »Ihr werdet dort hineingehen.« Melli blickte auf die Lampe – die Flamme war nicht weit von ihrem Kleid entfernt. Sie betrat die kleine Kammer und riß ihre Hand aus Baralis' Griff. Baralis kam ihr hinterher, stellte die Lampe auf eines der Regale und ging wieder hinaus. Als sie hörte, wie der Schlüssel im Schloß gedreht wurde, war Melli versucht zu schreien, doch ihr Stolz hielt sie davon ab. Sie wollte nicht, daß der Mann glaubte, sie hätte Angst.

Melli schaute sich in dem Raum um und rieb sich die Arme. Es war kalt und feucht. Wasser lief die Wände hinab, und der Boden war naß. Es gab weder einen Stuhl noch eine Liege, auf die man sich hätte niederlassen können, und da sie sich nicht auf den nassen Boden setzen wollte, war sie gezwungen zu stehen.

Ihr Herz klopfte noch immer unregelmäßig. Daß sie Baralis' Berührung zugelassen hatte, schien ihr unglaublich. Sie hatte seine Hand auf ihrem Rücken sogar willkommen geheißen. Sie spürte noch immer den sanften Druck seines Atems in ihren Lungen. Energisch schüttelte sie den Kopf, um das Gefühl loszuwerden. Sie hatte tatsächlich *gewollt*, daß er sie küßte. Geistesabwesend fuhr sie mit den Fingern über ihre Lippen. Gerüchte besagten, daß Baralis ungewöhnliche Kräfte besaß; vielleicht hatte er sie bei Melli eingesetzt. Die Finger glitten in ihren Mund, und sie saugte sanft an ihnen. Nein, sie wußte, daß es keines künstlichen Anreizes bedurft hatte. Sie hatten sich wirklich zueinander hingezogen gefühlt – sie zu ihm und er zu ihr.

Mellis Brust hob und senkte sich in rascher Folge. Sie konnte es nicht länger ertragen, über dieses Thema nachzudenken.

Sie schaute sich erneut in dem kleinen, feuchten Raum um. Wie lange würde man sie hier festhalten, eingesperrt wie ein Tier? Sie blickte auf das Handgelenk, das Baralis gepackt hatte; dort hatte sich bereits ein blauer Fleck gebildet. Melli spürte Tränen in ihren Augen. Sie würde ihnen nicht nachgeben. War sie nicht schon in schlimmeren Situationen gewesen? Im Vergleich zu der Grube in Duvitt war dieser Raum ein Palast. Sie brachte ein schwaches Lächeln zustande und bemühte sich, nicht in Verzweiflung zu versinken.

Schließlich richtete sie ihre Gedanken auf praktischere Probleme. Sie überprüfte, wieviel Öl in der Lampe war; sie war nur knapp bis zur Hälfte gefüllt. Melli drehte die Flamme herunter. Sie wollte nicht in Dunkelheit getaucht werden. Anschließend untersuchte sie die Regale auf der Suche nach etwas, um sich vor der Kälte zu schützen. Aber die Regale waren leer, abgesehen von einer Sammlung verrottender Insekten, nichtsahnende Opfern geduldiger Spinnen.

Melli lehnte sich gegen eines der Holzregale und hielt die Hände über die Öllampe, um sie zu wärmen. Sie fragte sich, warum Baralis sie hierhergebracht hatte. Vielleicht hatte ihr Vater herausgefunden, wo sie war, doch sie bezweifelte es. Irgend etwas beunruhigte Baralis, und es beunruhigte ihn so sehr, daß er sie in einem Vorratsraum versteckte. Möglicherweise hatte es etwas mit Jack zu tun.

Mellis Gedanken verweilten bei dem Bäckerjungen. Er war gut zu ihr gewesen. Er hatte ihre Wunden versorgt und ihr seine Ration Wasser gegeben. Sie glaubte nicht, daß er aus der Burg geflohen war, weil er etwas gestohlen hatte. Jack war kein Dieb, und Baralis war nicht die Art von Mann, die einem Dieb hinterherjagte. Aber welches Interesse sollte er sonst an Jack haben?

Jack ging nur widerwillig durch den dunklen Tunnel; er war noch nie an einem so finsteren Ort gewesen. Er war gezwungen, sich wie ein Blinder vorwärtszutasten. Nachdem er einige Zeit gewandert war, hatte er herausgefunden, daß er durch eine Sackgasse ging. Es schien ihm merkwürdig, daß der Tunnel nirgends hinführen sollte. Wahrscheinlich hatte er eine Abzweigung übersehen. Also machte er sich wieder auf den Rückweg, und die ganze Zeit über lauschte er, ob sich Wachen näherten.

Diesmal überprüfte Jack beide Seiten des Tunnels mit äußerster Sorgfalt. Jeden zweiten Schritt tastete er sich an die andere Wand. Doch diese Methode kostete Zeit, und Jack hatte Angst, daß man ihn erwischen könnte. Plötzlich berührte seine Hand etwas anderes als Stein.

Holz. Jack legte beide Hände darauf. Es war eine Tür. Da er keine Klinke fühlen konnte, drückte er vorsichtig dagegen. Die Tür rührte sich nicht. Inständig hoffte er, daß sie nicht verriegelt war. Er drückte fester zu, und diesmal gab die Tür mit lautem Knarren nach.

Jack wurde von einer noch tieferen Finsternis empfangen. Sein Bein stieß gegen einen scharfen Gegenstand, und er stolperte und fiel nach vorne. Er landete auf etwas Weichem. Einige Minuten blieb er auf dem Boden sitzen und rieb sich das Schienbein. Er war froh, Zeit zum Nachdenken zu haben. Alles, was er heute morgen getan hatte, schien er nur nach Gefühl und nicht nach Verstand entschieden zu haben. Er brauchte einen Plan. Er durfte dem Schicksal nicht mehr die Entscheidung überlassen.

Jack fragte sich, wie er an die Erdoberfläche und aus diesem Labyrinth von Tunneln herauskommen konnte. Es mußte noch einen anderen Ausgang geben, der nicht an der Wachstube vorbeiführte.

Während er nachdachte, hörte er ein entferntes Geräusch, und ein blasses Licht schien unter der Tür hindurch. Jack war sofort auf den Beinen. Er mußte sich verstecken. Er konnte keine Einzelheiten des Raums erkennen, er konnte nur das weiche Material unter seinen Füßen spüren. Schließlich erkannte er, daß er die ganze Zeit über auf einem Haufen alter Wäsche gesessen hatte. Inzwischen waren deutlich Schritte zu hören. Rasch kroch Jack unter die Kleider und beeilte sich, Arme und Beine mit Lumpen zu bedecken.

Die Tür schwang auf, und Licht fiel in den Raum. Jack hörte eine männliche Stimme. »Siehst du, Kessit, wir haben vollkommen umsonst hier nachgesehen. Seit Jahren ist niemand mehr hier drin gewesen. Schau dir doch nur mal all den Plunder an.«

»Sollen wir uns dann wieder auf den Weg zurück machen?« fragte eine andere Stimme.

»Nicht so eilig, Kessit. Wir wollen uns erst ein wenig ausruhen und einen kleinen Happen essen.«

»Traff wird nicht gerade erfreut sein, wenn wir trödeln.«

»Traff wird überhaupt nichts davon wissen, wenn du ihm nichts erzählst.« Die beiden Männer betraten den Raum. Jack hörte, wie jemand eine Dose öffnete.

»Komm, mach es dir bequem. Ein Mann kann seine Mahlzeit nicht genießen, wenn er sich dabei nicht entspannt. Setz dich eine Weile auf die Lumpen dort drüben, damit sich deine Füße von deinem Gewicht erholen können.« Zu Jacks Entsetzen ließ sich einer der Söldner auf dem Rand seines Verstecks nieder. Sein Bein war nur wenige Zentimeter unter dem Mann. Jack versuchte, seine Atmung auf ein Minimum zu reduzieren.

»Natürlich ist das ganze hier Harls Fehler. Läßt der sich doch glatt von einem mickrigen Jüngelchen fertigmachen.«

»Nun, auf jeden Fall zahlt der arme Harl einen hohen Preis für seinen Fehler.«

»Aye. Hast du sein Gesicht gesehen? Es ist vollkommen ruiniert.«

»Bei den Damen hat er in Zukunft wohl keine guten Karten mehr.«

»Das Zeug hier schmeckt übrigens ziemlich gut.«

»Mit Sicherheit ist hier mehr los, als Lord Baralis durchsickern läßt. Warst du gestern dabei, nachdem er den Jungen verhört hat?«

»Nein, ich glaube nicht.« Jack versuchte verzweifelt, ein Husten zu unterdrücken – er hatte Staub in den Hals bekommen.

»Nun, irgend etwas ist mit Baralis passiert, soviel kann ich dir sagen. Er konnte kaum stehen. Er mußte nach Crope rufen, der trug ihn dann weg.«

Die beiden Männer schwiegen eine Weile. Nur ihr Schmatzen war noch zu hören. Schließlich spie einer von ihnen aus. »Aaah, das ist schon besser. Das Mädchen hat er übrigens verlegt.«

»Wer?«

»Lord Baralis, du Idiot. Er hat sie in einen von seinen speziellen Räumen gebracht. Er glaubt, der Junge könnte versuchen, sie zu befreien.« Das Gewicht des Mannes hatte Jacks Bein mittlerweile taub werden lassen.

»Weißt du, wie er da reinkommt?«

»Genau nicht. Ich habe mal gesehen, wie er an einem Stein herumgefummelt hat. Ich hab's auch mal probiert, hat aber nicht viel gebracht.«

»Ich glaube, wir sollten uns besser wieder auf den Weg machen. Traff ist heute nicht gerade gut gelaunt.« Jack war erleichtert, als der Mann aufstand.

»Ich möchte nicht in seiner Haut stecken, das kann ich dir sagen.« Mit diesen Worten verließen die beiden Männer den Raum, und das Licht verschwand mit ihnen.

Jack seufzte erleichtert, dann hustete er den Staub aus den Lungen. Er schob die Lumpen beiseite, stand auf und versuchte, die Taubheit aus seinem Bein zu vertreiben. Im Augenblick fühlte er sich einigermaßen sicher; die Wachen würden nicht so bald wieder zurückkehren.

Jack war hungrig und durstig. Er hätte nur allzu gerne gewußt, wieviel Zeit seit seiner Flucht aus der Zelle verstrichen war. Unvermittelt erschien das blutige Gesicht der Wache vor seinem geistigen Auge, und er schauderte unwillkürlich. Der Söldner hatte ihm einen Gefallen tun wollen – er hatte ihm Wasser gebracht.

Jack schämte sich, daß er während seiner Flucht nicht ein einziges Mal an Melli gedacht hatte. Er hatte angenommen, daß Baralis sie wieder zurück in die Burg gebracht hatte. Als Melli ihm erzählt hatte, sie sei weggelaufen, um einer Hochzeit aus dem Wege zu gehen, war er davon ausgegangen, daß Baralis sie eingefangen hatte, damit eben diese Hochzeit stattfinden konnte. Aber seine Freundin schien noch immer hier unten eingesperrt zu sein. Jack wußte, daß er nicht aus dem unterirdischen Labyrinth fliehen konnte, solange sie noch gefangen war. Er hatte Melli gepflegt und ihre

Wunden versorgt, also konnte er sie jetzt nicht im Stich lassen, wo sie in noch größerer Gefahr schwebte.

Er mußte herausfinden, wo man sie gefangenhielt. Doch zunächst mußte er sich etwas zu trinken besorgen. Er brauchte Nahrung, Wasser und eine Lichtquelle. Eine Waffe hatte er bereits – zum ersten Mal in seinem Leben besaß er ein Schwert. Er tastete nach der Klinge in seinem Gürtel, aber er konnte sich nicht über sein neues Eigentum freuen.

Jack setzte sich hin. Die Wachen schienen intensiv nach ihm zu suchen, und so hielt er es für besser, eine Zeitlang zu warten. Später am Tag waren seine Verfolger vielleicht weniger wachsam. Er beschloß, beim nächsten Mal den anderen Tunnel zu nehmen, da ihn der erste in eine Sackgasse geführt hatte.

Mehrere Stunden vergingen, bevor Jack aus dem Raum schlich und die Tür vorsichtig hinter sich schloß. Er ging den Tunnel hinunter. Als er sich der Abzweigung näherte, wurde es immer heller. Diesmal nahm er den rechten Weg, und er wurde erneut in Dunkelheit getaucht.

Wieder tastete sich Jack an der Wand entlang und erkannte bald, daß dieser Tunnel länger war als der erste. Er verschwendete keine Zeit, nach Öffnungen zu suchen. Er ging geradeaus und streckte die Arme nach vorne, um nach Hindernissen zu suchen. In dem Tunnel herrschte eine eisige Kälte, und Jack wünschte inzwischen, er hätte ein paar der Leinendecken mitgenommen, unter denen er sich vorhin versteckt hatte. Er setzte seinen Weg fort und hoffte, daß dieser Tunnel nicht ebenfalls an einer Mauer endete.

Nach einer Weile entdeckten seine Augen einen schwachen Lichtschimmer in der Ferne; er eilte darauf zu. Das Licht wurde immer heller, und der Tunnel endete plötzlich. Jack befand sich in einem langen, rechteckigen Raum, von dem mehrere Tunnel abzweigten. Einer der Steine in der Wand erregte seine Aufmerksamkeit, und er ging darauf zu, um ihn näher zu untersuchen. Ein großes ›H‹ war kunstvoll in den Stein gemeißelt worden, eingerahmt von zwei Schlangen. Jack wußte, was das bedeutete: er war irgendwo tief im Inneren von Burg Harvell.

Kapitel Achtzehn

Das Land außerhalb von Rorn war unfruchtbar; der Boden war trocken und dürr. Nur ein ungewöhnlich geschickter und geduldiger Bauer konnte hier der Erde eine Ernte abringen. Lediglich Ziegen und Schafe mochten das zähe, gelbe Gras der Gegend, und aus ihrer Milch gewann man einen weichen, stark riechenden Käse. Im Norden von Rorn gab es eine Reihe von Dörfern, doch alle hingen mehr oder weniger von der Stadt ab.

Tawl hielt die Zeit für ein Mittagessen gekommen, und er schaute sich nach einem geeigneten Rastplatz um. Nicht weit entfernt von der Straße erhob sich ein steiniger Hügel, auf dem ein paar Schafe grasten. Der Ritter beschloß hinaufzugehen. Von dort oben konnte er auch einen genaueren Blick auf seinen Verfolger werfen.

Während des Aufstiegs fischte Tawl in seinem Bündel und holte eine Scheibe getrockneten Rindfleischs hervor. Lustlos kaute er daran. Nur wenige Menschen mochten Trockenfleisch. Er spülte das Fleisch mit etwas Wasser aus seiner Feldflasche herunter und beendete das Mahl mit ein paar getrockneten Aprikosen und einem Schiffszwieback. Er lächelte grimmig. Kein Wunder, daß die meisten Seeleute nur noch wenige Zähne besaßen; Schiffszwieback war so hart wie der Meeresboden. Der Händler hatte Tawl versichert, der Zwieback würde bis Borcs Wiederauferstehung frisch bleiben, und der Ritter zweifelte nicht eine Sekunde daran.

Als er den Gipfel des Hügels erreichte, war er

schweißüberströmt und stark versucht, sich den restlichen Inhalt seiner Feldflasche über den Kopf zu gießen. Doch er hielt sich zurück, denn er wußte nicht, wann er das nächste Mal frisches Wasser finden würde. Er mußte sich damit zufrieden geben, sein Gesicht von der sanften Brise kühlen zu lassen.

Erfreut stellte Tawl fest, daß er von dem Hügel aus einen hervorragenden Blick über das Land hatte. Am Horizont erkannte er Rorn so wie man es nur aus der Ferne sehen konnte – weiß und strahlend. Im Süden glitzerte das Meer wie ein schwarzes Juwel, und im Norden konnte man die ersten Ausläufer der Berge erahnen. Tawl fühlte sich angeregt. Er war froh, die Stadt hinter sich gelassen zu haben.

Sorgfältig suchte er die Umgebung ab. Er wußte, daß ihm seit gestern nacht jemand folgte. Auf der Suche nach einer verdächtigen Bewegung glitt sein Blick über Büsche und Felsen, aber außer den Schafen war nichts zu sehen. Tawl gab vor, sich für ein Mittagsschläfchen vorzubereiten. Er rollte seine Decke aus, schüttelte sie theatralisch, gähnte und reckte sich. Dann legte er sich auf einen besonders unbequemen Felsen und täuschte vor zu schlafen.

Tawl wartete. Er wartete mehrere Stunden, während die Sonne langsam über den Himmel zog. Schließlich sah er aus dem Augenwinkel heraus eine Bewegung auf der Ebene. Tawl versuchte, Einzelheiten zu erkennen, doch es gelang ihm nicht. Er beobachtete, wie eine schemenhafte Gestalt hinter einer Gruppe von Büschen hervorkam und sich dem Fuß des Hügels näherte. Tawl sprang auf, das Messer in der Hand und stürzte den Hügel hinab. Die Gestalt versuchte zu fliehen, aber Tawl hatte die Schwerkraft auf seiner Seite und holte rasch auf. Als er direkt hinter der Gestalt war, sprang er auf ihren Rücken und warf sie zu Boden. Erst als sein Messer bereit zum Angriff war, erkannte er, wen er da überwältigt hatte.

»Töte mich nicht«, kreischte der Junge. Tawl drehte

Schnapper den Arm auf den Rücken und drückte sein Gesicht in den Dreck.

»Warum folgst du mir?« verlangte er zu wissen.

»Du tust mir weh«, jammerte der Junge und versuchte, sich zu befreien.

»Und ich werde dir noch mehr weh tun, wenn du nicht redest. Und jetzt sag mir, warum du mir gefolgt bist!« Tawl verstärkte seinen Druck auf den Arm des Jungen.

»Wer sagt denn, daß ich dir gefolgt bin? Das ist ein freies Land. Ein Mann kann gehen, wohin er will.« Tawl drehte Schnappers Arm so weit er konnte, ohne ihn zu brechen. Der Junge heulte vor Schmerz auf. »Ich habe mir nichts dabei gedacht. Ich bin dir einfach gefolgt.«

»Man folgt nicht einfach jemandem, ohne einen triftigen Grund dafür zu haben.«

»Es gibt keinen besonderen Grund. Das schwöre ich dir! Ich hielt es nur für eine gute Idee, mit einem Ritter auf Abenteuerfahrt zu gehen.«

»Arbeitest du für den Erzbischof von Rorn?« Tawl riß erneut am Arm des Jungen.

»Nein, nein! Ich weiß noch nicht einmal, wovon du überhaupt redest.« Der Junge war den Tränen nahe. Tawl ließ ihn los.

»Also, Schnapper, wenn ich dich richtig verstanden habe, dann willst du mir weismachen, daß du die Stadt einfach aus einer Laune heraus verlassen hast, um einem Ritter hinterherzulaufen.« Tawl zweifelte an der Aussage des Jungen.

»Ja, das stimmt.« Schnapper wischte sich den Staub aus dem Gesicht und untersuchte seinen Arm. »Rorn hat mir nichts mehr zu bieten, und so dachte ich, es sei eine gute Idee, auf Abenteuersuche zu gehen.«

»Was ist mit deiner Familie?« Tawl bemerkte die roten Flecken auf Schnappers Arm – er hatte den Jungen härter angefaßt, als er gedacht hatte.

Schnapper zuckte die Schultern. »Ich habe keine.«

»Und wohin willst du dich wenden, wenn du wieder in die Stadt zurückkehrst?«

»Ich werde nicht zurückkehren.« Schnappers Blick forderte Tawl heraus.

»Nun, auf jeden Fall wirst du mir nicht länger folgen.«

»Versuch doch mal, mich davon abzuhalten.« Trotzig streckte der Junge das Kinn vor.

»Wie wolltest du an Wasser und Essen kommen?«

»Ich dachte, ich würde auf dem Weg schon etwas finden.« Schnapper zuckte die Schultern mit gespielter Gleichgültigkeit.

Tawl atmete tief durch. »Abenteuer spielen ist ja ganz nett, Junge; aber hier draußen wirst du alleine nicht sonderlich lange überleben.«

»In Rorn bin ich auch zurechtgekommen.«

»Wo ich hingehe, ist es noch wesentlich gefährlicher als in Rorn.«

»Dann laß mich mit dir gehen.« Der Junge blickte Tawl erwartungsvoll an.

»Ich reise zu Fuß. Du würdest mich nur aufhalten.«

»Bis jetzt bin ich dir ja auch hinterhergekommen.«

»Ich habe nur wenig zu essen und kaum Geld, um mir etwas Neues zu kaufen.«

»Geld zu beschaffen, ist mir nie schwer gefallen.« Der Junge lächelte schelmisch. »In Währungsfragen war ich immer sehr einfallsreich. Wirklich *sehr* einfallsreich.«

»Schau mal, Schnapper.« Tawl beschloß, das Gespräch zu beenden. »Du kannst nicht mit mir kommen. Ich habe eine lange, harte Reise vor mir. Ich habe keine Zeit, mir auch noch um dich Sorgen zu machen. Und jetzt geh zurück in die Stadt und praktiziere deinen *Einfallsreichtum* an den guten Bürgern von Rorn – sie haben es verdient.« Tawl wußte, daß er hart zu dem Jungen war, aber er sah keine andere Möglichkeit, ihm den Sachverhalt verständlich zu machen. »Geh schon. Wenn du dich beeilst, bist du morgen noch vor Sonnenaufgang wieder in der Stadt.« Der Junge warf Tawl einen feindseligen Blick zu. »Hier«, sagte der Ritter und holte ein Stück Trockenfleisch aus seinem Bündel. »Nimm das; wahrscheinlich hast du den ganzen Tag noch nichts gegessen.« Der Junge verweigerte das angebotene Essen und ging.

Tawl blickte Schnapper eine Zeitlang hinterher. Befriedigt stellte er fest, daß der Junge tatsächlich in Richtung Rorn marschierte. Schließlich machte sich Tawl mit schnellen Schritten auf den Weg nach Norden. Er wollte bis Einbruch der Dunkelheit noch eine größere Strecke zurücklegen.

Maybor betrachtete sein Spiegelbild; er hatte den Eindruck, etwas fülliger geworden zu sein. Erst heute morgen hatte die Heilerin der Königin ihn mit seiner Statur aufgezogen. Sie hatte darauf bestanden, oben zu sein, da sie fürchtete, unter ihm zerquetscht zu werden. Maybor mochte es nicht, wenn Frauen oben waren – das war der Platz des Mannes. Die Heilerin war inzwischen ein wenig zu anspruchsvoll geworden. Es war Zeit, sich eine neue Stute zu suchen. Maybor würde demnächst eine Jüngere zu sich ins Bett holen; ihm war der Appetit auf altes Fleisch vergangen.

Er dachte gerade über eine mögliche Affäre mit Lady Helliarnas Zimmermädchen nach, als er von dem Eintreffen seines Sohnes aufgeschreckt wurde.

»Was gibt es, Kedrac?« fauchte Maybor. Er war verärgert, daß sein Sohn ihn von der Betrachtung des üppigen Hinterteils des Zimmermädchens losgerissen hatte.

»Ich habe gerade etwas sehr Beunruhigendes erfahren, Vater.« Kedrac schenkte sich einen Becher Wein ein.

»Was, was?« Maybor begann, sich Sorgen zu machen.

»Irgend jemand hat unsere Plantagen sabotiert.«

»*Was!*« brüllte Maybor.

»Mehr als fünf Dutzend Bäume sind aufs brutalste verstümmelt worden.« Kedrac fuhr mit der Hand durch seine schwarzen Haare.

»Welche?«

»Die Bäume in dem kleinen Tal, nicht weit von deinem Jagdrevier.«

»Wann ist das passiert?« Maybor lief wütend auf und ab.

»Vor zwei Nächten. Der Aufseher hat die Nachricht mit einer Taube geschickt.«

»Hat er eine Ahnung, wer es getan haben könnte? Es müssen diese verdammten Halcus gewesen sein. Bei Borc! Ich wünschte, dieser verfluchte Krieg hätte nie begonnen.«

»Ich bin nicht sicher, daß es die Halcus waren. Erst letzten Monat war ich oben, und ihre Armee war über den Fluß zurückgetrieben worden.«

»Sie müssen es gewesen sein. Wer sonst würde so etwas tun?«

»Sie haben so etwas noch nie getan, Vater. Vergiß nicht, daß die Halcus ein Auge auf unsere Plantagen geworfen haben. Ich sehe keinen Grund, warum sie etwas zerstören sollten, was sie eines Tages selbst zu besitzen hoffen.«

»Fünf Dutzend Bäume! Unsere Ernte ist sowieso schon gering genug. Wie schlimm sind sie beschädigt?« Maybor war richtig verzweifelt. Er war stolz auf seine Plantagen – sie waren seine Haupteinnahmequelle. Kein Cidre brachte einen höheren Preis als Nestorcidre.

»Das weiß ich nicht, Vater. Aber der Aufseher ist niemand, der eine Taube ohne guten Grund losschickt.«

»Wenn es aufhört zu regnen, beginnt es zu frieren; das könnte die Bäume zerstören. Die Bäume in dem kleinen Tal gehören zu unseren ältesten – sie tragen die süßesten Äpfel.« Maybor suchte nach etwas, das er zerstören konnte. »Ich schwöre, ich bringe den Mann um, der das getan hat.« Er warf den Weinkrug durch den Raum. Das Gefäß zersplitterte an der Wand, und Wein spritzte auf den unbezahlbaren Teppich. »Gibt es irgendwelche Neuigkeiten von deiner draufgängerischen Schwester?«

»Ich habe niemanden nach Duvitt geschickt, um das Gerücht zu überprüfen. Ich wollte mich heute selbst auf den Weg machen.«

»Ich komme mit dir. Ich werde erst nach Duvitt reiten und dann zu meinen Plantagen. Ich muß den Schaden persönlich in Augenschein nehmen.«

»Bist du sicher, daß du dich schon wieder soweit erholt hast, Vater? Deine Krankheit liegt noch nicht lange zurück.«

»Mir geht's gut, Junge!« brüllte Maybor und fügte arglistig hinzu: »Noch wirst du nichts erben, mein Sohn. Der Tod bekommt mich noch lange nicht.«

»Ich werde alles für deine Reise vorbereiten, Vater.«

»Ich will nichts Besonderes, Kedrac. Zeremonien würden mich nur aufhalten. Wenn wir uns beeilen, können wir in fünf Tagen in Duvitt sein.«

Melli wachte erschrocken auf. Dunkelheit hüllte sie ein; die Lampe mußte ausgegangen sein, während sie geschlafen hatte. Sie wußte weder, wie spät es war, noch, wie lange sie sich schon in der Kammer befand. Ihre Glieder waren steif, und als sie sich erhob, bemerkte sie, daß ihr Kleid und ihr Unterrock naß waren. Sie hätte nicht auf dem feuchten Boden schlafen sollen, aber ihr war keine andere Wahl geblieben.

Melli ging dorthin, wo sie die Lampe vermutete, und tastete danach – die Lampe war kalt. Sie mußte bereits vor einiger Zeit verloschen sein. Eigentlich hatte Melli damit gerechnet, daß Baralis mittlerweile zurückgekehrt wäre, um sie mit Essen und Trinken zu versorgen. Ein schrecklicher Gedanke formte sich in ihrem Kopf: was wäre, wenn Baralis wollte, daß sie hier starb? Eingesperrt in einem winzigen Raum, um darin zu verhungern? Sie schauderte unwillkürlich – und plötzlich hatte sie Angst.

Melli riß sich von solch düsteren Gedanken los; es gab wichtigere Dinge, um die sie sich sorgen mußte. So hatte sie beispielsweise das dringende Bedürfnis, sich zu erleichtern. Der Raum war bis auf die Regale vollkommen leer. Nirgends war ein Topf oder ein Eimer zu sehen. Melli ging in eine Ecke und hob den Rock; etwas mehr Feuchtigkeit würde wohl kaum schaden.

Nachdem sie fertig war, schritt sie zur Tür und lauschte, ob sich jemand in dem angrenzenden Zimmer befand. Entweder war niemand dort, oder die Tür war zu dick, als daß ein Geräusch hindurchdringen konnte. Melli bemühte sich, nicht von Verzweiflung übermannt zu werden. Sie haßte es, im Dunkeln zu sein, eingesperrt in einen winzigen Raum und ohne Wasser. Um sich Mut zu machen, begann sie zu singen, doch ihre Stimme klang dünn und verängstigt, und so hörte sie schon bald wieder auf.

Kurze Zeit später hörte sie das Klimpern von Schlüsseln. Die Tür schwang auf. Das hereinfallende Licht blendete Melli, und sie hob die Hand, um ihre Augen zu schützen.

»Ich wünsche Euch einen guten Tag, Fräulein.« Es war Crope. Melli war erleichtert; sie zog den Diener dem Herrn bei weitem vor. Nachdem sich ihre Augen an das Licht gewöhnt hatten, konnte sie Cropes riesige Gestalt in der Tür erkennen. »Ihr friert ja, Fräulein, und Ihr seid vollkommen durchnäßt«, sagte er sanft. Die Freundlichkeit des Hünen war zu viel für Melli, und Tränen liefen ihre Wangen herab. »Na, na, na, Fräulein. Es gibt doch keinen Grund zu weinen.« Crope trat zu ihr und tätschelte ihr Haar. »Kommt, es ist Zeit, sich ein wenig die Beine zu vertreten.« Er führte sie aus dem Lagerraum in das angrenzende Zimmer. »Seht Ihr, ich habe alles hübsch für Euch hergerichtet.«

Einige der Sachen aus ihrem alten Zimmer waren herbeigeschafft worden: ein Teppich und ihre Kleider. Auf dem Tisch stand ein Tablett mit Speisen und ein Krug Wein. Selbst an eine Schüssel mit Wasser hatte Crope gedacht, damit Melli sich das Gesicht waschen konnte.

»Vielen Dank, Crope. Du hast es wunderschön gemacht.« Der hünenhafte Diener errötete.

»Das Essen ist heute ganz frisch, Fräulein. Eßt, soviel Ihr wollt. Ihr habt bestimmt großen Hunger.«

Melli lächelte schwach. »Ich denke, ich sollte zuerst meinen nassen Sachen ausziehen.«

»Vielleicht solltet Ihr das erst später tun«, Crope schien sich unbehaglich zu fühlen, »wenn Ihr wieder in Eurem Zimmer seid.«

»Ich werde wieder zurück in mein altes Zimmer gebracht?«

»Nein, Fräulein.« Crope konnte ihr nicht in die Augen sehen. »Lord Baralis hat gesagt, daß Ihr wieder zurück in den Lagerraum müßt, nachdem Ihr gegessen und Euch gewaschen habt.«

Melli war niedergeschlagen; ihr stand ein weiterer Tag in dem dunklen Raum bevor, eingepfercht wie ein Tier. Crope schien ihre Enttäuschung zu spüren. »Ich werde ihn bequemer für Euch machen.« Er dachte einen Augenblick nach. »Ich werde Euch eine Lampe bringen, einen Stuhl und ein paar Decken.« Melli konnte nur halbherzig nicken; doch das reichte Crope, und er begann, diverse Gegenstände in den kleinen Lagerraum zu tragen.

Melli wusch ihr Gesicht und schenkte sich einen Becher Wein ein. Sie betrachtete die Speisen, die vor ihr ausgebreitet lagen. Ihr war der Appetit vergangen; dennoch zwang sie sich dazu, ein Stück Brot zu essen, das sie mit viel Wein hinunterspülte. Bald entfaltete der Alkohol seine Wirkung. Er wärmte Mellis Haut und verbesserte ihre Laune; auch das Essen sah nun viel verlockender aus.

Crope war mit seiner Arbeit fertig und schlich nervös um Melli herum. »Ihr müßt bald wieder zurück, Fräulein«, sagte er schließlich. »Lord Baralis hat befohlen, daß Ihr nicht lange draußen bleiben dürft.«

»Sag mal, Crope«, begann Melli, während sie sich eine Scheibe Räucherschinken abschnitt, »was hat Lord

Baralis eigentlich dazu veranlaßt, mich in einen Lagerraum einzusperren?«

»Das darf ich Euch nicht sagen, Fräulein.«

»Unsinn!« Melli sprach in dem herrischsten Tonfall, dessen sie fähig war. »Lord Baralis selbst wollte es mir gestern sagen, doch leider hatte er es viel zu eilig.« Sie beobachtete, wie Crope die Information verarbeitete.

»Nun, Fräulein, wenn er es Euch sowieso erzählen wollte, dann kann es wohl auch nicht schaden, wenn ich es Euch sage, nicht wahr?« Crope lächelte und entblößte eine interessante Sammlung von gelben Zähnen, zwischen denen große Löcher klafften.

»Ich glaube, Lord Baralis wird sich freuen, wenn du beendest, was er angefangen hat.«

Crope nickte bedächtig. »Nun, Fräulein, Ihr kennt ja den Jungen, Jack.«

»Der Bäckerjunge«, fügte Melli hinzu, um Crope zum Weiterreden zu ermutigen.

»Ja, genau den meine ich. Er hat für Lord Baralis gearbeitet, genau wie ich.« Crope lächelte stolz. »Nun, der Junge ist abgehauen. Die Wachen suchen überall nach ihm, aber sie können ihn nicht finden.«

»Und was hat das mit mir zu tun?« fragte Melli, obwohl sie glaubte, die Antwort bereits zu kennen.

»Nun, Lord Baralis denkt, daß er vielleicht versuchen könnte, Euch zu befreien. Also hat er Euch hierhergebracht, wo Euch niemand finden kann.«

Nach dem Essen gestattete Melli, daß Crope sie zurück in den Lagerraum führte. Sie war beinahe dankbar, als sich die Tür hinter ihr schloß; sie mußte nachdenken.

Melli konnte nicht anders, als über Cropes Arbeit zu lächeln. Er hatte sich alle erdenkliche Mühe gegeben, den kleinen Raum so komfortabel wie möglich zu gestalten. Frische Kleider lagen auf einem Tisch, der zusammen mit einem Stuhl in der Mitte des Raumes stand. In einem der unteren Regale entdeckte Melli sogar einen Nachttopf. Der Teppich, den der Diener auf den Boden gelegt hatte, diente dazu, das Wasser aufzusaugen. Crope hatte Melli auch ein paar Decken hinterlassen, mit denen sie sich wärmen konnte.

Melli zog die nassen Kleider aus. Sie fragte sich, welche Art von Arbeit Jack für Baralis erledigt hatte: auf jeden Fall hatte er ihr gegenüber nie etwas davon erwähnt. Daß er ihr nicht die Wahrheit gesagt hatte, ärgerte sie. Melli fragte sich, ob er wirklich kommen würde, um sie zu retten – es war eine schöne Vorstellung, wie in den alten Rittergeschichten. Aber dann versetzte sie sich in Jacks Lage und dachte: *Wenn ich Baralis' Klauen einmal entkommen wäre, würde ich einfach nur rennen und nie wieder zurückblicken.*

»Nein, Bodger, da irrst du dich.«

»Aber Meister Gullip hat mir versichert, daß Adelige viel geiler sind als wir Gemeinen.«

»Da irrt er sich aber gewaltig, Bodger.«

»Meister Gullip behauptet, er könne es beweisen.«

»Das würde mich nicht überraschen, Bodger. Jeder weiß doch, daß er ein Spanner ist. Weil er selbst keine abkriegt, schleicht er herum und beobachtet, wie andere es miteinander treiben.«

»Also könnte er durchaus recht haben ... von wegen der Adeligen, meine ich.«

»Und genau an dem Punkt macht Meister Gullip einen Fehler, Bodger.«

»Was für einen Fehler, Grift?«

»Er hat recht, wenn er behauptet, die Adeligen treiben es öfter miteinander, aber wir Gemeinen sind qualitativ wesentlich besser.«

»Dann sind die Adeligen also gar nicht so gut mit den Mädels, richtig, Grift?«

»Glaub mir Bodger, je gemeiner der Mann, desto größere Freude spendet er den Mädels. Niemand macht es einem Mädel so wie ein Schweinehirt.«

»Ein Schweinehirt?«

»Aye, der Niedrigste der Niedrigen, aber bei den Mädels ist er immer sehr gefragt.«

»Ich dachte immer, die Mädels würden nach einem Schweinehirten fragen, wenn sie Schweinefleisch haben wollten, Grift.«

»Du mußt noch viel lernen, Bodger.«

Die beiden Männer dachten eine Weile über das Gesagte nach, genossen ihr Bier und streckten die Beine aus.

»Gilt das auch für die Frauen, Grift? Je gemeiner das Mädel, desto besser?«

»Aye, Bodger, die niedrigsten Mädels in der Burg ziehen immer die Blicke und Schwänze der Adeligen auf sich. Bekanntlich hat selbst unser alter König Lesketh es früher mit seinen Dienerinnen getrieben.«

Jack blickte zurück – er glaubte, ein Geräusch hinter sich gehört zu haben. Vielleicht war es eine Ratte gewesen. Er ging rasch weiter; Ratten waren die einzige Gesellschaft, die er nicht ertragen konnte. Er wußte, daß es dumm war, sich vor ihnen zu fürchten. Immerhin war er ein erwachsener Mann von beinahe achtzehn Jahren, aber trotzdem schauderte er beim Anblick ihrer schweren Körper und dünnen Beinchen. Frallit hatte ihn einst eine Nacht im Getreidespeicher eingeschlossen, um ihn von seiner Angst zu befreien. Doch danach hatte er sich noch mehr als zuvor gefürchtet. Er hatte die ganze Nacht neben der Tür gekauert und zu Borc gebetet, er möge die Ratten von ihm fernhalten.

Jack hatte nun schon mehr als einen Tag damit verbracht, das Labyrinth aus Tunneln zu erkunden, das sich unter Burg Harvell erstreckte. Erstaunt fragte er sich, wie er sein ganzes Leben in der Burg hatte verbringen können, ohne zu wissen, was sich unter den Steinfußböden verbarg.

Nachdem er gestern die Burg erreicht hatte, hatte er eine Fackel von der Wand genommen und die verschiedenen Tunnel untersucht, die aus dem rechteckigen Raum hinausführten. Jack fühlte sich wie ein großer Entdecker, während er durch die Gänge streifte und je nach Lust und Laune einer neuen Abzweigung folgte. Dabei stellte er sich die Menschen vor, die vor ihm hier entlang gezogen waren: Könige auf der Flucht vor Assassinen, Diebe, die sich mit den Kronjuwelen davonmachten ... Es entspannte ihn, seiner Phantasie eine Weile freien Lauf zu lassen. In den vergangenen Wochen war so viel geschehen, daß er froh war, ein paar Stunden nicht darüber nachdenken zu müssen. Jack gestattete seinen Füßen zu laufen, wohin sie wollten, und seine Gedanken taten es ihnen nach.

Doch ein Gedanke – eigentlich zwei, wenn er die Ratten mitzählte – brachte ihn immer wieder zurück in die Gegenwart: da war etwas über seine Mutter, an das er sich einfach erinnern mußte. Jack war dessen sicher. In der Nacht, als Baralis ihn befragt hatte, hatte er kurz davor gestanden, sich zu erinnern. Da war ein Licht gewesen und zwei Gestalten, eine davon seine Mutter. Sie hatte versucht, ihm etwas zu sagen, aber dann war da nur noch Leere gewesen. Jedesmal wenn Jack versuchte, die Bedeutung des Bildes zu erfassen, wurde die Erinnerung schwächer. Zunächst hatte er alles für einen Traum gehalten. Aber Träume ließen einen nicht mit dem Gefühl zurück, man hätte alles verstanden, wenn der Traum nur ein paar Augenblicke länger gedauert hätte. Zumindest hatte Jack noch nie etwas Derartiges geträumt.

Jack hatte immer einen guten Schlaf gehabt. Meister Frallit hatte stets zu sagen gepflegt, er sei nur mit einem kräftigen Tritt gegen das Schienbein zu wecken gewesen. Doch seit er die Burg verlassen hatte, gönnten ihm seine Träume keinen ruhigen Schlaf mehr. Sie verspotteten ihn mit Eindrücken von Orten und Menschen, die er nie gesehen hatte. Unvermittelt erschienen Bilder in seinem Kopf, nur um kurz darauf wieder zu verschwinden: leidende Menschen, eine Stadt mit hohen Mauern, ein Mann mit goldenem Haar. Es schien nichts zu bedeuten, doch wenn er erwachte, war er müder und verwirrter als vor dem Einschlafen.

In der einen Minute war er Jack, ein einfacher Bäckerjunge, und in der nächsten rannte er um sein Leben, verfolgt von Kriegern und über Mächte befragt, die er nicht kontrollieren konnte.

Nach dem zu urteilen, was er aus dem Gespräch der Söldner herausgehört hatte, hatte auch der Kanzler das Verhör nicht unbeschadet überstanden. Was hatte er in sich, das stark genug war, um sich Baralis' Willen zu widersetzen? Es hatte einen Kampf gegeben – dessen war Jack sicher –, und obwohl er nicht als Sieger daraus hervorgegangen war, so hatte er es doch geschafft, den Mann in Schach zu halten. Wie eine Sau auf der Suche nach Trüffeln war Baralis in Jacks Verstand auf der Suche nach Wahrheit eingedrungen. Und er hätte sie auch beinahe gefunden. *Beide* hatten sie kurz davor gestanden.

Irgendwo tief in Jack lagen die Antworten auf all seine Fragen verborgen, und Baralis' Verhör hatte sie verführerisch nahe an die Oberfläche gebracht.

Bei seinen Wanderungen durch die leeren Tunnel hatte Jack ausreichend Zeit gehabt, um nachzudenken. Trotz allem, was seit seiner Flucht aus der Burg geschehen war, hätte er es nicht anders gewollt. Hätte er die Brote nicht verbrannt und Harvell verlassen, dann hätte er nie Falk und Melli getroffen. Falk hatte ihm die Gabe des Verstehens geschenkt. Er hatte ihn gelehrt, über die Ansichten anderer erst einmal nachzudenken, und ihm neue Ideen vermittelt, die alles in Frage stellten, an das er ein Leben lang geglaubt hatte.

Und was Melli betraf: nun, sie war stolz und schön, und irgendwie konnte Jack sie nie ganz aus seinen Gedanken verbannen. Er hatte viele Mädchen gekannt und unzählige Küsse bekommen. Doch keine von ihnen hatte ihm je diese eigenartige Mischung aus Anziehung und Verwirrung vermittelt, die er in Mellis Gegenwart empfand. Jack war froh, daß die Söldner ihn gefaßt hatten; Melli wäre gestorben, wenn sich niemand um ihre Wunden gekümmert hätte. Die Gefangennahme schien ein gerechter Preis für ihr Leben zu sein.

Nun mußte er nichts weiter tun, als sie zu befreien. In Baralis' Bibliothek hatte er viele Bücher über Helden gelesen, die ausgezogen waren, um eine schöne Maid zu befreien, und wenn diese Helden das konnten, dann konnte Jack das auch. Vielleicht war er nicht sonderlich geschickt mit dem Schwert, aber das Schleppen von Mehlsäcken hatte ihn stark gemacht, und er hatte sich so häufig unter Frallits Schlägen geduckt, daß er nun ungewöhnlich schnell war.

Jack wußte, daß es besser war, sich einige Tage möglichst unauffällig zu verhalten, bevor er in die Zuflucht zurückkehrte. Im Augenblick waren die Söldner mit Sicherheit äußerst wachsam und sannen auf Rache. Je länger er wartete, desto größer wurde die Wahrscheinlichkeit, daß er die Männer überraschen konnte. Jack machte sich nichts vor: wenn er Melli befreien wollte, bedeutete das, an den Wachen *vorbei*zuschleichen, nicht sich einen Weg durch sie hindurch zu bahnen. Bäcker mußten sich praktischeren Regeln beugen als Helden.

Im Augenblick waren Essen und Wasser Jacks Hauptsorgen. Er mußte einen Weg in die bewohnten Teile der Burg finden.

Eines der merkwürdigsten Phänomene, die Jack auf seinen Erkundungen herausgefunden hatte, war, daß viele Tunnel an einer Steinmauer endeten. Es ergab keinen Sinn, daß sich jemand die Mühe machte, einen Tunnel anzulegen, nur um ihn vor eine Wand laufen zu lassen. Jack dachte an das Gespräch der beiden Söldner zurück: sie hatten erwähnt, daß Baralis Mauern mit seinen Händen öffnete. Jack hatte einmal versucht, einen entsprechenden Mechanismus in einer Sackgasse zu finden – vielleicht war Melli hinter der Mauer. Aber er hatte nichts gefunden und bald wieder aufgegeben. Warum sollte er seine Zeit mit Geheimtüren verschwenden, wenn es so viel zu entdecken gab, das *nicht* verborgen war?

Schließlich fand Jack eine schmale Treppe. Er stieg hinauf und entdeckte eine Holztür. Sein Herz klopfte, als er die Klinke hinunterdrückte und in den dahinter liegenden Raum schaute. Er konnte nicht viel sehen, da ihm ein großes Objekt die Sicht versperrte – und dieses Objekt kam Jack irgendwie bekannt vor. Er hielt die Fackel in den Raum, so daß er es deutlicher erkennen konnte ... es war ein riesiger, kupferner Braukessel. Jack war im Bierkeller.

Er beschloß, die Fackel im Tunnel zurückzulassen. Sie würde nur unnötige Aufmerksamkeit auf ihn lenken. Also rannte er die Stufen hinab und steckte sie unten in eine Wandhalterung. Nur Sekunden später schlüpfte er durch die offene Tür. Er schlich um den Braukessel herum, sorgfältig darauf bedacht, in den Schatten zu bleiben. Niemand schien hier zu sein. Jack glaubte, es sei bereits spät am Abend, vielleicht sogar mitten in der Nacht.

Der Duft von Hopfen und Hefe erfüllte die Luft und erinnerte Jack an die guten Zeiten, die er als Kind hier unten verbracht hatte. Er hatte Bier für die Burgwachen geholt und sich das ein oder andere Mal auch selbst einen Schluck gegönnt. Jetzt schien seine Kindheit Ewigkeiten zurückzuliegen, und tief in seinem Inneren wußte er, daß er nie wieder ein Bäckerjunge sein würde.

Jack stieg die Kellertreppe hinauf in die Burgküche. Alles war in Schatten gehüllt und nur hier und da brannte eine einsame Kerze. Jack wußte, daß er vorsichtig sein mußte. Selbst spät in der Nacht waren noch Leute in der Küche: Spülmädchen schrubbten Töpfe und löschten Feuer, und betrunkene Soldaten suchten nach Eßbarem.

Jack hörte ein Flüstern aus der Speisekammer. Er blickte in die entsprechende Richtung und stellte überrascht fest, daß die üblicherweise verschlossene Tür der Kammer weit offen stand. Im Inneren lag ein Mann auf dem Boden, die Hose bis zu den Knien hinuntergezogen, und ein Mädchen mit gespreizten Beinen unter ihm. Jack erkannte den Mann sofort. Er wollte sich gerade zurückziehen, als der Mann rief: »Wer ist da?« Jack blieb wie angewurzelt stehen. Er hoffte, die Schatten waren dunkel genug, um ihn zu verbergen. Der Mann zog die Hose hoch, und die Frau richtete ihre Röcke. »Ich weiß, daß dort jemand ist«, sagte der Mann und setzte sich in Bewegung.

Jack beschloß, ein Risiko einzugehen und trat ins Licht. »Meister Frallit, ich bin's, Jack.«

»Jack, mein Junge, was machst du denn hier? Ich dachte, du seist weggelaufen.« Meister Frallit trat aus den Schatten. Er war außer Atem, und sein Gesicht war puterrot.

»Das bin ich auch.« Jack zögerte. »Aber das ist eine lange Geschichte.«

»Eine Minute, Junge.« Frallit wandte sich an das Mädchen und bedeutete ihr zu gehen. Der Meisterbäcker wartete, bis sie außer Hörweite war, dann sagte er: »Ich vertraue darauf, daß nichts von dem, was du heute nacht gesehen hast, irgendwie weitererzählt wird, Jack.«

»Das gleiche erhoffe ich mir von Euch, Meister Frallit.« Die beiden Männer nickten sich verständnisvoll zu.

»Kann ich irgend etwas für dich tun, Junge?« Frallit schien es eilig zu haben.

»Nein, ich glaube nicht, Meister Frallit.« Frallits erleichtertes Seufzen war unüberhörbar. »Allerdings«, fügte Jack hinzu, »ich könnte ein paar Sachen aus der Speisekammer gebrauchen.«

»Na, dann los, Junge. Und beeil dich!« Jack ging in die Speisekammer. »Aber nimm nichts von dem Rehrücken. Der Koch kann mit seinen scharfen Augen das Fehlen eines Stücks Rehrücken meilenweit sehen.«

Rasch legte Jack Käse, Pastete und alles, was ihm appetitlich erschien, auf ein Tuch. »Mach schon, Junge«, zischte der Meisterbäcker. Jack band die Ecken des

Tuchs zusammen und verließ die Speisekammer. Mißbilligend blickte Frallit auf das große Bündel. »Und jetzt mach, daß du wegkommst, Junge«, sagte er, erpicht darauf, die Speisekammer wieder zu verschließen. Jack dankte Frallit und ging wieder hinunter in den Bierkeller. Auf dem Weg nahm er noch ein paar Kerzen und einen Krug Wasser mit.

Nachdem er wieder in den Tunneln war, entzündete Jack eine der Kerzen an seiner Fackel und bereitete sich ein Festmahl. Er stopfte sich Hühnerpastete und Blutwurst in den Mund und Schimmelkäse und Apfel im Schlafrock. Doch nichts schmeckte Jack besser als die Scheibe kalten Rehrückens.

Er legte sich in eine teilweise verborgene Nische in einem der Tunnel, um dort die Nacht zu verbringen. Die Fackel war ausgebrannt, und obwohl er wußte, daß es ein Risiko war, ließ Jack die Kerze brennen. Er hätte etwas Zunder aus der Küche mitnehmen sollen, aber dafür war morgen noch genug Zeit. Auch ein paar warme Kleider konnte er gebrauchen.

Als er am nächsten Tag erwachte, war er steif und kalt. Er nahm ein leichtes Frühstück zu sich und verbrachte den restlichen Morgen damit, die Tunnel weiter zu erkunden. Jack bezweifelte nicht, daß Baralis das Labyrinth regelmäßig nutzte – einige der Tunnel waren sogar beleuchtet. Um solche Gänge machte Jack einen großen Bogen. Er wollte weder auf den Kanzler noch auf dessen Söldner treffen.

Baralis hatte entschieden, es sei an der Zeit, mit Traff ein Wort unter vier Augen zu wechseln. Der Anführer der Söldner hatte ihn schmählich im Stich gelassen, als er den Jungen hatte entkommen lassen. Der Mann hatte eine Belohnung erwartet, wenn er seine Arbeit ungewöhnlich gut erledigte; also mußte er auch damit rechnen, für sein Versagen bestraft zu werden.

Baralis schaute zu, wie Traff seine Männer aus dem

Raum schickte. Erfreut hatte der Kanzler festgestellt, daß jeder der Söldner bei seinem Anblick Angst gezeigt hatte. Traff schenkte sich einen Becher Bier ein. Baralis verachtete Männer, deren Mut sich auf Alkohol gründete.

»Nun, Traff«, er begann mit irreführender Milde, »hast du irgendwelche Neuigkeiten von dem Jungen, irgendeine Spur?«

»Nein. Nichts. Wenn er immer noch hier ist, werden wir ihn finden, und wenn er irgendwo draußen ist, kann er bei diesem Wetter nicht weit gekommen sein.« Traff trank einen kräftigen Schluck Bier.

»Ich bin sehr enttäuscht. Ich dachte, zehn Männer wären genug, um einen Knaben zu bewachen.«

»Er hat meinen Mann überrumpelt, überrascht ...«

Baralis fiel ihm ins Wort. »Ich hasse Entschuldigungen!« Traff wurde sichtlich nervös.

»Seit ich für Euch arbeite, sind zwei meiner Männer getötet worden, und einer ist so verstümmelt, daß ihn noch nicht einmal seine eigene Frau wiedererkennen würde.« Traff trank einen weiteren Schluck Bier. »Ich will Euch mal etwas sagen: ich bin bald soweit, mich aus dem Staub zu machen.« Der Söldner wollte aufstehen.

»Du gehst nirgendwo hin.« Baralis setzte eine kleine Menge seiner Macht frei. Panik zeichnete sich in Traffs Gesicht ab, als er bemerkte, daß er sich nicht mehr bewegen konnte.

Baralis schaute sich in dem Raum nach einem geeigneten Gegenstand um; sein Blick blieb an einem Messer mit Holzgriff hängen. Beiläufig nahm er es in die Hand, strich mit den Fingerspitzen über die Klinge und beschwor Hitze auf sie herab. Innerhalb von Sekunden glühte die Klinge, und Baralis beobachtete amüsiert, wie sich Traffs Gesichtsausdruck von Furcht zu Entsetzen wandelte. Er brachte das Messer um Haaresbreite vor das Gesicht des Mannes, der unwillkürlich vor der Hitze der Klinge zurückzuckte.

»Nun, mein Freund.« Baralis' Stimme war so kalt wie Eis. »Ich glaube, du weißt, daß ich dir beträchtliche

Schmerzen zufügen kann.« Er bewegte das Messer und berührte dabei beinahe Traffs Haut. »Wirklich beträchtliche Schmerzen. Aber ich werde es nicht tun, denn wir wissen beide, daß du wieder zu Verstand kommen wirst. Du wirst mich nicht sitzenlassen ... nein, mein lieber Freund, niemand läßt mich sitzen.«

Baralis schüttelte den Kopf. »Ich weiß, daß du deine Arbeit in Zukunft besser machen wirst.« Vorsichtig und in geringem Abstand führte er die Klinge an Traffs Wange vorbei, so daß die Haut sich von der Hitze rötete. Dann riß er die Klinge unvermittelt nach unten und legte den glühendheißen Stahl auf den nackten Arm des Söldners. Die Haut rötete sich, zog sich zusammen und wurde schließlich schwarz. Befriedigt zog Baralis die Klinge zurück und rief seine Macht wieder zu sich. Traff fiel auf den Tisch und begann zu wimmern; Tränen des Schmerzes rannen seine Wangen hinab.

»Nun denn, Traff«, sagte Baralis gut gelaunt, »ich nehme an, jetzt weißt du, wie die Dinge hier laufen.« Er ließ das Messer in den Bierkrug fallen, was eine Dampfwolke verursachte. »Ich muß mich wieder auf den Weg machen. Natürlich erwarte ich, daß der Junge in den nächsten Tagen gefunden wird.« Baralis hielt auf der Schwelle einen Augenblick an und genoß den Anblick des Söldners, der sich den Arm vor die Brust hielt; dann eilte er in Richtung Burg davon.

Baralis ging durch die unterirdischen Tunnel zu seinen Gemächern. Auf dem Weg bemerkte er, daß eine Fackel verschwunden war. Er dachte kurz darüber nach und beschloß, Crope später danach zu fragen.

Nachdem er in seinen Gemächern angelangt war, rieb sich Baralis die Hände, um die Schmerzen zu vertreiben – es war anstrengend gewesen, den Messergriff festzuhalten. Das feuchte Wetter übte einen direkten Einfluß auf die Gelenke in seinen Fingern aus; sie schwollen an und wurden steif. Baralis widerstand der Versuchung, etwas von seiner schmerzstillenden Droge einzunehmen; er würde eher den Schmerz ertragen, als den –

wenn auch vorübergehenden – Verlust seines Verstandes zu riskieren. Statt dessen schenkte er sich einen Becher heißen Kräuterpunsch ein. Das Getränk verschaffte ihm wenigstens ein bißchen Erleichterung.

Crope betrat den Raum. Er war durch und durch naß. Offensichtlich war er draußen im Regen gewesen. »Ich hatte dich schon früher erwartet. Ist das Mädchen sicher eingesperrt?«

»Ja, Meister.«

»Du darfst sie nicht allzu liebgewinnen, Crope«, warnte Baralis. Er hatte das Gefühl, daß sein Diener in bezug auf das Mädchen ein weiches Herz hatte. »Und nun sage mir«, forderte Baralis, nachdem er seinen Standpunkt klar gemacht hatte, »warum bist du so durchnäßt?«

»Ich war draußen, Meister. Einer der Stallburschen hat mir erzählt, Lord Maybor sei zu einer Reise aufgebrochen.«

»Ach wirklich.« Baralis' Interesse war geweckt. »Und wohin reist Lord Maybor?«

»Zunächst nach Duvitt und dann zu seinen östlichen Ländereien. Der Stallbursche sagt, es gäbe Schwierigkeiten auf seinen Gütern.«

Baralis lächelte. Er war hocherfreut. Maybor würde ihm in den nächsten Wochen nicht mehr in die Quere kommen. Und wenn er zurückkehrte, würde der Termin, auf den sich Baralis mit der Königin geeinigt hatte, längst verstrichen sein. Dann würde es dem fetten Lord nichts mehr nützen, seine Tochter zu finden.

Crope wollte gerade wieder gehen, als Baralis ihn zurückrief. »Crope, hast du eine der Fackeln aus den Tunneln genommen?« Der Diener machte ein verdutztes Gesicht. »Denk gut nach.«

»Wenn ich eine der Fackeln herausnehme, Meister, dann ersetze ich sie immer durch eine neue.«

»Bist du sicher?« Crope nickte energisch. »Nun gut, du kannst gehen.« Baralis' Lippen formten sich zu einem bösen Lächeln. *So,* dachte er, *der Junge ist also in der Burg.*

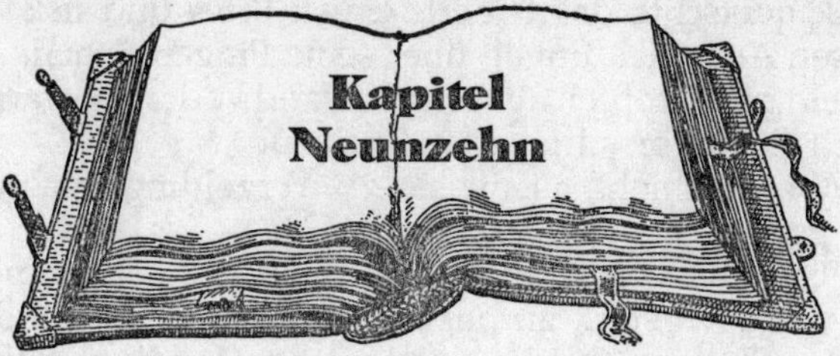

Kapitel Neunzehn

Tavalisk las den Erlaß auf seinem Schreibtisch; dann tauchte er die Feder in die Tinte und unterschrieb mit einer schwungvollen Bewegung.

»Gamil!« rief er. Sein Sekretär hatte vor der Tür gewartet und kam nun herein.

»Ja, Euer Eminenz.«

»Ich habe den Erlaß unterschrieben, der die Ritter aus unserer Stadt verbannt.« Tavalisk deutete auf das Dokument auf dem Schreibtisch. Dann richtete er seine Aufmerksamkeit auf die Kalbsinnereien an seiner Seite. Er musterte sie eingehend und atmete ihren feinen Duft ein. Man hatte sie genauso zubereitet, wie er sie mochte: fritiert in ein wenig Öl, ohne Gewürze oder andere Zusätze, die ihren delikaten Geschmack zerstört hätten.

»Valdis wird mit Sicherheit über den Erlaß bestürzt sein.«

»Das ist meine Absicht, Gamil. Ich habe es satt, daß die Ritter sich in unseren Handel einmischen. Erst letzte Woche haben sie eines unserer Schiffe besetzt. Sie haben es zwei Tage auf See festgehalten, während sie es von oben bis unten durchsuchten. Eine ganze Ladung Fisch war vollkommen ruiniert.« Tavalisk wählte ein Stück Bries aus.

»Und als wäre das noch nicht genug, werden sie jetzt auch noch in der Stadt selbst zur Plage. Sie erzählen den Leuten, ich sei korrupt und hätte nichts mit Gott am Hut. Tyren spielt ein gefährliches Spiel. Es ist an der Zeit, daß er die Macht seiner Gegner kennenlernt.« Tavalisk quetschte das fritierte Stück Bries und ließ die blassen Ausscheidungen über seine Finger rinnen. Als sich ein paar Tropfen auf sein Gewand verirrten, warf er Gamil einen vorwurfsvollen Blick zu.

»Was geschieht, wenn sie zu Vergeltungsmaßnahmen greifen, Euer Eminenz?«

»Die Ritter von Valdis und Vergeltungsmaßnahmen! Das wage ich stark zu bezweifeln, Gamil. Sie werden Versammlungen abhalten und unsere Handlungsweise in Briefen aufs schärfste verurteilen. Die Ritterschaft ist unfähig, schnell zu handeln. Überleg doch mal ... sie haben alleine einhundert Jahre gebraucht, um einen geeigneten Ort für ihre verdammte Stadt zu finden.« Tavalisk griff über den Tisch nach dem größten Stück Bries. »Nein, Gamil, sie werden *gar nichts* tun.«

»Warum habt Ihr dann den Erlaß unterschrieben, Euer Eminenz?«

»Ich dachte, das wäre offensichtlich.« Der Erzbischof steckte den Bries in den Mund. Erst rollte er den Happen mit seiner Zunge hin und her, um die glatte, weiche Oberfläche zu genießen, dann biß er mit seinen scharfen Zähnen zu und ließ sich den köstlichen Saft auf der Zunge zergehen, bevor er ihm gestattete, seine Kehle hinabzurinnen. »Ich hoffe, damit ein Zeichen zu setzen. Siehst du nicht, daß die Ritter an immer weniger Orten willkommen sind, Gamil? Hier im Süden traut ihnen niemand mehr über den Weg. Im einen Augenblick geben sie sich als religiöse Fanatiker, und im nächsten verkaufen sie Waren weit unter Preis. Rorn wird die erste Stadt sein, die es wagt, diese selbstherrlichen Heuchler hinauszuwerfen. Und nachdem Rorn es vorgemacht hat, werden schon bald andere Städte folgen: Marls, Camlee, Toolay, alle werden sie unserem Beispiel folgen. Über kurz oder lang wird die Bewegungsfreiheit der Ritter im Osten ziemlich eingeschränkt sein.« Tavalisk warf die übriggebliebenen Kalbsinnereien ins Feuer.

»Darf ich fragen, warum Euer Eminenz der Ritterschaft so feindlich gesonnen ist?«

Tavalisk tupfte anmutig an dem Fleck auf seinem Gewand. »Also wirklich, Gamil, deine Kurzsichtigkeit überrascht mich. Tyren will alle Handelsrouten kontrollieren. Die Ritter sind nicht mehr damit zufrieden, den Warenverkehr auf dem Land und auf den Flüssen zu kontrollieren – sie haben es jetzt auch auf den Seehandel abgesehen.«

»Aber ich dachte immer, die Ritter würden lediglich dafür sorgen, daß die Waren ihr Ziel sicher erreichen.«

»Ja, ja. Sie haben Handelsschiffe schon immer mit einer bewaffneten Eskorte ausgestattet; aber der Preis dafür ist so hoch, daß die Waren den Markt nur noch unter horrenden Kosten erreichen. Und genau auf diese Art machen sie ihren Gewinn: ihre eigenen Waren können sie für die Hälfte der Kosten verschiffen. Es gibt Leute im Norden, die glauben, Rorn würde seine Preise künstlich in die Höhe treiben, während Valdis hart darum kämpfen muß, so günstig zu bleiben.«

Tavalisk nahm eine Orange aus einer Obstschale. »Tyren hat nichts Gutes im Sinn. Der Mann ist viel zu ehrgeizig. Er hat sich mit dem Herzog von Bren angefreundet, um seine Position im Norden zu verbessern. Wir dürfen auf keinen Fall zulassen, daß er ähnliche Freunde auch bei uns im Süden findet.«

»Wenn man die Ritter aus den Städten des Ostens verbannt, Euer Eminenz, könnte ein Krieg die Folge sein.«

»Das, Gamil«, sagte der Erzbischof und seufzte laut, »ist ein Szenario, mit dem wir uns beschäftigen, wenn es auftaucht.« Tavalisk riß die Schale von der Orange.

»Wo wir gerade von der Ritterschaft sprechen, Euer Eminenz, vielleicht interessieren Euch die Fortschritte unseres besonderen Ritters.«

»Rede weiter«, drängte der Erzbischof. Seine Zähne glitzerten, als er in das saftige Fruchtfleisch biß.

»Der Ritter hat die Stadt vor nunmehr einer Woche verlassen. Im Augenblick befindet er sich auf dem Weg nach Norden.«

»Läuft der Junge ihm immer noch hinterher?«

»Offensichtlich, Euer Eminenz.«

Tavalisk ließ seinen Blick über die Obstschale schweifen. Welche Frucht sollte er als nächstes verspeisen? »Du kannst jetzt gehen, Gamil, aber bevor du gehst ... Würdest du mir einen kleinen Gefallen tun?«

»Selbstverständlich, Euer Eminenz.«

Der Erzbischof öffnete sein Gewand. »Wärst du so nett und entfernst den Fettfleck für mich? Und falls nicht, zieh die Reinigungskosten von deinem Lohn ab.«

Tawl erreichte eine kleine Stadt: dort gab es ein paar Händler, einen Stall, eine Schmiede und einen Gasthof. Der Ritter war in den letzten Tagen in flottem Tempo marschiert, und so war er zufrieden mit seinen Fortschritten. Inzwischen war er bereits weit von Rorn entfernt, und die Landschaft hatte sich verändert: Städte wurden immer seltener und kleiner, und die Straße war nur noch ein staubiger Feldweg, auf dem wenige Menschen reisten. Am Horizont waren die weißen Gipfel der Berge zu sehen.

Tawl beschloß, dem örtlichen Gasthof einen Besuch abzustatten. Es war schon fast Mittag, und er hätte sowieso bald eine Rast eingelegt. Seine Kehle war knochentrocken, und der Gedanke, sie mit Bier anstatt mit Wasser anzufeuchten, verbesserte seine Laune beträchtlich.

Tawl betrat den kleinen Schankraum und bereute sofort seine Entscheidung. Es handelte sich nicht um einen warmen, gemütlichen Rasthof. Der Raum war vollkommen leer, mit Ausnahme von zwei Männern, die in einer Ecke Karten spielten. Im Kamin brannte kein Feuer, das Stroh auf dem Boden war feucht und dreckig, und der Gestank verschimmelten Fleischs erfüllte die Luft. Tawl wollte gerade wieder gehen, als eine Frau hinter der Theke hervortrat und ihm den Weg versperrte.

Tawl fühlte sich verpflichtet, ein Getränk zu bestellen. Die Frau zwinkerte ihm provozierend zu und machte sich auf den Weg, das verlangte Bier zu holen. Nur Augenblicke später kehrte sie wieder zurück und stellte einen Krug schäumenden Biers auf den Tisch. »Und jetzt sag mir, wohin dich dein Weg führt, Goldjunge?« Tawl konnte nicht leugnen, daß die Frau attraktiv war; sie war von einer angenehmen Üppigkeit und besaß eine hübsche Stupsnase. Aber trotz ihres Lächelns waren die Augen kalt.

»Nach Norden.«

»Nach Toolay, hab' ich nicht recht? Ich habe eine Cousine in Toolay. Sie sagt immer, das einzig Gute an der Stadt sei, daß man dort Krabben und Hummer essen kann, so groß wie ihr Kopf. Und meine Cousine hat einen verdammt großen Kopf, das kann ich dir sagen.« Die Frau lachte über ihren eigenen Scherz, ein schrilles Geräusch, ohne jede Wärme.

»Ich werde Toolay nicht besuchen.« Tawl hatte nicht die Absicht, irgend etwas über seine Reiseroute preiszugeben.

»Willst du was zu essen? Eine kleine Pastete oder einen Eintopf?« Die Frau beugte sich vor und stellte den tiefen Spalt zwischen ihren Brüsten zur Schau.

»Nein.«

»Deine Börse ist wohl nicht mehr die vollste, hab' ich nicht recht?« Die Frau trat zurück, denn sie wollte ihre Gunst an keinen armen Reisenden verschwenden.

»Nein. Ich habe nur gerade erst gegessen.«

»Du reist allein, oder?«

»Ja.« Der abschätzende Blick der Frau war Tawl nicht entgangen.

»Du hast nicht gerade viel Gepäck für einen Mann, der noch weiter als Toolay reisen will.«

Tawl wußte, daß die Frau versuchte, ihm Informationen zu entlocken. Als er auf ihre letzte Bemerkung nicht antwortete, ging sie wieder zurück hinter den Tresen. Während Tawl sein Bier trank, kam ein Mann aus dem hinteren Teil des Gasthofes und trat zu der Frau. Sie sprachen mit gedämpfter Stimme, und die Frau blickte mehrmals in Tawls Richtung. Tawl entschied, es sei an der Zeit zu gehen. Er trank sein Bier und schritt zur Tür. Während er den Raum durchquerte, überprüfte er theatralisch sein Kampfmesser – es war weise, Schwierigkeiten wann immer möglich bereits im Vorfeld zu vermeiden.

Die frische Luft tat ihm gut; die Sonne strahlte, und ein kühler Wind strich ihm über das Gesicht. Eine unbefestigte Straße führte aus der Stadt hinaus, und Tawl folgte ihr in Richtung Norden – wie immer. Er pfiff ein Lied, daß er von Carver auf der *Fischgeruch* gelernt hatte. Ein fröhliches Lied, das von der Stärke, der Tapferkeit und der sexuellen Leistungsfähigkeit von Seemännern erzählte. Tawl war kein Sänger, und so gab er sich damit zufrieden, die Melodie zu pfeifen.

Er war noch nicht weit von der kleinen Stadt entfernt, als der Angriff erfolgte. Tawl hatte damit gerechnet; innerhalb von Sekunden hielt er sein Messer in der Hand. Es waren drei Angreifer: die Männer aus dem Gasthof. Einer von ihnen versuchte, den Ritter zu Boden zu werfen. Tawl wirbelte herum und hieb nach dem Bauch des Mannes. Er verfehlte sein Ziel und spürte den Stich einer Klinge am Arm. Wütend schlug Tawl mit der Faust zu. Sein Gegner stolperte zurück, aber er fiel nicht. Nun wandte Tawl sich dem zweiten Mann zu und provozierte ihn, sein Glück zu versuchen. Wütend stieß der Angreifer mit dem Messer zu, so daß seine Brust vollkommen ungeschützt war. Tawl wich dem Angriff aus und griff nun seinerseits an; er spürte, wie seine Klinge zwischen den Rippen hindurch in den Brustkorb des Mannes eindrang. Sein Feind taumelte zurück.

Dann wurde Tawl von einem mächtigen Schlag in den Kniekehlen getroffen; er stolperte und hatte Mühe, sich auf den Beinen zu halten. Als er sich umdrehte, sah er, daß der dritte Mann eine riesige Keule schwang. Nun griff auch wieder der erste Mann an, und Tawl war gezwungen, sich mit ihm zu beschäftigen, während er gleichzeitig versuchte, die Attacke des Mannes mit der

Keule abzuwehren. Doch der dritte Mann hieb die Keule mit solcher Wucht auf Tawls Schulter, daß dieser zu Boden fiel. Die Angreifer rückten vor.

Plötzlich sprang jemand auf den Rücken des ersten Mannes – mehr brauchte Tawl nicht. Der Bandit mit der Keule war für den Bruchteil einer Sekunde abgelenkt, und das reichte Tawl, um wieder auf die Füße zu springen und dem Mann das Messer in die Gedärme zu rammen. Tawl tötete ihn und wandte sich dem letzten verbliebenen Angreifer zu, der gerade versuchte, die Gestalt auf seinem Rücken zu schlagen. Tawl schlitzte die Flanke des Mannes auf und beendete den Kampf mit einem sauberen Stich ins Herz.

Der Junge jubelte und sprang aufgeregt umher.

Tawl mußte zunächst einmal wieder zu Atem kommen, bevor er sprechen konnte. »Was in Borcs Namen machst du denn hier?« Tawl rieb sich die Schulter. Sie schmerzte, aber sie schien nicht gebrochen zu sein.

»Das ist einfach. Ich habe dein Leben gerettet.« Schnapper grinste triumphierend. Tawl entfernte sich ein Stück vom Schauplatz des Kampfes. Das Atmen fiel ihm noch immer schwer.

»Der erste, den du niedergestreckt hast, ist geflohen. Ich habe gesehen, wie er in die Büsche gekrochen ist.« Der Junge blickte erwartungsvoll zu Tawl. Als er keine Antwort erhielt, fuhr er fort: »Willst du nicht hinterher und ihn fertigmachen?«

Tawl schüttelte den Kopf. Er war vollkommen außer Atem. Erschöpft hockte er sich an den Straßenrand. »Du hättest doch eigentlich schon längst wieder in Rorn sein sollen.«

»Zu deinem Glück bin ich das aber nicht.« Tawl konnte nicht leugnen, daß Schnappers Eingreifen ihm wahrscheinlich das Leben gerettet hatte.

»Was hast du dir eigentlich dabei gedacht, einem bewaffneten Mann einfach auf den Rücken zu springen? Du hättest getötet werden können.« Tawl riß ein Büschel Gras aus und reinigte damit sein Messer vom Blut.

»Daran habe ich überhaupt nicht gedacht. Ich habe nur gesehen, daß du in Schwierigkeiten warst, und habe gehandelt. Ich bin kein Feigling. In Rorn habe ich schon schlimmere Raufereien überstanden.«

Tawl blickte die Straße hinunter. Niemand war zu sehen, und es war an der Zeit aufzubrechen; er wollte nicht riskieren, inmitten zweier Leichen gesehen zu werden. Er schaute zu dem Jungen und überlegte, was er mit ihm tun sollte. Schließlich traf er eine Entscheidung und ging los. »Komm schon, Junge!« rief er. »Wir sollten besser sehen, daß wir hier wegkommen.«

»Geh ruhig vor«, antwortete Schnapper. »Ich werde dich in ein paar Minuten wieder einholen.«

Einige Zeit später hatte der Junge wieder zu Tawl aufgeschlossen. Offensichtlich war er gerannt, denn er atmete schwer.

»Was hat dich aufgehalten?«

»Eine kleine Arbeit, das ist alles.«

»Was für eine kleine Arbeit?«

»Ich habe ein wenig ... äh ... geforscht.« Der Junge zuckte die Schultern.

»Was genau meinst du mit ›geforscht‹?« Tawl verlor allmählich die Geduld, und das war seiner Stimme anzumerken.

»Ich habe die Leichen untersucht – nach Wertgegenständen.« Als er Tawls mißbilligenden Blick bemerkte, erklärte der Junge: »Ich weiß, du bist ein Ritter und so; du bist zu ehrenhaft, um jemanden zu filzen. Also habe ich die Initiative ergriffen.«

»Gib es mir!«

»Ich habe es gefunden«, protestierte Schnapper.

»*Gib es mir!*«

Der Junge holte eine Geldbörse aus seiner Weste hervor und reichte sie Tawl. »Sechs Silberstücke und ein Goldstück«, erklärte er stolz.

»Sonst noch was.«

Zurückhaltend antwortete der Junge: »Nichts, was der Rede wert wäre.«

»In Zukunft werden keine toten Männer mehr ausgeraubt, Junge, besonders keine, die du nicht selbst umgebracht hast.«

»Was wirst du mit dem Geld tun?«

»Ich werde es verwahren. Solange du hinter mir herläufst, kann ich jedes einzelne Kupferstück gut gebrauchen.« Tawl sah, wie der Junge kurz vor Glück strahlte, bevor er wieder sein typisches, gleichgültiges Gesicht aufsetzte.

»Ich habe dir schon einmal gesagt, daß Währungsfragen kein Problem sind, wenn ich in der Nähe bin.«

»Jetzt hör mir mal gut zu, Schnapper!« Tawl wurde ernst. »Das hier ist kein großes Abenteuer. Uns steht ein schwerer Weg bevor, schlechte Straßen und schlechtes Wetter, und dann *überhaupt keine* Straßen. Du hast heute gesehen, was einem unschuldigen Reisenden alles passieren kann. Ich kann noch nicht einmal meine eigene Sicherheit garantieren, geschweige denn die eines dickköpfigen Jungen. Es ist wahr, ich schulde dir etwas, und das ist einer der Gründe, warum ich dir erlaube, mich zu begleiten. Aber ich fürchte, du wirst diese besondere Art der Belohnung schon bald verfluchen.«

Der Tag neigte sich seinem Ende entgegen. Die Sonne glühte rot am westlichen Horizont, und in der sanften Brise war die erste Kälte der Nacht zu spüren. Tawl beschloß, bis tief in die Nacht weiterzuziehen. Er wollte nicht nur die verlorene Zeit aufholen, sondern er wollte auch feststellen, aus welchem Holz der Junge geschnitzt war.

Madame Greal machte sich zurecht, um zum Abendessen in den Schankraum zu gehen. Zunächst puderte sie ihr Gesicht, dann zerdrückte sie ein paar Preiselbeeren und rieb den Saft auf ihre Wangen. Sie war vielleicht nicht mehr ganz jung, aber sie hielt sich nach wie vor für eine gutaussehende Frau. Auf der Suche nach einem passenden Kleid für den Abend durchforstete sie ihre

Garderobe. Sie wählte das schlichteste – das blaue, denn sie glaubte nicht, daß der heutige Abend lukrative Geschäfte versprach. Ihre Schwester, die mittlerweile in Bren lebte, hatte sie häufig dafür gescholten, teure Kleider für unrentable Abende zu verschwenden.

»Madame Greal, Madame Greal!« Ihre Zofe stürzte in den Raum.

»Was gibt es, du erbärmliches Gör?«

»Oh, Madame Greal, was für eine Neuigkeit!« Vor lauter Aufregung war Keddis Gesicht rot angelaufen.

»Wenn du mir nicht sofort sagst, was los ist, Mädchen, lasse ich dich auspeitschen. Und jetzt beruhige dich und rede.«

»Lord Maybor ist in der Stadt. Er wird von seinem Sohn und einem Trupp seiner Männer begleitet.«

»Das ist in der Tat eine gute Nachricht, Keddi. Du hast recht daran getan, mich zu informieren.« Gier funkelte in Madame Greals Augen. Lord Maybor war einer der reichsten Männer der Vier Königreiche. Auch sein ungewöhnlicher Appetit auf Frauen und Wein war weithin bekannt. Madame Greal betrachtete es als ihre Pflicht, den Mann während seines Aufenthalts in der Stadt reichlich – und teuer – mit beidem zu versorgen.

Obwohl Maybors Ländereien nicht weit östlich von Duvitt lagen, konnte Madame Greal sich nicht erinnern, ihn schon einmal in der Stadt gesehen zu haben. »Wo ist er abgestiegen, Keddi?« Madame Greal hatte mit den meisten Gastwirten Duvitts Abkommen getroffen.

»Er ist *hier* abgestiegen.«

»Gut, gut. Komm und hilf mir aus diesem Kleid, Keddi. Ich werde heute abend das grüne tragen. Grün steht mir immer noch am besten.«

Nachdem sie sich angekleidet hatte, befahl sie Keddi, ihre beste Perücke zu bürsten. »Sei vorsichtig, Mädchen!« zischte sie. »Du striegelst ja schließlich kein Pferd.«

Madame Greal setzte die Perücke auf und sandte ihre

Dienerin aus, sich um die beiden Mädchen zu kümmern. »Beeil dich, Keddi, und vergewissere dich, daß ihre Mieder auch schön eng geschnürt sind. Ich will feste Brüste und schmale Hüften sehen. Laß Willas Haar offen – es soll das Muttermal auf ihrem Nacken verdecken. Oh, noch was ... Sag ihnen, sie sollen oben bleiben, bis ich sie rufen lasse. Ich will Lord Maybor zunächst mit Beschreibungen ihrer Vorzüge in Versuchung führen. Freudige Erwartung hat schon so manchem Geschäft auf die Sprünge geholfen.«

Nachdem Keddi gegangen war, machte sich Madame Greal auf den Weg in den Schankraum. Es war zwar noch etwas früh, aber sie beabsichtigte, sich den besten Tisch zu sichern – den, der in angemessener Entfernung von der nächsten Lampe stand. Leider hatten ihre gegenwärtigen Mädchen ein wenig Schatten bitter nötig. Madame Greal setzte sich, bestellte den billigsten Wein und bereitete sich darauf vor zu warten.

Aber das Warten dauerte nicht lange. Auf der Straße erklangen Stimmen, dann öffnete sich die Tür, und eine Gruppe von Männern trat herein. Sie waren durchgefroren und naß und riefen nach einer Bedienung. Aufgrund ihrer eleganten Kleidung wußte Madame Greal sofort, wer die Männer waren. Einer von ihnen hob sich von den anderen ab; seine Haltung verriet die adelige Herkunft und großen Reichtum. Sein Gewand war purpurrot und mit Gold durchwirkt, und sein Umhang hatte einen Saum aus Hermelin. Seine Stimme dröhnte durch den Raum, als er nach Speis und Trank rief, und dennoch hörten Madame Greals scharfe Ohren ein leises Keuchen heraus.

Befriedigt stellte Madame Greal fest, daß die Männer das Beste bestellten, das der Gasthof zu bieten hatte: Rehrücken, Räucherlachs, gegrillten Fasan, ganz zu schweigen von dem Faß Roten Lobanfarn, das der Wirt extra aus dem Keller heraufschleppen mußte. Madame Greal kannte die Preise der verschiedenen Getränke, die der Wirt im Angebot hatte, bis auf das letzte Kupferstück, und Roter Lobanfarn gehörte zu den teuersten.

Geduldig beobachtete sie, wie die Männer – angeregt durch den Alkohol – immer rüpelhafter wurden. Ihre Unterhaltung wurde lauter, und ihre Gesichter liefen rot an. Madame Greal hielt die Zeit für gekommen, zur Tat zu schreiten. Sie stand auf, glättete ihren Rock und schlenderte an den Tisch der Männer.

»Ich wünsche den Herrn viel Freude in dieser wunderschönen Nacht.« Die Männer drehten sich um und blickten sie an. »Ich hoffe, Ihr genießt Euer Mahl. Ich möchte die Herrn nur darauf hinweisen, daß es hier noch köstlichere Speisen gibt als die, die auf der Speisekarte stehen.« Die Männer verstanden die Andeutung sofort und hämmerten mit den Bechern auf den Tisch.

»Was für *›Speisen‹* hast du uns denn anzubieten, Frau?« polterte der Mann, von dem Madame Greal wußte, daß es sich um Lord Maybor handelte. »Ich hoffe, sie haben nicht so lange auf dem Feuer gestanden wie du.« Die Männer brachen in schallendes Gelächter aus. Madame Greal war tief beleidigt, doch sie verbarg ihre Gefühle.

»Mein lieber Herr, ich versichere Euch, meine Speisen sind jung und zart, üppig und gut gewürzt.« Die Männer spendeten ihren Worten lautstark Beifall.

»Du weißt, wie man einen hungrigen Mann in Versuchung führt«, sagte der Lord.

»Meine Erfahrung zeigt, daß man einen hungrigen Mann nicht erst in Versuchung führen muß.« Erneut brachen die Männer in Gelächter aus, und Madame Greal wußte, daß sie das Geschäft so gut wie unter Dach und Fach hatte.

»Sag mir, Frau, wo hast du denn deine Leckereien versteckt?«

»So delikate Speisen wie die meinen müssen im Verborgenen gehalten werden, damit sie nicht vor der Zeit verspeist werden.«

»Der Appetit eines Mannes ist dann am größten, nachdem er *gesehen* hat, was auf den Tisch kommt.«

Die Worte des Lords wurden von zustimmenden Rufen seiner Männer begleitet.

Madame Greal hielt die Zeit für gekommen, ihre Mädchen hervorzuholen. Sie gab einem Burschen ein Zeichen, der daraufhin sofort die Treppe hinaufrannte. Madame Greal nutzte die kurze Unterbrechung, um unauffällig ein paar Kerzen in der Nähe zu löschen. Dann wandte sie sich wieder den Männern zu – mit der Absicht, sie zum Trinken zu animieren. »Darf ich es wagen, einen Toast auszubringen, meine Herrn?« rief sie.

»Es ist einer Dame nicht gestattet, einen Toast auszubringen«, schrien die Männer wie aus einem Munde.

»Dann brechen wir also keine Regel, wenn wir *ihr* gestatten, einen auszubringen.« Die Männer fielen vor Lachen beinahe von ihren Stühlen. Madame Greal stimmte in das Lachen ein; lediglich an ihren Augen konnte man erkennen, daß sie sich keineswegs über die groben Scherze amüsierte.

Sekunden später erschienen die Mädchen am Fuß der Treppe. Madame Greal musterte sie mit kritischem Blick. Keddi hatte hervorragende Arbeit geleistet. Als sie die Mädchen erblickten, brachen die Männer in Jubel aus und riefen ihnen zu, sie sollten sich zu ihnen gesellen und mit ihnen essen. Die beiden Mädchen sahen zu Madame Greal, die langsam den Kopf schüttelte und ihnen durch ein Zucken der Augenbraue befahl, sich an den Tisch zu setzen, den sie früher am Abend ausgewählt hatte.

Die Männer bekundeten lautstark ihr Mißfallen, als die Mädchen an einen anderen Tisch gingen. Sie schrien und buhten und hämmerten mit den Bechern auf den Tisch.

»Bring die Mädchen an unseren Tisch, Frau«, forderte der Lord.

»Meine Mädchen und ich ziehen es vor, eine Weile allein zu sitzen, mein Herr. Allerdings nehmen wir gerne ein paar Erfrischungen von Euch an.« Der Lord grunzte mißbilligend und befahl, daß man einen Krug aus seinem Weinfaß zapfen und ihn den Mädchen bringen solle. Madame Greals kleines Herz machte einen Freudensprung – ein ganzer Krug Roter Lobanfarn!

Sie zog sich an ihren Tisch zurück, wo die beiden Mädchen gerade dabei waren, sich einen Becher des überteuerten Getränks einzuschenken. »Wagt es ja nicht«, warnte Madame Greal. »Der Bursche wird die Krüge in einer Minute austauschen. Ihr beide könnt etwas von dem Zeug trinken, das er Euch dann bringt.« Sie hatte die Absicht, den Roten Lobanfarn wieder an den Wirt zurückzuverkaufen.

Die Männer pfiffen und schrien nach den Mädchen. Sie hoben ihre Becher, um den Damen zuzuprosten und brachen jedesmal in Jubel aus, wenn eine von ihnen lächelte. Es dauerte nicht lange, bis Lord Maybor mit einem weiteren Krug Wein an Madame Greals Tisch kam. »Ich dachte, die Damen könnten vielleicht eine weitere Erfrischung vertragen.«

Er setzte sich zwischen die beiden Mädchen und bewunderte ihre Figuren. »Mann o Mann, Frau, dies sind in der Tat verlockende Leckereien.« Er zwickte das eine Mädchen in den Schenkel und starrte gierig in den Ausschnitt des anderen. »Wirklich sehr verlockend.« Madame Greal nahm die Gelegenheit wahr und stieß den Krug mit billigem Wein um.

»Oh, mein Gott!« rief sie. »Was bin ich doch ungeschickt! Solch guter Wein!« Mit übertriebener Sorgfalt wischte sie den Wein mit ihrem Taschentuch auf. Der Lord befahl, einen neuen Krug zu bringen. Madame Greal lächelte gutgelaunt; die Nacht hatte bereits jetzt einen ordentlichen Gewinn abgeworfen.

Der Wein wurde gebracht, und die anderen Männer kamen herüber und stellten ihre Stühle um den Tisch. Sie waren tüchtige Trinker. Madame Greal warf ihren Mädchen einen warnenden Blick zu, damit sie nicht auf den Gedanken kamen, es den Männern gleichzutun. Der Lord schaute seine Soldaten mit wohlwollendem

Blick an, dann flüsterte er Madame Greal etwas ins Ohr. Diskret zogen sich die beiden zurück.

»Also, Frau, nenn mir deinen Preis.«

»Nun, Herr, für beide Mädchen ...« Madame Greal hielt inne, während sie über den Preis nachdachte. Schließlich erklärte sie: »Fünf Goldstücke.« Der Lord zögerte nicht einen Augenblick.

»Abgemacht!« Er schaute zu seinen Gefährten. »Meine Männer sind fünf Tage lang hart geritten; fünf Goldstücke sind ein geringer Preis für solch eine verführerische Ablenkung.«

Madame Greal sog zischend die Luft ein. *Ein geringer Preis!* Sie verfluchte sich selbst; sie hätte dem Mann noch mehr abknöpfen können! Der Lord machte sich auf den Weg zurück zum Tisch. »Sagt mir, Herr«, rief Madame Greal ihm hinterher, während sie nach einem glaubwürdigen Grund suchte, den Preis im Nachhinein noch zu erhöhen, »was führt einen so hohen Lord wie Euch in eine Stadt wie Duvitt?« Der Lord zögerte einen Augenblick, dann bedeutete er ihr, sich mit ihm an einen abgelegenen Tisch zu setzen. Er ließ sich so nah neben ihr nieder, daß sie den Wein in seinem Atem riechen konnte.

»Du scheinst mir eine Frau zu sein, die eine ganze Menge Leute in der Stadt kennt.« Madame Greal nickte. »Und es würde dir mit Sicherheit auffallen, wenn ein Fremder in die Stadt käme, oder?«

»Das würde mir in der Tat auffallen, Herr.« Sie war bereit, allem zuzustimmen, was der Lord sagte.

»Ich bin sehr daran interessiert, ein Mädchen zu finden. Mir sind Gerüchte zu Ohren gekommen, daß sie vor kurzem hier durchgezogen ist.«

»Was für ein Mädchen mag das wohl sein?«

»Das geht dich nichts an«, entgegnete der Lord scharf. »Sie muß gefunden werden.«

»Beschreibt mir das Mädchen.« Madame Greals Stimme war voller Verständnis. Aufgrund des strengen Tonfalls des Lords nahm sie an, daß das Mädchen ihn entweder bestohlen oder ihm den Tripper vermacht hatte.

»Sie ist fast achtzehn Sommer alt. Sie ist sehr groß für ein Mädchen, hat dunkle Haare und dunkelblaue Augen.«

»Hat sie irgendwelche besonderen körperlichen Merkmale? Muttermale vielleicht oder Pockennarben?« Madame Greals Herz begann zu klopfen. Der Beschreibung nach handelte es sich um das Mädchen, daß sie vor einigen Wochen bei sich aufgenommen und durchgefüttert hatte – diese undankbare Schlampe, Melli.

»Sie hat weder das eine noch das andere. Ihre Haut ist glatt und hell.«

»Darf man mit einer Belohnung für Informationen über das Mädchen rechnen?« Sie war nun fest davon überzeugt, daß die gesuchte Person Melli von Deepwood war.

»Was weißt du von ihr?« verlangte der Lord zu wissen. Madame Greal glaubte, an der Stimme des Mannes zu erkennen, daß er außerordentlich begierig war, das Mädchen zu finden und zu bestrafen.

»Vor ein paar Wochen war ein Mädchen, auf das Eure Beschreibung zutrifft, in unserer Stadt. Zu meiner Schande muß ich gestehen, daß ich das elende Gör bei mir aufgenommen habe. Ich habe gutes Geld in sie investiert, weil ich gedacht habe, sie wäre eine Bereicherung für mein Geschäft. Bei Borc, wie habe ich mich getäuscht! Sie war durch und durch schlecht. Sie hat sich gegen mich gewandt, meine Kleider und ein Pferd gestohlen und einen guten Freund von mir angegriffen. Natürlich haben wir sie erwischt. Ich habe persönlich dafür gesorgt, daß man das kleine Flittchen ausgepeitscht hat.«

Sie hatte kaum aufgehört zu reden, als der Lord brutal ihr Handgelenk packte. »Wie lautete der Name des Mädchens?« Seine Stimme zitterte vor Wut; Madame Greal bekam Angst.

»Melli. Das Mädchen sagte, man würde sie Melli

rufen.« Der Lord schlug ihr Handgelenk mit solcher Wucht auf den Tisch, daß Madame Greal das Brechen ihrer eigenen Knochen hören konnte.

»Was ist aus dem Mädchen geworden?« Die Stimme des Lords bebte vor blindem Zorn.

»Ich weiß es nicht, Herr.« Madame Greal standen die Tränen in den Augen. Der Lord schlug ihr Handgelenk erneut auf den Tisch, und wieder schoß ein stechender Schmerz ihren Arm hinauf. Sie sah, daß einer der gebrochenen Knochen ihre Haut durchbohrt hatte. »Während der Auspeitschung ist eine Bande von Bewaffneten erschienen und hat sie mitgenommen.« Madame Greal stand kurz davor, in Hysterie zu fallen. »Ich habe nie wieder von ihr gehört. Ich schwöre es!«

»In welche Richtung sind die Männer geritten?« Der Lord preßte ihr gebrochenes Handgelenk auf den Tisch.

»Sie sind in den Wald geritten, Richtung Westen.« Madame Greal beobachtete voller Entsetzen, wie der Lord seinen großen, mit Juwelen besetzten Ring vom Finger zog. Er drückte ihn gegen ihren Mund. Sie spürte den kalten Kuß der Edelsteine. Mit einer schnellen Bewegung trieb der Lord den Ring in ihren Mund, so daß Madame Greals Schneidezähne ausgeschlagen wurden. Sie kreischte hysterisch auf, und Blut floß über ihr Kinn und auf ihre Brust. Der Lord drehte sich um und ging hinaus. Seine Männer folgten ihm.

Madame Greal brach zusammen und weinte bitterlich, während ihr Blut über den Tisch lief. Niemand machte Anstalten, ihr zu helfen.

Jack hörte, daß sich jemand näherte. Er verbarg sich in einer dunklen Nische und wartete, bis der Mann vorbei war. Anhand des großen Schattens hatte er erkannt, daß es Crope gewesen war. Dicht gegen den feuchten Stein gepreßt wartete Jack noch ein paar Minuten, dann machte er sich wieder auf den Weg. Die ganzen letzten Tage hatte er mit Warten verbracht. Er hatte sich in dem kalten, dunklen Labyrinth unterhalb der Burg versteckt; doch heute wollte er sich auf die Suche nach Melli machen.

Jack steckte sein Schwert in den Gürtel und ging in Richtung des rechteckigen Raums, von wo aus man Zugang zum Tunnel hatte. Als er diesen schließlich erreichte, bemerkte er in der Ferne ein mattes Licht, das immer schwächer wurde. Auch Crope schien dorthin zu gehen. Jack folgte dem Licht.

Einige Zeit später erreichte er das Ende des Tunnels. Nirgends war etwas von Crope zu sehen, und so ging er vorsichtig weiter. Die Korridore waren dunkel und verschlungen. Jack versuchte, den Weg zurück zu der Zelle zu finden, in der man ihn gefangengehalten hatte. Jeder einzelne Schritt hallte in seinen Ohren wie Donner, und er fürchtete hinter jeder Biegung, entdeckt zu werden.

Schließlich stand er vor einer Tür, die von außen verriegelt war. Er lauschte auf ein Geräusch aus dem Inneren; es war vollkommen still. Jack zog den Riegel zurück und betrat den Raum.

Einmal im Inneren entzündete er seine Kerze und schaute sich um. Es war ein angenehm eingerichtetes Zimmer; es gab ein Bett, eine Badewanne und eine Garnitur, bestehend aus einem Tisch und ein paar Stühlen. Auf dem Bett lagen verschiedene Kleidungsstücke: das Nachtgewand einer Frau und mehrere Kleider. Ein Haufen dreckiger Lumpen erregte Jacks Aufmerksamkeit, und er ging hinüber, um sie genauer zu untersuchen. Sein Verdacht bestätigte sich, als er ein fleckiges, zerrissenes rotes Kleid aus dem Haufen zog – Mellis Kleid. Melli war in diesem Raum gefangengehalten worden. Aber wo war sie jetzt? Jack betete, daß man sie nicht ermordet hatte.

Er durchsuchte den Raum nach Spuren, aus denen er auf Mellis Verbleib schließen konnte. Da er nichts fand, beschloß er, woanders nach ihr zu suchen. Als Jack das Zimmer verließ, beobachtete er erstaunt, wie Crope aus der Tunnelwand trat – genau aus der Tunnelwand, an der er erst vor wenigen Minuten vorbeigegangen war. Rasch schloß Jack die Tür wieder und ließ nur einen winzigen Spalt offen, um hindurchspähen zu können. Crope schien nach irgend etwas zwischen den Steinen zu tasten, und Sekunden später glitt die Wand wieder an ihren alten Platz. Der hünenhafte Diener verschwand durch den Tunnel.

Jack verließ das Zimmer und schob den Riegel wieder vor. Dann ging er dorthin, wo Crope gestanden hatte und ahmte die Bewegungen des Dieners nach. Er legte die Hand auf den Stein und strich über die kalte Oberfläche. Nichts. Jack wurde nervös: je länger er hier herumstand, desto größer wurde die Wahrscheinlichkeit, daß man ihn entdecken würde. Frustriert schlug er mit der Faust gegen die Wand – und spürte, wie ein winziges Etwas nachgab. Die Wand rumpelte zurück, und eine Öffnung erschien. Jack war versucht, sich einfach hineinzustürzen, doch statt dessen tastete er sorgfältig die Stelle ab, auf die er eingeschlagen hatte. Er fand, was er suchte: eine kaum spürbare Ausbuchtung des Steins … der Schließmechanismus. Jack trat durch die Öffnung.

Er stand in einem großen Raum. Nun mußte er als erstes die Tür wieder verschließen, damit er sich ungestört umschauen konnte. Jack untersuchte die Innenwand an einer Stelle, an der er den Geheimmechanismus vermutete, und entdeckte auch hier eine kleine Ausbuchtung. Er drückte darauf, und die Wand schloß sich.

Jack ließ seinen Blick durch den Raum schweifen. Mehrere Kerzen erhellten das Zimmer, und in der Mitte standen ein paar Stühle und ein großer Tisch, auf dem verschiedene Gegenstände lagen. Jack sah eine Tür im hinteren Teil des Raumes. Er lief zu ihr hinüber und preßte sein Ohr gegen das Holz. Nichts war zu hören. Dann bemerkte er ein Schloß, von dem er annahm, daß es sich nicht öffnen lassen würde. Trotzdem rüttelte er daran, aber wie erwartet gab es nicht nach. Jack glaubte, auf der anderen Seite eine Bewegung gehört zu haben. »Melli«, rief er leise.

»Wer ist da?« antwortete jemand ebenso leise. Jack erkannte die Stimme sofort, und sein Herz machte einen Freudensprung.

»Melli, ich bin's, Jack.«

»Jack, bist du das wirklich?« Ihre Stimme wurde nun lauter.

»Ja, ich bin gekommen, um dich hier rauszuholen. Weißt du, ob der Schlüssel hier irgendwo im Zimmer ist?«

»Nein, ich glaube nicht. Crope und Baralis tragen ihre Schlüssel immer mit sich herum.«

Jack untersuchte die Tür genauer. Sie schien äußerst stabil zu sein. »Geh zurück, Melli.« Mit aller Kraft trat er gegen die Tür und bemerkte entsetzt den Lärm, den er dabei verursachte. Die Tür gab nicht nach. Er versuchte es wieder und wieder, bis die Tür endlich erste Anzeichen von Schwäche zeigte. Mit seinem letzten Tritt zersplitterte er das Holz, und das Schloß brach heraus.

Melli stürzte heraus und warf sich Jack um den Hals. »Du hast es geschafft! Du hast es geschafft!« Einen Augenblick später hatte sie ihre Fassung wiedererlangt, und sie trat von ihrem Befreier zurück. »Ich dachte, du wärst mittlerweile schon meilenweit entfernt.«

»Ich konnte doch nicht einfach abhauen, solange du noch hier eingesperrt warst.« Jack konnte Melli nicht in die Augen schauen. Er kam sich wie ein Idiot vor. Nervös strich er sich das Haar aus dem Gesicht. Plötzlich war ihm seine äußere Erscheinung schmerzhaft bewußt geworden. Wie mochte er in ihren Augen aussehen? Er war dreckig, sein Haar ungekämmt, und seine Kleider waren blutbefleckt. Die Helden in den Geschichten schafften es irgendwie immer, die holde Maid zu retten und dabei wie Hofgecken auszusehen. Vor seinem nächsten Abenteuer würde Jack zumindest daran denken, einen Kamm einzupacken.

Allmählich fühlte er sich unter Mellis prüfendem Blick unbehaglich. »Wie müssen uns beeilen«, sagte er froh über eine Gelegenheit, sich von ihr abzuwenden. »Crope kann jeden Augenblick wieder zurückkommen.« Er eilte durch den Raum und öffnete die Wand. »Machen wir, daß wir hier rauskommen.« Melli schnappte sich ein kleines Obstmesser vom Tisch und folgte ihrem Gefährten.

Jack hielt das Risiko für zu groß, den direkten Weg nach draußen zu nehmen. Der Ausgang war bestimmt gut bewacht; außerdem müßten sie auf dem Weg dorthin an der Wachstube vorbei. Statt dessen führte er Melli in Richtung Tunnel und Burg Harvell. Als sie den dunklen Tunnel erreichten, stellte er befriedigt fest, daß nirgends ein Licht zu sehen war. »Komm, schnell!« sagte er und ergriff Mellis Hand.

Lord Maybor hob die Hand und zügelte sein Pferd. Hinter ihm wurden die Männer langsamer und hielten schließlich ebenfalls an. Maybor drehte sich zu ihnen um. »Hier werden wir unser Nachtlager aufschlagen.« Sein Tonfall unterband jede Diskussion bereits im vorhinein, und die Männer machten sich an die Arbeit.

Maybor stieg vom Pferd und ging in den Wald. Einige Zeit später hörte er jemanden näherkommen. Er wollte diesem Jemand gerade zurufen, er solle verschwinden, als er die Stimme seines Sohnes vernahm.

»Vater!« Kedrac stellte sich neben ihn. »Was ist in dem Gasthof geschehen? Warum reiten wir wieder zurück nach Harvell?« Maybor mied den Blick seines Sohnes; er starrte geradeaus in die Schwärze des Waldes.

»Kedrac, ich werde nicht darüber sprechen, was zwischen mir und der Frau vorgefallen ist. Ich werde dir nur sagen, daß ich guten Grund zu der Annahme habe, daß Melliandra von Baralis' Männern entführt worden ist. Wenn sie noch lebt, wird sie wahrscheinlich irgendwo in der Nähe der Burg festgehalten.«

»Vater, was hat die Frau dir gesagt? Wenn es etwas mit meiner Schwester zu tun hat, habe ich ein Recht, davon zu erfahren!«

»Laß mich in Ruhe, Kedrac!« Eine solche Entschlossenheit lag in Maybors Stimme, daß sein Sohn sich augenblicklich zurückzog.

Maybor war von Dunkelheit umgeben. Ein kalter Wind blies durch die Bäume, und kein Mond stand am Himmel. Der Lord stand reglos da und dachte an seine Tochter – Oh, wie sehr er sie geliebt hatte. Sicher, er hatte sie zu der Ehe gezwungen, aber er hatte niemals beabsichtigt, ihr ein Leid anzutun. Und jetzt hatte er aus dem Mund dieser verachtenswerten Frau gehört, daß man seine Tochter mißbraucht und ausgepeitscht hatte. Er schüttelte wütend den Kopf und machte sich auf den Weg zurück ins Lager. Inzwischen hatte es zu regnen begonnen, und Maybor war froh darüber.

»Wohin führt dieser Tunnel?« zischte Melli. Sie fürchtete sich ein wenig, denn sie haßte die Dunkelheit.

»Er führt in die Burg.« Jack zog an ihrem Ärmel und drängte sie zur Eile. »Komm schon! Mach schnell! Wir wollen doch nicht hier drin geschnappt werden. Siehst du da hinten – das Licht markiert das Ende des Tunnels. Es ist nicht mehr weit.«

Melli wartete darauf, daß Jack sie erneut bei der Hand nahm, doch er tat es nicht. Um ihre Enttäuschung zu verbergen, begann sie zu laufen.

Es bereitete ihr Freude, die Beine zu strecken, nachdem sie tagelang in einem winzigen Raum eingesperrt gewesen war. Bald mündete der Tunnel in eine langgestreckte, rechteckige Kammer. Jack führte Melli einen der vielen Korridore hinunter, die von hier aus in alle Richtungen abzweigten. Melli wollte etwas sagen, aber Jack hielt sie davon ab, indem er einen Finger auf die

Lippen legte. Sie würde darauf vertrauen müssen, daß er den Weg kannte.

Die beiden Gefährten wanderten durch ein Labyrinth aus Abzweigungen und Treppen. Jack entzündete eine Kerze, und Melli konnte endlich sehen, woran sie vorbeilief. Es war kein angenehmer Anblick: kalter, feuchter Stein, bedeckt von blassem Moos, das in den Rissen wuchs. Melli hielt sich möglichst weit von den merkwürdigen Pflanzen entfernt; sie schauderte bei dem Gedanken, daß sie ihre Haut berühren könnten.

Schließlich erreichten die beiden Flüchtlinge eine Treppe, an deren oberem Ende sich eine Tür aus Holz befand. Jack bat Melli zu warten, während er überprüfte, ob der Weg frei war. Zu Mellis Erleichterung erschien Jacks Gesicht nur Augenblicke später wieder in der Tür, und er winkte ihr zu, ihm zu folgen. Als sie durch die Tür in den großen, niedrigen Raum trat, drang ihr der Geruch von Bier und Hopfen in die Nase. Sie war im Bierkeller.

Melli kannte den Bierkeller gut. Als Kind hatte sie hier unten gespielt. Sie hatte sich hinter den Braukesseln versteckt und Bierfässer durch den Raum gerollt. Hatte man sie entdeckt, hatten sie und ihre Freunde den Meisterbrauer und den Kellermeister verspottet. Die Männer hätten es nie gewagt, die Hand gegen das Kind eines Adeligen zu erheben, und so mußten sie sich damit zufriedengeben, die Kinder aus dem Keller zu jagen. In Mellis Erinnerung war die Jagd immer am schönsten gewesen: angsteinflößend und aufregend zugleich – da war das Risiko, erwischt zu werden und gleichzeitig die Gewißheit, nie in ernster Gefahr zu sein. Melli stieß einen lauten Seufzer aus; sie wünschte, sie könnte sich heute genauso sicher fühlen.

Jack führte sie eine weitere Treppe hinauf in die Küche. Melli wußte, daß es gefährlich war, nachts durch die Burg zu laufen. Überall waren Wachen unterwegs. Jeden Schatten ausnutzend, schlichen Jack und Melli durch die Küche. Im Speisesaal der Dienerschaft saßen ein paar Leute, doch die waren bereits so betrunken, daß sie die beiden nicht beachteten.

Nachdem sie die Küche hinter sich gelassen hatten, beschleunigten sie ihren Schritt. Sie liefen einen Gang entlang, den Melli nicht kannte, bis Jack unvermittelt vor einer kleinen Öffnung stehenblieb.

»Komm, wir müssen hier durchklettern.« Jack kniete sich nieder.

»Das tue ich auf gar keinen Fall. Das Loch ist nicht groß genug.« Jack ignorierte ihre Bemerkung und zwängte sich mit den Füßen voran durch die Öffnung. »Wohin geht es da überhaupt?«

»Sie führt in den Lagerraum, wo man das Feuerholz aufbewahrt.« Jack hielt kurz inne und änderte seine Körperhaltung, damit seine Schultern hindurchpaßten. »Ich habe mich hier immer versteckt, wenn Meister Frallit hinter mir her war.«

Melli bückte sich und inspizierte die Öffnung. Ihr gefiel der Gedanke nicht, mit den Füßen voran hindurchzukriechen. Das wäre würdelos, und Jack könnte ihre Beine oder ihre Unterwäsche sehen. Sie würde mit dem *Kopf* voran hindurchkriechen. Melli legte sich auf den Bauch und schob mit Händen und Füßen. Es war verdammt eng, und sie fragte sich, wie Jack es so ohne weiteres geschafft hatte. Schließlich hatte sie sich den Weg hindurch erkämpft und rappelte sich wieder auf. Jack hatte sie die ganze Zeit über amüsiert beobachtet. »Na dann los«, sagte sie wütend.

Jack schloß gerade die Tür des Lagerraums, als jemand rief: »Hey, ihr da!« Melli sah in der Ferne eine der Palastwachen. Sie blickte sich um und überlegte, ob sie noch eine Chance hatten, in die Gärten zu entkommen. Die Wache kam rasch näher.

»Jack, komm her und sag kein Wort.« Melli breitete die Arme aus. Jack wollte protestieren, doch sie schnitt ihm das Wort ab. »Sofort!« Er kam in ihre Arme, und sie begann, ihn zu küssen. Ihre feuchte Zunge bahnte sich einen Weg durch seine Lippen. Sie spürte den Druck von Jacks Körper und seine Hände an ihren Hüften. Die Wache hatte sie fast erreicht.

»Was hat das zu bedeuten?« verlangte der Mann zu wissen. Melli drückte Jacks Gesicht auf ihre Schulter.

»Ich könnte Euch das gleiche fragen, Mann.« Mellis Stimme klang königlich und befehlsgewohnt. »Mach, daß du wegkommst!«

Die Wache zögerte und versuchte, einen Blick auf Jacks Gesicht zu werfen. Melli schaute den Soldaten entrüstet an. »Es tut mir leid, Euch gestört zu haben, Mylady«, sagte der Mann und zwinkerte verständnisvoll.

»Und es wird dir noch mehr leid tun, wenn du so etwas noch einmal machst! Und jetzt verschwinde!« Melli atmete erleichtert auf, als der Wachsoldat ihren Befehl befolgte. Ihre Lippen fanden Jacks, und sie küßte ihn erneut, ein Auge stets auf den sich entfernenden Soldaten gerichtet.

Melli riß sich von Jack los. Sie spürte seinen Widerwillen, sie gehen zu lassen. Zwar empfand sie das gleiche, doch sie war nicht gewillt, ihre Gefühle zu zeigen. Mit hochrotem Kopf und außer Atem wandte sie sich von Jack ab und ging in den Burghof. Es dauerte nicht lange, und sie hörte, wie ihr Gefährte rasch zu ihr aufschloß. »Wohin sollen wir jetzt eigentlich gehen?« fragte sie, ohne ihn anzublicken.

»In die Wälder«, antwortete Jack.

Kapitel Zwanzig

Der Weg nach Toolay führte durch ein hügeliges, ja gebirgiges Land. Wie in Rorn, so kamen auch hier die Besucher meist per Schiff. Toolay war eine Stadt, die vom Meer lebte; in der kalten, klaren See wimmelte es nur so von Fischen und Krustentieren. Es hieß, wenn man einmal einen Fisch in Toolay gegessen habe, würde man nie wieder einen Fisch aus einer anderen Gegend genießen können.

Neben seinen Fischen war Toolay auch noch berühmt für seine Stickereien. Während die Männer manchmal wochenlang auf See waren, schlossen sich die Frauen in Gruppen zusammen, um ihre legendären Werke zu kreieren. Mythische Kreaturen, archaische Helden und berühmte Prinzessinnen wurden in einer erstaunlichen Detailvielfalt wieder zum Leben erweckt. Die Stickereien beanspruchten Monate und unter Umständen sogar Jahre. Rorn und Marls zahlten Höchstpreise für solch exquisite Arbeiten. Aber die Fischerfrauen von Toolay nahmen auch weniger ruhmreiche Aufträge an: Kopfkissenbezüge mit verschlungenen Mustern, Schals bestickt mit Blumen. Und es waren eben diese bescheideneren Arbeiten, die das meiste Gold einbrachten. Viele junge Mädchen, die kurz vor ihrer Hochzeit standen, träumten davon, dereinst einen Schal aus Toolay zu besitzen.

Tawl und Schnapper stiegen auf eine Anhöhe und warfen einen ersten Blick auf die Stadt. Bedrohlich nahe an den Klippen gelegen schien Toolay Gefahr zu laufen, in eben jenen Ozean zu stürzen, aus dem es seinen Lebensunterhalt bestritt. Die Stadt war wesentlich kleiner als Rorn, die Gebäude weniger prächtig. Es gab keine marmornen Säulen, nur niedrige, bescheidene Häuser, die ihre helle Farbe dem ständigen Einfluß von Wind und Sonne verdankten.

Tawl war noch nie in Toolay gewesen, und er spürte ein wohlbekanntes Kribbeln in seinem Bauch. Jedesmal wenn er eine Stadt zum ersten Mal besuchte, empfand er die gleiche Mischung aus Sorge und Staunen. »Komm, Schnapper!« rief er und rannte den Hügel hinab. »Wenn wir uns beeilen, sind wir noch vor Mittag dort.« Schnapper hatte ihn rasch eingeholt, und kurz darauf standen sie am Fuß des Hügels und schnappten nach Luft. Tawl wollte erst einmal wieder zu Atem kommen, doch der Junge hatte sich bereits auf den Weg zur nächsten Anhöhe gemacht.

»Hey, Tawl!« rief er. »Du wirst dich doch nicht von einem kleinen Jungen abhängen lassen, oder etwa doch?« Tawl blieb keine andere Wahl, als hinterherzurennen.

Ein paar Stunden später erreichten die beiden Gefährten mit schmerzenden Muskeln die Stadt. Der Wind blies den Neuankömmlingen den Geruch von Fisch entgegen – die Männer von Toolay fingen den Fisch nicht nur, sie trockneten und räucherten ihn auch. Ausgebreitet auf riesigen Strohmatten trocknete er in der Sonne. Tawl und Schnapper kamen an vielen solcher Matten vorbei; jede von ihnen wurde entweder von einem kleinen Kind oder von einer Gans bewacht.

In der Stadt selbst herrschte reges Treiben; die Hauptstraße war ein einziger großer Markt. Händler standen neben bunten Zelten und priesen ihre Waren an:

»Schleifen, Sträußchen, Geschenke für Eure Liebsten!«

»Fisch, Fisch, die größten Hummer, die das Land je gesehen hat!«

»Pfeffer, Gewürze, importiert aus dem exotischen Tyro!«

»Äpfel, billige Äpfel, nur ein wenig angestoßen! Wenn Eure Kinder sie nicht mögen, könnt Ihr immer noch einen herrlichen Apfelkuchen aus ihnen machen!«

Tawl beobachtete und hörte zu, bewunderte die Waren und überlegte, welchen Leckerbissen er dem Jungen kaufen sollte.

Seit er Schnapper gestattet hatte, ihn zu begleiten, hatte der Junge ihn jeden Tag aufs neue überrascht. Schnappers Energie schien niemals zur Neige zu gehen; morgens stand er als erster auf, dann lief er den ganzen Tag voraus, und am liebsten hätte er die ganze Nacht über geredet. Stets wollte er neue Heldengeschichten hören – aber nur solche, in denen die Abenteurer am Ende einen verborgenen Schatz fanden. Geschichten über Helden, die mittellos starben, oder über solche, die ihr Vermögen den Armen gaben, bewegten den Jungen nur zu ungläubigem Kopfschütteln.

Inzwischen hatte Schnapper zugegeben, mehr als nur Geld von den Leichen gestohlen zu haben. So holte er eines Tages ein großes Messer mit vielen Kerben aus seinem Bündel hervor. Tawl hatte dem Jungen angeboten, ihn in der Kunst der Verteidigung zu unterrichten. Schnapper hatte abgelehnt und dem Ritter erklärt, es gäbe nur wenig, was er nicht über den Kampf mit dem Messer wüßte. Als er Tawls skeptischen Blick bemerkte, führte er einige Tricks mit dem Messer vor, die außergewöhnliche Präzision und Geschicklichkeit erforderten. Damit waren alle Zweifel seitens des Ritters beseitigt.

Tawl entdeckte einen Marktstand, wo Teigtaschen verkauft wurden, die mit Krabbenfleisch gefüllt waren. Er kaufte zwei der schmackhaft riechenden Backwaren, und die Händlerin legte noch eine dritte umsonst dazu. »Ihr seid außerordentlich großzügig, gnädige Frau.« Tawl verbeugte sich.

»Es ist mir eine Freude, mein Herr«, erwiderte die Frau. »Ihr seid nicht aus der Stadt – das kann man an Eurem goldenen Haar erkennen – und die Menschen von Toolay heißen Reisende stets willkommen.« Sie lächelte ihn freundlich an. Tawl bedankte sich und ging weiter.

Als er sich umdrehte, um Schnapper eine der Teigtaschen zu geben, war der Junge nirgends zu sehen. Tawl schaute sich eine Zeitlang um, aber er fand keine Spur von seinem Gefährten. Schließlich akzeptierte er die Tatsache, daß der Junge beschlossen hatte, seine eigenen Wege zu gehen. Wahrscheinlich war es besser so. Schnapper war in einer Stadt mit all den Menschen, festen Unterkünften und regelmäßigem Essen am besten aufgehoben. Tawl kletterte auf eine breite Mauer, setzte sich hin und aß. Für die dritte Teigtasche hatte er nicht mehr genug Appetit, und so wickelte er sie in ein Tuch, um sie für später aufzubewahren.

Er war in der warmen Mittagssonne beinahe eingeschlafen, als er einen leichten Schlag an seinem Fuß spürte. Tawl öffnete die Augen und blickte in das grinsende Gesicht des Jungen, der gerade einen zweiten Stein werfen wollte. »Hab' ich dich wieder im Schlaf überrascht, was?« Tawl sprang von der Mauer und packte Schnappers Ohr.

»Was hast du dir dabei gedacht, einfach auf eigene Faust loszuziehen? Du hättest mich niemals wiederfinden können.«

Schnapper versuchte, sich zu befreien. »Ich hab' dich immer im Auge behalten.«

»Was hast du gemacht?«

»Dies und das. Du weißt schon ... Nachforschungen angestellt.«

»Also schön«, seufzte Tawl. »Was hast du diesmal mitgebracht?«

»Viel. In Toolay ist die Ernte recht gut, das kann ich dir sagen. Die Leute, die auf den Markt gehen, haben mehr Geld als gut für sie ist. Ich habe nur den Rahm abgeschöpft ... den Überschuß.«

»Wieviel?«

»Ich glaube nicht, daß du berechtigt bist, das zu erfahren, mein Freund.« Das selbstgefällige Lächeln des Jungen verschwand sofort, als Tawl ihn an den Haaren packte.

»Jetzt hör mal gut zu, *mein Freund*! Solange du mit mir reist, habe ich das Kommando.«

»Schon gut, schon gut, laß mich los.« Übertrieben würdevoll strich der Junge sein Haar glatt. »Wenn du darauf bestehst, werde ich es dir halt zeigen.« Schnapper öffnete sein Bündel und gestattete Tawl, einen Blick hineinzuwerfen; es beinhaltete mehrere Gold- und Silberstücke und ein paar Armbänder und Ringe.

Tawl stöhnte auf. »Ich hoffe, du bist vorsichtig gewesen. Auf Taschendiebstahl steht in Toolay Kastration.« Natürlich kannte Tawl die wirkliche Strafe nicht – er hatte nur nach etwas gesucht, das schmerzvoll genug klang, um dem Jungen zukünftige Beutezüge auszureden.

»Mir zu sagen, vorsichtig zu sein, ist genauso, als würdest du einem Fisch das Schwimmen beibringen wollen. Außerdem habe ich *gehört*, die Strafe für Taschendiebstahl sei eine ordentliche Tracht Prügel.« Der Junge grinste. »Ist ja auch egal. Was schlägst du vor, sollen wir mit all der Beute machen?«

»Ich schlage vor, wir nehmen uns ein Zimmer in einem kleinen Gasthof, bestellen uns ein bescheidenes Mittagsmahl und machen uns dann auf den Weg, um zwei Pferde zu kaufen. Außerdem brauchen wir noch Sättel, Hafer und Reiseproviant.«

»Klingt gut. Nur eins noch … Ich kann diese Seemannskekse nicht länger ertragen. Ich bin zu jung, um meine Zähne zu verlieren.«

»Also gut, dann kaufen wir halt Trockenfisch.« Nun war es an dem Jungen zu stöhnen. Augenzwinkernd fügte Tawl hinzu: »Es hat keinen Sinn, sich zu beschweren. Trockenfisch ist gesund für dich. Du willst doch groß und stark werden, oder?«

Sie machten sich auf den Weg durch die Stadt. Tawl fragte eine alte Blumenhändlerin nach dem Namen eines anständigen Gasthofes. Die Frau reagierte beleidigt. »Mein Herr, alle Gasthöfe in Toolay sind anständig. Für Reisende wie Euch wird der ›Krabbenkoch‹ genügen.«

»Und wo kann ich diesen ›Krabbenkoch‹ finden, gnädige Frau?«

»Na, wo schon. In der Hafenstraße, dort wo die anderen Gasthöfe auch sind.« Dann trottete sie davon, ohne daß Tawl Gelegenheit hatte, sie nach dem Weg in die Hafenstraße zu fragen.

»Anscheinend müssen wir die Straße selbst suchen. Komm!«

»Tawl, ich habe mich gerade gefragt ... Glaubst du, wir haben genug Geld, um uns zwei edle Rösser zu kaufen? Ich könnte ja noch ein wenig nachforschen.«

»Wir brauchen keine zwei edlen Rösser, Schnapper. Ein Roß für mich reicht; du kannst ein Pony haben.«

»Ein Pony! Ich habe mir nicht die Knochen kaputt gearbeitet und mein Leben riskiert nur für ein Pony!«

»Bist du schon jemals geritten.«

»Nein, aber ...«

»Du bekommst ein Pony, und damit basta.«

Schließlich fanden die beiden Gefährten die Hafenstraße. Hier ging es zu wie in einem Bienenstock; Männer spielten auf der Straße, Prostituierte boten ihre Dienste an, und Hafenarbeiter schleppten große Kisten voller Fisch in die Lagerhallen. Ein Stück die Straße hinauf erspähte Tawl ein bunt gefärbtes Schild, das eine Krabbe zeigte.

Sie traten ein. Tawl war angenehm überrascht; der Gasthof war sauber und gut besucht. Die Ausstattung bestand aus poliertem Holz und Messing, und an der Wand hingen Bilder von Krabben oder dem Krabbenfang. Ein sittsam gekleidetes Mädchen näherte sich den beiden Reisenden.

»Wie kann ich den Herrn behilflich sein?« Sie machte einen Knicks vor Tawl und schenkte Schnapper ein Lächeln.

»Ich hätte gerne ein Zimmer für mich und meinen Jungen, aber jetzt wollen wir erst einmal etwas essen. Was könnt Ihr uns empfehlen?«

»Gekochte Krabben natürlich. Ich bringe Euch eine Schüssel und noch etwas Krabbenpastete. Sonst noch etwas?«

»Habt ihr nichts anderes als Krabben?« fragte Schnapper. Tawl trat ihm unauffällig vors Schienbein.

»Krabben sind schon in Ordnung. Ich nehme noch einen Krug Bier.« Tawl lächelte schelmisch. »Und Wasser für den Jungen.«

Nachdem sie ihr Mahl beendet hatten, machten sie sich auf die Suche nach einem Pferdehändler. Nicht weit von der Hafenstraße entfernt wurden sie fündig. Als sie den Laden betraten, ertönte eine Glocke, und ein Mann sprang auf. Er war offensichtlich überrascht.

»Wir brauchen ein Pferd und ein Pony.«

»Oh, mein Gott. Das kommt äußerst unerwartet. Die Leute hier in der Gegend brauchen eigentlich keine Pferde.« Der Mann starrte seine Kunden mit zusammengekniffenen Augen an, als sei er ein wenig kurzsichtig.

»Habt Ihr trotzdem welche zu verkaufen?«

»Verkaufen ... ja, ja, natürlich. Ich bin ja Pferdehändler. Folgt mir.« Der Mann führte die beiden Gefährten in den Stall. Die meisten Boxen waren leer. »Ihr wollt sicher einen feinen Hengst, mein Herr. Habe ich nicht recht?«

»Ich nehme das beste, das Ihr zu bieten habt.«

»Ich habe wirklich einen feinen Hengst, Herr. Er hat mal Lord Flayharkel persönlich gehört ...« Der Mann redete weiter, doch Tawl hörte nicht zu; er hatte eine wunderschöne, haselnußfarbene Stute entdeckt. Er ging zu ihr, um sie genauer zu betrachten. Die Beine des Pferdes waren schlank und kräftig und ihr Körper muskulös. Zwar mußte ihr Fell gestriegelt werden, aber es war in keinem schlechtem Zustand. Als der Mann Tawls Interesse bemerkte, ging er sofort darauf ein. »Wie ich sehe, habt Ihr ein ausgezeichnetes Auge für Pferde, Herr.

Eine wunderbare Stute, die einst der berühmten Lady Daranda gehörte.« Tawl ignorierte das Gerede – Pferdehändler waren notorische Lügner.

»Wieviel?«

»Zehn Goldstücke.« Tawl drehte sich um und ging in Richtung Tür. »Acht Goldstücke«, rief ihm der Mann hinterher.

»Sieben Goldstücke, und Ihr gebt uns noch ein Pony dazu.«

»Das geht nicht. Dann könnte ich sie ja genauso gut verschenken. Ich habe mehr als das Doppelte dafür bezahlt.«

»Nehmt an oder laßt es bleiben.« Tawl beschloß, ein Risiko einzugehen. »Ihr seid nicht der einzige Pferdehändler in der Stadt.«

»Also gut, abgemacht – obwohl Ihr mir das Essen vom Teller stehlt.«

»Gut. Ich brauche auch noch zwei Sättel und etwas Hafer. Ich werde Euch morgen früh bezahlen, wenn ich die Tiere abhole. Ich wünsche Euch einen guten Tag, mein Herr.«

»Ich muß zugeben, Grift, in deinen Worten steckt mehr Wahrheit, als ich gedacht habe.«

»Was meinst du damit, Bodger?«

»Erinnerst du dich daran, was du über die hochwohlgeborenen Damen gesagt hast? Daß sie es ein wenig rauh lieben?«

»Aye, Bodger.«

»Nun, ich habe es mit meinen eigenen Augen gesehen. Gestern nacht war ich auf Streife, und dann habe ich ein Geräusch im Holzschuppen gehört. Ich wollte nachschauen, was da los war … und was meinst du wohl, was ich da gesehen habe?«

»Was hast du gesehen, Bodger?«

»Ein Pärchen, das gerade dabei war.«

»Sie haben's miteinander getrieben?«

»Fast. Ich bin also näher ran und sehe eine feine Dame mit 'nem richtig rauhen Kerl. Dann hat sie mir gesagt, ich soll mich vom Acker machen.«

»Wer war die Dame, Bodger?«

»Ich bin zwar nicht sicher, Grift, aber sie sah ganz wie Lord Maybors Tochter aus, Lady Melliandra.«

»Da will ich doch verdammt sein! Du weißt doch, daß sie davongelaufen sein soll.« Bodger blickte seinen Kameraden verdutzt an, also erklärte Grift: »Was glaubst du wohl, hinter wem die königliche Garde die ganze Zeit her ist? Natürlich heißt es offiziell, Lady Melliandra leide an Fieber, aber ich glaube kein Wort davon. Hast du gesehen, mit wem sie zusammen war?«

»Nein, Grift, sein Kopf lag die ganze Zeit über auf ihrer Schulter.«

»Mann o Mann o Mann.« Grift trank einen kräftigen Schluck Bier. »Letzte Nacht habe ich übrigens auch Glück gehabt, Bodger.«

»Wirklich, Grift? Wer war die Glückliche?«

»Die alte Witwe Harpit. Sie ist meinem Charme schließlich doch erlegen.«

»Ich habe die alte Harpit gestern beim Abendessen gesehen. Sie war besoffen wie ein Schwein.«

»Nun, nachdem ich mit ihr durch war, war sie wieder ziemlich nüchtern.« Die beiden Männer brachen in schallendes Gelächter aus und tranken mehr Bier.

»Scheint, als hätten es gestern nacht 'ne ganze Menge Leute getrieben, Grift. Selbst Prinz Kylock ist auf die Pirsch gegangen.«

»Sag bloß.«

»Ich habe gesehen, wie er ein junges Ding mit auf sein Zimmer genommen hat. Da war es schon weit nach Mitternacht.«

»Wer war das Mädchen, Bodger?«

»Findra, das Tischmädchen.«

Grift sog zischend die Luft ein. »Ich habe Findra heute morgen gesehen, Bodger. Ihr Gesicht war voller blauer Flecken, und ihr rechter Arm war gebrochen.«

»Das ist merkwürdig, Grift. Letzte Nacht hat sie noch ganz gesund ausgesehen.« Die beiden Männer tranken schweigend das restliche Bier. Sie wußten, daß sie besser nicht mehr weiterreden sollten.

Baralis war auf dem Weg zur Königin. Geräuschlos schritt er durch die Korridore. Seine Haut war blaß, und unter dem Umhang hatten sich seine Hände zusammengekrümmt wie die einer alten Frau.

Als er zum ersten Mal von der Flucht des Mädchens erfahren hatte, war er vor Wut fast wahnsinnig geworden, so daß Crope und die Söldner sich gefürchtet hatten, ihm zu nahe zu kommen. Er war die ganze Nacht durch Tunnel und Korridore gelaufen, aber das Labyrinth unter der Burg war zu komplex und zu ausgedehnt, als daß es ein einzelner Mann hätte durchsuchen können. Außerdem konnte selbst Baralis bei einigen Gängen nur vermuten, wohin sie führen mochten. Er wußte, daß es Orte gab, zu denen noch nicht einmal er Zugang hatte: finstere Gänge und sorgfältig verborgene Räume, gebaut für längst vergessene Zwecke, ihr Inhalt unberührt seit Jahrhunderten.

Nachdem offensichtlich geworden war, daß man in dieser Nacht weder das Mädchen noch den Jungen finden würde, hatte sich Baralis wieder nach und nach beruhigt. Wut war ein nützliches, aber gefährliches Gefühl – brutale Gewalt unterdrückte die Klugheit.

Inzwischen hatte Baralis begonnen, die Dinge nüchterner zu betrachten. Es mußte einen Weg geben, das Mädchen zu finden, bevor die königliche Garde ihm zuvorkommen konnte. Zumindest fand er Trost in der Tatsache, daß Maybor und seine Männer weit weg in den Ostlanden waren und ihm vorläufig nicht mehr in die Quere kommen konnten.

Trotzdem mußte Baralis mit äußerster Vorsicht vorgehen; eine Bande von Söldnern, die sich in den Wäldern herumtrieb, würde mit Sicherheit die Aufmerksamkeit der königlichen Garde erregen. Er würde den Söldnern befehlen, sich zurückzuhalten. Baralis hatte noch andere Mittel zur Verfügung, um das Mädchen zu jagen.

Sie können noch nicht weit gekommen sein, dachte er. In den vergangenen Tagen war das Wetter ausgesprochen schlecht gewesen. Es hatte unaufhörlich geregnet, und der Wind hatte stetig an Stärke zugenommen – keine idealen Reisebedingungen. Baralis schwor sich: sollte er diesmal das Mädchen finden, würde er dafür sorgen, daß sie nicht wieder entkommen konnte.

Er erreichte das Gemach der Königin und wurde hineingebeten. Die Königin trat auf ihn zu, und ihre Juwelen glitzerten im Kerzenlicht. Sie beugte vornehm den Kopf, doch sie machte keinerlei Anstalten, ihrem Gast die Hand zu reichen. »Ah, Lord Baralis, ich bin froh, daß Ihr so kurzfristig kommen konntet.« In letzter Zeit bemühte sich die Königin, dem Kanzler höflicher gegenüberzutreten; dennoch konnte sie ihre Abscheu nie ganz verbergen.

»Ich stehe Euer Hoheit stets zu Diensten.« Baralis hielt sich an die Spielregeln und verbeugte sich. Die Königin schwieg, und so war er gezwungen, erneut das Wort zu ergreifen. »Was wünscht Ihr von mir, Euer Hoheit? Sicherlich hält die Medizin des Königs doch noch einige Zeit vor.«

»Ihr wißt bis auf den letzten Tropfen, wieviel von der Medizin noch übrig ist, Lord Baralis; schließlich meßt Ihr sie mit pedantischer Genauigkeit ab.« Elegant hob die Königin eine Augenbraue. »Ich bin kein Dummkopf, Mylord. Ich habe durchaus bemerkt, daß die Medizin, die Ihr mir zuletzt gegeben habt, schwächer war als die erste Dosis.« Baralis hob die Hand, um zu widersprechen, aber die Königin fuhr fort: »Nein, Mylord, versucht erst gar nicht, es zu leugnen. Das ist auch nicht der Grund, warum ich Euch herbestellt habe.«

»Und aus welchem Grund habt Ihr mich dann hierher bestellt, Euer Hoheit?« Ein ungeduldiger Unterton lag in Baralis' Stimme. Der tadelnde Blick der Königin kümmerte ihn nicht.

»Ich frage mich, ob Ihr mir wohl helfen könnt, Lord Baralis.« Die Königin sprach mit vorgespielter Unschuld. »Mir ist etwas sehr Besorgniserregendes zu Ohren gekommen. Es scheint, als hätte die königliche Garde eine Bande von Söldnern in den Wäldern entdeckt. Der Kommandant hat mich gefragt, ob ich wünsche, daß man sie entfernt. Ich habe ihm geantwortet: sollten die Söldner bis morgen früh nicht verschwunden sein, solle er sie beseitigen.« Die Königin formte ihre Lippen zu einem kaum wahrnehmbaren Lächeln. »Sagt mir, Lord Baralis, habe ich richtig gehandelt?«

»Ihr seid sehr weise, Euer Hoheit.« Baralis blieb keine andere Wahl, als zustimmend zu nicken. Er war sich durchaus bewußt, daß ihn die Königin mit ihrer Rede aufgefordert hatte, seine Männer zurückzuziehen. »Darf ich davon ausgehen, daß Euer Hoheit weiß, daß die Zeit für unsere kleine Wette bald abgelaufen ist?«

»Lord Baralis, Ihr müßt mich nicht daran erinnern. Ich denke ständig an unsere Wette. Allerdings vertraue ich darauf, daß das Mädchen in den nächsten Tagen gefunden wird. Aus irgendeinem unerklärlichen Grund glaube ich, daß sie sich irgendwo in den Wäldern aufhält, wo man die Söldner gesichtet hat.« Die Königin warf Baralis einen wissenden Blick zu; dann drehte sie ihm den Rücken zu.

Baralis verabschiedete sich und kehrte in seine Gemächer zurück. Er konnte nicht umhin, die Intelligenz der Königin zu bewundern: aus der Gegenwart seiner Männer in den Wäldern hatte sie geschlossen, daß sie auf der Suche nach Maybors Tochter waren, und das wiederum legte die Vermutung nahe, daß sie etwas über den Aufenthaltsort des verschwundenen Mädchens wußten. Baralis mußte sich beeilen; die Königin würde der königlichen Garde umgehend befehlen, ihre Suche zu verstärken.

In seinen Gemächern angekommen, befahl er Crope, den Söldnern zu sagen, sie sollten ihre Suche einstellen.

Nachdem der Diener gegangen war, betrat Baralis sein geheimes Arbeitszimmer und mischte die Droge, die er benötigte. Er zermahlte Flechten in einem Mörser und extrahierte eine Flüssigkeit aus dem Moos, das unter der Burg wuchs. Dann ritzte er mit einer raschen Bewegung die Haut an seiner Fingerkuppe. Sein Blut bildete eine leuchtende Perle auf der blassen Haut. Baralis drückte die Wunde, bis drei Tropfen Blut in einen Becher getropft waren.

Anschließend richtete er seine Macht auf den Becher – nur ein ganz klein wenig, als Katalysator. Die Flüssigkeit wirbelte umher, als würde sie von einer unsichtbaren Hand gerührt. Baralis schmierte einen Streifen der Droge auf seine Stirn. Sofort bildeten sich kleine Blasen um den Fleck, und dem Kanzler brach der kalte Schweiß aus. Er hob den Becher vors Gesicht und atmete die Dämpfe ein; sein Körper schreckte vor dem giftigen Qualm zurück, aber er zwang sich, tief durchzuatmen.

Er spürte ein Brennen in Nase und Lungen, und als die Wirkung der Droge einsetzte, begann er zu schwanken. Sie fraß sich durch Muskeln und Sehnen, bis sie schließlich das Gehirn erreichte.

Seit ihrer Flucht aus dem Unterschlupf war nichts glatt gelaufen. Das Wetter war so schlecht gewesen, daß sie nur langsam vorangekommen waren, und sie waren naß bis auf die Haut. Inzwischen hatten sie auch keinen Proviant mehr; seit zwei Tagen hatten sie nichts mehr gegessen. Die Nächte waren am schlimmsten gewesen: sie hatten im Freien auf der nassen Erde geschlafen und sich gegenseitig gewärmt.

Jack wußte, daß die Söldner irgendwo hier draußen waren, um nach ihnen zu suchen – der ganze Wald schien voller Berittener zu sein. Bis jetzt war es den

Flüchtenden gelungen, sich vor den Blicken ihrer Verfolger zu verstecken – wann immer sie das Klappern von Hufen hörten, verbargen sie sich in Gräben oder im Unterholz. Doch Jack war klar, daß es nur eine Frage der Zeit war, bis die Söldner sie unter einer Schicht toten Laubs entdeckten.

Sie gingen weiter. Regen prasselte in ihre Gesichter, und der Wind beraubte sie jeder Hoffnung auf Wärme. Der Waldboden war dicht bedeckt mit totem, verfaulendem Laub. Der Geruch war nicht unangenehm – ein kräftiger Duft, der von Wachstum und Erneuerung kündete. Seit seinem Aufenthalt bei Falk hatte Jack größeren Respekt vor dem Wald. Er sah die Eleganz der kahlen Bäume und die Bescheidenheit des Unterholzes – Büsche und Farne, deren Schicksal es war, im Schatten ihrer prächtigeren Verwandten zu leben.

Nach einiger Zeit hielt Melli plötzlich an. »Da drüben«, sagte sie. Jack blickte in die Richtung, in die seine Gefährtin deutete, aber er konnte nichts sehen. »Hinter der großen Eiche.« Melli rannte los, und Jack blieb nichts anderes übrig, als ihr zu folgen. Bald sah auch er, was sie entdeckt hatte: eine Holzhütte. Sie war beinahe vollkommen hinter Bäumen und Büschen verborgen, und ihre Wände waren mit Efeu bedeckt.

Vorsichtig näherten sich die beiden Gefährten der Hütte. Nirgends war ein Pfad zu sehen, der zum Eingang führte, und auch die Tür war mit Efeu überwuchert. Jack blickte zu Melli, die begeistert nickte, dann drückte er gegen die Tür. Sie ließ sich nur schwer bewegen; das Holz hatte sich durch den jahrelangen Regen verzogen, und die Scharniere waren verrostet. Jack konnte sie nicht weiter öffnen als nur einen kleinen Spalt. Doch die Öffnung war groß genug, daß die beiden Flüchtlinge hindurchschlüpfen konnten.

Im Inneren roch es feucht und faulig. Nachdem sich Jacks Augen an das Halbdunkel gewöhnt hatten, erkannte er, daß sie über eine alte Jagdhütte gestolpert waren. Bevor König Lesketh krank geworden war, hatten er und seine Männer viel Zeit auf der Jagd verbracht. Damals hatte man viele Hütten wie diese hier gebaut, damit die Jäger nachts nicht in die Burg zurückkehren mußten. Die Hütten hatten als Schutz vor den Unbillen der Natur gedient und als Lager für Beute und Jagdausrüstung. Seit dem tragischen Jagdunfall, der den König ans Bett gefesselt hatte, hatte man die meisten Hütten nicht mehr benutzt und schließlich vergessen.

Jack schloß die Tür, und er und Melli begannen, nach Gegenständen zu suchen, die ihnen auf ihrer Flucht nützlich sein könnten. Sie fanden ein paar alte Pferdedecken und wickelten sie um ihre Schultern, um sich zu wärmen. Außerdem entdeckten sie eine Auswahl an Jagdausrüstung: Ketten, Fallen, Speere und Kapuzenumhänge, und sogar ein ziemlich übel zugerichtetes Jagdhorn. Es gab zwei Holzbänke und einen alten Tisch, auf dem eine leere Öllampe und der längst verrottete Kadaver eines Fuchses lagen. In der Ecke stand eine bemalte Truhe.

Jack brach die Truhe mit einem Speer auf. Sie beinhaltete Männerkleidung: Hosen, Westen und Tuniken. Auf dem Boden, vergraben unter Decken und Ölzeug, lag ein uraltes Buch. Jack nahm es heraus. Die Bindung war stark beschädigt und der Deckel voller Schimmel. Jack schlug es auf und betrachtete die dünnen, brüchigen Seiten.

»Was ist das?« Melli trat hinter ihm heran. »Gib's mir mal.« Jack reichte ihr das Buch, und sie schlug das Titelblatt auf, das mit fein gearbeiteten Darstellungen der Sterne geschmückt war. »*Das Buch der Worte von Marod.* Wie enttäuschend. Ich dachte, es wären vielleicht irgendwelche unanständigen Enthüllungen über die Vorfahren unseres Königs. Aber statt dessen ist es nur der langweilige, alte Marod.«

»Wer ist Marod?« fragte Jack, der den Namen noch nie gehört hatte.

»Oh, ich dachte, jeder wüßte über Marod Bescheid. Als Kind mußte ich immer seine Gedichte auswendig lernen. Natürlich ist es eigentlich nur für Priester und Gelehrte von Interesse – sie lesen und studieren sein Buch. Wenn du mich fragst, ist es eigentlich nur ein großer Haufen Blödsinn.« Melli blätterte durch die Seiten. »Das hier ist eine ziemlich schlechte Kopie … das Papier ist zweimal benutzt worden. Man kann immer noch den ursprünglichen Text sehen.« Achtlos warf Melli das Buch wieder in die Truhe. »Laß uns nach etwas Eßbarem suchen.«

Sie begann, die Bodenbretter zu untersuchen. »Als ich klein war, hat mein Vater mich einmal mit auf die Jagd genommen – natürlich war es keine richtige Jagd; es war als ein Spaß für meine Brüder gedacht.« Melli ließ sich auf alle viere nieder und klopfte auf das Holz. »Auf jeden Fall sind wir zu einer ähnlichen Hütte wie dieser hier geritten. Wir waren müde und hungrig, und Vater hat uns damit überrascht, daß er eins der Bodenbretter hochhob. Darunter befand sich ein kleines Proviantlager. Offensichtlich bleibt die Nahrung unter der Erde länger frisch, und sie kann nicht von irgendwelchen Tieren stibitzt werden … Aha!« Aufgeregt zog Melli an einer Planke. »Was haben wir denn hier?« Sie griff in das Loch und holte eine verkorkte Flasche hervor, die sie sofort öffnete. »Wein.« Jack nahm ihr die Flasche ab. Es handelte sich in der Tat um Wein; er schüttete ein paar Tropfen in seine Hand und leckte daran. Zwar war der Wein ein wenig sauer, aber er war noch immer genießbar.

Inzwischen hatte Melli weitere Dinge aus dem Lager herausgeholt; Säcke voller Hafer und Weizen und mehrere Gegenstände, die in Leinentücher eingewickelt waren. »Es scheint, als hätten die Jäger früher sich mehr um ihre Pferde als um sich selbst gesorgt. Hafer und Weizen sind für uns vollkommen nutzlos.« Jack ignorierte Mellis Bemerkung und schaute sich in der Hütte um. In einer Ecke stand ein kleiner Ziegelofen. Jack lächelte. Jetzt brauchte er nur noch einen Topf und Feuerholz. Zwischen der Jagdausrüstung entdeckte er einen eisernen Kessel, nur Feuerholz fand er nicht.

»Warum verbrennen wir nicht einfach das alte Buch?« schlug Melli vor, während sie eines der kleinen Pakete öffnete.

»Nein.« In seiner Zeit als Baralis' Schreiber hatte Jack gelernt, Bücher zu schätzen. Ihm mißfiel der Gedanke, ein Buch zu verbrennen – besonders eines, das so alt aussah. »Ich werde statt dessen die Truhe auseinanderbrechen. Ihr Holz wird gut genug brennen.« Jack nahm das Buch zur Hand und blätterte durch die Seiten; dabei fiel ein einzelnes Blatt zu Boden. Er bückte sich und hob es auf. Es war ein Brief. Sofort kam Melli herbeigelaufen und riß Jack das Schriftstück aus der Hand.

»Er ist mit einem schwungvollen ›L‹ unterschrieben. Das ist König Lesketh Zeichen.« Laut las sie die kurze Notiz. »*Geliebte, ich kann dich nicht mehr in der Hütte treffen. Die Königin bekommt ein Kind, und unser Zusammensein muß ein Ende haben. Nimm das Buch, es gehört dir. Ich weiß, wie sehr du es liebst, darin zu lesen. Es soll mein Abschiedsgeschenk für dich sein. L.*«

Melli blickte zu Jack. Anhand ihres Gesichtsausdrucks konnte er erkennen, daß sie das gleiche fühlte wie er: Scham. Sie hatten im Leben eines anderen herumgeschnüffelt. Jack nahm Melli den Brief aus der Hand und legte ihn wieder sorgfältig zurück in das Buch. Es war nicht richtig gewesen, daß sie den Brief gelesen hatten. Sein Geheimnis war nicht dazu gedacht gewesen, mit anderen geteilt zu werden. Jack legte das Buch auf ein Regal und begann, Feuerholz aus der Truhe zu brechen.

Rasch wurde es dunkel, und Jack fühlte sich immer sicherer; die Söldner würden ihre Suche bis zum nächsten Morgen unterbrechen. Das Feuer in dem kleinen Ofen strahlte eine wohlige Wärme aus, und der Geruch von Essen erfüllte den Raum. Jack kochte einen Brei. Um den Geschmack zu verbessern, gab er etwas Trockenfleisch hinzu. Zwar war er nicht sicher, ob das Trockenfleisch noch eßbar war, doch das Risiko schien ihm gering. Melli rümpfte zunächst verächtlich die Nase, aber schließlich änderte der Hunger ihre Meinung. Nachdem sie einmal von dem Brei gekostet hatte, aß sie eine ganze Schüssel – wesentlich mehr als Jack. Dann rollte sie sich neben dem Ofen zusammen und schlief ein.

Jack saß noch eine Weile vor dem Feuer und dachte darüber nach, was sie morgen tun sollten. Der Gedanke, einen weiteren Tag im Schutz der Hütte zu verbringen, war verlockend. Draußen heulte der Wind, und der Regen prasselte aufs Dach. Jack beschloß, darauf zu warten, was der morgige Tag bringen würde.

Er stieg hoch hinauf und ließ die Wolken weit hinter sich. Das Firmament funkelte mit der Helligkeit von tausend Jahren. Nie zuvor war es so schön gewesen, so schrecklich: es verspottete ihn mit seiner Nähe. Er war körperlos, seelenlos, ein Rauchfetzen, eine Ansammlung von Partikeln, emporgetragen von der Kraft seines eigenen Willens.

Es war Zeit, wieder hinabzusteigen; Wahnsinn ergriff jene, die zu lange in den Himmel schauten. Er stürzte hinunter und ließ die Sterne und die Schwärze des Alls hinter sich. Er drang durch die Wolken, unberührt von ihrer Feuchtigkeit. Immer tiefer stürzte er, die Erde ein verschwommener, dunkler Fleck unter ihm.

Dann konnte er Formen ausmachen: das graue Quadrat, das von den Burgmauern geformt wurde, und die verstreuten Häuser, die die Stadt ausmachten. Er richtete den Blick gen Süden und sah sein Jagdrevier, die Wälder.

Tiefer, immer tiefer. Das Dach des Waldes, das zunächst keine Form besessen hatte, nahm nun Gestalt an. Das Muster aus Bäumen und Sträuchern war bereits deutlich zu erkennen. Er sah die Vielfalt des Lebens; vom prächtigen Hirsch, der stolz auf einem grasbewachsenen Hügel stand, bis hin zum kleinsten Regenwurm, der sich durch die Erde fraß. Der Überfluß der

Natur breitete sich vor ihm aus; überall wimmelte es von Leben, das mit- und gegeneinander existierte.

Suchend drang er in den Wald vor. Er eilte zwischen den Bäumen hindurch, und ein Lufthauch strich über die kahlen Äste. Er erspähte ein Flackern, eine Möglichkeit, und er änderte seinen Kurs. Als er näherkam, erkannte er ein Werk von Menschenhand. Es war ein Gebäude, fast verdeckt von den dicht wachsenden Bäumen. Er schwebte hinab, und seine körperlose Form glitt durch die Risse im Holz.

Sein Verdacht bestätigte sich. Der Junge und das Mädchen lagen schlafend neben einem Ofen, in dem ein schwaches Feuer brannte. Er glitt über sie; nacheinander bewegten sie sich, doch sie wachten nicht auf.

Zufrieden, daß er seine Aufgabe erledigt hatte, zog er sich wieder zurück. Kraft seines Willens befahl er seiner schattenhaften Form, zu seinem Körper zurückzukehren. Erneut flog er über den Himmel, doch diesmal würdigte er das Schauspiel keines Blickes. Seine Zeit war begrenzt, und er würde nicht riskieren, für alle Ewigkeit körperlos zu sein.

Er begann seinen Abstieg in Richtung Burg. Hinab glitt er, durch unzählige Schichten Stein, begierig, wieder mit Fleisch und Blut vereint zu werden. Er schwebte über seinem Körper. Wie flach sein Atem war, wie blaß die Haut. Er stieg hinab; sich mit sich selbst vereinigend drang er tief in das weiche Grau ein. Er spürte Schwäche, spürte Müdigkeit – und dann nichts mehr.

Kapitel Einundzwanzig

Melli veränderte ihre Körperhaltung; der Holzfußboden war hart, und sie versuchte, es sich bequemer zu machen. Trotz ihrer geschlossenen Augen war sie sich bewußt, daß der Morgen angebrochen war. Sie wollte nicht aufstehen. Sie hatte einen solch schönen Traum gehabt, daß sie den Zauber nicht brechen wollte. Melli wußte, daß ihr ein weiterer Tag auf der Flucht bevorstand – stets bemüht, sich vor ihren Verfolgern zu verbergen, gejagt von Baralis' Söldnern und den Männern ihres Vaters. Sie würde frieren, hungrig und ängstlich sein und bis zur Erschöpfung laufen. Hier vor dem verlöschenden Feuer in der Wärme der Hütte zu liegen war so angenehm, daß sie vorgeben konnte, nichts von alledem sei wahr.

Doch selbst das gelang ihr nicht; ständig wurde ihr innerer Friede von verwirrenden und bedrückenden Bildern gestört. Bilder von ihrer Auspeitschung, Bilder von ihrer Haft in einem kleinen, finstren Raum und Bilder von Baralis, dessen Hand über ihren Rücken strich. Letztere waren besonders beunruhigend. Allein die Erinnerung daran ließ sie schaudern; doch Melli wußte, daß sie nicht ehrlich zu sich selbst war. Für einen kurzen Augenblick hatte sie sich tatsächlich danach *gesehnt*, daß er sie liebkoste. Sie hatte sich nicht gerührt und seine Berührung zugelassen – schlimmer noch: ein Teil von ihr hatte diese Berührung sogar *genossen*. Baralis hatte den Ruf, ein mächtiger und verführerischer Mann zu sein, aber Melli hätte niemals gedacht, daß auch sie seinem Charme erliegen könnte. Sie hielt es für besser, Burg Harvell so weit wie möglich hinter sich zu lassen, zusammen mit all dem Schmerz und der Verwirrung.

Melli bemerkte ein weit entferntes, undeutliches Geräusch. Sie lauschte, und es wurde immer lauter – es war das Geräusch galoppierender Pferde. Melli drehte sich der Magen um; ihre Verfolger hatten sie gefunden. Als sie zu ihrem Gefährten blickte, war dieser bereits aufgesprungen und hatte begonnen, Proviant in einen Beutel zu stopfen.

»Wir haben keine Zeit mehr!« schrie Melli. »Sie sind fast da!« Sie rannte zur Tür und riß daran – ohne Erfolg. »Jack, beeil dich! Hilf mir!« Mit vereinten Kräften gelang es ihnen, die Tür zu öffnen, und sie zwängten sich durch den engen Spalt.

Draußen tanzten die kahlen Äste der Bäume im Wind, totes Laub wurde herumgewirbelt, und Regen prasselte Jack und Melli ins Gesicht. Mittlerweile war das Geräusch der sich nähernden Reiter zu einem lauten Grollen angeschwollen, und Melli wußte, daß es viele waren. Sie packte Jacks Hand, und gemeinsam rannten sie in den Wald.

Der Wind war gegen sie; beinahe schien er sie zurückzudrängen. Die Reiter holten rasch auf, und das Geräusch der donnernden Hufe jagte Melli Angst ein. Diesmal konnten sie sich nicht verstecken. Jack zog Melli mit all seiner Kraft hinter sich her. Der Wind ließ sie nicht in Ruhe. Er hielt die beiden Flüchtenden in seiner Gewalt, und jedesmal wenn sie es schafften, einen Schritt vorwärts zu gehen, schlug er ihnen mit noch größerer Wucht entgegen.

Schreie erfüllten die Luft; man hatte sie entdeckt. Der Wind packte Mellis Schal und riß ihn von ihren Schultern. Sie versuchte, ihn festzuhalten, aber es war zu spät – der Schal wurde davongetragen. Inzwischen war der Regen durch ihr Kleid gedrungen, und ihr Haar hatte sich gelöst, doch sie schenkte dem keine Beachtung. Flucht war Mellis einziger Gedanke; sie konnte es nicht ertragen, noch einmal gefangen zu werden. Melli und Jack kämpften sich vorwärts, die Verfolger dicht auf den Fersen.

Melli schaute zurück – die Reiter waren nun deutlich zu sehen. Sie hatten die Lanzen angelegt und waren bereit zum Angriff. Ein kurzer Blick auf Jacks grimmiges Gesicht bestätigte Mellis Befürchtungen: die Söldner hatten nicht den Auftrag, Gefangene zu machen – sie waren hier, um zu töten, um ihre Opfer wie wilde Tiere abzuschlachten.

Ein Pfeil zischte an Mellis Wange vorbei. Er verfehlte sie nur um Haaresbreite. Vor lauter Schreck blieb sie einen Augenblick wie angewurzelt stehen, bis Jack sie erneut vorwärts zog. Mit Schrecken bemerkte Melli, daß ihr Gefährte getroffen worden war; ein Pfeil steckte in seiner Schulter. Er schrie nicht, doch sein Gesicht war schmerzverzerrt. Die Reiter stürmten voran. Verzweifelt kämpften sich ihre Opfer einen schlammigen Hügel hinauf. Plötzlich spürte Melli einen stechenden Schmerz. Als sie den Pfeil in ihrem Unterarm sah, schrie sie von Panik ergriffen auf. Die Kraft verließ ihren Körper, und sie zwang sich, nicht in Ohnmacht zu fallen. Blut trat hervor und besudelte ihr Kleid. Melli standen die Tränen in den Augen. Jack, der gesehen hatte, was mit seiner Freundin geschehen war, schleppte sie auf den Gipfel des Hügels. Sie stützte sich auf ihn, und zu ihrer Überraschung drehte Jack sich um und stellte sich den Reitern.

Sein Gesicht war aschgrau vor Schmerz und Wut. Pfeile zischten an den beiden Gefährten vorbei, und einer von ihnen streifte Mellis Ohr. Sie hob die Hand an die Wange, um nach Blut zu tasten, und im selben Augenblick spürte sie eine Bewegung in der Luft. Die Zeit selbst schien langsamer zu werden; der Wind beruhigte sich für einen flüchtigen Moment, und die Pferde der Söldner wieherten vor Furcht. Die Luft schimmerte, verfestigte sich ... und dann schlug sie gegen die Reiter, und warf sie von ihren Pferden. Laub wurde aufgewirbelt, zarte Sprößlinge entwurzelt, und Äste brachen von den Bäumen.

Die Söldner wurden zurückgeworfen. Das Genick eines Mannes brach, als er gegen einen Baumstamm geschleudert wurde, und ein anderer wurde von seinem eigenen Speer aufgespießt. Melli sah, wie ein Pferd auf seinen Reiter stürzte. Verzweifelt versuchte das Tier, wieder auf die Beine zu kommen und trat dabei seinem Herrn den Schädel ein. Auf der Suche nach Trost klammerte sich Melli an Jacks Arm: sein Fleisch war kalt und hart. Sie versuchte, ihn wegzuziehen, doch er rührte sich nicht. Angsterfüllt schüttelte sie ihn. »Jack, komm schon, laß uns von hier verschwinden!« Keine Antwort. Er stand einfach nur reglos da und starrte geradeaus, das Gesicht schweißbedeckt. »Jack, bitte, wach auf!« Melli ignorierte den Schmerz in ihrem Arm und schüttelte ihren Freund mit aller Kraft.

Jack wandte sich zu ihr um. Melli fiel ein Stein vom Herzen. »Komm, Jack, laß uns gehen.« Seine Augen waren leer; nichts deutete darauf hin, daß er sie erkannte oder verstand. Melli zog Jack hinter sich her. Sie wollte diesen Ort so schnell wie möglich verlassen. Dennoch konnte sie nicht widerstehen, einen Blick zurückzuwerfen – Männer und Pferde lagen tot oder schwer verletzt auf dem Boden. Ein Mann kroch von seinen toten Kameraden weg; er schleifte ein Bein hinter sich her – nutzlos. Die Luft war nun vollkommen ruhig: kein Wind, nur der nicht enden wollende Regen. Melli zitterte. Sie wollte nicht darüber nachdenken, was gerade geschehen war, oder warum sie und Jack von dem Ereignis unberührt geblieben waren.

Sie hielt Jacks Arm fest umklammert und führte ihn den Abhang hinunter. Als sie den Fuß des Hügels erreichten, war Jacks Tunika mit Blut durchtränkt. Melli beschloß, in Richtung Oststraße zu gehen – sie benötigten eine feste Unterkunft und Hilfe, und beides würden sie im Wald nicht finden. Natürlich war das riskant – das wußte Melli –, aber nur auf der Straße konnten sie hoffen, jemanden zu treffen, der ihnen helfen würde.

Tavalisk legte seine prächtigsten Kleider an. Sein Erlaß über die Ausweisung der Ritter hatte sich als so populär erwiesen, daß man eine Parade zu seinen Ehren abhalten wollte. Die Einwohner von Rorn liebten Spektakel aller Art, und sie erwarteten von ihren Führern, daß sie bei solchen Anlässen entsprechend prunkvoll auftraten. Vor vielen Jahren war Vesney, der damalige erste Minister, in einer einfachen braunen Robe auf einer Parade erschienen, ohne Verzierungen, ohne Juwelen, ja sogar ohne Hut. Die Menschen von Rorn hatten dies als schwere Beleidigung empfunden. *Sie* hatten ihre besten Kleider angezogen. Die Tatsache, daß der erste Minister es ihnen nicht gleichgetan hatte, zeigte, wie wenig Wert er auf ihre Anerkennung wert legte. Die Menge hatte sich in einen wütenden Mob verwandelt und den armen Vesney vom Pferd gezogen und ihn erschlagen.

Die Ironie an der ganzen Sache war jedoch, daß Vesney geglaubt hatte, das Volk würde seine Geste zu schätzen wissen. Er wollte ihnen zeigen, daß er ein sparsamer Mann war, der ihre Steuern nicht für eine eitle Zurschaustellung von Macht verschwendete. Tavalisk wußte es besser. Die Menschen von Rorn erwarteten nichts anderes: sie wollten von Pracht und Reichtum geblendet werden und sich im Ruhm ihrer Führer sonnen. Rorn war die reichste Stadt der bekannten Welt, und seine Bürger erwarteten von ihren Führern, daß sie diese Tatsache verkörperten.

Dem Erzbischof wurde gerade eine Tunika aus leuchtend gelber Seide angepaßt. Amüsiert blickte er in den Ausschnitt der Näherin, die gerade den Saum absteckte. Es klopfte kurz an der Tür, dann trat Gamil ein.

»Ah, Gamil. Ich habe gerade an dich gedacht. Ich habe mich gefragt, wann du mal meinen kleinen Comi auf einen Besuch mitbringst.« Tavalisk hatte vor kurzem eine Katze erworben. Die verschlagene Kreatur hatte sein Interesse geweckt, und so hatte er den Hund seinem Sekretär gegeben – im Herz des Erzbischofs war nur Raum für einen Favoriten. Inzwischen hegte er den Verdacht, daß Gamil den Hund entweder getötet oder auf der Straße ausgesetzt hatte, und der schuldbewußte Ausdruck auf dem Gesicht seines Sekretärs schien diesen Verdacht zu bestätigen.

»Ich werde ihn Euch bringen, sobald er von seiner Krankheit genesen ist, Euer Eminenz.«

»Und vergiß es nicht, Gamil! Ich werde dich in einigen Tagen wieder daran erinnern.« Der Erzbischof lächelte seinen Sekretär freundlich an. »Es wärmt mir das Herz, wenn ich weiß, daß Comi bei jemandem ist, der gut für ihn sorgen wird.« Er wandte sich an die Näherin. »Nicht so eng, Mädchen. Ich will doch nicht wie eine Wurst aussehen, die aus ihrer Haut zu platzen droht. Später wird es ein großes Bankett geben, und ich brauche Raum zur Verdauung.« Erneut sprach Tavalisk zu seinem Sekretär. »Nun, Gamil, was für Neuigkeiten bringst du mir heute?«

»Berichte über Eure Ausweisung der Ritter haben Marls erreicht.«

»Und wie nimmt diese elende Stadt die Nachricht auf?«

»Es hat Demonstrationen in den Straßen gegeben, Euer Eminenz. Die Einwohner von Marls haben ihre Autoritäten aufgefordert, Eurem Beispiel zu folgen. Marls liebt die Ritter von Valdis nicht.«

»Exzellent, Gamil. Doch diese Nachricht kommt nicht gerade überraschend. Schließlich kursieren schon seit längerem Gerüchte, die Ritter hätten die Pest in die Stadt gebracht.«

»Euer Eminenz hat große Voraussicht bewiesen, indem Ihr dieses besondere Gerücht in die Welt gesetzt habt.«

»Ja, es ist stets weise, zwei Rivalen aufeinanderzuhetzen. So haben sie weniger Zeit, sich um uns zu kümmern. Ich wünschte nur, ich könnte mir den Ausbruch der verdammten Pest ebenfalls zugute halten.«

»Ich erwarte Berichte über Toolays Reaktion auf Euren Erlaß im Laufe der nächsten Woche. Wenn ich mich nicht irre, sollten sie die Nachricht bereits gehört haben.«

»Toolays Reaktion verspricht, sehr interessant zu werden. Sie arbeiten schon lange mit den Rittern zusammen. Doch wie die meisten freien Städte heutzutage, so lebt auch Toolay in ständiger Furcht: Furcht vor Invasion, Furcht vor der Pest, Furcht, Handelsanteile zu verlieren. Ja, ich muß Toolay im Auge behalten.« Tavalisk ging zum Tisch, um sich eine Traube zu nehmen; dabei trat er der Näherin auf die Hand. »Wo wir gerade von diesem hübschen Fischernest sprechen – gibt es etwas Neues von unserem Ritter?«

»Man hat ihn zuletzt gesehen, wie er sich der Stadt genähert hat, Euer Eminenz. Er befand sich nach wie vor in Begleitung des kleinen Jungen, der ihm seit Rorn gefolgt ist.«

Der Erzbischof bewunderte sein Spiegelbild. »Haben wir immer noch die Prostituierte in Gewahrsam?«

»Ja, Euer Eminenz, aber mit allem Respekt ... es wird viel Zeit vergehen, bis der Ritter wieder nach Rorn zurückkehrt.«

»Ach, Gamil, du hast so ein beklagenswert kurzes Gedächtnis. Erst vor wenigen Sekunden hast du mich für meine Voraussicht gerühmt. Ich beabsichtige, das Mädchen so lange festzuhalten wie nötig: Monate, Jahre, wer weiß? Ich bin sicher, daß sie sich eines Tages als nützlich erweisen wird, und inzwischen wird Rorn den Verlust einer seiner Huren ja wohl verkraften können.«

»Wenn Ihr keine weiteren Wünsche habt, Euer Eminenz, werde ich mich jetzt zurückziehen. Auch ich muß mich auf die Parade vorbereiten.«

»An deiner Stelle würde ich mir die Mühe sparen, Gamil. Braun steht dir ausgesprochen gut.«

Tawl wurde von Geschrei geweckt. Er rieb sich den Schlaf aus den Augen und ging zum Fenster, um die Ursache des Lärms herauszufinden. Auf der Straße hatte sich eine Menschenmenge versammelt, die irgendwelche Parolen rief und Transparente schwenkte. Tawl zuckte entsetzt zusammen, als er erkannte, was die Menschen schrien.

»Ächtet die Ritter! Jagt sie aus der Stadt!«

Tawl sah, wie man eine Fahne mit dem Wappen der Ritter – ein Ring in einem Ring – in Brand setzte. Beim Anblick der Flammen brach die Menge in Jubel aus. Dann machte sich der Protestzug langsam auf den Weg Richtung Stadtmitte.

Tawl konnte kaum glauben, was er soeben gesehen und gehört hatte. Nie zuvor hatte er die Feindseligkeit, die seinem Orden entgegenschlug, so deutlich gespürt wie in diesem Moment. Wie hatte es so weit kommen können? Wo einst Respekt gewesen war, war nun Haß. Was hatte diesen Umschwung in der Meinung der Menschen verursacht?

»Junge!« Er rüttelte Schnapper wach. »Ich werde alleine frühstücken. Bleib im Zimmer, bis ich wieder zurück bin!«

»Und was wird aus mir? Was soll ich essen?«

»Geh mir jetzt nicht auf die Nerven! Ich komme bald wieder zurück.« Tawl verließ das Zimmer und ging hinunter in den Speisesaal. Er hatte die feste Absicht, die Ursache der Demonstration herauszufinden.

Der Speisesaal war voller Menschen, die aßen und tranken. Tawl wählte einen Tisch, der bereits besetzt war. Der Fremde warf dem Ritter einen besorgten Blick zu und begann, seine Sachen einzusammeln.

»Nein. Bitte, mein Herr. Wegen mir braucht Ihr nicht aufzustehen. Ich möchte Euch nicht stören.« Die Worte schienen den Mann ein wenig zu beruhigen.

»Bitte verzeiht meine Unhöflichkeit, aber bei Eurem Aussehen dürft Ihr Euch über meine Reaktion nicht wundern.«

»Es ist stets besser, die Absichten eines Mannes nicht nach seiner Körpergröße zu beurteilen. Selbst ein kleiner Mann kann ein Messer tragen.« Tawl zitierte – wenn auch ungenau – ein altes Sprichwort. Einen guten Kopf größer als die meisten Männer war er es gewöhnt, daß sein Anblick andere nervös machte.

»Ihr beschämt mich, junger Mann. Bitte erlaubt mir, Euch ein Getränk zu spendieren.« Der Mann rief nach der Bedienung und bestellte das traditionelle Morgengetränk von Toolay: Bier gemischt mit Ziegenmilch.

»Habt Ihr zufällig die Menschenmenge gesehen, die sich auf der Hafenstraße versammelt hat?« Tawl zuckte unwillkürlich zusammen, als er aus dem Becher trank – da er in den Sümpfen aufgewachsen war, hatte er eine natürliche Abneigung gegen Ziegenmilch.

»Aye, das habe ich. Schlimme Sache.« Der Mann schüttelte traurig den Kopf. »Das ist alles nur die Schuld dieses aalglatten Erzbischofs. Er hat die Ritter aus Rorn verbannt.«

»Wann hat er das getan?« fragte Tawl mit gespieltem Desinteresse.

»Genau kann ich Euch das nicht sagen; ich habe erst heute morgen davon erfahren. Auf jeden Fall würden es einige Leute gern sehen, wenn das gleiche auch hier geschehen würde.«

»Die Demonstranten?«

Der Fremde schaute sich nervös im Raum um. »Und auch noch ein paar wesentlich mächtigere Leute.«

»Ich dachte immer, Toolay unterhalte freundschaftliche Beziehungen zu Valdis.«

»Seit Tyren die Macht übernommen hat, unterhält niemand im Süden noch freundschaftliche Beziehungen zu Valdis. Der Mann will sämtliche Handelswege nach Norden und Osten kontrollieren. Im einen Augenblick versucht er, uns mit seiner militärischen Macht einzuschüchtern, und im nächsten schimpft er uns Ketzer.« Der Mann trank einen kräftigen Schluck. »Toolay schuldet den Rittern eine ganze Menge. Vor etwa einhundert Jahren haben sie uns geholfen, eine Invasion von Barbaren zurückzuschlagen, die übers Meer gekommen waren. Bis heute hat man ihnen das nicht vergessen; aber jetzt geht es ums Eingemachte, Junge. Toolay lebt vom Handel, und wenn man unseren Handel bedroht, dann bedroht man unsere Existenz. Wir exportieren ein Vermögen an Stickereien und Kaltwasserfischen nach Rorn. Ist Rorn verärgert, steht für uns unheimlich viel Geld auf dem Spiel. Valdis kann weder mit Stickereien noch mit Fisch etwas anfangen.« Der Fremde sah Tawl mißtrauisch an. »Wo kommt Ihr her, junger Mann?«

»Ich stamme ursprünglich aus den Großen Sümpfen.« Tawl trank einen herzhaften Schluck Bier und blickte dem Mann unverwandt in die Augen.

»Also, junger Mann, ich muß jetzt los. Ein paar Fische warten darauf, gesäubert und gepökelt zu werden – und selbst das ist dank der Ritter zu einer teuren Angelegenheit geworden. Sie haben die ganzen Salinen aufgekauft.« Der Fremde stand auf und seufzte laut. »Da braut sich was zusammen, aber die Ritter sind nicht die einzigen, die damit etwas zu tun haben. Rorn und Bren mischen auch ganz kräftig mit.« Er verbeugte sich höflich. »Ich wünsche Euch einen guten Tag und Fisch im Überfluß.« Tawl erwiderte den Gruß und blickte dem Mann hinterher. Unruhig rutschte der Ritter auf seinem Stuhl hin und her, und schließlich beschloß er, in die Stadt zu gehen und herauszufinden, was die Demonstranten beabsichtigten.

Am frühen Morgen war Toolay ein heller und geschäftiger Ort. Exakt nach Osten ausgerichtet fing die Stadt schon die ersten zaghaften Sonnenstrahlen ein. Tawl ging in Richtung Marktplatz, und bald konnte er die ersten Sprechchöre hören. Er folgte dem Lärm und traf schließlich auf die Demonstranten. Es waren die Männer, die er von seinem Fenster aus gesehen hatte, und noch viele mehr. Die Menge war wütend und schrie:

»Nieder mit den Rittern!«
»Die Ritter bringen die Pest!«
»Sie stehlen unseren Handel!«
»Valdis ist verdorben bis ins Mark!«

Tawl konnte es nicht mehr ertragen. Mit gesenktem Kopf kehrte er in den Gasthof zurück. Es schien, als hätte niemand, den er seit seiner Freilassung aus den Kerkern von Rorn getroffen hatte, ein gutes Wort für Valdis übrig. Tyrens Name war auf jedermanns Lippen, und mit jedem Atemzug wurde er verflucht. Tawl war lange nicht mehr in Valdis gewesen ... Konnte er wirklich guten Gewissens behaupten, er wisse, was dort vorging? In Rorn war es beinahe ein Reflex gewesen, die Gerüchte zu leugnen. Die Stadt war durch und durch korrupt, und der Erzbischof schürte den Haß gegen die Ritterschaft mit seinen Lügen. Toolay aber war anders. Die Menschen hier waren fromm, und sie arbeiteten hart, und – wie der Fremde im Gasthof erklärt hatte – sie verdankten Valdis eine ganze Menge.

Zum ersten Mal mußte Tawl sich eingestehen, daß vielleicht doch etwas Wahres an den Gerüchten sein könnte. Aber Tyren? Das konnte er nicht glauben. Tyren hatte ihm fast das Leben gerettet, und mit Sicherheit hatte er Tawls Seele vor dem Verderben bewahrt. Er war derjenige gewesen, der Tawl nach Valdis gebracht und der ihn beschützt hatte, als er von anderen wegen seiner niederen Geburt beschimpft worden war. Tyren hatte ihn verteidigt; die Ritterschaft brauche neues Blut, pflegte er zu sagen, um ihre Kraft und Vitalität zu erhalten, und dieses neue Blut könne nur Bauernblut sein. Es war nicht leicht gewesen, die Fundamente der Ritterschaft in Frage zu stellen, doch schließlich war es Tyren gelungen, die anderen Ritter davon zu überzeugen, *jedem* die Möglichkeit zu geben, sich die Ringe zu verdienen.

Tawl hatte bereits zwei Jahre Ausbildung hinter sich gehabt, als man Tyren zum Oberhaupt des Ordens gemacht hatte. Der alte Großmeister, Fallseth, war unter merkwürdigen Umständen gestorben – man hatte seine Leiche in einem Bordell am Stadtrand von Valdis gefunden. Aufgrund der demütigenden Umstände von Fallseth' Tod verlangten die Ritter nach einem Führer, dessen Moral außer Zweifel stand. Sie wählten Tyren.

Tawl fragte sich, was während seiner Abwesenheit geschehen war. Zu Beginn hatte er seine Ringe voller Stolz gezeigt. Allein ihr Anblick genügte, um ihm Einlaß in jedes Haus zu verschaffen. Jedermann hatte die Ringe als Symbol für Ehre, Tapferkeit und Glauben betrachtet ... jetzt waren sie ein Symbol der Schande, daß man niemals in Gegenwart anderer zeigen durfte.

Tawl rollte die Ärmel hoch, so daß seine Ringe deutlich zu sehen waren. Auf dem Rückweg würde er sie voller Stolz zur Schau tragen. Sie waren sein Lebensinhalt, und er würde sich seinen Glauben nicht von ein paar häßlichen Gerüchten nehmen lassen. Hoch erhobenen Hauptes schritt er durch die Straßen und schämte sich seiner Zweifel; nichts war für einen Ritter wichtiger als Loyalität. Und zu denken, daß in den Gerüchten auch nur ein Körnchen Wahrheit liegen könnte – selbst nur für einen kurzen Augenblick –, war Hochverrat.

Niemand forderte Tawl heraus, als er in den Gasthof zurückkehrte – zum Glück, denn er hatte es auf einen Kampf abgesehen. Hätte ihn jemand an diesem strahlenden Morgen auf seine Ringe angesprochen, wäre derjenige seines Lebens nicht mehr froh geworden.

Wieder zurück im Gasthof, entdeckte Tawl zu seiner Überraschung, daß Schnapper seine Anweisungen tatsächlich befolgt und gehorsam auf ihn gewartet hatte. »Was hat dich aufgehalten?« fragte der Junge; doch als er Tawls Gesichtsausdruck sah, verstummte er auf der Stelle und fuhr fort, seine Sachen zu packen.

Gemeinsam machten sie sich auf den Weg zum Pferdehändler, um ihre Reittiere abzuholen. Als man die Stute aus dem Stall ins Tageslicht führte, wußte Tawl, daß er eine gute Wahl getroffen hatte – sie war graziös und geschmeidig. Beim Anblick von Schnappers Tier konnte sich der Ritter ein Lächeln nicht verkneifen. Es handelte sich um ein stämmiges, griesgrämig dreinblickendes Pony mit einem rauhen, sandfarbenen Fell. Schnapper verzog entsetzt das Gesicht, und Tawl lachte laut auf.

»Ich werde bestimmt nicht auf diesem erbärmlichen Muli reiten.«

»Junger Mann, ich versichere dir, daß es sich nicht um ein Muli handelt. Es ist ein Bergpony – ein gutes, kleines Arbeitspferd.« Der Pferdehändler war zutiefst beleidigt.

»Das Pony ist schon in Ordnung.« Tawl gab dem Mann die sieben Goldstücke. »Wieviel bin ich Euch noch für die Sättel und das Futter schuldig?«

»Zwei weitere Goldstücke.« Der Händler überprüfte die Münzen. Er kratzte mit einem Messer über die Oberfläche, um sicherzustellen, daß es sich nicht nur um eine Goldlegierung handelte, unter der sich irgendein wertloses Metall verbarg. Zwar wußte Tawl, daß der Mann zuviel für die Sättel verlangte, aber er war nicht in der Stimmung zu feilschen. Also gab er ihm das Geld und verabschiedete sich.

Behutsam tätschelte Tawl den Kopf des Pferdes, damit es sich an ihn gewöhnte. Schnapper folgte seinem Beispiel. Das Pony wirbelte herum und schnappte nach dem Jungen.

»Du dämliches Muli!« Schnapper rieb sich die Hand. »Na warte! Dir zahl ich's heim!« Er dachte einen Augenblick darüber nach, wie er das Tier angemessen bestrafen konnte. »Ich weiß ... Ich werde dir einen bescheuerten Namen geben. Ich werde dich ›Mistgeier‹ nennen!«

»Das hört sich aber nicht nach einem sonderlich schlimmen Namen an.« Tawl war gerade damit beschäftigt, Sattel und Zaumzeug zu überprüfen.

»Du kennst dich wirklich nicht sonderlich gut aus, oder? Als ›Mistgeier‹ bezeichnet man jemanden, der im Dreck der Straße nach verlorenen Münzen oder anderen

Sachen wühlt. In Rorn gibt es keine schlimmere Beleidigung. Mistgeier sind die Niedrigsten der Niedrigen.«

»Mir gefällt der Name irgendwie. Dem Pony wird er auf jeden Fall ziemlich egal sein.« Tawl stieg auf.

»Wie willst du deins nennen?«

»Du scheinst ein natürliches Gespür für Namen zu haben. Schlag was vor.«

»›Blütenblatt‹. Ich hatte mal ein Kaninchen, das ich ›Blütenblatt‹ genannt habe, weil es so gerne Blumen aß. Die Blumenhändler sind vor Wut die Wände raufgegangen.«

»Also dann ... ›Blütenblatt‹. Komm, Schnapper, mach voran. Ich möchte so schnell wie möglich los.« Als Tawl die Zügel anzog, bemerkte er, daß seine Ringe noch immer zu sehen waren. Er widerstand dem Drang, sie zu verbergen. Zumindest heute wollte er jedem die Stirn bieten, der es wagen sollte, die Ritterschaft in seiner Gegenwart zu verleumden.

Maybor entledigte sich seiner nassen Kleider und stand zitternd vor dem Feuer, während sein Diener neue Gewänder vorbereitete. Er und seine Männer waren wie der Teufel durch Wind und Regen geritten. Maybor fror, und er war müde. Wütend hatte er nach Crandle gerufen und ihm befohlen, sich zu beeilen. Er hatte noch viel zu erledigen.

Nachdem er die Kleider gewechselt hatte, machte er sich auf den Weg durch die Burg. Es war höchste Zeit, Baralis einen Besuch abzustatten; der Mann hatte schon viel zu lange seine Spielchen mit ihm getrieben. Maybor würde die Wahrheit über seine Tochter aus ihm herausquetschen. Natürlich würde er dabei kein unnötiges Risiko eingehen; er kannte Baralis' Tricks. Nein, er würde nicht alleine gehen. Der Kanzler des Königs würde keine Gelegenheit bekommen, *ihn* zu Asche zu verbrennen.

Maybor klopfte an die Tür von Kedracs Gemach, und da er keine Antwort erhielt, ging er einfach hinein. Sein

Sohn lag mit einem Mädel im Bett. »Wie ich sehe, hast du keine Zeit verschwendet, Kedrac. Wenn ich mich recht erinnere, haben wir uns erst vor einer Stunde voneinander verabschiedet.« Maybor war erfreut, seinen Sohn mit einer Frau erwischt zu haben. Offensichtlich hatte sich zumindest ein Teil seiner Fähigkeiten vererbt.

»Was willst du, Vater?« Kedrac schien sich nicht im geringsten gestört zu fühlen. Seine Hand bewegte sich unter den Laken, während er das Mädchen streichelte.

»Ich habe beschlossen, Baralis aufzusuchen und ihn wegen deiner Schwester zu befragen. Er weiß, wo sie ist. Es ist Zeit, daß wir herausfinden, was die Schlange im Schilde führt. Kommst du mit?« Nackt sprang Kedrac aus dem Bett und rannte ins Ankleidezimmer. Er war begierig, sich auf den Weg zu machen.

Während sein Sohn sich ankleidete, richtete Maybor seine Aufmerksamkeit auf das Mädchen im Bett. Es war niemand anderes als Lady Helliarnas Zimmermädchen. »Wie heißt du?« fragte er. Das Mädchen antwortete nicht. Sie wirkte sowohl verlegen als auch verängstigt. »Komm schon, rede!«

»Mein Name ist Lilly«, erwiderte sie flüsternd.

»Nun, Lilly, macht es dir Spaß, mit meinem Sohn ins Bett zu gehen?« Für den Fall, daß sein Sohn zurückkehren sollte, hielt Maybor die Tür im Auge.

»Äh ..., ja, Herr. Er ist sehr gut zu mir gewesen.«

»Wenn der Sohn gut zu dir war, meine süße Lilly, dann denk mal darüber nach, wieviel besser erst der Vater sein würde.«

Verständnis zeichnete sich auf dem Gesicht des Mädchens ab, und ihr Verhalten wurde verführerischer. »Was wollt Ihr damit sagen, Herr?« Kokett gestattete sie der Bettdecke, von ihrer Brust zu gleiten, und zog sie anschließend mit theatralischer Sittsamkeit wieder hoch. Dabei errötete sie bezaubernd.

»Finde dich eine Stunde nach Sonnenuntergang in meinen Gemächern ein, und ich werde dir in allen Einzelheiten erklären, was ich von dir will.«

»Vater«, sagte Kedrac und sprang in den Raum, »ich dachte, es wäre vielleicht ganz gut, wenn wir ein paar von unseren Männern mitnehmen würden.« Maybor drehte sich rasch um und gab vor, die gekreuzten Schwerter an der Wand zu bewundern. Das Mädchen glitt unter die Decke.

»Nein, wir werden allein gehen. Nimm deine Waffen.«

Sie verließen das Gemach und machten sich auf den Weg zu Baralis' Unterschlupf. Schließlich hielten sie vor einer Tür an, die mit merkwürdigen Zeichen verziert war. Maybor hämmerte mit dem Griff seines Schwertes dagegen. Kurz darauf öffnete sich die Tür, und Vater und Sohn standen in Cropes Schatten.

»Wo ist dein Herr? Ich verlange, ihn sofort zu sehen!« Maybor weigerte sich, von einem Diener eingeschüchtert zu werden – egal wie groß er auch sein mochte.

»Ihr könnt Lord Baralis jetzt nicht sehen.« Der Diener redete wie ein Idiot, der einen Text auswendig gelernt hatte, ohne ihn zu verstehen.

»Wenn er in seinen Gemächern ist, dann *werde* ich ihn sehen.«

»Lord Baralis fühlt sich unwohl und kann zur Zeit keine Besucher empfangen.«

»Er wird mich empfangen!« Maybor versuchte, sich an Crope vorbeizudrücken, doch er hätte genauso gut vor eine Wand laufen können. »Laß mich vorbei!«

»Laß ihn vorbei, Crope.« Baralis erschien hinter seinem Diener. Maybor war über das Aussehen des Kanzlers entsetzt; Crope hatte nicht gelogen, als er gesagt hatte, sein Herr sei krank. Baralis sah aus wie ein Gespenst. Kedrac trat auf die Tür zu. »Nein, Maybor«, sagte Baralis mit dünner, angespannter Stimme. »Ich werde nur mit Euch allein sprechen oder überhaupt nicht.« Kedrac blickte zu seinem Vater. Maybor nickte. Es war mehr als unwahrscheinlich, daß Baralis in seinem gegenwärtigen Zustand irgendwelchen Schaden anrichten konnte.

Maybor war nie zuvor in Baralis Gemächern gewesen. Wie alle anderen Höflinge auch hatte er wilde Geschichten über Flaschen voller Blut, eingelegte Gehirne und Skelette gehört, aber er entdeckte nichts dergleichen. Statt dessen befand er sich in einem ordentlichen Raum, der unauffällig, aber teuer eingerichtet war. Handgewebte blaue Seidenteppiche lagen auf dem Boden, reich bestickte Gobelins aus Toolay hingen an den Wänden, und die Möbel waren aus erlesenen Tropenhölzern gefertigt worden.

»Kann ich Euch eine Erfrischung anbieten?« Baralis bedeutete seinem Gast, sich hinzusetzen.

»Ich will keinen Wein von Euch.« Allmählich kam sich Maybor wie eine Fliege im Spinnennetz vor.

»Wie Ihr wollt. Hoffentlich habt Ihr nichts dagegen, wenn ich mir einen Becher genehmige. Wie Ihr seht, geht es mir nicht sonderlich gut, und ein Becher Rotwein regt bekanntlich den Kreislauf an.«

»Ich denke, Ihr wißt, warum ich hier bin.« Die Dinge hatten sich anders entwickelt, als Maybor geplant hatte. Er hatte das Gefühl, als hätte Baralis die Führung übernommen.

»Ich fürchte, das weiß ich nicht, Lord Maybor.«

»Was habt Ihr mit meiner Tochter gemacht?« Maybors Stimme zitterte vor Wut.

Unbeeindruckt schenkte sich Baralis einen Becher Wein ein. »Ich weiß nicht, wo Eure Tochter ist.«

»Ich habe Grund zu der Annahme, daß Söldner, die in Euren Diensten standen, sie aus Duvitt geholt haben.«

»Na, na, na, Lord Maybor. Ihr kennt doch Söldner – eine Woche arbeiten sie hier, die nächste dort. Von Zeit zu Zeit sind mir ihre besonderen Fähigkeiten von Nutzen; aber ich habe weder die Zeit noch die Lust, hinter Eurer irregeleiteten Tochter herzujagen.«

»Ihr lügt, Baralis.« Maybor konnte seine Wut und seine Frustration kaum noch beherrschen. Sein Schwert juckte in der Scheide.

»*Ihr*, Lord Maybor, seid nicht in der Position, *mich* als Lügner zu bezeichnen.« Baralis Stimme hatte einen scharfen Tonfall angenommen. »Und jetzt würde ich es vorziehen, wenn Ihr verschwinden würdet.«

Maybor stand auf und zog sein Schwert. Befriedigt bemerkte er einen Ausdruck von Furcht auf Baralis' Gesicht. Die Klinge glitzerte im Licht der Kerzen. Crope sprang herbei, doch Maybor hatte sein Schwert bereits wieder in die Scheide gesteckt.

»Macht nicht den Fehler, mich zu unterschätzen, Baralis.« Ihre Augen trafen sich. Die gegenseitige Abscheu war unübersehbar – sie erfüllte die Luft zwischen den beiden Kontrahenten mit Spannung. Baralis wandte als erster den Blick ab. Mit hoch erhobenem Haupt stolzierte Maybor aus dem Gemach.

Draußen wurde er von Kedrac empfangen. »Hast du irgend etwas über Melliandra von ihm erfahren, Vater?«

»Nein, aber ich habe etwas viel Wertvolleres herausgefunden.« Nachdenklich rieb sich Maybor das Kinn.

»Und was ist das?«

»Baralis ist menschlich; er fürchtet sich vor einem Schwert wie jeder andere Mann auch.« Kedrac blieb von der Erklärung seines Vaters unbeeindruckt, aber Maybor wußte, was das bedeutete. Seit dem Vorfall mit dem Assassinen hatte er in Angst vor Baralis' übernatürlichen Kräften gelebt – heute hatte er sie herausgefordert, und nichts war geschehen. Er war *nicht* von einem Blitz niedergestreckt worden, und er war *nicht* zu Asche verbrannt worden. Leichten Schrittes kehrte Maybor in seine Gemächer zurück; plötzlich blickte er wesentlich zuversichtlicher in die Zukunft.

Melli erreichte die Oststraße erst nach vielen Stunden. Sie hatte Jack in strömendem Regen durch den Wald geschleppt. Beide waren sie bis auf die Haut durchnäßt, und da Melli ihren Schal verloren hatte, war sie bis auf die Knochen durchgefroren. Ihr Arm hatte bereits vor einiger Zeit aufgehört zu schmerzen; nun fühlte er sich taub an und war merkwürdig schwer. Sie hatte den Schaft des Pfeils in Jacks Schulter abgebrochen, doch sie hatte es nicht über sich gebracht, auch die Spitze zu entfernen. Statt dessen hatte sie so lange auf die Wunde gedrückt, bis die Blutung zum Stillstand gekommen war. Aber nachdem sie losgegangen waren, hatte sich die Wunde leider wieder geöffnet, und mit jedem Schritt verlor Jack Blut. Im Gegensatz dazu schien Mellis eigene Wunde relativ sauber zu sein. Sie konnte die Umrisse der Pfeilspitze in ihrem Arm erkennen. Das Geschoß hatte sich unmittelbar unter der Haut festgesetzt. Ihr Ohr schmerzte und blutete ein wenig – keine ernsthafte Verletzung.

Als endlich die Straße in Sicht kam, war Melli bitter enttäuscht; nirgends war eine Lichtung zu sehen, die normalerweise auf die Nähe eines Bauernhofs oder einer Hütte hingedeutet hätte. Melli hatte nicht die geringste Ahnung, wie weit entfernt sie von der nächsten Stadt oder der Burg waren. Also beschloß sie, weiter gen Osten zu ziehen. Sie machte sich nicht die Mühe, neben der Straße zu bleiben, um sich vor möglichen Verfolgern zu verstecken. Baralis würde einige Zeit brauchen, um die Männer zu ersetzen, die er bei der Hütte verloren hatte. Und was die Männer von Mellis Vater betraf … sollten sie doch kommen. Melli hatte beinahe schon vergessen, warum sie überhaupt weggelaufen war.

Jack hatte die ganze Zeit über kein Wort gesagt. Melli nahm an, daß er eine Art Schock erlitten hatte. Sie machte sich Sorgen um ihn und hoffte, bald Hilfe zu finden. *Seine* Not hatte sie stark gemacht. Sie konnte sich nicht erinnern, daß schon einmal jemand ihre Hilfe gebraucht hätte. Melli war immer die Schwache gewesen, diejenige, die man beschützen und für die man sorgen mußte. Die neue Rolle gefiel ihr, und sie war fest entschlossen, Jack nicht im Stich zu lassen.

Einige Zeit später entdeckte Melli einen Feldweg, der

von der eigentlichen Straße abzweigte. Sie folgte ihm und erreichte schließlich einen kleinen, aber gut gepflegten Bauernhof. Sie hielt es für das Beste, zunächst allein dorthin zu gehen, und so führte sie Jack hinter ein paar Büsche und bat ihn, dort auf sie zu warten. Sie wußte nicht, ob er sie gehört hatte, zumindest aber blieb er sitzen. Melli richtete ihr Haar und Kleid so gut sie konnte. Hätte der Wind nicht ihren Schal davongetragen, hätte sie ihre Wunde unter ihm verbergen können. Zufrieden, daß sie das Bestmögliche aus ihrem Aussehen gemacht hatte, ging sie auf den Bauernhof zu.

Anhand des Dufts erkannte Melli, daß es sich um eine Schweinefarm handelte. In der Nähe der Burg gab es viele derartige Betriebe: Schweinefleisch war auf Burg Harvell sehr beliebt. Laut den örtlichen Bräuchen bedeutete ein Eingang an der Vorderseite Unglück für den Bauern, und so mußte Melli das Haus zunächst umrunden. Sie klopfte laut gegen die Tür und wartete zitternd auf eine Antwort. Kurz darauf erschien eine alte Frau. »Was willst du?« fragte sie mit einer überraschend kräftigen Stimme. »Wenn du betteln willst, kann ich dir gleich sagen, daß du von mir nichts bekommst. Mach, daß du wegkommst!«

Melli atmete tief durch. »Bitte, ich brauche Hilfe.«

»Verschwinde, oder ich rufe meinen Sohn!« Die Frau versuchte, sie mit einer Geste zu verscheuchen.

»Bitte, ich bin verletzt und ...«

»Das ist nicht meine Angelegenheit«, unterbrach die Frau. »Wenn du mein Land nicht in drei Sekunden verlassen hast, rufe ich meinen Sohn.«

»Wenn Ihr vielleicht nur ...«

»Wenn du nicht augenblicklich abhaust, werde ich meinen Sohn mit einem Messer auf dich hetzen.«

»Dann ruft doch Euren Sohn!« schrie Melli. Die Einstellung der Frau machte sie wütend, und sie war den Tränen nahe. »Das ist mir egal! Er kann mir auch nicht mehr Leid zufügen, als bereits geschehen ist!« Die Frau zögerte. Melli stand kurz davor, hysterisch zu werden.

»Geht schon! Holt ihn her! Und daß er mir ja sein schärfstes Messer mitbringt!« Die alte Frau schaute verängstigt drein.

»Du solltest wohl besser reinkommen«, sagte sie müde.

»Ich habe einen Freund, der ebenfalls verwundet ist; er ist hinter den Büschen dort drüben.« Melli konnte den Sinneswandel der Frau zwar nicht verstehen, aber sie würde ihr Glück auch nicht in Frage stellen. »Wenn Ihr einen Augenblick warten würdet, könnte ich ihn herbringen.« Die Frau nickte, und Melli rannte davon, um Jack zu holen.

Als sie zurückkehrte, stellte sie erleichtert fest, daß die Tür nach wie vor offen stand.

»Er ist aber in einem sehr schlechten Zustand«, meinte die alte Frau. Sie führte die beiden Flüchtlinge in eine warme, gemütliche Küche: ein Feuer brannte im Herd, und in einem Topf kochte ein appetitlich riechender Eintopf. »Setzt euch. Ich werde euch etwas bringen, womit ihr euch abtrocknen könnt.«

Melli half Jack, sich hinzusetzen und schaute sich in der Küche um – etwas erregte ihre Aufmerksamkeit. Der Tisch war nur für eine Person gedeckt: ein Teller, ein Krug Bier und ein Messer. Den Arm voller Decken kehrte die Frau zurück. »Ich dachte, ich hätte Euren Sohn gesehen«, sagte Melli beiläufig, während sie der Alten die Decken abnahm, um Jack damit trockenzureiben.

»Er ist heute nach Harvell gegangen.« Die Frau kehrte Melli den Rücken zu und begann, in dem Eintopf zu rühren.

»Ich dachte, er wäre im Haus.« Melli zuckte zusammen, als sie über ihren verwundeten Arm rieb.

»Nun, das ist er nicht«, erwiderte die Frau rundweg. »Und ich weiß nicht, was dich das angeht.«

»Ihr habt keinen Sohn, stimmt's nicht? Ihr lebt hier allein. Macht Euch keine Sorgen – ich werde niemandem etwas davon erzählen.« Melli wußte, daß die

Gesetze der Vier Königreiche Frauen verboten, einen Bauernhof zu besitzen. Die Behörden konfiszierten den Hof einer Witwe, es sei denn, sie hatte einen Sohn, an den sie ihn vererben konnte. Jede Frau, die sich diesen Gesetzen widersetzte, mußte mit der Prügelstrafe oder sogar mit Hängen rechnen. Und diese Gesetze waren nicht nur auf Bauernhöfe beschränkt – in den Vier Königreichen durften Frauen *überhaupt nichts* besitzen. Auch Melli hatten Kleider und Schmuck nicht gehört, die sie bei Hofe getragen hatte; alles war Eigentum ihres Vaters gewesen.

»Ich bewirtschafte diesen Hof nun schon seit zwanzig Jahren allein. Kein Mann hätte es besser machen können.« Stolz lag in der Stimme der alten Frau.

»Was ist, wenn Ihr auf den Markt geht? Wie könnt Ihr Euer Fleisch verkaufen?«

»Ich habe eine Abmachung.« Die alte Frau schöpfte den dicken, braunen Eintopf in Schüsseln. »Und ich zahle verdammt teuer dafür.« Sie seufzte. »Aber mir bleibt keine andere Wahl. Er könnte jederzeit zu den Behörden laufen und mich anzeigen, und dann hätte ich überhaupt nichts mehr. So saugt er mich nur nach und nach aus und läßt mir gerade genug zum Leben.« Die Frau legte ein Stück Schweineschmalz in jede Schüssel, um den Geschmack zu verfeinern. »In Harvell glaubt jeder, sie bekämen meinen Sohn nie zu Gesicht, weil er lahm sei.«

»Das tut mir leid.«

»Das braucht dir nicht leid zu tun, Mädchen. Ich führe ein besseres Leben als die meisten Witwen. Ich habe mein eigenes Dach überm Kopf, genug zu essen, und keinen Schwiegersohn, der mir das Leben zur Hölle macht, indem er mir ständig vorhält, ich würde auf seine Kosten leben.« Die Frau schüttelte den Kopf. »Nein, Mädchen, spar dir dein Mitleid für jemanden, der es verdient. Und jetzt komm, iß deinen Eintopf, bevor das Schmalz schmilzt.«

Melli ging mit der Schüssel zu Jack und legte ihm

einen Löffel in die Hand. Zu ihrer Überraschung begann er zu essen.

»Wir müssen uns um die Wunde deines Freundes kümmern. Ansonsten wird sie sich entzünden.«

»Wir können also die Nacht über bleiben?«

»Es scheint, als hätten wir beide etwas zu verbergen, Mädchen.« Sie blickte herausfordernd zunächst auf Mellis Arm und dann auf Jack. »Es wird schon nicht schaden, wenn wir uns eine Nacht gemeinsam verstecken.«

Nach dem Essen brachte die Frau einen Kessel mit Wasser zum Kochen und holte ein Messer mit dünner Klinge von einem hohen Regal. »Das sollte eigentlich funktionieren. Schließlich häute ich damit ja auch die Schweine.« Sie tauchte das Messer für einen kurzen Augenblick in das kochende Wasser, dann trocknete sie es ab. »Zieh dem Jungen das Hemd aus.«

Der Anblick der Frau mit dem Messer in der Hand beunruhigte Melli ein wenig, doch ihr blieb nichts anderes übrig, als zu gehorchen. Sie selbst wußte nichts über Wundversorgung; sie mußte der Frau vertrauen. Daß die Frau Jack als ersten behandelte, erleichterte Melli. So konnte sie die Fähigkeiten der Alten begutachten, bevor sie zuließ, daß sie sich an ihrem Arm zu schaffen machte.

»Keine Angst, Junge.« Die alte Frau wischte das getrocknete Blut mit einem sauberen Lappen ab. »Ich will dir nichts vormachen: es wird ein bißchen weh tun, aber es geht nicht anders.« Sie wandte sich an Melli. »Bring mir den Schnapskrug von der Anrichte, Mädchen.« Dann begutachtete sie Jacks Wunde. »Zumindest hatte der Pfeil keine Widerhaken.« Melli reichte der Frau den Krug. »Hier, Junge, trink das! Es wird dich entspannen.« Die alte Frau nahm selbst einen kräftigen Schluck.

Sie schnitt tief in Jacks Schulter und ignorierte dabei die kreisrunde Wundöffnung. Statt dessen schnitt sie direkt oberhalb der Pfeilspitze. Melli war entsetzt. »Könntet Ihr sie nicht einfach auf dem gleichen Weg herausholen, wie sie eingedrungen ist?«

»Sei still, Mädchen! Ich muß mich konzentrieren.« Die Frau zog die Haut zurück und schnitt in den Muskel. Die kräftige Blutung ließ sie unbeeindruckt; all ihre Aufmerksamkeit war auf die Pfeilspitze gerichtet. Sie schabte die restlichen Muskeln und Sehnen von dem Geschoß und zog es mit den Fingern heraus. »Da haben wir ja den kleinen Teufel.« Sie warf die Spitze achtlos auf den Boden. »Gib mir Nadel und Faden, Mädchen. Er blutet uns noch zu Tode, wenn wir ihn nicht zunähen.«

Die Frau drückte die Wunde mit der einen Hand zu, während sie mit der anderen unregelmäßige Stiche anbrachte. »Natürlich kann ich nicht dafür garantieren, daß er hinterher noch genauso gut aussieht. Mit deiner Wunde werde ich vorsichtiger sein. Schließlich kann ich so ein hübsches Mädchen nicht mit einer Narbe auf dem Arm herumlaufen lassen. Bei Männern ist das egal; ein paar Narben machen einen Mann sogar noch attraktiver.«

»Wo habt Ihr das gelernt?« Melli kümmerte sich nicht um Narben.

»Bei den Säuen natürlich. Ohne zu wissen, wie man Wunden versorgt, bringt man es als Schweinehirt nicht sonderlich weit.« Die Frau blickte nicht auf; sie war voll und ganz damit beschäftigt, ihre Arbeit zu Ende zu bringen. Sie biß den Faden ab und richtete ihre Aufmerksamkeit auf die Eintrittswunde. Zweimal zog die Frau das Messer darüber, so daß ein Kreuz entstand.

»Was macht Ihr da?« Melli war vollkommen aufgelöst. »Ihr habt es noch schlimmer gemacht!« Frisches Blut sprudelte hervor.

»Mädchen, du weißt wirklich nichts über Wunden, oder? Die Wunde war rund – eine runde Wunde braucht ewig, um zu verheilen. Also ist es besser, sie zu vergrößern und ihre Form zu ändern.« Die alte Frau griff erneut zu Nadel und Faden. »Erinnere dich an meine Worte. Das Kreuz wird in der Hälfte der Zeit heilen, und es wird eine saubere Narbe werden. Runde Wunden verheilen nicht ordentlich.«

»Es tut mir leid. Das habe ich nicht gewußt.« Melli zweifelte nicht an den Worten der Frau.

»Macht nichts, Mädchen.« Die Frau beendete ihre Arbeit. »Und jetzt hilf mir, deinen Freund auf die Pritsche da drüben zu bringen. Er braucht Ruhe. Und anschließend kümmere ich mich um deine Verletzungen.« Melli tat, wie ihr geheißen, aber sie ließ sich Zeit. Der Gedanke aufgeschnitten und genäht zu werden bereitete ihr keine besondere Freude.

Kapitel Zweiundzwanzig

Tawl genoß die Reise – es war ein gutes Gefühl, wieder auf dem Rücken eines Pferdes zu sitzen. Er genoß selbst Schnappers Gesellschaft, und der Anblick des Jungen, der sich verzweifelt an sein Pony klammerte, brachte ihn jedesmal zum Schmunzeln. Offensichtlich war Schnapper der geborene Reiter. Tawl hatte versucht, ihm das Reiten beizubringen, aber der Junge hatte jeden Ratschlag in den Wind geschlagen, und so ritt er noch immer so, als hätte er ständig Angst herunterzufallen.

Die Berge kamen immer näher, doch Tawl wußte, daß sie den größten Teil von ihnen umgehen konnten, wenn sie sich dicht an der westlichen Küste der Halbinsel hielten. Die Berge reichten nicht bis an die Küste heran; dennoch war das Gelände steinig und hügelig.

Tawl hatte errechnet, daß ihr nächster längerer Aufenthalt in Ness sein würde. Dabei war ihm zum ersten Mal aufgefallen, daß sein Weg ihn nur drei Tagesritte an Bevlin vorbeiführte. Er überlegte, ob er dem alten Mann einen Besuch abstatten und ihm von seinen Fortschritten berichten sollte. Aber natürlich gab es nicht viel zu erzählen. Was sollte er schon sagen – *es besteht die entfernte Möglichkeit, daß der Junge in den Vier Königreichen zu finden sein könnte?* Nein, dachte er, es war besser, den Gelehrten nicht zu besuchen.

Tawl versuchte, Bevlin aus seinen Gedanken zu verbannen, doch irgend etwas ließ ihm keine Ruhe, irgend etwas in seinem Unterbewußtsein. Er hatte das Gefühl, als *müsse* er dem alten Gelehrten etwas sagen; er wußte nur nicht *was*. Er zerbrach sich den Kopf – er hatte nichts entdeckt, daß Bevlin interessieren würde, und der Alte Mann hatte ihm keine Nachricht mitgegeben. Vielleicht sollte er den Gelehrten davon in Kenntnis setzen, daß man die Ritter aus Rorn verbannt hatte. Tawl schüttelte den Kopf; Bevlin hatte wahrscheinlich schon alles Wissenswerte über die Ritter gehört. Gelehrte wie er hatten ihre eigenen Informationsquellen. Aber je mehr er über Bevlin nachdachte, desto sicherer war Tawl, daß er ihn besuchen sollte – es fühlte sich irgendwie richtig an. Außerdem würde ein solcher Besuch seine Reise nur um wenige Tage verzögern.

Sie näherten sich einer kleinen Siedlung, die kaum als Dorf zu bezeichnen war: ein paar verkommene Hütten und kein Gasthof.

»Warum legen wir nicht eine kurze Pause ein und bessern unseren Proviant auf?« Schnapper fand keinen Geschmack an Trockenfleisch und harten Keksen. Tawl schaute sich in dem Dorf um. Eine Frau ging mit drei Kindern über die Straße; sie war ärmlich gekleidet und hager.

»Ich glaube nicht, daß wir hier frischen Proviant finden werden.« Er konnte sich nicht erinnern, auf dem Weg hierher Herden oder Bauernhöfe gesehen zu haben, und er fragte sich, von was die Menschen lebten. »Ich halte es für besser, wenn wir weiterziehen. Dann erreichen wir die Küste noch vor Sonnenuntergang.« Tawl blickte zurück und mußte verärgert feststellen, daß der Junge bereits abgestiegen war. Er beobachtete, wie Schnapper kurz mit der Frau sprach und dann wieder zurückkehrte.

»Sie sagt, jenseits des Hügels dort drüben sei eine kleine Stadt. Und sie sagt auch, sie sei einen Besuch wert.«

»Laß uns einfach weiterreiten.« Tawl verspürte eine unerklärliche Unruhe.

»Es ist nicht weit bis zu der Stadt; und dort könnten wir in einem Federbett übernachten und etwas Warmes zu essen bekommen.« Der Junge schaute so begeistert drein, daß Tawl ihm nicht widerstehen konnte. Er nickte, und sie machten sich auf den Weg.

Ungefähr eine Stunde später hatten sie den Gipfel des Hügels erreicht, und zu ihren Füßen lag eine kleine Stadt in einem Tal. Als sie näherkamen, bemerkten sie, das etwas nicht stimmte: auf den Straßen waren keine Menschen. Nirgends war eine Spur von Leben zu sehen; kein Rauch, keine Hühner oder Ziegen, kein Landbau. Während sie durch die Stadt ritten, ruhte Tawls Hand auf dem Griff seines Messers.

Einst war dieser verlassene Ort offenbar äußerst wohlhabend gewesen. Es gab mehrere Gasthöfe – was normalerweise ein Zeichen für guten Warenverkehr war –, zwei Schmieden, einen Spengler – doch alles war verlassen. Im Zentrum der Stadt befand sich ein Platz, in dessen Mitte eine Marmorstatue stand.

Tawl las das Schild, das über einem der Gasthöfe hing: ›Am Ufer‹. Er hatte kein Wasser in der Nähe gesehen, und das Meer war noch meilenweit entfernt.

Dann hörte er Schritte, und als er sich umdrehte, sah er einen in Lumpen gehüllten alten Mann. »Habt Ihr was zu essen übrig?« Der Mann sah aus, als würde er jeden Augenblick zusammenbrechen.

»Hier, nimm das, Freund.« Schnapper holte ein paar Seemannskekse aus seinem Bündel und reichte sie dem Mann. Tawl vermutete, daß die Motive des Jungen nicht von Großmut bestimmt waren – Schnapper haßte die harten, geschmacklosen Kekse. Der Mann riß sie ihm aus der Hand, schnüffelte genußvoll und stopfte sie sich in den Mund.

»Wo ist das Wasser? Gibt es hier in der Nähe einen See oder einen Fluß?« Tawl hoffte, dort zumindest die Feldflaschen auffüllen zu können. Er wartete, während der Mann die letzten Kekse hinunterschlang.

»Es gibt hier kein Wasser mehr.« Der Mann lächelte und entblößte eine Reihe schwarzer Zähne.

»Was ist damit geschehen? Ist alles ausgetrocknet?«

»Jetzt ist zumindest alles knochentrocken, soviel steht fest.« Der Mann lachte, als hätte er einen Witz gemacht. Dann trat er zu Schnapper und griff nach dessen Bündel. Der Junge zog es rasch zurück, dennoch reichte er dem Alten ein Stück Trockenfleisch.

»Hat es eine Dürre gegeben?« Tawl hatte schon von Städten gehört, die durch eine Dürrekatastrophe zugrunde gerichtet worden waren.

»Nein, die Natur hatte damit nichts zu tun. Kommt, folgt mir.« Mit überraschender Geschwindigkeit eilte der Mann davon. Tawl widerstrebte es, ihm einfach so zu folgen, doch Schnapper lief bereits hinter ihm her, und so blieb dem Ritter ebenfalls nichts anderes übrig.

Der Mann führte sie aus der Stadt und auf eine sandige Ebene. »Das hier war der See. Ihr steht mitten drauf.« Tawl und Schnapper starrten nach unten; der Boden war vollkommen eben. Als er die Überraschung in ihren Gesichtern sah, lachte der alte Mann leise vor sich hin. »Aye, das hier war einmal der schönste See auf der gesamten Halbinsel. Nicht groß, verglichen mit anderen, aber wunderschön anzuschauen. Er war weithin berühmt für seine heilende Wirkung. Von überall her kamen Menschen, um in seinem klaren Wasser zu baden. Es hieß, das Wasser könne Krankheiten heilen und die Leiden des Alters erträglicher machen.«

Der alte Mann seufzte wehmütig. »Ihr hättet den See damals sehen sollen. Allein ihn anzuschauen erfüllte das Herz eines Mannes mit Freude. Fische … Fische in allen Farben des Regenbogens … Fische, die so begierig darauf waren, gefangen zu werden, daß sie von ganz allein in die Netze sprangen.« Er trat in den Sand zu seinen Füßen.

»Die Stadt war damals reich. Heute ist alles zu Staub zerfallen. Seit der See ausgetrocknet ist, gibt es nichts mehr, wovon man leben könnte. Alle haben gesagt, wenn ich bliebe, sei ich verrückt. Und recht haben sie gehabt – ich *bin* verrückt.«

»Was ist geschehen?«

»Ein Mann kam in die Stadt, um im See zu baden. Ein reicher und mächtiger Mann aus einer großen Stadt. Er war gekleidet wie ein König, gehüllt in feinste Seide. Er ging hinaus auf den See und fuhr mit den Fingern durch das Wasser. Als er wieder ans Ufer zurückkehrte, entdeckte er, daß er seinen Ring verloren hatte. Er wurde wütend und sagte, es sei eine Art Dienstabzeichen gewesen oder so was ähnliches. Er befahl, den See nach dem Schmuckstück abzusuchen ... und dann haben wir einen Fehler gemacht. Wir haben gesagt, er solle gehen und sich einen neuen machen lassen; schließlich sei es seine Schuld gewesen, daß er ihn verloren hatte.

Jetzt wurde der Mann erst richtig wütend. Er sagte, der Ring sei unersetzbar, denn er sei mehrere hundert Jahre alt. Er gab uns eine Woche, den See auszuheben und den Ring zu finden. Wir taten, was wir konnten, aber der Ring war nicht zu finden. Vielleicht war er ja auch im Bauch eines Fisches gelandet. Eine Woche später kehrte der Mann zurück, und als wir ihm sagten, daß wir den Ring nicht gefunden hätten, verfluchte er den See. Er schwor, er würde ihn zuschütten. Nun, zunächst haben wir einfach nur über ihn gelacht – wir dachten nicht, daß er es ernst gemeint hatte.

Sieben Tage später erschienen vier Dutzend Männer in der Stadt. Sie hatten Mulis dabei, die Säcke voller Sand von der Küste trugen. Die Männer brauchten ein Jahr, um den See aufzufüllen. Ein Jahr, um die Lebensgrundlage jedes Menschen in der Stadt zu zerstören. Ein Jahr.« Der Mann kniete nieder, nahm eine Handvoll Sand auf und ließ ihn vom Wind davontragen.

»Warum hat ihn niemand aufgehalten?«

»Das hat keiner gewagt. Wir haben wie die Idioten daneben gestanden, während der See immer kleiner und kleiner wurde.«

»Wer hat das getan?« Tawl glaubte die Antwort bereits zu kennen.

»Der Erzbischof von Rorn.«

Ein scharfer Wind kam auf. Es war Zeit weiterzuziehen. Tawl wollte diesen Ort so schnell wie möglich wieder verlassen.

Tavalisk tauchte die Finger in die Soße und führte sie an die Lippen. Perfekt – ein Hauch von Knoblauch und leicht gewürzt, die ideale Mischung für Schnecken. In Rorn konnte man keine Schnecken finden; die harte Erde bot ihnen keine Lebensgrundlage. Wie bei den meisten anderen Luxuswaren auch, so war auch der Handel mit Schnecken in Rorn ein einträgliches Geschäft. Unsummen wurden für die delikaten Kreaturen gezahlt, und Schnecken zierten den Tisch manch eines Mannes.

Tavalisk nahm den Silberhaken zur Hand, um eine Schnecke von ihrem Gehäuse zu befreien. Schließlich bekam er das Fleisch zu fassen und zog es raus. Es war ein wunderbares Exemplar, fleischig und glänzend. Tavalisks kulinarische Vorfreude wurde von der Ankunft seines Sekretärs ruiniert.

»Was willst du?« Der Erzbischof kaute auf seiner Schnecke.

»Mir ist ein hochinteressanter Brief in die Hände gefallen, Euer Eminenz.«

»Ist es das Antwortschreiben des Lords, dem du in meinem Auftrag geschrieben hast? Wie war noch sein Name ... Maybor?«

»O nein, Euer Eminenz. Es ist noch keine Antwort von ihm gekommen. Das hier ist viel wichtiger.«

»Sprich weiter.« Tavalisk warf seiner Katze eine Schnecke zu und beobachtete amüsiert, wie das Tier erfolglos versuchte, an den Leckerbissen in der Schale zu kommen.

»Unsere Spione im Norden haben einen Brief des Herzogs von Bren an Lord Baralis abgefangen. In diesem Brief fragt der Herzog nach dem Grund für die Verzögerung bei der Vermählung seiner Tochter mit Prinz Kylock.«

»Dann wird die Hochzeit also tatsächlich stattfinden. Ich brauche dir wohl nicht zu sagen, Gamil, wie sehr mir der Gedanke mißfällt, daß diese beiden Länder sich vereinigen. Bren ist bereits jetzt viel mächtiger, als gut für es ist.« Tavalisk hörte auf, auf der Schnecke zu kauen. Plötzlich unfähig zu essen, spie er das halbe Tier aus. *Wenn zwei Mächte sich verbinden.* Marods Prophezeiung erfüllte sich. Wie lautete noch einmal der Rest? Irgend etwas über einen Tempel und den Auserwählten. *Wenn Männer von Ehre mit Gold statt Anstand handeln.* Das waren die Ritter! – Warum war ihm das noch nie aufgefallen? Der Erzbischof schenkte sich einen Becher Wein ein, um sich zu beruhigen. Was war da noch? *Das Reich des Bösen wird entstehen.* Das Wort ›Reich des Bösen‹ gefiel ihm ganz und gar nicht; es klang so finster. Tavalisk bevorzugte eine Welt in einheitlichem Grau – das war besser für Rorns Handel.

Baralis versuchte, es entstehen zu lassen! Der Bastard wollte ein einheitliches Nordreich schaffen!

Tavalisk stand auf, ignorierte Gamils Erstaunen und machte sich höchstpersönlich daran, das Feuer zu schüren. Ihm war eiskalt. Alles paßte zusammen: die Ritter, Bren, die Vier Königreiche. Er hatte immer gewußt, daß Baralis gefährlich war, aber das überstieg selbst seine schlimmsten Befürchtungen. In der Prophezeiung stand nichts davon, daß sich das ›Reich des Bösen‹ nur auf den Norden beschränken würde! Was wäre, wenn Baralis und der Herzog beabsichtigten, auch den Süden zu übernehmen? Die vereinte Macht des Nordens war ehrfurchtgebietend. Arbeiteten auch die Ritter auf dieses Ziel hin? Auf jeden Fall stand Tyren auf gutem Fuß mit dem Herzog von Bren. Überall wurden Intrigen geschmiedet, und Tavalisk war nicht an einer einzigen davon beteiligt!

Der Erzbischof mußte sich anstrengen, ruhig zu bleiben – er würde Gamil nicht zeigen, daß er sich Sorgen machte. Er setzte sich wieder hin und nahm seine Silbergabel. »Stand sonst noch etwas in dem Brief?«

»Nein, Euer Eminenz, aber als ich unseren Spion in Burg Harvell zum letzten Mal kontaktiert habe, hatte dieser keine Kenntnis von einer bevorstehenden Hochzeit zwischen Prinz Kylock und Katharina von Bren.«

»Worauf willst du hinaus, Gamil?«

»Ich glaube, daß Baralis die Ehe ohne Wissen und ohne Erlaubnis des Königs und der Königin vereinbart hat.«

Auch diese Nachricht zerstreute die Sorgen des Erzbischofs nicht. »Hmmm, das ist interessant. Baralis war schon immer gerissen. Leider bin ich sicher, daß die Königin eine solche Hochzeit begrüßen wird.« Tavalisk stach mit der Gabel auf die Schnecken ein, bis jede einzelne Schale auf dem Tablett zerstört war. »Ein Bündnis zwischen ihr und Bren würde einen ungeheuren Erfolg für sie bedeuten.«

»Es gibt auch etwas Gutes zu berichten, Euer Eminenz. Marls denkt ernsthaft darüber nach, die Ritter auszuweisen. Ein entsprechendes Gesetz befindet sich bereits in Vorbereitung.«

»Und was ist mit Toolay?« Tavalisk rammte die Splitter der Schalen in die Schnecken.

»Dort hat es Zusammenstöße zwischen Leuten gegeben, die für die Ritter sind und solchen, die gegen sie sind. Aber die größere Menschenmenge hat ihre Ausweisung gefordert.«

»Genug davon, Gamil.« Tavalisk stand auf. Er wollte so schnell wie möglich eine Kopie von Marods Prophezeiung studieren. »Ich werde einen Spaziergang im Garten machen. Die Nachricht von einer bevorstehenden Verbindung zwischen Bren und den Vier Königreichen liegt mir schwer im Magen.« Der Erzbischof schritt Richtung Tür. »Wärst du so nett und tust mir einen Gefallen?«

»Selbstverständlich, Euer Eminenz.«

»Zieh die Splitter aus den Schnecken und füttere das Fleisch meiner Katze. Ich will eine solche Delikatesse nicht verschwenden.«

Baralis saß nah am Feuer. Es nützte nichts – er spürte die Wärme in seinem Gesicht, aber sie drang nicht bis in seine Knochen vor. In der Hoffnung, die Schmerzen erträglicher zu machen, nippte er an seinem warmem Kräuterpunsch. Er war erschöpft. Es war ein Fehler gewesen, seinen Geist vom Körper zu lösen; er hatte zuviel Energie verbraucht, und nun war ihm nicht mehr viel geblieben. Die gedankenverändernde Droge sollte eigentlich nur für einen kurzen Zeitraum benutzt werden; Baralis hatte seine Grenzen zu weit gesteckt, er hatte seinen Körper zu lange verlassen – und jetzt mußte er den Preis dafür zahlen.

Es war alles umsonst gewesen. Sie waren ihm entkommen, und was war das für eine Flucht gewesen! Nur vier Söldner waren lebend zurückgekehrt, einer von ihnen mit einem Bein, das so übel zugerichtet war, daß er niemals würde wieder laufen können. Sie hatten von einem mächtigen Wirbelwind berichtet, einem Schlag aus dem Himmel. Baralis hatte gewußt, daß irgend etwas schiefgelaufen war. Bereits Stunden bevor die Männer zurückgekehrt waren, hatte er die Nachwirkungen gespürt. Es war wieder der Bäckerjunge gewesen. Baralis hatte das Gefühl, als würde er noch bereuen, daß er den Jungen nicht umgebracht hatte, als es ihm noch möglich gewesen war.

Wer war Jack? Er war aus dem Nichts gekommen, und dennoch besaß er Kräfte, die jenseits aller Vorstellung lagen. Und da war noch mehr. Der Junge barg Geheimnisse in sich, die aufgedeckt werden mußten; Baralis hatte das deutlich gespürt, als er in Jacks Geist eingedrungen war. Viele Dinge lagen noch im Verborgenen, und schattenhafte Gestalten schützten ihn. Würde Jack bei den kommenden Ereignissen eine Rolle spielen?

Baralis massierte seine Hände. Er würde die Haut aufschneiden müssen. Warum sollte ausgerechnet ein Bäckerjunge ein solches Zerstörungspotential besitzen? Jack hatte die Wahrheit gesagt, als er behauptet hatte, er sei nicht ausgebildet worden. Seine Beschwörungen waren grob – er benutzte einen Knüppel, wo es auch ein Skalpell getan hätte. Aber diese Macht! Baralis war neidisch. Selbst jetzt konnte er noch immer die Nachwirkungen des Sturms spüren, und seine Nackenhaare richteten sich auf.

Natürlich hatte die ganze Angelegenheit auch ihre guten Seiten: Maybors Männer würden Melliandra niemals zu fassen bekommen, solange sie mit Jack reiste. Vielleicht arbeitete das Schicksal – in Gestalt des Jungen – für ihn. Nein. Baralis wußte instinktiv, wer seine Feinde waren, und dieser Bäckerjunge *war* sein Feind. Er war fest davon überzeugt. Sie würden sich wieder begegnen, und dann würde er Jack zerstören.

Feinde gehörten zu seinem Handwerk. Ehrgeiz brachte das mit sich. Selbst ehemalige Verbündete wurden häufig zu Feinden. Auch Maybor war einst Baralis' Verbündeter gewesen. Ohne die Hilfe des fetten Lords hätte König Lesketh niemals aus dem Weg geräumt werden können; aber jetzt stand der Mann kurz davor, die volle Wucht von Baralis' Zorn am eigenen Leib zu erfahren.

Oh, wie er den Mann haßte! Er hatte es tatsächlich gewagt, das Schwert gegen ihn zu erheben! Baralis verfluchte seine Schwäche. Er war unfähig gewesen, irgend etwas zu unternehmen. Maybor hätte ihn ohne Probleme töten können, und sie beide wußten es. Baralis hatte eine demütigende Schwäche gezeigt, und das gegenüber einem Mann, den er mehr als alle anderen verachtete.

Er zählte die Tage an seinen Fingern ab: weniger als eine Woche bis zum Ende der Wette. Wenigstens würde er sich in diesem Punkt auf Maybors Kosten amüsieren können. Bis dahin würde er sich darauf konzentrieren, wieder zu Kräften zu kommen. Wenn Maybor das nächste Mal mit einem Schwert auf ihn losging, würde er darauf vorbereitet sein.

Baralis rief nach Crope. Der Diener trat schwerfällig herbei, die riesigen Hände um sein geliebtes Kästchen gelegt.

»Geh ins Dorf und schau nach, ob ein paar Söldner in den Tavernen herumhängen. Ich brauche mehr Männer. Sag ihnen, ich würde sie gut bezahlen.«

»Ja, Meister.«

»Oh, und Crope! Ich möchte den Namen von Lord Maybors neuester Tändelei erfahren.« Vielleicht würde er *doch noch* seine Rache bekommen, bevor die Woche vorüber war. Maybor war ein notorischer Wüstling. Es wäre sicherlich interessant, die Hitze aus seinen Lenden zu vertreiben.

Lilly hatte einen großen Fisch an der Angel. Sie hatte geglaubt, Glück zu haben, wenn sie Kedrac ins Bett bekam, doch nun hatte sie es auf eine noch größere Beute abgesehen: seinen Vater, Lord Maybor. Sie wurde vom reichsten Mann des Landes begehrt.

Lilly wußte, wie man das Spiel spielte; sie war zur verabredeten Zeit nicht in Maybors Gemächern erschienen – sie wollte nicht allzu eifrig erscheinen. Am folgenden Tag hatte sie es so eingerichtet, daß sie sich im Garten begegneten. Der hohe Lord hatte sie angefleht, ihn in seinen Gemächern aufzusuchen, und ihr einen silbernen Armreif über die Hand geschoben. Sie hatte geantwortet, sie werde sich seinen Vorschlag durch den Kopf gehen lassen und ihre Vorliebe für Gold erwähnt.

Lilly war bereit, erneut eine Stufe in der Karriereleiter emporzuklimmen. Einst hatte sie als Melkmädchen begonnen. Mit dem Milchmeister ins Bett zu gehen hatte sie davor bewahrt, ihre Hände zu zerstören, indem sie den Kühen das Heu brachte. Statt dessen hatte sie frische Butter zu kleinen Fladen geformt, und der ständige Kontakt mit Fett hatte ihre Hände weich wie Samt werden lassen. Weich genug, um Kammerzofe einer Dame zu werden.

Kammerzofe zu werden, war ihr höchstes Ziel. Eine Kammerzofe bekleidete den höchsten Rang unter den weiblichen Hofangestellten. Man gestattete ihnen, hübsche Kleider zu tragen und ihre Haare mit Schleifen zu schmücken – ja, man erwartete es sogar. Sie begleiteten ihre Herrinnen auf Spaziergängen und wurden von allen Männern des Hofes bewundert. Lilly wußte, daß Lord Maybor die Macht besaß, sie zur Zofe zu machen. Er konnte seine Tochter oder eine andere weibliche Verwandte zwingen, sie in Dienst zu nehmen. Lilly stieg vor lauter Aufregung das Blut ins Gesicht. Sie würde kein einfaches Zimmermädchen mehr sein. Jetzt hatte das Schicksal etwas anderes mit ihr im Sinn, jetzt da sie die Aufmerksamkeit eines so mächtigen Herrn erregt hatte.

Sie hatte mit vielen kleinen Lords ein Verhältnis gehabt – jeder von ihnen hatte sie mit Geschenken überhäuft, und ein oder zwei hatten ihr sogar angeboten, ein Zimmer in der Stadt für sie einzurichten. Doch das war nicht, was sie wollte. Sie wußte, wie launisch die Begierden eines Mannes waren; den einen Tag konnten sie nicht ohne dich leben, und am nächsten war man nur noch ungeliebter Ballast. Nein, Lilly wollte mehr, als nur ausgehalten zu werden. Und sie wußte, daß sie kurz vor dem Ziel ihrer Träume stand – ein Mann war besonders großzügig, wenn er von unerfüllter Leidenschaft beherrscht wurde, und Lord Maybor war ein Mann, der es sich leisten konnte, großzügig zu sein.

Lilly hatte kaum einen Gedanken an seinen Sohn verschwendet. Als Lord ohne Land spielte Kedrac am Hof keine große Rolle, und so war es ihm unmöglich, ihr die Stellung zu verschaffen, nach der ihr verlangte. Außerdem, dachte sie verschmitzt, war er im Bett ein Versager gewesen. Sie hoffte, daß sein Vater begabter war.

Lord Maybor! Lilly hätte ihm nur einen einzigen Mann vorgezogen – den Kanzler des Königs, Lord Baralis. Lilly zuckte die Schultern. Vielleicht hatte sie nicht den mächtigsten Mann bei Hofe in der Tasche, aber zumindest hatte sie den reichsten.

Sie strich sich die goldenen Locken aus dem Gesicht und bewunderte ihr Spiegelbild in Lady Helliarnas Spiegel. Sie sah phantastisch aus. Nur das kleine Polster an ihrer Hüfte störte sie ein wenig; aber sie wußte, daß Männer gerade das besonders schätzten, und so machte sie sich keine allzu großen Sorgen. Sie lief aus dem Zimmer und hinunter in den Garten; sie rechnete damit, Lord Maybor auf seinem Nachmittagsspaziergang zu begegnen.

Lilly wurde nicht enttäuscht. Sie entdeckte den korpulenten Lord, der in einiger Entfernung mit jemandem in ein Gespräch vertieft war. Bevor sie nähertrat, zögerte sie einen Augenblick, um sicherzugehen, daß es sich bei dem Gesprächspartner nicht um Kedrac handelte. Als Maybor sie erblickte, verabschiedete er sich von seinem Gefährten und trat auf sie zu.

»Meine allerliebste Lilly.« Er hielt den Atem an. »Ich war sicher, daß du letzte Nacht zu mir kommen würdest. Als du nicht erschienen bist, war ich schwer enttäuscht.« Er ergriff Lillys Hand und küßte sie. Als er sie wieder losließ, legte er etwas Kaltes und Schweres hinein. Lilly widerstand der Versuchung nachzusehen, um was es sich handelte, und ließ den Gegenstand unauffällig in ihrem Mieder verschwinden.

»Mylord, ich fürchte, ich bin Eurer nicht würdig.« Sie senkte den Kopf und blinzelte auf eine Art, von der sie wußte, daß Männer sie unwiderstehlich fanden. »Ich bin nur ein einfaches Zimmermädchen. Ich bin es nicht wert, mit großen Herrn zu flirten.«

»Mit meinem Sohn hast du geflirtet.« Lord Maybor schienen ihre Worte nicht zu gefallen.

»Aber wir beide wissen doch, daß Ihr um soviel größer seid als er.« Lilly hatte das Richtige gesagt, denn der Lord nickte bedächtig.

»Was verlangst du von mir, mein Püppchen? Ich würde es vorziehen, du sagst mir direkt, was du willst, anstatt mit Worten herumzuspielen.« Das war zwar nicht, worauf Lilly gehofft hatte, aber sie würde diese Gelegenheit auch nicht ungenutzt verstreichen lassen.

»Ich glaube, gut genug zu sein, um Kammerzofe zu werden; meine Hände sind zart, und ich weiß, mich auszudrücken.« Lillys Augen waren so groß wie Untertassen, und sie biß sich mit gespielter Sittsamkeit auf die Unterlippe – sie war einfach unwiderstehlich.

»Also das ist es, was du willst.« Maybor lächelte befriedigt. »Und was wäre, wenn ich dir eine solche Stellung verschaffen könnte?«

»Dann wäre ich Eurer Lordschaft äußerst dankbar.« Sie machte einen Knicks und präsentierte dabei ihren Busen so gut wie möglich.

»Du bist in der Tat ein bezauberndes Mädel. Ich denke, wir werden eine angenehme Zeit miteinander verbringen.« Er legte die Hand auf ihre Wange. »Warte morgen bei Sonnenuntergang in meinem Gemach auf mich. Bis dahin werde ich dir eine Stellung als Kammerzofe verschafft haben.« Er beugte sich vor und küßte sie auf den Mund. »Bis morgen.« Lilly trat einen Schritt zurück. Sie wußte, daß die Leidenschaft eines Mannes durch nichts mehr angeregt wurde als durch vermeintliche Tugend.

Sie blickte Lord Maybor hinterher, der mit wehendem Umhang den Garten verließ. Nachdem er außer Sichtweite war, fischte Lilly sein Geschenk aus dem Mieder. Es war ein Stein: ein wunderschöner, honigfarbener Topas. Sie lachte glücklich auf und hüpfte zurück in die Burg.

Jack wachte erschrocken auf. Der Traum war schrecklich gewesen. Er setzte sich auf und schaute sich um. Er hatte keine Ahnung, wo er war. Zumindest erkannte er, daß er sich in einer Küche befand; auf dem Feuer kochte irgend etwas, und blank geputzte Kupferkessel hingen von den Sparren. Eine alte Frau betrat den Raum.

»Es wurde aber auch langsam Zeit, daß du aufwachst, junger Mann. Du hast die ganze Nacht durchgeschlafen und den größten Teil des Tages. Laß mich mal sehen, wie es deiner Schulter geht.« Die Frau beugte sich über ihn, und Jack zog die Decke hoch. »Kein Grund, schüchtern zu sein, Junge. Ich bin zu alt für so was.« Sie zog die Decke weg und schaute auf seine Schulter. Jack versuchte zu sehen, auf was sie so konzentriert starrte, aber es schmerzte ihn zu sehr, den Kopf zu bewegen. »Beide verheilen gut. Ich hab' verdammt gute Arbeit geleistet, wenn ich das sagen darf.« Die Frau ging zum Feuer. »Ich nehme an, du hast Hunger. Ich mache dir eine Schüssel Semmelknödelsuppe.«

»Wer seid Ihr?« Jack versuchte, sich ins Gedächtnis zurückzurufen, wie er hierhergekommen war. Aber er konnte sich nur noch erinnern, von Baralis' Männern verfolgt worden zu sein und daß Melli von einem Pfeil getroffen worden war. »Wo ist Melli?« Er versuchte aufzustehen, doch seine Beine waren zu schwach.

»Beruhige dich, Junge. Das Mädchen ist draußen, um ein wenig frische Luft zu schnappen.«

»Wie geht es ihr?« Er konnte sich nur allzu gut an den Pfeil in Mellis Arm erinnern.

»Oh, Ihr geht's gut. Sie hat sich wesentlich besser erholt als du. Bei ihr ist der Pfeil ohne Probleme rausgegangen.« Die Frau reichte Jack eine Schüssel Suppe. »Hier, Junge, iß das. Du mußt wieder zu Kräften kommen.«

Jack nahm die Schüssel und begann zu essen. Er versuchte, sich ins Gedächtnis zurückzurufen, was nach Mellis Verwundung geschehen war. Er war wütend geworden – wütend darüber, gejagt zu werden, wütend darüber, getroffen worden zu sein ... und außer sich vor Zorn, als ein Pfeil in Mellis Arm eingedrungen war. Im Geiste sah er Bilder der Zerstörung; Männer, die von ihren Pferden geworfen wurden, entwurzelte junge Bäume. Diese Gedanken verwarf er; das war Teil seines Alptraums gewesen. Wie war er hierhergekommen? Wie hatten sie es geschafft, den Söldnern zu entfliehen?

»Hallo, Jack.« Melli trat durch die Tür. »Wie geht es dir?

»Was ist passiert …« Jack wußte nicht, was für ein Tag es war.

»Meinst du nach dem Jagdunfall?« Melli schien erleichtert zu sein, seine Stimme zu hören. Sie warnte ihn mit einem Blick, ihr nicht zu widersprechen. »Nun, ich glaube, du hast einen Schock gehabt. Schließlich hast du eine Menge Blut verloren. Wir waren zu weit weg von zu Hause, aber es ist mir gelungen, dich hierher zu bringen, und die nette Dame hier hat uns ihre Hilfe angeboten.«

»Wo sind wir?«

»Oh, nicht weit weg von der Oststraße.«

Jack konnte kaum glauben, was er soeben gehört hatte. Als die Söldner sie angegriffen hatten, waren sie meilenweit von der Straße entfernt gewesen. Wie hatte Melli es geschafft, ihn so weit zu schleppen? Die alte Frau hatte offenbar beschlossen, ihre Gäste allein zu lassen, damit sie ungestört reden konnten. Sie verabschiedete sich und murmelte irgend etwas von wegen ›Schweine füttern‹.

»Sag mir, was passiert ist, Melli.« Jack blickte sie an. Melli konnte ihm nicht in die Augen sehen.

»Ich weiß nicht, was passiert ist. Im einen Augenblick wurden wir gejagt, und dann …« Sie gestikulierte mit der Hand. »… und dann war da nur noch Chaos. Es war eine Art Windstoß, der alle von den Pferden riß.«

»Und mit uns? Was ist mit uns geschehen?« Jack begann zu zittern, als sein Alptraum Realität wurde. »Melli, was ist mit uns geschehen?«

»Wir sind davon nicht berührt worden.« Sie blickte zu Boden.

Die Wahrheit schwebte unausgesprochen zwischen ihnen. Beide wußten ganz genau, was geschehen war. Jack hielt die Zeit für gekommen zu akzeptieren, was er war. Er war mehr als nur ein einfacher Bäckerjunge; da war eine Macht, die ihn aus der Menge heraushob. Auch wenn er nicht darum gebeten hatte, so mußte er doch mit den Konsequenzen leben. Zweimal hatte er etwas geschehen lassen, zweimal hatte er den Lauf der Dinge verändert. Und jetzt klebte Blut an seinen Händen.

»Jack, wir werden von hier fortgehen«, sagte Melli, als hätte sie seine Gedanken gelesen. »Wir gehen irgendwohin weit weg, wo Baralis uns nicht finden kann.« Sie hielt einen Augenblick inne und dachte nach. »Wir gehen nach Bren. Dort kannst du ein neues Leben beginnen.«

»Und was wird aus dir, Melli? Du bist nicht für diese Art des Reisens geboren, ohne Geld und ohne zu wissen, wohin es geht. Was würde in Bren aus dir werden?« Jacks Stimme klang härter, als er beabsichtigt hatte. Melli war verärgert.

»Ich könnte dich bis Annis begleiten. Meine Familie hat Verwandte dort.« Melli sprach in verbissenem Tonfall. »Sie werden mich schon aufnehmen; schließlich bin ich meinen eigenen Leuten nicht viel wert.«

»Wer ist deine Familie, Melli?«

»Mein Vater ist Lord Maybor.« Ihr Blick war kalt. Jack versuchte, seine Überraschung zu verbergen. Er hatte gewußt, daß Melli eine Adelige war, aber er hätte niemals damit gerechnet, daß sie aus einer so reichen und einflußreichen Familie stammte. Oft hatte er sagen hören, Lord Maybor sei ein Favorit der Königin. Melli riß ihn aus seinen Gedanken. »Wo wir gerade dabei sind, Geheimnisse auszutauschen, Jack ... Sag mir, warum Baralis hinter dir her ist.« Sie senkte die Stimme und betonte jedes einzelne Wort. »Oder habe ich den Grund dafür vielleicht schon vor zwei Tagen im Wald gesehen?«

Jack wußte nichts darauf zu erwidern, doch sein Schweigen war Antwort genug. Mellis Gesichtsausdruck wurde weicher. Sie trat an die Pritsche und kniete neben ihm nieder. Dann ergriff sie seine Hand und küßte sie. »Es tut mir leid. Da verliere ich einfach die Beherrschung, wo du doch Ruhe brauchst.« Sie war so wunderschön: ihre Haut so bleich wie Frühlingsbutter und ihr Haar so schwarz wie die Winternacht. Allein sie anzuschauen, ihre Hand in der seinen zu spüren, schien Jack das Geschehene wert zu sein – oder zumindest hätte es das, wenn er nicht gerade erfahren hätte, daß er zum Mörder geworden war. Falk hatte recht gehabt; sein Leben würde nicht einfach werden.

»Schäm dich, Mädchen! Du hast den Jungen ganz aus der Fassung gebracht.« Die alte Frau kam herein, und Jack fragte sich, ob sie an der Tür gelauscht hatte.

»Mir geht es gut, wirklich. Melli hat mich nicht gestört. Ich fühle mich sogar wieder in der Lage, aufzustehen und mir ein wenig die Beine zu vertreten.« Er drückte kurz Mellis Arm.

»Nein, das wirst du nicht! Ich habe gerade ein wenig Schweinefett vorbereitet, daß in deine Schulter gerieben werden muß.«

»Das kann ich doch tun«, meldete sich Melli mit einem schelmischen Grinsen auf den Lippen.

»O nein, das wirst du auf gar keinen Fall, Mädchen. Ich habe dich heute morgen dabei beobachtet, wie du Knödel gerollt hast. Ehrlich gesagt glaube ich nicht, daß du der Schulter des Jungen Erleichterung verschaffen kannst, wenn es dir noch nicht mal gelingt, einen einfachen Knödel zu formen.« Melli lief rot an. »Wenn du dich nützlich machen willst, dann putz den Kohl da drüben. Wir brauchen ihn, um die Brühe anzudicken.«

Die Frau schlug Jacks Decke beiseite und bat ihn, sich nach vorne zu beugen. Dann tauchte sie die Hand in das Schweinefett und verteilte es auf der verwundeten Schulter. Das Fett war noch warm, und während sie es ins Fleisch rieb, massierte die alte Frau die darunterliegenden Muskeln.

»Das bewahrt deine Schulter davor, steif zu werden.

Ich habe einmal einen Mann gesehen, dem man den Arm bei einer Kneipenschlägerei aufgeschlitzt hat. Die Wunde war eigentlich gar nicht so schlimm. Sie hat nur ziemlich geblutet. Sie ist auch schnell und sauber verheilt und hat keine Narbe hinterlassen; aber der Arm ist steif geblieben. Er konnte ihn nie wieder bewegen. Natürlich hat er alles mögliche versucht, doch es war zu spät. Er hätte es erst gar nicht so weit kommen lassen dürfen.« Sie beendete ihre Arbeit. »So! Das sollte für den Augenblick reichen.«

»Danke.« Jack konnte seinen Kopf wieder drehen, und seine Schulter schmerzte schon weniger als noch vor ein paar Minuten. »Danke für alles, was Ihr für uns getan habt.«

»Mir mußt du nicht danken, Junge. Ich habe dich nur aus Angst um mich selbst aufgenommen.« Jack blickte die alte Frau verdutzt an. »Dann hat deine Freundin es dir also nicht gesagt, oder? Ich bin allein auf dem Hof. Ich habe weder einen Mann noch einen Sohn.«

Jack verstand sofort. »Ihr habt Angst, wir könnten Euch an die Behörden verraten?«

»Zunächst hatte ich das wirklich befürchtet. Deine Freundin hat eine ziemlich resolute Art, aber jetzt fühle ich mich schon sicherer. Um ehrlich zu sein, genieße ich es sogar, mich um jemanden kümmern zu können – manchmal kann die Gesellschaft von Schweinen ein wenig langweilig werden.« Die Frau lächelte und entblößte große, ebenmäßige Zähne. Sie trat ans Feuer und begann erneut, die Suppe umzurühren. »Ihre Gesellschaft mag vielleicht langweilig werden, aber niemals ihr Fleisch.« Mit diesen Worten warf sie einen Schweinefuß in den Topf.

Nachdem Melli den Kohl ruiniert hatte, wandte sie sich an die Frau. »Wißt Ihr, wie weit es nach Br ...«

»... nach Bresketh ist?« Jack war ihr gerade noch rechtzeitig ins Wort gefallen. Es war mit Sicherheit nicht klug, der Frau zu sagen, in welche Richtung sie zogen.

Natürlich mißtraute er ihr nicht; er wollte ihr nur keine zusätzliche Last auferlegen. Sobald Baralis entdecken würde, daß sie hier gewesen waren – und Jack wußte, daß er das herausfinden würde –, würde er die Frau befragen. In diesem Fall war es besser, sie wußte so wenig wie möglich, sonst würde Baralis es um jeden Preis aus ihr herausholen.

»Ich habe noch nie von Bresketh gehört. Hier in der Nähe kann es nicht sein.« Die Frau runzelte verwirrt die Stirn.

»Es liegt südlich von hier«, erklärte Melli. Jack war erfreut, daß sie sich ohne Zögern auf sein Spielchen eingelassen hatte. Natürlich gab es keinen Ort namens Bresketh.

»Ihr wollt also nach Süden?«

»Ja, und zwar so bald wie möglich. Wir wollen Euch nicht länger als nötig zur Last fallen.«

»Ihr seid keine Last, Junge. Es ist schon lange her, daß ich Gesellschaft am Tisch gehabt habe. Ich hatte schon ganz vergessen, wieviel Spaß das macht. Mein Mann ist schon vor vielen Jahren gestorben, und ich habe auch nicht mehr lange. Ich habe ein gutes Leben, Essen, ein Dach überm Kopf, Wärme, und doch habe ich erst heute erkannt, was ich alles versäumt habe. Ich hatte weder Kind noch Freund, noch Nachbar – aufgrund der Umstände mußte ich den Kontakt zu anderen meiden. Nein, Junge, ihr seid keine Last.« Die alte Frau wandte ihre Aufmerksamkeit wieder der Suppe zu.

Bewegt durch diese Worte tauschten Jack und Melli einen vielsagenden Blick aus. Jack wünschte beinahe, sie könnten bleiben. Er hatte das Gefühl, schon ewig auf der Flucht zu sein, und auch die Zukunft versprach keinen Frieden. Die Küche der alten Frau war warm und ruhig – es würde ihm schwerfallen zu gehen. »Morgen müssen wir aufbrechen.« Er sprach sanft und leise.

»Bleibt noch einen Tag länger, Junge. Gebt euren Wunden noch etwas Zeit zu verheilen. Wenn ihr zu früh geht, werden sie wieder aufbrechen und von neuem zu bluten beginnen. Außerdem benötigt ihr auch Kleidung und Proviant für die Reise. Und so etwas braucht seine Zeit, um vorbereitet zu werden.« Die Frau lächelte schwach, und Jack gab nach.

»Also gut, wir bleiben noch einen Tag länger.«

Kapitel Dreiundzwanzig

Baralis war ein wenig besorgt. Er wartete bereits seit Tagen auf einen Brief des Herzogs von Bren; sicherlich hätte der Herzog sich zumindest über die Verzögerung bei der Hochzeit beschwert. Baralis hoffte, das Schweigen des Herzogs bedeutete nicht, daß er das Interesse an der Verbindung verloren hatte. Er hätte dem Mann keinen Vorwurf machen können; seit nunmehr sechs Monaten wartete er darauf, daß die Vermählung endlich stattfinden würde, und der Herzog von Bren war nicht gerade als geduldiger Mann bekannt.

Aber er *war* ehrgeizig. Baralis lächelte schwach. Der Herzog von Bren war ebenso erpicht auf diese Ehe wie er. Es gab keinen geeigneteren Ehemann für seine Tochter als Prinz Kylock, den Erben der Vier Königreiche. Der unglückliche Herzog war nicht mit einem Sohn gesegnet worden, und so hoffte er, einen im Gatten seiner Tochter zu finden. Da der Herzog keinen männlichen Erben besaß, versuchte er, seine Position durch ein Bündnis mit den Vier Königreichen zu festigen – mit einem mächtigen Prinzen an der Seite seiner Tochter würden seine Feinde es nicht mehr wagen, ihn herauszufordern. Sobald seine Tochter ihm einen Enkel geschenkt hatte, war seine Stellung als Souverän garantiert. In der Zwischenzeit gedachte er, seine Herrschaft mit Hilfe der Vier Königreiche zu sichern.

Die Heirat seiner Tochter mit einem Prinzen brachte den guten Herzog einen Schritt näher an den Königstitel heran, und er war besessen davon, König zu werden.

Er wollte Land, aber es gelüstete ihn nach einer Krone. Oh, natürlich könnte er sich bereits jetzt zum König ausrufen lassen – er wäre nicht der erste, der diesen Schritt gewagt hätte –, aber er würde sich der Lächerlichkeit preisgeben, sollte der Anspruch nicht von seinen Lords unterstützt werden. Der Herzog mußte sich die Loyalität seiner Fürsten erkaufen, und Land war die Währung der Könige.

Handel war eine nützliche Dreingabe. Inzwischen kontrollierten die Ritter sämtliche Handelswege im Nordosten, und Tyren und der Herzog zogen gemeinsam ihren Nutzen daraus. Es war eine angenehme, kleine Partnerschaft; der Herzog gewährte den Rittern das Monopol auf bestimmte Waren, und im Gegenzug verlangte er, an den Profiten beteiligt zu werden. Doch heutzutage ließ sich der Herzog immer öfter in Kriegern statt in Gold bezahlen, und so waren die Ritter von Valdis mittlerweile zu einem vertrauten Anblick auf den Schlachtfeldern von Bren geworden.

Bald würde auch Baralis an den lukrativen Geschäften im Nordosten teilhaben. Die Königin würde die Wette verlieren und wäre gezwungen, der Ehe zuzustimmen. Baralis glaubte nicht, daß sie sich der Verbindung widersetzen würde, denn sie würde dem Hof von Harvell Ruhm und Ehre bringen. Und, was noch wichtiger war, die Heirat würde einen gefährlichen Rivalen zu einem wertvollen Verbündeten machen. Selbstverständlich würde die Königin zunächst vorgeben, die Ehe zu mißbilligen – und wenn nur aus dem einen einzigen Grund, daß sie Baralis abgrundtief haßte und daß es sie ärgerte, auf seinen Rat hören zu müssen.

Aber Baralis hatte noch ein oder zwei Trümpfe in der Hinterhand, die der Königin die Entscheidung leichter machen würden. Er durchsuchte eine der Schubladen seines Schreibtischs und hatte bald gefunden, was er suchte: ein Porträt … eine Miniatur, nicht größer als eine Münze. Es war das Bild eines jungen Mädchens, eines Mädchens von solcher Schönheit, daß selbst Baralis nicht umhin konnte, sie zu bewundern: wohlproportioniert, goldene Locken, samtweiche Wangen und unglaublich schmale und doch volle, rosa Lippen. Die Verkörperung der Unschuld. Baralis hielt ein Bildnis der Tochter des Herzogs von Bren in Händen: Katharina.

Baralis wußte, daß die Königin ihre Vorbehalte vergessen würde, wenn sie erst einmal einen Blick auf dieses Bild geworfen hatte. Sie würde der Schönheit des Mädchens erliegen. Wer konnte in ein solch engelgleiches Gesicht blicken, ohne davon berührt zu werden? Natürlich konnte die Königin die Echtheit des Bildes in Frage stellen – viele Porträtmaler pflegten, die Vorzüge ihrer Modelle zu übertreiben. Doch Baralis besaß einen Brief des Herzogs, in dem dieser schwor, das Bild sei eine realistische Darstellung seiner Tochter.

Im Gegenzug hatte Baralis ein Bild von Prinz Kylock in Auftrag gegeben. Der Maler hatte sich nur die Freiheit genommen, ein Lächeln auf das Gesicht des jungen Mannes zu zaubern. Dem darauffolgenden Brief des Herzogs nach zu urteilen, hatte Katharina ihren künftigen Gemahl als äußerst attraktiv empfunden.

Baralis beschloß, dem Herzog noch heute zu schreiben und ihm zu versichern, daß die Hochzeit innerhalb eines Monats stattfinden würde. Er würde das Schreiben per Eilkurier schicken; doch selbst dann würde es drei Wochen dauern, bis der Brief Bren erreichte.

Das Erscheinen seines Dieners Crope riß Baralis aus seinen Gedanken. »Was willst du, du degenerierter Trottel?«

»Fühlt Ihr Euch besser, Meister?«

»Ich habe keine Zeit, Höflichkeiten mit dir auszutauschen, Crope. Ich habe wichtigere Dinge im Kopf. Und jetzt sag, was du willst, und dann mach, daß du fortkommst!«

»Ich war in einem Gasthof in der Stadt und habe dort mit ein paar Söldnern gesprochen. Sie sagten, sie wollten erst die Farbe Eures Geldes sehen, bevor sie sich auf irgend etwas einlassen würden.«

»Ja, ja, von ihrer Sorte ist nichts anderes zu erwarten. Ich werde mich morgen vor dem Eingang der Zuflucht mit ihnen treffen. Leite alles Entsprechende in die Wege.«

»Ja, Meister. Da ist noch etwas anderes.«

»Was?«

»Ihr habt mich gebeten, etwas über ...« Crope hielt inne und suchte nach dem richtigen Wort.

»... etwas über die neue Schlampe herauszufinden, mit der Maybor gerade ins Bett steigt«, half ihm Baralis auf die Sprünge. »Sprich weiter.«

»Ich bin ihm in den Garten gefolgt und habe gesehen, wie er sich mit einer Dame unterhalten hat.«

»Hm, wenn ich Maybors Geschmack richtig einschätze, war deine Bezeichnung wohl ein wenig zu edel.«

Baralis' Humor war an Crope verschwendet. »Nun«, der Diener hielt erneut inne, um nachzudenken, »die Dame hat zugestimmt, bei Sonnenuntergang in Maybors Gemächern zu warten.«

»Heute nacht?« Crope nickte. »Bist du sicher?« Wieder nickte Crope. »Wer ist die Frau?«

»Ihr Name ist Lilly. Sie ist das Zimmermädchen von Lady Hel ...« Crope kämpfte mit der Aussprache.

»Lady Helliarna. Ich kenne das Zimmermädchen, von dem du sprichst. Die kleine Hexe hat mir schon manches Mal einen verführerischen Blick zugeworfen.« Baralis stand auf und dachte eine Weile nach. Maybor mußte eine Lektion erteilt werden, weil er es gewagt hatte, ein Schwert gegen ihn zu ziehen. Und nach Baralis' Erfahrung waren optisch eindrucksvolle Lektionen die besten. »Denk ganz genau nach, bevor du antwortest, Crope: hat Lord Maybor gesagt, er würde in seinem Gemach auf sie warten?«

»Nein, Meister. Maybor hat gesagt, *sie* solle auf *ihn* warten.«

»Nun gut. Ich erkläre dir jetzt, was du zu tun hast. Weißt du, wie man die Geheimgänge nutzt, um in Maybors Gemächer zu gelangen?«

»Ja, Meister.«

»Gut. Ich möchte, daß du dort bist, wenn das Mädchen erscheint. Aber vergewissere dich vorher, daß Maybor nicht anwesend ist ...«

Tavalisk murmelte die entsprechenden Worte und vollführte die Gesten, die man von ihm erwartete – er segnete die See von Rorn. Jedes Jahr füllte man eine Schale mit Meerwasser aus der Bucht. Dann trug man sie feierlich zum Palast des Erzbischofs, wo sie gesegnet wurde. So wurde das Wasser mit dem Heiligen Geist geweiht. Anschließend brachte man das geweihte Wasser zurück ans Meer, und ein speziell für diesen Zweck ausgewählter Mann schüttete es wieder in die dunklen Fluten.

Dieses Ritual wurde bereits seit Jahrhunderten in Rorn praktiziert. Die Menschen glaubten, das geweihte Wasser verteile sich im Meer und bringe reichen Fang und ruhige See. Tavalisk zweifelte an der Effektivität solcher Zeremonien, aber in seiner Eigenschaft als Erzbischof erwartete man von ihm, daß er eine lange Liste religiöser Rituale absolvierte.

Er wußte, daß er ein glücklicher Mann war. Seit er zum Erzbischof ernannt worden war, erlebte Rorn eine Zeit blühenden Wohlstands. Die verschiedenen Schwierigkeiten, die von Zeit zu Zeit überall auf der Welt auftraten – so wie die Pest in Marls oder das Hochwasser des Silbur –, nutzten Rorn sogar, denn sie förderten die Wirtschaft. Wenn ein Mann sein Geld möglichst sicher anlegen wollte, riet man ihm, sein Vermögen in Rorn zu investieren: Rorn war die stabilste und reichste Stadt des Südens – eine Zuflucht für die Wohlhabenden.

Selbstverständlich wurde besonders der Erzbischof für seine Verdienste um den Wohlstand der Stadt geehrt. Er war es, der das Meer segnete, er war es, der die Handelsschiffe segnete, und er war es, der alles segnete, von den Pfandleihern bis hin zu den Hafenarbeitern.

Die Menschen liebten ihn; ihre Dankbarkeit kannte

keine Grenzen. Eine bestimmte Tradition mochte Tavalisk ganz besonders. Wenn ein Händler oder Kaufmann ein gutes Jahr hatte, erwartete man von ihm neben den üblichen Steuern und Abgaben auch eine beträchtliche Spende an die Kirche zu entrichten. Diese Spenden nannte man ›des Erzbischofs Börse‹, und genau dort landeten sie auch. Die Ironie war jedoch, daß die Menschen, die sich ansonsten ständig über zu hohe Steuern beschwerten, *freudig* in des Erzbischofs Börse zahlten. Sie glaubten, das bringe Glück für das kommende Geschäftsjahr.

Nachdem er das Wasser geweiht hatte, verbeugte sich Tavalisk vor den Priestern und ging hinaus. Er war begierig, in seine Gemächer zurückzukehren, um Marods Prophezeiung in allen Einzelheiten zu studieren.

Auf dem Weg dorthin kam er durch einen hohen Korridor, dessen Seiten mit marmornen Putten verziert waren. Tavalisk bewunderte ihre Schönheit, als er hinter sich demütige Schritte vernahm.

»Gamil, bleibe ich denn nirgends von deinem unangenehmen Anblick verschont?«

»Es tut mir leid, Euch stören zu müssen, Euer Eminenz.« Gamil mußte laufen, um das Tempo des Erzbischofs zu halten.

»Was bringst du mir heute für Neuigkeiten?«

»Marls hat die Ritter gebannt!«

»Haben sie bereits begonnen, sie aus der Stadt zu jagen?« Rorn hatte selbst gerade erst begonnen, aktive Maßnahmen gegen die Ritter in der Stadt einzuleiten. Jeder, der die Behörden über den Aufenthaltsort eines Ritters informierte, konnte mit einer Belohnung von fünf Silberstücken rechnen. Daraufhin war das Chaos ausgebrochen, weil eine Hälfte der Stadt versuchte, die andere zu denunzieren. Eine Praxis im besonderen amüsierte Tavalisk: Fremde wurden niedergeschlagen, und während sie betäubt waren, brannte man ihnen das Zeichen von Valdis ein und übergab sie anschließend den Behörden. Fünf Silberstücke stellten einen beachtlichen Anreiz für die einfallsreichen Bürger von Rorn da. Tavalisk kümmerten solche Dinge nicht; je mehr Ritter ausgewiesen wurden, egal ob echt oder nicht, desto mehr würde sich Valdis ärgern.

»Nein, Euer Eminenz, man gestattet den Rittern nicht mehr, die Stadt zu betreten, aber die Ausweisung der dort lebenden hat noch nicht begonnen.«

»Was ist mit Toolay?«

»Toolay schwankt noch.«

»Toolay hat noch nie Rückgrat gezeigt. Gibt es Nachrichten aus Camlee?«

»Camlee hält sich noch zurück, Euer Eminenz. Vielleicht werden sie auch gar nichts unternehmen; immerhin leben sie im Schatten von Valdis.«

»Ich glaube nicht, daß der Schatten von Valdis noch so weit reicht wie früher, Gamil.«

»Da habt Ihr sicher recht, Euer Eminenz. Valdis ist nicht mehr so mächtig wie früher, aber es wäre unklug, die Ritter zu unterschätzen.«

»Gamil, ich habe es mir zum Grundsatz gemacht, nichts und niemanden zu unterschätzen. Du mußt mich nicht über Strategie belehren.« Tavalisks Gedanken kehrten immer wieder zu Marods Prophezeiung zurück. Welche Rolle die Ritter in diesem Zusammenhang spielten, war nach wie vor unklar; auf jeden Fall wurde immer deutlicher, daß ihre Ausweisung richtig gewesen war.

Drei mächtige Männer hatten ihren Blick auf das Land und den Wohlstand anderer gerichtet: der Herzog von Bren gierte nach Land; innerhalb der letzten zehn Jahre war seine Bevölkerung auf das Doppelte angewachsen, und seine Untertanen verlangten nach mehr Acker- und Weideland. Der Herzog glaubte, Bren zum Königreich erklären zu können, wenn er es nur groß genug machen würde. Annis und Highwall, ganz zu schweigen von Ness und den Vier Königreichen, verfolgten den Ehrgeiz des Herzogs mit wachsender Sorge.

Natürlich würden sich die Vier Königreiche nicht

mehr lange sorgen müssen. Bald würden sie fest mit Bren verbunden sein. Baralis hatte dafür gesorgt. Er war der zweite Mann, Sohn eines Bauern aus Leiss. Machtgier hatte ihn zum Kanzler des Königs gemacht, und sein Ehrgeiz schrie nach mehr. Zauberei und Intrigen waren seine Waffen – Tavalisk konnte über Baralis' wahre Pläne nur Vermutungen anstellen.

Schließlich war da noch Tyren, Großmeister der Ritter von Valdis. Geldgier war sein größtes Laster. Er war ein scharfsinniger Geschäftemacher. Er bemächtigte sich der Handelsrouten im Norden, während er sich gleichzeitig um die Freundschaft der Mächtigen bemühte. Städte in kälteren Klimaten waren durch theatralische Gesten der Frömmigkeit leicht zu beeindrucken. Im Süden jedoch war Tyrens Taktik erfolglos gewesen. Er hatte versucht, im Handel mit so erlesenen Waren wie Seide oder Gewürzen Fuß zu fassen, aber man hatte ihn zurückgewiesen. Die Kaufleute von Rorn und Marls betrachteten die Ritter mit Mißtrauen. Alle hatten sie die Gerüchte über Korruption und Intrige gehört, die der Erzbischof so gewissenhaft in die Welt gesetzt hatte.

Die Lage in der bekannten Welt wurde gefährlich instabil. Ärger bahnte sich an, und wirtschaftliche Interessen und politischer Ehrgeiz waren die Gründe dafür … Oder Geld und Macht, wenn man die Motive beim Namen nennen wollte. Tavalisk lächelte süßlich. »Ah, Gamil, nichts ist anregender als die Faszination der Intrige.«

»Die taktischen Fähigkeiten Eurer Eminenz werden allerorts bewundert.«

»Das werden sie in der Tat, Gamil. Wer weiß, vielleicht wird sich in den kommenden Monaten mein Ruhm noch weiter verbreiten.« Der Erzbischof war inzwischen ausgesprochen gut gelaunt. Er freute sich darauf, seine Intelligenz mit den Männern des Nordens zu messen. Er würde sich ihnen mehr als nur als ebenbürtig erweisen!

»Gibt es irgendwelche Neuigkeiten über unseren Ritter?«

»Er hat Toolay vor einigen Tagen verlassen, Euer Eminenz. Er und der Junge sind mittlerweile beritten. Sie ziehen nach wie vor nach Norden.«

»Sobald er in Ness ankommt, möchte ich, daß man jeden seiner Schritte überwacht. Bevlin lauert nicht weit von Ness. Wenn unser Ritter ihn besucht, will ich sofort davon erfahren.«

»Wie Euer Eminenz wünscht.«

Sie erreichten die Gemächer des Erzbischofs. Tavalisk öffnete die Tür und hielt Gamil davon ab, ihm zu folgen. »Du darfst dich jetzt entfernen, Gamil.«

»Aber, Euer Eminenz, wir haben noch einiges zu besprechen.«

»Langweile mich mit deinen Berichten ein anderes Mal, Gamil. Ich beabsichtige jetzt zu speisen, und zwar *allein*. Wenn du dich nützlich machen willst, dann geh zurück in die Kapelle. Ich glaube, ich habe meine Handschuhe dort vergessen.« Tavalisk blickte seinem Sekretär hinterher, der sich auf den langen Weg zurück zur Kapelle machte. Nachdem er außer Sichtweite war, zog der Erzbischof seine Handschuhe aus der Tasche und verriegelte die Tür.

In letzter Zeit hatte Tawl viel über den Erzbischof von Rorn nachgedacht. Warum hatte solch ein mächtiger Mann sich die Mühe gemacht, ihn einzusperren und zu foltern? Er war ein Ritter, das stimmte. Aber warum ausgerechnet er? In Rorn gab es viele Ritter: manche überprüften die einlaufenden Schiffe auf illegale Waren, ein paar dienten als Abgesandte oder Kuriere, und andere waren lediglich auf der Durchreise. Warum also hatte der Erzbischof beschlossen, ausgerechnet *ihn* einzukerkern? Er war an keiner politischen Intrige beteiligt, und er war kein Spion – aber warum war man ihm gefolgt? Tawl seufzte. Und warum folgte man ihm noch immer?

Seit der Abreise aus Rorn hatte er häufig bemerkt, daß er beobachtet wurde. Wenn er und der Junge durch ein Dorf ritten – egal wie klein es auch sein mochte –, hatte Tawl stets das Gefühl, irgendeiner der Dörfler würde sich ihr Vorbeikommen notieren. In Toolay war er sogar ziemlich sicher gewesen, daß man ihnen während ihres Aufenthaltes in der Stadt ständig gefolgt war.

»Was weißt du über den Erzbischof von Rorn?« fragte Tawl den Jungen.

»Er ist verdammt gerissen und aalglatt, und das ist die Wahrheit.«

»Natürlich ist er in der Stadt gut gelitten. Alle sagen, seit seinem Amtsantritt würde Rorn in einem Wohlstand leben, wie ihn die Stadt nie zuvor gekannt habe.«

»Was hat er gemacht, bevor er Erzbischof geworden ist?«

»Das weiß niemand so genau. Allem Anschein nach hat er keine gewöhnliche Karriere durchlaufen, du weißt schon, Priesterseminar und so'n Zeug. Er ist einfach aufgetaucht und hat die Macht übernommen. Ich weiß allerdings nicht viel darüber; schließlich war das vor meiner Zeit.« Der Junge lenkte sein Pony um einen Haufen Steine herum; sein Reitstil hatte sich bereits erheblich verbessert. »Aber *was* ich weiß, ist, daß er unglaublich reich ist. Ein Freund und ich sind mal in sein Haus eingestiegen. Das liegt in der Nähe von dem Ort, wo du deinen ersten Brief abgeliefert hast. Erinnerst du dich?« Tawl nickte.

»Nun, wir wollten ein wenig die Gegend auskundschaften … Ich war nicht immer Taschendieb; früher habe ich für einen Mann gearbeitet, der Häuser ausplünderte. Ich stieg als erster ein und schaute nach, ob sich die Beute lohnte. Ist ja auch egal, auf jeden Fall bin ich damals ins Haus des Erzbischofs eingestiegen, hübsches Gebäude, war auch gar nicht mal so schwer. Drinnen habe ich meinen Augen nicht mehr getraut: da waren Zimmer voller Gold, Silber, Diamanten und Edelsteine. Unermeßliche Schätze – Gemälde, fein gearbeitete

Möbel, Schmuck, Wandteppiche, alles was du dir nur vorstellen kannst. Bis unter die Decke war alles voll damit. Das ganze Ding war ein einziges großes Warenhaus voller Beute.

Ich brauche dir ja wohl nicht zu sagen, daß ich ziemlich aufgeregt war. Ich habe mich wieder rausgeschlichen und meinem Freund ein Zeichen gegeben. Er wollte gerade loslegen, als ein Mann in einer dieser merkwürdigen Sänften ankam. Er stieg aus, und wir erkannten, daß es der Erzbischof war. Sein Profil ist wirklich nicht zu verkennen. Und dann ist er in genau das Haus gegangen, das wir gerade ausplündern wollten.

Als mein Mann erkannte, wessen Haus das war, hat er sich zurückgezogen. Niemand legt sich freiwillig mit dem Erzbischof an.«

»Du glaubst also, das ganze Zeug gehörte ihm?«

»Na, dem Müllmann wird's wohl kaum gehören.« Schnapper grinste verschmitzt. »Natürlich war das die Beute des Erzbischofs. Noch bevor ich überhaupt geboren war, hat er schon den Rahm der Stadt abgeschöpft.«

»Dann hat er in Zukunft ja keine Geldsorgen mehr. Soviel ich weiß, wird ein Erzbischof auf Lebenszeit ernannt.« Tawl versuchte sich an seinen Geschichtsunterricht zu erinnern.

»Das hat die Leute von Rorn noch nie davon abgehalten, jemanden loszuwerden, den sie nicht mochten. Ihre gewalttätige Natur ist weithin bekannt. Man hat schon manchen Erzbischof aus der Stadt gejagt; einigen hat man sogar den Kopf abgeschlagen.«

»Es scheint, als sei der Erzbischof ein nachtragender Mann.« Vor seinem geistigen Auge sah Tawl das Bild des alten Mannes, der in den Sand zu seinen Füßen trat. Sand, wo einst ein See gewesen war.

»Das ist wohl wahr, Tawl. Ich habe gehört, er habe einen seiner Diener mitsamt der Familie totschlagen lassen, nur weil dessen Frau ihren Freundinnen erzählt hatte, der Erzbischof sei ein Vielfraß.«

»Also hat der Erzbischof Mittel, um herauszufinden, was man in der Stadt über ihn redet, oder?«

»Weißt du denn gar nichts über Rorn?« Schnapper schüttelte mitleidig den Kopf. »Die ganze Stadt ist voll mit Tavalisks Spionen. Man sagt, wenn du nicht für den Erzbischof spionierst, dann bist du es, der ausspioniert wird.«

»Woher weißt du so viel?«

»Ich höre zu und lerne. Die meisten beachten ein Kind nicht, das irgendwo in der Ecke hockt; sie reden, als wäre ich gar nicht da.« Plötzlich machte der Junge ein beleidigtes Gesicht. »Du hältst mich doch wohl für keinen Spion, oder?«

»Es ist mir schon mal durch den Kopf gegangen.« Tawl wandte sich von Schnapper ab, um sein Lächeln zu verbergen.

»Wenn du glaubst, ich sei ein Spion, dann reite ich sofort wieder zurück nach Rorn.« Schnapper brachte sein Pony auf eine wenig elegante Art zum Stehen und erklärte entrüstet: »Nach allem, was ich für dich getan habe, hast du den Nerv, mich einen Spion zu nennen. Vergiß nicht, daß ich dir das Leben gerettet und dich mit Geld versorgt habe.«

»Ich habe nie gesagt, du seist ein Spion; ich habe nur gesagt, es sei mir schon mal durch den Kopf gegangen. Ich hätte gelogen, wenn ich etwas anderes behauptet hätte. Du kannst entweder zurück nach Rorn gehen oder mir folgen. Ich habe weder die Zeit noch die Lust, mit dir zu streiten.«

Tawl trieb sein Pferd an und ließ Schnapper stehen. Wenige Sekunden später hörte er Schnappers Stimme.

»Also gut, ich folge dir.« Und einen weiteren Augenblick später: »Warte auf mich!«

Sie ritten noch einige Meilen weiter, bis sie gegen Mittag ein mittelgroßes Dorf erreichten. Der Ort machte einen angenehmen Eindruck, und so entschied Tawl, daß sie heute statt ihrer üblichen Kost aus Trockenfleisch und Keksen eine warme Mahlzeit in einem Gasthof zu sich nehmen würden.

Der Gasthof war klein, aber sauber, und der Boden war mit frischen Binsen eingestreut. Ein paar einheimische Männer standen in einer Gruppe beisammen, und ein Mann saß allein an einem Tisch. Ein junges Mädchen wollte sich gerade auf den Weg zu den beiden Neuankömmlingen machen, als sie von einem älteren Mann aufgehalten wurde. Das Mädchen ging zurück in die Küche, und statt dessen wurden Tawl und Schnapper von dem Mann bedient.

»Was kann ich Euch beiden bringen?« Die Stimme des Mannes klang nicht unangenehm, nur mißtrauisch; Fremde waren bekannt dafür, Ärger zu machen.

»Ich nehme einen Krug Bier und zwei Portionen von was auch immer ihr anzubieten habt.«

»Ich habe geröstetes Ziegenfleisch und Ziegenkäse.« Offenbar hatte der Mann darauf gewartet, daß Tawl die angebotene Kost ausschlagen würde, denn die Antwort des Ritters schien ihn zu überraschen.

»Das klingt gut. Bringt uns möglichst viel davon.«

Während Schnapper und Tawl auf ihr Essen warteten, begann der Mann, der allein an einem Tisch saß, eine Melodie zu summen. Er blickte zu den beiden Fremden hinüber und versuchte, sie mit seinen trüben Augen zu fixieren. Als der Wirt das Bier brachte, begann der Mann, lauthals zu singen. Trotz der beeindruckenden Lautstärke nahmen die anderen Gäste keine Notiz von ihm. Tawl murmelte Schnapper zu, den Mann ebenfalls zu ignorieren, denn er sei offensichtlich betrunken. Leider hatte der Mann andere Pläne: er stand auf und wankte zu ihnen hinüber.

Dort angekommen, stützte er sich auf den Tisch und grölte weiter. Der Wirt eilte mit dem Essen herbei und fragte den Ritter mit leiser Stimme, ob er sich von dem Mann gestört fühle. Tawl schüttelte den Kopf. Er wollte keinen Ärger.

Der Betrunkene beendete sein Lied und starrte auf

den Krug Bier. »Wir wär's mit 'nem Bier für noch'n Lied?« Seine Zunge war so schwer, daß die Worte kaum zu verstehen waren.

»Ich gebe Euch ein Bier aus, wenn Ihr mir versprecht, *kein* weiteres Lied zu singen.« Tawl warf Schnapper einen warnenden Blick zu, der boshaft kicherte.

»Freund, das is'n Wort.« Unaufgefordert setzte sich der Mann hin. Er nahm den angebotenen Becher und starrte benommen in das Bier. Tawl und Schnapper kümmerten sich nicht weiter um ihn und aßen ihr Mittagessen.

Das geröstete Ziegenfleisch war sehnig und ein wenig zäh, aber der Käse war äußerst schmackhaft, weich und scharf. Tawl und Schnapper strichen ihn auf das warme Brot und verteilten frischen Schnittlauch darüber. Sie wollten den Käse gerade genießen, als der Betrunkene wieder aufwachte. Er streckte die Hand aus und versuchte, das restliche Ziegenfleisch zu nehmen. Tawls Arm schoß vor, um den Mann davon abzuhalten. Sanft, aber fest packte er das Handgelenk des Betrunkenen. Der Mann hob den Kopf. Sein Blick klärte sich, und er starrte Tawl in die Augen. Er schien etwas in ihnen zu erkennen.

Plötzlich riß er sich los, sprang auf und murmelte irgend etwas, das Tawl nicht verstehen konnte. Der Mann war bemüht, so schnell wie möglich wegzukommen, doch sein alkoholisierter Körper konnte die Bewegungen nicht so schnell umsetzen. Tawl ging ihm hinterher, und der Mann begann zu schreien. »Laß mich in Ruhe, du Teufel!« Die anderen Gäste waren offenbar an das wirre Gerede des Säufers gewöhnt, denn sie drehten sich noch nicht einmal um.

Tawl packte den Arm des Mannes. »Warum läufst du vor mir davon?« Der Mann versuchte vergeblich, sich zu befreien.

»Laß mich los!« Speichel schäumte in den Mundwinkeln. »Ich will weg von dir!« kreischte er.

»Warum?«

»Larn! Du hast das Zeichen von Larn in den Augen!«

Tawl ließ den Betrunkenen los, und der Mann wankte davon.

Melli spürte die wohlvertrauten Schmerzen in Brust und Bauch, die den Beginn ihrer Monatsblutung andeuteten. Auf merkwürdige Art und Weise erfüllte sie diese Erinnerung an ihre Weiblichkeit mit Freude; sie brachte ein Stück Normalität und Stetigkeit in ein Leben zurück, in dem von beidem nicht mehr viel übriggeblieben war. Die Menstruation war ein Symbol der Hoffnung und der Erneuerung, und ihr vorhersehbarer Rhythmus ein Trost.

Doch da war noch mehr. Melli wurde daran erinnert, daß sie nun eine Frau und kein Kind mehr war, die ihr eigenes Schicksal gestalten konnte. Sie war nicht mehr in der Burg, und so konnte sie nun ihre eigene Wahl treffen und ihren eigenen Weg gehen.

Melli drehte sich um und ging zurück zum Hof. Sie zog die Decke fest um die Schultern. Bis Annis würde sie Jack begleiten, aber keinen Schritt weiter. Sein Schicksal war nicht das ihre. Sie wußte, daß Jack eine Bestimmung hatte, und deren Sog war so stark, daß Melli aufpassen mußte, nicht mitgerissen zu werden.

Die Wolken hingen tief; die Luft war drückend. Alles deutete auf Regen hin, doch es fiel kein Tropfen. Melli konnte niemals wieder zu ihrem alten Leben in der Burg zurückkehren. Die vergangenen Wochen hatten sie in vielerlei Hinsicht verändert. Sie war nicht mehr dasselbe Mädchen, das einst vor dem Spiegel gesessen und sich Gedanken um seine Frisur gemacht hatte und welche Bänder ihm am besten stehen würden. Sie hatte viel ertragen und überlebt. Nein, nicht einfach nur überlebt, dachte sie, sie war gewachsen und stark geworden.

Sie schob den rostigen Riegel beiseite und trat in das Bauernhaus. Die alte Frau, nach deren Namen niemand gefragt und den sie nie selbst genannt hatte, kümmerte sich gerade um Jacks Wunde. Jack war von der Hüfte an nackt, und seine Haut glänzte im Feuerschein. Er sah stark und stattlich aus. *Auch er hat sich verändert*, dachte Melli. Er war nicht mehr jener unbeholfene Junge, der ihr vor so vielen Wochen zur Hilfe gekommen war.

Plötzlich schauderte Melli trotz der Wärme in der Küche; ihre Haut wurde kalt, und die Haare auf ihren Armen richteten sich auf. Überdeutlich sah sie eine beunruhigende Zukunft für Jack voraus. Sie sah einen Tempel und eine Stadt und einen Mann mit goldenen Haaren. Bilder umschwärmten sie wie Bettler auf dem Markt. Sie sah Blut, Krieg, Tod und Geburt. Für einen kurzen Augenblick sah sie sogar sich selbst inmitten des Chaos. Nur mit Mühe gelang es ihr, wieder in die Wirklichkeit zurückzukehren; sie war betrunken vom Wein des Schicksals und verängstigt von seinem Nachgeschmack. Um ihre Verwirrung zu überspielen, ging sie zu Jack und nahm die Decke von ihren Schultern. »Hier«, murmelte sie und legte ihm die Decke auf den Arm, »halt dich damit warm.« Jack bemerkte Mellis besorgten Gesichtsausdruck und ergriff ihre Hand.

»Was ist, Melli? Wovor hast du Angst?«

»Du solltest besser fragen, um *wen* habe ich Angst.« Sie wandte sich rasch ab; im Augenblick konnte sie den Blick seiner haselnußbraunen Augen nicht ertragen.

Melli trat zu der alten Frau ans Feuer, um sich wieder aufzuwärmen. Die Frau schaute sie wissend an. »Es ist Zeit für einen Kräutertee, Liebes. Er wird dich wärmen und erfrischen.«

»Ich mag keinen Kräutertee.«

»Aber du brauchst welchen, Mädchen.« Die Frau senkte die Stimme. »Du hast deine Tage; der Tee wird die Krämpfe aus deinem Bauch vertreiben.«

»Also gut.« Melli fühlte sich schwach; sie mußte sich setzen.

»Setzt dich ruhig hin, Mädchen.« Die Frau wandte sich an Jack. »Zeit, daß du mal raus an die frische Luft gehst, Junge. Aber bleibe nahe beim Hof.« Jack zog sein

Hemd an und verließ die Küche, während die alte Frau sich daranmachte, Tee zu kochen.

Irgendwann hörte Melli auf, die verschiedenen Kräuter zu zählen, die auf ein Stück Gaze gelegt wurden. Einige von ihnen kannte sie noch nicht einmal beim Namen. Mit geschickten Händen schnitt die alte Frau die Kräuter oder löste einzelne Blätter ab. Als sie mit der Mischung zufrieden war, band sie die Ecken der Gaze mit Zwirn zusammen und formte so einen Beutel. Dann legte sie diesen Beutel in einen Topf mit kochendem Wasser. Nach einer Minute nahm sie den Topf vom Herd herunter. »Er muß noch ein paar Minuten ziehen, damit er seine volle Wirkung entfalten kann.« Die Frau setzte sich neben Melli.

»Meine Mutter hat immer gesagt, während der Tee zieht, ist die beste Zeit, um Geschichten zu erzählen.« Ihre hellblauen Augen trafen sich mit Mellis.

»Ich habe keine Geschichte zu erzählen.« Melli starrte auf den Tisch. Die Frau schien mit einer solchen Antwort gerechnet zu haben.

»Dann werde ich halt eine erzählen«, sagte sie. »Ich hatte mal eine Schwester. Oh, sie war mir überhaupt nicht ähnlich. Sie war wunderschön und gutmütig. Ihr Lachen war das herzerfreuendste Geräusch, das du dir vorstellen kannst.

Sie hat erst sehr spät zum ersten Mal ihre Periode bekommen, später als alle anderen Mädchen im Dorf. Und von diesem Tag an hat sie sich verändert. Sie wurde unruhig und lustlos; sie zog sich von allen zurück, selbst von mir, ihrer eigenen Schwester, die sie über alles liebte. Sie bekam Visionen, schreckliche Alpträume; Nacht für Nacht wachte sie schreiend auf und redete von Verderben und Zerstörung. Tagsüber fiel sie manchmal in Trance. In der einen Minute war sie noch ganz normal, und urplötzlich war sie ganz benommen. Wenn sie wieder erwachte, erzählte sie uns von Dingen, die im Dorf geschehen würden. Sie erzählte uns Dinge wie, welches Mädchen ein Kind kriegen, wessen

Schweine Fieber bekommen würden und wann der nächste Regen zu erwarten war. Sie hat sogar den Tod unserer Mutter vorhergesagt. Das arme Ding hat schreckliche Qualen gelitten.

Wir haben natürlich versucht, ihr Problem vor den anderen Dorfbewohnern zu verbergen, doch schon bald hatte es sich herumgesprochen. Zuerst kamen die Menschen zu ihr und baten, daß sie ihnen die Zukunft voraussagen möge. Einige haben ihr sogar Geld geboten, aber sie hat es nie angenommen. Es dauerte nicht lange, da wurden die Leute gemein – über die Zukunft gibt es immer mehr Schlechtes als Gutes zu berichten, und die Menschen gaben ihr die Schuld daran. Sie begannen, sie zu jagen, und nannten sie eine Hexe.

Und dann ist sie eines Tages auf dem Nachhauseweg von einer Gruppe Männer aus der Stadt angegriffen und beinahe totgeprügelt worden.« Die alte Frau rieb sich eine Träne aus dem Auge. »Ihr wunderschönes Gesicht war vollkommen zerschunden. Beide Arme waren gebrochen, und ihre Rippen waren zerschmettert. Irgendwie ist es ihr gelungen, den Hof meines Vaters zu erreichen; wie sie das geschafft hat, werde ich wohl nie erfahren. Ich wurde sofort losgeschickt, um die Heilerin zu holen.

Als ich wieder zurückkehrte, war meine Schwester bereits tot.« Die alte Frau atmete tief ein und schwieg eine Minute, dann blickte sie wieder zu Melli. »Ich nehme an, du fragst dich, was das alles mit dir zu tun hat?«

»Ich habe nicht bemerkt, daß es *überhaupt* etwas mit mir zu tun hat.« Melli spürte, daß ihre Stimme ein wenig kalt klang.

»Nachdem die Heilerin sich davon überzeugt hatte, daß sie nichts mehr für meine Schwester tun konnte, kam sie zu mir, um mich zu trösten. Sie ermahnte mich, niemals schlecht über meine Schwester zu denken, ganz egal was die Leute sagen mochten. Sie sagte, alle Frauen wären in der Lage, ein wenig in die Zukunft zu sehen, wenn sie ihre Tage haben – manche mehr, manche weniger. Meine Schwester war nur ein besonders extremer Fall, aber viele Frauen haben früher oder später ähnliche Erlebnisse. Manchen erscheint es als Intuition, andere haben eine konkrete Vorahnung. Diese Kraft ist am stärksten, wenn eine Frau ihr Blut verliert. Das gehört zur Natur der Frau. Es gibt keinen Grund, sich davor zu fürchten.«

Melli wurde davor bewahrt zu antworten, da die alte Frau sich erhob und etwas von dem Tee in Becher goß. Das Getränk roch überraschend gut. »Hier«, sagte die Frau und reichte Melli einen Becher mit der dampfenden Flüssigkeit, »danach wirst du dich besser fühlen.« Melli trank einen kleinen Schluck – der Tee schmeckte nicht wie erwartet. »Gut, nicht?« soufflierte die alte Frau.

»Sehr gut. Der schmeckt überhaupt nicht wie ...« Melli hätte beinahe gesagt, »wie der Tee, den sie in der Burg kochen«, aber sie hielt sich noch rechtzeitig zurück. Eine peinliche Stille folgte Mellis Worten.

Schließlich beendete die alte Frau das Schweigen, indem sie sagte: »Du solltest dir keine allzu große Sorgen machen, wenn du von Zeit zu Zeit mal eine Vorahnung hast, Mädchen.« Melli wollte gerade protestieren, doch die alte Frau winkte ab. »Nein, Kind, du brauchst es gar nicht zu leugnen. Ich habe es in deinem Gesicht gesehen, als du hereingekommen bist. Du hast etwas in dem Jungen gesehen. Mach dir keine Sorgen; ich werde dich nicht fragen, was du gesehen hast.«

Schweigend tranken sie ihren Tee. Melli fühlte sich wirklich besser; die Krämpfe waren verschwunden, und die Kraft war wieder in ihre Beine zurückgekehrt. Die alte Frau lächelte, als sie sah, daß ihr Gast den ganzen Becher ausgetrunken hatte. »Komm, Mädchen«, sagte sie, »wir müssen noch einiges nähen und backen, wenn ihr morgen früh aufbrechen wollt.«

Maybor war sehr mit sich zufrieden. Er hatte der lieblichen Lilly soeben eine Stellung als Kammerzofe bei Lady Belynda verschafft. Natürlich hatte es ihm die alte Krähe, Lady Belynda, nicht leicht gemacht. Sie hatte behauptet, mit ihrer gegenwärtigen Kammerzofe durchaus zufrieden zu sein. Maybor hatte sich nicht täuschen lassen; das alles war nur ein Trick der alten Hexe gewesen, um ihn noch mehr auszuquetschen. Schließlich hatte er eine Pension für die aristokratische, aber verarmte Dame ausgesetzt.

Er hoffte nur, daß das verführerische kleine Biest zu schätzen wußte, was er für sie getan hatte – sie hatte ihn mehr gekostet als seine beiden letzten Frauen zusammengenommen. Hoffentlich war sie es wert! Sie war ein bezauberndes Geschöpf, genau von der Art, wie er sie mochte – ein frecher, süßer Drachen.

Maybor konnte sich ein Lächeln nicht verkneifen. Die alte Lady Belynda würde keine nachsichtige Herrin sein. Die alte Krähe würde dem Mädchen die Hölle heiß machen. Für Lilly würde es kein Promenieren im Garten geben mit hübschen Schleifen im Haar. Mit Lady Belynda als Herrin würde das arme Mädchen wahrscheinlich den ganzen Tag in irgendeiner Kemenate verbringen und sticken. Und das war Maybor mehr als recht.

Er war kein Dummkopf. Er wußte genau, warum das Mädchen Kammerzofe werden wollte. Sie wollte sich in ihren feinsten Kleidern zeigen, bis sie die Aufmerksamkeit irgendeines niederen Adeligen erregte. Eines Adeligen, der entweder zu dumm oder zu verliebt war, um sich um den Prestigeverlust zu kümmern, den ein Ehe mit einer Dienerin nach sich zog. Maybor wußte, daß einige Männer aus Liebe oder Vernarrtheit heirateten. Er betrachtete sie als absolute Trottel – ein Mann sollte nur heiraten, wenn die Ehe einen gesellschaftlichen Aufstieg oder den Gewinn von Land bedeutete. Ein Lord, der eine Gemeine heiratete, war es noch nicht einmal wert, verachtet zu werden. Egal, die Pläne der habsüchtigen Lilly jedenfalls würden leider von ihrer betagten Herrin durchkreuzt werden.

Lilly lockte Maybor mehr, als es jede andere Frau seit langem getan hatte. Wenn er für etwas ungewöhnlich viel gezahlt hatte, dann schätzte er es auch besonders. Er beschleunigte seinen Schritt. Es war bereits dunkel, und er war spät dran; Lilly wartete sicherlich schon auf ihn. In freudiger Erwartung ihrer Dankbarkeit rieb sich der fette Lord die Hände.

Er öffnete die Tür zu seinen Gemächern und ging ins Schlafzimmer. Das Mädchen war da und wartete. Sie war sogar schon im Bett und hatte sich unter die Decken verkrochen, um warm zu bleiben. Nur ihr Kopf schaute noch heraus.

»Wie ich sehe, konntest du mir nicht länger widerstehen.« Maybor begann, sein Gewand zu öffnen. Zunächst war er verwirrt, daß sie ihm nicht antwortete, doch dann nahm er an, sie täusche Schlaf oder Schüchternheit vor. Maybor mochte diese Art von Spielen wie jeder andere Mann auch, und sein Interesse wuchs.

Er zog Gewand und Tunika aus, und dann seine Hose. Nackt und erregt stand er vor dem Bett. Das Mädchen hielt die Augen nach wie vor geschlossen. »Du bist wohl zu bescheiden, um mich anzuschauen, hab' ich nicht recht?« Er ging zum Bett, und seine Begierde wuchs mit jedem Schritt. »Dann muß ich halt *dich* anschauen!« Mit diesen Worten riß er die Decken herunter.

Entsetzt wich er zurück, und sein Magen zog sich zusammen. Vom Hals abwärts hatte man das Mädchen gehäutet. Ihr Körper war nur noch eine unförmige Masse roten Fleisches. »O Gott, o Gott, o Gott!« Maybors Knie gaben nach. Er fiel zu Boden und übergab sich; sein ganzer Körper wurde von heftigen Krämpfen geschüttelt

Kapitel Vierundzwanzig

Jack erwachte und brannte darauf, sich auf den Weg zu machen. Melli schlief noch, doch die alte Frau war offensichtlich schon länger auf den Beinen, denn das Feuer brannte bereits, und Brei kochte in einem Topf. Die Frau lächelte ihr ›Guten Morgen‹, legte einen Finger auf die Lippen und forderte Jack damit zum Schweigen auf; sie wollte, daß Melli noch ein wenig schlief.

Sie schöpfte Brei in eine Schüssel und krönte ihn mit einer Haube aus Schweineschmalz. Bevor sie Jack die Schüssel reichte, legte sie etwas in seine Hand. Es war ein Goldstück. Jack wollte es ihr sofort zurückgeben – wahrscheinlich bedeutete ein Goldstück für die alte Frau die Ersparnisse von fünf Jahren. Die Frau schüttelte energisch den Kopf und drängte ihn mit Handzeichen, es zu behalten. Da sie nicht miteinander sprechen konnten, hatte Jack weder die Möglichkeit, sich zu bedanken, noch zu protestieren; er nahm an, daß die Frau es auch nicht anders haben wollte.

Jack genoß die Wärme in der frühmorgendlichen Küche. Das Kohlenfeuer und der Duft des kochenden Schweinefleischs im Kessel erinnerten ihn an sein Leben in der Burg. Er hatte das Bedürfnis, etwas zu tun. Er wollte Mehl an seinen Fingern spüren und den vertrauten scharfen Geruch von Hefe in der Nase. Er stand auf und begann in der Küche nach den entsprechenden Zutaten zu suchen. Seine Tage in Burg Harvell waren vorüber; doch indem er Brot backte, konnte er zumindest sicherstellen, daß sie nicht in Vergessenheit gerieten.

»Was tust du da, Junge?« flüsterte die alte Frau.

»Ich dachte, ich könnte uns etwas Brot backen. Nur so kann ich Euch wenigstens etwas zurückzahlen.«

»Ich habe keinen Backofen. Ich bringe meinen Teig ins Dorf.«

»Habt Ihr Mehl, Hefe und jede Menge Schweinefett?«

»Das habe ich.«

»Dann mache ich uns Fladenbrot.«

Die Frau brachte die Zutaten, und Jack füllte eine angemessene Menge Mehl in eine Schüssel und stellte sie neben das Feuer zum Anwärmen. Dann mischte er Milch und Wasser; die Hefe gab er erst hinzu, als die Mischung handwarm war. Meister Frallit pflegte stets zu sagen, das Geheimnis eines guten Fladenbrots bestehe darin, die Zutaten erst untereinander zu mischen, wenn sie ›so warm wie das Blut einer leidenschaftlichen Jungfrau‹ waren. Nachdem Jack Eier und Schweinefett untergerührt hatte, stellte er den Teig auf den Tisch, damit er aufgehen konnte. Es würde zwei Stunden dauern, bis er leicht genug war, um die unzähligen winzigen Luftblasen zu produzieren, die dem Fladenbrot seine einzigartige Struktur verliehen.

Überrascht bemerkte Jack, daß er Publikum hatte. Melli war aufgewacht und beobachtete ihn nun schweigend. Ein unvertrauter Ausdruck stand auf ihrem blassen Gesicht. Sie lächelte zärtlich, und für einen kurzen Augenblick ging Jacks Phantasie mit ihm durch. War da etwas zwischen ihnen? Mellis Gesichtsausdruck war so liebevoll, und ihre dunklen Augen waren so vielsagend ... Plötzlich wurde Jack unter dem prüfenden Blick des Mädchens immer selbstbewußter. Seine Arme waren voller Mehl, und er hatte Fett unter den Fingernägeln. Dennoch widerstand er dem Drang, sich zu säubern oder seine Haare zu richten. Er war ein Bäckerjunge, und er würde nicht vorgeben, etwas anderes zu sein. Sollte sie ihn ruhig so sehen, wie er war.

Melli wandte als erste den Blick ab. Sie stand auf und schenkte sich einen Becher Buttermilch ein. Ihre

Hand zitterte, als sie den Krug wieder auf den Tisch stellte.

Sorgfältig darauf bedacht, sich nicht auffällig zu beeilen, nahm Jack einen Lappen und begann, sich das Fett von den Händen zu wischen. Er fragte sich, was gestern zwischen ihnen vorgefallen war. Melli schien plötzlich Angst bekommen zu haben, als hätte sie etwas jenseits der Gegenwart gesehen. Jack wollte nicht über die Zukunft nachdenken. Die vergangenen Wochen hatten ihm bewiesen, daß die Zukunft alles andere als festgelegt war. Vor weniger als zwei Monaten hatte er noch geglaubt, er würde für den Rest seines Lebens Brot backen, und heute wußte er noch nicht einmal, wo er die nächste Nacht verbringen würde.

Als Bäcker hätte er ein ruhiges und sicheres Leben geführt; jeden Tag Essen auf dem Tisch, ein Dach über dem Kopf und ein warmes Feuer im Kamin. Aber inzwischen war sich Jack darüber klargeworden, daß er mehr vom Leben erwartete. Die Welt der Burgküche schien ihm nun klein und begrenzt. Natürlich hatte er dieses Leben nicht freiwillig verlassen, doch mittlerweile hatte er erkannt, daß er dadurch die Freiheit gewonnen hatte, die Zukunft nach seinen eigenen Wünschen zu gestalten. Egal welch düstere Visionen Melli auch gehabt haben mochte; nichts war vorherbestimmt, und Jack würde schon alles zum Guten verändern.

»Hier, Junge.« Die alte Frau reichte ihm ein neues Hemd und einen Umhang. »Probier sie mal an, während der Teig aufgeht. Vielleicht passen sie dir ja. Die Sachen haben meinem Mann gehört, aber leider war er nicht so groß und breitschultrig wie du.« Jack streifte das Hemd über. Es war in der Tat ein wenig eng. »Hmmm, wenn ihr doch nur noch einen Tag länger bleiben könntet, dann könnte ich es noch etwas weiter machen.«

»Das geht schon. Ich danke Euch für alles.« Jack blickte der Frau in die Augen. Er wußte, daß er sie beleidigen würde, sollte er die Münze erwähnen, also schwieg er.

»Jetzt bist du dran, Mädchen.« Die Frau hielt ein einfaches, aber schön gefärbtes Wollkleid in der Hand. »Das sollte dir eigentlich passen. Ich habe den Saum ein wenig ausgelassen.« Melli widerstrebte es, sich vor ihrem Gefährten auszuziehen, und so bot Jack an hinauszugehen, damit sie sich in Ruhe umziehen konnte.

Der Tag hatte klar und kalt begonnen, keine Spur von Regen – ein guter Tag zum Reisen. Jack wanderte den Feldweg entlang zur Straße. Er blickte nach Osten. Halcus, Annis, Bren – Orte voller Wunder und Möglichkeiten. Beinahe wünschte Jack, er könne jetzt einfach losgehen – sofort, allein –, so sehr sehnte er sich danach, sich eine neue Zukunft aufzubauen. Er hatte die Flucht und die ständige Angst satt; er wollte seinen Weg gehen, ohne dauernd nach hinten blicken zu müssen.

Plötzlich erschien das Bild der entsetzten Söldner, die von ihren Pferden gerissen wurden, vor seinem geistigen Auge. Es war eine Warnung – eine Warnung vor dem, wozu er fähig war. Er war unberechenbar, eine Gefahr für alle in seiner Umgebung. Jack schauderte unwillkürlich; sein Optimismus war von einem Augenblick zum anderen verflogen. Da er das Bedürfnis nach Gesellschaft verspürte, ging er wieder zurück zum Hof.

Er mußte mit gesenktem Kopf durch die kleine Tür treten, um nicht an den Rahmen zu stoßen. Ein überwältigender Anblick erwartete ihn: Melli hatte das dunkelblaue Kleid angezogen; die Farbe paßte zu ihren Augen und betonte ihr dunkles Haar. *Dies,* dachte Jack, *ist fürwahr Lord Maybors Tochter*. Wie hatte er nur jemals glauben können, daß ein so hochwohlgeborenes und stolzes Mädchen wie Melli sich für ihn interessieren könnte?

»Gerade rechtzeitig zum Essen«, rief die alte Frau. Sie wendete den Teig auf dem Backstein; das Fladenbrot war fast fertig. Als sie Jacks Blick bemerkte, sagte sie: »Komm schon, Junge. Ich bin zu alt, um noch zu warten.« Sie blinzelte fröhlich. »Außerdem wollt ihr euch ja auch schon bald auf den Weg machen, und ich möchte nicht, daß du die letzte Stunde mit Backen verbringst, anstatt dich auszuruhen.« Sie stapelte die runden Fladen auf einem Teller. »Eßt! Ihr habt heute noch einen weiten Weg vor euch, und ein voller Magen ist der beste Freund des Wanderers.«

Jack und Melli setzten sich an den Tisch und belegten das heiße Fladenbrot mit Butter und Käse. Während sie aßen, eilte die Frau geschäftig durch den Raum und bereitete zwei Bündel vor. »Jack«, sagte sie, »ich habe gesehen, daß du keine Klinge hast.« Jack wurde zum ersten Mal bewußt, daß er sein Schwert irgendwo verloren haben mußte. »Wir wissen ja alle, daß es auf der Straße Schwierigkeiten geben kann, und deshalb möchte ich, daß du das hier nimmst.« Sie reichte ihm ein langes, gemein aussehendes Messer. »Damit schneide ich den Schweinen normalerweise die Kehle durch.«

»Wie werdet Ihr ohne es schlachten?« fragte Jack und spülte den letzten Rest seiner Mahlzeit mit einem Schluck Bier hinunter.

»Ich werde sie mit einem Knüppel totprügeln müssen.« Die Frau lächelte fröhlich, und Jack wußte nicht, ob sie die Wahrheit gesagt, oder ob sie einen Scherz gemacht hatte. »Und nun hierzu.« Sie deutete auf die beiden Bündel, die sie auf den Tisch gestellt hatte. »Ihr werdet darin Hartkäse und Pökelfleisch finden, so viel ihr tragen könnt. Ich habe auch noch ein paar andere Sachen eingepackt, die euch vielleicht von Nutzen sein könnten.«

Jack hob ein Bündel an; es war überraschend schwer. »Ihr seid so freundlich zu uns gewesen ...«

»Ja«, unterbrach Melli. »Wir verdanken Euch so viel. Wie können wir Euch jemals danken?« Das Gesicht der alten Frau war voller Falten, während sie mit den Tränen kämpfte.

»Ich habe *euch* zu danken. Ihr habt mir viel Freude bereitet.« Sie öffnete die Tür.

»Da ist etwas, wovor ich Euch warnen sollte ...« Jack wollte ihr gerade sagen, sie solle sich vor Leuten hüten, die auf der Suche nach Melli und ihm seien, doch sie fiel ihm ins Wort.

»Sag nichts, Junge. Ich führe die Welt schon seit Jahren an der Nase herum; inzwischen habe ich bestimmte Fähigkeiten in Sachen Täuschung entwickelt.« Damit hatte sie auf ihre Art gesagt, daß sie notfalls lügen würde, um Jack und Melli zu beschützen. Jack trat vor und küßte sie auf die Wange.

»Ich werde mich immer an Eure Freundlichkeit erinnern.« Er drehte sich zu Melli um, die den Tränen nahe war, und bedeutete ihr, ihm zu folgen. Gemeinsam verließen sie den Bauernhof und gingen in Richtung Straße.

»Tawl, bist du in Ordnung?« Tawl warf Schnapper einen warnenden Blick zu, der jedoch unbeachtet blieb. »Seit wir den Gasthof gestern verlassen haben, hast du dich irgendwie merkwürdig benommen.« Der Junge wartete auf eine Antwort. Als er keine erhielt, fuhr er fort: »Du solltest dir nicht das verrückte Geschwätz eines alten Säufers so zu Herzen nehmen. Er hat nicht gewußt, wovon er redet.« Schnapper zögerte einen Augenblick, dann fügte er hinzu: »Was ist Larn überhaupt?«

»Sei still, Junge!«

Sie ritten am Rande einer Kette von hohen, silbrig glänzenden Bergen vorbei. Das Gelände war tückisch: lose Steine und lose Erde stellten eine ständige Gefahr dar. Die felsigen Hänge waren ideal für Schnappers Pony, doch eine Herausforderung für die Stute. Tawl mußte seinen Weg mit Bedacht wählen. Ansonsten drohte sein Pferd, einen Fehltritt zu machen, der es in ernste Schwierigkeiten bringen könnte. Das Pony suchte sich seinen eigenen Weg. Auch schien es sich über das kältere Wetter zu freuen.

Tawl wußte, daß er den Jungen unfair behandelte, aber er konnte die Worte des Mannes einfach nicht vergessen: »*Larn! Du hast das Zeichen von Larn in den Au-*

gen.« Das war mehr als nur das Geschwätz eines Verrückten. Was hatte es mit dem verfluchten Ort in Wirklichkeit auf sich, und warum trug er sein Zeichen?

Nun bin ich dreifach gezeichnet, dachte er und blickte auf die Ringe auf seinem Unterarm und die Narbe, die mitten durch sie hindurchlief. Ein Zeichen für Valdis, eines für seine Familie, und nun eines für Larn. Tawl konnte das erste und das zweite Zeichen nie mehr entfernen; das eine stand, für was er war, und das andere erzählte von seiner Vergangenheit. Die beiden waren so fest miteinander gebunden wie die Seher an die Steine. Sie waren nicht voneinander zu trennen: sie waren sein Schicksal.

Und nun schien er ein drittes Mal gezeichnet worden zu sein. Was bedeutete das? Hatte Larn ihn auf irgendeine Weise verändert? »Hütet Euch vor dem Preis«, hatte der Alte Mann gesagt. Vielleicht hatte Larn einen Preis von ihm gefordert, ohne daß er es gemerkt hatte. Tawl fühlte sich wie immer, gesund an Körper und Geist. Vielleicht trug er die Qualen der Seher in den Augen. Sicherlich hatte ihr Leid eine Spur in seiner Seele hinterlassen. Je mehr Tawl darüber nachdachte, desto größer wurde sein Wunsch, Bevlin zu besuchen. Der alte Gelehrte würde ihm helfen können; er würde die Antworten auf all die Fragen kennen.

Begierig, Ness zu erreichen, ließ Tawl sein Pferd antraben. Ness war nur noch ein oder zwei Tage entfernt, und Bevlin lebte nur wenige Tagesreisen weiter.

»Tawl!« Der Ruf des Jungen riß den Ritter aus seinen Gedanken. »Du bist zu schnell. Dein Pferd ist nicht an das Gelände gewöhnt.«

»Maße dir nicht an, mir zu sagen, wie ich zu reiten habe, Junge!« Seine Stimme klang schärfer, als er beabsichtigt hatte.

»Was ist los mit dir?« Der Junge wirkte verängstigt, und Tawl tat es leid, daß er so aufbrausend gewesen war.

»Kümmere dich nicht um mich, Schnapper. Die schlechte Laune hat nichts zu bedeuten. Ich habe in letzter Zeit einfach nur zu viel nachgedacht.« Er zügelte sein Pferd. »Warum machen wir nicht halt und essen zu Mittag? Dort vorne gibt es Gras, jedenfalls genug, damit die Pferde was zu kauen haben.« Tawl sah, wie sich Erleichterung auf dem Gesicht des Jungen abzeichnete. Er war froh, der Grund dafür zu sein.

»Ich habe noch was geröstetes Ziegenfleisch und ein Stück Käse von gestern«, sagte Schnapper in dem Bemühen, seinem Gefährten eine Freude zu bereiten.

»Klingt gut«, erwiderte Tawl und versuchte, so gutgelaunt wie möglich zu klingen. »Ich nehme den Käse – du kannst das Fleisch haben.«

»Zu spät«, sagte der Junge, während er sich den letzten Rest Käse in den Mund stopfte.

»Nun, Schnapper ... du hast mir nie von deinem Leben in Rorn erzählt.« Tawl gab sich damit zufrieden, auf einem Stück Ziegenfleisch zu kauen. Die Tatsache, daß der Junge das Fleisch einen Tag lang in seinem Bündel mit sich herumgeschleppt hatte, hatte den Geschmack nicht gerade verbessert.

»Was willst du wissen?« Schnapper rülpste laut.

»Wie bist du auf der Straße gelandet?«

»Das war einfach, Tawl. Einem unternehmungslustigen Jungen ohne Ausbildung und ohne Geld bleibt nur die Straße, um seinen Lebensunterhalt zu verdienen. Ich habe als Läufer angefangen.«

»Was ist ein Läufer?« Tawl streckte sich auf dem Gras aus und zog den Umhang um die Schultern. In den vergangenen paar Tagen war es beträchtlich kälter geworden.

»Lehrt man euch in den Sümpfen denn gar nichts anderes, als Torf zu stechen? Ein Läufer ist ein Junge, der alle möglichen Botengänge macht.« Tawl blickte Schnapper verwirrt an, und so sah sich der Junge gezwungen, mehr ins Detail zu gehen. »Ein Läufer ist jemand, der für den Alten Mann alles mögliche erledigt.

Ich nehme doch an, du hast wenigstens schon mal vom Alten Mann gehört, oder?«

»Was genau hast du für den Alten Mann getan?«

»Du weißt schon ... Geld abgeholt, Besorgungen gemacht, Briefe abgegeben, Sägespäne auf das Blut gestreut ... so was halt. Natürlich war ich damals noch ziemlich jung, und ich habe nur wenig verdient. Also habe ich was anderes gemacht – oder besser: ich habe mich nach oben gearbeitet.«

»Was hast du als nächstes getan?« Tawl fragte sich, ob die Bemerkung über das Blut ein Scherz gewesen war. Er bezweifelte es; der Junge hatte mit einer erschreckenden Nüchternheit gesprochen.

»Als nächstes wurde ich Späher. Nicht irgendein Späher wohlgemerkt. Ich wurde Späher beim größten Dieb von Rorn.« Der Junge wartete gespannt.

»Wer war der Mann?« stellte Tawl die erwartete Frage.

Schnapper tippte sich mit dem Finger an die Nase. »Den Namen kann ich dir nicht verraten, Freund – deshalb ist er ja der größte – er ist der einzige, den man noch nie erwischt hat. Er ließ mich schwören, seinen Namen niemals anderen gegenüber zu erwähnen, anderenfalls solle mich der Tripper niederstrecken. Er hat mich alles gelehrt, was ich weiß. Er war es auch, der mir meinen Namen gegeben hat. Er hat immer gesagt, ich hätte beachtliches Talent und so bräuchte ich einen Namen, der dazu passen würde. Dann hat er mich Schnapper getauft, und so nennt man mich bis heute.« Stolz lag in der Stimme des Jungen. »Er war ein ehrenwerter Mann und ein hervorragender Dieb.«

»Und wie bist du dann zum Taschendiebstahl gekommen?«

»Als Späher macht man kein Geld. Klar, man hat Prestige, aber halt kein Geld. Irgendwann hat mir ein guter Freund vorgeschlagen, ich solle es mal mit Taschendiebstahl versuchen, und ich bin dabei geblieben.« Schnapper legte sich ebenfalls ins Gras und zeigte, daß seine Geschichte zu Ende war, indem er die Augen schloß und es sich für ein Nickerchen bequem machte.

Tawl fragte sich, wieviel der Junge ausgelassen hatte. Er zweifelte nicht an Schnappers Worten, aber er hatte das Gefühl, daß sein junger Gefährte irgend etwas verheimlichte. Doch Tawl war ein Mann, der den Wunsch nach Wahrung der Privatsphäre respektierte, und so ließ er den Jungen schlafen.

Maybor hatte die Nacht im Gemach seiner Tochter verbracht. Er war das Gemetzel auf den Schlachtfeldern gewöhnt; er hatte gesehen, wie Männern die Gliedmaßen abgerissen wurden und wie man Soldaten in Stücke gehackt hatte, aber der Anblick des Mädchens in seinem Bett war zuviel für ihn gewesen. Er hatte nach Crandle gerufen, der ihn angekleidet und hinausgeführt hatte, während sich andere um die Leiche kümmerten.

Allein der Gedanke, in dem Bett zu schlafen, in dem das Mädchen gelegen hatte, bereitete Maybor Magenschmerzen. Er hatte sich in Melliandras Gemächer zurückgezogen und auf das Verhör durch die königliche Garde gewartet. Der Hauptmann war kurz darauf erschienen und hatte klugerweise einen Krug starken Weins mitgebracht. Natürlich stand Maybor nicht unter Verdacht. Schließlich war er ein Lord und das Mädchen nur eine Dienerin.

Maybor wußte, wer für die Tat verantwortlich war und warum, aber er erwähnte nichts davon gegenüber dem Gardehauptmann: Konflikte zwischen Lords wurden auch unter den Lords ausgetragen. Es war ein unausgesprochener Kodex, und Maybor hatte nicht die Absicht, ihn zu brechen. Das war eine Angelegenheit zwischen ihm und Baralis.

Der Kanzler des Königs war ein stolzer Mann, und stolze Männer mochten es nicht, als Schwächlinge dazustehen. Als Maybor sein Schwert gegen Baralis gezogen hatte, war der mächtige Mann zusammengezuckt. Und Lilly hatte für dieses Zucken mit dem Leben bezahlt. Maybor verfluchte sich selbst. Er hätte den Bastard aufschlitzen sollen, als er noch Gelegenheit dazu hatte.

Maybor war müde. Er hatte die ganze Nacht nicht geschlafen, aber das war nicht der einzige Grund für seine Müdigkeit. Er war es müde, von Baralis geschlagen zu werden, müde, nach seiner Tochter zu suchen. Während er darüber nachdachte, wie er den letzten Zug des Kanzlers kontern konnte, fuhr er sich mit den Fingern durch sein ergrauendes Haar. Was dieser Mann getan hatte, war absolut widerwärtig. Natürlich hatte er es nicht selbst getan; Baralis war viel zu gerissen, um seine Hände mit Blut zu beflecken. Wahrscheinlich hatte er seinen Trottel Crope geschickt, um die Dreckarbeit zu erledigen.

In letzter Zeit schien Baralis ständig im Hintergrund neue Pläne auszuhecken; mit der einen Hand versuchte er, Maybors Pläne zu sabotieren und mit der anderen ihn zu vergiften. Tief in Gedanken versunken saß Maybor im Bett. Er mußte mit mehr Bedacht vorgehen. Er mußte Baralis' Schläue etwas Entsprechendes entgegensetzen, wollte er den Mann besiegen. Der Kanzler des Königs bevorzugte Intrigen und Falschheit, und es war an der Zeit, daß auch Maybor sich in solchen Methoden versuchte. Er lächelte – ein böses, gefühlloses Lächeln. Er würde den Meister in seinem eigenen Spiel schlagen.

»Mylord.«

Das Erscheinen seines Dieners überraschte Maybor. »Ja, Crandle, was gibt es?« Er stieß einen lauten Seufzer aus.

»Die Königin will Euch sofort im Audienzraum sprechen.«

»Sie will mich *jetzt* sprechen?« Der Diener nickte. »Lauf in mein Gemach und hol mein rot-goldenes Gewand! Beeil dich!« Der Diener eilte hinaus, und Maybor ging zum Spiegel, kämmte sein Haar und putzte sich die Zähne mit einem trockenen Lappen.

Ein paar Minuten später kehrte der Diener mit dem gewünschten Gewand zurück und half seinem Herrn beim Ankleiden. Er hatte auch Duftöle fürs Haar gebracht und einen Rosmarinzweig für den Atem. Schließlich war Maybor mit seinem Aussehen zufrieden. Er verließ das Gemach seiner Tochter und machte sich auf den Weg durch die Burg.

Er ging an den Frauengemächern vorbei und dann hinunter in den Hof, der den Wohnbereich der Männer von dem der Frauen trennte. In der Ferne entdeckte er eine vertraute Gestalt: es war sein Sohn Kedrac. Maybor war sicher, daß Kedrac ihm seine Hilfe anbieten würde, um sich für die Ereignisse der vergangenen Nacht zu rächen. Doch als Kedrac näherkam, bemerkte Maybor einen finsteren Ausdruck auf dem Gesicht des Jungen. Maybor beschloß, keine Zeit für seinen Sohn zu haben, und eilte in Richtung der königlichen Gemächer.

»Vater!« Der Schrei war schrill, und Maybor hielt unwillkürlich an. Kedrac trat zu ihm. »Was soll das bedeuten, Vater? Läufst du vor deinem eigenen Sohn davon?« Seine Stimme klang kalt und spöttisch.

»Kedrac, ich habe eine Audienz bei der Königin. Ich werde später mit dir reden.«

»Du wirst *jetzt* mit mir reden, Vater«, zischte Kedrac. »Das Mädchen, das man gehäutet in deinem Gemach gefunden hat, war das Zimmermädchen Lilly.« Maybor schwieg. »Stimmt das, Vater?«

»Ja, ja, es war das Zimmermädchen Lilly. Das ist ja wohl kaum für dich von Bedeutung, Sohn. Sie war nichts, eine gewöhnliche Schlampe, kein Grund sich aufzuregen.«

»Oh, ich rege mich nicht wegen des Mädchens auf. Du hast recht, sie *war* eine Schlampe. Nein, wegen des Mädchens bin ich nicht wütend ... ich bin wütend auf *dich*, Vater!« Verachtung lag in Kedracs Stimme. »Daß du mir ein Mädchen aus meinem eigenen Bett stiehlst!

Bist du wirklich so verzweifelt, oder willst du einfach nur irgend etwas beweisen?«

Maybor schlug seinem Sohn ins Gesicht. »Wie kannst du es wagen, so mit mir zu sprechen?« Kedrac lächelte entnervend und legte die Hand auf die Wange, auf der deutlich der Abdruck von Maybors Hand zu sehen war. Er starrte seinem Vater einen Augenblick in die Augen, dann wirbelte er herum und stürmte davon.

Maybor stieß einen erleichterten Seufzer aus. Kedrac war zu eigensinnig, zu stolz. Es war ein schwerer Fehler zuzulassen, daß sich eine Frau – besonders eine einfache Dienerin – zwischen zwei Männer stellte. Trotzdem mußte Maybor sich eingestehen, daß er es genossen hatte, seinen Sohn ins Gesicht zu schlagen. Der Junge würde sich schon wieder erholen; nur sein Stolz war verletzt worden, nichts weiter. Maybor beeilte sich. Er durfte die Königin nicht länger warten lassen.

»Herein«, erklang die Stimme der Königin. Maybor trat in den luxuriösen Raum und verbeugte sich tief.

»Ich wünsche Euer Hoheit einen schönen Tag.«

»Ah, Lord Maybor.« Die Königin kam ihm entgegen, um ihn zu begrüßen, lächelte und reichte ihm die Hand. Gehorsam führte sie Maybor an die Lippen. »Ich war entsetzt, als ich von dem Mädchen gehört habe, das man in Eurem Gemach gefunden hat.« Sie warf ihm einen fragenden Blick zu. »Sagt mir, Lord Maybor, habt Ihr irgendeinen Verdacht, wer für diesen … unmenschlichen Akt verantwortlich sein könnte?«

»Ich kann mir noch nicht einmal vorstellen, wer zu so etwas Entsetzlichem fähig wäre, Euer Hoheit.« Maybor nahm an, die Königin wußte, daß mehr hinter dem Vorfall steckte, als es den Anschein hatte.

»Es ist eine Tragödie. Man hat mir berichtet, Ihr hättet die letzte Nacht nicht in Eurem Gemach verbracht.« Die Königin schenkte zwei Becher Wein ein und lud Maybor ein, sich hinzusetzen.

»Ich habe … woanders geschlafen.« Er hielt es nicht für klug, den Namen seiner Tochter zu erwähnen.

»Ich kann verstehen, daß Ihr nicht in Eurem eigenen Bett schlafen wolltet.« Die Königin reichte ihm den Wein. »Dieser Gedanke hat mich dazu bewegt, Euch ein Geschenk zu machen.«

»Ein Geschenk, Euer Hoheit?« Maybor hatte die Königin noch nie so liebenswürdig erlebt; erst schenkte sie ihm höchstpersönlich einen Becher Wein ein, und jetzt auch noch ein Geschenk. Maybor wurde allmählich mißtrauisch. Solch übertriebene Gastfreundschaft war sonst doch nicht ihre Art – Ob sie ihm eine schlechte Nachricht mitzuteilen hatte?

»Ich habe dafür gesorgt, daß man das alte Bett aus Eurem Gemach entfernt. Es wird verbrannt werden. An seiner Stelle werde ich Euch ein neues Bett schenken. Ein wunderbares Bett, geschnitzt von Meistern vor über zweihundert Jahren. Es war ein Hochzeitsgeschenk der Stadt Isro an mich und meinen Gemahl.«

»Ich bin von Eurer Großzügigkeit überwältigt, Euer Hoheit.« Maybor kannte das Bett, von dem sie gesprochen hatte. Es war ein Vermögen wert; gefertigt aus den feinsten Tropenhölzern mit Einlegearbeiten aus Gold und Edelsteinen. Sein Mißtrauen wuchs – warum bedachte die Königin ihn mit einem derart außergewöhnlichen Geschenk?

»Ihr werdet noch heute nacht darin schlafen, Lord Maybor.« Sie hob den Arm zu einem stillen Toast. Nachdem sie einen Schluck getrunken hatte, veränderte sich ihr Gesichtsausdruck, und sie schritt durch den Raum. Schließlich hielt sie vor dem Fenster an.

Die Königin blickte einige Minuten schweigend in den Burghof hinaus, bevor sie wieder das Wort ergriff. »Lord Maybor, ich fürchte, ich habe schlechte Nachrichten für Euch.« Sie wandte sich nicht zu ihm um. »Ich kann die Suche nach Eurer Tochter nicht länger fortsetzen. Ich brauche die königliche Garde für andere Zwecke.«

»Ich verstehe, Euer Hoheit.« Maybor erkannte, daß das Bett und der freundliche Empfang Zeichen der Reue waren.

»Und Ihr müßt auch verstehen, daß wir nicht länger hoffen können, Eure Tochter zu finden. Die Garde hat nun schon einen Monat lang nach ihr gesucht. Morgen werde ich sie wieder zurückbeordern.« Endlich drehte sich die Königin um und sah Maybor in die Augen. »Maybor, selbst wenn Melliandra jetzt noch gefunden werden würde, könnte ich die Ehe nicht mehr befürworten. Mein Sohn muß ein Mädchen heiraten, das über jeden Zweifel erhaben ist. Wir werden niemals mit Sicherheit sagen können, was Eurer Tochter widerfahren ist oder mit wem sie sich eingelassen hat. Die Frau, die mir als Königin folgen wird, muß makellos sein. Die Heirat Eurer Tochter mit meinem Sohn wird nicht stattfinden.« Die Königin senkte den Kopf. »Es tut mir leid, Lord Maybor, aber meine Entscheidung steht.«

»Wie Euer Hoheit wünscht«, erwiderte Maybor. Nur mit Mühe gelang es ihm, seine Stimme ruhig zu halten. »Darf ich erfahren, wen Ihr anstelle meiner Tochter als Braut vorgesehen habt?«

»Ihr werdet es als erster erfahren, sobald ein geeignetes Mädchen gefunden ist.« Es lag etwas in ihrer Stimme, das Maybor nicht einordnen konnte. »Ich muß Euch wohl kaum sagen, Lord Maybor, wie sehr ich nach wie vor auf Eure fortgesetzte Loyalität und Unterstützung hoffe.« Deutlicher konnte die Königin einen Appell nicht formulieren. Sie bat Maybor, ihre Entscheidung zu akzeptieren und trotzdem noch zu ihr zu stehen. Sie war auf seine Unterstützung angewiesen, um ihre Position zu halten. Doch Maybor beabsichtigte nicht, ihr ein derartiges Versprechen zu geben; seine Loyalität war mehr wert als nur ein mit Juwelen verziertes Bett.

»Ich weiß sehr wohl, wieviel für Euer Hoheit von meiner Loyalität *abhängt.*« Er legte eine rhetorische Pause ein, damit die Königin seine Worte nicht mißverstehen konnte. »Ich kann Euch versichern, daß ich nicht übereilt handeln werde.« Er verbeugte sich, und die Seide seines Gewands raschelte leise. »Und jetzt würde ich mich gerne verabschieden, wenn Euer Hoheit erlaubt.«

Auf dem Weg zur Tür warf er einen verstohlenen Blick zurück. Die Königin stand am Fenster – eine Frau, gebeugt unter der Last ihrer Sorgen.

Baralis war auf dem Weg, um mit den neuen Söldnern zu sprechen. Crope hatte ein Treffen in der Nähe der Zuflucht arrangiert. Von der ersten Gruppe waren nur noch drei dienstfähig. Traff, der Anführer, war der einzige, der unversehrt entkommen war. Baralis wußte, wie sehr Traff ihn haßte und wie sehr er wünschte, von ihm loszukommen; doch Baralis hatte nicht die Absicht, den Mann vom Haken zu lassen.

Baralis war ausgesprochen gut gelaunt. Die Sache mit Maybor und dem Zimmermädchen war hervorragend gelaufen; die ganze Burg sprach darüber. Die Tatsache, daß die Schlampe auch mit Maybors Sohn geschlafen hatte, war ein zusätzlicher Bonus; mit Sicherheit würden ein paar Vater-Sohn-Spannungen die Folge sein. Vielleicht bekam Baralis sogar irgendwann Gelegenheit, sich Kedrac anzunähern – nichts Überstürztes natürlich, nur eine sanfte Ouvertüre. Ein Sohn, dem Unrecht getan worden war, konnte sich als wertvolle Hilfe gegen den Vater erweisen. Da er selbst keine Familie hatte, fiel es Baralis schwer, die Kraft von Familienbanden einzuschätzen.

Maybor tat Baralis beinahe leid. Die Entdeckung des Mädchens mußte ein scheußliches Erlebnis gewesen sein, und wenn er sich nicht irrte, hatte den Lord heute ein weiterer Schicksalsschlag ereilt. Er wußte, daß die Königin Maybor zu einer Audienz bestellt hatte, und er nahm an, daß sie ihm erklärt hatte, die geplante Hochzeit würde nicht stattfinden. Immerhin war die vereinbarte Zeit beinahe abgelaufen. Zwei Tage. Mehr war nicht übrig. Selbst wenn man das elende Gör jetzt noch finden würde, könnte man sie nicht mehr rechtzeitig in die Burg zurückbringen.

Armer Maybor, nichts läuft so, wie du es dir vorstellst!

Baralis schüttelte den Kopf in spöttischem Mitleid. Maybor hatte seine Tochter verloren, seine Geliebte, seine Chance zum Vater der Königin zu werden, und vielleicht sogar die Loyalität seines ältesten Sohnes. Jetzt mußte man ihn besonders gut im Auge behalten. Maybor war ein Mann, der Rache ebenso hoch schätzte wie Baralis; zweifelsohne würde er auf irgendeine Art zurückschlagen.

Es war nur noch eine Frage von Tagen, bevor Baralis' Pläne aufgehen würden; widerwillig würde die Königin ihn zu sich bestellen. Sie hatten eine Rechnung zu begleichen. Die Königin hatte die Wette verloren und mußte nun ihre Schulden bezahlen. Baralis war sich bewußt, daß er sie in eine schwierige Lage gebracht hatte – sie war gezwungen worden, ihr Wort gegenüber Maybor zu brechen, und sie brauchte doch dessen Unterstützung, um die kleineren Lords an der Leine zu halten. Außerdem steuerte Maybor ungeheure Summen für den Krieg gegen die Halcus bei, ganz zu schweigen von Männern und Land.

Im Augenblick war die Königin wahrscheinlich außerordentlich besorgt. Sie fragte sich vermutlich, wie sie ihre Schulden bezahlen und sich gleichzeitig Maybors Loyalität erhalten konnte. Baralis zweifelte nicht eine Sekunde an ihrer Fähigkeit, beides unter einen Hut zu bringen: sie war kein Neuling in Staatsgeschäften. In Wahrheit waren ihre politischen Fähigkeiten sogar weitaus besser, als es die ihres kranken Gemahls jemals gewesen waren.

Aus Vorsicht war Baralis durch den Wald in Richtung Zuflucht gegangen. Er wollte nicht, daß die Männer etwas von seinem Unterschlupf erfuhren, bevor sie nicht in seinen Diensten standen. Ein Stück weiter warteten die Söldner. Baralis wußte, daß sie sein Näherkommen beobachteten. Wie die meisten Leute, die durch Harvell kamen, hatten auch sie Geschichten über ihn gehört. Sie hatten wahrscheinlich ein wenig Angst, waren ein wenig mißtrauisch und ein wenig eingeschüchtert beim Anblick der schwarzgekleideten Gestalt, die sich ihnen näherte.

»Guten Tag, meine Herrn.« Baralis sprach absichtlich leise – sollten sie sich doch anstrengen, wenn sie ihn verstehen wollten!

»Seid Ihr Lord Baralis?« fragte einer von ihnen.

»Der bin ich.« Baralis legte Wert darauf, jedem Mann einzeln in die Augen zu blicken.

»Ihr wollt ein paar Männer anheuern?« In der Stimme des Mannes lag ein gewisses Selbstvertrauen.

»Ich bin bereit, gut zu zahlen.« Die Gier in den Augen der Männer war unübersehbar.

»Ich habe gehört, die letzten Männer, die Ihr angeheuert habt, seien in den Wäldern getötet worden.« Der Mann versuchte, den Preis nach oben zu treiben.

»Sie waren unvorsichtig. Das wäre nicht passiert, wenn sie besser geführt worden wären.« Baralis blickte den Anführer kalt an.

»Was wollt Ihr von uns?«

»Als erstes möchte ich, daß ihr zwei Leute für mich findet. Danach werde ich eure Dienste für andere Zwecke brauchen.«

»Wieviel?«

»Fünf Goldstücke pro Mann.«

»Abgemacht!« schrie der Anführer. *Was für ein Idiot*, dachte Baralis. Traff hatte sich erst mit acht zufriedengegeben.

»Hier.« Er warf dem Anführer eine Börse zu. »Ihr fangt heute an.«

»Ich brauche eine Beschreibung der beiden Leute.«

»Sie sind beide jung. Das Mädchen hat langes Haar und blasse Haut; der Junge ist groß mit braunem Haar. Sie werden zu Fuß unterwegs sein. Ich glaube, sie reisen Richtung Osten. Ihr findet ihre Spur südlich von hier bei einer ungenutzten Jagdhütte. Erstattet mir Bericht, wenn ihr sie innerhalb einer Woche nicht gefunden habt.« Baralis hatte sich bereits wieder auf den Weg zurück gemacht, als ihm etwas einfiel. »Nähert euch nicht vor den Augen des Jungen. Er muß überrascht werden oder besser noch … schnappt ihn im Schlaf.«

»Wir werden sie finden und zurückbringen.«

»Nein, ich will nicht, daß sie zurückgebracht werden«, murmelte Baralis. »Tötet sie und verscharrt ihre Leichen!«

Die Stadt Ness lag inmitten sanft abfallender Hügel. Am Horizont waren die Berge zu erkennen, deren bleiche Gipfel sich kaum vom Silbergrau des Himmels abhoben. Die Hügel um Ness waren von einem Flickenteppich aus Feldern, Weiden und Obstplantagen bedeckt, kurz, Ness war eine Bauernstadt.

Tawl und Schnapper trafen kurz nach Sonnenaufgang dort ein. Die Berge im Osten wachten eifersüchtig über jeden Sonnenstrahl, und so brach der Tag in Ness später an als andernorts auf der Welt.

Die Stadt war alt und vom Wetter gegerbt, die Gebäude stabil und ungeschmückt – sie dienten praktischen Zwecken und nicht der Unterhaltung. Als die beiden Gefährten durch die Straßen gingen, kamen sie an unzähligen Kaufleuten vorbei: Gerber, Metzger, Stellmacher. Ness lebte vor allem von der Schafzucht. Im Frühling scherte man die Schafe zur Wollgewinnung, aus ihrer Milch machte man Käse, und ihr Fleisch war ein wichtiges Grundnahrungsmittel der Stadt. Aus den Schafshäuten stellten die Gerber Pergament her, und der Mist der Tiere wurde als Dünger genutzt.

Die Stadt war berühmt für ihre Wolle: die Frauen waren geschickt im Umgang mit dem Spinnrad, und die so gewonnene Wolle war fein und weich. Färber übertrafen sich gegenseitig mit den leuchtendsten Farben, besonders mit Rottönen. Die männlichen Einwohner der Stadt bevorzugten Schattierungen von Scharlach- und Purpurrot für ihre Umhänge und Westen. Den

Frauen dagegen war es nicht erlaubt, leuchtende Farben zu tragen; ihre Kleider waren entweder von einem matten Blau oder Braun. Dennoch fielen Tawl ein oder zwei bunt gekleidete Frauen auf. Sie stachen so aus der Menge hervor, so daß dank der grellen Farbe ihr Gewerbe für jedermann ersichtlich war.

Die Luft war kalt und beißend, und Tawl erkannte, daß sie noch wärmere Kleidung brauchen würden, wollten sie weiter gen Norden ziehen. Lächelnd blickte er auf die Marktstände, wo sich Schafsfelle und Stoffballen stapelten – offensichtlich war er im richtigen Ort, um warme Kleidung zu kaufen.

Er ließ den Jungen nicht aus den Augen; in dieser Stadt würde er ihn nicht von der Leine lassen, um ›Nachforschungen anzustellen‹. Gemeinsam wanderten sie über den Markt, und Tawl mußte Schnapper mehr als einmal am Kragen packen – sobald der Junge einen fülligen Kaufmann oder eine gut gekleidete Dame sah, wurde er magisch in ihre Richtung gezogen.

»Ich will ja nur ein ganz klein wenig klauen. Sie werden es gar nicht vermissen.« Schnapper wischte sich mit dem Ärmel über die Nase. Da er das kalte Klima nicht gewöhnt war, hatte er sich eine Erkältung eingefangen.

»Nein, ich werde nicht zulassen, daß du uns in Schwierigkeiten bringst.«

»Wir müssen doch ein paar Sachen einkaufen, oder etwa nicht? Nachdem du den Pferdehändler in Toolay bezahlt hast, ist bestimmt nicht mehr viel Geld übriggeblieben.« Tawl durchsuchte sein Gepäck und fand ein Goldstück und eine Handvoll Silberstücke.

»Ich dachte, wir hätten noch mehr.« Tawl warf Schnapper einen mißtrauischen Blick zu, doch der Junge zuckte nur mit den Schultern.

»Sieht so aus, als müßte ich doch ein wenig ›nachforschen‹.« Der Junge schlang die Finger beider Hände ineinander und ließ die Gelenke knacken.

»Bleib nicht zu lange weg.« Tawl blickte Schnapper hinterher, als dieser in der Menge verschwand. »Und sei vorsichtig!« Tawl ging zu einem Stand, der Kleidung zu verkaufen hatte. Er suchte etwas aus möglichst dicker Wolle; er selbst konnte die Kälte zwar ertragen, aber der Junge hatte offensichtlich Schwierigkeiten mit den Temperaturen.

»Guten Tag, mein Herr.« Der Kleiderhändler sprach mit einem unbekannten Akzent. Unverhohlen musterte er Tawl von oben bis unten. »Ihr kommt aus dem Süden, hab ich recht?« Er wartete nicht auf Tawls Antwort. »Das sehe ich an den armseligen Sachen, die Ihr am Leib tragt. Hoffentlich macht Euch das nichts aus, wenn ich das sage, aber Ihr könntet einen neuen Umhang gebrauchen. Wie wäre es mit einem Exemplar aus dieser wunderschönen Wolle hier?« Er holte einen Ballen scharlachroten Wollgewebes hervor. »Fühlt bitte einmal.« Aus Höflichkeit strich Tawl über den Stoff. Er war in der Tat weicher als die meiste andere Wolle, an die Tawl gewöhnt war.

»Habt Ihr etwas in einer weniger auffälligen Farbe? In Grau oder Braun?« Der Kleiderhändler starrte Tawl an, als sei er verrückt.

»Mein Herr, das sind Farben für Frauen. Ein so stattlicher Mann wie Ihr würde in einem roten Gewand absolut gigantomanitisch aussehen.« Tawl hatte zwar keine Ahnung, was ›gigantomanitisch‹ bedeutete, aber er war ziemlich sicher, daß er nicht so aussehen wollte.

»Ich bestehe auf Grau. Wie schnell könnt Ihr zwei Umhänge und zwei Tuniken anfertigen?«

»Laßt mich mal sehen.« Der Kleiderhändler musterte Tawl erneut. Offenbar versuchte er abzuschätzen, wieviel aus seinem Kunden herauszuholen war. »Für den richtigen Preis kann ich sie bis zum nächsten Sonnenaufgang fertigen lassen.«

»Und was ist der richtige Preis?«

»Vier Goldstücke.« Der Mann blickte Tawl fest in die Augen. Offenbar war er entschlossen, sich jedem Versuch zu widersetzen, den Preis zu drücken.

»Zwei«, erwiderte Tawl und hob eine Augenbraue.

»Mein Herr, allein die Näherin kostet mich zwei Goldstücke, ganz zu schweigen von der hohen Qualität meiner Stoffe.« Der Mann wedelte mit den Armen, um seine Worte zu unterstreichen. »Ich kann es Euch nicht billiger machen als drei Goldstücke.«

»Gut, abgemacht.« Der Preis war zwar noch immer zu hoch, aber Tawl mochte das Feilschen nicht. Er beschrieb dem Kleiderhändler, welchen Stil er bevorzugte und die ungefähre Größe des Jungen. Dann hinterließ er die vereinbarte Anzahlung und ging.

Tawl beschloß, etwas zu essen, während er auf Schnapper wartete. Er hatte sich gerade für gefülltes Schafsherz und Blutpudding entschieden, als eine weibliche Stimme in sein Ohr flüsterte: »Wenn Ihr mir folgt, kann ich Euch zeigen, wo es das beste Essen in Ness gibt.«

Tawl drehte sich um und sah ein Mädchen mit rotblondem Haar. Sie trug ein braunes Kleid, und daher war Prostitution als ihr Gewerbe auszuschließen. Sie hatte etwas Vertrautes an sich. Als das Mädchen den verwirrten Gesichtsausdruck des Ritters bemerkte, sagte sie: »Ihr habt gerade bei meinem Vater gekauft, dem Kleiderhändler.« Sie lächelte und fügte heiter hinzu: »Ihr habt übrigens ein schlechtes Geschäft gemacht.« Ihre Stimme klang leicht und freundlich, und sie sprach mit einem Hauch des gleichen Akzents wie ihr Vater.

»Warum interessiert dich das? Du profitierst doch von der Geschäftstüchtigkeit deines Vaters.«

»Er ist auch so schon reich genug.« Das Mädchen winkte ihn von dem Stand weg.

»Er war zumindest nicht reich gekleidet – oder gehört das zu seiner Masche?« Tawl folgte dem Mädchen aus der Menschenmenge heraus.

»Vater hat so viele Tricks auf Lager, daß ich sie gar nicht mehr zählen kann. Beispielsweise zahlt er keiner Näherin zwei Goldstücke. Ich werde die Sachen für Euch nähen.«

Tawl konnte sich ein Lächeln nicht verkneifen. »Solltest du dann nicht besser damit anfangen? Ich brauche sie nämlich schon morgen früh.«

»Ihr wollt Ness morgen schon wieder verlassen?« Das Mädchen sah enttäuscht aus.

»Was kann dir das schon bedeuten?« Tawl war Leuten gegenüber mißtrauisch, die nach seinem Reiseweg fragten. Unglücklicherweise schien seine Antwort das Mädchen beleidigt zu haben.

»Es bedeutet mir gar nichts«, erwiderte sie stolz. »Ich muß jetzt gehen. Ihr wollt sicher nicht, daß Eure Umhänge zu spät fertig werden.« Das Mädchen machte sich auf den Weg.

»Warte!« rief Tawl. Das Mädchen wirbelte herum. »Es tut mir leid, wenn ich dich beleidigt habe. Ich würde mich sehr freuen, wenn du mir die beste Gaststätte in Ness zeigen würdest.«

»Ich habe nichts von einer Gaststätte gesagt«, erwiderte das Mädchen und kehrte wieder an Tawls Seite zurück. »Das beste Essen in Ness gibt's in meiner eigenen Küche, gekocht mit meinen eigenen Händen.«

Tawl folgte ihr über den Markt und durch eine Gasse, die in eine breite, saubere Straße mündete. Er schaute sich um, ob er irgendwo eine Spur von Schnapper entdecken konnte, doch von dem Jungen war nichts zu sehen. Tawl machte sich keine Sorgen. Schnapper kam ganz gut allein zurecht; er würde ihn schon irgendwie finden.

»Wir sind da«, verkündete das Mädchen vor der Tür eines alten, aber gepflegten Hauses. »Mach dir keine Sorgen. Außer Vater und mir lebt niemand hier. Er ist viel zu geizig, um Diener einzustellen.« Sie führte Tawl durch die Tür und eine Treppe hinunter in einer warme, verrauchte Küche.

»Du erweist mir eine große Ehre, indem du mich in dein Haus einlädst.« Tawl waren die Sitten des Nordens aus seinen Studien vertraut, und so kannte er die angemessenen Worte.

»Du bist nicht von hier, habe ich recht?« Das Mädchen eilte geschäftig durch die Küche.

»Nein. Aber wenn ich mich nicht irre, bist du das auch nicht. Du hast einen Akzent, der nicht aus Ness stammen kann.« Tawl nahm den Becher Bier dankbar an, den ihm seine Gastgeberin reichte.

»Ihr habt gute Ohren. Mein Vater stammt ursprünglich weit aus dem Westen. Als meine Mutter gestorben ist, war ich noch sehr klein. Wir reisten nach Osten und sind schließlich hier hängengeblieben.« Das Mädchen schnitt ein paar Scheiben von einem warmen, knusprigen Brot ab und bestrich sie großzügig mit Butter.

»Wie heißt der Ort, von dem ihr gekommen seid?«

»Die Stadt Harvell, im Herzen der Vier Königreiche.«

»Wie lange ist es her, seit ihr von dort weggegangen seid?« Tawl hatte noch nie jemanden aus den Vier Königreichen getroffen. Jetzt glaubte er, die Gelegenheit zu haben, an Informationen zu kommen.

»Zehn Jahre ist das jetzt her. Natürlich reist mein Vater jedes Jahr einmal dorthin, um unsere Verwandten mit seinem neu erworbenen Reichtum zu beeindrucken.« Das Mädchen nahm einen von mehreren Töpfen vom Feuer. Sie hob den Deckel hoch, und ein wunderbares Aroma erfüllte die Luft. »Warum interessiert Euch das?«

»Ich ziehe nach Westen auf der Suche nach Arbeit.«

»Dann würde ich nicht bis in die Vier Königreiche gehen, wenn ich an Eurer Stelle wäre. Der Krieg mit den Halcus dauert nun schon viele Jahre, und die Menschen haben sehr darunter zu leiden. Für einen Ausländer wird es dort wohl keine Arbeit geben.«

»Dieser Krieg macht sowieso keinen Sinn. Beide Seiten verausgaben sich für nichts und wieder nichts.« Tawl versuchte, so ungezwungen wie möglich klingen; er wollte dem Mädchen das volle Ausmaß seines Interesses nicht verraten.

»Vater sagt immer, die ganze Sache stinkt. Beide Seiten scheinen jede Bewegung des anderen zu kennen, bevor sie überhaupt ausgeführt ist.« Das Mädchen füllte eine große Kelle Eintopf in eine Schüssel. Der Eintopf war dick, angefüllt mit Karotten, Kohl, Zwiebeln und Lammfleisch.

»Solche Dinge sind normalerweise ein Zeichen dafür, daß irgend jemand ganz weit oben ein Interesse am Fortgang des Krieges hat.«

»Genau das sagt mein Vater auch immer. Er sagt, der Kanzler des Königs – wie war sein Name noch? – Lord Baralis würde dahinter stecken.«

»Dann ist also dieser Lord Baralis die Macht in den Vier Königreichen.«

»Seit dem Attentat auf den König vor fünf Jahren waren nur wenige Männer mächtig genug, um die Ereignisse in den Vier Königreichen zu beeinflussen. Der Königin sagt man allerdings nach, sie sei sehr stark. Nach allem was ich gehört habe, ist sie ein fähigerer Führer, als ihr Mann es je gewesen ist. Es wäre das beste, wenn der König einfach sterben würde und sein Sohn an seiner Stelle auf den Thron käme. Vielleicht würde das dem Land Frieden bringen.«

Das Mädchen setzte sich neben Tawl und kaute auf einem Stück Brot. Tawl schaute ihr zu. Sie war ein hübsches Ding mit winzigen Sommersprossen um die Nase und auf den Wangen. Aus welchem Grund mochte sie ihn in ihr Haus eingeladen haben? Als hätte sie seine Gedanken gelesen, sagte sie plötzlich: »Normalerweise frage ich keine Männer, ob sie an meinem Tisch essen wollen. Ich habe Euch am Stand meines Vaters gesehen, und Ihr habt so ...« Verlegen zögerte sie. »*Du* hast ausgesehen, als könntest du mal wieder gute Hausmannskost vertragen.« Tawl hatte das Gefühl, als hätte sie ursprünglich etwas anderes sagen wollen, hätte es sich dann aber wieder anders überlegt.

»Es kommen bestimmt eine Menge Leute durch die Stadt, oder?« Er hatte nicht die Absicht, sie vom Haken zu lassen.

»Ja, aber die meisten sind stinkende, alte Tagelöhner oder Taschendiebe und noch Schlimmeres.« Das Mädchen starrte in ihre Schüssel. »Du hast irgendwie anders ausgesehen – als wärest du ein Abenteurer oder ein Prinz oder so was ähnliches.«

»Ich bin kein Prinz.« Tawl hob das Kinn des Mädchens hoch, so daß sie ihm in die Augen blicken mußte.

»Ich kenne noch nicht einmal deinen Namen.« Das Mädchen wurde plötzlich nervös und begann, die Schüsseln zu spülen.

»Ich bin Tawl.« Wie immer klang sein Name ohne den Titel ›Ritter von Valdis' irgendwie kurz.

»Ich bin Kendra, Tochter von Filstus dem Kleiderhändler.«

»Nun denn, Kendra, ich muß jetzt gehen. Es wartet jemand auf mich.« Tawl hatte nicht den Wunsch, das unerfahrene, junge Mädchen auszunutzen. Er verbeugte sich in höfischer Manier. »Ich danke dir für deine Gastfreundschaft.« Als er die Küche verließ, sah er im Gesicht des Mädchens, daß sie ihn zurückhalten wollte; aber er gab ihr keine Gelegenheit, etwas zu sagen. Er drehte sich rasch um, lief die Treppe hinauf und hinaus auf die Straße.

Nachdem er wieder auf dem Marktplatz war, versuchte er, Schnapper zu finden. Eine Zeitlang suchte er vergeblich; dann beschloß er, es sei besser, an einem auffälligen Platz darauf zu warten, daß der einfallsreiche Junge *ihn* fand.

Tavalisk betrachtete seinen Amtsring. Als man ihn zum Erzbischof ernannt hatte, wurde ihm der offizielle Ring mit dem Siegel der Stadt Rorn verliehen. Es hieß, der Ring sei über tausend Jahre alt, wertvoll jenseits aller Vorstellung. Tavalisk bewunderte das Schmuckstück im Sonnenlicht. Es war wirklich sehr gut … für eine Fälschung. Natürlich konnte man diesen Ring hier nicht mehr mit dem echten vergleichen, denn der lag unwiederbringbar auf dem Grund eines Sees aus Sand.

Tavalisk hatte von dem gefälschten Ring etwas sehr Wichtiges gelernt – die Menschen glaubten, was sie sahen. Selbstverständlich half es, Erzbischof zu sein und deshalb einen ungewöhnlich guten Ruf zu besitzen, aber Tavalisk vermutete, daß diese Prämisse auch bei anderen Leuten niederen Standes galt.

Nachdem der Ring ohne Umstände von seiner Umgebung akzeptiert worden war, hatte Tavalisk begonnen, auch andere Gegenstände durch Fälschungen zu ersetzen. Zunächst war er sehr vorsichtig vorgegangen: eine unbezahlbare Vase aus Tyro war durch eine wertlose Kopie ersetzt worden, die ein brillanter, wenn auch nicht sonderlich origineller Künstler aus Rorn gefertigt hatte. Danach hatte es nicht lange gedauert, und Tavalisk hatte seine Unternehmungen ausgedehnt, und jetzt konnte er mit Stolz behaupten, daß nur noch wenig im erzbischöflichen Palast *echt* war.

Er war wirklich sehr, sehr vorsichtig vorgegangen. Manchmal hatte er den Fälschern sogar die Kehle durchschneiden lassen, und in einigen besonderen Fällen hatte er sich auch noch ihrer Familien entledigt. Als Ergebnis seiner Bemühungen besaß er nun einen beachtlichen Schatz, der in einer privaten Residenz nur einen Steinwurf vom Palast entfernt verborgen war. Das war sein Notgroschen. Sollten die treulosen und notorisch unberechenbaren Bürger von Rorn eines Tages beschließen, ihn zu verjagen, würde er dennoch bis zum Ende seiner Tage gut leben. Und Tavalisk war ein Mann, der das Gute am Leben genauso schätzte wie anderen Böses zu tun.

In letzter Zeit beschäftigte er sich in Gedanken immer öfter mit seinem Notgroschen. Die Vorgänge in der Welt begannen, ihn zu beunruhigen. Die Ereignisse, die er selbst in Gang gesetzt hatte, sorgten ihn nicht, doch die Geschehnisse im Norden, besonders die bevorstehende Hochzeit von Katharina von Bren und Kylock von den Vier Königreichen, lagen ihm schwer auf dem Gemüt: Marods Prophezeiung wurde vor seinen Augen Wirklichkeit. Tavalisk wußte nicht, ob auch andere es genauso sahen wie er. Er wußte nur, daß er es verhindern mußte. Rorn würde niemals der Vasall eines mächtigen Nordreiches werden. Tyren war hinter dem Handel her, und Baralis und der Herzog von Bren waren viel zu ehrgeizig, als daß sie ihr Reich lange auf den Norden beschränken würden. Alles lief auf einen Krieg hinaus.

Nicht daß Krieg unbedingt etwas Schlechtes wäre. Tavalisk rieb sich die fetten Hände. Wenn er klug war, würde Rorn sogar noch mit einem beachtlichen Profit aus der Sache hervorgehen.

Gamil klopfte an der Tür und ließ sich selbst herein. »Die Antwort von Lord Maybor ist endlich angekommen, Euer Eminenz.« Er reichte dem Erzbischof einen Brief, der seinerseits das Siegel studierte. Es war ungebrochen: der Buchstabe ›M‹ war deutlich auf dem roten Wachs zu erkennen. Auf der einen Seite des Initials befand sich die Miniatur eines grauen Schwans, und auf der anderen Seite war ein zweischneidiges Schwert zu sehen.

»Wie passend«, murmelte Tavalisk. Er brach das Siegel und öffnete den Brief. Es dauerte seine Zeit, bis er den Inhalt entziffert hatte: die Handschrift war grob und ungewohnt. Offensichtlich war Lord Maybor kein Gelehrter; eine Feststellung, die den Erzbischof außerordentlich freute. Er hatte es gern mit Männern zu tun, die ihm an Klugheit unterlegen waren.

Gamil wartete ungeduldig darauf, daß sein Herr mit dem Lesen des Briefes fertig werden würde. Tavalisk ließ sich absichtlich Zeit, nur um seinen Sekretär zu ärgern. »Schenk mir bitte einen Becher Wein ein. Eine kleine Erfrischung wird mir helfen, das hier zu verstehen.«

»Was sagt Lord Maybor, Euer Eminenz?« Gamil reichte ihm den verlangten Wein.

»Er will wissen, wer ich bin. Er sagt, er sei sehr interessiert an einem Bündnis gegen ... wie sagt er doch gleich?« Tavalisk las den Brief noch einmal. »› ... gegen einen gewissen bösartigen Verräter, der uns beiden bekannt ist.« Der Erzbischof lächelte. »Seine Wortwahl ist recht primitiv, was meinst du, Gamil?«

»Er stimmt also zu?«

»Oh, er sehnt sich regelrecht danach. Sein Haß auf Baralis trieft geradezu aus jeder Seite. Trotzdem besteht er darauf, daß ich zuerst meinen Namen nenne, obwohl ich glaube, er hat bereits eine Ahnung, wer ich bin.«

»Wie kommt Ihr darauf, Euer Eminenz?«

»Er schreibt, ›Ob Ihr Lord oder Bischof seid, ich bin bereit ...‹« Gut gelaunt trank der Erzbischof einen kräftigen Schluck von seinem Wein.

»Werdet Ihr ihm Euren Namen nennen, Euer Eminenz?«

»Ja, ich glaube, das werde ich. Du mußt sofort ein Antwortschreiben aufsetzen. Ich will wissen, was er über Baralis' Plan weiß, Prinz Kylock mit Katharina von Bren zu vermählen.« Tavalisk lächelte fröhlich. »Lord Maybor scheint mir ein Mann zu sein, der einen beachtlichen Groll gegen Baralis hegt. Ich bin sicher, seine Hilfe wird sich als äußerst wertvoll erweisen.«

»Ich werde noch heute einen Brief schreiben, Euer Eminenz. Aber es wird eine Zeitlang dauern, bis wir mit einer Antwort rechnen können.«

»Die Zeit macht mir keine allzu großen Sorgen, Gamil. Selbst wenn die Verlobung stattfinden sollte, wird Kylock nicht sofort heiraten. Er ist ein Prinz, und deshalb ist die Verlobungszeit entsprechend lang. Außerdem wäre ich auch ohne die drohende Allianz zwischen Bren und den Vier Königreichen daran interessiert, unseren Freund Baralis im Auge zu behalten. Ich bin ihm einmal begegnet, und eins kann ich dir sagen, Gamil: Er ist ein gefährlicher Mann. Er giert förmlich nach Macht und Einfluß.«

»Ich habe gar nicht gewußt, daß Ihr Lord Baralis schon einmal begegnet seid, Euer Eminenz.« Gamil versuchte, seinem Herrn Informationen zu entlocken.

»Es gibt vieles, was du nicht weißt, Gamil.« Der Erzbischof würde ihm keine geben.

»Stammt Baralis aus den Vier Königreichen?«

»Ich werde keine weiteren Fragen mehr beantworten, Gamil.«

»Wenn Ihr nichts mehr für mich habt, Euer Eminenz, werde ich mich jetzt zurückziehen und das Antwortschreiben aufsetzen.«

»Gut, gut, Gamil. Aber zeig mir eine Abschrift, bevor du es losschickst.«

»Wenn Ihr Euch ihm zu erkennen geben wollt, werdet Ihr dann auch Euer Siegel benutzen?«

»Sei doch nicht so dumm, Gamil! Wenn der Brief in die falschen Hände geraten sollte und mein Siegel befände sich darauf, würde ich mich in einer äußerst unangenehmen Lage wiederfinden. Kein Siegel. Lord Maybor weiß bereits, wer ich bin; er will seinen Verdacht nur bestätigt wissen. Beschreibe mich mit äußerster Sorgfalt – nenne mich beim Namen, ohne meinen Namen zu nennen. Hast du mich verstanden?«

»Ja, Euer Eminenz.«

»Sehr gut. Da fällt mir ein, Gamil, ich habe bemerkt, daß sich in Toolay die Gemüter wieder ein wenig abgekühlt haben, was die Ausweisung der Ritter betrifft. Sorge dafür, daß die Lage wieder … *heißer* wird.«

»Wie Ihr wünscht, Euer Eminenz. Sonst noch etwas?«

»Nein, das ist alles.« Tavalisk entließ seinen Sekretär mit einer Handbewegung und amüsierte sich über Gamils überraschten Gesichtsausdruck. Es war besser, unberechenbar zu sein; das hielt die Diener auf Trab.

Wieder wartete Maybor im Windschatten der Klärgruben. Allerdings war der Gestank heute nicht so schlimm wie sonst. *Wahrscheinlich ist der Mist gefroren,* dachte Maybor verbissen und zog den Umhang enger um die Schulter.

Ein Zufallstreffen in den Wäldern vor zwei Tagen

hatte zu der heutigen Verabredung geführt. Nach seiner Audienz bei der Königin hatte Maybor beschlossen, sein Pferd für einen kurzen Ausritt in den Wald zu führen; er wollte weg von der Burg, weg von all den Demütigungen. Er mußte wieder einen klaren Kopf bekommen und seine nächsten Schritte planen. Und wie die Vorsehung es wollte, hatte er bei diesem Ausritt einen Mann getroffen, der sich in Zukunft als äußerst wertvoll erweisen konnte.

Maybor wollte gerade wieder zurückreiten, als er in der Ferne eine Gruppe von Männern erspähte. Sie trugen keine Uniform, also handelte es sich nicht um die königliche Garde. Maybor wollte zu ihnen reiten, als er eine unverkennbare Gestalt bemerkte, die auf die Männer zutrat. Schwarzgekleidet, groß und auffallend: es war Baralis.

Mit wachsendem Interesse verfolgte Maybor das Treffen. Er war zu weit entfernt, um irgend etwas zu verstehen, dennoch gewann er den Eindruck, daß Baralis die Männer anheuerte. Sein Verdacht bestätigte sich, als der Kanzler einem von ihnen eine Börse zuwarf. Offensichtlich handelte es sich um Söldner.

Nachdem er seine Neugier befriedigt hatte, wollte Maybor sich wieder zurückziehen. Und in diesem Augenblick bemerkte er eine Bewegung in den Büschen links von den Männern – er war nicht der einzige gewesen, der das Treffen beobachtet hatte. Er wartete, bis alles vorbei war. Baralis ging wieder zurück in die Burg, und die Männer ritten in den Wald. Maybor lenkte sein Pferd in Richtung des Mannes, der sich in den Büschen versteckt hatte. Als der Mann den näherkommenden Lord entdeckte, wich er nicht von der Stelle. Offenbar war er weder ein Diener noch ein Wilderer.

Maybor ritt an ihn heran. »Was hast du in diesen Wäldern zu suchen?« verlangte er zu wissen.

Der Mann warf ihm einen hochmütigen Blick zu. »Soweit ich weiß, sind das nicht *Eure* Wälder, Lord Maybor.« Der Fremde war breitschultrig und muskulös.

Maybor fragte sich, wo er diesen Mann schon früher einmal gesehen hatte.

»Da du meinen Namen weißt, würde ich nun gerne auch deinen erfahren.« Maybor bemerkte einen dicken Verband am Arm des Mannes.

»Ich mache kein Geheimnis aus meinem Namen. Ich bin Traff.« Er spie ein Stück Kautabak aus.

»Vielleicht würdest du mir freundlicherweise sagen, warum du Lord Baralis hinterherspionierst.« Maybor wartete, während der Mann über eine Antwort nachdachte. Er war sicher, daß sein Gegenüber ein Söldner war – sein großspuriges Gehabe und die Respektlosigkeit waren typisch für Leute seines Schlages.

»Was ein Mann in seiner Freizeit macht, geht niemand anderen etwas an.«

»Selbst dann nicht, wenn du den bespitzelst, der dich bezahlt?« Maybor vermutete das nur.

Traff sog die Wangen nach innen, während er erneut über eine Antwort nachdachte. »Was interessiert Euch das?«

»Du scheinst mir ein Mann zu sein, der mit seinem gegenwärtigen Auftraggeber nicht zufrieden ist.«

»Und wenn dem so wäre?« entgegnete Traff mit gespieltem Desinteresse.

»Du könntest jederzeit deinen Herrn wechseln.«

Keinerlei Gefühlsregung zeigte sich auf dem Gesicht des Söldners. »Den Herrn zu wechseln ist immer mit einem Risiko verbunden.«

»Aber die Belohnung könnte es wert sein.« Maybor hielt es für angebracht, das Katz- und Mausspiel zu beenden – er hatte den Käse ausgelegt. Nun war es an dem Nager, den nächsten Schritt zu tun. »Wenn du daran interessiert bist weiterzureden, dann triff mich in zwei Tagen um dieselbe Zeit im Windschatten der Klärgruben.« Maybor ritt davon.

Und jetzt wartete er also auf Traff. Er wußte, daß der Söldner kommen würde; er hatte die Bitterkeit und den Haß in den Augen des Mannes deutlich gesehen. Maybor rieb sich die Hände, um sie warmzuhalten. Über Nacht hatte es stark gefroren, und ein Rest davon war noch immer zu spüren. Allmählich wurde er ungeduldig. Maybor war das Warten nicht gewöhnt.

Ein paar Minuten später schälte sich eine Gestalt aus dem kalten Nebel. »Ihr habt Euch ja einen wunderbaren Ort für unser Treffen ausgesucht, Lord Maybor«, sagte Traff zur Begrüßung.

Maybor zuckte die Schultern. »Er hat seine Vorteile.« Der Söldner trug noch immer den Verband. »Was ist mit deinem Arm passiert?« Maybor wollte nur das Gespräch anregen und das Temperament des Mannes ausloten. Doch bei der Erwähnung seines Arms verfinsterte sich Traffs Gesicht, und er gab keine Antwort. Offensichtlich war Maybor auf einen empfindlichen Punkt gestoßen.

»Sag mir«, wechselte er das Thema, »hast du irgendwas zu deinem Vorteil in den Büschen gehört?«

»Ich habe ein paar interessante Dinge mitbekommen.« Traff war mißtrauisch.

»Hast du mal darüber nachgedacht, was ich dir von wegen ›den Herrn wechseln‹ gesagt habe?«

»Woher weiß ich, daß es sich für mich lohnen wird?«

»Ich bin der reichste Mann der Vier Königreiche«, erwiderte Maybor. »Nenn deinen Preis.« Sein Angebot hatte den Mann offenbar nicht sonderlich beeindruckt, also änderte er seine Taktik. »Land, Posten, Pensionen, ich kann dir alles besorgen.«

»Hier geht es um mehr als nur um Geld.« Traff spie ein Stück Kautabak aus und trat die Masse mit seinem Stiefelabsatz in die gefrorene Erde. Langsam begann Maybor zu verstehen, daß Traff nicht von Gier angetrieben wurde, sondern von einem wesentlich grundlegenderen Gefühl … Angst.

Maybor wählte seine nächsten Worte mit Bedacht. »Baralis ist ein sehr mächtiger Mann, aber er ist nicht unbesiegbar.« Diese Bemerkung weckte Traffs Interesse. »Wenn man seine Kehle durchschneidet, stirbt er wie jeder andere Mann auch. Ich selbst habe schon mein Schwert gegen ihn gezogen, und ich stehe immer noch hier und kann davon erzählen.« Die Erinnerung an Scarls fehlgeschlagenen Attentatsversuch schob er lieber beiseite.

»Wenn Ihr Baralis aus dem Weg haben wollt, dann seid Ihr bei mir an der falschen Adresse.« Traff klang unnachgiebig. »Ich hänge zu sehr am Leben.«

»Aber habe ich recht, wenn ich behaupte, daß du es gerne sehen würdest, wenn er aus dem Weg geschafft *wäre*?« Maybor sah im Gesicht des Mannes, daß es genau das war, was er wollte. »Wir beide haben dasselbe Ziel, mein Freund. Wir sollten unsere Kräfte vereinen, um es zu erreichen.« Da! Jetzt hatte er seinen Vorschlag gemacht. Er würde Traff Gelegenheit geben, darüber nachzudenken. Bei solch heiklen Geschäften sollte man nichts übereilen. »Ich muß jetzt gehen. Ich habe noch einige andere Dinge zu erledigen. Solltest du zu einer Abmachung bereit sein, dann kontaktiere mich in den nächsten Tagen.« Maybor verbeugte sich kaum wahrnehmbar. »Ich gehe davon aus, daß das Gesagte unter uns bleiben wird.« Mit diesen Worten machte er sich wieder auf den Weg zurück zur Burg.

Das Treffen war gut verlaufen. Traff war ein Mann, der seinen Herrn nicht gerade liebte; nachtragende Diener waren ein ausgezeichneter Nährboden für Verrat. Natürlich traute der Söldner dem Lord noch immer nicht. Es würde noch einiger Überredungskünste bedürfen, bis er klein beigab, aber er *würde* klein beigeben. Maybor war von Natur aus kein geduldiger Mann, und Intrige erforderte nun einmal Geduld. Doch einen Spion in Baralis' eigenen Reihen anzuwerben, war das Warten wert.

Wenn Traff das nächste Mal zu ihm kommen würde, würde Maybor beginnen, Informationen aus ihm herauszuquetschen; er würde endlich erfahren, was Baralis vorhatte. Plötzlich blieb Maybor wie angewurzelt stehen – wahrscheinlich war Traff einer der Söldner, die der Kanzler hinter Melliandra hergeschickt hatte. Maybor erinnerte sich an Kedracs Worte, *›Ich glaube, sie haben versucht, sie zu vergewaltigen‹*. Ihm gefror das Blut in den Adern. Reglos stand er da und starrte in den Nebel – was für eine Art Mann würde mit jemandem Geschäfte machen, der sich an seiner Tochter vergangen hatte? Seine Augen verengten sich zu Schlitzen, und er sah den Nebel nicht mehr – das war alles Baralis' Schuld. Der Kanzler des Königs hatte ihn soweit gebracht. Er hatte ihn dazu gebracht, mit dem Vergewaltiger seiner Tochter zu konspirieren. Unter allen Umständen mußte man sich zuerst um Baralis kümmern. Ehre und Familienstolz kamen später.

Die Sonne ging bereits unter, als der Junge endlich erschien. Tawl war nicht gerade glücklich; er hatte so lange auf dem Marktplatz gewartet, daß er die Aufmerksamkeit von mehr als einem der örtlichen Büttel erregt hatte. »Wo bist du den ganzen Tag gewesen?« verlangte er zu wissen.

»Hier und da, nachgeforscht und so.« Der Junge schüttelte sein Bündel, und das Klimpern von Münzen war zu hören. »Keine schlechte Tageseinnahme.« Er setzte ein breites Grinsen auf und bat Tawl damit, ihm zu verzeihen.

»Na, dann komm. Es ist Zeit, daß wir uns ein Zimmer für die Nacht suchen.« Tawl hatte keine Lust mehr, einen geeigneten Gasthof zu suchen, und so entschied er, in den erstbesten einzukehren, an dem sie vorbeikommen würden.

Wie es das Schicksal wollte, sah der erstbeste Gasthof recht einladend aus – und teuer. Der Wirt gab damit an, daß er ein erstklassiges Haus führe, in dem die wohlhabendsten Händler während ihres Aufenthalts in der Stadt abstiegen.Tawl warf Schnapper einen fragenden Blick zu, und der Junge nickte energisch. Offenbar hatte er genug Geld gesammelt, um die Rechnung zu bezahlen.

»Wir nehmen einen Eurer kleinsten Räume für die Nacht.«

»Nein, ich glaube, wir nehmen zwei«, warf Schnapper ein. Erneut blickte Tawl ihn fragend an. »Es ist Zeit, daß ich mal eine ganze Nacht durchschlafen kann, und das geht nur, wenn ich alleine schlafe. Du schnarchst wie ein alter Esel!« Schnapper und der Wirt lachten.

»Wir nehmen ein Zimmer«, erklärte Tawl.

»Herr, ich kann Euch einen Extraraum für den Jungen zum halben Preis anbieten.« Der Wirt war offenbar begierig, so viel Geld zu machen wie möglich. Tawl wußte zwar nicht genau, was hier vor sich ging, aber er war sicher, daß Schnapper etwas im Schilde führte. Sowohl der Junge als auch der Wirt blickten ihn flehentlich an.

»Also gut, zwei Zimmer – aber so klein wie möglich. Meinetwegen könnt Ihr den Jungen in einen Schrank stecken.«

»Eine weise Entscheidung, mein Herr. Ihr und Euer Junge werdet morgen um so erholter erwachen.« Das Gesicht des Wirts glühte vor Freude über die Aussicht auf zusätzlichen Gewinn. »Würdet Ihr auch gerne etwas zu essen haben?

Wir haben gekochten Fasan, Hecht in Buttersoße, geröstetes Kalbfleisch und natürlich Lamm.« Aufgrund der Art und Weise wie er am Ende des Satzes seine Stimme gesenkt hatte, war klar, daß Lamm das billigste Gericht war.

»Wir nehmen das Lamm.« Tawl sah Enttäuschung auf dem Gesicht des Wirts. »Und für mich noch einen Krug Bier.«

»Das Spezialbräu?«

»Nein, das einfache.«

Nachdem er und Schnapper es sich neben dem großen Kamin im Speisesaal gemütlich gemacht hatten, wandte Tawl sich an den Jungen. »Was soll das mit den zwei Zimmern?«

»Ich habe mehr als genug Geld, um die zusätzlichen Kosten zu decken.« Schnapper schenkte sich einen Becher Bier ein.

»Das habe ich nicht gefragt.« Tawl nahm dem Jungen den Becher ab. »Was hast du heute gemacht, außer Nachforschungen angestellt?«

»Ich habe zufällig jemanden getroffen.«

»Wen?«

»Ein Mädchen. Das ist alles. Ein rothaariges Mädchen mit Sommersprossen – sie war hübsch. Sie sagte, sie kennt dich und bat mich um einen Gefallen.«

»Was für einen Gefallen?« Tawls Stimme klang trügerisch ruhig.

»Sie sagte, sie wolle dich auf deinem Zimmer überraschen.« Schnapper errötete. »Sie sagte, sie wolle allein mit dir sein, und ich solle mir ein anderes Zimmer nehmen. Sie hat mir auch gesagt, ich solle dir nichts davon erzählen. Dann hat sie mir als Bezahlung einen Kuß gegeben.«

Tawl lehnte sich gegen die Wand. Das war ein Trick. Das Mädchen stand im Bunde mit Tavalisk oder Larn oder Borc weiß wem. Sie, oder für wen auch immer sie arbeitete, plante, ihn in der Nacht entweder umzubringen oder zu entführen. Tawl war ein wenig enttäuscht; er hatte sie einfach für ein nettes Mädchen gehalten. Seine eigene Naivität ekelte ihn an. Er stand auf.

»Wo gehst du hin?« fragte Schnapper vorsichtig.

»Es ist Zeit, daß ich mir eine ordentliche Waffe besorge.«

Ein paar Stunden später saß Tawl in seinem Zimmer und ölte seine neue Klinge. Der Schmied hatte sich hartnäckig geweigert, so spät noch den Ofen anzuwerfen. Doch Tawl hatte sich nicht so leicht abwimmeln lassen, und er hatte den Mann überrascht, indem er nach dem Preis des Schwertes an der Wand gefragt hatte. Der Schmied hatte protestiert und erklärt, er würde diese

Waffe niemals verkaufen. Dies sei das erste Schwert gewesen, das er als Lehrling zur Zufriedenheit seines Meisters gemacht habe.

Tawl sah, daß es ein einfaches, aber solides Schwert war, genau wie er es bevorzugte – er hatte nichts für Verzierungen an einer Waffe übrig. Schließlich gelang es ihm, den Mann für die weit übertriebene Summe von drei Goldstücken davon zu überzeugen, sich von der Waffe zu trennen. Der Schmied schien wegen des hohen Preises ein schlechtes Gewissen zu haben, denn als Tawl die Schmiede verließ, lief ihm der Mann hinterher. »Hier, nehmt das«, sagte er und gab Tawl eine weiche, schweinslederne Scheide. »Meine Frau macht sie. Ich will, daß Ihr eine bekommt.« Nachdem er ausreichend Buße getan hatte, rannte der Mann wieder zurück in die Schmiede.

Tawl hielt die Zeit für gekommen, ins Bett zu gehen. Er zog die Decken über seinen voll bekleideten Körper. Sein neues Schwert lag neben seinem Bauch, und er hielt das Heft fest umklammert. Das Kampfmesser steckte im Gürtel. Tawl blies die Kerze aus und bereitete sich darauf vor zu warten.

Einige Zeit später, als der Mond lange Schatten ins Zimmer warf, hörte Tawl, wie sich die Tür mit einem Knarren öffnete.

Eine Gestalt stand reglos auf der Schwelle; dann kroch sie langsam auf ihn zu. Tawls Muskeln spannten sich; er war bereit zum Sprung. Die Gestalt erhob sich über dem Bett. Tawl sprang auf, das Schwert in der Hand. Er packte die Gestalt, warf sie aufs Bett und hielt ihr die Klinge an die Kehle.

»Aufhören! Bitte!« schrie eine weibliche Stimme. Das Mädchen war also selbst gekommen.

»Wer hat dich geschickt?« forderte Tawl und drückte die Klinge ins Fleisch seiner Beute.

»Niemand hat mich geschickt. Ich bin von alleine gekommen.« Das Mädchen war beinahe hysterisch. »Bitte, laß mich gehen!«

Tawl durchsuchte das Mädchen mit der einen Hand nach Waffen, während er mit der anderen das Schwert an ihrer Kehle hielt. Er fand keinen Dolch. Dann entzündete er die Kerze, um den Raum zu untersuchen – sie mußte ihre Waffe fallengelassen haben.

Das Licht enthüllte das Gesicht des Mädchens. Es war genau diejenige, die Tawl erwartet hatte: die Tochter des Kleiderhändlers. Tränen des Entsetzens liefen ihre Wangen herab. Sie spielte ihre Rolle wirklich gut. »Wenn du dich bewegst, bringe ich dich um«, zischte Tawl, während er nach dem Dolch suchte. Er durchkämmte den ganzen Raum, doch er konnte nichts finden. Schließlich wandte er sich wieder dem Mädchen zu, das sich angsterfüllt auf dem Bett zusammengekrümmt hatte.

»Wo ist deine Waffe?«

Das Mädchen schaute verwirrt drein. »Ich weiß nicht, wovon du sprichst.« Sie weinte hemmungslos.

»Du bist gekommen, mich zu töten. Du brauchst es gar nicht erst zu leugnen.« Ein Gedanke schoß ihm durch den Kopf, und er riß die Tür auf; niemand war zu sehen. »Wo sind deine Komplizen?«

»Bitte, ich weiß nicht, wovon du redest. Ich bin nicht hergekommen, um dich zu töten.«

»Warum bist du dann hergekommen?« Tawls Stimme klang hart.

»Ich bin hergekommen, um dich zu verführen!« schrie das Mädchen und brach erneut in Tränen aus. Tawl atmete tief durch. Das Mädchen war entweder eine unglaublich gute Lügnerin, oder sie sagte die Wahrheit. Er steckte das Schwert in die Scheide.

»Warum wolltest du mich verführen?« fragte er brüsk, denn er hatte noch immer Zweifel.

»Du bist mir wie der typische romantische Fremde erschienen, beinahe wie ein Ritter mit deinem goldenen Haar und den guten Manieren.« Das Mädchen errötete und weinte gleichzeitig. Tawl wußte nicht, was er sagen sollte. Er gelangte immer mehr zu der Überzeugung, daß er einen Fehler begangen hatte. Er reichte ihr ein Leinentuch, damit sie die Tränen trocknen konnte. Energisch riß sie es ihm aus der Hand und putzte sich die Nase.

»Du scheinst mir ein wenig zu jung zu sein, um fremde Männer zu verführen.«

»Ich bin schon mehr als siebzehn Sommer alt.« Das Mädchen glättete ihren Rock. »Aber du hast mir das mit dem Verführen fremder Männer ein für allemal verleidet.«

»Das freut mich zu hören«, erwiderte Tawl grinsend.

»Ich dachte, du würdest dich freuen, wenn ich komme. Statt dessen hast du mich angefallen und beinahe umgebracht.« Kendras Mut kehrte wieder zurück. »Ich glaube, du bist verrückt! Du kannst von Glück reden, daß ich nicht die Büttel hole.«

»Und was willst du den Bütteln sagen, wenn sie fragen, warum du in meinem Zimmer bist?« Der Ausdruck entrüsteter Wut im Gesicht des Mädchens weckte in Tawl das Bedürfnis zu lachen.

»Ich könnte ihnen sagen, du hättest mich hierher gelockt.«

Tawl öffnete die Tür erneut. »Wenn du dich beeilst, erwischst du vielleicht noch einen, bevor er sich zur Ruhe begibt.«

»Du bist unerträglich! Ich weiß nicht, was ich jemals in dir gesehen habe.« Zwar war sie wütend, aber sie machte keinerlei Anstalten, den Raum zu verlassen. Tawl schloß die Tür wieder.

»Es tut mir leid, daß ich dich erschreckt habe.« Er setzte sich neben sie aufs Bett.

»Versuchst du öfter, Frauen umzubringen, die dich verführen wollen?«

»Ich dachte … vergiß es.« Inzwischen erschien es ihm lächerlich, daß er jemals geglaubt hatte, das Mädchen sei ein Assassine.

»Versucht jemand dich umzubringen?« Kendra hatte

sich wieder beruhigt, und sie schien die Aussicht, in Gefahr und Intrigen verwickelt zu werden, aufregend zu finden. »Als ich dich zum ersten Mal gesehen habe, habe ich sofort gewußt, daß du ein Abenteurer bist. Arbeitest du für den Herzog von Bren?«

»Warum sagst du das?«

»Jeder weiß doch, daß die Männer des Herzogs überall sind und daß sie nichts Gutes im Schilde führen.«

»Nein, ich arbeite nicht für den Herzog von Bren.«

Das Mädchen wirkte ein wenig enttäuscht. »Aber irgend jemand *will* dich doch umbringen, oder? Deshalb hast du mich doch angegriffen – du dachtest, ich wäre eine von ihnen.« Ungeduldig wartete sie auf eine Antwort.

»Ich habe dich für jemand anderen gehalten, ja.« Tawl fühlte sich plötzlich unheimlich müde. »Ich glaube, du gehst jetzt besser.«

Das Mädchen beugte sich zu ihm und küßte ihn zärtlich und vorsichtig auf den Mund. Tawl erwiderte den Kuß; zunächst sanft, doch dann überkam ihn die Lust, und sein Kuß wurde hart und unerbittlich, und seine Zunge bahnte sich einen Weg zwischen ihren Lippen hindurch. Er schlang die Arme um ihre Taille und zog sie zu sich heran. Seine Finger glitten suchend über ihren Körper und tasteten nach den Rundungen von Brust und Hüfte. Er zog an den Schnüren ihres Mieders, und als sie nicht nachgaben, zerriß er den Stoff. Dann glitt seine Hand forschend unter ihren Rock, um die Weichheit ihrer Schenkel zu spüren. Kendra riß sich los; sie war puterrot. Tawl ließ sie gehen, und einen Augenblick lang starrten sie sich schweigend an.

Er stand auf. Das Mädchen ergriff seinen Arm und versuchte, ihn zurückzuhalten. Doch Tawl schob ihre Hand zärtlich beiseite und schritt durch den Raum. Zum dritten Mal in dieser Nacht öffnete er die Tür. »Geh jetzt, Kendra, sonst tue ich etwas, das wir beide bereuen würden.« Seine Stimme hatte einen harten Unterton, und so stand das Mädchen gehorsam auf und ging zur Tür. Als sie das Zimmer verließ, blickte sie Tawl mit einer Mischung aus Furcht und Begierde an.

Kapitel Sechsundzwanzig

Baralis war es leid, auf den Ruf der Königin zu warten. Die Wette war bereits seit zwei Tagen abgelaufen, und dennoch hatte sie ihn noch nicht zu sich bestellt. Sie spielte mit ihm, zwang ihn zu warten, bis sie bereit war; sie wollte jeden noch so kleinen Vorteil in dieser Schlacht des Willens ausnutzen. Es war an der Zeit, den Spieß umzudrehen. Baralis hatte seit Jahren auf diesen Augenblick hingearbeitet, und jetzt würde er sich nicht durch eine simple Verzögerungstaktik aufhalten lassen. »Bring mir mein Gewand!« befahl er Crope. »Ich werde dem König einen Besuch abstatten.«

Nachdem er sich angekleidet hatte, ließ er eine kleine Flasche mit Öl im Futter seines Umhangs verschwinden; ein nützliches Requisit für die geplante Vorstellung. Baralis machte sich auf den Weg zu den königlichen Gemächern. Sein seidenes Gewand raschelte leise. Keine der Wachen machte Anstalten, ihn aufzuhalten. Als er an den Gemächern der Königin vorbeikam, kreuzten die Türposten die Speere, um anzuzeigen, daß die Königin anwesend sei, aber nicht gestört werden wollte. Baralis ignorierte sie und ging weiter – es war nur eine Frage der Zeit, bis die Soldaten ihrer Herrin berichteten, wen sie in den königlichen Gängen gesehen hatten.

Schließlich erreichte Baralis die kunstvollste Tür in der gesamten Burg. Sie war aus Bronze gegossen worden und zeigte Szenen aus der Geschichte der Vier Königreiche: Harvell, Reskor, Granwell, und viele andere Könige – alle sahen sie größer und besser aus, als sie im wirklichen Leben gewesen waren. *Lesketh' Vorfahren waren grundsätzlich klein und häßlich,* dachte Baralis trocken.

»Halt!« schrie die Wache. »Niemand darf dieses Gemach ohne Erlaubnis der Königin betreten.«

»Ich nehme an, du weißt, daß ich es bin, der den König mit Medizin versorgt? Mit der Medizin, die die Königin so schätzt?« Der Wachsoldat nickte; das war allgemein bekannt in der Burg. »Nun«, fuhr Baralis mit sanfter Stimme fort, »ich habe ein neues Öl entdeckt, daß der Schulter des Königs helfen wird. Wahrscheinlich wird er sie sogar wieder bewegen können. Doch bevor ich Ihrer Hoheit davon berichte, möchte ich es zunächst ausprobieren. Ich möchte nicht ihre Hoffnung wecken, nur um sie dann zu enttäuschen.« Die Wache nickte verständnisvoll. »Du würdest sowohl der Königin als auch dem König einen großen Dienst erweisen, wenn du mich durchläßt.« Baralis änderte den Ton seiner Stimme ein wenig; sie klang nun tief und bezwingend. »Ich werde Seiner Majestät kein Leid zufügen. Du kannst sogar mit mir hineinkommen und die ganze Zeit über neben mir stehen, wenn du willst.«

»Wo ist das Öl?« fragte die Wache. Baralis wußte, daß er den Mann bereits überzeugt hatte, doch trotzdem holte er das Fläschchen hervor. Das fein geschliffene Glas funkelte geheimnisvoll. »Also gut, Lord Baralis, Ihr dürft eintreten, aber nur für ein paar Minuten.«

Die schwere Tür schwang geräuschlos auf, und der Kanzler betrat die Gemächer des Königs. Verschwenderische Teppiche und Gobelins in lebhaftem Blau dämpften das Geräusch seiner Schritte. *Was für eine Verschwendung,* sinnierte Baralis, *all diese Pracht für einen bettlägerigen König.* Das erste Zimmer diente lediglich dem Empfang von Gästen; Baralis durchquerte es und betrat das Schlafgemach.

Zwei Leute standen am Bett des Königs: die Heilerin der Königin und der Meister des Bades – *welch ein großspuriger Titel,* dachte Baralis, *für jemanden, dessen einzige Aufgabe darin besteht, den Nachttopf des Königs zu leeren.*

Die beiden waren von der Ankunft des Kanzlers überrascht, aber Baralis hatte nicht die Absicht, sich vor einfachen Dienern zu erklären.

»Lord Baralis, Ihr kommt höchst unerwartet«, sagte der Meister des Bades. Die Heilerin kannte ihren Platz gut genug, um zu wissen, daß man einen Lord nicht herausforderte.

»Unerwartet vielleicht, aber wie ich hoffe auch von Nutzen.« Er öffnete die Flasche und wartete darauf, daß der Meister des Bades es erneut wagen würde, ihn anzusprechen.

»Lord Baralis«, sagte die Heilerin leise, »solltet Ihr beabsichtigen den Inhalt dieser Flasche beim König anzuwenden, dürfte ich dann zuerst einen Blick darauf werfen?«

»Geh und koch ein paar Kräuter, Frau!« Baralis näherte sich dem schlafenden König; Schläfrigkeit war ein positiver Nebeneffekt seiner Medizin.

»Herr, ich flehe Euch an, den Schlaf des Königs nicht zu stören. Er braucht so viel Ruhe wie möglich.« Der Meister des Bades wurde immer nervöser.

»Unsinn, Mann! Der König hat schon viel zu lange geschlafen. Das ist das eigentliche Problem.« Baralis war egal, was er sagte; er wartete auf das unabwendbare Erscheinen der Königin. Und damit dieses Ereignis möglichst bald eintreten würde, rüttelte er den König wach – die erwünschte Wirkung blieb nicht aus: die Heilerin rannte aus dem Raum; zweifelsohne würde sie ihre Herrin über Baralis' Aktivitäten informieren.

Der König erwachte und starrte Baralis aus trüben Augen an; sein Mund formte Worte, doch kein Laut kam heraus, nur Speichel.

»Lord Baralis!« erscholl die wütende Stimme der Königin. »Wie könnt Ihr es wagen, die Gemächer des Königs ohne meine Erlaubnis zu betreten?«

»Euer Hoheit.« Baralis verbeugte sich tief und elegant, während die Königin ans Bett ihres Gemahls trat, um seinen Gesundheitszustand zu überprüfen.

»Ihr habt ihn geweckt!« Wütend drehte sie sich zu Baralis um. »Erklärt Euch!«

»Euer Hoheit hat mich darauf hingewiesen, daß ich keine Erlaubnis hatte«, erwiderte er ruhig. »Aber darf ich fragen, wer berechtigt ist, mir eine solche Erlaubnis zu erteilen?« Baralis wußte, daß auch die Königin jenes besondere, niedergeschriebene Gesetz der Vier Königreiche kannte.

Dieses Gesetz legte fest, daß eine Königin *überhaupt keinen* Anspruch auf Herrschaft hatte, selbst im Fall der Behinderung oder des Tods des Königs. Königin Arinalda herrschte wider das Gesetz an Stelle ihres Mannes. Im Interesse von Einigkeit und Stabilität hatte der Hof lediglich beschlossen, dieses Gesetz vorübergehend zu vergessen.

»Lord Baralis, Ihr bringt da ein sehr gefährliches Thema zur Sprache«, warnte die Königin.

»Gefährlich für wen, Euer Hoheit?« Auch Baralis sprach in warnendem Tonfall.

»Warum seid Ihr hierhergekommen?« Die Königin wich einen Schritt zurück.

»Ich denke, Euer Hoheit weiß warum. Eure Schulden sind überfällig.«

»Also habt Ihr den König benutzt, um meine Aufmerksamkeit zu erregen.« Die Abscheu der Königin war nicht zu überhören.

»Und es scheint funktioniert zu haben.« Baralis gestattete sich den Hauch eines Lächelns.

»Ich werde heute nicht weiter mit Euch sprechen, Lord Baralis.« Sie entließ ihn mit einer abfälligen Handbewegung.

»Wie Euer Hoheit wünscht, aber ich muß für morgen auf einer Audienz bestehen.«

»Ihr müßt darauf *bestehen*! Ihr vergeßt, mit wem Ihr redet, Lord Baralis.« Die Königin vermittelte den Eindruck, als würde sie den Kanzler jeden Augenblick schlagen.

»Bitte verzeiht mir, Euer Hoheit. Selbstverständlich

wollte ich sagen, daß ich auf eine Audienz *hoffe.*« Er wußte, daß die Königin ihm nicht glaubte, aber das war egal. Sie würde sich morgen mit ihm treffen.

»Verlaßt sofort dieses Gemach!« forderte sie hochmütig und wandte ihm den Rücken zu. Baralis verbeugte sich theatralisch vor dem König und ging.

Er schlenderte langsam zu seinen eigenen Gemächern zurück. Er war äußerst zufrieden; alles war nach Plan verlaufen. Baralis hatte die Königin nicht nur zu einer Audienz gezwungen, er hatte ihr bei dieser Gelegenheit auch gezeigt, wie angreifbar ihre Position war.

Tawl verfluchte den Schnee; er würde seine Ankunft bei Bevlin um einen weiteren Tag verzögern. Als sie Ness vor zwei Tagen verlassen hatten, hatte er gewußt, daß sie auf ihrem Weg auf Schnee treffen würden – die Wolken hatten sich zu einer grauen Decke zusammengezogen, und der Boden war ein wenig aufgeweicht.

Tawl war froh, einen neuen Umhang und eine neue Tunika gekauft zu haben. Sollte Kendra sie wirklich genäht haben, wie sie behauptet hatte, dann hatte sie gute Arbeit geleistet. Das Werk war fehlerfrei, die Nähte gerade wie ein Schilfhalm und der Stoff gut geschnitten. Der Kleiderhändler hatte sich die Freiheit genommen, den Umhang in eben jener Farbe zu füttern, die Tawl abgelehnt hatte. Schnapper jedoch hatte Gefallen an dem leuchtenden Purpurrot gefunden und darauf bestanden, den Umhang mit der Innenseite nach außen zu tragen.

Als Tawl die Kleider abgeholt hatte, war Kendra zu seiner Erleichterung nirgends zu sehen gewesen. Der Gedanke, sie wiederzusehen, hatte ihn mehr als beunruhigt. Er hatte sich ihr gegenüber schlecht benommen. Tatsächlich war er sogar bereit gewesen, ihr seinen Willen aufzuzwingen. Er hatte schon viele Frauen gehabt – aber Unerfahrene waren etwas anderes, und normalerweise hielt er sich von ihnen fern. Sie verliebten sich rasch, und ihr Herz war leicht gebrochen. Tawl blieb nie lange an einem Ort, und er wußte, daß es einer solchen Frau gegenüber nicht fair war, sie zu lieben und dann zu verlassen.

Also suchte er Trost bei erfahreneren Frauen. Er bevorzugte ältere Geliebte, und das nicht nur, weil sie in der Kunst der Liebe geschickter waren, sondern auch, weil sie ein starkes körperliches Verlangen verspürten, das ein Mädchen nur vortäuschen konnte. Tawl mochte es, wenn seine Frauen willig waren ... und vernünftig genug, um zu verstehen, warum er am nächsten Morgen weiterziehen mußte.

Als Ritter war er verpflichtet, niemals zu heiraten. Valdis betrachtete Frauen als Bedrohung, als Rivalen im Kampf um die Loyalität eines Ritters. Bei der Gründung des Ordens war die Ehe noch erlaubt gewesen; doch der anschließende Fünfzigjährige Krieg hatte beinahe fünftausend Rittern das Leben gekostet, und viele von ihnen hatten Frauen und Kinder zurückgelassen. Daraufhin hatten die damaligen Mächte beschlossen, in Zukunft zu vermeiden, daß Tausende Frauen und Kinder plötzlich ohne Ernährer dastanden. Also hatte man die Ehe verboten. Was einst als Maßnahme begonnen hatte, um Frauen und Kinder vor dem Hungertod zu bewahren, hatte sich im Laufe der Zeit in ein Kontrollinstrument verwandelt. Man erwartete von einem Ritter, seine natürlichen Bedürfnisse zu unterdrücken und die Energie seiner Leidenschaft in den Dienst von Valdis zu stellen.

Wie viele andere Ritter auch, so kam auch Tawl nicht ohne den Trost der Frauen aus. Inzwischen hatte er den Eindruck gewonnen, daß Valdis, indem es die körperliche Liebe verbot, in Wahrheit die Frauen verdammte. Sie wurden als gottlose Versuchung betrachtet, die einen Ritter nur von seinen edlen Zielen ablenkten. Tawl hatte viele Frauen in vielen Städten gekannt, und er wußte, daß Valdis sich in diesem Punkt irrte. Frauen besaßen das gleiche Potential zum Edelmut wie Männer, und ihre Fähigkeit zu lieben war sogar höher entwickelt. Valdis hatte einen schweren Fehler begangen, als es seinen Rittern verboten hatte zu heiraten. Ein Mann mit einer Familie ehrte und förderte die Menschlichkeit. Und war das nicht eines der Grundprinzipien der Ritterschaft: die Heiligkeit des menschlichen Lebens zu schützen?

Tawl zog den Umhang enger um die Schultern. Nichts davon entschuldigte sein Verhalten gegenüber der Tochter des Kleiderhändlers. Zumindest konnte von einem Ritter erwartet werden, sich zu beherrschen. Das Mädchen war offensichtlich noch Jungfrau gewesen, mehr auf der Jagd nach Abenteuern denn nach einer Liebesnacht. Tawl wußte, daß er sie nicht hätte küssen sollen, aber noch viel schlimmer war, daß er beinahe die Kontrolle über sich verloren hätte. Er hatte sich selbst nicht mehr wiedererkannt. Hätte die Umarmung noch eine Sekunde länger gedauert, wäre er Gefahr gelaufen, das Mädchen zu vergewaltigen. Daß sie selbst zumindest teilweise damit einverstanden gewesen wäre, war ohne Bedeutung. Sie war jung, und sie wußte noch nicht, was sie wollte. Tawl drehte sein Gesicht in den kalten Nordwind. So etwas zu tun, entsprach überhaupt nicht seiner Art. Das Mädchen war zu jung gewesen. Sie war zwar ungefähr im selben Alter wie Megan, aber Megan war durch ihr Leben auf der Straße vorzeitig gereift und erfahren in der Kunst der Liebe.

Megan. Tawl fragte sich, was wohl aus ihr geworden war. Er vertraute darauf, daß sie sich ein besseres Leben geschaffen hatte. Vielleicht war sie mittlerweile Näherin oder Blumenmädchen. Mit neunzehn Goldstücken in der Tasche konnte sie es sich auch leisten, ein paar Jahre überhaupt nicht zu arbeiten – selbst in einer so teuren Stadt wie Rorn. Tawl hoffte nur, daß sie nicht länger durch die Straßen zog. Das Leben einer Prostituierten war hart und oft gefährlich. Es beraubte ein Mädchen seiner Jugend, seines Aussehens, und schließlich seines Muts. Solange sie nicht auf der Straße war, war er zufrieden.

Tawl und Schnapper hatten inzwischen die Gebirgsausläufer hinter sich gelassen, und vor ihnen erstreckte sich eine sanft abfallende Ebene. Der erste Schnee des Winters lag wie ein Flickenteppich auf den Feldern und Weiden. Tawl sorgte sich um den Jungen: seine Erkältung war nicht verschwunden, sie war sogar noch schlimmer geworden, und er hatte leichtes Fieber. Für Tawl bedeutete das, noch schneller als beabsichtigt zu Bevlin kommen zu müssen – der Gelehrte würde den Jungen heilen können. Wahrscheinlich würde ein Schluck Lacus dafür schon ausreichen.

Seit einigen Tagen spürte Tawl, daß sich eine undeutliche Spannung in ihm aufbaute, als würde er ein enormes Gewicht auf seinen Schultern tragen, das an Körper und Geist zehrte. Er war ungehalten gegenüber Schnapper gewesen, und nun der Vorfall mit der Tochter des Kleiderhändlers. Er war von einer Ungeduld erfüllt, die er nicht verstehen konnte. Er *mußte* Bevlin sehen. In der Gegenwart des alten Gelehrten zu sein versprach Erleichterung. Bevlin würde ihn aufnehmen und aufbauen; er würde ihn darauf vorbereiten, seine Aufgabe zu erfüllen und den Jungen zu finden.

Tavalisk war im Bad. Das große Marmorbecken wurde mit warmem Wasser und wohlriechenden Essenzen gefüllt. Diener bereiteten alles vor, was der Erzbischof benötigen würde: Duftöle zum Waschen, eine Bürste aus Ponyhaar, um den Rücken zu schrubben, und Leinentücher zum Abtrocknen. Der Erzbischof selbst saß in ein seidenes Gewand gehüllt auf einem Stuhl und nickte desinteressiert, während ihm ein junges Mädchen die Zehennägel schnitt und Gamil über Kirchenpolitik referierte. *Er, der der Heiligste ist* hatte sich an seine Erzbischöfe gewandt und sie um Nachsicht gegenüber den Rittern gebeten. Nachsicht! Was wußte seine Heiligkeit schon von den Geschehnissen in der Welt? Er, der er in der fernen Stadt Silbur hockte? Er konnte sowieso nichts tun, denn er besaß keine Macht: religiöse Ämter waren nur so mächtig wie der Mann, der sie innehatte. Und seine Heiligkeit war noch nie ein großer Politiker gewesen.

»Sei vorsichtig mit dieser Schere, Kind«, warnte der Erzbischof. Er ignorierte seinen Sekretär und las weiter in Marods Prophezeiung.

»Euer Eminenz hat bewundernswerte Füße«, kommentierte Gamil. »Keine Spur von Hühneraugen.«

»Ja, sie sind schön, nicht wahr?« Tavalisk legte sein Buch beiseite. »Das kommt von einem Leben akademischer Gelassenheit. Solche Füße bekommt man nicht, wenn man dauernd auf ihnen herumläuft.«

»Glücklicherweise bekleidet Euer Eminenz eine Stellung, in der man nicht so häufig laufen muß.« Tavalisk warf seinem Sekretär einen warnenden Blick zu, doch auf Gamils Gesicht war keine Spur von Ironie zu sehen.

»Große Männer erledigen ihre Arbeit im Sitzen, Gamil. Geringere Menschen so wie du verdienen sich ihren Lebensunterhalt im Stehen.« Tavalisk bemerkte, daß alles für sein Bad bereitet war. Er stand auf, und eine Dienerin eilte herbei und half ihm aus dem Gewand. Gamil wandte sich diskret ab, als der blasse, fleischige Körper des Erzbischofs enthüllt wurde.

Tavalisk ging ein paar Schritte in das dampfende Wasser; sofort rötete sich seine Haut wie ein gekochter Hummer. Das Wasser war ein wenig heißer, als er es normalerweise bevorzugte. Erst als er bis zum Hals unter Wasser war, hielt es Gamil für angebracht, wieder zu seinem Herrn zu blicken. »Ich habe das Antwortschreiben an Lord Maybor aufgesetzt, Euer Eminenz. Hult wird Euch später eine Kopie davon bringen.«

»Sehr gut. Es soll noch heute abgeschickt werden.« Tavalisk hob anmutig einen Fuß aus dem Wasser, so daß die Dienerin ihn waschen konnte.

»Tyren ist ziemlich verärgert. Die Ritter reden davon, eine Protestnote zu verfassen.«

»Eine Protestnote! Wie typisch.« Tavalisk konnte seine Schadenfreude kaum verbergen. »Oh, wie ich vor Angst zittere. Allein der Gedanke daran jagt mir unbändige Furcht ein. Tyren spielt wieder den frömmelnden Eiferer.«

»In Toolay hat es Unruhen gegeben, Euer Eminenz.«

»Unruhen! Das hast du *wirklich* gut gemacht, Gamil.« Der Erzbischof hob den Blick und bemerkte eine gewisse Selbstgefälligkeit auf dem Gesicht seines Sekretärs.

»Das war nichts Besonderes, Euer Eminenz, nur ein paar Schauspieler an der richtigen Stelle; einer von ihnen hat einen Ritter gespielt und öffentlich die Flagge von Toolay verbrannt, und der andere hat die Leidenschaft der Menge angestachelt.«

»Die Flagge von Toolay hat er verbrannt, ach wirklich! An deiner Stelle würde ich lieber aufpassen, Gamil. Sei nicht klüger, als gut für dich ist.« Tavalisk hob seinen fetten Arm, damit er gewaschen werden konnte.

»Die Schläue Eurer Eminenz hat mich inspiriert.« Gamil versuchte, sich aus der unangenehmen Situation hinauszukomplimentieren.

»Du solltest besser nicht vergessen, *wie* schlau ich sein kann, Gamil.« Er lächelte seinem Sekretär wohlwollend zu. »Können wir davon ausgehen, daß Toolay in absehbarer Zeit ein Gesetz über die Ausweisung der Ritter verabschieden wird?«

»Das glaube ich mit Sicherheit, Euer Eminenz.«

»Und was ist mit unserem eigenen Ritter?« Die Dienerin rieb nun Öl in die rundlichen Schultern des Erzbischofs.

»Er hat Ness vor einigen Tagen verlassen. Ich nehme an, daß er morgen oder übermorgen die Hütte des Gelehrten erreichen wird.«

»Gut. Was ist mit dem Mädchen, das wir in Gewahrsam haben; behandeln wir sie gut?«

»So gut wie es eine Prostituierte verdient, Euer Eminenz.«

»Na, na, na, Gamil. Wir wissen doch beide, daß beschädigte Waren auf dem Markt keinen hohen Preis mehr erbringen.«

»Ich werde mich darum kümmern, daß sie nicht beschädigt wird, Euer Eminenz. Doch leider ist das Verlies, in dem sie gefangengehalten wird, klein und feucht, und der Geruch der Klärgruben zieht herein.«

»Tu einfach dein Bestes.« Tavalisk wandte sich an die Dienerin. »Mehr Duftstoffe, Mädchen.«

»Wenn Euer Eminenz gestattet, werde ich mich jetzt zurückziehen. Ich habe mich um vieles zu kümmern.«

»Bevor du gehst, Gamil, darf ich dir einen Vorschlag machen?«

»Selbstverständlich, Euer Eminenz.«

»Es wäre keine schlechte Idee, wenn du von Zeit zu Zeit baden würdest. Es ist nicht angebracht, daß mein Sekretär wie ein halb verfaulter Tintenfisch riecht.« Amüsiert beobachtete Tavalisk, wie Gamils Gesicht in einem lebhaften Rot erstrahlte. Hastig trat der Sekretär den Rückzug an. Als sich die Tür hinter Gamil schloß, nahm der Erzbischof wieder seine Kopie von Marods Prophezeiung zur Hand. Inzwischen war die Seite deutlich abgenutzt. Zum wiederholten Male las Tavalisk den Text:

Wenn Männer von Ehre in Gold statt Würde handeln;
Wenn zwei Mächte sich verbinden,
Dann wird der Tempel fallen,
Und das Reich des Bösen wird kommen,
Und die Welt wird Tod und Zerstörung kennen.

Einer wird kommen, ohne Vater und ohne Geliebte,
Aber einer anderen versprochen,
Und er wird das Land von seinem Fluch befreien.

Ein Lächeln stahl sich auf Tavalisks Gesicht; er hatte eine Idee.

Maybor wartete in den Ställen der Burg. Traff hatte ihn um ein Treffen gebeten. Die Ställe waren groß und geräumig, aber nur wenige Pferde standen in den Boxen. Viele der jungen Lords und Junker waren in den Krieg gegen die Halcus gezogen und hatten ihre Männer und Pferde mitgenommen. Maybor hielt die Zeit für gekommen, daß auch Kedrac in den Krieg zog – seine beiden anderen Söhne hatten die Burg bereits vor zehn Tagen verlassen, um sich der Armee östlich des Nestor anzuschließen. Auch seinem ältesten Sohn würde es guttun, eine Weile vom Hof wegzukommen.

Seit jener Ohrfeige im Burghof war Kedrac seinem Vater aus dem Weg gegangen. Als sie sich vor einigen Tagen zufällig im Speisesaal begegnet waren, hatte sein Sohn sogar so getan, als würde Maybor überhaupt nicht existieren. Das Schauspiel war nicht unbemerkt geblieben, und seitdem waren Maybor und sein Sohn Gegenstand manch abfälliger Bemerkung.

Ja, dachte Maybor, es würde ihnen beiden gut tun, wenn Kedrac den Hof für ein paar Monate verließ. Das würde seinem Sohn Gelegenheit geben, sich wieder zu beruhigen, und Maybor müßte nicht mehr ständig an ihren Streit denken. Kedrac war viel zu ungestüm und zu dickköpfig, als gut für ihn war. Maybor erinnerte sich an Kedracs Mutter, seine erste Frau. Sie war nicht nur körperlich verunstaltet gewesen, sondern auch verrückt. Vielleicht erklärte dies das Temperament seines Sohnes. Auf jeden Fall zog Maybor die Gesellschaft seiner beiden jüngeren Söhne vor, und insgeheim wünschte er, einer von ihnen würde ihm als Lord nachfolgen. Doch das würde nur geschehen, falls Kedrac im Krieg fallen sollte.

Traffs Ankunft riß Maybor aus seinen Gedanken. Allein der Anblick des Mannes erweckte eine ungeheure Abscheu in ihm. Er haßte Söldner – im einen Augenblick kämpften sie für die Königreiche, und im nächsten für die Halcus. Sie dienten jedem, der sie bezahlen konnte. Maybor hatte in genug Schlachten gekämpft, um zu wissen, daß Söldner beim ersten Anzeichen von Schwierigkeiten das Feld verließen; andererseits waren sie auch die ersten, wenn es um das Ausplündern der Gefallenen ging. Jeder Mann, der als ehrenhafter Soldat gedient hatte, haßte Söldner.

Traff legte Wert darauf, die Ställe zunächst zu untersuchen. »Man kann gar nicht vorsichtig genug sein, wenn Lord Baralis mit im Spiel ist«, erklärte er. »Der Mann kommt in jeden Teil der Burg.«

»Ach, wirklich.« Maybors Desinteresse war nur vorgetäuscht. In Wahrheit war er äußerst begierig, so viel wie möglich über seinen Gegenspieler zu erfahren.

»Ja, die ganze Burg ist von einem Labyrinth aus Tunneln durchzogen. Baralis ist der einzige, der weiß, wie man sie benutzt.«

»Ich kenne die Tunnel.« Maybor hatte gehört, Harvell der Wilde habe ein paar Tunnel anlegen lassen, um Damen seines Hofstaats zu verführen und um im Falle einer Krise unbemerkt entkommen zu können; aber er hatte nicht gewußt, daß diese Tunnel so ausgedehnt waren, wie Traff behauptete. Wenn Baralis wirklich Zugang zu vielen Räumen der Burg hatte, dann konnte er sich wahrscheinlich auch in Maybors Gemächer schleichen; zumindest würde das die beiden Attentatsversuche erklären. »Warst du in diesen Tunneln?« fragte er beiläufig.

»Vielleicht.« Traff hielt seine Karten noch immer verdeckt.

»Ich denke, es wird Zeit, geradeheraus zu reden, Freund. Ich will, daß Baralis verschwindet, und dazu brauche ich Hilfe. Du kannst mir helfen und dir selbst gleichzeitig auch.«

»Ihr scheint sehr direkt zu sein, also werde auch ich nicht um den heißen Brei herumreden«, erwiderte Traff. »Ich bin bereit, Euch zu helfen, aber nur wenn Ihr meine Bedingungen erfüllt.«

»Sag, was du willst.« Darauf hatte Maybor gewartet.

»Als erstes will ich zweihundert Goldstücke … in bar.« Traff blickte zu Maybor, der zustimmend nickte.

»Abgemacht.«

»Zweitens werde ich Euch nicht als Assassine dienen. Doch ich bin bereit, Euch auf andere Art behilflich zu sein. Ich werde Euch Einzelheiten seiner Pläne verraten, Euch seine geheimen Schlupfwinkel zeigen, Euch über seine besonderen Fähigkeiten informieren und so weiter; aber ich bin nicht dumm genug, um einen Anschlag auf sein Leben zu unternehmen.«

»Einverstanden.« Maybor hatte eine solche Bedingung erwartet. »Sonst noch etwas?« Traff schwieg eine Minute und sah Maybor mit berechnendem Blick in die Augen. »Rede, Mann!« drängte Maybor, der des Wartens müde wurde.

»Ich fühle mich zu einer Frau hingezogen.« Traff schwieg erneut, und Maybor fragte sich, worauf er hinauswollte.

»Ich werde das Mädchen deiner Wahl mit einer angemessenen Mitgift ausstatten.« Maybor nahm an, Traff wolle seine Gier nach mehr Geld hinter einer Mitgift verstecken.

»Ihr seid bereits dazu verpflichtet, das Mädchen meiner Wahl mit einer Mitgift auszustatten.«

Maybor erwiderte kein Wort. Er konnte kaum glauben, was er soeben gehört hatte – das einzige Mädchen, das er mit einer Mitgift ausstatten *mußte,* war seine Tochter. Der Söldner wollte doch wohl kaum damit sagen, daß er Melliandra heiraten wollte. *Seine Tochter!* Das Mädchen wäre Königin geworden, wäre sie nicht weggelaufen. Wie konnte der Mann es wagen, einen derart ungeheuerlichen Vorschlag zu machen? Melliandra war sein ein und alles, und er würde sie nie einem so verachtenswerten Schwein überlassen. »Weißt du, was du da gerade gesagt hast?« fragte Maybor. Er stand kurz davor, die Fassung zu verlieren.

»Ich brauche eine Frau, und Eure Tochter ist mir

gerade recht. Sie ist ein ansehnliches Mädchen, aber ich bezweifle, daß sie jetzt noch einen Lord findet, der bereit wäre, sie zu heiraten.« Traff grinste. Maybor konnte sich nicht mehr beherrschen und schlug dem Mann mitten ins Gesicht.

»Wie kannst du es wagen, so über meine Tochter zu sprechen?«

»Kommt schon, Lord Maybor.« Traff klang kühl, sogar ein wenig amüsiert. »Es muß Euch doch klar sein, daß man eine Tochter, die weggelaufen und in Duvitt als Hure ausgepeitscht worden ist, kaum noch als Hauptgewinn bezeichnen kann. Ihr solltet froh sein, sie loszuwerden. Sie kann nie wieder an den Hof zurückkehren, und falls doch, dann bringt sie Euch nur Schande.«

Trotz seiner Wut erkannte Maybor, daß in den Worten des Mannes ein Körnchen Wahrheit lag. Inzwischen wußte der gesamte Hofstaat, daß Melli weggelaufen war. Traff hatte recht: kein Lord, der an Prestige und Karriere interessiert war, würde sie jetzt noch zur Frau nehmen. Natürlich würden sich noch einige Bewerber aus dem niederen Adel finden, die hinter Maybors Geld her waren – jene Männer, die Maybor über alles verachtete. Mit ihrer Flucht hatte Melliandra ihr Leben ruiniert. Sie hätte die erhabenste Frau des Königreichs sein können, doch jetzt war sie so tief gesunken, daß ein dreckiger Söldner um ihre Hand anhielt.

Maybor blickte zu Traff, der auf eine Antwort wartete. Eines war sicher, Maybor würde niemals zulassen, daß dieser Mann seine Tochter heiratete. Melliandra mochte ihm Schande bereitet und ihm den Gehorsam verweigert haben, aber er liebte sie noch immer. Allein der Gedanke, daß Traff sie berühren könnte, erschütterte ihn bis ins Mark. Maybor würde den Söldner eher frohen Herzens umbringen, als eine solche Verbindung zu gestatten – der Vorschlag allein hatte bereits Mordlust in ihm geweckt. Aber was würde ihm das bringen? Wenn er Melliandra finden wollte, dann brauchte er

Traffs Hilfe. Maybor blieb keine andere Wahl, als dem Vorschlag zuzustimmen. Er atmete tief durch und schwor sich insgeheim, daß der Söldner seinen Hochzeitstag nicht mehr erleben würde.

»Dann lebt meine Tochter also noch. Wann hast du sie zum letzten Mal gesehen?« Maybor brachte es einfach nicht über die Lippen: *du kannst meine Tochter heiraten* – die Worte brannten in seiner Kehle.

»Ihr geht also auf meine Bedingung ein?« Traff war mißtrauisch. Maybor erkannte, daß er überzeugender auftreten mußte.

Wieder atmete er tief durch. »Du hast recht, mein Freund, wenn du sagst, daß sie niemand mehr heiraten wird. Sie ist für mich nicht mehr von Nutzen, ein Mühlstein um meinen Hals. Du kannst sie haben, wenn du sie findest. Aber sie ist immer noch meine Tochter, und deswegen kannst du davon ausgehen, daß sie eine angemessene Mitgift bekommen wird.« Maybor fügte seiner Lüge noch einen letzten Schnörkel hinzu. »Wenn ihr verheiratet seid, und ich sollte herausfinden, daß du sie nicht gut behandelst, dann werde ich entsprechend darauf reagieren.« Das schien gereicht zu haben; das Mißtrauen verschwand aus Traffs Gesicht.

»Dann ist es also abgemacht. Wenn ich sie finde, werden wir heiraten. Wie hoch ist die Mitgift, die ich erwarten kann? Ich werde ausreichend Geld brauchen, um Eurer Tochter das Leben zu bieten, das sie gewöhnt ist.« Maybor traute seinen Ohren nicht. Kannte die Unverschämtheit des Mannes denn überhaupt keine Grenzen? Er knirschte mit den Zähnen.

»Meine Tochter wird keine Not leiden.« Maybor hatte Mühe, sich zu beherrschen. »Also … wann hast du sie zum letzten Mal gesehen?«

»Lord Maybor, ich habe Euch bereits vorhin gesagt, daß ich das Geld im voraus haben will. Ich bin bereit, Euch alles zu sagen, was Ihr wissen wollt, aber zuerst das Geld … als Sicherheit, versteht Ihr?« Maybor konnte nur nicken. Die Frechheit des Mannes hatte ihn stumm werden lassen. Daß ein Söldner sein Wort in Fragen des Geldes anzweifelte, war einfach absurd.

»Bringt das Geld morgen um dieselbe Zeit. Und seid vorsichtig. Baralis hat seine Ohren überall.« Traff stolzierte davon.

Maybor war ernsthaft versucht, Baralis darüber zu informieren, daß einer seiner Männer zum Verräter geworden war. Sicherlich würde der Kanzler sich eine entsprechend harte Strafe für den Söldner ausdenken. Und bei Borc, der Mann hatte es verdient!

Auf dem Weg zurück zur Burg bemerkte Maybor ein ungewohntes Gefühl. Da war etwas unter seiner Wut, das er nicht sofort erkannte: Scham. Was für ein Vater war er überhaupt? Er hatte sich nicht nur mit dem Vergewaltiger seiner Tochter verschworen, jetzt hatte er ihm sogar ihre Hand versprochen!

Sie suchten nach einem Lagerplatz für die Nacht. Es war zwar noch immer hell, aber aus Erfahrung wußte Jack, daß im Winter die Nacht rasch hereinbrechen konnte. Melli hatte die Aufgabe, einen geeigneten Untergrund zu suchen, und Jack sollte Wasser finden.

Seit sie den Bauernhof der alten Frau verlassen hatten, waren sie die meiste Zeit der Straße in Richtung Osten gefolgt. Sie waren aber nicht auf der Straße selbst marschiert, sondern hatten sich so weit wie möglich unter den Bäumen gehalten. Manchmal war es schwierig gewesen, wenn Bäche oder Gräben ihnen den Weg versperrt hatten, und viel Zeit war verloren gegangen, während sie diesen Hindernissen auswichen, um weiterhin der Straße folgen zu können.

Die Temperaturen waren in den vergangenen Tagen wieder etwas angestiegen, doch Jack hatte recht gehabt, als er Schnee prophezeit hatte. Heute morgen waren die ersten Flocken gefallen, und seitdem hatte es nicht mehr aufgehört zu schneien. Aufgrund des Wetters war es sogar von Vorteil, nicht auf der Straße zu reisen. Dort gab es nämlich keine Wurzeln, die die Erde festhielten, und so hatte sich der Straßenbelag rasch in Schlamm verwandelt. Die wenigen Menschen, die Jack und Melli auf der Straße gesehen hatten, hatten große Schwierigkeiten, ihre Wagen und Tiere in dem Morast voranzubringen.

Im Wald wurde die Erde von den mächtigen Wurzeln der Bäume gehalten, und obwohl es glatt war, so war es doch noch lange nicht so gefährlich wie auf der Straße. Der Schnee blieb nicht liegen; es waren nur wenige Flocken, und der Boden war noch zu warm. Wasser floß durch Gräben und bildete kleine Bäche, die den ganzen Wald durchzogen.

Melli hatte die letzte Woche sogar als friedlich empfunden. Sie war froh, wieder im Wald zu sein; sie genoß die frische Luft und bewunderte die winterliche Landschaft. Nachdem sie tagelang in einem winzigen Raum eingesperrt gewesen war, wußte sie die Freiheit des Waldes erst richtig zu schätzen. Hier konnte sie gehen wohin und so schnell sie wollte. Auf der Reise mußten nur einfache Entscheidungen getroffen werden: wieviel man essen wollte, wo man schlief, und wann man sich ausruhte. Erst am Ende der Reise würde sie sich wieder mit der wirklichen Welt auseinandersetzen müssen.

Sowohl Melli als auch Jack wußten, daß sie verfolgt wurden, wahrscheinlich von Männern und Hunden. Gestern hatten sie das vertraute Donnern von Hufen in der Ferne gehört, das einen sich nähernden Reitertrupp ankündigte. Jack hatte sofort gehandelt. Er hatte Melli in einen Graben gezogen, und sie beide mit Laub zugedeckt. Die Reiter waren vorbeigeritten. Obwohl keiner von ihnen es zugeben wollte, so waren sie doch beide froh, daß es zu keiner Konfrontation gekommen war. Melli schauderte bei dem Gedanken, was sonst vielleicht geschehen wäre.

Jack hatte den Vorfall an der Jagdhütte nicht mehr erwähnt, und Melli akzeptierte sein Schweigen und hatte ebenfalls nichts mehr dazu gesagt. Doch sie war sicher, daß Jack zumindest von Zeit zu Zeit darüber nachdachte, denn manchmal verdunkelte sich sein Gesicht, und seine Augen wurden leer. Ein- oder zweimal hatte er im Schlaf geschrien, aber Melli hatte die Worte nicht verstanden. Sie wollte Jack trösten, ihm sagen, alles würde wieder gut werden, doch er hatte sich verändert. Er zog sich immer mehr zurück, und wenn Melli darüber nachdachte, dann mußte sie sich eingestehen, daß sie nicht mehr daran glaubte, daß alles wieder gut werden würde.

Ja, er hat sich verändert, dachte Melli, während sie ihn dabei beobachtete, wie er Rindenstücke von den Bäumen brach,um sie als Feuerholz zu benutzen. *Er ist erwachsener geworden, selbstsicherer*. Jack besaß nicht mehr die glatte Stirn eine Jungen – Sorgenfalten zeichneten sich in seinem Gesicht ab. Melli ging zu ihm hinüber. Sie breitete ihre Decke auf der feuchten Erde aus und kniete sich neben ihn. »Die Nacht ist nicht gerade angenehm, um draußen zu schlafen.« Sie holte ein Stück Pökelfleisch aus ihrem Bündel und begann, es in Scheiben zu schneiden.

»Deswegen habe ich gedacht, wir sollten ein Feuer anmachen.« Er schlug die Rindenstücke in der Mitte durch und legte so mehr von dem darunterliegenden, trockenen Holz frei. »Jetzt sollte es eigentlich brennen.«

»Glaubst du, daß es gut ist, ein Feuer zu machen? Was ist, wenn Baralis' Männer den Rauch sehen?«

»Wenn sie wie wir im Wald sind, dann können sie nicht durch die Bäume hindurchsehen. Ich weiß, daß es riskant ist, aber wir sind weit genug weg von der Straße, und du scheinst ein wenig Wärme gebrauchen zu können.«

»Wegen mir mußt du kein Feuer machen. Mir ist eigentlich recht warm. Das Kleid, das mir die alte Frau gegeben hat, ist ziemlich dick und hält die Kälte ab.«

»Melli, deine Hände und deine Nase sind ganz blau vor Kälte. Hier«, er reichte ihr seine Decke, »leg die um die Schultern.«

Melli nahm die Decke dankbar an und schaute zu, wie Jack das Feuer vorbereitete. Schließlich züngelten die ersten Flammen empor, und das Holz knisterte angenehm. Die beiden Gefährten rückten dicht an das Feuer heran, um Hände und Füße zu wärmen, und Melli zog die Decke über den Kopf, um den Schnee abzuhalten. »Was wirst du tun, wenn du Bren erreicht hast?« fragte sie.

»Du meinst, *falls* ich Bren erreiche.« Jack schnitzte an einem Stück Holz. Er seufzte und sagte: »Ich weiß es nicht. Wahrscheinlich könnte ich irgendwo als Bäckerlehrling anfangen, obwohl ich eigentlich schon zu alt dafür bin.« Er klang verbittert.

»Sicher kannst du deinen Lebensunterhalt auch noch auf eine andere Art verdienen.« Melli dachte rasch nach. »Wenn wir Annis erreichen, könnte ich etwas Geld von meinen Verwandten bekommen, und du könntest dich damit irgendwo als Bauer niederlassen.«

»Ich bin ziemlich sicher, daß deine Verwandten dir kein Geld geben werden, damit du es einem Bäckerjungen schenkst.« Jack warf das Stück Holz ins Feuer. »Melli, du bist für meine Zukunft nicht verantwortlich.« Er sprach sanft und leise. »Du mußt dir um mich keine Sorgen machen. Sorge dich lieber um dich selbst.«

»Was willst du damit sagen?«

»Wie lange hast du nichts mehr von deinen Verwandten gehört? Woher willst du wissen, daß sie dich aufnehmen? Sie könnten dich genauso gut geradewegs wieder zu deinem Vater zurückschicken.«

»Es sind keine Verwandten meines Vaters. Meine Mutter hatte eine jüngere Schwester, Eleanor hieß sie, glaube ich. Sie hat einen niederen Lord aus Annis geheiratet. Ich hoffe, daß sie oder jemand aus ihrer Familie noch lebt. Wir haben nie Briefe von ihr bekommen. Ich kenne noch nicht einmal den Namen des Mannes, den sie geheiratet hat; aber ich bin sicher, daß sie mich aufnehmen wird, wenn ich sie finde – meine Mutter hat mir immer erzählt, wie sehr sie sich als Kinder geliebt haben.«

»Deine Mutter ist tot?« fragte Jack.

»Sie ist vor zehn Jahren gestorben. Mein Vater hat sie ins Grab gebracht. Er hat sie nur geheiratet, um an das Land ihres Vaters zu kommen. Sie hatte ein fürchterliches Leben: eingesperrt in einer Burg, ungeliebt, und mein Vater hat mit jeder angebändelt, die ihm über den Weg lief. Sie war keine starke Frau; die ewige Sorge hat sie ausgelaugt.« Melli starrte ins Feuer. »Ich bin lieber hier im Wald, friere und habe kein Geld, als ein Leben zu führen wie das ihre.«

Eine Zeitlang schwiegen beide, jeder in seine eigenen Gedanken versunken. Es hörte auf zu schneien und der Wind legte sich, so daß der Rauch des Feuers kerzengerade in die Luft stieg. »Was ist mit deiner Familie, Jack? Wo sind deine Eltern?« Zunächst dachte Melli, er hätte sie nicht gehört. Sekunden verstrichen ohne eine Antwort. Jack blickte nach wie vor ins Feuer, und in seinem Gesicht zeigte sich keine Reaktion. Gerade als Melli die Frage wiederholen wollte, sagte er:

»Meine Mutter ist seit acht Jahren tot. Einen Vater habe ich nicht.«

Melli wartete. Da mußte doch noch mehr sein? Das Feuer knisterte, und die Flammen schlugen hoch und strahlten ein warmes Licht in die kalte Nacht. Sie konnte Jacks Atem hören und das Auf und Ab seiner Brust sehen. Dann folgte sie seinem Blick zu den Sternen.

»Irgendwo unter diesem Himmel liegen die Antworten verborgen.«

»Antworten auf was?«

Jack schüttelte den Kopf. »Das weiß ich nicht, Melli. Es gibt so vieles, daß ich nicht verstehe. Es scheint, als sei es mir nicht erlaubt, Dinge zu wissen, die alle anderen als selbstverständlich betrachten.«

»Was für Dinge?«

»Einfache Dinge«, antwortete er. »So zum Beispiel woher meine Mutter gekommen ist.« Plötzlich sprang Jack erregt auf. »Du wirst nie wissen, wie es ist, keinen Vater zu haben, ohne Hintergrund aufzuwachsen und nicht zu wissen, wer du bist. Für dich ist es leicht, Melli. Du bist so selbstbewußt. Wenn du jemanden triffst, hast du keine Angst, daß er dich nach deiner Familie fragen könnte.« Jack drehte sich zu ihr um. »*Ich* weiß ganz genau, wie das ist!«

»Es tut mir leid ...«

»Warum? Es ist nicht deine Schuld. Du hast nur die gleiche Frage gestellt wie alle anderen auch.« Er trat zu ihr und hockte sich neben sie. Melli spürte, wie seine Hand nach der ihren tastete. »Und jetzt das mit den Söldnern. Was ist da in mir, Melli? Warum bin ich anders?«

Seine haselnußbraunen Augen baten um etwas ganz Einfaches. Aber was sollte sie sagen? Sie hatte kein Wort des Trostes, und sie kannte keine Antwort. Aus irgendeinem Grund kehrten Mellis Gedanken zu der Vorahnung zurück, die sie eine Woche zuvor gehabt hatte. Zärtlich drückte sie seine Hand und sagte: »Vielleicht dient das alles ja einem bestimmten Zweck.«

»Wenn das alles einem Zweck dient«, entgegnete Jack, »warum habe ich dann dabei nichts zu sagen?«

Der Wind frischte wieder auf und fachte das Feuer an. Plötzlich war sich Melli wieder der Kälte bewußt. Jack hatte seine eigene Frage beantwortet: das Schicksal fragte niemals, ob jemand zum Tanz bereit war.

Kapitel Siebenundzwanzig

Die Königin betrachtete ihr Spiegelbild. Sie wirkte wesentlich selbstsicherer, als sie sich fühlte, doch sie hätte es auch nicht anders haben wollen – in ihrer Stellung war es wichtig, solche Dinge vortäuschen zu können. Immer und überall mußte sie ruhig erscheinen, königlich und vor allem beherrscht. Seit dem Jagdunfall ihres Gatten hatte die Königin viel über die Wichtigkeit des äußeren Erscheinungsbilds gelernt. Sie hatte gelernt, daß es nicht ausreichte, stark zu *sein*, sie mußte auch nach außen stark *wirken*.

Seit nunmehr fünf Jahren regierte Arinalda anstelle ihres Mannes, und es war keine Selbstbeweihräucherung, wenn sie auf ihre Arbeit stolz war. Es war ihr gelungen, die verschiedenen Fraktionen bei Hofe davon abzuhalten, sich gegenseitig an die Kehle zu gehen; aber sie mußte zugeben, daß ein Teil des Lobes dafür dem Krieg gegen die Halcus gebührte: Männer streiten sich seltener untereinander, wenn es gilt, einen Krieg zu führen. Trotz des Krieges pflegte die Königin nach wie vor freundschaftliche Beziehungen zu ihren Nachbarn, die Steuereinnahmen waren gut – außer im Osten –, und ihre eigene Popularität war hoch.

Trotzdem wußte die Königin bereits seit vielen Jahren, daß sie noch mehr tun mußte, um ihre Position und die ihres Sohnes zu festigen. Die politischen Verhältnisse in der bekannten Welt waren in zunehmendem Maße instabil. Die Ritter von Valdis schürten Unruhe im Süden, und die Gier des Herzogs von Bren war Grund zur Sorge im Norden. Doch Arinalda mußte sich nicht nur mit Bedrohungen von außen auseinandersetzen, auch im Landesinneren gab es den ein oder anderen, der ihren Fall wünschte. In der Geschichte der Vier Königreiche wäre es nicht das erste Mal gewesen, daß sich ein mächtiger Lord mit Gewalt des Thrones bemächtigte. Ohne einen starken König betrachteten die Menschen den Thron als verwundbar. Also hatte die Königin die mächtigsten Lords des Landes hofiert – jene Lords, die genug Land und Männer zur Verfügung hatten, um eine Gefahr darzustellen. Es war stets besser, seine möglichen Feinde im Auge zu behalten. Arinalda hatte ein gewagtes Spiel gespielt, und sie hatte es gut gespielt – niemand hatte ihre Regentschaft in Frage gestellt, das Königreich hatte sich als stabil erwiesen, die Position ihres Sohnes als Thronerbe schien gesichert.

Die Krönung ihres Plans hätte die Heirat Prinz Kylocks mit der Tochter des mächtigsten Lords sein sollen, Lord Maybor. Doch die Dinge hatten sich anders entwickelt als gedacht. Ohne Zweifel lag die Schuld dafür bei Lord Maybors dickköpfiger Tochter. Das dumme Gör hatte es sich in den Kopf gesetzt davonzulaufen, und damit hatte sie sämtliche Pläne der Königin zunichte gemacht. Sollte Maybor das Mädchen jemals finden, hoffte sie, er würde ihr eine anständige Tracht Prügel verabreichen und sie anschließend enterben – es gab nichts Schlimmeres als eine ungehorsame Tochter. Lady Melliandra würde sich für eine Menge verantworten müssen; wegen ihr mußte die Königin mit einem Mann verhandeln, den sie über alles verabscheute, mit Lord Baralis, dem Kanzler des Königs.

Sie hatte gewettet und verloren. Nun mußte sie ihre Schulden bezahlen; ihr Stolz zwang sie dazu. Doch die Königin bereute die Wette nicht – ihr Mann brauchte Baralis' Medizin. Nichts, was sie bisher ausprobiert hatten, hatte so sehr geholfen wie der Trank des Kanzlers. In gewissem Sinne war es eine faire Wette gewesen, bei der die Königin nur gewinnen konnte. Inzwischen hatte sie jedoch erkannt, wie naiv es gewesen war zu glauben, daß Baralis fair spielen würde. Sie hatte den dringenden Verdacht, daß der Kanzler den Lauf der Dinge zu seinen Gunsten manipuliert hatte. Wahrscheinlich hatte er seine Söldner beauftragt, das Mädchen zu fangen, bevor die königliche Garde sie finden konnte. Leider konnte die Königin das nicht beweisen, und so war sie gezwungen, ihre Niederlage einzugestehen.

Welchen Preis würde sie für den Wunsch zahlen müssen, ihren Gemahl zu heilen? Welchen Preis für ihre Leichtgläubigkeit?

Sie erwartete Baralis jeden Augenblick. Sie hatte ihn zu einer Audienz bestellt, und er würde sie nicht warten lassen. Die Königin strich über ihr Haar und blickte erneut in den Spiegel. Allein die Tatsache, daß sie kühl und beherrscht wirkte, spendete ihr Trost. Baralis sollte nicht die Befriedigung bekommen, sie anders zu sehen. Ihr Leibdiener trat ein, verbeugte sich und verkündete: »Lord Baralis erwartet Euer Hoheit im Audienzraum.« Die Königin nickte, und der Diener verschwand.

Sie hatte beschlossen, bei Lord Baralis' Erscheinen nicht anwesend zu sein; er sollte auf sie warten. Zwar würde sich nur ein geringer Vorteil daraus ergeben, aber sie würde ihn nichtsdestotrotz nützen. Die Königin schenkte sich einen Viertel Becher Wein ein und verdünnte ihn mit sehr viel Wasser. Sie würde ihren Verstand heute noch brauchen.

Langsam führte sie den Becher an die Lippen; sie hatte es nicht eilig. Nachdem ausreichend Zeit verstrichen war, um Baralis zu verärgern, stand die Königin auf und warf einen letzten Blick auf ihr Spiegelbild – sie hatte ihre Kleidung mit äußerster Sorgfalt ausgewählt, und die Kronjuwelen glitzerten an ihrem Hals. Dann atmete sie tief durch und machte sich auf den Weg, um ihren Gegenspieler zu treffen.

Sie betrat den Audienzraum. Baralis stand am Fenster. Er eilte herbei und verbeugte sich tief. »Lord Baralis«, sagte die Königin und neigte den Kopf. Sie hatte nicht die Absicht, sich für die Verspätung zu entschuldigen.

»Es ist mir eine Freude, Euer Hoheit. Ich hoffe es geht Euch gut?« Die Königin glaubte, einen wütenden Unterton in Baralis' Stimme zu hören – es hatte ihm nicht gefallen zu warten.

»Ich fühle mich ausgezeichnet, Lord Baralis. Leider kann ich über meinen Gemahl nicht das gleiche sagen. Eure Anwesenheit in seinen Gemächern war äußerst unangenehm. In Zukunft werde ich solche Übergriffe nicht mehr dulden.«

»Ihr dürft versichert sein, daß es nicht wieder geschehen wird, Euer Hoheit.« Er war so glatt, so von sich überzeugt. Aber die Königin würde es ihm nicht leicht machen. Sie kehrte ihm den Rücken zu und ging zum Fenster.

»Sicher ist sich Euer Hoheit bewußt, daß die Zeit für unsere kleine Wette abgelaufen ist.« Es folgte eine kurze Pause, dann fügte Baralis hinzu: »Sagt mir, hat man das Mädchen gefunden?«

Die Königin mußte sich beherrschen, um nicht voller Wut herumzuwirbeln – *hat man das Mädchen gefunden? Was für eine Frage!*

»Kommt schon, Lord Baralis, Ihr wißt genau, daß man das Mädchen nicht gefunden hat.« Ihre Stimme klang ruhig, doch ein warnender Unterton war nicht zu überhören. »Glaubt nicht, mit mir spielen zu können, Mylord, denn Ihr würdet es bereuen.« Baralis wollte etwas erwidern, aber die Königin hob den Arm und hielt ihn davon ab. Ihr Page trat vor und schenkte einen Becher Wein ein. Sie machte sich nicht die Mühe, ihn zu wässern. Es gefiel ihr, Lord Baralis in dem Glauben zu lassen, sie würde ihn unverdünnt trinken – sie hatte den Wein bereits im Vorfeld des Treffens wässern lassen. Baralis wurde keine Erfrischung angeboten. Die Königin bedeutete dem Pagen zu gehen, und sie und der Kanzler warteten schweigend, bis der Diener die Tür hinter sich geschlossen hatte.

»Da man das Mädchen nicht gefunden hat, muß ich auf Begleichung der Wettschulden bestehen. Ich weiß, daß Euer Hoheit eine Frau von großer Redlichkeit ist, die ihre Schulden stets begleicht.«

»Spart Euren Atem, Lord Baralis. Eure Schmeichelei interessiert mich nicht. Ich würde es vorziehen, wenn Ihr auf den Punkt kommt.«

»Ihr seid äußerst direkt.«

»Ich erwarte das gleiche von Euch.« Die Königin bemerkte Baralis' Hände. Er versuchte sie hinter seinem Rücken oder in seinem Gewand zu verbergen, aber er konnte sie nicht ständig verstecken; sie waren häßlich und verkrüppelt. Ihr Anblick verlieh der Königin Stärke.

»Nun gut, Euer Hoheit, ich werde offen sprechen. Prinz Kylock ist in einem Alter, in dem er heiraten sollte. Lord Maybors Tochter, Melliandra, eignet sich nicht länger als Braut. Ich bin sicher, bis hierher stimmt Ihr mit mir überein.« Baralis wartete auf ein Zeichen der Zustimmung.

»Fahrt fort.«

»Ich glaube, Eure Motive für diese Verbindung zu kennen – durch die Verbindung mit einem mächtigen Lord wolltet Ihr die Stellung Eures Sohnes festigen.«

»Und wenn dem so wäre?« Die Königin klang verärgert; sie hatte das Gefühl, Baralis versuche, sie zu manipulieren.

»Das ist eine äußerst weise Politik, mit der ich voll und ganz übereinstimme. Ich applaudiere den Bemühungen Eurer Hoheit, das Reich zu festigen. Doch ich denke, daß Ihr Eure Ziele zu niedrig gesteckt habt.«

»Was wollt Ihr damit sagen?« Ihre Stimme war kalt wie Eis.

»Ich will damit sagen – wenn Ihr Eure Position und die Eures Sohnes sichern wollt, dann gibt es bessere Wege, dieses Ziel zu erreichen, als Prinz Kylock mit der Tochter eines einfachen örtlichen Lords zu verheiraten.«

»Mit wem würdet Ihr ihn denn verheiraten, Lord Baralis?« Vor lauter Wut vergaß sie die Höflichkeit.

»Mit Katharina von Bren, der einzigen Tochter des Herzogs von Bren.« Die Königin war so verblüfft, daß sie nichts darauf erwiderte. Baralis nutzte das aus und fuhr fort: »Ich muß Euch nicht sagen, wie mächtig Bren ist. Es nennt sich zwar immer noch Herzogtum, aber es ist reicher und hat eine größere Bevölkerung als die Vier Königreiche. Solch eine Allianz bedeutet Ruhm für unser Land, und Ihr, meine Königin, würdet in die Geschichte eingehen als die weise Herrscherin, die diese Union zustande gebracht hat.«

Nach außen hin blieb die Königin vollkommen ruhig, doch in ihrem Kopf überschlugen sich die Gedanken. Eine Allianz mit Bren. Solch eine Möglichkeit war ihr nie in den Sinn gekommen; sie hatte damit gerechnet, Baralis würde die Tochter eines anderen Lords vorschlagen. Bren war so weit weg, so fremd und unbekannt. Sie hatte Baralis' Worte gehört, und sie hatte auch seinen Appell an ihren persönlichen Ehrgeiz bemerkt: wer wollte nicht in die Geschichte eingehen? Oh, er hatte eine schlaue Zunge; er zeichnete ein überwältigendes Bild, das – wie sie zugeben mußte – eine gewisse Anziehungskraft besaß.

»Habt Ihr Euch mit einem entsprechenden Vorschlag bereits an den Herzog von Bren gewandt?« Sorgfältig achtete sie darauf, so desinteressiert wie möglich zu klingen.

»Ich habe mir die Freiheit genommen, jedoch nur auf hypothetischer Basis.« Baralis log; sie war sicher. Wahrscheinlich hatte er schon Monate, vielleicht Jahre daran gearbeitet.

»Wäre der Herzog *hypothetisch* mit einer solchen Verbindung einverstanden?«

»Er ist mehr als einverstanden, Euer Hoheit. Er ist geradezu begierig darauf. Auch er will seine Stellung festigen, und er hat keinen Sohn.« Baralis legte eine dramatische Pause ein. »Sollte diese Ehe zustande kommen, wird *Euer* Sohn der Erbe der beiden mächtigsten Reiche des Nordens sein.« Die Königin hatte Baralis noch nie so lebhaft erlebt. »Denkt doch mal darüber nach, Euer Hoheit: Bren und die Vier Königreiche ... was für eine ruhmreiche Verbindung!«

»Der Herzog mag vielleicht einverstanden sein, aber ich kann der Vermählung meines Sohnes nicht zustimmen, ohne vorher die Braut zu sehen.« Die Königin hatte den ersten Einwand ausgesprochen, der ihr durch den Kopf gegangen war. »Mein Sohn muß ein Mädchen heiraten, daß in jeder Hinsicht den Anforderungen gerecht wird. Ich weiß nichts über Katharina von Bren.« Zu ihrer Überraschung lächelte Baralis erfreut. Er griff in sein Gewand und holte etwas hervor, das er der Königin reichte.

»Euer Hoheit, ich präsentiere Euch Katharina von Bren.«

Sie nahm den Gegenstand entgegen. Es handelte sich um ein kleines Porträt, nicht größer als ihr Handteller: das Bild eines jungen Mädchens. Ein wunderschönes Mädchen mit dem Gesicht eines Engels, welch wunderbare rosa Lippen, welch Unschuld in den blauen Augen, die goldenen Haare beinahe ein Heiligenschein. »Woher weiß ich, daß dies eine naturgetreue Abbildung ist?«

»Ich habe bestätigende Schreiben vom Herzog persönlich und von seinem Erzbischof.«

»Wie lange ist es her, daß dies gemalt wurde?«

»Höchstens sechs Monate. Katharina nähert sich ihrem achtzehnten Geburtstag.«

»Ist sie zur Ehe bereit?«

»Ich habe mir die Freiheit genommen, dem Herzog ein Bild von Prinz Kylock zu schicken. Er hat mir versichert, daß seine Tochter den Freier außerordentlich anziehend findet.«

»Es scheint, als hättet Ihr Euch recht viele Freiheiten genommen, Lord Baralis«, mahnte die Königin.

»Mit allem nötigen Respekt, Euer Hoheit, ich *bin* der Kanzler des Königs.«

»Lord Baralis«, sagte die Königin voller Würde, »Ihr habt Euren Vorschlag auf sehr überzeugende Weise vorgebracht. Dennoch werde ich in einer Angelegenheit von solcher Wichtigkeit keine übereilten Entscheidungen treffen. Ich werde lange und intensiv darüber nachdenken müssen, wen mein Sohn heiraten wird.« Die Königin hielt einen Augenblick inne. »Ich weiß, daß ich Euch verpflichtet bin; aber wenn ich mich recht erinnere, habe ich lediglich zugesagt, Euren Vorschlag *in Betracht zu ziehen*. Ihr habt mein Wort, daß ich das tun werde.« Die Königin war sich bewußt, daß sie die Bedingungen der Wette herunterspielte, doch sie wußte auch, daß Baralis an einem so kritischen Punkt keine Haarspaltereien anfangen würde.

»Euer Hoheit ist äußerst großzügig«, sagte er mit einer leichten Verbeugung. »Ich könnte nicht mehr verlangen.«

»Sehr gut, Lord Baralis. Ihr dürft Euch jetzt entfernen.« Sie hielt noch immer das Porträt in der Hand und erwartete, daß der Kanzler es zurückfordern würde. Er tat es nicht. Baralis verbeugte sich erneut und ging.

Nachdem er verschwunden war, seufzte die Königin erleichtert auf und rief nach ungewässertem Wein. Sie setzte sich und schaute auf das Bild von Katharina von Bren. Die Königin hatte nie zuvor ein schöneres Mädchen gesehen. Und in diesem Augenblick verstand sie, warum Baralis das Bild nicht zurückgefordert hatte: niemand konnte in ein solches Gesicht blicken und sich nicht zu ihm hingezogen fühlen. Sie lachte – ein freudloses Geräusch. Ohne Zweifel war Baralis ein Meister der Manipulation.

Obwohl es bereits fünf lange Jahre her war, daß Tawl über die Ebenen des Nordostens gezogen war, erinnerte er sich noch gut an sie: das sanft abfallende Land, der weite Horizont, der frische Wind und die gute Erde. Es war Bauernland, und die Natur hatte es reich bedacht; der Boden war fruchtbar und das Wasser klar.

Die dünne Schneedecke, die im Augenblick die Erde bedeckte, ließ das Land in Tawls Augen noch schöner erscheinen. Zum ersten Mal seit vielen Tagen war er wieder gutgelaunt. Er war in den Großen Sümpfen aufgewachsen, wo das Land oft überflutet wurde und Wasser den Boden in Schlamm verwandelte. Wenn Bauern es tatsächlich schafften, dem kargen Boden eine Ernte zu entlocken, war das Getreide meist verseucht, denn in dem Schlamm gediehen Krankheiten. Tawl, wie alle Menschen aus den Sümpfen, wußte gute Erde zu schätzen, und die Ebenen des Nordostens konnten sich der besten Erde der bekannten Welt rühmen.

Er und Schnapper ritten nach Norden, und schließlich erkannte Tawl einige Landmarken: ein kleines Wäldchen hier, eine Flußbiegung dort. Er wußte, daß es nicht mehr weit bis zu Bevlins Hütte war. Den ganzen Tag über hatten sie weder ein Dorf noch ein einzelnes Gehöft gesehen. Der alte Gelehrte lebte in selbstgewählter, bescheidener Isolation; er scheute die Welt nicht, er wollte nur eine gewisse Distanz zu ihr bewahren.

Während sie der Hütte immer näherkamen, spürte Tawl erneut, daß sich Spannung in ihm aufbaute. Er konnte nicht verstehen, warum dieser Besuch für ihn so wichtig war. Natürlich brauchte Schnapper Hilfe – der Zustand des Jungen hatte sich in den vergangenen Tagen zusehends verschlechtert, und Tawl vermutete, daß das Fieber sogar noch schlimmer werden würde. Doch der Junge war nicht der einzige Grund für Tawls Wunsch, den alten Mann endlich zu erreichen. Auch er hatte Probleme, und der Ritter hoffte, daß Bevlin auch *ihm* helfen konnte – daß er auslöschen konnte, was auch immer der Betrunkene in seinen Augen gesehen hatte. Seit jenem Tag wurde Tawl ständig von den Worten des Mannes verfolgt: *Larn! Du hast das Zeichen von Larn in den Augen.*

Sie ritten zwischen weit auseinanderstehenden Bäumen hindurch, doch als sie tiefer in den Wald vordrangen, wurde der Wuchs immer dichter. Vor allem knorrige, alte Eichen wuchsen hier, die Stämme von Efeu überwuchert, die Äste hingen schwer und niedrig herunter. Tawl kannte diesen Ort – auf der anderen Seite des Waldes lag Bevlins Hütte. Er erinnerte sich an eine Nacht vor fünf Jahren, als er durch denselben Wald gezogen war. Damals war er so verletzlich gewesen, auf der verzweifelten Suche nach einem Ziel. Tyren hatte ihm Ruhm versprochen, und Tawls Bedürfnis danach war so stark gewesen, daß es gedroht hatte, ihn zu überwältigen.

Die Andeutung eines Lächelns erschien auf Tawls Lippen. Sein Wunsch nach Ruhm war nichts anderes als ein Versuch, die Vergangenheit zu bewältigen. Er wollte wiedergutmachen, was er seinen Schwestern angetan hatte. Er hatte sie im Stich gelassen und einem Mann die Verantwortung für sie übergeben, der nur seinen nächsten Becher Bier im Kopf hatte. Er mußte Erfolg haben – Versagen bedeutete, daß er seine Familie umsonst verlassen hatte. Und das war ein Gedanke, mit dem Tawl nicht leben konnte. Die Suche und der dritte Ring waren zum Symbol für den Erfolg geworden. Den Jungen zu finden und den letzten Ring zu erhalten war alles, was jetzt noch zählte. Danach beurteilte Tawl sich selbst. Es gab keine Rettung mehr für ihn, aber vielleicht konnte er irgend etwas tun – und sei es auch noch so gering –, damit sein Leben nicht völlig umsonst sein würde.

Megans Worte kamen ihm in den Sinn: *»Liebe, nicht Erfolg, wird dich von deinen Dämonen befreien.«* Sie hatte unrecht gehabt. Liebe lag ihm ferner denn je, und seine Dämonen würden ihn bis in alle Ewigkeit verfolgen. Er konnte nur darauf hoffen, ihre klagenden Stimmen für eine Weile zum Schweigen zu bringen.

Der Wald lichtete sich, und Tawl sah eine Lichtung. Er trieb sein Pferd darauf zu. Die beiden Reiter verließen den Wald und erblickten ein kleines Häuschen;

vorne lag ein kleiner Gemüsegarten und hinten eine Koppel. Das Dach war mit Ried gedeckt und hätte eigentlich schon längst repariert werden müssen. Als Tawl und Schnapper sich dem Häuschen näherten, öffnete sich die Tür, und ein alter Mann in einem schmutzigen braunen Gewand trat heraus. Bevlin hieß seine Gäste willkommen.

»Kommt rein, kommt rein! Es tut gut, Euch wiederzusehen, Tawl, und wie ich sehe, habt Ihr einen Freund mitgebracht.« Er schenkte Schnapper ein freundliches Lächeln. »Du siehst aus, als könntest du eine schöne, fettige Ente vertragen, junger Mann.«

»Eine fettige Ente?« Der Junge rümpfte mißtrauisch die Nase.

»Ah, du hast so etwas also noch nie probiert. Na dann erwartet dich eine freudige Überraschung. Wie es der Zufall will, habe ich gerade heute morgen eine frische Ente eingefettet. Ich hatte irgendwie das Gefühl, es könnten Besucher kommen.« Bevlin führte sie durch die niedrige Tür in die warme, überfüllte Küche. Als Tawl an ihm vorbeiging, drückte der alte Gelehrte die Hand des Ritters. »Es war richtig, daß Ihr gekommen seid, Tawl. Ich freue mich wirklich, Euch wiederzusehen.« Er blickte Tawl fragend an. »Fühlt Ihr Euch nicht wohl? Ihr seht ein wenig blaß aus.«

»Es geht mir gut, Bevlin, aber der Junge hat Fieber. Er stammt aus Rorn, und er ist das kalte Wetter nicht gewöhnt.« Tawl wandte sich von dem alten Mann ab; Bevlins prüfender Blick war ihm unangenehm.

»Du kommst also aus Rorn, Junge. Das ist ja sehr interessant. Und wie lautet dein Name?«

»Schnapper.« Das Fieber hatte den Jungen seines natürlichen Überschwangs beraubt.

»Nun denn, Schnapper«, sagte Bevlin, »ich sehe, daß du ein wenig fieberst, aber das macht nichts. Ich nehme an, Tawl hat dir vom Lacus erzählt?« Der Junge schüttelte den Kopf. »Der Lacus wird dir helfen, dich wieder besser zu fühlen; doch er wird dich auch schläfrig machen. Also werde ich dir zunächst etwas zu essen geben, ein bißchen Brühe und ein, zwei Scheiben Ente, und erst dann werde ich dir den Lacus verabreichen. In ein paar Tagen wirst du dich wieder wie neugeboren fühlen.« Bevlin beeilte sich, Manuskripte vom Tisch zu entfernen und die Stühle abzustauben. »Setzt euch, setzt euch! Nur ein schlechter Gastgeber läßt seine Gäste stehen.«

Sie setzten sich an den großen Holztisch. Schnapper starrte mit unverhohlener Neugier auf die merkwürdige Sammlung von Gegenständen, die sich auf den Regalen türmten und an jedem anderen freien Platz in der Küche. »Ihr habt eine Menge Sachen«, sagte er bewundernd.

»Ja, das habe ich. Ich wünschte nur, ich wüßte, welchen Zweck sie haben.« Bevlin goß etwas Brühe in zwei kleine Schüsseln und reichte sie seinen Gästen.

»Ich kann Euch sagen, wozu das da dient.« Schnapper deutete auf ein merkwürdig aussehendes Gerät an der Wand.

»Kannst du das wirklich? Ich wäre sehr daran interessiert, mehr darüber zu erfahren.« Er brach ein Brot in mehrere Stücke und reichte sie herum.

»Damit suchen die Mistgeier nach Münzen im Dreck der Straße. Mit dem Teil hier unten packen sie die Münzen. Dann müssen sie nicht in die Sch ...« Der Junge hielt sich gerade noch rechtzeitig zurück. »Natürlich funktioniert es nicht so gut, wie es eigentlich sollte, und bei einem Meistergeier würde man wohl kaum so was finden.« Schnapper lächelte mit der Freude von jemandem, der sein Wissen gerne weitergab.

»Mein lieber Junge, ich glaube, du hast recht. Dein Besuch erweist sich als äußerst wertvoll für mich.« Bevlin holte ein weiteres ungewöhnliches Gerät hervor. »Du weißt nicht zufällig auch, was das hier ist, oder?«

»Tut mir leid, da kann ich Euch nicht helfen, Freund.«

»Das ist schade, Schnapper.« Der Gelehrte seufzte. »Ich versuche nun schon seit Jahren herauszufinden, wozu es gut sein soll. Ein Mann in Leiss hat es mir mal gegeben. Warst du jemals in Leiss, Junge?«

Tawl aß schweigend. Er hatte keine Lust, sich an dem Gespräch zwischen dem alten Mann und dem Jungen zu beteiligen. Während er aß, ließ er Bevlin nicht aus den Augen. Nun da er hier war, erschien es ihm gar nicht mehr so eine gute Idee zu sein, dem Gelehrten von Larn und dem Geschwätz eines Säufers zu berichten. Der alte Mann machte nicht den Eindruck, als könne man ihm trauen.

Bevlin bemerkte, daß Tawl ihn anstarrte, und ihre Augen trafen sich für einen kurzen Augenblick. »Komm, Schnapper«, sagte Bevlin. »Es ist Zeit für den Lacus, und danach geht es ab ins Bett.« Er ignorierte die Proteste des Jungen und scheuchte ihn aus der Küche. Als er die Tür schloß, warf er dem Ritter einen kurzen Blick zu – er versprach, bald wieder zurückzukehren, damit sie in Ruhe miteinander reden konnten.

Tawl war erleichtert, als er endlich allein war. Er wollte nicht mit Bevlin reden, und er fragte sich, wie er jemals hatte glauben können, daß der alte Mann ihm helfen könnte.

Maybor war einmal mehr in den Ställen. Er selbst hätte zwar die Klärgruben bevorzugt, aber Traffs Magen war offenbar nicht dafür geeignet. Neben Maybor stand eine Holzkiste, und in ihr befanden sich zweihundert Goldstücke von normaler Größe. Für die meisten Männer stellte das ein Vermögen dar, und auch Maybor fiel es schwer, sich davon zu trennen. Maybor war ein reicher Mann, aber wie so viele reiche Männer war auch er ein wenig geizig, und er zahlte nur ungern für irgend etwas.

Einige Vorgänge bei Hofe beunruhigten ihn. Ein Wachsoldat hatte ihm berichtet, daß die Königin Lord Baralis heute morgen zu einer Audienz bestellt hatte, und Maybor wurde das Gefühl nicht los, daß der Kanzler des Königs nichts Gutes im Schilde führte. Und um die Dinge noch mehr zu verwirren, hatte er doch tatsächlich gesehen, wie sein eigener Sohn mit dem Mann geredet hatte. Wie konnte Kedrac nur mit jemandem reden, der seiner Familie solches Unrecht angetan hatte?

Unauffällig hatte Maybor Kedracs Leibdiener beiseite genommen und ihn nach dem Inhalt des Gesprächs befragt. Als zehn Silberstücke in seiner Hand lagen, hatte der Diener erklärt, Lord Baralis hätte Kedrac lediglich einen guten Tag gewünscht und sich nach seinem Befinden erkundigt. Weitere zehn Silberstücke hatten dafür garantiert, daß Maybor von jedem weiteren Gespräch zwischen Baralis und seinem Sohn erfahren würde.

Er wußte, was der Mann vorhatte: Baralis wollte feststellen, wie stark die familiäre Bindung zwischen Vater und Sohn war. Maybor war nicht allzu besorgt. Der Kanzler würde schon bald herausfinden, daß sie stärker war, als er sich erhofft hatte. Sein Sohn mochte sich vielleicht mit ihm zerstritten haben, aber Loyalität gegenüber der Familie war über solch kleine Streitereien erhaben – Baralis täuschte sich, sollte er glauben, Kedrac auf seine Seite ziehen zu können. Die Vorstellung, daß der Mann sich verrechnet hatte, beruhigte Maybor. Es gab Dinge, die Baralis als Mann ohne Familie niemals würde verstehen können – er würde niemals wissen, was es für ein Gefühl war, sich der Loyalität eines Menschen sicher sein zu können. Baralis mußte sich Treue erkaufen, und Menschen, die sich für ihre Loyalität bezahlen ließen, konnten ihren Herrn nur allzu schnell wieder wechseln – die zweihundert Goldstücke neben Maybor waren Beweis genug dafür.

Traff kam näher, muskulös und breitschultrig und mit einem breiten Grinsen auf dem Gesicht. Oh, wie er den Mann verabscheute. Der Söldner glaubte, einen guten Handel abgeschlossen zu haben, und Maybor wurmte nur, daß es noch einige Zeit dauern würde, bis

Traff herausfinden würde, wie sehr er sich getäuscht hatte.

»Ich wünsche Euch einen wunderschönen Tag, Maybor.« Der Mann durchsuchte den Stall nach Spionen. »Wie ich sehe, habt Ihr mir ein kleines Geschenk mitgebracht.« Seine Augen starrten auf die Kiste.

»Es ist, was du verlangt hast, nicht mehr.« Maybor war Traffs mangelnder Respekt nicht entgangen – der Mann hatte ihn absichtlich nicht als Lord angesprochen.

»Wenn Ihr so freundlich wäret, sie zu öffnen. Das ist natürlich nicht persönlich gemeint, versteht Ihr? In meinem Geschäft ist es einfach besser, alles zu überprüfen.« Mit einem gierigen Funkeln in den Augen beobachtete Traff, wie Maybor die Kiste öffnete. »Es scheint alles in Ordnung zu sein. Ich werde Euch nicht beleidigen, indem ich nachzähle.« Maybor konnte sich ein indigniertes Schnaufen nicht verkneifen. Der Mann hatte ihn schon genug beleidigt, indem er darauf bestanden hatte, daß die Kiste geöffnet wurde.

»Bevor ich mein Geld an dich übergebe, verlange ich zu wissen, was du von meiner Tochter gehört hast.«

»Ach ja, die liebliche Melli.« Traff sprach, als würde er sie bereits besitzen. »Nun, Baralis hat sie nicht mehr. Ein mutiges Mädchen, sie ist uns unter der Nase entwischt. Natürlich hat ihr der Junge dabei geholfen. Der kleine Bastard hat die Hälfte meiner Männer umgebracht.« Maybor kam nicht mehr ganz mit. Er versuchte, sich ein wenig Klarheit zu verschaffen.

»Also hat Baralis Melliandra festgehalten?«

»Richtig. Wir haben sie in Duvitt aufgegriffen und sie zurückgebracht. Hier haben wir sie dann in Baralis' Unterschlupf im Wald festgehalten.«

»Unterschlupf?« Maybor war entschlossen, sein Erstaunen über Traffs Geschichte zu verbergen. Er hatte den Kanzler immer verdächtigt, auf der Suche nach Melliandra zu sein; aber als er jetzt die wahre Geschichte hörte, lief ihm dennoch ein Schauer über den

Rücken. Es gab nur einen Grund, warum Baralis Melli gefangennehmen sollte; er wollte die geplante Verlobung um jeden Preis verhindern. Maybor wußte genau, wer für sein Mißgeschick der letzten Wochen verantwortlich war – Baralis hatte all seine Pläne durchkreuzt und ihn davon abgehalten, der Schwiegervater des künftigen Königs zu werden.

»Es gibt einen Tunnel, der von der Burg aus dorthin führt – der Unterschlupf selbst liegt ebenfalls unter der Erde. Dort ist es mit ehrlich gesagt, nicht ganz geheuer.«

»Wie lange ist es her, daß sie entkommen ist?« Maybor konnte kaum glauben, daß man seine Tochter so nahe bei der Burg gefangengehalten hatte.

»Über eine Woche. Der Junge hat ihr bei der Flucht geholfen. Wir haben sie ein paar Tage später im Wald gefunden, aber der Junge ist ein wahrer Teufel, und sie sind uns wieder entwischt. Inzwischen können sie Borc weiß wo sein. Baralis hat einen neuen Trupp hinter ihnen hergeschickt ... Ich möchte nicht in ihrer Haut stecken, das kann ich Euch sagen.«

»Warum bist du nicht bei ihnen?«

»Ich bin im Wald verwundet worden. Außerdem hat Baralis immer noch ein paar andere Sachen laufen, die erledigt werden wollen.«

»Wer ist der Junge, von dem du gesprochen hast?«

»Er heißt Jack – er war Bäckerjunge in der Burg. Wir haben ihn kurz vor Eurer Tochter eingefangen und haben sie dann beide wieder zurückgebracht.«

»Was für ein Interesse hat Baralis an einem Bäckerjungen?«

»Ich und meine Männer haben uns das gleiche gefragt, wenn Ihr versteht, was ich meine. Jetzt weiß ich es besser – der Junge bedeutet Schwierigkeiten. Zuerst hat er das Gesicht eines meiner Männer demoliert, und dann im Wald ...« Traff schüttelte energisch den Kopf.

»Was ist im Wald passiert?«

»Die Hölle war los, das ist passiert! Der Junge hat eine unglaubliche Verwüstung angerichtet. Er hat den

Teufel heraufbeschworen. Ich habe gute Männer an diesem Tag verloren. Baralis hat uns noch nicht einmal gewarnt, daß es Schwierigkeiten gebe könnte; er hat uns einfach drauflos stürmen lassen.« Traff schaute verbittert drein.

»Und dieser Junge ist jetzt bei Melliandra?« Maybor hatte nicht die Absicht, nach Einzelheiten der Geschehnisse im Wald zu fragen. Das roch nach Zauberei, und damit wollte er nichts zu tun haben.

»Soweit ich weiß ja.«

»Wie war ihr Zustand, als du sie zum letzten Mal gesehen hast?«

»Nun, da war die Auspeitschung ...« Traff wurde vorsichtig.

»Ist ihr im Wald etwas zugestoßen?« fragte Maybor nach.

»Der Junge hat ihr nichts getan, wenn Ihr das meint.«

»Haben deine Männer ihr etwas getan?« Maybor würde Traff nicht so rasch wieder vom Haken lassen.

»Sie könnte einen Treffer am Arm abbekommen haben. Nichts Schlimmes, nur ein Streifschuß, der in ein paar Tagen wieder verheilt.«

Maybor hätte den Mann nur allzu gerne auf der Stelle erschlagen. Er spürte den sanften Druck des Schwertes an seiner Hüfte. In diesem Augenblick wäre es leicht gewesen, das Schwert zu ziehen und den Kopf des Söldners vom Rest des Körpers zu trennen. Es fiel Maybor mehr als schwer, seine Mordlust zu unterdrücken. Wollte er Baralis besiegen, so mußte er sich dessen Regeln zu eigen machen: Regeln des Betrugs und der Hinterlist. »Und wenn Baralis Melliandra ein zweites Mal aufspürt, wird er sie dann auch wieder in seinen Unterschlupf im Wald bringen?«

Traff zögerte einen Augenblick, bevor er antwortete. »Das kann ich so nicht bestätigen.«

»Was heißt das?«

»Baralis hat seinen Männern befohlen, Melli und den

Jungen auf der Stelle zu töten. ›Tötet sie und verscharrt die Leichen‹, das waren seine Worte.«

»Aber bis jetzt hat sie niemand gefunden, oder?« Maybor war überrascht, wie besonnen er klang.

»Ich kenne die neuen Leute. Ein blinder Esel kann besser Spuren lesen als die. Ich bin ziemlich sicher, daß sie die beiden nicht finden werden. Außerdem hat Baralis sie in einer Woche wieder zurückbeordert. Und wenn ich mich nicht verrechnet habe, dann bleibt ihnen nicht mehr viel Zeit.«

»Was wird Baralis tun, wenn seine Männer zurückkehren?«

»Sie wieder hinausschicken. Wahrscheinlich wendet er wieder einen seiner kleinen Tricks an, um Melli und den Jungen zu finden.« Traff bemerkte Maybors verwirrten Blick. »Baralis hat ein paar nette Sachen auf Lager – mit Vögeln und so. Ich glaube, er kann mit ihnen reden.«

»Das ist ja lächerlich, Mann.« Indem er sich weigerte, über Zauberei zu reden, leugnete Maybor standhaft ihre Existenz. Rasch wechselte er das Thema. »Wenn Baralis seine Männer wieder hinausschickt, sorge dafür, daß du mit ihnen gehst. Ich habe nicht die Absicht, meine Tochter kaltblütig ermorden zu lassen.«

»Daran habe ich auch schon gedacht«, erwiderte Traff selbstgefällig. »Ich werde ebenfalls nicht zulassen, daß meine Braut irgendwo im Wald verscharrt wird. Nein, ich werde mich dem Trupp anschließen und ihnen helfen, Melli und den Jungen zu finden, und dann werde ich Eure Tochter in Sicherheit bringen.«

»Bist du sicher, daß dir das gelingen wird?«

»Ich habe gesehen, zu was der Junge fähig ist, wenn man ihn in die Enge treibt. Er wird ein solches Chaos verursachen, daß es niemandem auffallen wird, wenn ich mich mit dem Mädchen aus dem Staub mache.«

Maybor hielt nicht viel von Traffs Plan, aber ihm fiel auch nichts Besseres ein. Er wollte Traff noch weiter befragen – es gab noch viel, was er über Baralis und dessen Pläne erfahren wollte. Doch in diesem Augenblick erschienen ein Pferdeknecht und zwei Stallburschen, und das Treffen war vorüber. Der Söldner nahm die Holzkiste und marschierte an den neugierigen Burschen vorbei ins Freie.

Maybor schritt über den Burghof. Das Treffen mit Traff hatte sich als sehr aufschlußreich erwiesen. Erst jetzt begann er, die Dimensionen von Baralis' Intrigen zu erkennen. Hier stand wesentlich mehr auf dem Spiel, als er zunächst gedacht hatte. Baralis hatte einiges unternommen, um sicherzustellen, daß Melliandra Prinz Kylock nicht heiraten würde. *Vielleicht*, dachte Maybor, *hat er eine eigene Kandidatin, die er gerne als Braut des Prinzen sehen würde. Zumindest würde das seinen Eifer erklären, Melliandra aus dem Weg zu räumen.*

Bevlin legte sanft die Hand auf die Stirn des Jungen: das Fieber war hoch. Schlaf und der Lacus würden es wieder senken. Über eine Stunde war der alte Mann bei Schnapper geblieben, bis der Junge endlich eingeschlafen war – teilweise hatte er den Jungen beruhigen wollen, teilweise hatte er die Zeit gebraucht, um seine Gedanken vor dem Gespräch mit Tawl zu ordnen.

In den letzten fünf Jahren hatte der Ritter sich merklich verändert. Bevlin wußte, daß er die Ursache für einen Großteil dieser Veränderungen war. Er hatte Tawl mit einer beinahe unmöglichen Aufgabe betraut, und diese Aufgabe hatte ihn zu dem Mann gemacht, der er geworden war. Bevlin fragte sich, ob er das Recht gehabt hatte, so etwas zu tun, einen jungen Mann seiner Jugend und seines Optimismus' zu berauben. Er nahm an, das dies sowieso früher oder später geschehen wäre: kein Mann konnte in einer Welt wie der ihren leben, ohne von ihr verändert zu werden. Trotzdem ... der alte Gelehrte mußte seinen Entschluß in Frage stellen, einen so unerfahrenen Mann mit einer solch undankbaren Aufgabe zu betreuen.

Als Tawl vor einigen Stunden vor seiner Tür erschienen war, hatte Bevlin Desillusion im Gesicht des Ritters gesehen und noch etwas anderes ... Mißtrauen. Bevlin atmete tief durch und machte sich auf den Weg zurück in die Küche. Tawl saß nach wie vor am Tisch. Er warf Bevlin einen fragenden Blick zu, und der alte Mann war erleichtert, daß sich der Ritter zumindest um den Zustand des Jungen sorgte.

»Er schläft. Wenn Borc will, wird er sich wieder besser fühlen, wenn er aufwacht. Er wird wahrscheinlich den ganzen morgigen Tag hindurch schlafen, und vielleicht auch noch bis in die Nacht hinein. Der Lacus verschafft sich selbst die Zeit, um seine Arbeit tun zu können.«

»Er ist weit weg von seinem Zuhause.« Tawl sprach leise.

»Das bist du auch, mein Freund«, bemerkte Bevlin. Er setzte sich Tawl gegenüber und schenkte zwei Becher Bier ein. »Ich braue es selbst, und ich muß zugeben, daß es nicht sonderlich gut ist; aber meiner Meinung nach wärmt schlechtes Bier genauso gut wie gutes, obwohl es einem am nächsten Morgen einen fürchterlichen Kater bescheren kann.« Tawl lächelte höflich über den Scherz, doch das Lächeln erreichte nicht seine Augen. Der Gelehrte versuchte, den Augenkontakt mit Tawl aufrechtzuerhalten, aber der Ritter senkte den Blick. »Ihr kommt also gerade aus Rorn?«

»Ich habe den Jungen nicht gefunden, wenn es das ist, was Ihr meint.« Tawls Stimme klang unnötig schroff. »Obwohl ich annehme, daß Ihr das bereits wißt.«

»Wollt Ihr die Suche aufgeben? Sagt es einfach, und es wird so geschehen.«

»Jetzt ist es zu spät, um mir das zu sagen, alter Mann!« Tawl schlug seinen Becher auf den Tisch. »Mir bleibt nur ein ehrenhafter Ausweg aus dieser Sache, und das wißt Ihr ganz genau. Ich würde mir eher den Arm abschneiden, als die Niederlage einzugestehen.«

Bevlin konnte Tawls Bitterkeit gut verstehen – er war

ein Ritter, und ein Ritter würde Schande über sich bringen, wenn ihm die Erfüllung seiner Aufgabe nicht gelingen würde. Er mußte Erfolg haben oder bei dem Versuch sterben. Aber da war noch mehr als das. Es war nicht schwer zu sehen, daß Tawl für seine Aufgabe lebte. Warum also war er plötzlich so verbittert?

»Wir bekommen nicht immer nur gute Karten, Tawl.«

»Aber mir hat man die Karten nicht fair zugeteilt, Bevlin. Sie waren von Anfang an gegen mich.« Er schaute Bevlin kurz in die Augen, dann wandte er den Blick rasch wieder ab.

»Wohin haben Euch Eure Reisen geführt?«

»Tief in den Süden, in die Trockenlande, nach Chelss, Leiss und Silbur«, antwortete Tawl unfreundlich. »Wollt Ihr, daß ich weitermache?«

»Dann wißt Ihr also von den Problemen zwischen Rorn und Valdis.«

»Ich weiß, daß Rorn den Rittern verboten hat, die Stadt zu betreten.« Tawl sah ins Feuer.

»Man hat auch die dort lebenden ausgewiesen, und Marls hat es Rorn nachgemacht. Der Erzbischof von Rorn schürt den Haß gegen die Ritter im ganzen Südosten. Er versucht, eine offene Konfrontation zu provozieren. Er will die Macht von Valdis und der Ritterschaft ein für allemal brechen.«

»Was hat er gegen Valdis?« Zum ersten Mal an diesem Abend zeigte Tawl echtes Interesse.

»Tavalisk ist der erste Mann des Südens, der bemerkt hat, daß im Norden gefährliche Mächte heranwachsen. Tyren hat sich mit Bren verbündet, und Bren steht kurz davor, eine Allianz mit den Vier Königreichen einzugehen.

Marods Prophezeiung erfüllt sich: *Werden zwei Häuser sich in Ehe und Reichtum verbinden*. Das Reich, das Marod vorausgesagt hat, würde die gesamte bekannte Welt umfassen. Seine Schöpfer werden sich dem Bösen zuwenden. Ich brauche Euch mehr denn je, um den Jungen zu finden.«

»Ich werde ihn finden, Bevlin.«

»Ja, ich glaube, das werdet Ihr. Es gibt eine Verbindung zwischen Euch und ihm, und es ist Euer Schicksal, ihm bei der Erfüllung des seinen zu helfen.« Während er sprach, spürte Bevlin den beunruhigenden Unterton der Vorahnung in seiner Stimme.

Um den Zauber zu brechen, stand er auf und schenkte sich einen zweiten Becher Bier ein. Er trank den Becher in einem einzigen Zug leer. Obwohl der Schock der Vorahnung noch tief saß, und obwohl sein Herz noch immer raste, versuchte Bevlin, das Gespräch in eine andere Richtung zu lenken. »Tavalisk ist von Grund auf böse. Steht er einmal nicht im Mittelpunkt des Geschehens, ist er todunglücklich. Er intrigiert aus purer Lust am Intrigieren.«

»Und warum intrigiert *Ihr*, alter Mann?« Tawl schien seine Worte sofort zu bereuen, denn er fügte seufzend hinzu: »Es tut mir leid, Bevlin. Ich weiß nicht, was in mich gefahren ist. Ich habe mich so darauf gefreut, Euch wiederzusehen, und jetzt sitze ich hier und sage Dinge, die ich eigentlich gar nicht meine.« Er rieb sich müde über die Augen. Bevlin war froh, daß Tawl wieder freundlicher mit ihm sprach.

»Wohin werdet Ihr als nächstes gehen?« fragte er. »Bren, Annis, Lairston?« Tawl kniff die Augen zusammen, und Bevlin wußte, daß er eine Lüge zu erwarten hatte.

»Lairston. Ich ziehe weiter nach Norden.«

»So nah an den nördlichen Gebirgen ist die Luft beißend kalt.« Bevlin bemerkte, daß Tawl ihm nicht mehr zuhörte; der Ritter hatte all seine Aufmerksamkeit auf das Feuer gerichtet. Er starrte in die Flammen, und der alte Gelehrte fragte sich, welche Qualen er dort sah. »Tawl«, sagte er sanft und legte die Hand auf den Arm des Ritters. »Geht ins Bett. Ihr könnt in meinem Zimmer schlafen. Dort ist es warm und trocken.«

Tawl blickte ihn an, und für einen flüchtigen Augenblick sah Bevlin etwas in seinen Augen – etwas, das er nicht benennen konnte, aber doch irgendwie vertraut. Beinahe als würde er sich schämen, senkte der Ritter wieder den Blick. »Ich bin müde, Bevlin. Ich bin den ganzen Tag hart geritten.«

»Vielleicht würde Euch ein Schluck Lacus guttun. Auch Ihr seid lange Zeit im Süden gewesen.« Bevlin wollte ihm helfen; er sah, daß der Ritter Qualen litt, aber er sah auch, daß seine Hilfe nicht willkommen sein würde.

»Nein, spart Euch den Lacus für die, die ihn wirklich brauchen. Mir fehlt nichts, was eine Nacht Schlaf nicht heilen könnte.« Tawl stand auf. »Nun, Bevlin. Wie wäre es, wenn Ihr mir mein Zimmer zeigen würdet?«

Der Gelehrte führte Tawl in sein Zimmer. Er schlug die Bettlaken zurück, entfernte die Wärmflasche und nahm das Bündel des Ritters und legte es auf eine Truhe. Dann wünschte Bevlin seinem Gast eine gute Nacht. Tawl senkte den Kopf, und der alte Gelehrte küßte ihn auf die Stirn. »Schlaft gut, mein Freund«, sagte er und verließ den Raum.

Kapitel Achtundzwanzig

Er erwachte mit dem Geschmack von Salz auf den Lippen und versuchte, die flüchtigen Bilder seines Traums festzuhalten: er erinnerte sich an die See, kalt und ohne Erbarmen, schwarz wie Schiefer. Er setzte sich auf und war enttäuscht, festen Boden unter seinen Füßen zu spüren. Er trat ans Fenster und öffnete die hölzernen Fensterläden. Der Himmel spendete Trost; er war der See sehr ähnlich. Beide hatten dieselbe Farbe, und beide waren sie vom Menschen unabhängig. Die Erde war anders; sie gestattete es den Menschen, sie aufzuteilen, sie zu besitzen und auszubeuten.

Während er zu den Sternen blickte, senkte sich der blasse Mond dem Horizont entgegen. Es war Zeit voranzuschreiten, Zeit seine Schulden zu begleichen.

Wie ein Geist schritt er durch den Raum. Sorgfältig zog er sich an … das schien ihm angemessen zu sein. Er zog seine weichen Lederschuhe an und schnallte seinen schweren Gürtel um.

Er wollte sich anschauen, doch es gab keinen Spiegel. Mit ungeduldigen Händen tastete er nach dem, was er benötigte. Seine Finger schlossen sich um den kalten Stahl. Er war bereit. Die Aussicht, von seiner Last befreit zu werden, war Balsam für seine Seele; sie lockte ihn mit dem Versprechen, seiner Seele Frieden zu geben.

Die Tür öffnete sich geräuschlos – er hatte gewußt, daß sie das tun würde. Er schlüpfte hinaus. Das träge brennende Feuer warf lange Schatten in den Gang. Er ging weiter.

Der Mann war dort, wie erwartet; er schlief und schnarchte mit sanfter Entschlossenheit. Das Messer war mittlerweile warm; es schien in seiner Hand zu wachsen und veränderte seine Position. Er trat näher. Er spürte freudige Erwartung und schmerzvolles Bedauern. Ohne Angst, daß der Mann aufwachen könnte, beobachtete er den Schlafenden. Er war alt, und er trat dem Tod nicht unvorbereitet gegenüber.

Er hob das Messer; eine wunderbare Bewegung, die sein Schatten hervorragend nachahmte. Für einen kurzen Augenblick hielt er inne, dann raste die Waffe hinab. Sie spaltete Knochen und drang ins Herz. Die Augen des Mannes öffneten sich – Verwirrung und dann Verständnis – und schlossen sich wieder.

Er riß das Messer heraus, und Blut sprudelte hervor. Er hob die Waffe erneut und stieß zu. Wieder und wieder und immer wieder. Blut spritzte ihm ins Gesicht, und er hieß es willkommen. Er hatte es vollbracht; der Mann bewegte sich nicht mehr. Seine Schuld war bezahlt.

Mit großer Sorgfalt reinigte er das Messer vom Blut; die letzten Reste entfernte er mit ein wenig Speichel. Dann kehrte er in sein Zimmer zurück und zog sich aus. Nackt stand er im Licht des Mondes und erhielt den Segen Gottes. Er schlüpfte unter die weichen Decken und schlief den Schlaf der Unschuld.

»Nein, Bodger, für Tripper gibt es nur eine Heilung, und das hat bestimmt nichts damit zu tun, seine edelsten Teile in kochendes Wasser zu halten.«

»Meister Frallit schwört, das sei die einzige Möglichkeit, Grift.«

»Natürlich steht außer Zweifel, daß Meister Frallit einer Heilung bedarf, Bodger. Aber ich bin mir ziemlich sicher, daß er nicht versucht hat, seine Geschlechtsteile zu kochen. Sonst würden wir ihn mittlerweile auch *Madame* Frallit nennen.«

»Was ist denn nun die richtige Heilmethode, Grift?«

»Es gibt nur einen Weg, den Tripper loszuwerden, und dazu müssen die edelsten Teile des Mannes eine Woche lang jeden Tag mit dem Wasser einer Jungfrau eingerieben werden.«

»Mit dem Wasser einer Jungfrau, Grift?«

»Aye, Bodger, aber natürlich ist es sehr schwer, eine Jungfrau zu finden.«

»Ich hätte gedacht, eine Jungfrau dazu zu überreden, für dich zu pissen, sei noch schwerer, Grift.« Bodger lächelte seinen Gefährten reumütig an, und die beiden Männer tranken einen kräftigen Schluck Bier. Nachdem sie mit dem Essen fertig waren, lehnten sie sich gegen die Wand und rülpsten laut.

»Lord Baralis und Lord Maybor versuchen sich gegenseitig aufs Kreuz zu legen, Grift.«

»Was meinst du damit, Bodger?«

»Nun, Lord Maybor redet mit einem von Baralis' Söldnern, und Lord Baralis redet mit Maybors Sohn.«

»Ich wäre nicht abgeneigt, darauf zu wetten, welche Seite gewinnt, Bodger.«

»Ich wette auf Baralis, Grift.«

»Ich glaube, du hast recht, Bodger. Ich würde auch auf Baralis tippen.«

»Außerdem wird in den nächsten Tagen noch etwas wirklich Großes passieren, Grift.«

»Warum sagst du das, Bodger?«

»Ich bin heute morgen an den Lagerräumen vorbeigekommen – du weißt, die wo sie die ganzen Insignien aufbewahren –, und die Diener haben Teppiche rausgeschleppt und Banner geputzt.«

»Klingt, als plane irgend jemand eine Zeremonie, Bodger.«

»Laß uns hoffen, daß es eine Feier ist, Grift. Ich hätte schon Lust auf etwas Festtagsbräu.«

»An deiner Stelle würde ich mir das lieber gleich wieder aus dem Kopf schlagen, Bodger. Es müßte schon eine königliche Hochzeit stattfinden, damit dieser Geizkragen Willock ein Faß aufmacht.«

Baralis erwachte mit einem Gefühl großer Zufriedenheit. Seine gestrige Audienz bei der Königin war ausgesprochen gut verlaufen. Oh, natürlich hatte sie sich so kühl wie möglich gegeben – darin war sie sehr gut –, aber sie hatte das Interesse in ihren Augen nicht verbergen können. Und als Baralis ihr das Porträt gegeben hatte, war nicht zu übersehen gewesen, daß das Bild eine gewisse Anziehungskraft auf sie ausgeübt hatte. Selbstverständlich hatte er es bei ihr zurückgelassen; das Bildnis würde sie eher überreden als er.

Dennoch wußte Baralis, daß das Bild allein nicht Anreiz genug war. Die Königin fürchtete sich vor dem Ehrgeiz des Herzogs von Bren – jeder im Norden fürchtete sich davor. Dies war ihre Chance, die Bedrohung mit einer besonnenen Allianz aus der Welt zu schaffen. Und, was vielleicht wichtiger als alles andere war, die Königin verlangte es nach Macht: für sich selbst, für ihren Sohn und für ihre Nachkommen. Eine Union mit Bren würde ihr diese Macht verschaffen, und sie würde zweifelsohne dafür sorgen, daß sie eine entsprechende Rolle in dieser Verbindung spielen würde – sie war eine ehrgeizige Frau, und das würde ihr Schicksal besiegeln.

Der gestrige Tag war in der Tat sehr ergiebig gewesen. Nachdem er das Gemach der Königin verlassen hatte, hatte es das Schicksal gewollt, daß ihm Lord Maybors Sohn über den Weg gelaufen war, der arrogante und eingebildete Kedrac. Baralis hatte ihn einfach nur gegrüßt, und Kedrac hatte den Gruß erwidert. Das war ein Anfang, nicht mehr, aber für den Augenblick reichte es aus. Familien waren empfindliche Gebilde und verlangten eine dementsprechende Behandlung.

Baralis erhitzte etwas Kräuterpunsch und setzte sich neben das Feuer, um ihn zu trinken. Manchmal glaubte er, die heiße Tasse in seinen Händen würde mehr bewirken als die Flüssigkeit, die sie beinhaltete. Aber wie dem auch immer sein mochte, auf jeden Fall machte eine gute Tasse Kräuterpunsch die Schmerzen in den Händen erträglicher. Zum ersten Mal seit Jahren dachte Baralis wieder an seine Mutter. Sie hatte ihm immer einen Kräuterpunsch gemacht, wenn er unter einer Erkältung oder anderen Beschwerden gelitten hatte, und manchmal auch nur, weil es draußen kalt gewesen war und sie ihm ihre Liebe beweisen wollte.

Baralis wurde von Cropes Erscheinen aus seinen Erinnerungen gerissen. »Was gibt es, Mann?« Seiner Stimme war anzumerken, daß er sich über die Störung ärgerte.

»Der Leibdiener der Königin hat Euch zu einem Treffen bestellt, Meister.«

»Warum sollte sich der Leibdiener der Königin mit mir treffen wollen?«

»Nein, Meister, es ist die Königin, die sich mit Euch treffen will.«

»Eine Audienz! Warum hast du das nicht gleich gesagt, du Idiot?« Baralis' Gedanken überschlugen sich – konnte sie wirklich so schnell zu einer Entscheidung gekommen sein? »Bring mir mein feinstes Gewand, Crope.« Er dachte einen Augenblick nach. »Und bring mir meine Amtskette – an diesem glücklichen Tag möchte ich mich angemessen kleiden.«

Crope eilte, um den Auftrag seines Herrn zu erfüllen, und Baralis stand auf und ging zum Fenster. Er öffnete die Läden und blickte hinaus. Die Luft war bitterkalt; in der Nacht hatte es geschneit, und eine geschlossene Schneedecke lag auf der gefrorenen Erde. Ein glorreicher Tag. Crope kehrte wieder zurück und legte Gewand und Kette aufs Bett. Baralis trank noch einen letzten Schluck von seinem Kräuterpunsch, dann bereitete er sich auf die Audienz bei der Königin vor.

Nur wenige Minuten später war er auf dem Weg zu den königlichen Gemächern. Die Wachen ließen ihn passieren, und er glaubte, in ihren Augen so etwas wie Respekt zu sehen. Überrascht stellte er fest, daß die Königin ihn sofort empfing; er hatte damit gerechnet, daß sie ihn abermals warten lassen würde.

»Guten Tag, Lord Baralis.« Sie verneigte sich leicht. »Wie ich sehe, seid Ihr heute in Eurer offiziellen Eigenschaft erschienen.« Sie deutete auf die schwere Kette.

»Ich trage sie als Zeichen meines Respekts für Euer Hoheit.« Er verbeugte sich erneut, um seinem Kompliment zusätzliches Gewicht zu verleihen. Erfreut sah er, daß die Königin ähnlich großen Wert auf ihre äußere Erscheinung gelegt hatte: ihr Kleid war mit Hermelin abgesetzt, und in ihrem Haar funkelte ein goldenes Diadem.

»Ich habe Euch zu mir gerufen, um Euch meine Entscheidung betreffs Eures Vorschlags mitzuteilen, Prinz Kylock mit Katharina von Bren zu vermählen.« Sie schenkte ihm ein kaltes, aber verlockendes Lächeln.

»Ich bin erfreut, daß Euer Hoheit so rasch zu einer Entscheidung gekommen ist.« Baralis unterdrückte den Drang, sich erneut zu verbeugen; es wäre nicht gut, seine Begeisterung so offen zu zeigen.

»Versteht mich nicht falsch, Lord Baralis. Ich habe sowohl den Willen als auch die Mittel, jede Entscheidung zu treffen, die mir gefällt.« Es war eine einfache Erklärung ihrer Macht, und Baralis erkannte sie mit einem kaum wahrnehmbaren Nicken an. Zufrieden, daß der Sinn ihrer Worte verstanden worden war, fuhr die Königin fort: »Ich habe lange über die Angelegenheit nachgedacht, über die wir gesprochen haben. Und nun, da ich eine Entscheidung getroffen habe, sehe ich keinen Grund, warum Ihr noch länger auf meine Antwort warten solltet.«

»Wie Euer Hoheit wünscht.«

»Lord Baralis, ich muß gestehen, daß Eure Worte viel für sich hatten, und ich bin niemand, der sein Urteilsvermögen von Unstimmigkeiten der Vergangenheit trüben läßt.« Sie hielt einen Augenblick inne und atmete tief durch. »Auch ich sehe die großen Vorteile, die eine Verbindung mit Bren meinem Sohn und den Vier Königreichen bringen würde, und auf dieser Grundlage habe ich meine Entscheidung getroffen.« Sie stellte sich so vor das Fenster, daß das einfallende Licht ihre Schönheit noch betonte. Dann richtete sie sich zu ihrer vollen Größe auf, und ihr Diadem glitzerte in der Sonne. »Ich werde einer Ehe zwischen Kylock und Katharina von Bren zustimmen.« Sie blickte Baralis in die Augen. »Trefft die notwendigen Vorbereitungen, Kanzler.«

»Euer Hoheit hat eine weise Entscheidung getroffen.« Sorgfältig achtete er darauf, mit einem demütigen Unterton zu sprechen – jetzt war nicht die Zeit für Selbstbeweihräucherung.

»Ich würde mich an Eurer Stelle mit großem Eifer ans Werk machen, Lord Baralis. Ich vermute, der Herzog von Bren hat lange auf diesen Tag gewartet.« Sie warf Baralis einen wissenden Blick zu.

»Er sieht dieser Verbindung mit freudiger Erwartung entgegen, Euer Hoheit.«

»Dann wollen wir ihn nicht länger warten lassen. Ein Abgesandter muß nach Bren geschickt werden.«

»Werdet Ihr nicht selbst gehen, Euer Hoheit?«

»Nein, mein Platz ist an der Seite des Königs. Auch mein Sohn wird hierbleiben, bis die entsprechenden Vereinbarungen getroffen sind. Ich werde ihn nicht dem Risiko einer möglichen Demütigung aussetzen, indem er das Mädchen umwirbt, bevor die Verträge nicht aufgesetzt und unterschrieben sind. Ich werde ihn erst nach Bren schicken, wenn die Verlobung offiziell ist.« Baralis konnte nicht umhin, die Vorsicht der Königin zu bewundern – obwohl seiner Meinung nach kein Grund dafür bestand.

»Ich hoffe, Eurer Hoheit als Abgesandter dienen zu dürfen.« Baralis bemerkte einen hinterhältigen Ausdruck im Gesicht der Königin.

»Ich werde zwei Abgesandte benötigen, Lord Baralis. Einer wird Prinz Kylock repräsentieren und seine Interessen als Thronerbe vertreten, und der andere wird für die Krone sprechen.« Sie lächelte wohlwollend. »Ihr werdet Prinz Kylocks Gesandter sein. Ich vertraue auf

Eure Fähigkeiten, einen günstigen Vertrag für meinen Sohn auszuhandeln.«

»Und der zweite Abgesandte? Wer wird die Krone repräsentieren?« Baralis wurde allmählich nervös; *er*, der Kanzler des Königs, hätte die Krone vertreten sollen.

»Ich habe mich in dieser Frage noch zu keiner Entscheidung durchringen können; aber selbstverständlich werdet Ihr rechtzeitig informiert werden.«

»Wie Euer Hoheit wünscht.« Baralis verbarg seinen Unmut. »Wann soll ich mich auf den Weg machen?«

»So bald wie möglich. In diesem unfreundlichen Wetter dauert eine Reise nach Bren Wochen. Es wäre am besten, die Delegation reist sofort ab, wenn die nötigen Vorbereitungen getroffen worden sind. Sagen wir in zehn Tagen?«

»Zehn Tage werden ausreichen.« Baralis war erfreut, daß die Königin so rasch handeln wollte.

»Es gibt viel zu tun, Lord Baralis. Ihr werdet eine bewaffnete Eskorte benötigen, mindestens fünf Dutzend Männer. Geschenke müssen ausgewählt und Verträge müssen aufgesetzt werden.«

»Ich werde noch heute einen Brief an den Herzog schreiben und ihn von Eurer Entscheidung und meiner baldigen Ankunft unterrichten.«

»Das wird nicht mehr nötig sein, Lord Baralis.« Die Königin lächelte verschlagen. »Das habe ich bereits erledigt.«

»Euer Hoheit verliert in der Tat keine Zeit.« Baralis konnte seinen Ärger nicht länger verbergen. Sie hatte ihn absichtlich übergangen.

»Es macht wenig Sinn, die Angelegenheit geheimzuhalten. Solche Dinge sprechen sich für gewöhnlich rasch herum. Noch heute wird jedermann im Schloß davon gehört haben, und daher habe ich entschlossen, es offiziell zu verkünden. Heute nachmittag werde ich den Hof versammeln und meine Entscheidung bekanntgeben.« Die Königin hatte das Wort ›meine‹ mit offensichtlicher Freude ausgesprochen. »Selbstverständlich werde ich darauf hinweisen, daß die Angelegenheit noch nicht besiegelt ist und daß eine entsprechende Feier erst stattfinden kann, wenn die Verträge unterzeichnet sind.«

»Sehr gut, Euer Hoheit.« Obwohl er selbst die bevorstehende Vermählung geheimgehalten hätte, mußte Baralis zugeben, daß die Königin die Wahrheit gesagt hatte.

»Nun denn ... Ich bin sicher, daß Ihr noch viel zu tun habt. Ihr dürft Euch jetzt entfernen, um Euren Geschäften nachzugehen. Ich werde Euch in den nächsten Tagen erneut zu mir rufen lassen – wir haben noch einige Bedingungen zu diskutieren, die in den Ehevertrag aufgenommen werden müssen. Ich wünsche Euch noch einen guten Tag, Lord Baralis. Ich gehe davon aus, daß Ihr die Medizin pünktlich liefern werdet.« Sie entließ ihn mit einer knappen Handbewegung.

Baralis machte sich auf den Weg zurück zu seinen Gemächern. Daß die Königin so rasch zu einer Entscheidung gekommen war, hatte ihn verblüfft. Warum hatte sie es auf einmal so eilig? Oder wollte sie ihn nur verwirren? ... Zumindest war das nicht auszuschließen.

Baralis war mit dem Lauf der Dinge nicht ganz zufrieden. Die Königin versuchte, ihn von seinen eigenen Plänen zu distanzieren. Doch das würde ihr nicht gelingen. Jetzt da seine Pläne endlich Früchte trugen, war er nicht bereit, seinen Platz an der Front des Geschehens zu räumen. Mehr denn je mußte er nun die Ereignisse zu seinen Gunsten beeinflussen und sie in die gewünschte Richtung lenken.

Tavalisk fühlte sich ein wenig unwohl. Sein Koch hatte ihm die schmackhaftesten Delikatessen zubereitet, aber er hatte einfach keinen Appetit. Der Geruch stark gewürzter Innereien drang ihm in die Nase und drehte ihm den Magen um. Der Erzbischof schob den Teller beiseite, und seine scharfäugige Katze sprang auf den Tisch und machte sich über das Fleisch her.

Am Morgen hatte Tavalisk eine weitere langweilige Zeremonie durchführen müssen. Heute war der Tag der Vergebung, und die Tradition verlangte, daß der Erzbischof anläßlich dieses Festes zwölf Männer von ihren Sünden lossprechen mußte. Bei diesen zwölf Männern handelte es sich stets um verurteilte Kriminelle, die vom ersten Minister begnadigt wurden. Doch man betrachtete die Verbrechen der Männer erst wirklich als vergeben, nachdem der Erzbischof ihnen Gottes Segen und die Absolution erteilt hatte.

Zu diesem Zweck mußte Tavalisk den zwölf Männern gestatten, seinen Ring zu küssen, und anschließend legte er ihnen die Hand auf die Stirn. Die Verbrecher, denen man heute vergeben hatte, waren ein ausgesprochen unangenehmer und dreckiger Haufen gewesen, und nach Tavalisks Meinung hatte nicht ein einziger von ihnen die Freiheit verdient. Dennoch hatte er sich den Regeln der Zeremonie gebeugt und dem Vorgang sogar eine zusätzliche dramatische Note verliehen, indem er sich ein paar Tränen abgerungen hatte – die Zuschauer hatten das zu schätzen gewußt: ihr geliebter Erzbischof angesichts der gewährten Vergebung in Tränen aufgelöst. Welche Güte, würden sie sagen, welche Menschlichkeit, welche Demut!

Tavalisk wußte, daß ihn die Menschen von Rorn liebten, aber es konnte nie schaden, mit Hilfe einer kleinen Theatervorstellung die Waagschale noch etwas mehr zu seinen Gunsten zu neigen. Im Gegensatz dazu hatte der erste Minister während der Zeremonie deutliches Desinteresse an den Tag gelegt. Überdies hatte er außerordentlich langweilige Verbrecher ausgesucht – Taschendiebe, Einbrecher und Betrüger –, und die Menge war enttäuscht gewesen. Die Menschen hätten berühmte Mörder, edle Piraten oder schamlose Dirnen vorgezogen, aber der erste Minister besaß einfach keinen Sinn für Dramatik.

Tavalisk scheuchte die Katze von den Innereien weg, und das Tier fauchte ihn wütend an. Der Erzbischof revanchierte sich dafür mit einem Tritt, doch die Katze wich geschickt aus, und Tavalisk trat ins Leere. Hinter ihm ertönte ein Geräusch, und verärgert stellte er fest, daß Gamil hereingekommen war. »Ich habe dich nicht klopfen hören.«

»Bitte verzeiht mir, Euer Eminenz. Die Tür stand offen, und ich hatte angenommen ...«

»Es ist nicht deine Aufgabe, irgend etwas ›anzunehmen‹, Gamil«, unterbrach der Erzbischof. »Du hast stets anzuklopfen, bevor du meine Privatgemächer betrittst. Habe ich mich klar genug ausgedrückt?«

»Äußerst klar, Euer Eminenz.«

»Gut. Möchtest du ein paar Innereien?«

»Nein, danke, Euer Eminenz. Ich habe bereits gegessen.«

Tavalisk schenkte sich einen Becher Wein ein – in der Hoffnung, das Getränk würde seinen Magen wieder beruhigen. Er bemerkte, daß sein Sekretär den Titel des Buches auf dem Tisch las. »Marod ist solch ein langweiliger Gelehrter«, sagte der Erzbischof und unterstrich seine Bemerkung mit einem Gähnen. »Irgendeine dumme Frau hat es mir geschenkt, weil ich ihr Spinnrad gesegnet habe.« Tavalisk war noch nicht bereit, Gamil in seine Vermutungen betreffs Marods Prophezeiung einzuweihen. »Also ... was bringst du mir heute für Neuigkeiten?«

»Toolay hat beschlossen, die Ritter zu bannen. Es scheint, als hätten die letzten gewalttätigen Proteste die Behörden zu diesem Schritt bewogen.«

»Gut. Ich habe gewußt, daß Toolay früher oder später unserem Beispiel folgen würde.«

»Vergangene Woche sind in Marls neun Ritter erschlagen worden. Man hat sie aus ihren Verstecken hinaus auf die Straße gezerrt. Dann hat sie die Menge in Stücke gehauen. Die Leute haben dafür alles benutzt, was sie finden konnten: Schwerter, Messer, Sensen.«

»Wie unangenehm. Ich nehme an, dieser Vorfall wird

Valdis dazu bewegen, die gefürchtete Protestnote noch früher abzusenden.« Tavalisk schauderte spöttisch.

»Ich glaube, das hat viele Leute verärgert, Euer Eminenz.«

»Marls war schon immer eine Stadt von Idioten. Aber solange niemand uns die Schuld dafür in die Schuhe schiebt, ist mir das egal.« Tavalisk gähnte. »Sonst noch etwas?«

»Ich habe noch eine Neuigkeit, die Euer Eminenz wahrscheinlich interessieren wird.«

»Raus damit, Gamil.«

»Ein gewisser Lord Cravin ist letzte Nacht in der Stadt angekommen.«

»Und wer bitteschön ist das?« Tavalisk süßte seinen Wein mit etwas Honig.

»Lord Cravin ist ein sehr mächtiger Mann in Bren.«

»Ist er das?« Der Erzbischof leckte sich die Finger ab. »Was macht er in Rorn?«

»Geschäfte, nehme ich an. Er hat finanzielle Interessen im Süden.«

»Wie überaus interessant. Ich glaube, ich würde den Mann gerne einmal kennenlernen. Ich hatte schon immer den Wunsch, die Bekanntschaft von jemandem aus der wunderschönen Stadt Bren zu machen.«

»Ich werde ein Treffen in die Wege leiten, Euer Eminenz.«

»Gut. Gibt es etwas Neues von unserem Ritter?«

»Wahrscheinlich nähert er sich gerade Bevlins Hütte, Euer Eminenz.«

»Hmmm. Der Ritter hat irgend etwas vor. Leute wie der Alte Mann und Bevlin beschäftigen sich nicht mit Kleinigkeiten. Ich muß mich der Angelegenheit intensiver widmen. Irgendwie glaube ich, alles hat miteinander zu tun.«

»Was hat alles miteinander zu tun?«

»Unser Ritter und seine Brüder, Bevlin, Baralis ...«, der Erzbischof breitete die Arme aus, »... alles.«

»Es ist das erste Anzeichen geistiger Verwirrung, Euer Eminenz, wenn jemand sich nur noch von Intrigen umgeben glaubt.«

»Gamil, du wirst die Gefahren und die Verantwortung nie begreifen, die sich aus großer Macht ergeben. Es *gibt* überall Intrigen, und die Tatsache, daß ich von ihnen weiß, ist höchstens ein Zeichen meines Scharfsinns.« Der Erzbischof leerte den Becher honiggesüßten Weins. »Du darfst dich jetzt entfernen, Gamil. Ich fühle mich nicht wohl, und ich möchte allein sein. Ich glaube, ich habe mir heute morgen irgendwas von den Kriminellen eingefangen.«

»Was für ein Pech.«

Tavalisk glaubte, einen sarkastischen Unterton in der Stimme seines Sekretärs gehört zu haben, und er blickte auf; aber Gamil hatte sich bereits umgedreht und verließ den Raum. Der Erzbischof dachte daran, ihn zurückzurufen, doch als sein Magen sich mit einem Grollen zu Wort meldete, entschied er sich dagegen. Es würde noch mehr Gelegenheiten geben, dem Mann seine Unverschämtheit heimzuzahlen.

Maybor fror bis auf die Knochen. Er hatte sich zu einem erneuten Treffen mit Traff verabredet, und der Mann kam zu spät. Der Schnee lag bereits hoch, und Maybor mußte zugeben, daß die Klärgruben noch nie besser ausgesehen hatten. Er zog seinen Umhang enger um die Schultern und stampfte mit den Füßen, um sie warmzuhalten. Er fragte sich gerade, ob der Söldner mit dem Geld durchgebrannt war, als der Mann erschien. Traff wirkte nicht gerade erfreut.

»Ihr habt Euch einen miserablen Tag ausgesucht, um sich im Freien zu treffen.« Traff war nicht der Witterung entsprechend gekleidet; er trug nur einen hauchdünnen Umhang.

»In den Ställen ist es zu unsicher. Wir sollten uns dort nicht mehr treffen.«

»Was wollt Ihr? Ich dachte, wir hätten gestern schon alles besprochen.«

»Gestern haben wir uns nur darauf geeinigt, was wir wegen meiner Tochter unternehmen wollen. Doch das ist nicht das einzige, was mir Sorgen macht.« Maybor war ungehalten.

»Ich habe Euch bereits gesagt, daß ich mich nicht als Assassine betätigen werde, wenn es um Baralis geht.«

»Das hast du mehr als deutlich gemacht. Ich brauche Informationen von dir. Ich habe dir keine zweihundert Goldstücke gegeben, nur damit du meine Tochter heiratest.«

»Ich habe Euch Informationen gegeben«, fauchte Traff.

»Du hast mir gesagt, was Baralis getan *hat*; aber ich will wissen, was er tun *wird*. Er hat mit Sicherheit noch mehr vor, als nur Melliandra hinterherzujagen. Er brütet irgend etwas aus, und ich will wissen was.«

»Ich habe Euch alles gesagt, was ich weiß. Baralis gehört nicht zu den Männern, die ihre Gehilfen ins Vertrauen ziehen.«

»Lüg mich nicht an! Du weißt noch mehr. Muß ich dich daran erinnern, daß Baralis' Verrat nicht so schnell verzeiht. Wer weiß, was er tun würde, sollte er herausfinden, daß sich einer seiner Männer mit seinen Feinden trifft.« Befriedigt beobachtete Maybor, wie sich Traffs Gesichtsausdruck veränderte. Offensichtlich hatte der Mann guten Grund, sich vor Baralis zu fürchten.

»Ich habe doch gesagt, ich weiß nicht, was er vorhat.« Traff zögerte einen Augenblick. »Aber ich habe ein paar Dinge gesehen, die Euch vielleicht interessieren könnten.«

»Weiter.«

»Nun, ich weiß, daß er Briefe nach Bren gesandt hat, an den Herzog. Erst letzte Woche habe ich gesehen, wie er einen Boten losgeschickt hat.«

»Sonst noch was?« Maybor fragte sich, was Baralis mit dem Herzog von Bren zu tun hatte.

»Ich glaube, er will sich auf eine Reise begeben.« Traffs Nase lief, und er wischte sich mit dem Umhang übers Gesicht.

»Wie kommst du darauf?«

»Ich habe heute gehört, wie er Crope befohlen hat, alles für eine kleine Reise vorzubereiten.«

»Wo will er hin? Er hat keine Ländereien, die der Rede wert wären.«

»Das kann ich nicht sagen, aber es muß schon verdammt wichtig sein, wenn er bei so einem Wetter reisen will.« Da hatte Traff nicht ganz unrecht: kein geistig gesunder Mann würde sich bei dem Schnee auf eine Reise begeben – und es würde bestimmt noch schlimmer werden.

»Ich will sofort erfahren, wenn du etwas Neues herausfindest.« Maybor entschied, den Söldner gehen zu lassen; offensichtlich würde er im Augenblick nichts mehr aus dem Mann herausbekommen. Allmählich bereute er das Geschäft. Der Söldner war nicht annähernd so nützlich, wie Maybor gehofft hatte; doch er fand Trost in der Tatsache, daß Traff unglücklicherweise nicht mehr in der Lage sein würde, die zweite Hälfte seiner Bezahlung zu kassieren.

Maybor wartete, bis Traff außer Sichtweite war, dann ging er zurück zur Burg. Auf dem Weg in seine Gemächer bemerkte er interessiert, daß in der großen Halle reges Treiben herrschte.

Er trat näher und sah, daß die königliche Garde ihre Paradeuniformen trug. Musiker brachten ihre Instrumente in die Halle, und eine kleine Menschenmenge hatte sich versammelt. Maybor fragte sich verwirrt, was das zu bedeuten hatte. Man hatte ihn nicht über eine offizielle Zeremonie informiert. Er packte den Arm einer vorbeikommenden Dienerin. »Was geht hier vor?«

»Ich bin nicht sicher, Herr. Die Königin hat uns befohlen, alles vorzubereiten. Sie will irgend etwas verkünden.«

»Wann?« Maybor musterte das Mädchen. Sie war

nicht unattraktiv, obwohl ihre Zähne ein wenig krumm waren. Außerdem zeigte sie gebührende Ehrfurcht.

»Ich glaube bald, Herr. Man hat uns gesagt, wir sollten uns beeilen.« Das Mädchen schien nicht so recht zu wissen, ob sie weglaufen oder bleiben sollte.

»Wie ist dein Name, Mädchen?« Sie war eine Nacht wert, nicht mehr.

»Bonnie, Herr.«

»Nun, Bonnie, warum kommst du nach Sonnenuntergang nicht in meine Gemächer? Ich bin ein einsamer Mann und könnte etwas Gesellschaft gebrauchen.« Das Mädchen fühlte sich gebührend geschmeichelt. Sie nickte kokett und rannte davon, um ihre Pflicht zu erfüllen.

Maybor spazierte in die Halle. Er wollte sich einen guten Platz sichern, um kein Wort von dem zu versäumen, was die Königin zu sagen hatte.

Die Halle wurde weiter auf die bevorstehende Zeremonie vorbereitet: Banner wurden entrollt und aufgehängt, Teppiche wurden ausgelegt, Kerzen entzündet, und Holz wurde poliert. Es dauerte nicht lange, und der Rest des Hofstaats erschien; alle trugen ihre feinsten Gewänder, und das Rascheln der Seide wetteiferte mit dem Murmeln der Stimmen. Sie teilten sich in kleine Gruppen auf und mutmaßten leise über die Absicht der Königin. Maybor sah, wie Baralis die Halle betrat. Etwas funkelte am Hals des Kanzlers, und Maybor erkannte, daß der Mann seine Amtskette trug. *Was für ein Unfug ist denn das schon wieder?* fragte er sich.

Schließlich ertönten Fanfaren, und ein Herold verkündete die Ankunft der Königin. Die Menge verstummte, und die Königin schritt würdevoll durch die Halle. Sie war in feinste, purpurrote Seide gehüllt, und sie trug ein goldenes Diadem auf dem Kopf. Sie bemerkte Maybor und warf ihm einen Blick zu, den er nicht verstand. Prinz Kylock folgte seiner Mutter. Der Junge war dunkel und gutaussehend, gekleidet in Schwarz.

Die Fanfaren verstummten, und die Königin drehte sich zu den versammelten Adeligen um. Sie wartete, und die Spannung der Menge wuchs. Es war totenstill. Dann ertönte die Stimme der Königin. »Ich habe Euch hierher bestellt, um Euch eine gute Nachricht zu verkünden.« Sie legte eine dramatische Pause ein. »König Lesketh und ich haben die Vermählung unseres Sohnes, Prinz Kylock, in die Wege geleitet.« Ein erwartungsvolles Raunen ging durch die Menge. Maybor konnte kaum glauben, was er soeben gehört hatte. Vermählung? So kurz, nachdem seine Tochter abgelehnt worden war?

Die Königin fuhr fort: »Wir haben eine historische Verbindung für unseren Sohn arrangiert. Eine Verbindung zum Ruhme unseres geliebten Landes. Prinz Kylock wird Katharina von Bren heiraten.« Die Menge brach in Jubel aus, so daß die Königin nicht mehr weiterreden konnte.

Bren, dachte Maybor. Zum zweiten Mal an diesem Tag hörte er nun schon diesen Namen. Das war kein Zufall; da steckte Baralis dahinter. Mit dem Jubel der Menge in den Ohren erkannte Maybor das Ausmaß von Baralis' Intrigen. Alles war nur aus diesem einen einzigen Grund geschehen – die Attentatsversuche, Melliandras Entführung –, alles nur, damit Prinz Kylock jemanden nach dem Willen von Baralis heiraten würde. Der Kanzler hatte keine Zeit verschwendet, an die Königin heranzutreten. Mit welch verführerischen Worten hatte er sie so weit gebracht ... oder hatte er sie erpreßt?

Die Königin ergriff erneut das Wort, doch Maybor hörte nicht zu. Was war er für ein Idiot gewesen; er hatte sich das Juwel des Königtums unter der Nase wegschnappen lassen. *Seine* Tochter hätte heute als Braut bekanntgegeben werden sollen; *er* hätte heute dort oben stehen sollen, um seinen Platz als Vater von König und Land einzunehmen. Er hatte alles verloren.

Die Königin schuldet mir mehr als das, dachte Maybor. Daß sie Baralis' Wahl zugestimmt hatte, war ein Schlag ins Gesicht. Sie hatte noch nicht einmal ihr Versprechen gehalten, Maybor als ersten zu informieren – er hatte es zusammen mit allen anderen erfahren, mit dem versammelten Hof und der Dienerschaft!

Aber warum Bren? fragte er sich. Es war verrückt, sich mit einer Macht wie Bren einzulassen. Zweifelsohne würden die Vier Königreiche in einer solchen Allianz zugrunde gehen, oder hielt sich Baralis etwa für schlau genug, *beide* Mächte zu manipulieren?

Maybor konzentrierte sich wieder auf die Königin. »Und schließlich will ich noch verkünden, daß Lord Baralis, der Kanzler des Königs, als Abgesandter Prinz Kylocks an den Hof von Bren reisen wird.« Maybor zuckte unwillkürlich zusammen. Konnte man diesem Mann denn nirgends entkommen?

Unter den Jubelrufen des versammelten Hofstaats zogen sich die Königin und Prinz Kylock zurück. Maybor bezweifelte, daß die Freude echt war. Als die Königin an ihm vorbeikam, streckte sie die Hand nach ihm aus. »Morgen in meinen Gemächern«, flüsterte sie, dann war sie verschwunden.

Kapitel Neunundzwanzig

Tawl wachte erfrischt auf – Sonnenstrahlen fielen auf sein Gesicht. Die Läden waren geöffnet, doch er konnte sich nicht erinnern, sie geöffnet zu haben. Es war eiskalt im Zimmer, und Tawl sprang auf, um die Läden wieder zu schließen. Dabei warf er einen kurzen Blick nach draußen. Es war ein Tag von seltener Schönheit: die Sonne strahlte in einem wolkenlosen, blauen Himmel, und der Schnee glitzerte wie Millionen Diamanten.

Tawl spürte einen inneren Frieden. Es war doch richtig gewesen, Bevlin zu besuchen. Er hatte das Gefühl, als sei ihm eine enorme Last von den Schultern genommen worden. Die Zukunft, die ihm noch vor kurzem so düster erschienen war, versprach nun Hoffnung. Tawl war voller Selbstvertrauen. Alles schien möglich zu sein – er würde den Jungen finden.

Schuldbewußt erinnerte sich Tawl an die Lüge, die er dem alten Gelehrten aufgetischt hatte. Heute würde er Bevlin die Wahrheit sagen, wohin er zog und warum. Larn schien ihn nicht mehr einschüchtern zu können. Sicher wäre es gut, wenn Tawl mit Bevlin über die Insel sprechen würde. Vielleicht konnten sie sogar über eine Möglichkeit diskutieren, wie man den Grausamkeiten ein Ende bereiten könnte, die an diesem verfluchten Ort begangen wurden.

Tawl rührte Rasierschaum an und wetzte das Messer. Es gab keinen Spiegel, also würde er sich auf seinen Tastsinn verlassen müssen. Nachdem er mit Rasieren fertig war, spritzte er sich kaltes Wasser ins Gesicht und lachte vergnügt auf. Dann durchsuchte Tawl sein Bündel nach einem frischen Hemd. Er wollte seinen Gastgeber mit der besten Garderobe ehren.

Es war noch sehr früh. Mit etwas Glück würde Tawl sich in die Küche schleichen können, ohne Bevlin oder den Jungen zu wecken – er konnte sich noch äußerst lebhaft an die Kochkünste des alten Mannes erinnern, und so hielt er es für das Beste, selbst das Kochen zu übernehmen. Außerdem gedachte er etwas Schmackhafteres zu sich zu nehmen als eine fettige Ente.

Tawl öffnete die Tür und zuckte bei dem lauten Quietschen zusammen – soviel zu der Idee eines Überraschungsfrühstücks. Er betrat die Küche. Bevlin war noch nicht aufgestanden. Enttäuscht stellte Tawl fest, daß das Feuer ausgegangen war. Er würde es erst wieder entfachen müssen, bevor er irgend etwas kochen konnte. In einer Ecke des Raumes lag ein Stapel Feuerholz. Auf dem Weg dorthin bemerkte Tawl etwas aus dem Augenwinkel. Er drehte sich um und schaute genauer hin.

Blut: dunkel und geronnen. Tawl blieb wie angewurzelt stehen. Bevlin lag auf der Holzbank; sein Gewand war blutüberströmt. Voller Furcht zwang sich Tawl vorwärtszugehen. Er legte die Hand auf den Gelehrten: er war steif und kalt. Seit langem tot. *Nein,* formte Tawl mit dem Mund, ohne einen Laut hervorzubringen. *Nein.*

Die Luft war schwer vom Geruch des Blutes. Tawl nahm den toten Mann in die Arme und zog ihn an seine Brust. Verzweifelt bemühte er sich, das kalte Fleisch zu wärmen. Bevlin war so leicht, so zerbrechlich. Tawl hielt die Leiche des Gelehrten wie ein Baby und wiegte ihn hin und her. Tränen rannen seine Wangen herab und auf Bevlins Rücken. *Nein, nein, nein,* murmelte er, während sein Körper vom Weinen erschüttert wurde. Tawl wußte nur eines: *er hatte das getan*. Dessen war er absolut sicher. Seine Dämonen zogen ihn hinab ins Vergessen, und das Gewicht seiner Schuld beschleunigte den Abstieg.

Es war ein wunderschöner Tag in den Sümpfen. Die Binsen blühten, und Schmetterlinge tanzten in der Luft. Tawl war froh, wieder nach Hause zu kommen. Drei Jahre war er weg gewesen. Drei Jahre und zwei Ringe. Er spürte noch immer den Schmerz des Brennens. Natürlich war es dumm, die Wunde nicht zu verbinden, aber das verbot ihm sein Stolz. Er wollte jedermann zeigen, daß er ein Ritter von Valdis war, den man gerade mit dem zweiten Ring geehrt hatte.

Bald würde er auf Schatzsuche in den tiefen Süden ziehen. Wenn er Glück hatte, würde er Gold finden. Und wenn er gesegnet war, würde er Gnade in den Augen Gottes finden. Die Zukunft gehörte ihm, und er war begierig, sich auf den Weg zu machen.

Tawl ritt über einen Hügel, und auf der anderen Seite lag sein Heimatdorf. Eine unerwartete Erregung ergriff von ihm Besitz: er war wieder daheim. Es hatte sich nichts verändert. Die Scheune des alten Hawker drohte immer noch zusammenzufallen, der Marktplatz war nach wie vor schmutzig, und Jungen trieben sich am Rand des Dorfes herum, immer auf der Suche nach einem Kampf oder nach einem Mädchen.

Tawl ließ sein Pferd antraben, und Frauen drehten sich um, um ihm hinterherzublicken – nur wenige Leute in den Sümpfen besaßen Pferde. Er reagierte auf die Blicke mit einem leichten Neigen des Kopfes – genau wie er es in Valdis gelernt hatte. Sein feiner Umhang zog manch bewundernden Blick auf sich, und die Dörfler konnten ihr Spiegelbild in seinen blank polierten Stiefeln sehen. Niemand war besonders freundlich. Vielleicht erkannten sie ihn nicht.

Vorsichtig suchte sich Tawl einen Weg durch das Moor nach Hause. Sein Herz war voller Freude. Er hatte solch wunderbare Geschenke für seine Schwestern: ein Seidenkleid für Sara und ein Perlenarmband für Anna. Die Kleine würde ein Spielzeugboot bekommen, das tatsächlich segeln konnte. Tawl konnte sich ihre Gesichter genau vorstellen. Zunächst Überraschung und dann

Freude. Ihm würden hundert süße Küsse gehören. Tawl lächelte, als er plötzlich einen Kloß im Hals spürte – er war so lange fort gewesen.

Merkwürdig ... das Land schien sich verändert zu haben. Er hätte die Hütte eigentlich schon längst sehen müssen.Tawl trieb sein Pferd an, und Schlamm spritzte auf seine Stiefel.

Er riß an den Zügeln. Der Boden war verbrannt. Überall lagen die verkohlten Überreste von Sparren und Wänden. Ein steinerner Kamin war das einzige, was übriggeblieben war.

Tawl spürte, wie sich ihm der Magen vor Entsetzen umdrehte. Das war seine Hütte. Die Überreste sahen aus, als wären sie schon vor langer Zeit verbrannt. Tawl riß sein Pferd herum und galoppierte zurück ins Dorf. Er wandte sich an die erste Frau, die ihm über den Weg lief. »Was ist mit der Hütte am Moor geschehen?«

Die Frau tätschelte ihre Lippen, ein Schutzzeichen in den Sümpfen. »Sie ist bis auf die Grundmauern niedergebrannt. Die Flammen haben drei von ihnen umgebracht. Die armen Kleinen, so ganz allein.«

Tawls Welt geriet aus den Fugen. Er wickelte die Zügel um seine Faust. »Wer ist umgekommen?«

»Zwei Schwestern und ein Kleines«, antwortete die Frau. »Und was für hübsche Mädchen sie waren. Ihr ältester Bruder ist einfach abgehauen und hat sie im Stich gelassen.« Sie blickte Tawl mit zusammengekniffenen Augen an. »Du bist dieser Bruder, habe ich nicht recht? Dasselbe goldene Haar.« Sie schüttelte traurig den Kopf.

Tawls Kehle war wie zugeschnürt. Er konnte kaum sprechen. »Ich habe sie mit ihrem Vater zurückgelassen«, sagte er leise und mehr zu sich selbst als zu der Frau.

»Oh, dieser nichtsnutzige Schuft. Nachdem du gegangen bist, hat er einige Wochen in der Stadt herumgehangen. Dann hat er sich mir nichts dir nichts aus dem Staub gemacht, nach Lanholt. Seitdem habe ich ihn nie mehr wiedergesehen.« Die Frau streckte die Hand nach Tawl aus. »Nimm es dir nicht so zu Herzen, Junge. Es tut mir leid, daß ich vorhin so barsch gesprochen habe.«

»Wie konnte das geschehen?«

»Das weiß niemand so genau, aber der Magistrat glaubt, daß eines der Mädchen – wahrscheinlich das jüngste – einen Schlauch mit Gänsefett ins Feuer gelegt hat. Sie hatten anscheinend kein Geld für Brennstoff, und so haben sie alles verfeuert, was sie finden konnten, um wenigstens ein bißchen Wärme zu haben. Natürlich ist der Schlauch in Flammen aufgegangen, und das war's.« Die Frau deutete auf Tawls Hände. Inzwischen tropfte Blut auf das Pferd. »Laß die Zügel los, Junge.«

»Wann ist das passiert?« Seine Stimme war nur noch ein Flüstern.

»Das ist jetzt beinahe drei Jahre her. Ein oder zwei Monate nachdem du verschwunden bist. Jetzt erinnere ich mich wieder: du bist weggelaufen, um ein Ritter zu werden.«

Beinahe drei Jahre! Die ganze Zeit über, während er in Valdis gewesen war und sich vorgestellt hatte, daß seine Schwestern sicher in den Sümpfen lebten, waren sie tot gewesen. Der Schmerz war unerträglich: Sara und Anna tot. Und wofür? Zwei Ringe, einer frisch gebrannt.

Tawl schaute auf seine Ringe. Vor wenigen Stunden hatten sie noch alles für ihn bedeutet. Nun verwandelten sie sich vor seinen Augen in Zeichen der Schande. Der Preis für diese Ringe war das Leben seiner Schwestern gewesen.

Tawl zog das Schwert. Die Frau machte ein weiteres Schutzzeichen und eilte rasch davon. Das Schwert in der Linken holte Tawl aus. Tränen brannten in seinen Augen. Er ließ die Klinge auf seinen Arm hinabsausen ... und schnitt durch die beiden Ringe. Der Schmerz fühlte sich richtig an. Von nun an würde er untrennbar mit ihm verbunden sein, und er würde ihn ertragen. Tawl warf das Schwert so weit er konnte; dann packte er die Zügel und ritt wie ein Dämon hinaus in die Nacht.

Maybor erwachte und spürte einen warmen Körper neben sich. Das Dienstmädchen Bonnie. Sie schlief tief und fest, und das war gut, denn so verdeckten die Lippen die krummen Zähne. Maybor hatte keine Lust mehr auf Liebe, und er rüttelte das Mädchen wach. »Mach, daß du wegkommst, und zwar schnell.« Offenbar war Bonnie verwirrt, aber dennoch gehorchte sie dem Befehl und zog sich eilig an. Maybor, der es normalerweise liebte, Frauen beim Ankleiden zuzuschauen, wandte sich desinteressiert ab. Als sie mit Anziehen fertig war, hüstelte Bonnie, um seine Aufmerksamkeit zu erregen. Zweifelsohne wollte sie ein kleines Geschenk oder das Versprechen auf ein weiteres Stelldichein. Maybor verspürte nicht den Wunsch, sie wiederzusehen; sie war Zeugin seiner mangelhaften Leistung gewesen, und dafür verdiente sie Verachtung. Er warf ihr eine Goldmünze zu und beobachte angewidert, wie sie gierig danach schnappte.

Maybor stand auf und ging zum Spiegel, wie jeden Morgen seit Winteranfang. Er überprüfte die Haut auf seinem Gesicht: von den Wunden war so gut wie nichts mehr zu sehen; eine leichte Rötung war alles, was noch von ihnen übriggeblieben war. Obwohl die äußeren Zeichen des Attentatsversuchs beinahe verschwunden waren, wußte Maybor, daß sein Hals und seine Lungen niemals wieder völlig heilen würden. Er keuchte bei jedem Atemzug – ein unangenehmes Geräusch, wie bei einem alten Mann.

Crandle kam mit dem Frühstück herein: warme Brötchen mit Butter und Räucherhering. Das war Maybors Lieblingsgericht, und er vermutete, daß sein Diener es als Zeichen seines Mitgefühls gebracht hatte: Crandle hatte von seinen Plänen gewußt, Melliandra mit Prinz Kylock zu verheiraten. Maybor war jedoch froh, daß seine Absichten größtenteils geheim geblieben waren – es hätte eine große Demütigung für ihn bedeutet, wenn der Hof von dem fehlgeschlagenen Versuch erfahren hätte, seine Tochter mit dem Thronerben zu vermählen.

»Ihre Hoheit bittet Euch, noch in dieser Stunde in Ihren Gemächern zu erscheinen, Mylord.«

»Sehr gut.« Die Königin schien äußerst begierig darauf zu sein, ihn zu sehen; es war erst kurz nach Sonnenaufgang. Maybor wußte, was sie versuchen würde: sie würde charmant sein, vielleicht sogar ein wenig flirten, ihn fragen, wie ihm sein neues Bett gefalle … und dann würde sie ihn anflehen, loyal zu ihr zu stehen und sie zu unterstützen. Maybor zerquetschte einen Hering auf dem Brötchen, um das Aroma freizusetzen. So leicht würde sie ihn nicht wieder auf ihre Seite ziehen. Er hatte nicht die Absicht, der Königin seine Unterstützung zu versprechen. Sollte die Frau sich doch vor Sorgen die Haare ausraufen, er würde nicht mehr nach ihrer Pfeife tanzen. »Crandle!« schrie er. »Bring mir noch einen Hering und bereite ein Bad vor!«

»Aber, Mylord, Ihr habt keine Zeit. Die Königin erwartet Euch.«

»Dann wird sie eben noch ein wenig länger warten müssen.« Maybors Tonfall unterband jede weitere Diskussion, und der Diener eilte gehorsam davon.

Einige Zeit später, nachdem der Lord gegessen und sich gewaschen hatte, machte er sich ohne große Eile auf den Weg zu den Gemächern der Königin. Er hatte große Sorgfalt auf seine äußere Erscheinung verwendet – am Tag zuvor hatte Baralis seine Amtskette getragen. Zwar verfügte Maybor nicht über derartige Insignien, aber er besaß die größte Schmucksammlung in den Vier Königreichen. Er trug einen schweren goldenen Halsring, der mit zwei vollkommen identischen Saphiren verziert war, riesigen Steinen in einem kräftigen Mitternachtsblau. Ihr Wert war nicht zu übersehen: ein solcher Stein war bereits ein Vermögen wert, aber zwei von ihnen, noch dazu vollkommen identisch, waren so selten, daß ihr Wert unschätzbar war. Es war wohlbekannt, daß die Königin Saphire jedem anderen Stein vorzog, und so würden Maybors Bemühungen nicht unbemerkt bleiben.

»Lord Maybor, es freut mich, daß Ihr kommen konntet.« Sie streckte ihre Hand zum Handkuß aus. Daß man sie hatte warten lassen, schien sie nicht zu stören. Maybor ergriff ihre Hand, führte sie aber nicht an die Lippen. Ihre Augen trafen sich, und die Königin wandte als erste den Blick ab. Sie entfernte sich ein Stück von ihrem Gast, dann sagte sie: »Ich bin sicher, daß Ihr sehr enttäuscht wart, als Ihr gestern meine Ankündigung gehört habt.« Sie wartete einen Augenblick, um Maybor Gelegenheit zu geben zu widersprechen. Er schwieg, und so war sie gezwungen fortzufahren. »Es tut mir leid, daß Ihr von der Vermählung erst in aller Öffentlichkeit erfahren habt.«

»Ich hatte gedacht, Ihr hättet mir versprochen, ich würde es als erster erfahren.« Der Vorwurf in seiner Stimme war nicht zu überhören.

»Ihr habt recht, das habe ich getan«, bestätigte die Königin. »Zu meiner Verteidigung kann ich nur sagen, daß alles sehr schnell gegangen ist.«

»Auf jeden Fall habt Ihr keine Zeit verschwendet, einen Ersatz für meine Tochter zu finden.« Es kümmerte Maybor nicht, daß er verbittert klang. Mit guten Manieren konnte er jetzt nichts mehr gewinnen.

»Lord Maybor, Ihr scheint zu vergessen, daß Ihr dieses Pech Eurer Tochter zu verdanken habt. Wäre sie nicht davongelaufen, sähen die Dinge für uns beide heute anders aus.«

»Es war Lord Baralis' Idee, habe ich recht?« sagte Lord Maybor und ignorierte absichtlich die Worte der Königin. »Ich meine die Ehe mit Katharina von Bren.« Die Königin starrte auf ihre Hände; das war Antwort genug. »Sagt mir, hat er Euch dazu gezwungen?«

»Nein, Lord Maybor«, erwiderte die Königin würdevoll. »Lord Baralis mag es vielleicht vorgeschlagen haben, aber es war meine Entscheidung. Niemand hat mich zu irgend etwas gezwungen.«

Maybor bezweifelte nicht, daß die Königin *glaubte*, die Wahrheit zu sagen. Aber er wußte, daß es Baralis immer wieder gelang, Menschen dazu zu bringen, das zu tun, was er wollte, indem er ihnen einredete, es sei zu ihrem Besten. Mit welch heimtückischen Worten mochte er die Königin überredet haben?

»Ich habe Euch nicht herbestellt, um meine Entscheidung in Frage zu stellen, Lord Maybor«, mahnte die Königin milde.

Maybor hatte keine Lust, um den heißen Brei herumzureden. »Und warum habt Ihr mich dann herbestellt? Um Euch meiner Treue zu versichern? Meiner Unterstützung? Vielleicht wollt Ihr sie ja kaufen ... womöglich mit einem weiteren *Bett*!«

»Lord Maybor, ich kann Eure Bitterkeit verstehen, aber ich halte es für besser, wenn Ihr mich erst einmal anhört, bevor Ihr Eure Beschuldigungen aussprecht.« Sie blickte ihm in die Augen. »Ihr wart dabei, als ich verkündet habe, daß Baralis als Kylocks Gesandter nach Bren geht.« Maybor nickte. »Ich will, daß Ihr der zweite Gesandte seid. Der Abgesandte der Krone, der mich und meinen Gemahl repräsentiert. Ich will, daß Ihr nach Bren reist und die Vorbereitungen für die Vermählung überwacht. Ich brauche Euch wohl nicht zu sagen, daß ich nur wenig Vertrauen in Baralis habe. Ich würde mich wohler fühlen, wenn ich wüßte, daß Ihr ein Auge auf ihn werft.« Die Königin hielt inne, um Maybor Zeit zu geben, den Vorschlag zu verdauen. Sorgfältig achtete er darauf, keine Emotion zu zeigen. »Natürlich stündet Ihr als Abgesandter der Krone im Rang über Baralis.« Der Hauch eines Lächelns stahl sich auf die blassen Lippen der Königin.

Das kommt in der Tat unerwartet, dachte Maybor. Die Königin erwies sich als äußerst raffiniert. Mit einem einzigen Angebot wollte sie sich seiner Treue versichern, Baralis überwachen lassen, und wahrscheinlich war sie ebenso froh, daß Baralis *ihn* überwachte. Das Angebot war verführerisch: nach Bren zu gehen, um solch ein historisches Ereignis an vorderster Front mitzuerleben, und gleichzeitig würde er auch noch eine ständige

Quelle des Ärgers für Baralis sein – der Mann würde seine Gesellschaft verabscheuen und seinen höheren Rang verfluchen.

Die Königin deutete sein Schweigen als Zweifel. »Lord Maybor, ich muß betonen, daß ich Euch nicht zum Gesandten der Krone ernennen kann, wenn Ihr mir nicht garantieren könnt, daß Eure persönlichen Gefühle nicht Euer Urteilsvermögen trüben werden. Ich *will*, daß diese Ehe zustande kommt, und ich werde keinerlei Einmischung dulden.«

»Euer Hoheit ehrt mich mit diesem Angebot.« Maybor sprach mit klagender Stimme – in der Hoffnung, dadurch die Zweifel der Königin zu zerstreuen.

»Und was sagt Ihr dazu, Maybor?« In dem Versuch, verwegen zu wirken, ließ sie den Titel ›Lord‹ absichtlich fallen.

»Ich werde Euch mit Freuden als Abgesandter der Krone in Bren dienen.« Er verbeugte sich, und die Königin eilte herbei und küßte ihn freundschaftlich auf die Wange.

»Gut. Ich bin froh, daß Ihr einverstanden seid.« Erleichterung stand im Gesicht der Königin; sie hatte Maybor wieder auf ihre Seite gebracht. »Hier«, sagte sie und reichte ihm einen kleinen Gegenstand. »Schaut Euch die zukünftige Königin der Vier Königreiche an.« Der Gegenstand war ein winziges Porträt eines goldhaarigen Mädchens. Ohne Zweifel war sie hübsch, aber ein wenig langweilig, verglichen mit seiner Tochter.

Maybor konnte sich nicht dazu durchringen, das Mädchen zu loben. »Wann geht die Reise los?« fragte er und gab der Königin das Gemälde zurück.

»Innerhalb der nächsten zehn Tage. Baralis hat bereits begonnen, alles Notwendige vorzubereiten.«

»Es wird eine harte Reise werden. Das Wetter ist schlecht, und außerdem gibt es da auch noch die Halcus.« Maybor war in Gedanken schon viel weiter. Er mußte die Königin überzeugen, ihm zu gestatten, seine eigenen Männer mitzunehmen. Mit treu ergebenen

Männern um sich herum würde er nachts wesentlich besser schlafen.

»Ihr werdet eine Eskorte von fünf Dutzend der königlichen Garde haben.«

»Ich würde mich wohler fühlen, wenn ich ein Dutzend meiner eigenen Leute mitnehmen könnte.«

»Abgemacht!« Die Königin lächelte breit und entblößte ihre kleinen, weißen Zähne. Sie trat an einen niedrigen Tisch, auf dem eine Flasche Wein und zwei Gläser standen. »Ihr könnt einer Frau nicht vorwerfen, daß sie hofft«, erklärte sie, während sie den Wein einschenkte.

Sie reichte Maybor ein Glas und nahm das andere für sich. »Auf Bren«, sagte die Königin und hob das Glas. »Möge es sich als vorteilhafter Partner erweisen.«

»Auf Bren«, wiederholte Maybor.

Seit dem Vorfall an der Jagdhütte hatte Jack nicht mehr gut geschlafen, aber seit zwei Nächten war es schlimmer geworden. Beunruhigende Alpträume hatten ihn heimgesucht. Sie waren ungewöhnlich lebendig gewesen. Er hatte von einem Mann geträumt, der einen anderen im Mondlicht erstach. Selbst jetzt, bei Tageslicht, im Schein der blassen Sonne, schauderte er bei dem Gedanken an diese Bilder.

Schon seit mehreren Tagen waren sie nun auf der Oststraße. Allmählich glaubte Jack, daß ihre Verfolger die Jagd aufgegeben hatten, denn tagelang waren ihnen nur Bauern, Kesselflicker und Händler begegnet. Inzwischen war die Straße wieder in besserem Zustand; die Schneedecke war nun fest, und der Schlamm war gefroren. Nachdem die Bedrohung durch die Verfolger abgenommen hatte, waren Jack und Melli dazu übergegangen auf der eigentlichen Straße zu wandern. Dennoch sprangen sie stets in den nächsten Graben oder hinter den nächsten Busch, wenn sie einen Reiter sich nähern hörten.

Jack war der Meinung, daß der Schnee ihren Verfolgern die Suche erschwerte – Fußabdrücke wurden rasch wieder verdeckt, und falls die Männer Hunde benutzen sollten, hätten die Tiere zumindest Schwierigkeiten, unter dem Schnee eine Fährte aufzunehmen.

Leider machte es der Schnee den beiden Flüchtlingen auch schwerer, einen geeigneten Lagerplatz für die Nacht zu finden. Sie riskierten Erfrierungen, wenn sie unter diesen Bedingungen auf der Erde schliefen. Vergangene Nacht waren sie in die Scheune eines Milchbauern geschlichen und hatten zwischen den Kühen im Heu geschlafen. Melli war früh aufgewacht und hatte den Käsevorrat des Bauern entdeckt. Die großen, roten Räder hatten unglaublich verführerisch auf die beiden Gefährten gewirkt. Jack hatte sie unberührt zurücklassen wollen; aber Melli hatte darauf bestanden, eines mitzunehmen, und hatte erklärt, sie sei sowieso schon eine verurteilte Pferdediebin, und da würde ein Rad Käse auch keinen Unterschied mehr machen. Jack hatte nicht gewußt, was er darauf erwidern sollte, und so war sein Bündel jetzt so schwer wie schon lange nicht mehr.

Gestern waren sie nahe an einem Dorf vorbeigekommen. Zunächst hatten sie die Abzweigung gesehen und etwas später den Rauch über den Bäumen. Jack hatte kurz darüber nachgedacht, in den Ort zu schleichen, um dringend benötigte Nahrungsmittel zu besorgen, doch Melli hatte ihn angefleht, davon abzusehen. Sie hatte Angst, aber Jack glaubte, sie fürchtete nicht um sich selbst, sondern um ihn. Er wußte auch warum: sie wollte keinen weiteren Vorfall wie den bei der Jagdhütte riskieren. Was mit den Söldnern geschehen war, hatte Melli zutiefst schockiert. Manchmal erwischte Jack sie dabei, wie sie ihn mit mißtrauischem Blick anstarrte.

Was mußte sie von ihm denken? Hatte sie Angst vor ihm? Er bezweifelte das. Melli war nicht die Art Mädchen, die sich vor einem einfachen Bäckerjungen fürchtete. Aber jetzt war er mehr als das, und Melli wußte das. Seit dem Angriff der Söldner hatte sie ihn anders behandelt … beinahe mit Respekt.

Mit jener Art von Respekt, den Jäger einem gefangenen Bären entgegenbringen. Jack lächelte. Hatten seine Kräfte das aus ihm gemacht – ein gefährliches Tier? Trotzdem war es ein schönes Gefühl, daß Melli ihm nun mehr Aufmerksamkeit schenkte. Eigentlich standen die Dinge gar nicht mal so schlecht: er war auf einem Abenteuer, um ein neues Leben zu finden, vielleicht würde er auf dem Weg etwas über seine Mutter erfahren, er war von Meister Frallits Wutausbrüchen befreit, und er hatte ein wunderschönes Mädchen an seiner Seite.

Jack lachte laut auf: das erinnerte ihn an die Helden in Baralis' Büchern. Einige Leute würden ihn bestimmt für einen glücklichen Mann halten.

Als sie das Lachen hörte, kam Melli aufgeregt herbeigerannt. Sie hatte Wasser aus einem nahegelegenen Bach geholt. »Was ist los?«

»Ich bin, glaube ich, der einzige Held, der weiß, wie man Teig ausrollt.« Melli schien so besorgt zu sein, daß sie die Fassung zu verlieren drohte, also unterdrückte Jack das Lachen. »Mir geht's gut. Ich habe nur gerade darüber nachgedacht, was für ein glücklicher Mann ich doch bin.«

Melli warf ihm einen vernichtenden Blick zu. »Wenn du dich das nächste Mal für glücklich hältst, dann bitte leise. Ich habe vor lauter Schreck das Wasser verschüttet.« Sie schaute in die Flasche und erklärte mit einem süßlichen Lächeln: »Borc sei Dank war es nur deine Portion, die dabei draufgegangen ist.«

Sie wischte den Schnee von einem umgefallenen Baumstamm und setzte sich hin. »Wie weit ist es noch, bis wir Halcusgebiet erreichen?« fragte sie und kaute auf einem Stück Käse.

»Der Nestor ist ungefähr zwei Tage zu Fuß von hier entfernt, glaube ich.« Jack hatte eigentlich überhaupt keine Ahnung, aber er wollte nicht, daß Melli das merkte.

»Wenn wir erst am anderen Ufer sind, müssen wir verdammt aufpassen.«

»Wir sind südöstlich von Harvell, stimmt's?« Jack nickte. »Nun, nach allem, was ich gehört habe, finden die Kämpfe weiter im Nordosten statt.«

»Hat dein Vater in der Gegend hier Ländereien?« Jeder bei Hofe wußte, daß Lord Maybor ausgedehnte Güter besaß.

»Es würde mich nicht überraschen, wenn wir schon seit einiger Zeit durch seine Ländereien wandern, Jack. Die meisten Leute glauben, mein Vater besäße nur Land in der Nähe des Flusses, und lange Zeit war dem auch so, aber seit Jahren kauft er bereits im geheimen überall im Osten Land auf. Nicht nur Apfelplantagen – Wälder, Weiden, Felder.« Melli holte mit dem Arm weit aus, und Jack bemerkte einen Hauch von Stolz in ihrer Stimme.

»Dein Vater ist ein sehr reicher Mann.«

»Der reichste«, erwiderte sie knapp.

»Bereust du es, Harvell verlassen zu haben? Du hast so viel verloren. Bei mir ist es anders – ich habe nie etwas besessen.«

Melli seufzte. »Ich weiß nicht, Jack. Ich hatte viel, wenn du feine Kleider und tolles Essen meinst; ich hatte wenig, wenn du von Freiheit gesprochen hast. Ohne Gouvernante hat man mich noch nicht einmal in den Garten gelassen.« Sie schenkte ihm ein bittersüßes Lächeln. Jack hielt die Zeit für gekommen, ihr eine Frage zu stellen, die ihm schon seit langem auf der Seele lag.

»Wen hättest du heiraten sollen?« Er wartete, während Melli darüber nachdachte, ob sie die Frage beantworten sollte oder nicht.

Schließlich sagte sie mit leiser Stimme: »Prinz Kylock.« Sie senkte den Kopf und zeichnete Kreise in den Schnee. »Deswegen hat Baralis mich eingefangen.«

»Um dich zu zwingen, Kylock zu heiraten?«

»Nein.« Melli schüttelte lachend den Kopf. »Um mich davon *abzuhalten*, ihn zu heiraten.« Sie bemerkte

Jacks Verwirrung und erklärte: »Baralis haßt meinen Vater. Er würde alles tun, um zu verhindern, daß er näher an den Thron herankommt.«

»Du hättest Königin werden können.« Jack konnte es kaum glauben. Das dunkelhaarige Mädchen, das neben ihm auf einem schneebedeckten Baumstamm saß, wirkte alles andere als königlich.

»Auf jeden Fall werde ich es jetzt nicht mehr werden.« Ihre Stimme klang nüchtern. »Und ich kann nicht behaupten, daß es mir leid tun würde. Kylock entspricht nicht gerade meiner Vorstellung von einem idealen Ehemann. Natürlich, er sieht gut aus, er ist klug, und mit einem Schwert umgehen kann er auch, und zweifelsohne finden ihn viele Frauen unwiderstehlich. Aber ich hatte immer den Eindruck, als würde ihm etwas fehlen.« Sie dachte einen Augenblick nach. »Irgend etwas Grundsätzliches wie Freundlichkeit oder Menschlichkeit. Er war stets sehr höflich, aber es war irgendwie, als ob ...« Unfähig die richtigen Worte zu finden, schüttelte sie den Kopf.

»Ich glaube, ich weiß, was du meinst.«

Melli blickte überrascht auf. »Hast du ihn in der Burg gesehen?«

»Ja, manchmal hat er Baralis in seinen Gemächern besucht.«

»Baralis, der Freund von Kylock. Das ist schwer zu glauben.« Melli legte die Hand auf die Wange. »Aber ist es das wirklich? Irgendwie sind sich die beiden ähnlich.«

Jack dachte einen Augenblick darüber nach. »Du hast recht. Sie sind beide ...« Er suchte das richtige Wort. »... verschlossen.«

»Dazu kann ich nichts sagen. Ich hatte eher an ihre Erscheinung gedacht. Beide sind groß und dunkel.« Sie zuckte mit den Schultern. »Was hat Kylock in Baralis' Gemächern gemacht?«

»Er hat sich für Baralis' Tiere interessiert.« Jack blickte zu Boden. Er wußte, daß Melli mehr hören wollte, aber er war nicht sicher, ob er fortfahren sollte. Manchmal war er zu früh erschienen und hatte Baralis und Kylock zusammen überrascht. Die Dinge, die Kylock mit Baralis' Tieren gemacht hatte, waren ekelhaft gewesen. Kylock liebte es herauszufinden, wieviel Qualen ein Tier ertragen konnte, bevor es starb. Er stach unzählige Male auf eine Taube ein oder zerquetschte langsam eine Maus in seiner Hand. Jack schauderte. Aber das Beunruhigendste daran war, daß Baralis einfach nur daneben gestanden und wie ein nachsichtiger Vater genickt hatte.

Es war gut, von der Burg weg zu sein.

Als hätte sie die Art von Kylocks Taten geahnt, sagte Melli: »Also machst du mir keine Vorwürfe, weil ich davongelaufen bin?« Sie schien auf Bestätigung zu hoffen.

»Nein.« Er legte seine Hand in die ihre. »An deiner Stelle hätte ich genau dasselbe getan.«

Melli lächelte zärtlich und stand auf. »Es ist Zeit, daß wir weiterziehen. Ich fülle nur noch den Schlauch.« Sie lief unter die Bäume, eine kleine Gestalt in einem dunklen Umhang.

Jack packte sein Bündel und warf es über die Schulter. Schmerz raste durch seinen Körper. Er hatte seine Verletzung vergessen. Er setzte sich ein paar Minuten hin, um sich wieder zu erholen. Zum Glück war Melli nicht da – er wollte nicht, daß sie erfuhr, wie schlecht es ihm noch immer ging. Ihre eigenen Wunden waren rasch verheilt, und sie ging davon aus, daß es bei ihm nicht anders war. Aber Jacks Verletzungen waren wesentlich schwerer: der Pfeil war tief in sein Fleisch eingedrungen und hatte am Knochen gekratzt. Vorsichtig tastete er über seine Schulter. Zumindest floß kein Blut – die alte Frau hatte mit der Nadel gute Arbeit geleistet. Jack stand erneut auf; sein Bündel trug er nun auf der anderen Seite.

Er wanderte über die Oststraße und fragte sich, was vor ihm lag. Vor allem Gefahr: die Halcus würden sie auf der Stelle umbringen, sollten sie bemerken, daß sie aus den Vier Königreichen stammten. Sie mußten ihren Mund geschlossen halten; der Akzent der Halcus unterschied sich wesentlich von dem der Königreiche. Mit einem einzigen Wort könnten sie sich verraten. Für Melli war die Gefahr sogar noch größer, sollten die Halcus herausfinden, wer sie war – Lord Maybor war einer der meistgehaßten Männer bei den Halcus, und sie würden seine Tochter mit grausamer Freude foltern und für die Überreste ein horrendes Lösegeld verlangen.

Doch selbst wenn sie unbeschadet durch Halcus kommen sollten, gab es keine Garantie, daß sie auch Bren erreichen würden. Jack hatte kaum eine Vorstellung von dem, was hinter dem Nestor lag. Er wußte nur, daß Bren furchtbar weit weg war, besonders für zwei Menschen zu Fuß und im Winter. Außerdem waren da auch noch die Berge, die Große Grenze – sie durchzogen die gesamte bekannte Welt. Jack hatte gehört, in der Gegend von Bren seien sie nicht so steil, und es würde viele Pässe geben; jedermann wußte aber, daß Pässe im Winter tückisch waren.

Mit einem vollen Wasserschlauch in der Hand sprang Melli zwischen den Bäumen hervor. Jack erinnerte sich plötzlich, daß sie ihn nicht bis Bren begleiten würde – ihre Reise endete in Annis. Er würde die Berge alleine überqueren müssen. Melli hakte sich bei ihm ein, und gemeinsam wanderten sie gen Osten.

Schnapper fühlte sich schon viel besser, als er aufwachte. Das Licht, das durch die Ritzen in den Läden in den Raum drang, zeigte ihm, daß der Morgen bereits vorüber war. Er setzte sich auf und stellte fest, daß sein Kopf so klar war wie schon seit Tagen nicht mehr – die Medizin des Gelehrten hatte gewirkt. Schnapper mochte Bevlin. Er mochte sein Haus und all die interessanten Dinge in der Küche – die fettige Ente hatte ihm zwar nicht so gut gefallen, aber er vermutete, daß der alte Mann nur noch wenige Zähne hatte und daher auf Nahrung angewiesen war, die von selbst die Kehle hinabglitt.

Schnapper hielt es für die beste Idee seines Lebens, daß er sich mit Tawl zusammengetan hatte. Er bekam die ganze Welt zu sehen, ging auf Abenteuer, traf merkwürdige Leute und machte nebenbei sogar noch Profit. Er fühlte sich ein wenig schuldig, weil er einen Teil des Geldes vor Tawl versteckt hatte. Aber was sollte ein Junge wie er schon tun? Man wußte nie, wann man es brauchen würde.

Ein guter Freund von ihm mit Namen Mauersegler – derselbe, der ihn in die lukrative Welt des Taschendiebstahls eingeführt hatte – hatte ihm einst ein Wort beigebracht: *Eventualität*. »Das bedeutet«, hatte er erklärt, »es ist immer gut, für den Notfall etwas zurückzulegen.« Mauersegler selbst hatte eine Menge Geld für den Fall der Fälle vor seinem Meister versteckt, ganz zu schweigen von seiner Frau und den Kindern. Schnapper hatte die Theorie der Eventualität sofort begeistert aufgegriffen und es sich zur Aufgabe gemacht, dementsprechend zu handeln. Seit er mit Tawl durch die Gegend zog, waren seine Rücklagen so groß geworden, daß es immer schwieriger wurde, sie zu verbergen.

Schnapper stieg aus dem Bett und zog sich an. Er machte sich Sorgen um Tawl. Seit der Betrunkene ihn in dem Gasthof angesprochen hatte, verhielt er sich merkwürdig. Er war oft ungehalten und launisch. Schnapper hoffte, daß der Gelehrte dem Ritter helfen konnte; auf jeden Fall war Tawl sehr begierig gewesen, Bevlin zu besuchen.

Schnapper blickte auf das kalte Wasser in der Waschschüssel und entschied sich dagegen. Auf Sauberkeit kam es ihm nicht an. Dennoch machte er sich die Mühe, die Haare zu kämmen. Mauersegler hatte ihm einst gesagt, daß man als Gast Verantwortung hatte. Dazu gehörte auch, angemessen auszusehen, »sonst wird man nie wieder eingeladen«. Schnapper wollte sicherstellen, daß Bevlin *ihn* auf jeden Fall wieder einlud.

Nachdem er fertig war, rannte er in die Küche, gierig auf Essen und nach Gesellschaft. Im selben Augenblick da er den Raum betrat, wußte er, daß etwas nicht stimmte: das Feuer war aus, und es war eiskalt. Schnapper hörte ein Geräusch – das Geräusch von knarrenden Bodenbrettern –, und er schritt um den runden Tisch herum. Tawl war dort, blutbeschmiert. Er hockte auf dem Boden, hielt Bevlin in den Armen und wiegte ihn wie ein kleines Baby. Der alte Gelehrte war tot.

Schnapper hatte in den schlimmsten Vierteln von Rorn mit Halsabschneidern und Mördern Tür an Tür gelebt. Er hatte Prostituierte mit durchschnittenen Handgelenken gesehen und Betrüger mit Messern im Bauch – der Anblick von Blut war ihm nicht unbekannt.

Als erstes mußte er Tawl von der Leiche wegbekommen und ihm etwas Heißes einflößen. Schnapper kniete sich neben seinen Freund und legte ihm den Arm um die Schulter. »Komm, Tawl«, sagte er sanft. »Es ist Zeit aufzustehen.« Tawl blickte ihn an, doch er schien den Jungen nicht zu erkennen. Schnapper versuchte, ihn von Bevlin wegzuziehen. Der Ritter wehrte sich zunächst und klammerte sich an dem Toten fest, aber Schnappers Worte schienen ihn etwas zu beruhigen. »Komm, Tawl. Es ist Zeit loszulassen. Zeit, Bevlin gehenzulassen.« Tawl lockerte seinen Griff um den Gelehrten, und Schnapper legte den alten Mann auf den Boden.

Dann packte der Junge Tawls Arm und drängte ihn freundlich aufzustehen. Er suchte nach etwas, worauf er Tawl setzen konnte. Die Bank war ungeeignet – sie war voller Blut. Schließlich führte er den Ritter zu einem Stuhl in der Nähe des Kamins und setzte ihn dorthin. Tawls Körper war blau vor Kälte, und Schnapper fragte sich, wie lange sein Freund schon auf dem Boden gehockt hatte. Er lief ins Schlafzimmer, holte eine Wolldecke und legte sie um Tawls Schultern. Der Ritter wirkte müde und benommen und schien bereit, sich nicht von der Stelle zu rühren.

Hastig entzündete Schnapper ein Feuer und setzte mehrere Töpfe zum Kochen auf. Tawl brauchte ein heißes Getränk. Schnapper beschloß, sich später um Bevlins Leiche zu kümmern – dem Toten nutzte Eile nichts mehr. Er versuchte, nicht daran zu denken, was geschehen war. Schon in frühester Kindheit hatte er gelernt, daß man nicht zu viele Fragen stellen sollte; dennoch war ihm nicht entgangen, daß das Blut an der Brust des alten Mannes besonders dick war – Bevlin war ins Herz gestochen worden.

Er durchsuchte die Speisekammer des Gelehrten nach etwas zu essen; er fand Eier, Milch, Butter und Enten. Ein Wasserschlauch erregte seine Aufmerksamkeit – der Lacus. Das Zeug hatte ihn geheilt, also würde es Tawl wahrscheinlich auch nicht schaden. Schnapper goß ein wenig der blassen, trüben Substanz in einen Topf und wärmte sie ein wenig an, bevor er Tawl davon zu trinken gab. Der Ritter nahm die angebotene Schüssel an und hielt sie dicht vors Gesicht; er atmete die beißenden Dämpfe ein. Kurz darauf führte er die Schüssel an die Lippen und trank. Schnapper seufzte erleichtert auf und legte etwas Holz aufs Feuer.

Er selbst war auch ein wenig hungrig, aber er hielt es nicht für angebracht, in einem Raum mit einer Leiche zu essen. Mauersegler wäre bestimmt nicht damit einverstanden. Also harrte Schnapper aus, putzte die Bank und den Boden und hielt Tawl im Auge. Während er schrubbte, versuchte er, nicht zu Bevlin zu blicken, doch das Gesicht des Mannes zog ihn unwiderstehlich an. Der Gelehrte sah aus, als würde er schlafen. Er war ein wenig blaß, aber er schien in Frieden mit sich selbst zu sein.

Blut, sinnierte Schnapper, war nicht einfach zu entfernen. Er gab sein Bestes, doch er machte alles nur noch schlimmer. Er verteilte das Blut, anstatt es aufzuwischen.

Schnapper schaute auf seine Hände; sie waren voller blutigem Wasser. Seine Kehle zog sich zusammen, und er mußte aufhören. Er stand auf und blickte zu Tawl. Der Ritter rührte sich nicht und hatte die Augen geschlossen.

Schnapper fühlte, daß er drohte, die Fassung zu verlieren, und er kämpfte dagegen an. Mauersegler hätte sich für ihn geschämt – stoische Gelassenheit war unter Taschendieben hoch angesehen. Der Junge kniff den Mund zusammen, entfernte sich von der Leiche und machte sich selbst Mut. »Komm schon, Schnapper«, murmelte er. »Du bist doch kein Baby. Du hast schon Schlimmeres gesehen.«

Er mußte das Blut von seinen Händen waschen. *Ihr* Anblick drohte, ihn aus der Fassung zu bringen. Er brauchte frisches Wasser. Schnapper beschloß, sich für eine Minute in sein Zimmer zurückzuziehen, wo es sauberes Wasser und ein Handtuch gab. Erneut schaute er zu Tawl hinüber, um sich zu vergewissern, daß der Ritter ein paar Minuten ohne ihn auskommen würde. Tawl schien zu schlafen. Zufrieden, daß man ihn nicht vermissen würde, ging Schnapper ins Schlafzimmer und schloß die Tür hinter sich.

Drinnen siegte die Anspannung. Schnapper setzte sich zitternd aufs Bett; er redete sich ein, es sei einfach nur kalt im Zimmer. Die Tränen standen ihm in den Augen, und er wischte sie rasch weg: Mauersegler würde ihn auslachen. Er zwang sich, ruhig zu bleiben, ging hinüber zur Waschschüssel und spritzte sich kaltes Wasser ins Gesicht. Was vor einer Stunde noch unerwünscht gewesen war, hieß er nun von ganzem Herzen willkommen. Der Kälteschock brachte seinen Mut zurück. Schnapper schrubbte rücksichtslos über seine Hände, bis auch die letzte Spur von Blut verschwunden war.

Als er sich schließlich abtrocknete, fühlte er sich schon viel besser. Gefaßt und bereit, in die Küche zurückzukehren, richtete er seine Kleider und ging hinaus.

Tawl war verschwunden. Der Stuhl war leer. Die Tür stand offen. Schnapper verfluchte sich selbst; er hätte ihn nicht allein lassen dürfen. Er ging ans Fenster. Tawls

Pferd, das am Tor angebunden gewesen war, war ebenfalls verschwunden. Schnapper lief aus dem Haus und in den Garten. Weit im Westen entdeckte er Tawl. Der Ritter ritt wie der Teufel und war bald nicht mehr zu sehen.

Schnapper stand eine Weile im Garten und blickte zum Horizont, wo Tawl verschwunden war. Wolken trieben vor die Sonne, und es wurde dunkel und kalt. Widerwillig kehrte der Junge ins Haus zurück.

Er durchsuchte Tawls Zimmer und stellte erleichtert fest, daß auch das Bündel verschwunden war; zumindest hatte sein Freund ausreichend Decken und Proviant.

Schnapper machte sich etwas zu essen: ein wenig Brei und eine Ente. Er trug die Speisen ins Schlafzimmer, damit er beim Essen Bevlins Leiche nicht sehen mußte und dachte darüber nach, was er als nächstes tun sollte. Natürlich konnte er wieder nach Rorn zurückkehren – Mauersegler würde ihn ohne Fragen zu stellen wieder als Taschendieb aufnehmen; das Nachforschen in Ness hatte sich als ergiebig erwiesen – er konnte dort sein eigenes Geschäft aufmachen; er konnte aber auch den ganzen Winter über im Haus des Gelehrten bleiben – es gab genug zu essen.

Doch nichts davon war so verlockend, wie es eigentlich hätte sein sollen. Schnapper war in einer ausgezeichneten Lage: er hatte für alle Fälle ausgesorgt, er konnte gehen, wohin er wollte, und tun, wonach ihm der Sinn stand. Schnapper wußte, was er tun wollte, und er wußte auch, daß es schon dumm war, nur darüber nachzudenken. Er wollte Tawl hinterhergehen. Er wollte seinen Freund finden und wieder mit ihm zusammen reisen. *Das ist vollkommen verrückt*, ermahnte er sich selbst. Er kannte das Land nicht, es war mitten im Winter, und er wußte nicht, wohin Tawl geritten war. Außerdem konnte er noch nicht einmal sagen, ob der Ritter ihn willkommen heißen würde, sollte er ihn finden.

Aber Tawl war sein Freund. Sie hatten zusammen Abenteuer erlebt. Einmal hatte er sogar das Leben des Ritters gerettet; vielleicht würde der seine Hilfe ein weiteres Mal benötigen. Er würde es tun. Er würde Tawl nach Westen folgen. Als Bevlin ihm den Lacus verabreicht hatte, hatte Schnapper ihn gefragt, welche Städte in der Nähe lagen. Der alte Mann hatte geantwortet, Lairston läge im Norden, Ness im Osten und Bren im Westen. *Bren*! Dorthin würde Tawl gehen.

Also würde auch er nach Westen ziehen und Tawls Spuren folgen. Schnapper hatte gehört, Bren sei eine reiche Stadt. Dort würde er sicher reichlich Gelegenheit haben, Nachforschungen anzustellen. Doch zunächst mußte er hier alles in Ordnung bringen. Als erstes mußte er Bevlin begraben – Mauersegler hätte das auch für richtig befunden. Dann würde er das Haus putzen und sichern. Und am nächsten Morgen würde er sich auf den Weg nach Bren machen – aber heute war noch viel zu tun.

Tavalisk aß Haferschleim. Seine Magenprobleme hatten sich ein wenig verbessert, doch noch immer war die einzige Nahrung, die er hinunterschlucken konnte, ein dünner Brei. Heute morgen waren die Ärzte erschienen. Oh, wie er sie haßte mit ihrem Rumgeschubse, ihrem Geflüster und ihren dämlichen Mittelchen. Sie hatten gesagt, er habe eine Magenverstimmung, und hatten einen Bauchumschlag aus heißem Senfsamen vorgeschlagen, um sie zu vertreiben. Als Tavalisk den Umschlag verweigert hatte, hatten sie vorgeschlagen, ihn zur Ader zu lassen, gefolgt von einem medizinischen Einlauf. Wollten sie ihn etwa umbringen?

Er hatte die Ärzte hinausgeworfen und beschlossen, sich selbst zu therapieren. Sein neuer Koch aus dem tiefen Süden kannte sich in der Kräuterkunde aus, und so hatte er ein paar Kräuter auf den Haferschleim des Erzbischofs gestreut. Es würde nicht mehr lange dauern, dann würde Tavalisk sich schon wieder besser fühlen. Natürlich hatte er zunächst an Gift gedacht; ein Mann in seiner Position mußte sehr wohl mit etwas derartigem rechnen. Aber Tavalisk hatte es sich zur Gewohnheit gemacht, seine verschiedenen Bediensteten alles vorkosten zu lassen, was er zu sich nahm, und allen ging es hervorragend. Vielleicht war ja das würzige Essen an seinen Magenproblemen schuld – er würde seine Kost umstellen müssen.

Tavalisk vernahm ein lautes Klopfen. Seit er seinen Sekretär zurechtgewiesen hatte, hatte Gamil es sich angewöhnt, mit demonstrativer Kraft gegen die Tür zu hämmern. »Herein.«

»Ich hoffe, Euer Eminenz fühlt sich bereits ein wenig besser?«

»Ein wenig, Gamil, aber das habe ich bestimmt nicht den Ärzten zu verdanken.« Tavalisk aß den letzten Rest Haferschleim. »Ich hätte gerne, daß du ein kleines Gerücht verbreitest, Gamil.«

»Was für ein Gerücht, Euer Eminenz?«

»Eigentlich die Wahrheit. Ich möchte, daß die Menschen von Rorn erfahren, daß ich krank bin.«

»Aber befindet Euer Eminenz sich denn nicht bereits wieder auf dem Weg der Besserung?«

»Ja, aber ich will, daß die Leute sich noch ein wenig länger um mich sorgen. Die Menschen pflegen Dinge immer dann besonders zu schätzen, wenn sie drohen, sie zu verlieren.« Der Erzbischof bemerkte Gamils Gesichtsausdruck. »Es gibt nichts Besseres als eine schöne Krankheit, um die Popularität zu steigern.«

»Aber Euer Eminenz wird doch bereits von den Menschen geliebt.«

»Genau, und das soll auch so bleiben. Achte darauf, daß die Menschen erfahren, daß ich die Hilfe der Ärzte verweigert habe – die einfachen Leute können sich keinen Arzt leisten, und deshalb verachten sie sie. Ich persönlich glaube ja, das ist der Grund, warum die armen Leute länger leben als die reichen; man gestattet ihnen zu sterben, wenn die Zeit reif ist … sie werden nicht zu Tode gepflegt.«

»Ich werde tun, was Euer Eminenz wünscht.«

»Das will ich doch hoffen. Nun, hast du irgendwelche Neuigkeiten für mich? Was ist mit unserem Ritter?«

»Es wird einige Zeit dauern, bis unsere Spione sich wieder melden. Zuletzt habe ich gehört, daß er in Ness gewesen ist und einige Zeit mit der Tochter eines Kleiderhändlers verbracht hat.«

»Ach wirklich, Gamil. Ich dachte immer, du wärst an solchem Klatsch nicht interessiert. Mit wem der Ritter ins Bett steigt, interessiert mich nun wirklich nicht.«

»Das Mädchen und ihr Vater stammen ursprünglich aus den Vier Königreichen, Euer Eminenz. Ich glaube, er hat das Mädchen nach seiner alten Heimat ausgefragt.«

»Es scheint, als sei im Augenblick eine ganze Menge Leute an den Vier Königreichen interessiert.« Tavalisk schenkte sich einen Becher mit Schafsmilch und Honig ein. »Nebenbei, Gamil … hast du ein Treffen mit dem Lord aus Bren arrangiert … wie war noch sein Name?«

»Lord Cravin.« Das war offenbar alles, was Gamil sagen wollte.

»Rede schon, Mann«, drängte der Erzbischof.

»Nun, Euer Eminenz, ich selbst habe den berühmten Lord in Eurem Namen aufgesucht. Ich habe ihm gesagt, wen ich repräsentiere, und ihn darüber in Kenntnis gesetzt, daß Euer Eminenz ein Treffen mit ihm wünscht.«

»Und?«

Gamil machte sich verlegen am Stoff seines Gewandes zu schaffen. »Nun, Lord Cravin hielt es für angebracht, das Angebot abzulehnen. Er sagte, er sei zu beschäftigt, um seine Zeit mit Pfaffen zu verschwenden, und dann sagte er, ich solle ihm nicht weiter auf die Nerven gehen.«

»*Pfaffen!*« schrie Tavalisk. »*Pfaffen!* Weiß der Mann überhaupt, mit wem er es zu tun hat?«

»Er ist ein äußerst arroganter Mann, Euer Eminenz.«

»Und er ist auch ein äußerst dummer Mann, wenn er ein Treffen mit mir ablehnt. Ich bin noch nie so beleidigt worden. *Pfaffen!*« Der Erzbischof rieb sich aufgeregt die feisten Hände. »Wie ich sehe, fehlt es den Einwohnern von Bren sowohl an Intelligenz als auch an guten Manieren.«

»Es ist eine wohlbekannte Tatsache, daß die Menschen des Nordens Barbaren sind, Euer Eminenz«, versuchte Gamil seinen Herrn zu beruhigen. »Und die Menschen von Bren sind die barbarischsten von allen.«

»Das kann ich wohl glauben.« Tavalisk nippte an seiner Milch mit Honig und gewann langsam die Fassung zurück. Ein Lächeln deutete sich in seinen Mundwinkeln an. »Wenn sie wirklich so barbarisch sind, wird es interessant sein zu beobachten, wie Baralis mit ihnen zurechtkommt. Mit dem Versuch, Kylock mit Katharina von Bren zu verheiraten, hat sich Baralis wohl ein etwas zu großes Stück aus dem Kuchen geschnitten. Er könnte sich daran verschlucken.« Ein breites Grinsen stand nun im Gesicht des Erzbischofs, und er entblößte seine kleinen, scharfen Zähne. Marods Prophezeiung würde doch nicht so ohne Probleme wahr werden. Und – wenn er sich mit seiner Deutung nicht täuschte –, lag es an *ihm,* ihren Gang aufzuhalten. »All das Gerede von Kuchen hat mich hungrig gemacht, Gamil. Geh und hol mir was Richtiges zu essen, was Herzhaftes. Dieser Haferschleim macht mich krank.«

Kylock wusch sich die Hände. Mit einer Bürste aus Bärenborsten reinigte er die Fingernägel. Nach einer Weile hielt er die Hände ins Licht. Sie waren noch immer nicht sauber genug. Er schüttete ein wenig kochendes Wasser nach und begann erneut zu schrubben.

Es war der Geruch, den er niemals los wurde. Egal

was er auch versuchte, er konnte den Gestank des Mutterleibs nie ganz vertreiben. Selbst heute, beinahe achtzehn Jahre später, klebte er immer noch an ihm. Er hatte sich die Haut geschält, jeden einzelnen Partikel hundertmal erneuert, aber der Gestank blieb. Der Geruch seiner Mutter haftete an Kylock wie Ranken an einer Eiche, und bei der erstbesten Gelegenheit würde dieser Geruch den Prinzen zerstören.

Der Gestank ihres Ehebruchs versuchte, auch den Sohn zu korrumpieren. Aber er würde nicht nachgeben. Katharina würde ihm helfen. Er würde in ihrer Reinheit baden und vom Makel der Verderbtheit seiner Mutter für immer befreit werden.

Kylock trocknete sich die Hände mit einem weichen Tuch ab. Das Porträt lag noch immer da, wo seine Mutter es hingelegt hatte. Er nahm es in die Hand. Es war Hunderte von Meilen gereist, doch noch immer besaß es den Duft der Unschuld. Kylock hielt das Bild ins Licht der Kerze und blickte auf das Antlitz von Katharina von Bren. Es verschlug ihm den Atem. Perfektion. Ein Engel, rein und jungfräulich, unberührt von Mann und Zeit. Katharina war die seine, und sie allein konnte ihn retten.

Baralis schenkte sich ein Glas dunkelroten Weins ein. Er hielt es gegen das Licht des Kaminfeuers, um Farbe und Klarheit des edlen Getränks zu bewundern. Normalerweise gehörte er nicht zu jener Sorte Mensch, die sich dem Alkohol ergab, und er verabscheute solche Menschen sogar; aber heute hatte er Grund zum Feiern, und er würde sich ein oder zwei Gläschen genehmigen. Gestern hatte die Königin vor dem versammelten Hofstaat verkündet, daß Prinz Kylock mit Katharina von Bren vermählt werden würde. Jetzt gab es kein Zurück mehr für sie. Nun hatte sie sich zu dieser Ehe verpflichtet, und Baralis' Pläne konnten durch nichts und niemand mehr gefährdet werden. Die Dinge hatten sich nach seinem Willen entwickelt, und seine Träume näherten sich ihrer Erfüllung.

Der Gedanke an die lange Reise nach Bren gefiel Baralis ganz und gar nicht, aber das war etwas, das er ertragen mußte, eine kleine Unannehmlichkeit, nicht mehr. Mit träger Neugier fragte er sich, welchen Trottel die Königin wohl zum Abgesandten der Krone ernennen würde. Wahrscheinlich irgendeinen gut gekleideten Niemand, den Ihre Hoheit sicher unter der Fuchtel hatte. Aber das war nur von geringer Bedeutung. Bren war seine Angelegenheit, und er würde keinerlei Einmischung seitens irgendeines minderbemittelten Adeligen dulden.

Es gab noch einige Dinge, die er noch gerne vor der Abreise erledigt hätte; aber die verbleibende Zeit schien dafür zu kurz zu sein. Seine neuen Söldner hatten sich als nutzlos erwiesen. Sie waren heute zurückgekehrt und hatten berichtet, sie hätten keine Spur von dem Jungen und dem Mädchen gefunden. Natürlich war Melliandra inzwischen als Kylocks Braut aus dem Rennen, doch es wäre ein aufsehenerregender Skandal, sollte sie an den Hof zurückkehren und darüber berichten, daß sie vom Kanzler des Königs gefangengehalten worden war. Baralis konnte sich solche Anschuldigungen nicht leisten, und so mußte das Mädchen ein für allemal zum Schweigen gebracht werden.

Und was den Jungen betraf … auch er mußte gefunden und getötet werden. Der Vorfall an der Jagdhütte hatte deutlich gezeigt, wie gefährlich er sein konnte. Baralis wollte ihn aus dem Weg geräumt sehen. Jack stellte eine Unsicherheit dar … er war eine unbekannte Größe, ein Hindernis. Wann immer Baralis an ihn dachte, wurde er von Sorge erfüllt. Der Bäckerjunge bedeutete Schwierigkeiten.

Baralis nippte an seinem Wein und dachte darüber nach, was er nach Bren mitnehmen sollte. Plötzlich hörte er schwere Schritte, und dann erhob sich Crope über ihm. Wie immer trug der Trottel sein bemaltes Kästchen.

»Ich habe dir doch gesagt, ich möchte nicht gestört werden.«

»Lord Maybor bittet darum, Euch zu sehen.«

»Maybor? Was will er?« Baralis hatte absolut keine Lust, *ihn* zu sehen. Er hatte noch eine lebhafte Erinnerung daran, was bei seinem letzten Besuch geschehen war; der Verrückte hatte das Schwert gegen ihn gezogen.

»Er sagt, er wolle wirklich nur mit Euch sprechen, und er sei unbewaffnet.«

»Wie benimmt er sich?« Was konnte Maybor nur von ihm wollen? War er gekommen, um seine Wut über den gescheiterten Versuch, Melliandra mit Kylock zu verkuppeln, auszutoben?

»Er scheint glücklich zu sein. Er lächelt.«

»Laß ihn herein.« Der Mann war wahrscheinlich sturzbetrunken. Sollte er diesmal versuchen, ein Schwert zu ziehen, dann würde er sein blaues Wunder erleben. Crope verschwand, und eine Minute später betrat Maybor den Raum.

»Ah, Lord Baralis, ich bin ja so froh, daß Ihr mich noch zu so später Stunde empfangt; aber ich nehme an, Ihr wißt, daß wir noch viel miteinander zu planen haben.« Maybor grinste über das ganze Gesicht.

»Nach meinem Wissen haben wir nichts miteinander zu planen, Lord Maybor.«

»Oh doch, das haben wir, Baralis. Wir müssen unsere Reise nach Bren planen.« Unaufgefordert schenkte sich Maybor ein Glas Wein ein. »Ich darf doch annehmen, daß der hier nicht vergiftet ist, oder?« Er lächelte freundlich.

»Ihr geht nicht nach Bren.« Baralis' Stimme klang scharf. »Ihr seid offensichtlich betrunken.«

»Nun, ich muß zugeben, daß ich in der Tat ein paar Becher Bier getrunken habe, aber ich kann Euch versichern, Baralis, daß ich bei weitem noch nicht betrunken bin.« Ohne jegliche Eleganz schüttete er sich den restlichen Wein in den Hals. »Natürlich werde ich ein paar von meinen eigenen Leuten mit nach Bren nehmen. Fünf Dutzend Soldaten sind ein bißchen wenig, meint Ihr nicht auch? Die Königin stimmt auf jeden Fall mit mir überein.«

»Die Königin?« Baralis wurde nervös.

»Ja, Ihre Hoheit hat mir gestattet, ein weiteres Dutzend meiner eigenen Männer mitzunehmen. Als ich bei Ihr war, hat sie mir übrigens ein Porträt von Katharina von Bren gezeigt. Ein liebliches Mädchen; ich kann es gar nicht erwarten, sie persönlich kennenzulernen. Natürlich habe ich als Abgesandter der Krone die Ehre, sie vor Euch kennenzulernen. Immerhin steht die Krone über dem Prinzen, habe ich nicht recht?«

»Die Königin hat Euch zum Abgesandten der Krone ernannt?«

»Ja, habt Ihr denn noch nichts davon gehört?« erwiderte Maybor schelmisch. »Laßt mich Euch noch ein Glas Wein einschenken.« Er füllte beide Gläser. »Gestattet mir, einen Toast auszubringen.« Er wartete nicht auf die Antwort. »Auf Bren, eine Stadt, die viel für die Zukunft verspricht!« Maybor leerte das Glas und stand auf. »Ihr seht ein wenig blaß aus, Baralis. Vielleicht sollten wir unsere Reise lieber an einem anderen Tag planen.«

ENDE DES 1. TEILS

J. V. Jones wurde 1963 in Liverpool/England geboren. Als Tochter eines Pub-Besitzers stand sie seit ihrem elften Lebensjahr hinter der Theke. Im Alter von zwanzig Jahren begann sie für eine Plattenfirma zu arbeiten und war aktives Mitglied der Liverpooler Musikszene in den frühen Achtzigern. Später zog sie nach San Diego/Kalifornien, wo sie für einige Jahre ein Exportgeschäft betrieb. Heute arbeitet sie als Marketing-Direktor für eine kalifornische Software-Firma. Ihre Interessen sind unter anderem: Musik, Geschichte, Kochen und Computerspiele.

Abgeschieden von der übrigen Welt, umschlossen von Meer und Bergen, liegt Elderland, die Heimat des friedfertigen Ffolks. Das Ffolk ist stolz auf seine Geschichte und hortet im großen Museum zu Aldswick viele seltsame und kuriose Dinge aus der Vergangenheit. Doch als die düsteren Schatten dieser Vergangenheit sich auf das Land legen und eine Gefahr heraufzieht, die alle schon längst gebannt geglaubt, treten Geheimnisse zutage, von denen niemand etwas ahnte. Nun muß sich das Ffolk bewähren. Das Schicksal des ganzen Imperiums lastet auf einer kleinen Gruppe treuer Freunde, die zu einer abenteuerlichen Reise aufbrechen, welche sie an die Grenzen der Welt führen wird, zum Anfang und zum Ende der Zeit …

ISBN 3-404-20333-X

BASTEI LÜBBE

Das Hohe Haus, Abendsee, das seine Giebeldächer zwischen den großen Hügeln erhebt, die eine Landschaft voller Efeu, Rotdorn und Brombeersträuchern überragt, mit Früchten so süß und klein wie die Fingerspitzen eines Kindes, das Hohe Haus haben normale Sterbliche nur selten gesehen. Jene, die es besuchen, gelangen nicht durch Zufall dorthin, und jene, die in ihm leben, verweilen lange in seinen dunklen Hallen; nur selten wagen sie sich auf die gewundene Straße, die zu den Siedlungen der Menschen führt. Von allen die dort leben, war nur einer dort geboren worden und aufgewachsen — der Mann mit Namen Carter Anderson. Erst in der Zeit der Not hat das Haus ihn wieder zurückgerufen. Über sein Leben und die großen Taten, die er während des Großen Krieges des Hohen Hauses vollbracht hat, berichtet Das Graue Buch von Abendsee, doch diese Geschichte erzählt von einer Zeit lange vor diesen Heldentaten.

ISBN 3-404-20381-X

BASTEI LÜBBE